EXCALIBUR

Herausgegeben von
Melissa Andersson
und
Gerd Rottenecker

Stephen R. Donaldson

# DIE CHRONIKEN VON THOMAS COVENANT
# 1
## Der Fluch des Verächters

Ins Deutsche übertragen von
Horst Pukallus

Knaur

Die amerikanische Originalausgabe erschien 1977
unter dem Titel »Lord Foul's Bane« bei Ballantine Books, New York

Deutsche Erstveröffentlichung August 1998

Umschlagkonzept: Melissa Andersson
Umschlaggestaltung: Agentur Zero, München
Umschlagillustration: Peter Goodfellow
Satz: Ventura Publisher im Verlag
Druck und Bindung: Clausen & Bosse, Leck
Printed in Germany
ISBN 3-426-70112-X

2 4 5 3

# INHALT

# KARTEN

NORDLANDEBENEN
WESTLANDGEBIRGE
SCHWELGEN STEIN
GRIMMERDHORE WALD
MAERL
WEISSER FL.
HÜTERSTIEG
GRAUER FL.
SEELENTROST
LLURALLIN
ANDELAINIAN
SCHWELGEN HOLZ
RILL
LETZTE HÜGEL
SCHWARZER FL.
HOLZHEIM
HOCHERHABE
WÜRGERKLUFT
MELENKURION HIMMELSWEHR
SÜDLANDEBENEN
MITHILL
SPALTFELSEN
UNHEILSWINKEL
KEVINS BLICK
N
STEINHAUSEN MITHILL
MEMMENECK
DORIENDOR KORISCHEW
DAS LAND

NORDLANDHÖHEN
RIESENWALD
HERZELEID
ARANGRAVE SENKE
GROSSER SUMPF
ERRÄTER SCHLUCHT
UNFLAT FL.
DONNERBERG
LANDBRUCH
ZERSPELLTE HÜGEL
MEER DER SONNENGEBURT
MORINMOSS WALD
KOLOSS
FOULS HORT
WANDERLUST FURT
LANDWANDERER
TRÜMMER SCHWEMME
EBENEN VON RA
VERWÜSTETE EBENEN
MENSCHENHEIM
SÜDLANDRÜCKEN
SÜDLICHE EINÖDEN

# 1
# Goldjunge

Sie kam gerade rechtzeitig aus dem Laden, um ihren kleinen Sohn auf dem Bürgersteig unmittelbar im Weg der düsteren, ausgemergelten Männergestalt zu sehen, die in der Mitte des Bürgersteigs dahinstrebte wie ein aufgezogenes menschliches Wrack. Für einen Moment krampfte sich ihr Herz zusammen. Dann sprang sie vorwärts, ergriff ihren Sohn am Arm und zerrte ihn dem Unheil aus dem Weg. Der Mann ging vorüber, ohne den Kopf zu wenden. »Verschwinden Sie!« fauchte sie ihm hinterdrein, als sein Rücken sich entfernte. »Scheren Sie sich fort! Sie sollten sich schämen!«

Thomas Covenants Schritt blieb ungehemmt, seine Füße schritten so zuverlässig aus, als triebe sie die extra zu diesem Zweck bis zum Äußersten gespannte Feder eines Uhrwerks an. Aber insgeheim fühlte er sich betroffen. *Schämen? Schämen?* Sein Gesicht verzerrte sich zu einer wüsten Grimasse. *Vorsicht! Ausgestoßener! Unrein!* Aber er sah selbst, daß die Leute, denen er begegnete – die Menschen, die ihn kannten, deren Namen, Häuser und Arten des Händedrucks ihm bekannt waren –, ihm auswichen, ihm reichlich Platz auf seinem Weg ließen. Einige wirkten, als hielten sie den Atem an. Seine inneren Schreie verstummten. Diese Leute bedurften des alten Rituals der Warnung nicht. Er konzentrierte sich darauf, das sprunghafte Zähnefletschen zu unterdrücken, das sein Gesicht zu verunstalten drohte, und ließ sich durch die straffe Lenkung seiner Willenskraft Schritt um Schritt vorantragen.

Während er ging, ruckte sein Blick immer wieder an ihm selbst auf und ab, vergewisserte sich, daß seine Kleidung keine unerwarteten Risse oder Fransen aufwies, untersuchte er seine

Hände auf Kratzer, überzeugte sich davon, daß nichts an der Narbe geschehen war, die vom Handballen seiner Rechten über die Handfläche bis dahin reichte, wo sich die beiden äußeren Finger befunden hatten. Er wußte noch haargenau die Worte der Ärzte. ›VBG, Mr. Covenant. Visuelle Beobachtung der Gliedmaßen. Davon hängt Ihr Überleben ab. Die abgestorbenen Nerven werden sich nicht regenerieren – Sie werden's nicht merken, wenn Sie sich verletzen, solange Sie es sich nicht zur Gewohnheit gemacht haben, ständig nachzuschauen. Tun Sie's unaufhörlich. Denken Sie immer daran. Bei jedem nächsten Mal könnten Sie weniger Glück haben.‹ VBG. Diese Abkürzung bedeutete jetzt sein Leben. *Die Ärzte!* dachte er voller Sarkasmus. Aber ohne sie hätte er womöglich nicht einmal so lange überlebt. Er wäre in Unkenntnis des vollen Ausmaßes seiner Gefährdung geblieben. Mangel an Selbstbeobachtung hätte ihn umbringen können.

Angesichts der bestürzten, furchtsamen oder achtlosen Mienen – er sah viele achtlose Mienen, obwohl der Ort so klein war –, an denen er vorüberkam, wünschte er, dessen sicher sein zu dürfen, daß das eigene Antlitz den angemessenen Ausdruck von Hochmut zeigte. Doch die Nerven in seinen Wangen besaßen anscheinend nur noch schwache Spuren von Leben, wenngleich die Ärzte behauptet hatten, das sei nur eine im gegenwärtigen Stadium seiner Krankheit übliche Sinnestäuschung, und er könne der Fassade, die er zwischen sich und die Welt schiebe, niemals voll vertrauen. Innerlich allerdings erlebte er nun, da Frauen, denen es einmal gefallen hatte, in ihren literarischen Zirkeln seinen Roman zu diskutieren, vor ihm zurückschraken wie vor irgendeiner Art geringerer Greulichkeit oder einem nekromatischen Friedhofsgärtner, Aufwallungen eines Gefühls des Verratenseins und Verlusts. Rücksichtslos erstickte er sie, ehe sie ihn aus dem Gleichgewicht zu werfen vermochten.

Er näherte sich seinem Ziel, dem Angelpunkt seines Akts der Selbstbehauptung oder seiner Demonstration, den er so grimmig ins Auge gefaßt hatte. Zwei Häuserblocks weiter erblickte er das Schild: Bell Telephone Company. Er lief die zwei Meilen von der Haven Farm in die Ortschaft, um seine Telefonrechnung zu bezahlen. Natürlich hätte er den Betrag überweisen können, aber er beharrte darauf, in einer Überweisung eine Kapitulation zu sehen, ein Zurückweichen vor der Isolation, in die man ihn immer stärker zwingen wollte.

Im Laufe seiner Behandlung hatte seine Frau Joan sich von ihm scheiden lassen; sie war mit ihrem Söhnchen in ein anderes Bundesland verzogen. Der einzige Besitz, auf dessen Anrecht er Interesse angemeldet und den sie trotzdem zu vereinnahmen gewagt hatte, war das Auto gewesen; sie nahm es ebenfalls mit. Ihre Kleidung ließ sie größtenteils zurück. Dann hatten sich seine Nachbarn, auf beiden Seiten durch je eine halbe Meile von ihm getrennt, lautstark über seine Gegenwart in ihrer Mitte beschwert; als er sich weigerte, seinen Grundbesitz zu verkaufen, war einer von ihnen aus der Gemeinde fortgezogen. Die nächste Entscheidung war, daß das Lebensmittelgeschäft ihn – innerhalb von drei Wochen nach seiner Heimkehr – mit seinen üblichen Waren zu beliefern begann, ob er sie bestellte oder nicht, und, so vermutete er, ob er sie bezahlte oder nicht; eben kam er an dem Geschäft vorüber, und das Schaufenster war voller marktschreierischer Anpreisungen. Anschließend passierte er das Gerichtsgebäude, dessen alte graue Säulen wirkten, als seien sie stolz auf ihre Bürde von Recht und Gesetz, das Gebäude, worin man ihn – natürlich durch Bevollmächtigte – seiner Familie beraubt hatte. Sogar die Stufen des Vordereingangs waren poliert, um gegen den Schmutz der menschlichen Bedürfnisse gefeit zu sein, die über sie auf- und abwärts schlichen, nach Genugtuung trachteten. Die Scheidung war bewilligt worden, weil kein mitleidsvolles Rechtsbewußtsein es einer Frau zumuten konnte, ihr Kind in der Gesellschaft eines Mannes wie ihm aufzuziehen. *Hast du Tränen vergossen?* wandte er sich an die Joan, die in seiner Erinnerung weiterlebte. *Warst du tapfer? Erleichtert?* Covenant widerstand einer Anwandlung, aus einer Gefahrenzone zu fliehen. Die riesigen Häupter, welche die Säulen des Gerichtsgebäudes krönten, machten einen angewiderten Eindruck, als wollten sie sich im nächsten Moment auf ihn erbrechen.

In einem Ort von fünftausend Einwohnern war das Geschäftsleben nicht sonderlich groß. Covenant kam an der Hauptfront des Kaufhauses vorbei und sah durch die Reihen von Glasscheiben mehrere Schülerinnen aushilfsweise billigen Modeschmuck anbieten. Sie lehnten in aufreizenden Posen an den Ladentischen, und unwillkürlich verengte sich Covenants Kehle. Er entwickelte Widerwillen gegen die Hüften und Brüste von Mädchen – die Rundungen, die für die Zärtlichkeiten anderer Männer, nicht für seine, bestimmt waren; er war impotent geworden. Im Verfall seines Nervensystems war seine Sexualfähigkeit bloß eine von etlichen amputierten Bestandteilen. Selbst die Entlastung von Lust war ihm versagt; er konnte Verlangen bis zum Wahnsinn empfinden, aber nichts tun, um es zu stillen. Ohne Vorwarnung leuchtete plötzlich in seinem Bewußtsein eine Erinnerung an seine Frau auf, verdrängte beinahe den Sonnenschein, den Bürgersteig und die Leute vor ihm aus seinem Wahrnehmungsfeld. Er sah sie in einem der durchsichtigen Nachthemdchen, die er ihr gekauft hatte, und ihre Brüste zogen unter dem dünnen Stoff Kreise der Verlockung. *Joan!* schrie es in seinem Herzen. *Wie konntest du mir das antun? Zählt ein kranker Leib mehr als alles andere?* Er zog die Schultern versteift ein wie ein Würger und verscheuchte die Erinnerung. Solche Gedanken waren eine Schwäche, die er sich nicht gestatten durfte; er mußte sie ausmerzen. *Es ist besser,* dachte er, *bitter zu sein.* Bitterkeit überdauerte. Sie war der einzige Genuß, den er noch schmecken konnte. Zu seinem Entsetzen bemerkte er, daß er auf der Stelle stand. Er verharrte mitten auf dem Bürgersteig, die Fäuste geballt, und seine Schultern bebten. Schroff zwang er sich zum Weitergehen. Und als er es tat, stieß er mit jemandem zusammen. *Ausgestoßener! Unrein!* Er erhaschte einen Blick auf Ockerfarbenes; die Person, gegen die er geprallt war, so kam es ihm vor, trug ein schmutziges rotbraunes Gewand. Aber er blieb nicht stehen, um sich zu entschuldigen. Er stapfte weiter den Bürgersteig entlang, ohne sich umzublicken, so daß er nicht die Furcht und den Schrecken jener Person zur Kenntnis nehmen mußte. Nach einem kurzen Moment gewann sein Schritt seinen sinnentleerten, automatenhaften Takt zurück.

Nun strebte er vorbei am Verwaltungsbau der Electric Company – die ihm den endgültigen Anlaß zu seinem Entschluß geliefert hatte, seine Telefonrechnung persönlich zu bezahlen. Vor zwei Monaten hatte er der Electric Company einen Scheck zugeschickt – der Betrag war gering gewesen, denn er besaß wenig Verwendung für Elektrizität –, und er war ihm zurückgesandt worden. Man hatte den Brief nicht einmal geöffnet. Ein darauf geklebter Zettel besagte, daß seine Kosten von anonymer Seite für wenigstens ein Jahr im voraus beglichen worden seien. Nach längerem innerem Ringen gelangte er zu der Einsicht, daß er bald, widersetzte er sich diesem Trend nicht, gar keinen Grund mehr haben würde, noch unter seine Mitmenschen zu gehen. Infolgedessen lief er nun heute die zwei Meilen in den Ort, um seine Telefonrechnung in Person zu bezahlen – um seinen Mitbürgern zu zeigen, daß er sich nicht um seine Menschenwürde betrügen zu lassen gedachte. Aus Groll gegen sein Außenseiterdasein versuchte er es zu verteidigen, sich die Rechte seines normalen Sterblichenblutes zu sichern. *In Person,* dachte er. Und wenn er zu spät kam? Wenn auch diese Telefonrechnung bereits bezahlt war? Wofür war er dann in Person gekommen? Diese Überlegung brachte sein Herz anfallartig ins Flattern. Hastig nahm er seine VBG vor, dann richtete er seinen Blick wieder auf das Aushängeschild der Bell Company, noch einen halben Häuserblock weit entfernt. Als er weiterging, bewußt innerlich angespannt, um jedes Aufkommen von Kleinmut sofort bekämpfen zu können, merkte er, wie zum Takt seiner Schritte eine Melodie durch seinen Kopf summte. Dann fielen ihm auch die Worte ein.

*»Goldjunge auf Füßen aus Ton,*
*Komm, laß dich leiten, Sohn.*
*Ein rechter Schubs, der bringt dich weit –*
*Was bist du ein Plumpling, o liebe Zeit!«*

Der Knittelvers gaukelte wie eine Satire durch seine Gedanken, und er stieß sich am rohen Rhythmus wie an einer Beleidigung, begleitet von langsamer Striptease-Musik. Er fragte sich, ob es irgendwo in den mystischen Himmeln des Universums eine allzu einflußreiche Göttin geben möge, die ihm sein burleskes Schicksal zusammengebraut hatte: *Ein rechter Schubs* (höhnisches Grinsen), *der bringt dich weit – Was bist du ein Plumpling, o liebe Zeit!* Spott und o schmerzlicher Verdruß! Na schön, Goldjunge. Aber er vermochte sich nicht auf diese zynische Weise von seinem Gedanken loszureißen, denn zuvor war er wirklich eine Art von Goldjunge gewesen. Er hatte eine glückliche Ehe geführt. Er hatte einen Sohn gehabt. Im Zustand von Verzückung und Ahnungslosigkeit hatte er einen Roman geschrieben und ihn ein Jahr lang in den Bestsellerlisten sehen dürfen. Und deswegen verfügte er heute über soviel Geld, wie er nur brauchte. *Mir wäre wohler zumute,* dachte er, *ich hätte gewußt, daß ich diese Art von Buch schreibe.* Aber er hatte es nicht gewußt. Er glaubte damals nicht einmal, daß er dafür einen Verleger finden könne, in jener Zeit, als er an dem Buch schrieb – der Zeit gleich nach der Heirat mit Joan. In ihrer Gemeinsamkeit hatten sie weder an Geld noch Erfolg gedacht. Es war die bloße Ausübung des Schöpferischen selbst gewesen, was seine Vorstellungskraft entfachte; und der warmherzige Zauber ihres Stolzes und ihrer eifrigen Anteilnahme verliehen dem Feuer seiner Fantasie eine Helligkeit wie einem Blitzschlag, jedoch nicht für Sekunden oder gar nur Sekundenbruchteile, sondern für fünf Monate, während welcher eine ausgedehnte, wilde Freisetzung von Energie die Landschaften der Erde durch die reine Kraft ihrer Brillanz zu erschaffen schien – Hügel und Klippen, vom leidenschaftlichen Wind gebeugte Bäume, von der Nacht gequälte Menschen, alles zum Leben erweckt durch den weißglühenden Hauch, der von seinem schöpfertätigen, verästelten Wetterleuchten des Geistes ausging, das sich von den Himmeln bis ins Irdische erstreckte. Als er fertig war, fühlte er sich so entkräftet und befriedigt, als habe er alle Liebe des Lebens in einem Akt vollzogen. Diese Zeit war nicht leicht gewesen. In seiner Wahrnehmung von Höhen und Tiefen lag ein Schmerz, der jedem Wort, das er schrieb, die Gestalt von geronnenem schwarzem Blut gab. Und er war kein Mann, der Höhen mochte; schrankenlose Gefühle ereilten ihn keineswegs schnell. Aber sie war großartig gewesen. Die Konzentration auf diesen Abgrund von Intensität hatte ihm als die purste aller jemals erlebten Erfahrungen gegolten. Die stattliche Fregatte seiner Seele war sicher über ein tiefes und gefährliches Meer gesegelt. Als er sein Manuskript abschickte, geschah es mit einer gewissen stillen Zuversicht.

Während jener Monate des Schreibens und des darauffolgenden Wartens lebten sie von Joans Einkünften. Joan Macht-

Covenant war eine ruhige Frau, die mehr mit ihren Augen und dem Farbton ihrer Haut zum Ausdruck brachte als mit Worten. Ihre Haut besaß eine Goldtönung, die ihr ein so warmes und zartes Aussehen verlieh wie einer Sylphe oder einem Sukkubus der Freude. Aber sie war weder groß noch kräftig, und die Tatsache bot Thomas Covenant beständigen Anlaß zur Verwunderung, daß sie den Lebensunterhalt durchs Zureiten von Pferden verdiente. Die Bezeichnung *Zureiten* vermochte ihrer Geschicklichkeit im Umgang mit Tieren jedoch nicht gerecht zu werden. Bei ihrer Arbeit kam es zu keinen Kraftproben, gab es keine Hengste, die sich mit irren Augen und Schaum vor den Nüstern aufbäumten. Für Thomas Covenant war es nicht so, daß sie Pferde zuritt, sie verführte sie. Ihre Berührung flößte den Pferdemuskeln, wenn sie zuckten, Ruhe ein. Der Klang ihrer leisen Stimme lockerte die Steilheit ihrer aufgerichteten Ohren. Wenn sie ohne Sattel aufstieg, ließ der Druck ihrer Beine die Heftigkeit der tierischen Furcht schwinden. Und sobald sich ein Pferd der Kontrolle entzog, glitt sie einfach von seinem Rücken und ließ es sich allein austoben, bis die Zuckungen seiner Wildheit abebbten. Danach begann sie von vorn mit dem Tier zu arbeiten. Am Ende ritt sie jedes Tier in rasendem Galopp rund um die Haven Farm, um ihm zu zeigen, daß es sich bis zu seinen eigenen Grenzen betätigen konnte, ohne ihre Herrschaft abschütteln zu müssen. Durchs Zuschauen hatte sich Covenant von ihrer Befähigung herausgefordert gefühlt. Doch auch nachdem sie ihn das Reiten gelehrt hatte, vermochte er seine Furcht vor Pferden nicht zu überwinden.

Ihre Arbeit war nicht gerade lukrativ, aber sie verhinderte, daß sie und ihr Ehemann verhungerten, bis schließlich eines Tages vom Verlag ein Schreiben eintraf, das ihm die Annahme des Manuskripts mitteilte. An diesem Tag entschied Joan, daß die Zeit für ein Kind gekommen sei. Infolge der üblichen Verzögerungen, die bei Veröffentlichungen auftreten, mußten sie fast ein Jahr lang von einem Vorschuß auf Covenants Honorare leben. Joan blieb auf die eine oder andere Weise in ihrer Stellung zur Verfügung, soweit es möglich war, ohne die Sicherheit des in ihrem Leib geborgenen Kindes zu gefährden. Dann, sobald ihr Körper ihr verriet, daß die Geburt bevorstand, hörte sie auf zu arbeiten. Von diesem Zeitpunkt an kehrte sich ihr Leben nach innen, richtete sich mit einer Zielbewußtheit auf die Aufgabe aus, ihr Kind großzuziehen, die ihren Blick oftmals äußerlich ausdruckslos und mit nichts erfüllt als Erwartung machte. Nach der Geburt des Jungen verkündete Joan, er solle Roger heißen, wie ihr Vater und ihres Vaters Vater.

*Roger!* Covenant stöhnte auf, als er sich dem Eingang zum Büro der Telefongesellschaft näherte. Der Name hatte ihm eigentlich nie gefallen. Aber das Kindergesicht seines Sohnes, so fein und schön herausgebildet, so menschlich und vollkommen, hatte seinem Herzen einen Schmerz aus Freude und Stolz bereitet – ja, Stolz, des Vaters Teilhabe an diesem Geheimnis. Und nun war sein Sohn fort – mit Joan fort, und er wußte nicht, wohin. Weshalb war er so völlig außerstande zum Weinen?

Im nächsten Augenblick zupfte eine Hand an seinem Ärmel. »Heda, Mister!« sagte eine helle Stimme ebenso furchtsam wie eindringlich. »Heda, Mister!« Er drehte sich zur Seite, in seiner Kehle einen Aufschrei – ›Nicht anrühren! Ausgestoßener! Unrein!‹ –, aber als er das Gesicht des Jungen sah, der seinen Ärmel gepackt hatte, blieb er stumm, versäumte er es, sich loszureißen. Der Junge war noch klein, kaum mehr als acht oder neun Jahre alt – sicherlich war er noch nicht alt genug, um soviel Furcht zu empfinden. Sein Gesicht war aus Schrecken und Nötigung fleckig, bleich und gerötet zugleich, als zwinge ihn irgend etwas zu einer Tat, die ihn entsetzte. »He,

Mister!« sagte er in leicht flehentlichem Tonfall. »Hier, nehmen Sie das.« Er schob ein altes Stück Papier in Covenants taube Finger. »Er sagte mir, ich soll es Ihnen geben. Sie sollen's lesen. Bitte tun Sie's, ja, Mister?« Unwillkürlich schlossen sich Covenants Finger um das Stückchen Papier. *Er?* dachte er benommen, während er den Jungen anstarrte. *Er?* »Er.« Der Junge deutete mit einem zittrigen Finger hinter sich den Bürgersteig hinab. Covenant blickte in die gewiesene Richtung und sah um einen halben Häuserblock entfernt einen alten Mann in einem schmutzigen ockerbraunen Gewand stehen. Er brabbelte vor sich hin, sang beinahe einen dumpfen Unsinnssingsang; sein Mund hing offen, obwohl sich sein Kinn und die Lippen nicht regten, um sein Genuschel zu erzeugen. Sein langes, zottiges Haar und sein gleichartiger Bart wehten im schwachen Wind. Er hatte sein Gesicht zum Himmel erhoben; allem Anschein zufolge starrte er direkt in die Sonne. In seiner linken Hand hielt er eine hölzerne Bettelschale. Seine Rechte umklammerte einen langen Holzstab, an dessen oberem Ende ein Schild befestigt war, worauf stand: *Hab acht!* Hab acht? Für einen seltsamen Moment, so hatte es den Anschein, strahlte das Schild selbst eine Drohung gegen Covenant aus. Gefahren ballten sich darum zusammen, um sich ihm zu nähern, Gräßlichkeiten trieben durch die Luft auf ihn zu, kreischten wie Aasgeier. Und mitten darunter, ihren Blick durch das Krächzen auf ihn geheftet, befanden sich zwei Augen – zwei Augen, die Reißzähnen glichen, faulig und tödlich. Sie betrachteten ihn mit starrem Blick voller Kälte und begieriger Bosheit, nachhaltig auf ihn fixiert, als sei er und nur er der Kadaver, wonach sie verlangten. Sie troffen von Bösartigkeit wie von Gift. Für die Dauer dieses Moments taumelte er in den Klauen einer unerklärlichen Furcht. *Hab acht!* Aber es war nur ein Schild, nur ein verblichener Pappdeckel an einem hölzernen Stab. Es schauderte Covenant, und die Luft ringsum

erfuhr eine Läuterung. »Sie sollen's lesen«, wiederholte der Junge.
»Nicht anrühren!« sagte er dorthin, wo er den Griff an seinem Ärmel spürte. »Ich bin ein Aussätziger.« Aber als er sich umschaute, war der Junge verschwunden.

## 2
## ›Man kann nicht hoffen‹

In seiner Verwirrung ließ er den Blick rasch über die ganze Straße wandern, aber der Junge war spurlos entschwunden. Dann, als er sich wieder nach dem Bettler umsah, geriet die Tür mit der blattgoldenen Aufschrift in sein Blickfeld: *Bell Telephone Company.* Dieser Anblick durchzuckte ihn mit plötzlicher Furcht, die ihn von allen Ablenkungen abbrachte. Angekommen ... Hier war sein Ziel; er war persönlich gekommen, um hier sein Menschenrecht darauf zu beanspruchen, seine Rechnungen persönlich bezahlen zu können. Aber einmal angenommen ... Er gab sich einen Ruck. Er war ein Leprakranker; er konnte sich keine Annahmen leisten. Unbewußt schob er das Stück Papier in seine Tasche. Mit grimmiger Entschlossenheit unterzog er sich einer VBG. Dann riß er sich zusammen und ging auf die Tür zu.

Ein Mann kam aus der Tür geeilt und rempelte ihn fast an, dann erkannte er ihn und wich zurück, das Gesicht aus urplötzlicher Besorgnis grau. Der Schreck brach Covenants Antriebskraft, und beinahe hätte er laut aufgebrüllt. *Lepra! Ausgestoßener! Unrein!* Erneut verharrte er, gewährte sich eine kurze Verschnaufpause. Der Mann war bei der Scheidung Joans Rechtsanwalt gewesen – ein untersetztes, fleischiges Individuum, voll von jener Sorte Jovialität, für die besonders Anwälte und Geistliche berüchtigt waren. Covenant benötigte diese Verschnaufpause, um sich vom Entsetzen im Blick des Rechtsanwalts zu erholen. Wider Willen empfand er Scham dafür, die Ursache eines solchen Entsetzens zu sein. Einen Moment lang vermochte er sich nicht auf den Anlaß zu besinnen, warum er den Ort aufgesucht hatte. Aber fast unverzüglich begann er innerlich zu schäumen. Zorn und Scham waren in seinem Innern untrennbar miteinander verschmolzen. *Ich werde mir das nicht gefallen lassen,* tobte er innerlich. *Zur Hölle! Zu so etwas haben sie kein Recht.* Doch es wollte ihm nicht so leicht gelingen, die Miene des Anwalts aus seinen Gedanken zu drängen. Dieser Abscheu war eine vollendete Tatsache, so wie die Lepra selbst – immun gegen alle Fragen von Recht oder Gerechtigkeit. Und vor allem durfte ein Leprakranker niemals die letale Realität der Fakten vergessen.

Während Covenant so verharrte, kam ihm der Einfall, ein Gedicht zu schreiben.

*»Das sind die fahlen Tode,*
*Die Menschen ihr Leben heißen:*
*Wider alle Düfte von Grünen und Gedeihen*
*Durchdünstet den Atem des Grabes Moder.*
*Leiber zucken wie Marionetten im Sterben,*
*Und die Hölle schreitet mit Gelächter …«*

Gelächter – ja, hier lag eine echte Erkenntnis. Höllenfeuer. Habe ich in jener kurzen Zeitspanne für ein ganzes Leben gelacht? Er hatte das Gefühl, sich damit eine wichtige Frage zu stellen. Als sein Roman angenommen worden war, hatte er gelacht; er lachte über die Schatten von Tiefsinn und stummen Gedanken, die sich auf Rogers Gesicht wie Meereswellen kräuselten; er lachte über das Endprodukt seiner Arbeit, das fertige Buch; er lachte über dessen Beständigkeit in den Bestsellerlisten. Tausende von kleinen und großen Angelegenheiten hatten ihn mit Vergnügen erfüllt. Als Joan ihn fragte, was er denn dauernd so lustig fände, wußte er keine andere Antwort als die, daß jeder Atemzug ihm Ideen für sein nächstes Buch eintrüge. Seine Lungen knisterten von Vorstellungsvermögen und Schwung. Er lachte gedämpft vor sich hin, sobald er mehr Heiterkeit empfand, als er für sich behalten konnte. Doch Roger war sechs Monate alt, als der Roman wirklichen Ruhm erlangte; und weitere sechs Monate später hatte Covenant irgendwie noch immer nicht von neuem zu schreiben angefangen. Er hatte zuviel Ideen. Allem Anschein nach konnte er sich nicht zwischen ihnen entscheiden.

Joan hatte für diese untätige Schwelgerei im Schöngeistigen kein Verständnis gehegt. Sie nahm Roger und ließ ihren Ehemann in ihrem kürzlich erworbenen Haus allein, wo er seine Arbeitsräume in einer nagelneu ausgestatteten, angebauten Hütte eingerichtet hatte, die zwei Zimmer besaß sowie Ausblick auf einen Bach in den Wäldern hinter der Haven Farm – ließ ihn mit der strikten Anweisung allein, mit dem Schreiben zu beginnen, während sie Roger den Verwandten vorführte. Das war der Wendepunkt gewesen, jener Moment, in dem sich der Felsklotz des Schicksals in Richtung auf seine tönernen Füße in Bewegung zu setzen anfing – mit einem Rumpeln der Warnung anrollte, um ihn so nachhaltig aus seiner Erfolgslaufbahn zu werfen, wie ein Chirurg ein Gangrän entfernt. Er bemerkte die Warnzeichen und mißachtete sie. Er hatte ihre Bedeutung nicht erkannt. Nein, statt sich nach der Ursache des noch verhaltenen Donners umzusehen, hatte er Joan zum Abschied hinterhergewinkt, bewegt von Bedauern und stummem Respekt. Er sah ein, daß sie recht hatte, daß er nicht wieder zu arbeiten beginnen würde, wenn er nicht eine Zeitlang für sich allein war; und er bewunderte ihre Fähigkeit zum Handeln, obschon sein Herz unter der ungewohnten Bürde ihrer Trennung schmerzte. Folglich kehrte er zurück zur Haven Farm, nachdem er ihrem Flugzeug hinterdreingewinkt hatte, bis es hinterm Horizont verschwunden war, schloß sich in seine Arbeitsräume ein, schob den Stecker seiner elektrischen Schreibmaschine in die Steckdose und schrieb als erstes die Widmung für seinen nächsten Roman: *Für Joan, die Bewahrerin meiner Möglichkeiten.*

Seine Finger glitten unsicher auf den Tasten aus, und er mußte drei Anläufe machen, um sie sauber getippt zu bekommen. Aber er war nicht wetterfühlig genug, um das Heraufziehen des Sturms zu erkennen.

Auch auf den dumpfen Schmerz in seinen Handgelenken und Fußknöcheln achtete er nicht, er stampfte nur mit den Füßen auf, um das Eis abzutauen, das sich daran auszubreiten schien. Und als er den gefühllosen blauroten Fleck an der rechten Hand entdeckte, nahe beim Ansatz des kleinen Fingers, verdrängte er ihn aus seinem Bewußtsein. Binnen vierundzwanzig Stunden nach Joans Abreise war er tief in die Planung seines Buches festgebissen. Durch seine Fantasie brausten Gedankenbilder wie ein Wasserfall. Seine Finger versagten, mußten sich mit den einfachsten Wörtern abplagen, aber sein Geist arbeitete tadellos. Er verschwendete keinen Gedanken daran, sich mit der winzigen Wunde zu befassen, die im Mittelpunkt jenes blauroten Flecks entstand.

Nach drei Wochen der verschiedensten Besuche bei Familienangehörigen kehrte Joan mit Roger heim. Ihr fiel nicht auf, daß etwas nicht stimmte, ehe am Abend Roger schlief und sie im Arm ihres Mannes saß. Die Fensterläden waren geschlossen, das Haus war gegen den frostigen Winterwind verbarrikadiert, der über die Farm dahinheulte. In der ruhigen Luft ihres Wohnzimmers bemerkte sie dann den schwachen, süßlichen, ekligen Geruch von Covenants Infektion.

Monate später, als er an die antiseptischen Wände seines Zimmers im Leprosorium starrte, verfluchte er sich dafür, seine Hand nicht mit Jod behandelt zu haben. Nicht der Verlust zweier Finger verdroß ihn so stark. Die Operation, die ihn einen Teil seiner Hand kostete, war nur ein kleineres Vorzeichen des Schicksalsschlages, der ihn aus seinem normalen Leben warf,

ihn aus seiner eigenen Welt riß, als wäre er eine Art von Krebsgeschwulst. Und als seine rechte Hand in der Erinnerung an ihre verlorenen Glieder schmerzte, war der Schmerz nicht stärker als zu erwarten. Nein, er bereute seine Unvorsichtigkeit, weil sie ihn um eine letzte Umarmung mit Joan betrogen hatte. Aber an jenem letzten gemeinsamen Winterabend, mit ihr in seinen Armen, hatte er solche Aussichten nicht einmal im entferntesten geahnt. Er sprach mit gedämpfter Stimme über sein neues Buch und hielt sie an sich gedrückt, im Moment damit zufrieden, den Druck ihres festen Körpers an seinem zu spüren, den reinlichen Duft ihres Haars, die sanfte Glut ihrer Wärme. Ihr plötzliches Erschrecken hatte ihn verblüfft. Bevor er überhaupt begriff, was sie so beunruhigte, stand sie auf den Beinen und zog ihn mit sich vom Sofa hoch. Sie hielt seine rechte Hand zwischen ihnen empor, seine Infektion ans Licht, und ihre Stimme klang aus Ärger und Sorge brüchig. ›O Tom! Warum paßt du kein bißchen auf dich auf?‹ Danach vergeudete sie keine Zeit. Sie bat eine Nachbarin, sich an Rogers Bett zu setzen, und fuhr ihren Mann durch den leichten Februarschneefall zur Notaufnahmestation der Klinik. Dort verließ sie ihn nicht, ehe er in ein Krankenzimmer gelegt worden war und bereits zur Operation eingeplant. Gangrän lautete die vorläufige Diagnose.
Joan verbrachte am nächsten Tag viel Zeit bei ihm in der Klinik, praktisch die gesamte Zeit, während welcher man ihn nicht irgendwelchen Untersuchungen unterzog. Und am folgenden Morgen holte man Thomas Covenant um 6 Uhr aus seinem Krankenzimmer zur Operation an der rechten Hand. Drei Stunden später kam er in seinem Krankenbett wieder zu Bewußtsein und besaß zwei Finger weniger. Die Benommenheit nach den Betäubungsmitteln umnebelte seinen Verstand noch für ein beträchtliches Weilchen, und er vermißte Joan erst am Mittag. Sie besuchte ihn den ganzen Tag lang nicht.

Und als sie am darauffolgenden Morgen sein Krankenzimmer betrat, war sie verändert. Ihre Haut war bleich, als horte ihr Herz das Blut, und die Knochen ihrer Stirn schienen sich gegen die Haut zu stemmen. Sie wirkte wie ein gefangenes Tier. Über seine ausgestreckte Hand sah sie hinweg. Ihre Stimme klang leise und beherrscht; sie mußte Gewalt anwenden, um sich dazu zu zwingen, ihm bloß noch die Aufmerksamkeit ihrer Worte zu gewähren. Sie hielt von ihm Abstand, so weit wie es im Krankenzimmer möglich war, und starrte ausdruckslos zum Fenster hinaus, während sie ihn von der Neuigkeit unterrichtete. Die Ärzte hatten festgestellt, daß er an Lepra litt.

Aus Überraschung war er völlig fassungslos. ›Du mußt dir doch wohl‹, sagte er, ›einen schlechten Scherz erlauben.‹

Da fuhr sie herum und sah ihn an. ›Spiel jetzt hier nicht den Begriffsstutzigen!‹ schrie sie. ›Der Arzt sagte, er würde es dir beibringen, aber ich habe es abgelehnt, ich wollte es selbst tun. Ich habe dabei an dich gedacht. Aber aushalten … aushalten kann ich's nicht. Du hast Lepra! Weißt du, was das bedeutet? Deine Hände und Füße werden dir abfaulen, deine Arme und Beine werden dir krumm und lahm, dein Gesicht wird so scheußlich wie ein moderiger Schwamm. Deine Augen werden Geschwüre bekommen, die Sehkraft wird nach einiger Zeit schwinden, und das alles kann ich unmöglich ertragen – dir dagegen wird's keinen Unterschied ausmachen, denn du wirst nichts fühlen können, verdammt noch mal! Und … ach, Tom, Tom! Sie ist ansteckend!‹

›Ansteckend?‹ Als verstehe er nicht, was sie meinte.

›Ja!‹ fauchte sie. ›Die meisten Fälle entstehen dadurch …‹ einen Moment würgte sie an der Furcht, die ihren Ausbruch begleitete, ›… daß die Erkrankten sich als Kinder ansteckten. Kinder sind anfälliger als Erwachsene. Roger … ich kann nichts riskieren … ich muß Roger davor schützen!‹

›Ja, natürlich‹, antwortete er, als sie aus dem Zimmer stürzte, die Flucht ergriff. Denn irgend etwas anderes hatte er dazu nicht zu sagen. Noch immer begriff er nicht richtig, was los war. Sein Verstand war wie weggeblasen. Erst Wochen später begann er allmählich zu erkennen, wieviel seiner selbst der Wind von Joans Heftigkeit ihm ausgetrieben hatte; und von da an war er schlichtweg entsetzt.

Achtundvierzig Stunden nach der Operation schrieb Covenants Chirurg ihn reisefähig und schickte ihn ins Leprosorium in Louisiana. Während der Fahrt zum Leprosorium erläuterte der Arzt, der ihn vom Flugplatz abgeholt hatte, sachlich verschiedene oberflächliche Aspekte der Lepra. Das *Mycobacterium leprae* war erstmals im Jahre 1874 von Armauer Hansen entdeckt worden, aber die Erforschung des Bazillus scheiterte bisher stets daran, daß es den Forschern nicht gelang, zwei der vier Stufen in der Koch-Analyse durchzuführen: Noch niemand hatte den Mikroorganismus künstlich zu züchten vermocht, und noch niemand hatte exakt ermittelt, wie er sich übertrug. Gewisse neuere Forschungen von Dr. O.A. Skinsnes auf Hawaii sollten jedoch vielversprechend sein. Covenant hörte nur halb zu. Er spürte abstrakte Schwingungen des Grauens in dem Wort *Lepra,* aber sie überzeugten irgendwie nicht. Sie machten auf ihn soviel Eindruck wie Drohungen in einer unbekannten Sprache. Die Worte selbst hinter dem Tonfall der Drohungen besagten ihm nichts. Er musterte das ernste Gesicht des Arztes, als sei er von neuem Zeuge der unverständlichen Gemütsaufwallung Joans, und ging nicht auf ihn ein. Doch als Covenant im Leprosorium in ein Zimmer eingewiesen worden war – einen kleinen quadratischen Raum mit einem kahlen, weißen Bett und antiseptischen Wänden –, schlug der Arzt einen anderen Ton an. ›Mr. Covenant‹, sagte er unvermittelt, ›anscheinend begreifen Sie nicht in vollem Umfang, worum es hier geht. Kommen Sie mit. Ich möchte Ihnen etwas zeigen.‹ Covenant folgte ihm auf den

Korridor. ›Sie haben‹, sprach der Arzt unterwegs weiter, ›was wir einen Primärfall von Hansens Krankheit nennen – einen ursprünglichen Fall, also einen, der keine … keine Genealogie hat. Achtzig Prozent der Fälle in diesem Land betreffen Leute – Einwanderer und dergleichen –, die sich als Kinder im Ausland angesteckt haben … meist in tropischem Klima. Bei Ihnen wissen wir zumindest, wo Sie sie sich zugezogen haben, wenn wir schon nicht herausfinden können, warum oder wie. Selbstverständlich können die Erkrankungen, ob es sich nun um Primär- oder Sekundärfälle handelt, den gleichen allgemeinen Verlauf nehmen. Aber grundsätzlich wachsen Menschen mit Sekundärfällen in Gegenden auf, wo Hansens Krankheit weniger rätselhaft ist als hier. Sobald sie erkrankt sind, merken sie gewöhnlich, was sie da bekommen haben. Das bedeutet, sie besitzen eine größere Chance, um sich rechtzeitig um Hilfe zu bemühen. Und nun möchte ich, daß Sie einen unserer anderen Patienten kennenlernen. Es handelt sich um den einzigen weiteren Primärfall, den wir gegenwärtig hier haben. Er war so etwas wie ein Einsiedler … er hauste ganz allein und weitab von jedermann in den Bergen im westlichen Virginia. Was mit ihm geschah, erfuhr er erst, als die Armee mit ihm Verbindung aufzunehmen versuchte – um ihm mitzuteilen, daß sein Sohn im Krieg gefallen war. Als der Offizier den Mann sah, verständigte er sofort den Staatlichen Gesundheitsdienst. Und der Gesundheitsdienst schickte den Mann uns.‹ Der Arzt blieb vor einer Tür stehen, die jener von Covenants zellenähnlichem Raum ähnelte. Er klopfte, wartete jedoch keinen Zuruf ab. Er schob die Tür einwärts, nahm Covenant am Ellbogen und führte ihn ins Zimmer. Als er die Schwelle überquerte, drang ein widerwärtig scharfer Gestank an Covenants Nase, ein Geruch wie nach verwesendem Fleisch und Latrine. Er widerstand allen Überlagerungsversuchen durch Karbolsäuren und Duftstoffen. Er stammte von einer eingeschrumpelten Gestalt,

die auf groteske Weise auf dem weißen Bett saß. ›Guten Tag‹, sagte der Arzt. ›Dies ist Thomas Covenant. Bei ihm liegt ein Primärfall von Hansens Krankheit vor, aber anscheinend begreift er noch nicht die Gefahr, in der er schwebt.‹
Langsam hob der Patient seine Arme, als wolle er Covenant an sich drücken. Seine Hände waren geschwollene Stümpfe, Klumpen ohne Finger aus rosafarbenem, entzündetem Fleisch, gezeichnet von Rissen und Geschwüren, aus denen durch die Schicht von aufgetragenen Salben eine gelbliche Ausscheidung sickerte. Diese Klumpen befanden sich an dürren, verkrümmten Armen, die knotigen Stöcken glichen. Und obwohl die klinikeigene Pyjamahose seine Beine verhüllte, fiel ihre Ähnlichkeit mit knorrigen Ästen auf. Vom einen Fuß fehlte die Hälfte, war abgefressen, und an der Stelle des anderen Fußes war nichts als eine unheilbare schwärende Wunde. Dann bewegte der Patient die Lippen, um zu sprechen, und Covenant hob seinen Blick in das Gesicht. Die stumpfen, mit Katarakten durchsetzten Augen saßen darin wie der Mittelpunkt einer Aufwerfung. Die Haut der Wangen war weißlich-rosa wie bei einem Albino; sie warf Beulen und floß von den Augen davon wie in Wellen, zerlaufen, als wäre sie bis zum Schmelzpunkt erhitzt worden; und auf den Kämmen dieser Wellen saßen dicke tuberkulöse Knoten. ›Bringen Sie sich um!‹ rasselte die gräßliche Stimme des Patienten. ›Besser als das hier.‹
Covenant riß sich vom Arzt los. Er stürmte auf den Flur und erbrach den Mageninhalt auf den sauberen Fußboden und gegen die blanken Wände wie einen Auswurf der Empörung. In diesem Moment entschied er sich fürs Überleben.
Thomas Covenant blieb länger als sechs Monate im Leprosorium. Er verbrachte die Zeit damit, durch die Korridore zu streifen wie ein aus Fassungslosigkeit ratloses Gespenst, übte sich in der VBG und anderen Überlebenstricks, stierte sich durch stundenlange Beratungen mit den Ärzten voran, lausch-

te Lektionen über die Lepra, über Therapien und Rehabilitation. Bald hatte er gelernt, daß die Ärzte in geduldiger Anwendung von Psychologie den Schlüssel zur Leprabehandlung enthalten glaubten. Sie wollten seine Ratgeber sein. Aber er verweigerte jedes Gespräch über sich selbst. Tief in seinem Innern war ein harter Kern aus unversöhnlicher Wut im Entstehen begriffen. Er hatte feststellen müssen, daß durch irgendeinen bitterbösen Witz seiner Nerven die beiden verlorenen Finger für den Rest des Körpers gegenwärtiger zu sein schienen als die ihm verbliebenen Glieder. Sein rechter Daumen suchte ständig den Kontakt mit den abgetrennten Fingern; und mit einer linkischen Gebärde der Überraschung fand er immer wieder nur die Narbe vor. Die Unterstützung durch die Ärzte schien diesem Phänomen zu ähneln. Ihre wenigen, leblosen Vorstellungen von Hoffnung erregten in ihm den Eindruck des Umhertastens einer Fantasie ohne Finger. Und so endeten diese Beratungen wie die Lektionen, als lange Vorträge von Fachleuten auf dem Gebiet der Probleme, mit denen er, Thomas Covenant, sich auseinandersetzen mußte. Über Wochen hinweg rieselten diese Vorträge auf ihn ein, und er begann davon zu träumen. Ermahnungen beherrschten die verwüstete Spielwiese seines Geistes. Statt Ereignisse und Leidenschaften träumte er Zusammenfassungen.

›Lepra ist vielleicht die unerklärlichste aller menschlichen Heimsuchungen‹, ging es ihm Nacht für Nacht durch den Kopf. ›Sie ist ein Geheimnis, so wie die seltsame, kleine Differenz zwischen lebender und toter Materie ein Geheimnis ist. Oh, wir wissen einige Dinge über sie: Sie verläuft nicht tödlich. Sie ist in keiner herkömmlichen Hinsicht direkt übertragbar. Sie wirkt sich aus, indem sie die Nerven zerstört, typischerweise in den Extremitäten und in der Kornea der Augen. Sie erzeugt Deformationen, hauptsächlich weil sie die Fähigkeit des Körpers herabsetzt, sich durch Spürsinn und Reaktionen auf Schmerz gegen Beschädigungen zu schützen. Sie kann in vollständige Invalidität, extreme Deformation des Gesichts und der Extremitäten und Blindheit münden. Ihr Verlauf ist irreversibel, weil die abgestorbenen Nerven sich nicht ersetzen lassen. Ebenso wissen wir, daß man in nahezu allen Fällen durch die richtige Behandlung mit DDS – Diaminodiphenylsulfonamid – und einigen der neuen synthetischen Antibiotika die Ausbreitung des Leidens zum Stillstand bringen kann und daß, sobald dem Verfall des Nervensystems Einhalt geboten ist, eine angemessene Medikation und Therapie das Leiden für das restliche Leben des Patienten unter Kontrolle gehalten werden kann. Wir wissen jedoch nicht, warum und wie sich gerade diese oder jene Person die Krankheit zuzieht. Was unsere Möglichkeiten des Nachweises betrifft, so kommt sie grundlos aus dem Nichts. Und wenn man sie erst mal hat, ist alles ganz klar: Man kann nicht hoffen, davon irgendeine Heilung zu erlangen.‹

Die Worte, welche er träumte, enthielten keinerlei Übertreibungen – sie hätten wörtlich von irgendeinem aus dem Dutzend von Referenten oder einer beliebigen der vielen Beratungen stammen können –, aber ihr Dröhnen klang nach der Androhung von etwas so Unerträglichem, daß es nicht einmal hätte ausgesprochen werden dürfen.

›Was wir in langen Jahren der Forschung erarbeitet haben‹, erläuterte die unpersönliche Stimme des Arztes weiter, ›ist die Einsicht, daß Hansens Krankheit den Patienten vor zwei einzigartige Probleme stellt – in gegenseitiger Wechselbeziehung befindliche Schwierigkeiten, die bei keiner andersartigen Erkrankung auftreten, und das macht den geistigen Aspekt des Daseins als Lepra-Opfer entscheidender als die körperliche Verfassung. Das erste Problem betrifft das Verhältnis zu den Mitmenschen. Anders als heute die Leukämie oder im vorigen Jahrhundert die Tuberkulose ist die Lepra keine Krankheit – und war's nie – von sozusagen poetischer Natur, kein Leiden, das sich romantisieren läßt. Ganz im Gegenteil. Selbst in Gesellschaften, in denen man die Siechen weniger ablehnt als in unserer westlichen Zivilisation, ist man dem Aussätzigen immer mit Widerwillen und Furcht begegnet – sogar unter jenen, die ihn zuvor am meisten liebten, war er wegen eines seltenen Bazillus, den niemand vorherzusehen oder abzuwehren vermag, ein Ausgestoßener, ein Ausgesetzter – eben ein Aus-sätziger. Lepra ist nicht tödlich, so daß der Durchschnittspatient durchaus noch einer Lebenserwartung von dreißig oder fünfzig Jahren als Leprakranker entgegenblicken kann. Diese Tatsache, verbunden mit der unerbittlich fortschreitenden Körperbehinderung, die mit dem Leiden einhergeht, macht die Lepraleidenden unter allen Kranken zu jenen, die am dringendsten des Beistands ihrer Mitmenschen bedürfen. Doch buchstäblich alle Gesellschaften verdammen ihre Leprakranken zur Isolation und Verzweiflung – denunzieren sie als Kriminelle und Degenerierte, Verräter und Unholde –, und sie werden aus den Reihen des Menschengeschlechts verstoßen, bloß weil die Wissenschaft bislang daran gescheitert ist, das Geheimnis ihres Übels zu entschleiern. In jedem Land dieser Erde, in einer Kultur nach der anderen rings um die Welt hat man den Aussätzigen als die Personifizierung all dessen betrachtet, was Menschen sowohl persönlich wie auch gemeinschaftlich fürchten und verabscheuen. Die Menschen reagieren so aus mehreren Gründen. Erstens erzeugt das Leiden eine Häßlichkeit und einen schlechten Geruch, die unbestreitbar widerwärtig und schier unerträglich sind. Zweitens vermögen die Leute trotz der generationenlangen Aussagen der Forschung einfach nicht zu glauben, daß eine so offenkundig scheußliche und mysteriöse Heimsuchung nicht übertragbar ist. Der Umstand, daß wir bezüglich des Bazillus konkrete Fragen nicht zu beantworten vermögen, verstärkt nur ihre Furcht – wir können nicht mit Gewißheit verneinen, daß womöglich Berührung, daß vielleicht Luft, Nahrung oder Wasser oder selbst bloße Mitleidsbekundungen die Krankheit übertragen. Mangels jeder natürlichen, nachvollziehbaren Erklärung für das Leiden legen sich die Menschen dafür eben andersgeartete Begründungen zurecht – sie sehen darin Beweise für Verbrechen, Schmutz oder Perversionen, den Ausdruck eines göttlichen Strafgerichts, eines Gottesurteils, das entsetzliche äußere Anzeichen einer psychischen, spirituellen oder moralischen Verdorbenheit oder einer Schuld. Und sie beharren darauf, es sei ansteckend, obwohl feststeht, daß die Übertragbarkeit selbst im Falle von Kindern wirklich minimal ist. Deshalb werden viele von ihnen das weitere Leben ohne eine einzige menschliche Stütze leben müssen, die ihnen die Bürde tragen hülfe. Das ist ein Grund, warum wir hier ein solches Schwergewicht auf die Beratung legen. Wir wollen Ihnen dabei helfen, mit der Einsamkeit fertig werden zu lernen. Zahlreiche jener Patienten, die diese Einrichtung verlassen, schöpfen ihre restlichen Jahre nicht bis zum Ende aus. Unter dem Schock ihrer Absonderung verlieren viele ihre Motivation, sie lassen ihre Selbstbehandlung schleifen, werden entweder aktiv oder passiv suizidgeneigt. Wenige finden sich rechtzeitig wieder hier ein. Jene Patienten, die überleben, finden irgendwo irgend jemand, der die Bereitschaft hat, ihnen beim Überleben zu helfen, oder sie finden irgendwo in ihrem Innern die Kraft zum Durchhalten. Welchen Weg Sie in Zukunft jedoch gehen mögen, an einer Tatsache wird sich nie etwas ändern: Von nun an bis zu Ihrem Ableben wird die Lepra der wesentlichste Einzelfaktor Ihrer Existenz sein. Sie wird in jeder Beziehung Ihr Dasein beherrschen. Vom Augenblick des Aufwachens bis zum Moment des Einschlafens werden Sie Ihre ungeteilte Aufmerksamkeit allen harten Ecken und scharfen Kanten des Lebens widmen müssen. Davon dürfen Sie sich keine Erholung gönnen. Sie dürfen sich nicht mit Tagträumereien und Herumhängen entspannen. Alles, was drücken, stoßen, brennen, brechen, kratzen, reißen, stechen kann oder Sie schwächt, ist dazu imstande, Sie zu verletzen, zu verkrüppeln oder sogar umzubringen. Und das Nachdenken über all die Wege des Daseins, die Sie nicht länger beschreiten können, ist dazu geeignet, Sie zur Verzweiflung und zum Selbstmord zu treiben. Alles schon dagewesen.‹

Covenants Pulsschlag raste, und sein Schweiß ließ die Laken und Decken an seinen Gliedern kleben. Die Stimme seines Alptraums blieb unverändert – sie gab sich keine Mühe, um ihn zu erschrecken, sie hatte kein Vergnügen an seiner Furcht –, aber ihre Worte klangen schwarz wie Haß, und hinter ihnen klaffte eine weite, offene Wunde von Leere. ›Das bringt uns auf ein anderes Problem. Es hört sich ganz unkompliziert an, aber Sie werden feststellen, daß es verheerende Wirkungen zur Folge haben kann. Die meisten Menschen sind stark von ihrem Tastsinn abhängig. Die gesamte Struktur ihrer Reaktionen auf die Realität ist um ihren Tastsinn organisiert. Sie mögen ihren Augen und Ohren mißtrauen, aber was sie anfassen können, gibt ihnen die Sicherheit, es ist real. Es ist kein Zufall, daß wir die tiefsten Teile von uns selbst – unsere Emotionen – in Begriffen des Tastsinns ausdrücken: schon das *Begreifen* selbst wie der *Begriff:* Traurige Geschichten *berühren* unsere *Gefühle.* Ärgerliche Situationen *reizen* oder *schmerzen* uns. Dies ist ein unausweichliches Resultat der Tatsache, daß wir biologische Organismen sind. Sie müssen alle Anstrengungen unternehmen, um diese Orientierung umzuändern. Sie sind intelligente Lebewesen – jeder von Ihnen hat ein Gehirn zu seiner Verfügung. Benutzen Sie es. Setzen Sie es ein, um die Gefahren zu erkennen, die Ihnen drohen. Verwenden Sie es, um sich aufs Überleben zu drillen.‹

Danach wachte er jedesmal schweißgebadet allein in seinem Bett auf, die Augen aus den Höhlen gequollen, die Lippen verpreßt durch Wimmerlaute, die sich zwischen seinen zusammengebissenen Zähnen hinauszwängen wollten. Traum um Traum, Woche um Woche hielt dieser Zustand an. Tag um Tag mußte er sich mit dem eigenen Groll strafen, um sich zum Verlassen der ungenügenden Zuflucht seines Zimmers zu zwingen.

Aber er blieb bei seiner grundsätzlichen Entscheidung. Er lernte Patienten kennen, die schon mehrfach ins Leprosorium zurückgekehrt waren – gehetzte Rückfällige, die die wesentliche Anforderung ihrer Prüfung nicht zu erfüllen vermochten, nämlich sich ans Leben zu klammern, ohne irgendwelche der Gegenleistungen zu begehren, die dem Lebem seinen Wert gaben. Ihr zyklischer Verfall verhalf ihm zu der Erkenntnis, daß seine Alpträume den Rohstoff des Überlebens enthielten. Nacht für Nacht trieb sie ihn ins Ringen mit der brutalen und unabänderlichen Grundregel der Leprose; in einem inneren Kampf nach dem anderen zeigte sie ihm auf, daß die vollständige Unterordnung unter diese Grundregel sein einziger Schutz gegen den Eiter war, gegen Fraß und Fäulnis und Blindheit. Während des fünften und sechsten Monats im Leprosorium praktizierte er seine VBG und andere Übungen mit manischer Hartnäckigkeit. Er starrte die kahlen antiseptischen Wände seines Zimmers an, als wolle er sich selbst durch ihren Anblick hypnotisieren. Im Hintergrund seines Bewußtseins zählte er die Stunden zwischen den Verabreichungen seiner Medikamente. Und wann immer er ein Versäumnis beging, im Rhythmus seiner Selbstverteidigung einen Takt ausließ, überhäufte er sich selbst mit Verwünschungen. Nach sieben Monaten waren die Ärzte davon überzeugt, daß es sich bei seiner Hartnäckigkeit nicht bloß um eine zeitweilige Phase handelte. Sie waren im Rahmen des Möglichen dessen sicher, daß die Ausbreitung seines Leidens gehemmt war; sie schickten ihn heim.

Als er im Spätsommer ins Haus auf der Haven Farm heimkehrte, meinte er, daß er auf alles vorbereitet sei. Er hatte sich darauf eingestellt, keinerlei Nachricht von Joan vorzufinden, auf den entsetzlichen Widerwillen seiner früheren Freunde und Bekannten gefaßt gemacht; dennoch bereiteten diese Unannehmlichkeiten ihm ein Schwindelgefühl der Übelkeit, das durch Wut und Selbstabscheu entstand. Der Anblick von Joans und Rogers zurückgebliebenen Habseligkeiten im Haus, die Verlassenheit der Ställe, worin Joan sonst die Pferde unterzustellen pflegte, quälten sein wundes Herz wie Säure – aber auch dagegen hatte er sich vorher hinreichend gestählt. Trotzdem war er nicht genug gewappnet, nicht gegen alles. Nachdem er sich doppelt und dreifach vergewissert hatte, daß keine Post von Joan vorlag, nachdem er telefonisch mit der Rechtsanwältin gesprochen hatte, die seine Angelegenheiten regelte – sogar durch die metallene Verbindung des Kabels war in der Stimme der Frau ihr Unbehagen wahrnehmbar gewesen –, begab er sich in seine Hütte mit Blick auf die Wälder und setzte sich hin, um zu lesen, was er bisher am neuen Buch geschrieben hatte.

Die hirnblinde Armseligkeit seiner Zeilen kostete ihn fast den Verstand. Es wäre eine Schmeichelei gewesen, sie in lachhaftem Maße kindisch zu nennen. Er vermochte kaum zu glauben, daß er selbst die Verantwortung für derartig oberflächlichen Mist trug. An jenem Abend las er nochmals seinen ersten Roman, den Bestseller. Danach entzündete er, indem er sich mit außerordentlicher Behutsamkeit bewegte, im Kamin ein Feuer und verbrannte sowohl den Roman wie auch das neue, unfertige Manuskript. *Feuer!* dachte er. *Läuterung. Wenn ich schon kein weiteres Wort schreibe, will ich mein Leben wenigstens von diesen Lügen säubern. Fantasie! Wie konnte ich jemals so selbstgefällig sein?* Und während er zusah, wie die Blätter zu grauer Asche zerfielen, tilgte er zugleich jeden

Gedanken an künftiges Schreiben. Zum erstenmal verstand er einen Teil dessen, was die Ärzte gepredigt hatten: Er mußte sich seiner Fantasie entledigen. Er konnte sich keine Fantasie leisten, eine Fähigkeit, die es ihm ermöglichte, sich Joan vorzustellen, Freude, Gesundheit. Wenn er sich mit unerreichbaren Begierden folterte, schwächte er seinen Halt an der Grundregel, die ihm das Überleben gestattete. Seine Fantasie konnte ihn ums Leben bringen, ihn zum Freitod verführen, verleiten oder ihn ihm aufdrängen; die Vorstellung alles dessen, was er entbehren mußte, mochte ihn zur Verzweiflung treiben. Als das Feuer erlosch, zertrampelte er die Asche unter seinen Füßen, wie um sicherzugehen, daß das Papier auch von den Flammen verzehrt blieb.

Am nächsten Morgen begann er damit, sein weiteres Leben zu organisieren. Zuerst suchte er sein altes, gerades Rasiermesser heraus. Die lange Klinge aus rostfreiem Stahl blinkte im schillernden Licht seines Badezimmers wie ein höhnisches Grinsen. Aber er zog es mit Vorbedacht ab, schäumte sich das Gesicht ein, drückte sein wackliges Gerippe ans Waschbecken und setzte sich die Klinge an die Kehle. Er spürte sie an seiner Halsschlagader wie einen Strich aus kaltem Feuer, eine hautnahe Drohung mit Blut und Gangrän und reaktivierter Lepra. Sollte seine teilweise entfingerte Hand ausrutschen oder zucken, waren außerordentlich ernste Folgen zu befürchten. Aber er nahm das Risiko bewußt auf sich, um sich Disziplin einzutrichtern, sein Wissen um die kostbaren Voraussetzungen des Überlebens zu festigen, seine Entschlossenheit zu untermauern. Er machte die Rasur mit dieser Klinge zu einer festen Einrichtung, einem Ritual der täglichen Konfrontation mit seinem Zustand. Aus dem gleichen Grund gewöhnte er es sich an, ständig ein Taschenmesser bei sich zu tragen. Sobald er spürte, daß seine Disziplin zu erschlaffen drohte, wenn er sich von Erinnerungen, Hoffnungen oder aussichtsloser Liebe gefährdet fühlte, holte er das Messer heraus und erprobte die Klinge an seinem Handgelenk. Im Anschluß an die Rasur begann er im Haus zu arbeiten. Er machte sauber und räumte auf, stellte die Möbel so um, daß die Gefahren von spitzen Ecken, harten Kanten und verborgenen Hindernissen sich weitmöglichst verringerten; er schaffte alles beiseite, worüber er fallen oder woran er sich stoßen konnte, was ihn möglicherweise hinderte, so daß er sich letztendlich sogar im Dunkeln in den Zimmern sicher zu bewegen und zurechtzufinden vermochte. Er veränderte das ganze Haus, bis es soweit wie überhaupt möglich seinem Zimmer im Leprosorium ähnelte. Er schob alles, was für ihn ein unerwünschtes Risiko bedeutete, ins Gästezimmer ab; und als das getan war, schloß er das Gästezimmer ab und warf den Schlüssel fort. Er verriegelte auch die Hütte mit seinen Arbeitsräumen und entfernte ihre Sicherungen, so daß in den alten Leitungen kein Kurzschluß entstehen konnte. Schließlich wusch er sich den Schweiß von den Händen. Er wusch sie mit grimmiger Besessenheit; er mußte es – die körperliche Empfindung von Unreinheit war zu stark. Lepra. Ausgestoßener. Unrein.

Den Herbst brachte er damit zu, an den Schluchten des Wahnsinns entlangzustolpern. Düsterer Groll pochte in seinem Innern wie eine zwischen seine Rippen gerammte *Pica,* trieb ihn ziellos umher. Er verspürte das unersättliche Bedürfnis nach Schlaf, durfte ihm jedoch nicht nachgeben, weil sich seine Träume in Alpträume verwandelt hatten; trotz seiner allgemeinen Abstumpfung litt er unter dem Eindruck, langsam zerfressen zu werden. Und das Wachsein konfrontierte ihn mit einem tückischen, unauflösbaren Paradoxon. Er bezweifelte, daß er ohne den Beistand oder die Ermutigung anderer Menschen die Last dieses Kampfes gegen Grauen und Tod lange tragen könne; doch gleichzeitig erklärten ja dies Grauen und dieser Tod die Verweigerung von Beistand und Ermutigung, machten sie verständlich, rechtfertigten sie beinahe. Sein Ringen ergab sich aus demselben Leid, das sein Außenseitertum erzeugte. Was ihm widerfahren mußte, falls er den Kampf verlor, mißfiel ihm sehr. Er haßte sich selbst dafür, einen so aussichts- und endlosen Kampf führen zu müssen. Aber er vermochte nicht die Menschen zu hassen, die seine innere Absonderung so absolut machten. Sie teilten nur mit ihm seine eigene Furcht. Im wirren Rondell dieses Dilemmas war Giftigkeit die einzige Reaktion, die ihm Standfestigkeit verlieh. Er klammerte sich an seinen bitteren Zorn, als sei er der Anker seiner geistigen Gesundheit; um zu überleben, benötigte er Wut, er brauchte sie als Bastion für seinen Halt am Leben. An manchen Tagen schwelgte er vom einen zum anderen Sonnenaufgang ohne Unterlaß in seinem Zorn.

Doch mit der Zeit begannen auch diese Aufwallungen nachzulassen. Seine Außenseiterrolle gehörte ebenfalls zur Grundregel; sie war eine unumkehrbare Tatsache, so vollkommene und zwangsweise Wirklichkeit wie Schwerkraft, Siechtum und Abstumpfung. Gelang es ihm nicht, sich selbst so zurechtzubiegen, daß er zu den Tatsachen paßte, konnte er es auch nicht schaffen zu überleben. Wenn er über die Farm blickte, wirkten die Bäume, die seinen Grundbesitz an der Landstraße begrenzten, so weit entfernt, als könne nichts diese Kluft überbrücken.

Es gab keine Antwort auf den Widerspruch. Seine Finger zuckten aus Ratlosigkeit, so daß er sich einmal beim Rasieren fast schnitt. Ohne Leidenschaft vermochte er nicht zu kämpfen – doch alle seine Leidenschaften hatten sich gegen ihn gekehrt. Während der Herbst verstrich, schleuderte er immer weniger Flüche gegen die Unmöglichkeiten, die ihn gefangenhielten. Er streifte durch die Wälder hinter der Haven Farm, ein hochgewachsener, hagerer Mann mit verhärmten Augen, automatenhaftem Schritt, an der rechten Hand zwei Finger zuwenig. Jeder steinige Pfad, kantige Felsen und steile Hang erinnerte ihn daran, daß er nur in seiner Selbstüberwachung zu erschlaffen brauchte, um schmerzlos und völlig unbetrauert aller Schwierigkeiten enthoben zu werden. Es bereitete ihm lediglich zusätzlichen Gram, die Rinde eines Baumes anzufassen und nichts zu spüren. Er sah das Ende deutlich voraus, das ihn erwartete; sein Herz mußte allmählich so gefühllos werden wie sein Körper, und dann war er ein für allemal verloren.

Nichtsdestotrotz flößte es ihm das plötzliche Gefühl ein, in einem Brennpunkt zu stehen, als er erfuhr, daß irgend jemand für ihn die Stromkosten bezahlt hatte, das Erlebnis einer Klarstellung, als habe er soeben einen bis dahin unbekannten Feind bemerkt. Das unvermutete Geschenk machte ihn plötzlich darauf aufmerksam, was vorging. Die Einwohner des Ortes mieden ihn nicht bloß, sie verbauten ihm zielstrebig jeden Vorwand, der sich ihm bieten könnte, um sich in ihre Mitte zu begeben. Als er diese Gefahr erstmals begriff, bestand seine unmittelbare Reaktion darin, ein Fenster aufzureißen und in den Winter hinauszubrüllen. ›Von mir aus! Zur Hölle, ich brauche euch nicht!‹ Aber diese Sache war nicht so einfach, daß sie sich durch Großspurigkeit ausräumen ließ. Als der Winter einem frühen Frühling im März wich, reifte in ihm die Überzeugung heran, daß er irgend etwas tun mußte. Er war eine Person, ein Mensch wie jeder andere; ein eigenes Herz hielt ihn am Leben. Er brauchte nicht stillzuhalten und diese Abtrennung hinzunehmen.

Und daher raffte er allen Mut zusammen, als seine nächste Telefonrechnung eintraf, rasierte sich peinlich genau, zog Kleidungsstücke aus festen Stoffen an, schnürte seine Füße eng in dicke Stiefel ein und begab sich auf den zwei Meilen weiten Weg in die Ortschaft, um die Rechnung persönlich zu bezahlen. Und dieser Weg führte ihn vor die Tür der Bell Telephone Company, wo nun Furcht seinen Kopf umnebelte wie eine dumpfige Wolke. Für eine Weile stand er vor der Tür mit ihren Buchstaben aus Blattgold und dachte Dinge wie:

*»Das sind die fahlen Tode ...«*

und grübelte über verklungenes Lachen nach. Endlich gab er sich einen Ruck, öffnete die Tür mit der Heftigkeit einer Bö und stapfte auf das Mädchen am Kundenschalter zu, als habe es ihn zum Zweikampf herausgefordert. Er senkte seine Hände bedächtig auf den Schaltertisch, um sie zur Ruhe zu nötigen. Für einen Moment bleckte er die Zähne. »Mein Name«, sagte er, »ist Thomas Covenant.«

Das Mädchen war schmuck gekleidet und hatte die Arme unter den Brüsten gekreuzt, so daß sie auf dieser Unterlage am vorteilhaftesten zur Geltung kamen. Er zwang sich dazu, den Blick in das Gesicht des Mädchens zu heben. Es blickte ausdruckslos an ihm vorbei. Während er noch nach irgendwelchen Anzeichen des Widerwillens suchte, sah es ihn plötzlich an. »Ja, bitte?«

»Ich möchte meine Rechnung begleichen«, sagte er. *Sie weiß nicht über mich Bescheid*, dachte er. *Sie hat noch nichts von mir gehört.*

»Selbstverständlich, Sir«, antwortete das Mädchen. »Würden Sie mir bitte Ihre Kundennummer sagen?« Er tat es, und das Mädchen entfernte sich gemächlich in einen anderen Raum, um in den Konten nachzusehen.

Die Spannung während der Abwesenheit der Angestellten ließ ihm die Furcht im Halse pochen. Er brauchte irgendwas, um sich abzulenken, zu beschäftigen. Abrupt faßte er in seine Tasche und holte das Stück Papier hervor, das er von dem Jungen erhalten hatte. *Sie sollen's lesen!* Er glättete es auf dem Schaltertisch und schaute es sich an. Das alte Druckstück hatte folgenden Text:

*Ein handfest wirklicher Mann – wirklich in jeder Hinsicht, die er als Wirklichkeit erkennt – findet sich plötzlich der Welt enthoben und in physikalische Verhältnisse versetzt, die eigentlich unmöglich sind: Geräusche haben Aroma, Ansichten haben Gewebebeschaffenheit, Berührungen haben Tiefen und Höhen. Da unterrichtet ihn eine körperlose Stimme, er sei als Champion seiner Welt an diesen Ort gebracht worden. Er solle zum Zweikampf auf Leben oder Tod gegen den Champion einer anderen Welt antreten. Unterläge er, müsse er sterben, und seine Welt – die wirkliche Welt – werde vernichtet, weil sie der inneren Kraft zum Überleben ermangle. Der Mann weigert sich, zu glauben, daß das, was er vernimmt, die Wahrheit ist. Er vermutet, daß er entweder träumt oder halluziniert, und lehnt es ab, sich in die falsche Bereitschaft zu einem Kampf auf Leben oder Tod drängen zu lassen, wo keine ›wirkliche‹ Gefahr besteht. Er bleibt unerschütterlich in seinem Unglauben gegenüber seiner augenscheinlichen Lage und leistet keinen Widerstand, als der Champion der anderen Welt ihn angreift.*
Frage: *Ist das Verhalten des Mannes mutig oder feige? Das ist die grundsätzliche Frage aller Ethik.*

*Ethik!* Covenant rümpfte verächtlich die Nase. Wer, zum Teufel, setzte solchen Humbug in die Welt? Im nächsten Moment kam das Mädchen zurück; ihre Miene drückte eine stumme Frage aus. »Thomas Covenant? Von der Haven Farm? Sir, auf Ihrem Kundenkonto ist eine Gutschrift vorgenommen worden, die Ihre üblichen Kosten für mehrere Monate abdeckt. Haben Sie uns in letzter Zeit einen höheren Scheck geschickt?« Covenant taumelte und sackte vornüber wie nach einem kräftigen Hieb, dann fing er sich am Schaltertisch ab, stand zur Seite geneigt wie eine gestrandete Galeone. Er zerknüllte das Papier in seiner Faust, ohne es zu bemerken. Es schwindelte ihm, in seinen Ohren hallten Worte wider: *Buchstäblich alle Gesellschaften verdammen … denunzieren … verstoßen – man kann nicht hoffen …* Er lenkte seine Aufmerksamkeit auf seine kalten Füße und schmerzerfüllten Knöchel, während er darum rang, seine helle Wut zu bändigen. Mit mühseliger Behutsamkeit legte er das zerknitterte Papier vor dem Mädchen auf den Schaltertisch. »Sie ist nicht ansteckend, müssen Sie wissen«, sagte er und zwang sich einen nahezu einwandfreien Plauderton auf. »Sie werden sie von mir nicht bekommen – Sie brauchen sich keine Sorgen zu machen. Sie ist gar nicht ansteckend. Außer für Kinder.« Das Mädchen blinzelte ihn an, als sei es erstaunt über die Verschwommenheit der eigenen Gedanken.

Seine Schultern krümmten sich zusammen, seine Wut erstickte in seiner Kehle. Er drehte sich mit soviel Würde um, wie er zustande brachte, und strebte zurück, hinaus in den Sonnenschein, ließ die Tür hinter sich zufallen. *Hölle und Verdammnis!* wetterte er lautlos. *Hölle und Verdammung!* Es schwindelte ihm aus Groll, als er die Straße hinauf- und hinabblickte. Von seinem Standpunkt aus vermochte er die gesamte unheilvolle Ausdehnung der Ortschaft zu überblicken. In der Richtung zur Haven Farm sah er die Läden des Geschäftszentrums dicht beieinander wie Zahnreihen stehen. Im hellen Sonnenlicht fühlte er sich entblößt und allein. Rasch überprüfte er seine Hände auf Kratzer oder Abschürfungen, dann nahm er das Spießrutenlaufen hastig von neuem auf. Beim Ausschreiten tasteten seine tauben Füße unsicher über den Bürgersteig, als wären selbst die Pflastersteine aus Verzweiflung erweicht. Er glaubte, daß er Mut zeigte, weil er nicht blindlings fortrannte. Einige Augenblicke später ragte vor ihm wieder das Gerichtsgebäude empor. Davor stand auf dem Bürgersteig der alte Bettler. Er hatte sich nicht vom Fleck gerührt. Noch immer starrte er aufwärts zur Sonne, immer noch brabbelte er sinnlos vor sich hin. *Hab acht!* hieß es auf seinem Schild, zwecklos wie eine verspätete Warnung. Als sich Covenant ihm näherte, fiel es ihm auf, wie bar jeglicher Habe der Bettler wirkte. Bettler und Fanatiker, Prediger und Propheten der Apokalypse gehörten nicht am hellichten Tag auf diese Straße; die strengen Augen oberhalb der Säulen, die alles und jeden zur Zwergenhaftigkeit verurteilten, kannten keine Nachsicht für solche prätentiösen Auftritte. Der Anblick verursachte Covenant eine verschrobene Regung von Mitleid. Fast wider Willen blieb er vor dem Alten stehen. Der Bettler rührte sich nicht, ließ von seiner ungehemmten Bewunderung der Sonne nicht ab. Seine Stimme jedoch veränderte sich; aus dem Einheitsbrei seines Gebrummels brach ein einzelnes deutliches Wort hervor. »Gib!« Die Forderung klang wie direkt an Covenant persönlich gerichtet. Und wie auf Befehl senkte er den Blick auf die Bettelschale. Aber das barsche Verlangen, der Verdruß der Nötigung erzeugten in ihm neuen Ärger. *Ich schulde dir nichts,* brauste er insgeheim auf. Aber ehe er seinen Weg fortsetzen konnte, öffnete der Alte erneut den Mund. »Ich habe dich gewarnt.«

Covenant erstarrte. Unerwartet fühlte er sich von der Feststellung betroffen wie von einer Erkenntnis, einer intuitiven Zusammendrängung all seiner Erfahrungen des letzten Jahres. Noch inmitten seines Grolls fällte er einen spontanen Entschluß. Mit gequälter Miene zerrte er an seinem Ehering. Noch nie hatte er den weißgoldenen Ehering entfernt; trotz der Scheidung, trotz Joans antwortlosem Stillschweigen hatte er den Ring am Finger behalten. Er war eine Ikone seiner selbst. Er erinnerte ihn daran, was er einmal gewesen und was er heute war – an abgelegte und gebrochene Versprechungen, zerronnene Gefährtenschaft, Hilflosigkeit und seine verkümmerte Menschlichkeit. Nun riß er ihn sich von der linken Hand und ließ ihn in die Bettelschale fallen. »Das Ding

ist mehr als ein bißchen Kleingeld wert«, sagte er und trottete weiter.
»Warte!« Das Wort klang so gebieterisch, daß Covenant wieder verharrte. Er stand still, bezähmte seinen Zorn, bis er die Hand des Mannes an seinem Arm spürte. Da wandte er sich um und blickte in die hellblauen Augen, die so ausdruckslos dreinschauten, als ermäßen sie noch die geheime Glut der Sonne. Der Alte war plötzlich groß von verborgener Stärke.
Eine plötzliche Verunsicherung erfaßte Covenant und verwirrte ihn, ein Gefühl der Nähe zu Dingen, die er nicht begriff. Aber er unterdrückte die Anwandlung. »Faß mich nicht an«, sagte er. »Ich bin ein Aussätziger.«
Der leere Blick nahm ihn anscheinend überhaupt nicht wahr, als existiere er nicht oder als seien die Augen blind; die Stimme des Alten jedoch klang deutlich und fest. »Du lebst in einer Hölle, mein Sohn.«
Covenant befeuchtete sich mit der Zunge die Lippen. »Nein, Alter«, entgegnete er. »Das ist normal. Menschen sind nun einmal so. Gewohnheitsmäßig oberflächlich.« Als zitiere er eine Grundregel für Leprakranke, fand er. *Oberflächlichkeit ist das maßgebliche Charakteristikum des Lebens.* »So ist das Leben. Ich habe nur weniger Scherereien als andere Menschen damit, mich in die Tatsachen zu fügen.«
»So jung … und schon so verbittert.«
Seit langem hatte Covenant kein Mitgefühl zu spüren bekommen, und dieser mitleidige Tonfall traf ihn hart. Sein Ärger kehrte wieder, verengte ihm die Kehle, machte seine Zunge schwerfällig. »Komm, Alter«, sagte er. »Wir haben die Welt nicht geschaffen. Wir müssen bloß darin leben. Wir sitzen alle im selben Boot … aus dem einen oder anderen Grund.«
»Nicht?« Doch ohne eine Erwiderung abzuwarten, begann der Bettler wieder seinen fremdartigen Singsang zu brummen. Er hielt Covenant fest, bis er in seinem sonderbaren Gesinge

irgendwie eine Lücke erreichte. Danach besaß seine Stimme eine neue Eigenschaft, einen aggressiven Ton, und er hieb nun in die Kerbe von Covenants offenbarter Schwäche. »Warum scheidest du dann nicht aus dieser Welt?«

In Covenants Brust breitete sich ein Druckgefühl aus, umkrampfte sein Herz. Die hellblauen Augen stießen irgendeine Art von Drohung gegen ihn aus. Beunruhigung plagte ihn. Er wäre am liebsten vor dem Greisengesicht zurückgewichen, um seine VBG durchzuführen, sich zu vergewissern, daß er unversehrt war; aber der ausdruckslose Blick lähmte ihn. »Das wäre zu leicht«, antwortete er schließlich. Seine Antwort traf auf keinen Widerspruch, aber noch immer wuchs seine Unsicherheit. Unter der übermächtigen Willenskraft des Alten verweilte er am Abgrund seiner Zukunft und starrte hinab in die zerklüfteten, begierigen Schlünde der Gefahren, der vervielfältigten groben Greuel, die auf ihn lauerten. Er war sich plötzlich der vielen verschiedenen möglichen Todesarten für einen Lepraleidenden bewußt. Aber dies Panorama trug dazu bei, sein Gleichgewicht wiederherzustellen. Es glich einem Markstein des Vertrauten inmitten einer fantastischen Situation; einem Richtungsschild, das ihn auf vertrauten Boden zurückführte. Er vermochte seiner Furcht den Rücken zu kehren. »Sag mal«, wandte er sich an den Bettler, »kann ich dir irgendwie helfen? Mit Essen? Unterschlupf? Was ich habe, soll dir zur Verfügung stehen.«

Als hätte Covenant irgendein wichtiges Losungswort ausgesprochen, wich die Bedrohung aus den Augen des Alten. »Du hast bereits zuviel getan. Geschenke wie diese gebe ich dem Geber zurück.« Er streckte Covenant seine Bettelschale entgegen. »Nimm den Ring zurück. Bleib getreu! Du brauchst nicht zu straucheln.«

Auch der Befehlston war jetzt aus der Stimme verschwunden. Statt dessen hörte Covenant nun gedämpfte Beifälligkeit heraus. Er zögerte, fragte sich, was dieser alte Mann mit ihm zu tun haben möge. Aber er mußte irgendwie reagieren. Er nahm den Ring und steckte ihn sich wieder an die linke Hand.

»Alle straucheln«, sagte er dann. »Aber ich werde überleben – solange ich's kann.«

Der Alte erschlaffte, als habe er sich in diesem Moment der Bürde einer Prophezeiung oder eines Gebotes entledigt, sie auf Covenants Schultern abgewälzt. Seine Stimme klang nun schwächlich. »So mag es sein.« Ohne ein weiteres Wort drehte er sich um und ging davon. Er stützte sich auf seinen Stab wie ein erschöpfter Prophet, vom Verkünden seiner Visionen entkräftet. Sein Stab pochte mit einem seltsamen Geräusch den Bürgersteig entlang, als sei das Holz härter als der Stein.

Covenant blickte dem ockerfarbenen Gewand, durch das der Wind fuhr, und dem zerzausten Haar nach, bis der Alte hinter einer Ecke verschwand. Dann straffte er sich ruckartig und begann mit der fälligen VBG. Sein Blick verharrte auf dem Ehering. Er hatte den Eindruck, daß der Ring zu locker um den Finger saß, als sei er ihm plötzlich zu groß geworden. *Verdammt noch mal,* dachte er. *Eine Gutschrift ist vorgenommen worden. Ich muß irgend etwas unternehmen, ehe man die Straßen gegen mich absperrt.* Für eine Zeitlang blieb er auf dem Fleck stehen und versuchte irgendeinen Weg des Vorgehens zu ersinnen. Gedankenverloren hob er den Blick zu den steinernen Häuptern über den Säulen des Gerichtsgebäudes. Sie besaßen gleichgültige Augen, und ihre Lippen glichen Zuckungen des Abscheus, gemeißelt als fortgesetzte Drohung, unübersehbar und für immer unvollendet. Ihr Anblick gab ihm eine Idee ein. Er schleuderte einen stummen Fluch zu ihnen hinauf und schritt den Bürgersteig entlang. Er hatte sich dazu entschlossen, seine Rechtsanwältin aufzusuchen, um zu verlangen, daß die Frau, die seine Verträge und Geschäftsangelegenheiten regelte, irgendwelche rechtlichen Maßnahmen gegen diese schwarze Mildtätigkeit einleitete, mit der man ihn vom Ort abzusondern beabsichtigte. *Diese Zahlungen müssen rückgängig gemacht werden,* dachte er. *Es ist doch unmöglich, daß jemand ohne meine Zustimmung meine Rechnungen bezahlen darf.*

Das Büro der Anwältin befand sich in einem Haus an der Ecke einer Straße, die die Hauptstraße kreuzte; diese Ecke lag auf der anderen Seite der Hauptstraße. Innerhalb einer Minute munteren Ausschreitens gelangte Covenant zur Kreuzung und damit zur einzigen Ampelanlage der Ortschaft. Er fühlte sich zur Eile gedrängt, zum Handeln aus eigenem Entschluß, bevor sein Mißtrauen gegen Anwälte und alle öffentlichen Einrichtungen ihn zur Auffassung verleitete, es sei vergeblich, daß er sich abzappelte. Er mußte sich der Versuchung, die Hauptstraße trotz des Rotlichts zu überqueren, zur Wehr setzen. Es dauerte lange bis zum Wechsel, aber endlich zeigte die Ampel das Grün für ihn an. Er betrat den Fußgängerüberweg.

Ehe er drei Schritte getan hatte, hörte er eine Sirene heulen. Rotlicht zuckte auf, und aus einer Gasse schoß ein Polizeiauto auf die Hauptstraße. Es schleuderte und schaukelte unter dem rücksichtslosen Schwung des Abbiegemanövers, dann raste es direkt auf Thomas Covenant zu. Er erstarrte wie im Zugriff einer unsichtbaren Faust. Er wollte weitergehen, aber er war zu nichts anderem imstande als stillzustehen, wie angewurzelt, und er starrte dem heranrasenden Kühlergrill des Wagens entgegen. Einen Moment lang vernahm er das wahnwitzige Kreischen von Bremsen. Dann brach er zusammen.

Als er stürzte, hatte er das unbestimmte Gefühl, er falle zu früh, es sei noch kein Zusammenprall erfolgt. Aber er konnte gegen den Sturz nichts tun; er fürchtete sich zu sehr, fürchtete sich vorm Zermalmtwerden. Nach all seiner langgeübten Selbstüberwachung so einen Tod zu sterben! Plötzlich drang eine gewaltige Schwärze in sein Bewußtsein, die hinter dem Sonnenschein stand, hinter den herausgeputzten Schaufenstern und auch dem Quietschen der Reifen. Die Helligkeit um seinen Kopf und der Asphalt darunter schienen lediglich auf diesen schwarzen Hintergrund aufgemalt zu sein, und nun senkte sich dieser Hintergrund in seiner ganzen Schwärze auf ihn herab, hüllte ihn ein, durchströmte ihn. Schwärze sickerte durchs Sonnenlicht wie ein kalter Bote der Nacht. Er dachte an einen Alptraum. *Bleib getreu!* hörte er absurderweise die Stimme des alten Bettlers. *Du brauchst nicht zu straucheln.*

Die Finsternis durchdrang alles, überschwemmte den Tag, und das einzige, dessen Covenant sicher war, daß er es wirklich sah, war ein vereinzeltes rotes Leuchten, das vom Streifenwagen kam – ein roter Blitz, heiß, scharf und fürchterlich, war er wie eine Klinge auf seine Stirn gerichtet.

## 3
## Verlockung zum Verrat

Für die Dauer einer Frist, die er nur an seinen Herzschlägen zu ermessen vermochte, schwebte Covenant im Dunkeln. Der rote Lichtspeer wirkte auf ihn wie der einzige Fixpunkt eines Universums, das ringsum ins Brodeln geraten zu sein schien; ihm war zumute, als müsse er eine ungeheure Umwälzung des Himmels und der Erde sehen können, wüßte er nur, wohin er zu schauen hatte, aber die Schwärze und der heiße rote Lichtspeer auf seiner Stirn hinderten ihn an Bewegungen, und er mußte die Strömungen, die ihn umwallten, unbesehen hinziehen lassen. Unter dem Druck des grausamen roten Lichtstrahls konnte er in seinen Schläfen jeden Pulsschlag pochen fühlen, als wäre es sein Verstand, der ihm das Leben auspumpte, nicht sein Herz. Die Schläge kamen langsam – zu langsam für das Maß von Anspannung, das er empfand. Er vermochte nicht zu begreifen, was mit ihm geschah. Aber jeder Herzschlag schüttelte ihn, als sei sein Hirn selbst einem Hammerwerk ausgeliefert. Urplötzlich begann der blutrote Lichtspeer zu flackern, dann teilte er sich. Er näherte sich dem Lichtschein – oder dieser näherte sich ihm. Die beiden feuerroten Flecken waren Augen.

Im nächsten Moment vernahm er Gelächter – grelle, schrille Heiterkeit voller Triumph und alter Bosheit. Die Stimme krähte wie ein gehässiger Gockel, der die Morgendämmerung der Hölle ankündet, und Covenants Herz erbebte bei diesem Klang.

»Geschafft!« keckerte die Stimme. »Ich! Mein!« Erneut brach sie in gackerndes Gelächter aus. Covenant war nun nahe genug, um die Augen klar zu erkennen. Sie wiesen kein Weiß und keine Pupillen auf; rote Kugeln füllten ihre Augenhöhlen aus, und darin schwamm lavagleiche Glut. Ihre Hitze war so dicht vor ihm, daß sie auf Covenants Stirn brannte. Dann loderten die Augen auf, schienen die Luft ringsum zu entzünden. Flammen waberten nach allen Seiten, hüllten Covenant in einen düsteren Glanz. Er bemerkte, daß er sich in einer Felsenhöhle befand. Ihre Wände fingen die Helligkeit ein und bewahrten sie, so daß die Höhle auch nach dem einmaligen Auflodern der Augen erhellt blieb. Der Fels war glatt, aber in viele hundert unregelmäßige Facetten unterteilt, als sei die Höhle mit einem schadhaften Messer aus dem Gestein geschabt worden. Rundum klafften in den Felswänden der Höhle Eingänge. Hoch über seinem Kopf erstreckte sich die Höhlendecke aus einer dichten Traube von Stalaktiten, wogegen der Boden der Höhle glatt und abgenutzt war wie nach zahllosen Schritten vieler Füße. Roter Schein glomm empor zwischen die Stalaktiten, so daß ihre Ansammlung rötlich schimmerte. Der Hohlraum war erfüllt mit scharfem Gestank, einem sauren Geruch mit scheußlich süßlicher Beimischung – wie brennender Schwefel mit verwesendem Fleisch. Covenant würgte, aber nicht nur deshalb, sondern auch infolge des Anblicks der Kreatur, deren Augen ihn derartig gebannt hatten. Auf einer flachen Erhöhung ungefähr am Mittelpunkt der Höhle kauerte ein Wesen mit langen, dürren Gliedmaßen, Händen von der Größe und Unförmigkeit von Schaufeln, einem mageren, gekrümmten Leib und einem Kopf wie ein Rammbock. In der zusammengekauerten Haltung ragten die Kniespitzen beinahe bis hinauf an die Ohren. Mit einer Hand klammerte es sich an der Felsplatte fest, worauf es hockte, in der anderen Hand hielt es einen langen hölzernen Stab, der vom einen bis zum anderen Ende verschlungene Schnitzereien aufwies und mit Metall beschlagen war. Der von grauer Behaarung umgebene Mund des Wesens war im Lachen verkrampft, und die roten Augen schienen wie Magma zu gluckern. »Ha«, kreischte es weiter. »Geschafft! Herbeibeschworen! Mit meiner Macht. Alle töten!« Während seine schrille Stimme zeterte, geiferte er in unverhohlener Begierde. »Lord Seibrich! Meister! Ich!« Das Geschöpf sprang auf die Füße, schwankte in wahnsinnigem Stolz. Es trat näher zu seinem Opfer, und Covenant wich mit einem Widerwillen zurück, den er nicht unterdrücken konnte. »Dich töten!« brüllte die Kreatur, indem sie den Stab mit beiden Händen etwa in der Mitte packte. »Deine Kräfte erringen! Alle zerschmettern! Lord Seibrich sein!« Sie hob den Stab, wie um Covenant damit zu schlagen.

Da erscholl in der Höhle eine andere Stimme. Sie war tief und klangvoll, kräftig genug, um die Luft mühelos zu durchdringen, und in Anklängen bedrohlich, als spräche ein Abgrund. »Zurück, Felswürm«, befahl sie. »Diese Beute ist zu groß für dich. Er ist mein.«

Das Geschöpf wandte sein Gesicht mit einem Ruck der Höhlendecke zu. »Mein!« krakeelte es. »Mein Stab! Du hast's vergessen. Ich habe ihn beschworen. Du hast's gesehen!«

Covenant verfolgte den Blick der roten Augen aufwärts, aber er sah nichts außer dem wirren Hell-Dunkel der dichten steinernen Spitzen. »Du hattest Beistand«, sagte die tiefe Stimme. »Der Stab war für dich eine zu schwierige Aufgabe. Du hättest ihn mit einer winzigen Unregelmäßigkeit zerstört, wärst du nicht von mir darin unterwiesen worden, ihn zu handhaben. Und mein Beistand hat seinen Preis. Was immer du anderes willst, magst du tun. Doch dieser Fang ist mein. Er gehört mir.«

Das Aufbegehren der Kreatur verebbte, als habe sie sich plötzlich eines geheimen Vorteils erinnert. »Mein Stab«, murmelte sie düster. »Ich habe ihn. Du bist nicht unantastbar.«

»Du drohst mir?« Die tiefe Stimme nahm einen zornigen Tonfall an, und ihre unausgesprochene Gefährlichkeit erhob sich näher zur Oberfläche. »Gib acht und hüte dich, Seibrich

Felswürm! Dein Verhängnis braut sich zusammen. Sieh her! Schon handle ich.« Ein leises Knirschen ertönte, wie von riesigen Zähnen, die aufeinander mahlen, und ein kühler Dunst schob sich zwischen Covenant und Seibrich, verdichtete sich, wirbelte und ballte sich, bis er Seibrich vor Covenants Augen verbarg. Anfänglich glühte der Dunst im Licht des erhellten Gesteins, aber indem er immer stärker wallte, verschwand das Rot im trüben, einheitlichen Grau eines Nebels. Der üble Gestank wich einem angenehmeren Geruch – dem nach Rosenöl, dem Duft von Begräbnissen. Trotz der Sichtbehinderung durch den Nebel spürte Covenant, daß er sich nicht länger in Seibrichs Höhle befand. Der Wechsel bedeutete ihm allerdings keinerlei Erleichterung. Furcht und Entsetzen rissen an ihm wie in einem Alptraum. Die körperlose Stimme versetzte ihn in Panik. Als der Nebel ihn völlig einhüllte, erbebten seine Beine und knickten ein, und er fiel auf die Knie.
»Du bist gut beraten«, sprach die Stimme nun ihn an, »zu mir zu flehen.« Ihre Fürchterlichkeit erschütterte Covenant wie der plötzliche Anblick einer scheußlichen Mordtat. »Für einen Mann inmitten deines glücklosen Geschicks gibt es keine andere Hoffnung und keine andere Hilfe. Mein Feind wird dir nicht zur Seite stehen. Er war's, der dich für dies Verhängnis erwählte. Und wenn er eine Wahl getroffen hat, dann gibt er nicht, er nimmt.« Eine Spur unbekümmerter Geringschätzung durchzog die Stimme, schrammte an Covenants Nerven. »Ja, es könnte dir wohl bekommen, mich anzuflehen. Ich vermöchte dich deiner Mühsal zu entledigen. Was du auch an Gesundheit oder Kraft wünschen magst, in meiner Macht liegt's, es dir zu geben. Denn ich habe meinen Angriff auf dies Zeitalter begonnen, und mir gehört die Zukunft. Ich werde nicht nochmals scheitern.«
Covenants Verstand war unter dem schockartigen Eindruck der Stimme noch wie betäubt. Aber das Angebot von Gesund-

heit entging ihm nicht, und sein Herz tat einen wilden Satz. Er spürte es deutlich in seiner Brust wummern, er fühlte, wie es gegen seine Furcht ankämpfte. Aber er war noch zu überwältigt, um zu sprechen. Die Stimme redete weiter, während er schwieg.

»Kevin war ein Narr – übermütig, altweiberhaft, feige. Sie alle sind Narren. Schau nur dich selbst an, Kriecher. Der mächtige Hoch-Lord Kevin, Sohn des Lorik und Urenkel des mir verhaßten Berek dem Lord-Zeuger, stand dort, wo du kniest, und er beabsichtigte mich zu vernichten. Er entdeckte meine Pläne, erkannte in bestimmtem Umfang meine wahre Natur – obwohl der Schwachkopf mich viele Jahre lang, ohne die Gefahr zu ahnen, im Rat zu seiner Rechten sitzen ließ – und er sah endlich, wer ich war. Dann kam es zum Krieg zwischen uns, jenem Krieg, der das Westland verwüstete und seine teure Herrenhöh selbst bedrohte. Meine Faust war die härtere, und er bekam sie zu spüren. Als seine Heere wankten und seine Macht schwand, verging er schier aus Verzweiflung – und in seiner Verzweiflung verfiel er mir. Er wähnte, er könne mich dennoch zur Gänze überwinden. Deshalb trat er mir in jener Höhle entgegen, aus der ich dich soeben gerettet habe – Kiril Threndor oder Donnerherz. Seibrich Felswürm weiß nicht, auf welchem schwarzen Stein er da steht. Und das ist nicht alles, worüber er in Unwissenheit lebt – doch von meinen weiter reichenden Absichten will ich schweigen. Auf seine Weise dient er mir gut, wenngleich er mir gar nicht zu dienen gedenkt. Ebenso werdet ihr, du und die zaghaften Lords, mir dienen, sei's euch so recht oder nicht. Mögen sie sich für eine Weile durch ihre geringen Rätsel arbeiten, während sie noch kaum daran denken, daß ich lebe. Noch haben sie nicht den siebenten Grad von des toten Kevin Lehre gemeistert, da wagen sie sich in ihrem Hochmut bereits Erdfreunde zu nennen, Diener des Friedens. Sie sind zu blind, um ihre eigene Überheblichkeit zu bemerken. Doch ich werde sie sehen lehren. In Wahrheit ist es nämlich schon zu spät für sie. Sie werden sich ins Kiril Threndor begeben, und ich werde sie Dinge lehren, die ihre Seelen verfinstern. So geziemt es sich. Dort trat Kevin vor mich und forderte mich in seiner Verzweiflung heraus. Und ich nahm an. Der Tor! Vor Lachen vermochte ich kaum die Worte recht zu sprechen. Er glaubte, daß solche Zauber mich erlösen möchten. Aber die Macht, die mich bindet, besteht seit der Erschaffung der Zeit. Deshalb nahm ich die Herausforderung an, als Kevin meiner spottete, ich möge die Gewalten entfesseln, die das Land und all seine verfluchten Geschöpfe zu Staub zerschmettern könnten. Ja, und ich lachte, bis sich am Ende in seiner Miene Zweifel regten. Dieser Verrückte stürzte das Zeitalter der Alt-Lords in den Untergang – aber ich überdauerte. Ja, ich! Gemeinsam standen wir im Donnerherz, der blinde Kevin und ich. Gemeinsam vollzogen wir das Ritual der Schändung. Ach, was war er für ein Dummkopf! Er war mir bereits verfallen und ahnte es doch nicht! In seinem Stolz auf seine Lehre sah er nicht, daß dasselbe Gesetz, dem er diente, mich inmitten des Unheils erhielt, während zugleich alle bis auf einige wenige seiner Leute und seiner Werke dem Tod und der Vernichtung anheimfielen. Gewiß, für eine Zeitlang war ich geschwächt. Tausend Jahre lang mußte ich mein Begehren zügeln wie ein geprügelter Köter. Der Preis dafür ist noch zu zahlen – dafür und für anderes werde ich mein Entgelt eintreiben. Aber ich ging nicht unter. Und als Seibrich den Stab fand, ihn erkannte und doch nicht zu gebrauchen vermochte, da sah ich meine neue Gelegenheit. Mir wird die Zukunft alles Lebenden gehören, um's zu bewahren oder zu vertun, wie's mir belieben mag. So flehe mich an, du Kriecher. Trotze dem Unheil, das mein Feind dir aufgebürdet hat. Du bekämst, entscheidest du dich falsch, kaum viel Möglichkeiten, um es zu bereuen.«

Der Nebel und die vom Rosenöl schwere Luft schienen an Covenants Kräften zu zehren, als entzögen sie ihm diese aus seinem Blut. Aber sein Herz klopfte weiter, und er klammerte sich an sein Pochen, um sich gegen seine Furcht zur Wehr zu setzen. Er drückte die Arme an seine Brust und krümmte sich vornüber, versuchte sich vor der Kälte zu schützen. »Was für ein Unheil?« brachte er mühsam heraus. Seine Stimme klang im Nebel bedeutungslos und kläglich.

»Es ist seine Absicht, daß du mein letztendlicher Bezwinger sein mögest. Dich hat er auserwählt – dich, Kriecher, und er hat zu diesem Zweck in deine Hände eine Macht gelegt, wie sie noch kein Sterblicher jemals besaß –, um mich zu vernichten. Aber er wird feststellen, daß ich so leicht nicht bezwungen werden kann. Du hast nun viel Macht – wilde Magie steht dir zu Gebote, die gegenwärtig dein Leben schützt –, aber du wirst sie niemals richtig begreifen. Zuletzt wirst du mich doch nicht schlagen können. Nein, du bist nur das Opfer seiner Erwartungen, und es ist mir nicht gegeben, dich durch den Tod von dieser Drangsal zu befreien … noch nicht. Doch vermögen wir deine Macht gegen ihn zu wenden und die Erde endgültig von ihm zu säubern.«

»Gesundheit?« Mit Mühe hob Covenant seinen Blick aufwärts. »Gesundheit, sagtest du?«

»Jede, in welcher Hinsicht es dir daran auch mangeln mag, Kriecher. Doch ersuche mich darum, solange ich noch geduldig bin.«

Aber die Verachtung in der Stimme war zu stark, sie verletzte zu tief. Die Wunde füllte sich mit Covenants Wut. Er begann sich aufzulehnen. *Nein,* dachte er, während er sich von den Knien hochraffte, *ein Kriecher bin ich nicht.* Er knirschte, bevor er sprach, mit den Zähnen, um sein Zittern zu unterdrücken. »Wer bist du?« erkundigte er sich.

Als sähe sie den begangenen Fehler ein, antwortete die Stimme in freundlicherem Ton als zuvor. »Man hat mir viele Namen verliehen«, sagte sie. »Für die Lords von Schwelgenstein bin ich Lord Foul der Verächter. Für die Riesen der Wasserkante bin ich Satansherz und Seelenpresser. Die Ramen nennen mich Fangzahn den Reißer. In den Träumen der Bluthüter bin ich die Verderbnis. Aber das Volk des Landes ruft mich den Grauen Schlächter.«

»Lassen wir's«, sagte Covenant mit Entschiedenheit.

»Narr!« donnerte die Stimme, und ihre Gewalt warf Covenant der Länge nach auf den Felsboden. Er lag mit der Stirn auf den Stein gedrückt und wartete voller Schrecken darauf, daß ihn die Stimme in ihrem Unmut auslösche. »Nach deinesgleichen Wunsch pflege ich weder zu handeln noch zu unterlassen. Aber ebensowenig werde ich dir dies vergessen. Ich sehe, daß meine Geringschätzung deinen Stolz kränkt, Kriecher. Beizeiten will ich dich lehren, was wirklich Verachtung heißt. Aber nicht jetzt. Bald bin ich stark genug, um dir die ungezähmte Magie zu entringen, und dann sollst du zu deinem Schaden erfahren, daß ich in meiner Verachtung keine Grenzen kenne, daß mein Verlangen ein Ding ohne Boden ist. Aber nun habe ich genug Zeit verschwendet. Kommen wir zu meinem Willen. Vernimm meine Worte, Kriecher. Ich habe einen Auftrag für dich. Du wirst für mich eine Botschaft nach Schwelgenstein tragen – zum Großrat der Lords. Richte dem Großrat der Lords und dem Hoch-Lord Prothall, Sohn des Dwillian, von mir aus, daß die äußerste Frist ihres restlichen Verweilens im Lande von heute an noch siebenmal sieben Jahre beträgt. Ehe diese Zeit verstrichen ist, werde ich die Gewalt über Leben und Tod in meiner Hand halten. Und zum Beweis dafür, daß die Botschaft, die ich ihnen sende, ein Wort der reinen Wahrheit ist, berichte dies: Seibrich Felswürm, Höhlenschrat im Donnerberg, hat den Stab des Gesetzes gefunden, den vor zehnmal hundert Jahren Lord Kevin während des Rituals der Schändung verlor. Sage ihnen,

daß es ihres Geschlechtes Aufgabe ist, den Stab zurückzugewinnen. Ohne ihn werden sie mir nicht einmal noch sieben Jahre widerstehen können, und mein Sieg wird um sechsmal sieben Jahre früher vollkommen sein als andernfalls. Und was dich betrifft, Kriecher: Vergiß die Botschaft nicht. Bringst du sie nicht vor den Rat, wird jeder Mensch im Lande tot sein, bevor zehn Jahreszeiten verstreichen. Du begreifst nicht, worum es geht – doch laß es dir von mir gesagt sein: Seibrich Felswürm hat den Stab des Gesetzes, und das ist Grund zu höchstem Grauen. Trägst du die Botschaft nicht zu den Empfängern, wird er in zwei Jahren zu Herrenhöh den Thron besteigen. Schon jetzt beginnen die Höhlenschrate sich um ihn zu scharen. Wölfe und auch Urböse, Abkömmlinge der Dämondim, lockt es zur Macht des Stabes. Doch Krieg wäre nicht das Allerärgste. Seibrich gräbt immer tiefer in die dunklen Schichten unterm Donnerberg, dem Gravin Threndor oder Pik Feuerlöwen. Und in den Tiefen der Erde sind Übel vergraben, deren Gewalt zu ungeheuer und zu schrecklich ist, als daß ein Sterblicher darüber gebieten dürfte. Sie würden das Universum auf ewig zur Hölle machen. Doch nach genau einer solchen Übelgewalt trachtet Seibrich. Er sucht den übelmächtigen Stein, den Weltübel-Stein. Sollte er desselben Herr werden, wäre die Welt ein einziges Weh für hoch und niedrig gleichermaßen, bis die Zeit selbst verrinnt. So sieh zu, Kriecher, daß du die Kunde ausrichtest. Du hast Seibrich gesehen. Hättest du Lust, in seinen Pfoten zu sterben?« Die Stimme schwieg, und Covenant hielt sich den Kopf mit beiden Händen, versuchte das Echo von Fouls Drohungen zum Verstummen zu bringen. *Das ist ein Traum!* dachte er. *Ein Traum!* Aber die Undurchsichtigkeit des Nebels flößte ihm ein Gefühl des Gefangenseins ein, des Eingegossenseins in völligem Irrsinn. Er erbebte unter der Stärke seines Verlangens nach Flucht und Wärme.
»Verschwinde! Laß mich in Ruhe!«

»Ein Wort noch«, sagte Lord Foul. »Ein letzter Ratschlag: Vergiß nicht, wen du zuletzt am meisten fürchten mußt. Ich hatte mich mit Töten und Foltern zu bescheiden. Nun jedoch stehen meine Pläne fest, und ich habe ihre Verwirklichung in Angriff genommen. Ich will nicht ruhen noch rasten, ehe ich vom Antlitz der Erde die Hoffnung vertilgt habe. Bedenke es und verzweifle!«

*Verzweifle* hallte gedehnt in der Luft nach, während rundum ein lautes Geräusch des Mahlens anschwoll, als große Felsblöcke zwischen sich kleinere Steine zerrieben. Das Knirschen brauste auf Covenant zu, dann über ihn hinweg, bevor es sich entfernte, Covenant auf den Knien zurückließ, den Kopf zwischen den Armen, das Bewußtsein aus Panik wie leergefegt. Starr verblieb er in dieser Haltung, bis das Knirschen sich nicht länger vernehmen ließ und die entstandene Stille das leise Raunen von Wind durchwehte. Da öffnete er furchtsam die Augen und sah auf dem Fels unter seinem Gesicht hellen Sonnenschein.

# 4
# Kevinsblick

Er streckte sich der Länge nach aus und lag für einige Zeit reglos, ließ seine von jenem Nebel durchkühlten Gliedmaßen genüßlich durch die Sonne wärmen. Rund um ihn säuselte der Wind ein ruhiges Klagelied, berührte ihn jedoch nicht; und bald nachdem das Lord-Foul-Ärgernis ausgestanden war, hörte er in der Ferne Vogelrufe. Er lag still und atmete tief, sammelte neue Körperkräfte, froh um den Sonnenschein und das Ende des Alptraums.

Schließlich erinnerte er sich daran, daß sich zum Zeitpunkt des Unfalls mehrere Leute in der Straße aufgehalten hatten. Merkwürdigerweise gaben sie keinen Mucks von sich; der ganze Ort wirkte auf einmal sonderbar leise. Das Polizeiauto mußte ihn schwerer verletzt haben, als es ihm im Moment einsichtig werden konnte. Mit der gewohnheitsmäßigen Beunruhigung eines Leprakranken gab er sich einen energischen Ruck und erhob sich auf Hände und Knie. Er bemerkte, daß er sich auf einer glatten steinernen Platte befand. Sie war ungefähr rund, durchmaß etwa drei Meter und war von einer etwa einen Meter hohen Mauer umgeben. Über ihm wölbte sich eine Weite makellos blauen Himmels. Er reichte vom einen zum anderen Rand des Ringmäuerchens, als schwebe die steinerne Platte auf irgendeine unvorstellbare Weise hoch in den Lüften.

Unmöglich! In seiner Kehle verwandelte sich sein Atem in Sand. Wo ...?

»Heil dir«, rief in diesem Moment eine Stimme, die infolge irgendeiner Anstrengung keuchte. Er vermochte nicht festzustellen, woher sie kam; sie klang unbestimmt wie aus großer Entfernung – oder wie eine Halluzination. »Heil!« Sein Herz begann zu flattern. *Was bedeutet das?* »Heda, Kevinsblick! Ist Not am Mann?« *Was zum Teufel bedeutet das hier?* Plötzlich vernahm er hinter sich ein Scharrgeräusch. Seine Muskeln zuckten; er warf sich ans Ringmäuerchen und warf sich herum, brachte sie in seinen Rücken. Ihm gegenüber, durch eine Bresche im Gemäuer, sah er einen Berg aufragen. Er erhob sich wuchtig aus einem Sockel von Klippen, die sich in gleicher Höhe wie Covenants gegenwärtiger Aufenthaltsort befanden, und ragte bis zu einer von der Sonne beschienenen, noch mit Schnee bedeckten Spitze weit darüber auf, und seine zerklüfteten Seitenhänge füllten nahezu die Hälfte des die Steinplatte umgebenden Horizonts aus. Sein erster Eindruck war der von unmittelbarer Nähe; dann jedoch erkannte er, daß wenigstens ein Steinwurf ihn von den Klippen trennte. Anscheinend kam das gedämpfte Scharrgeräusch von der dem gewaltigen Berg zugewandten Lücke im Ringmäuerchen. Er wollte die Steinplatte überqueren und nach der Ursache des Geräuschs schauen. Aber sein Herz hämmerte zu mühselig; er konnte sich nicht aufraffen. Und er fürchtete den Anblick, der sich ihm bieten mochte. Das Geräusch näherte sich; ehe er irgendwie reagieren konnte, schob ein Mädchen seinen Kopf und die Schultern in die Lücke, warf die Arme über das Gemäuer. Als es ihn sah, erwiderte es seinen Blick. Das lange, dichte Haar des Mädchens – braun, mit Streifen in der Farbe hellen Honigs darin – umwehte es im Wind; seine Haut war stark sonnengebräunt, und sein dunkelblaues Kleid wies an den Schultern ein weißes Blumenmuster auf. Das Mädchen schnaufte und war gerötet, als sei es soeben ein beträchtliches Stück geklettert, aber es erwiderte Covenants Blick mit offenem Staunen und Interesse. Es wirkte kaum älter als sechzehn Jahre. Die Unumwundenheit der Begutachtung, welcher es Covenant unterzog, erhöhte noch sein Unbehagen. Er stierte es an wie eine Erscheinung. »Bist du wohlauf?« stieß es nach einem Moment des Zögerns hervor, noch immer gekeucht. Als es weitersprach, geschah es aus Erregung immer schneller. »Ich wußte erst nicht, ob ich selber kommen oder Hilfe holen sollte. Von den Hügeln aus sah ich eine graue Wolke überm Kevinsblick, und in der Wolke, so dünkte es mich, fand ein Kampf statt. Ich sah dich stehen und fallen. Da wußte ich nicht, was tun. Dann dachte ich mir, eine kleine Hilfe sofort, die ist besser als eine große Hilfe, die zu spät eintrifft. Also bin ich gekommen.« Es verstummte und schnappte nach Luft. »Bist du wohlauf?« fragte es dann noch einmal.

Wohlauf? Er war angefahren worden ...! Seine Hände waren nur etwas zerschrammt, sie schmerzten, als habe er mit ihnen seinen Sturz aufgefangen. Auch in seinem Kopf stak ein dumpfer Schmerz wie nach einem Aufprall. Aber seine Kleidung war unbeschädigt, lieferte ihm keine Anzeichen dafür, daß er angefahren und übers Pflaster geschleift worden sei. Mit tauben Fingern betastete er seinen Unterleib und die Beine ab, aber irgendwo erzeugte seine Untersuchung starke Schmerzen. Anscheinend war er im wesentlichen unversehrt. Aber das Auto mußte ihn doch irgendwie angefahren haben. Wohlauf? Er starrte das Mädchen an, als besäße das Wort keine Bedeutung.

Angesichts seines Schweigens nahm das Mädchen allen Mut zusammen und klomm durch die Lücke, trat vor ihn hin, den Berg im Hintergrund. Er sah, daß das dunkelblaue Kleid wie ein langes Gewand geschnitten war und um die Taille eine weiße Kordel aufwies. An den Füßen trug es um die Knöchel geschnürte Sandalen. Es war schlank und von zierlicher Gestalt; die schönen Augen waren aus Aufregung, Ungewißheit und Eifer geweitet. Es kam vorsichtig um zwei weitere Schritte näher, als wäre er eine Quelle der Gefahr, dann kniete es nieder, um seinem fassungslosen Unverstehen eingehendere Aufmerksamkeit zu schenken.

*Was zum Teufel ist das alles hier?*
»Wie kann ich dir helfen?« fragte das Mädchen in höflichem Respekt. »Du bist ein Fremder im Lande – das sehe ich. Du hast einer bösen Wolke widerstanden. Befiehl mir.« Sein Schweigen bot ihm offenbar Anlaß zum Kummer, denn es senkte den Blick. »Wünschst du nicht zu sprechen?«
*Was geht eigentlich mit mir vor?*
Im nächsten Moment keuchte es vor Verblüffung auf, wies ehrfürchtig auf seine rechte Hand. »Halbhand! Erstehen die Sagen wieder zum Leben?« Verwunderung kennzeichnete des Mädchens Miene. »Berek Halbhand«, flüsterte es. »Kann das wahr sein?«
Berek? Zuerst konnte er sich nicht darauf besinnen, wo er den Namen schon einmal gehört hatte. Dann fiel es ihm ein. *Berek!* In eisiger Panik begriff er, daß der Alptraum noch nicht vorüber war, daß dieses Mädchen und Lord Foul der Verächter beide Akteure des gleichen Traumerlebens waren, das noch anhielt. Erneut sah er hinter dem hellen blauen Himmel Schwärze lauern; sie schwebte bedrohlich über ihm, umkreiste ihn wie auf Geierschwingen. Wo …? Unbeholfen, als seien seine Gelenke aus Schrecken halb erstarrt, raffte er sich hoch. Unverzüglich erhob sich unter ihm ein gewaltiges Panorama in sein Blickfeld, sprang ihm in die Augen wie ein Hieb mit einem Vorschlaghammer der Überwältigung und des Horrors. Er befand sich auf einem steinernen Ausguck tausend oder mehr Meter über der Erde. Unterhalb dieses Hochsitzes glitten und schwirrten Vögel dahin. Die Luft war so klar und rein wie Kristall, und die Weiträumigkeit der Landschaft wirkte durch sie geradezu unermeßlich, so daß seine Augen vom Versuch weh taten, sie als Ganzes zu erfassen. Direkt unter ihm erstreckten sich Hügel; beiderseits dehnten sich Ebenen bis zum Horizont; zur Linken schlängelte sich, im Sonnenschein silbern, ein Fluß aus den Hügeln. Alles war frühlingshaft hell

und heiter, als wäre es heute erst mit dem Morgentau geboren worden. *Hölle und Verdammnis!* Die Höhe erregte Schwindel, und er wankte. Grausige Geierschwingen aus Finsternis umflatterten sein Haupt. Die Senkrechte zog ihn mit einem Ruck in ihren Bann, ließ das Erdenrund schwanken. Er wußte nicht, wo er war. Diese Gegend hatte er noch nie gesehen. Wie war er in diese Umgebung geraten? Ein Polizeiwagen hatte ihn angefahren, und Foul brachte ihn an diesen Ort. Foul brachte ihn an diesen Ort? Brachte ihn her? Unversehrt? Entsetzt torkelte er auf das Mädchen und den Berg zu. Drei unsichere Schritte waren es bis zur Lücke in der kleinen, niedrigen Ringmauer. Dort erkannte er, daß er sich auf der Spitze eines schmalen Felsvorsprungs von rund hundert Metern Länge befand, der wie ein ausgestreckter Finger, der anklagt, zum Himmel wies. In die Oberseite des Vorsprungs hatte man Stufen gehauen, aber der Aufstieg war so steil wie über eine Leiter.
*Ich muß fort von hier,* dachte er, während sich einen Moment lang alles um ihn zu drehen schien. *Nichts von alldem ist Wirklichkeit, ich erlebe nichts davon wirklich.* Dann kam ihm die ganze Verrücktheit der Situation voll zu Bewußtsein, packte ihn mitten aus den Abgründen der Lüfte wie die Krallen eines Kondors. Er stolperte; unter ihm klaffte das Maul der Tiefe. *Nein!!* heulte er stumm auf. Als er vornübersackte, ergriff das Mädchen seinen Arm, stützte ihn; er taumelte seitwärts und stürzte innerhalb der Ummauerung auf den Stein, zog die Knie hoch an seinen Brustkorb, verbarg seinen Kopf zwischen den Armen. *Wahnsinn!* kreischte er innerlich wie eine verlorene Seele. In seinem Schädel wanden sich wie Würmer der Fäulnis Schwaden von Dunkelheit. Wahnwitzige Visionen suchten seinen Verstand heim.
Wie? Unmöglich! Er hatte die Hauptstraße überquert. Verzweifelt bestand er darauf. Die Ampel hatte ihm Grün angezeigt.

Wo? Ein Polizeiwagen hatte ihn angefahren. Unmöglich! Er war direkt auf ihn zugefegt und hatte ihn angefahren. Und ihm kein Haar gekrümmt?! *Wahnsinn. Ich werde verrückt, verrückt, verrückt!* Und ihm *kein Haar gekrümmt?* Alptraum. *Nichts davon geschieht wirklich, wirklich, wirklich!*

Durch den wilden Strudel seines Elends ergriff plötzlich eine fremde Hand die seine; ihr Zugriff war kraftvoll, irgendwie eindringlich, und er wirkte wie ein Anker. Alptraum! *Ich träume. Träume!* Der Gedanke durchstrahlte seine Panik wie eine Erleuchtung. Er träumte! Natürlich träumte er. Wie ein durcheinandergeratener Jongleur stellte er die Ordnung im Ablauf des Geschehens wieder her. Ein Polizeiauto hatte ihn angefahren – er mußte die Besinnung verloren haben. Gehirnerschütterung. Er konnte stunden- oder auch tagelang bewußtlos bleiben. Und während er besinnungslos war, hatte er diesen Traum. Das war die Lösung! Er klammerte sich daran, als sei sie die Hand des Mädchens, die mit festem Griff seine Hand hielt; sie half gegen das Schwindelgefühl, minderte seine Furcht. Aber diese Antwort reichte nicht aus. Noch immer umlauerte ihn die Finsternis, als wäre er ein von Foul zurückgelassenes Aas.

Wie? Woher bekam man solche Alpträume? Er konnte es nicht ertragen, darüber nachzudenken; es würde ihn den Verstand kosten. Er schrak davor zurück, als habe das Grübeln bereits sein Mark zu zersetzen begonnen. *Nicht darüber nachdenken! Gar nicht erst versuchen, es zu verstehen. Wahnsinn – der Wahnsinn ist die einzige Gefahr! Überleben! Handeln! Etwas tun! Nicht zurückschauen!* Er zwang sich dazu, die Augen aufzuschlagen; und als er in den Sonnenschein blickte, wich die Finsternis, fiel zurück in den Hintergrund und sammelte sich langsam in seinem Rücken, als wollte sie darauf warten, daß er sich um- und ihr zuwende, damit sie sich erneut auf ihn stürzen könne.

Das Mädchen kniete an seiner Seite. Es hatte seine verstümmelte Rechte zwischen beide Hände genommen, und in seinen Augen standen Tränen der Sorge. »Berek«, sagte es leise und bekümmert, als er in diese Augen sah. »O Berek, welches Übel quält dich? Ich weiß nicht, was ich anfangen soll.«
Doch es hatte bereits genug für ihn getan – ihm dabei geholfen, wieder Herr über sich selbst zu werden, dem Sog der gefährlichen Fragen zu widerstehen, die er nicht beantworten konnte. Seine Finger jedoch waren taub; stellenweise fühlte er ihre Umklammerung seiner Hand überhaupt nicht. Er setzte sich auf, obwohl diese Anstrengung ihn beinahe in Ohnmacht sinken ließ. »Ich bin ein Aussätziger«, sagte er mit schwacher Stimme. »Rühr mich nicht an.«
Widerwillig löste es seinen Griff, als verstehe es nicht recht, was er meinte, als sei es sich nicht sicher, wovon er eigentlich sprach. Mit einer Geste, die infolge seiner Mattigkeit schroff wirken mußte, entzog er ihm seine Hand. Kummervoll biß sich das Mädchen auf die Unterlippe. Als befürchte es, ihn verärgert zu haben, trat es zurück und hockte sich ihm gegenüber an der steinernen Einfassung nieder. Doch er sah ihm an, daß sein Interesse an ihm es nahezu verzehrte. Es konnte nicht lange den Mund halten. »Ist es falsch, dich zu berühren?« erkundigte es sich einen Moment später gedämpft. »Ich habe es nicht so gemeint. Du bist Berek Halbhand, der Lord-Zeuger. Ein Übel griff nach dir, das ich nicht sehen konnte. Wie hätte ich's ertragen können, dich so bedrängt zu sehen?«
»Ich bin ein Aussätziger«, wiederholte er, während er seine Kräfte zu sammeln versuchte. Aber der Gesichtsausdruck des Mädchens verriet, daß ihm das Wort nichts besagte. »Ich bin krank … ich leide an einer Krankheit. Du bist dir nicht über ihre Gefährlichkeit im klaren.«
»Wenn ich dich berühre, werde ich dann … krank?«
»Wer weiß?« Er vermochte seinen Augen und Ohren kaum zu

trauen. »Hast du keine Ahnung«, fragte es deshalb, »was Lepra ist?«
»Nein«, gab es mit Verwunderung zur Antwort. »Keine.« Es schüttelte den Kopf, und das Haar flog ihm locker übers Antlitz. »Aber ich habe keine Furcht.«
»Du solltest dich aber lieber fürchten«, krächzte er barsch. Die Unwissenheit oder Unschuld des Mädchens verdroß ihn; er vernahm durch dessen Worte den heftigen Flügelschlag der Unruhe. »Es ist ein Leiden, das den Erkrankten langsam auffrißt. Es frißt an ihm, bis Finger und Zehen, Hände und Füße, Arme und Beine ihm verfaulen und abfallen. Es macht blind und häßlich.«
»Läßt es sich heilen? Vielleicht können die Lords …«
»Es gibt keine Heilung.« Er wollte weiterreden, etwas von der Bitterkeit herauswürgen, die Foul in ihm hinterlassen hatte. Aber er war zu sehr geschwächt, um seinen Groll lange zu nähren. Er brauchte Ruhe und Zeit zum Überlegen, um die Implikationen seines Dilemmas zu durchdenken.
»Wie kann ich dir dann behilflich sein? Ich weiß nicht, was ich tun soll. Du bist Berek Halbhand …«
»Der bin ich nicht.« Er seufzte und wiederholte sich angesichts ihrer Überraschung. »Der bin ich nicht.«
»Wer denn? Du trägst das Zeichen der Hand, und die Sage weiß zu berichten, Berek Erdfreund könne wiederkehren. Bist du ein Lord?«
Mit müder Gebärde winkte er ab, um sich Aufschub zu verschaffen, ehe er antwortete. Er mußte erst einmal gründlich nachdenken. Doch als er die Augen schloß und sich zurück an die Brüstung lehnte, fühlte er sich erneut von Furcht beschlichen. Er mußte handeln, die Flucht nach vorn antreten – auf dem Weg, den ihm sein Traum vorzeichnete. Er heftete seinen Blick wieder auf das Gesicht des Mädchens. Zum erstenmal bemerkte er, es war schön. Und es fürchtete sich nicht vor

Leprakranken. »Ich bin«, sagte er nach einem letzten Moment des Zögerns, »Thomas Covenant.«
»Thomas Covenant?« Aus dem Mund des Mädchens klang der Name plump. »Das ist ein sonderbarer Name … ein seltsamer Name, der deiner sonderbaren Tracht entspricht. Thomas Covenant.« Es neigte vor ihm in bedächtiger Verbeugung den Kopf.
*Seltsam?* dachte er mit nun mehr Gleichmut. *Die Seltsamkeit ist wechselseitig.* Er besaß noch immer keine Vorstellung davon, was für eine Rolle er in diesem Traum spielen sollte. Er mußte herausfinden, wo er stand. Er richtete sich nach dem Beispiel des Mädchens. »Und wer bist du?«
»Ich bin Lena«, lautete die förmliche Auskunft, »Tochter Atiarans. Mein Vater ist Trell, Glutsteinmeister des *Rhadhamaerl.* Wir sind im Steinhausen Mithil daheim. Warst du schon in unserem Steinhausen?«
»Nein.« Er spürte die Versuchung, sie danach zu fragen, was ein Steinhausen war, aber ihn beschäftigte eine wichtigere Frage. »Wo …« Das Wort blieb ihm im Halse stecken, als wäre es ein riskantes Zugeständnis an die Finsternis. »Wo sind wir?«
»Wir sind hier auf dem Kevinsblick.« Leichtfüßig sprang das Mädchen auf und streckte seine Arme nach der Erde und zum Himmel aus. »Schau her!« Mit einem Zähneknirschen rappelte sich Covenant so weit auf, daß er sich, indem er sich umdrehte, an die Brüstung knien konnte. Den Brustkorb auf das Mauerwerk gestützt, zwang er sich dazu, seinen Blick in die Weite ringsum schweifen zu lassen. »Das ist das Land«, sagte Lena so heiter, als übe die nach allen Seiten ausgedehnte Erde auf sie eine angenehme Wirkung aus. »Es reicht im Norden, Westen und Osten viel weiter, als das Auge sehen kann, obwohl die alten Lieder behaupten, Hoch-Lord Kevin habe hier gestanden und das ganze Land und alle seine Menschen gesehen. Daher

hat diese Felsspitze den Namen Kevinsblick. Ist es möglich, daß du das nicht weißt?«

Covenant schwitzte trotz des kühlen Windes. Ein Schwindelgefühl sauste in seinen Schläfen, und nur die harte Kante des Mauerwerks, gegen sein Herz gedrückt, verhalf ihm zur Selbstbeherrschung. »Ich weiß überhaupt nichts«, stöhnte er hinab in die Tiefe.

Lena sah ihn besorgt von der Seite an, dann wandte sie den Blick wieder hinaus ins Land. Mit einem schlanken Arm deutete sie nach Nordwesten. »Dort fließt der Mithil«, sagte sie. »Unser Steinhausen steht an seinem Ufer, doch ist es von hier aus hinterm Berg verborgen. Er fließt vom Südlandrücken, der hinter uns liegt, bis zum Schwarzen Fluß, in den er mündet. Dort ist die nördlichste Gegend der Südlandebenen, wo die Erde wenig fruchtbar ist und kaum Menschen leben. In den Südlandebenen gibt es nur fünf Steinhausen. Aber im nordwärtigen Teil des Landrückens wohnen einige Holzheimer. Östlich der Hügel liegen die Ebenen von Ra.« Als sie weitersprach, schien ihre Stimme vor Begeisterung Funken zu sprühen. »Das ist die Heimat der freien Wildpferde, der Ranyhyn, deren Hüter die Ramen sind. Fünfzig Längen weit galoppieren sie über die Ebenen dahin und dienen niemandem, den sie sich nicht selbst auswählen.« Sie seufzte. »Ach, Thomas Covenant, es ist mein Traum, einmal diese Pferde sehen zu dürfen! Die Mehrzahl in unserem Dorf ist im Übermaß zufrieden, die Leute reisen nicht und haben von der Welt noch nicht soviel gesehen wie ein Holzheimer. Ich aber wollte zu gerne durch die Ebenen von Ra schreiten und die Pferde dahingaloppieren sehen.« Nach einem längeren Schweigen setzte sie ihre Beschreibung fort. »Diese Berge dort sind der Südlandrücken. Dahinter liegen die Einöden und die Graue Wüste. Dort gibt's keine Wege und kein Leben. Alles Land liegt nördlich, westlich und östlich von hier. Und wir befinden uns auf dem Kevinsblick, wo der höchste der Alt-Lords in der letzten Schlacht stand, vorm Anbruch der Trostlosigkeit. Die Menschen hier wissen das und meiden diesen Ort als eine Stätte böser Omen. Meine Mutter Atiaran ging jedoch oft mit mir hierher, um mir das Land zu zeigen und mich darüber zu belehren. Und in zwei Jahren werde ich alt genug sein, um die Schule der Lehre zu besuchen und noch mehr zu lernen, so wie meine Mutter.« Als sie weitersprach, strotzte ihre Stimme vor Stolz. »Weißt du, daß meine Mutter bei den Lehrwarten gelernt hat?« Sie sah Covenant an, als erwarte sie, daß er unerhört beeindruckt sei. Dann jedoch senkte sie den Blick. »Aber du bist ja ein Lord und kennst alle diese Dinge. Du lauscht meinen Worten, damit du mich insgeheim verlachen kannst.«

Unter dem Einfluß ihrer Stimme und dem Druck seines Schwindelgefühls ereilte ihn eine flüchtige Vision dessen, wie das Land ausgesehen haben mußte, nachdem Kevin leichtfertig das Ritual der Schändung vollzogen hatte. Hinter dem klaren Morgen sah er kahle, von allem entblößte Hügel, verdorrtes Erdreich, fauliges Wasser, das in Flußbetten durch widerwärtig schmutzige Rinnsale sickerte, und über alldem lag eine dumpfe Düsternis von Stille – keine Vögel, keine Insekten, keinerlei Tiere, keine Menschen, nichts lebte, um im Angesicht der Verwüstung ein Blatt zu regen, ein Summen oder Knurren zu erheben, mit dem Finger darauf zu deuten. Da rann ihm Schweiß in die Augen, so daß sein Blickfeld verschwamm wie durch Tränen. Er riß sich von der Aussicht los und setzte sich wieder mit dem Rücken an die Brüstung.

»Nein«, sagte er leise zu Lena. *Du begreifst das nicht,* dachte er. »Was es für mich an Lachen gab, das habe ich schon gelacht … vor langem.« Nun war es ihm, als sähe er den Weg vor sich, den er einschlagen mußte, um der Finsternis des Wahnsinns zu entrinnen, die über ihm schwebte. Während der kurzen Vision der Trostlosigkeit hatte er den Pfad erspäht, den sein Traum ihm vorgab. »Ich muß zum Großrat der Lords«, sagte er, indem er alle Umschweife beiseite ließ, um keine Fragen stellen oder beantworten zu müssen.

Er sah in ihrer Miene, daß sie ihn gerne gefragt hätte, warum. Anscheinend gelangte sie jedoch zu der Schlußfolgerung, daß es ihr nicht zustünde, nach seinen Zwecken zu fragen. Seine Erwähnung des Großrats bestätigte in ihren Augen lediglich ihre Einschätzung seiner Person. Sie trat zum Abstieg. »So komm«, sagte sie. »Dann müssen wir ins Steinhausen. Dort wird man eine Möglichkeit finden, um dich nach Schwelgenstein zu bringen.« Sie machte ganz den Eindruck, als wolle sie ihn dorthin begleiten.

Aber der bloße Gedanke an den Abstieg erschreckte ihn. Wie sollte er ihn bewältigen? Er konnte nicht einmal über die Brüstung blicken, ohne daß ihm schwindelte. Als Lena ihre Aufforderung wiederholte, mit ihr zu gehen, schüttelte er den Kopf. Ihm fehlte der Mut. Irgend etwas jedoch mußte er tun. »Vor wie langer Zeit herrschte diese Trostlosigkeit?« erkundigte er sich zu Lenas Verwirrung.

»Das weiß ich nicht«, antwortete sie sachlich. »Die Bewohner der Südlandebenen kamen vor zwölf Geschlechtern über die Berge zurück aus den rauhen Einöden. Und es heißt, der Hoch-Lord Kevin habe sie zuvor gewarnt, so daß sie entfliehen und in der Verbannung der Wildnis fünfhundert Jahre lang überleben konnten, von der Hand in den Mund und durch *Rhadhamaerl*-Wissen. Diese Kunde ist ein Vermächtnis, das wir nicht vergessen. Mit fünfzehn legt jeder von uns den Friedensschwur ab, und wir leben um des Lebens und der Schönheit des Landes willen.«

Er hörte sie kaum; sein Interesse an ihren Ausführungen war nicht sonderlich groß. Aber er bedurfte des Klangs ihrer Stimme, um im inneren Gleichgewicht zu bleiben, während er um Kraft rang. Mit einiger Mühe besann er sich auf eine weitere

Frage, die sich ihr stellen ließ. »Was hast du hier in den Bergen gemacht?« fragte er und atmete tief ein. »Wieso warst du hier oben, so daß du mich sehen konntest?«

»Ich widmete mich einer Steinerkundung«, antwortete sie. »Ich lerne gerade die *Suru-pa-maerl.* Kennst du diese Kunst?«

»Nein«, sagte er zwischen zwei Atemzügen. »Erkläre sie mir.«

»Das ist die Kunst, die ich von Acence lerne, meiner Mutter Schwester, und sie lernte sie von Tomal, dem besten Kunstmeister, soweit man sich in unserem Steinhausen zurückerinnert. Auch er verbrachte eine Zeitlang an der Schule der Lehre. Die *Suru-pa-maerl* jedoch ist die Kunst, Bildnisse aus Steinen zu machen, ohne sie zu bearbeiten oder ein Bindemittel anzuwenden. Ich durchstreife die Hügel und schaue mir die Formen der Steine und Kiesel an. Und wenn ich eine Gestalt sehe, die ich verstehe, nehme ich den Stein mit mir heim und gebe ihm seinen Platz unter anderen Steinen, vielleicht im Gleichgewicht mit ihnen, und zusammen mit den übrigen Steinen entsteht eine neue Gestalt. Manchmal, wenn ich besonders angeben will, glätte ich eine Unebenmäßigkeit, so daß die Steine sich schöner zusammenfügen. Auf diese Weise grabe ich die zerbrochenen Geheimnisse der Erde wieder aus und schenke den Menschen Schönheit.«

»Das muß schwierig sein«, murmelte Covenant, »sich eine Form vorzustellen und dann Steine zu suchen, aus denen sie sich zusammenpassen läßt.«

»Das ist nicht die Art dieser Kunst. Ich betrachte vielmehr die Steine und wähle sie nach der Gestalt aus, die ihnen bereits innewohnt. Ich bitte die Erde nicht, mir ein Pferd zu schenken. Die Kunst besteht daraus, zu erkennen, was die Erde anzubieten beliebt. Vielleicht ist es ein Pferd.«

»Ich würde deine Tätigkeit in dieser Kunst gern einmal kennenlernen«, sagte Covenant, ohne darauf zu achten, was er redete. Die Stufen lockten ihn an wie das verführerische

Antlitz der Vergeßlichkeit, angesichts dessen Leprakranke ihre Selbsterhaltungs-Disziplin verloren, ihre Hände und Füße, ihr Leben. Aber er träumte ja. Um einen Traum zu ertragen, war es die beste Methode, sich in seinen Lauf zu fügen, bis er endete. Er mußte diesen Abstieg bewältigen, um zu überleben. Diese Notwendigkeit überwog alle anderen Erwägungen. Mit einer Ruckartigkeit, als habe ihn eine Zuckung befallen, schwang er sich auf die Füße. Er stellte sich aufrecht in den Mittelpunkt des ummauerten Kreises, achtete nicht auf den gewaltigen Berg und den Himmel, mißachtete die Tiefe unter sich und unterzog sich einer gründlichen Untersuchung. Er zitterte, während er seine noch lebendigen Nerven nach Schmerzen oder Stichen erkundete, seine Kleidung auf Risse und Schlitze besah, seine gefühllosen Hände begutachtete. Er mußte den Abstieg hinter sich bringen. Er konnte überleben, weil dies ein Traum war – und ein Traum durfte ihn nicht das Leben kosten –, weil er diese Finsternis nicht auszuhalten vermochte, deren Schwingen er ständig hinter seinen Ohren spürte.

»So, nun hör mir mal zu!« fuhr er Lena an. »Ich muß vor dir hinabsteigen. Sieh mich nicht so merkwürdig an. Ich habe dir gesagt, daß ich aussätzig bin. Ich habe Lepra. Meine Hände und Füße sind taub – ohne Gefühl. Ich kann nicht greifen. Und ich … ich komme in solchen Höhen nicht gut zurecht. Ich könnte stürzen. Deshalb will ich dich beim Hinunterklettern nicht unter mir haben. Du …« Er stockte, und als er wieder sprechen konnte, klang seine Stimme heiser. »Du hast dich anständig zu mir verhalten, dergleichen habe ich schon lange vermissen müssen.«

Sie duckte sich unter seinem Tonfall. »Warum bist du so zornig? Habe ich dich gekränkt?«

*Ja, indem du freundlich zu mir warst!* maulte er in Gedanken. Sein Gesicht war grau vor Furcht, als er sich umdrehte, sich auf Hände und Knie niederließ und rückwärts durch die Lücke in der Brüstung stieg. In der ersten Hast seines schlottrigen Handelns senkte er seine Füße mit geschlossenen Augen auf die Stufen. Aber er konnte die Klettertour ohne den Einsatz seiner Augen nicht fortsetzen; die Gewohnheit des Leprakranken, sich unter ständiger Selbstbeobachtung zu halten, und das Erfordernis, sich aller Sinne zu bedienen, gaben den stärkeren Ausschlag. Doch mit offenen Augen brachte die Höhe die Welt rings um seinen Kopf ins Schleudern. Daher verlegte er sich darauf, seinen Blick vor sich auf den Fels zu richten. Nach dem ersten Schritt wußte er, daß die größte Gefahr in der Taubheit seiner Füße bestand. Die tauben Hände machten ihn jedes Griffs unsicher, und noch ehe er eine Strecke von einem Dutzend Meter überwunden hatte, packte er die Kanten der Stufen so fest, daß sich seine Schultern verkrampften. Aber er konnte seine Hände sehen, er sah, daß sie sich auf den Fels stützten, daß es sich beim Schmerz in seinen Handgelenken und Ellbogen nicht um eine Täuschung handelte. Seine Füße dagegen konnte er nicht sehen – außer er schaute nach unten. Er bemerkte nur daran, daß er einen Fuß auf eine Stufe setzte, wenn sein Knöchel die Last seines Gewichts zu spüren bekam. Bei jedem Abwärtsschritt stützte er sich auf eine Vermutung. Fühlte er eine unerwartete Anspannung in dem Schmerz, mußte er sich mit den Armen halten und mehr von seinem Fuß auf die unsichtbare Stufe zum Ruhen bringen. Er versuchte, mit den Fußspitzen über die Stufen zu rutschen, so daß die Unterbrechung des Kontakts ihm verrate, wann seine Zehen eine Stufe verließen und über der nächsttieferen Stufe schwebten; wenn er sich allerdings irrte, prallte er mit den Schienbeinen oder Knien auf die Kanten der Stufen, und bei diesem scharfen Schmerz versagten ihm jedesmal seine Beine fast den Gehorsam. Während er derartig Stufe um Stufe hinabkletterte, seine Hände anstarrte, ihm Ströme von Schweiß in die Augen rannen, verfluchte er das Schicksal, das ihm zwei Finger genommen hatte – zwei Finger weniger zu seiner Rettung, falls seine Füße ihn im Stich ließen. Außerdem verursachte das Fehlen einer halben Hand ihm das Empfinden, daß sein Halt rechts schwächer sei als links, daß sich sein Gewicht zur Linken der Treppe neige. Immer wieder schob er die Füße unwillkürlich zu weit nach rechts, um einen Ausgleich zu gewährleisten, und dabei verfehlte er auf dieser Seite immer wieder die Stufen. Er sah keine Möglichkeit, um sich den Schweiß aus den Augen zu entfernen. Er brannte, als wolle er ihn blenden, aber Covenant war zu furchtsam, um eine Hand zu heben und ihn abzuwischen; er wagte nicht einmal den Kopf zu schütteln, aus Furcht, er könne aus dem Gleichgewicht geraten. Krämpfe quälten seinen Rücken und die Schultern. Er mußte die Zähne zusammenbeißen, um nicht laut um Hilfe zu schreien. »Die Hälfte ist geschafft«, rief ihm Lena zu, als spüre sie sein Mißbehagen.

Er kroch Schritt um Schritt weiter abwärts. Er bemerkte, daß er sich ganz wider Willen immer rascher bewegte. Seine Muskeln drohten zu versagen – die Beanspruchung von Knien und Ellbogen war zu groß –, und mit jeder Stufe verringerte sich seine Gewalt über das eigene Klettern. Er zwang sich zum Einhalten, um zu verschnaufen, obwohl es in seinem Innern entsetzt schrie, er müsse weiter, den Abstieg hinter sich bringen. Für einen Moment des Aufgewühltseins spielte er mit dem Gedanken, sich einfach herumzuwerfen und hinabzulaufen, in der Hoffnung, nahe genug am Berg zu sein, um lebend den Hang zu erreichen. Dann hörte er die Geräusche von Lenas Füßen, die sich seinem Kopf näherten. Am liebsten hätte er zugegriffen und ihre Knöchel gepackt, sie gezwungen, ihn aus dieser Lage zu retten. Aber selbst diese Hoffnung wirkte nichtig, und er verharrte, wo er war, zitterte. Sein Atem zischte so rauh aus seinen zusammengebissenen Zähnen hervor, daß er Lenas Zuruf fast nicht verstand. »Thomas Covenant! Bewahre Stärke! Nur fünfzig Schritte sind's noch!« Mit einem Schaudern, das ihn beinahe von den steinernen Stufen warf, begann er weiterzuklettern. Die letzten Schritte schaffte er in einem fast übermächtigen Chaos aus Krämpfen und schweißiger Blindheit – und dann war er endlich unten, lag flach ausgestreckt vorm ebenerdigen Sockel des Kevinsblicks, keuchte im Takt mit den gequälten Schreien seiner Glieder. Für lange Zeit verbarg er vor allem ringsum sein Gesicht und lauschte dem Atem, der wie mit Schluchzlauten in seine Lungen drang und ihnen entwich – lauschte, bis die Laute abebbten und er wieder ruhiger atmete.

Als er schließlich aufblickte, sah er den blauen Himmel, den langen schwarzen Finger des Kevinsblicks zur mittäglichen Sonne gerichtet, den emporgetürmten Berghang; und Lena so nah über sich knien, daß ihr Haar fast sein Gesicht streifte.

## 5
## Steinhausen Mithil

Covenant fühlte sich seltsam geläutert, als habe er ein Gottesurteil durchgestanden, sei er einer rituellen Mutprobe der Schwindligkeit unterzogen worden. Er hatte den Abstieg bewältigt. In seiner Erleichterung war er davon überzeugt, daß er das richtige Gegenmittel für die besondere Form des Wahnsinns gefunden hatte, die ihm drohte, als er auf dem Kevinsblick das Bedürfnis nach einer realen, vernünftigen Erklärung seiner Situation verspürte. Er hob den Blick zum hellen Himmel und sah ihn rein, unverdunkelt von Aasfressern. *Nur immer vorwärts!* sagte er zu sich selbst. *Nicht nachdenken! Überleben!* Während er das dachte, blickte er in Lenas Augen und sah, daß sie lächelte.

»Bist du wohlbehalten?« fragte sie.

»Wohlbehalten?« wiederholte er. »Das ist eine schwierige Frage.« Die Frage veranlaßte ihn jedenfalls dazu, sich aufzusetzen. Als er seine Hände betrachtete, entdeckte er Blut an den Handballen und den Fingerkuppen. Seine Handflächen waren aufgeschürft, und als er seine Knie und Ellbogen betastete, spürte er ein schmerzhaftes Brennen. Ohne auf die Pein in seinen Muskeln zu achten, raffte er sich auf die Füße empor. »Lena, es ist wichtig«, sagte er. »Ich muß meine Hände säubern.« Sie erhob sich ebenso, aber er sah ihr an, daß sie nicht verstand, worum es ging. »Schau her!« Er streckte ihr seine Hände hin. »Ich bin leprakrank. Ich kann diese Abschürfungen nicht fühlen. Ich spüre den Schmerz nicht.« Noch immer machte sie einen verwirrten Eindruck. »Durch so etwas habe ich meine Finger verloren«, erklärte er weiter. »Ich verletzte mich und bekam eine Infektion, und daraufhin mußte mir ein

Teil der Hand amputiert werden. Ich brauche Seife und Wasser.«

Sie berührte die Narbe an seiner rechten Hand. »Die Krankheit bewirkt das?«

»Ja!«

»Auf dem Weg zu unserem Steinhausen fließt ein Bach«, sagte Lena, »und in dessen Nähe hat's auch Heilerde.«

»Also gehen wir.« Schroff winkte Covenant ihr, daß sie voraneilen möge. Sie nickte angesichts seines Drängens nur und geleitete ihn unverzüglich zu einem talwärts führenden Gebirgspfad.

Er verlief vom Sockel des Kevinsblicks westwärts an einem Felssims des steilen Berghangs entlang, bis er in einen von Geröll durchsetzten Hohlweg mündete. Infolge der krampfbedingten Steifheit seiner Muskulatur unbeholfen, folgte Covenant Lena durch den Hohlweg, dann erstieg er hinter ihr umständlich eine roh ins Gestein gehauene Treppe, die über eine eckige Abzweigung des Hohlwegs auf die Seite des Berges führte. Als sie den Grund des Einschnitts erreichten, setzten sie ihren Weg darin fort, ungeachtet des verstreuten Gesteinsschutts, der ihn recht beschwerlich machte, während sich der schmale Streifen Himmel über ihnen immer mehr verengte und die Seitenwände des Einschnitts sich einander zuneigten. Ein kräftiger Geruch von Feuchtigkeit umgab sie, und die kühlen Schatten vertieften sich ständig, bis Lenas dunkles Gewand vor Covenant sich nur noch schwach erkennen ließ. Dann bog der Einschnitt scharf nach links ab und endete abrupt vor einem kleinen, von der Sonne erhellten Tal, durch dessen Mitte ein funkelnder Bach floß, an dessen Rändern hohe Kiefern aus dem Gras aufragten.

»Hier«, sagte Lena mit glücklichem Lächeln. »Wo könntest du besser als hier Heilung finden?« Covenant blieb stehen und schaute bezaubert über die Fläche des kleinen Tals aus. Es war nicht länger als fünfzig Meter, und am jenseitigen Ende verschwand der Bach nach links zwischen zwei kahlen Felswänden. In dieser winzigen Tasche inmitten der Weitläufigkeit des Berges, abgesondert von der überwältigenden Landschaft unterm Kevinsblick, war der Untergrund grün und behaglich sonnig, und die Luft war frisch und zugleich lau, getränkt von Kieferndutt, köstlich vom Frühlingserwachen. Als er mit der Luft auch die Schönheit und Stimmung dieser Stätte einatmete, fühlte Covenant seine Brust vom vertrauten Gram über sein Leiden schmerzen. Um sich von dem Druck zu befreien, trat er vor. Das Gras unter seinen Füßen stand so dicht und hochgeschossen, daß er es durch die strapazierten Bänder seiner Knie und Waden spüren konnte. Es schien ihn zu ermutigen, er möge dem Bach näher treten, sich der Reinigung seiner Wunden widmen. Das Wasser war zweifellos kalt, aber das bereitete ihm gegenwärtig keinen Kummer. Seine Hände waren zu gefühllos, um Kälte rasch zu bemerken. Er kauerte sich am Ufer des Bachs auf einen flachen Stein, tauchte sie ins Wasser und rieb sie aneinander. Er spürte die eisige Kälte fast sofort an den Handgelenken, aber seine Finger übermittelten ihm nur vage Wahrnehmungen des Wassers; und es tat nicht weh, die Kratzer und Abschürfungen kräftig zu scheuern.

Er war sich beiläufig dessen bewußt, daß sich Lena bachaufwärts entfernt hatte, allem Anschein zufolge auf der Suche nach irgend etwas, aber er war zu sehr beschäftigt, um sich zu fragen, was sie da treibe. Nach gründlichem Reiben und Waschen der Hände ließ er sie abtropfen und rollte sich dann die Ärmel hoch, um seine Ellbogen zu betrachten. Sie waren gerötet und wund, doch war die Haut unversehrt. Als er sich die Hosenbeine in die Höhe zog, mußte er jedoch feststellen, daß seine Knie und Schienbeine erheblich mehr gelitten hatten. Die verfärbten Flecken seiner Blutergüsse verdunkelten sich bereits, und binnen kurzem würden sie so gut wie schwarz sein; der haltbare Stoff seiner Hose war aber intakt geblieben, und dank dessen war auch an seinen Beinen die Haut unverletzt. Auf ihre Art waren die Blutergüsse für ihn allerdings so gefährlich wie Hautverletzungen, aber ohne Medikamente konnte er sie nicht behandeln. Mit einiger Willenskraft unterdrückte er seine Beunruhigung und widmete seine Aufmerksamkeit nochmals seinen Händen. Aus den Handballen und den Fingerspitzen sickerte noch immer Blut, und als er es abwusch, sah er, daß tief in einigen Kratzern schwarze Körnchen von Dreck staken. Aber bevor er sie noch einmal zu waschen anfangen konnte, kehrte Lena zurück. Ihre zu einem Gefäß aneinandergelegten Hände waren voll dickem, braunem Lehm. »Das ist Heilerde«, sagte sie ehrfürchtig, als spreche sie von einer kostbaren Seltenheit. »Du mußt sie auf alle deine Wunden legen.«

»Diesen Schlamm?« Seine eingeübte Leprakranken-Vorsicht ließ ihn zurückschrecken. »Ich brauche Seife, nicht noch mehr Dreck.«

»Das ist Heilerde«, wiederholte Lena. »Sie ist zum Heilen.« Sie trat näher und hielt ihm den Schlamm entgegen. Er glaubte, er könne darin das Glitzern winziger Goldkrümel sehen. Er starrte ihn fassungslos an, entsetzt aufgrund der Zumutung, er solle auf seine Kratzwunden Schlamm schmieren. »Du mußt sie nehmen«, beharrte Lena. »Ich weiß, was das ist. Verstehst du nicht? Das ist Heilerde. Höre, mein Vater ist Trell, Glutsteinmeister des *Rhadhamaerl.* Er arbeitet mit Glutsteinen und überläßt das Heilen den Heilern. Aber er ist ein *Rhadhamaerl.* Er kennt die Gesteine und die Arten des Erdreichs. Und er hat mir beigebracht, wie ich mich im Notfall bewahren kann. Er lehrte mich die Fundstätten und die Merkmale der Heilerde. Das ist Heilerde. Du mußt sie nehmen.«

*Schlamm?* Er glotzte Lena an. *In meine Kratzer? Willst du mich zum Krüppel machen?* Ehe er es zu verhindern vermochte, kniete sich Lena vor ihn hin und klatschte eine Portion des Lehms auf sein entblößtes Knie. Mit derselben Hand verrieb sie ihn auf seinem Schienbein. Den Rest verschmierte sie auf seinem anderen Bein, ebenfalls vom Knie abwärts. Auf seinen Beinen schien sich der goldene Schimmer der Schlammerde zu verstärken, heller zu werden. Die feuchte Erde war kühl und besänftigte, sie schien behutsam wie mit leichter Massage auf seine Beine einzuwirken, und sie zog sofort den Schmerz aus den Quetschungen. Er verfolgte die Wirkungsweise mit großer Aufmerksamkeit. Die Erleichterung, die sie seinen Gliedern bereitete, verursachte ihm ein bislang unbekanntes Wohlgefühl. Nachdenklich überließ er Lena seine Hände, und sie verschmierte Heilerde über alle Kratzwunden und Abschürfungen. Augenblicklich begann er bis in die Handgelenke und Ellbogen Linderung zu verspüren. In seinen Handflächen entstand ein seltsames Kribbeln, als wage sich die Heilerde durch seine Kratzer sogar an seine Nerven und versuche sie wiederzubeleben. Ein ähnliches Kribbeln spürte er an den Fußsohlen. Er betrachtete den glitzrigen Schlamm mit einer gewissen ehrfürchtigen Scheu. Er trocknete schnell; der Schimmer schien im Braun zu versickern. Bereits ein kurzes Weilchen später rieb Lena ihm die Heilerde wieder von den Beinen. Da sah er, daß seine Blutergüsse nahezu verschwunden waren; sie befanden sich schon im letzten, gelblichen Stadium der Heilung. Er tauchte seine Hände in den Bach, wusch den Lehm ab, begutachtete seine Finger. Sie waren wieder heil. Auch die Handballen waren verheilt, und die Abschürfungen an seinen Unterarmen waren nicht länger sichtbar.

Covenant war so verblüfft, daß er für eine Zeitlang nichts anderes zu tun vermochte, als dazustehen und seine Hände anzuschauen. *Hölle!* dachte er. *Hölle und Verdammnis! Wie*

*geschieht mir?* »Das ist doch unmöglich«, sagte er nach langem Schweigen mit leiser Stimme. Daraufhin lächelte Lena breit.
»Was findest du so lustig?«
»›Ich brauche Seife‹«, sagte sie und versuchte seinen Tonfall nachzuahmen, »›nicht noch mehr Dreck.‹« Dann lachte sie laut, und in ihren Augen tanzten Funken des Spotts.
Doch Covenant war viel zu überrascht, um sich ablenken zu lassen. »Ich meine es ernst. Wie ist so was möglich?«
Lena senkte ihren Blick. »In der Erde ist Kraft«, antwortete sie feierlich. »Die Erde enthält Kraft und Leben. Du dürftest das wissen. Meine Mutter Atiaran sagt, daß solche Dinge wie Heilerde, solche Kräfte und Geheimnisse, überall in der Erde sind, wir jedoch dafür blind, weil wir nicht genug gemeinsam haben, nicht mit dem Land und untereinander nicht.«
»Es gibt … noch mehr solche Dinge?«
»Viele. Ich kenne aber erst ein paar. Wenn du zum Großrat gehst, kann's sein, daß dich die Lords alles lehren. Doch komm …« Schwungvoll erhob sie sich. »Hier ist noch so etwas. Bist du hungrig?« Wie durch ihre Frage erzeugt, herrschte plötzlich in seinem Magen große Leere. Wie lange war es jetzt her, daß er zuletzt gegessen hatte? Er brachte seine Hosenbeine in Ordnung, rollte die Ärmel wieder herab und stand mit einem Achselzucken auf. Es bestärkte noch seine Verwunderung, als er feststellte, daß seine Muskeln nunmehr beinahe schmerzfrei waren; während er aus Unglauben den Kopf schüttelte, folgte er Lena an die Seite des kleinen Tals. Sie blieb im Schatten der Bäume vor einem knorrigen, hüfthohen Strauch stehen. Die Blätter waren gespreizt und spitz wie bei einer Stechpalme, aber er war besetzt mit kleinen chromgrünen Blüten, und unter manchen Blättern hingen pralle Trauben aus blaugrünen Früchten in der Größe von Blaubeeren. »Das sind *Aliantha*«, sagte Lena. »Wir nennen sie auch Schatzbeeren.« Sie pflückte eine Handvoll, aß vier oder fünf Beeren, ließ dann die Kerne

in ihre Hand fallen und warf sie hinter sich. »Es heißt, daß man das Land in seiner ganzen Länge und Weite durchwandern und sich nur von Schatzbeeren nähren kann, um dann kräftiger und besser genährt als zuvor heimzukehren. Sie sind ein großes Geschenk der Erde. Sie blühen und tragen Früchte in allen Jahreszeiten. Es gibt keine Gegend im Lande, wo sie nicht wachsen – außer vielleicht im Osten, in den Wüstenebenen. Und sie sind von allem, was wächst, die härtesten Pflanzen – sie vergehen zuletzt, und als erste beginnen sie wieder zu wachsen. All das hat mir meine Mutter erzählt, es gehört zum Wissen unseres Volkes.« Sie reichte Covenant eine Traube von Beeren. »Iß«, sagte sie. »Iß und verstreue den Samen über die Erde, damit die *Aliantha* gedeihe.«

Aber Covenant machte keine Anstalten zum Essen der Beeren. Er war völlig im Staunen aufgegangen, in unbeantwortbaren Fragen bezüglich der sonderbaren Kräfte, die in diesem Land walteten. Für den Augenblick dachte er an keinerlei Gefahren. Lena bemerkte seinen verträumten Blick, nahm schließlich eine Beere und schob sie ihm in den Mund. Unwillkürlich biß er hinein; sofort erfüllte ein leicht süßer Geschmack seinen Gaumen, wie von einem reifen Pfirsich, schwach gewürzt mit Salz und einem Beigeschmack nach Limonellen. Einen Moment später aß er schon mit regelrechter Gier, dachte nur gelegentlich daran, die Samenkörner auszuspucken. Er schlang alle Beeren hinab, die er an dem Strauch fand, und anschließend schaute er sich nach einem anderen Strauch um. Doch Lena legte eine Hand auf seinen Arm, um ihn zurückzuhalten. »Schatzbeeren sind ungemein nahrhaft«, sagte sie. »Man braucht nur wenige davon. Und sie schmecken besser, wenn man langsam ißt.« Aber Covenant verspürte noch mehr Hunger. Er konnte sich nicht erinnern, schon einmal so stark nach Nahrung verlangt zu haben, wie er nun nach dieser Frucht gierte; die Empfindung des Essens war noch nie so lebhaft, so gebieterisch aufgetreten. Er entriß Lena seinen Arm, als wolle er sie schlagen, doch dann beherrschte er sich plötzlich. *Was ist das? Was ist nun los?* Bevor er sich jedoch diese Fragestellung eingehender vornehmen konnte, überkam ihn ein anderes Empfinden – übermächtig starke Schläfrigkeit. Im Zeitraum eines Atemzugs verfiel er nahezu übergangslos von einem Zustand wölfischen Hungers in ein gewaltiges Gähnen, das ihn aus Müdigkeit kopflastig zu machen schien. Er wollte sich umwenden und stolperte. »Das rührt von der Heilerde her«, sagte Lena, »doch hatte ich's gar nicht erwartet. Wenn die Wunden sehr schwer sind, bringt die Heilerde Schlaf über den Leidenden, um die Heilung zu beschleunigen. Aber diese Kratzer an deinen Händen waren keine schweren Verletzungen. Plagt dich irgend etwas, das du mir nicht gezeigt hast?«

*Ja,* dachte er während eines weiteren Gähnens. *Ich bin todkrank.* Er war eingeschlafen, noch ehe er ins Gras sank.

Als er allmählich wieder empor an die Oberfläche des Wachseins trieb, war die erste Tatsache, die ihm ins Bewußtsein drang, der Umstand, daß Lenas feste Schenkel seinem Kopf als Kissen dienten.

Nach und nach gewahrte er auch andere Dinge: den Schatten des Baumes, durchsetzt mit Lichtschimmerflecken der im Sinken begriffenen Sonne, den Duft der Kiefern, das Säuseln des Windes, das dichte Gras, in das sein Körper gebettet lag, den Klang einer Melodie, das unregelmäßige Kribbeln, das in seinen Handflächen entstand und wich wie ein Atavismus – aber am wichtigsten war ihm die Wärme von Lenas Schoß an seiner Wange. Im Moment verspürte er nur das Verlangen, Lena in seine Arme zu nehmen und das Gesicht zwischen ihren Schenkeln zu vergraben. Er widerstand der Anwandlung, indem er ihrem Lied lauschte. Sie sang leise und in leicht kindlichem Ton.

*»Etwas ist an der Schönheit,*
*das in des Betrachters Seele*
*erblüht wie eine Blume*
*so zart*
*– denn vielgestaltig gibt es Übel,*
*um des Betrachters Blick*
*die Schönheit*
*zu verdüstern –,*
*so zart und unvergänglich,*
*denn mag die Schönheit welken,*
*mag die Welt zerfallen,*
*die Seele, da die Blume blüht,*
*sie lebt.«*

Ihre Stimme umhüllte ihn mit einem Bann der Behaglichkeit, und er wünschte sich, er möge nie enden. »Das Lied gefällt mir«, sagte er leise nach einem langen Schweigen voller Kiefernduft und dem Raunen des Windes.

»Wirklich? Das freut mich. Kunstmeister Tomal schrieb es für den Festtanz aus Anlaß seiner Vermählung mit Imoiran, Tochter der Moiran. Oftmals jedoch hängt die Schönheit eines Liedes vom Gesang ab, und ich bin keine Sängerin. Vielleicht wird Atiaran, meine Mutter, heute abend fürs Steinhausen singen. Dann könntest du ein wahrhaftiges Lied vernehmen.«

Covenant gab keine Antwort. Er lag reglos, nur von dem Wunsch beseelt, sich so lange in sein lebendes Kissen drücken zu dürfen wie möglich. Das Kribbeln in seinen Handflächen schien dazu zu drängen, Lena zu umarmen; er lag still und genoß das Begehren, fragte sich, ob er genug Mut aufbringen könne. Da begann sie wieder zu singen. Die Melodie klang in seinen Ohren irgendwie vertraut, und dahinter hörte er das Ratschen dunkler Schwingen. Auf einmal erkannte er, daß sie sehr der Melodie von ›Goldjunge‹ ähnelte. Er war den Bürgersteig entlang zur Verwaltung der Telefongesellschaft gegangen, der Bell Telephone Company – der Name stand in blattgoldenen Buchstaben an der Tür –, um seine Telefonrechnung persönlich zu bezahlen. Er fuhr aus Lenas Schoß hoch und sprang auf die Füße. Ein Nebel von Gewaltneigung trübte sein Blickfeld.

»Was ist das für ein Lied?« fragte er schwerfällig.

»Gar keines«, antwortete Lena überrascht. »Ich war gerade erst dabei, eine Weise zu ersinnen. Ist etwas falsch?«

Der Tonfall ihrer Stimme brachte ihn zur Besinnung – sie klang angesichts seines übereilten Ärgers so kleinmütig, so kummervoll. Er fand zunächst keine Worte; der Nebel vor seinen Augen verflog. *Dazu habe ich kein Recht,* dachte er. *Ich habe dazu kein Recht, mich an ihr abzureagieren.* Er streckte die Hände aus und half ihr auf die Füße. Er versuchte zu lächeln, aber sein teilweise versteiftes Gesicht brachte nur eine Grimasse zustande. »Wohin gehen wir jetzt?«

Langsam wich der Kummer aus ihrer Miene. »Du bist sonderbar, Thomas Covenant«, sagte sie.

»Ich wußte selbst nicht«, antwortete er schiefmäulig, »daß es mit mir so schlimm steht.«

Einen Moment lang standen sie sich gegenüber und schauten einander in die Augen. Dann verblüffte sie ihn, indem sie errötete und ihm ihre Hände entzog. »Wir gehen nun ins Steinhausen«, sagte sie mit einer neuen Art von Erregung in ihrer Stimme. »Du wirst meine Mutter und meinen Vater in Erstaunen versetzen.« Munter drehte sie sich um und eilte voran durch das kleine Tal.

Sie war geschmeidig, leichtfüßig und anmutig, wie sie ihm voranlief, und Covenant sah ihr nach, in Gedanken bei den seltsamen neuen Empfindungen, die sich in ihm regten. Er hatte das unvermutete Gefühl, daß dies Land ihm irgendeinen Zauber bieten könne, der seine Impotenz behob, irgendeine

Art von Wiedergeburt, an die er sich in der Erinnerung klammern mochte, sobald er wieder zu Bewußtsein gekommen war, wenn das Land mit allen seinen verrückten Implikationen im Chaos von Träumen verschwunden war, an die er sich nur noch halb entsann. Für diese Hoffnung war es nicht erforderlich, daß das Land real war, physikalische Wirklichkeit, unabhängig von seinen unbewußten, unkontrollierten Traumgebilden existent. Nein, Leprose war eine unheilbare Krankheit, und falls er nicht an den Folgen des Verkehrsunfalls starb, mußte er mit dieser Tatsache leben. Aber gewisse Handikaps konnten manchmal durch einen Traum geheilt werden. So etwas konnte bisweilen möglich sein. Als er sich Lena anschloß, geschah es mit einem bestimmten Schwung in seinen Schritten und Eifer in den Adern. Die Sonne war mittlerweile am Himmel tief genug gesunken, um die untere Hälfte des kleinen Tals in Schatten zu tauchen. Er sah voraus Lena ihm zuwinken und folgte ihr dem Verlauf des Bachs nach, genoß beim Gehen die Nachgiebigkeit der Gräser unter seinen Füßen. Irgendwie fühlte er sich größer als vorher, als habe die Heilerde noch weitere Wirkungen auf ihn ausgeübt, nicht nur seine Kratzwunden und Abschürfungen geheilt. Als er Lena einholte, schien ihm einiges an ihr zum erstenmal aufzufallen: die Zierlichkeit ihrer Ohren, wenn das Haar hinter die Ohrmuscheln wehte; die Art, wie der weiche Stoff ihres Gewandes ihre Brüste und Hüften umschmiegte; ihre schlanke Taille. Ihr Anblick verstärkte das Kribbeln in seinen Handflächen. Sie lächelte ihm zu und führte ihn dann am Bach entlang aus dem kleinen Tal. Sie strebten einen sehr schmalen Pfad zwischen steilen Felswänden hinab, die immer höher aufragten, bis der kärgliche Ausschnitt, den sie vom Himmel sehen konnten, sich etliche Dutzend Meter über ihnen befand. Der Pfad war steinig, und Covenant mußte seine Füße ständig im Augenmerk behalten, um im Gleichgewicht zu bleiben. Die Umständlichkeit

ließ den Weg lang erscheinen, doch schon nach einigen hundert Metern kamen Lena und er an eine Felsspalte, die im rechten Winkel zum Bach abwärts verlief. Sie kletterten hinein und stiegen darin hinab. Nach kurzer Zeit betraten sie ebenen Untergrund, danach schrägte sie sich wieder für eine lange Strecke ab, doch war ihr Verlauf verwunden, so daß Covenant nicht zu sehen vermochte, wohin der Weg eigentlich führte. Schließlich endete die Felsspalte nach einer letzten Biegung, und Lena und Covenant standen hoch überm Flußbett am Berghang. Sie blickten nach Westen in die sinkende Sonne. Der Fluß verließ die Berge zur Linken und wand sich nach rechts in die Ebenen. Ein Ausläufer der Bergkette zweigte bis ins Tal ab, verflachte sich jedoch immer mehr und ging zuletzt in den nördlichen Ebenen auf. »Das ist der Mithil«, sagte Lena. »Und dort liegt das Steinhausen Mithil.« Covenant sah eine kleine Ansammlung von Bauten in nördlicher Richtung am Ostufer des Flusses. »Es ist nicht weit«, fügte Lena hinzu, »aber der Pfad verläuft talaufwärts und dann zurück am Fluß entlang. Die Sonne wird untergegangen sein, bis wir unser Steinhausen erreichen. Komm!«
Covenant erlebte einen Moment des Unbehagens, als er den Berghang hinabblickte – sie befanden sich noch immer gut fünfhundert Meter oberhalb der Talsohle –, aber er nahm sich zusammen und folgte Lena nach Süden. Der Berghang lockerte sich in zusehends stärkerem Maße auf, und bald darauf führte der Pfad durch saftige Almen und hinter strengen Felsvorsprüngen entlang, durch Vertiefungen und Hohlwege, durch Irrgärten aus herabgestürzten Felsklötzen. Und indem der Pfad immer weiter ins Tal vordrang, atmeten sie immer dunstigere, weniger klare, aber weichere Luft. Langsam wechselten die Gerüche, es roch verstärkt nach Grün; der Kiefern- und Espenduft wich dem vollen Aroma von Weideland. Covenant spürte, daß er die graduelle Veränderung lückenlos wahrnahm, jede

Nuance des Höhenunterschieds bewußt erlebte. Durch die Aufregung dieser neuen Wahrnehmungsfähigkeit schien ihm der Weg nach unten nicht lange zu dauern. Bevor er sich richtig darauf eingestellt hatte, den Berg zu verlassen, sah er den Pfad einen flachen Hügel hinab verlaufen, zum Fluß vorstoßen und sich dann daran entlang nach Osten wenden. Der Mithil war an jener Stelle, wo der Pfad ihn erreichte, schmal und schnell, und mit einer Stimme voller Nachschwingungen und Gemunkel sprach er mit seiner feuchten Aussprache zu sich selbst; doch als der Fluß in die Richtung der Ebenen strömte, verbreiterte er sich und floß langsamer, und sein dumpfes Murmeln klang behäbiger und philosophischer. Bald beherrschte seine Stimme nicht länger die Umgebung. In stillem Geflüster erzählte er sich seine lange Geschichte, während er sich auf seiner Suche nach dem Meer dahinwälzte. Unter der Wirkung, die der Fluß auf sein Gemüt ausübte, drang Covenant immer deutlicher die Tatsache ins Bewußtsein, daß dies Land eine tröstliche Handfestigkeit besaß. Es war keine unberechenbare Traumlandschaft, sondern greifbar, einer vernünftigen Einschätzung unterworfen. Auch das war natürlich eine Illusion – eine von seinem lädierten, angeschlagenen Hirn erzeugte Sinnestäuschung. Aber er fand darin seltsamen Trost. Er sah darin eine Verheißung, daß ihn nicht Horror und Chaos erwarteten – daß dies Land eine logisch geführte Gesamtheit war, begreifbar, daß er, hatte er erst einmal seine Gesetzmäßigkeiten verstanden, kannte er sich mit seinen speziellen Verhältnissen aus, in der Lage sein werde, den Weg seines Traumes ungeschoren bis zum Ende zu gehen, seine geistige Gesundheit zu bewahren. Diese Überlegungen verliehen ihm beinahe übermütige Zuversicht, während er an Lenas geschmeidige Kehrseite Anschluß hielt, sich am anziehungskräftigen Schwung ihrer Hüften orientierte. Covenant zog noch mit seinen bislang ungekannten Emotionen hinter Lena her, da sank das ganze Mithiltal in abendliche Schatten. Die Sonne verschwand hinter den westlichen Bergen, und obwohl über den fernen Ebenen noch ein Helligkeitsschimmer lag, sammelte sich im Tal ein dünner Schleier von Dunkelheit. Vor Covenants Augen kroch der Schatten zur Rechten am Berg hoch, schob sich aufwärts wie eine schlingwütige Flut an den Gestaden des Tages. Im Dämmerlicht fühlte sich Covenant von der Gefahr, die ihn verfolgte, stärker bedroht, aber auch der Schimmer über den Ebenen erlosch.

Lena blieb stehen, berührte Covenants Arm und deutete abwärts. »Sieh da«, sagte sie, »das ist das Steinhausen Mithil.« Sie standen auf der Kuppe eines ausgedehnten, niedrigen Hügels, und am Fuß dieses Hügels sah man die Häuser des Dorfes. Covenant konnte die einzelnen Häuser recht deutlich erkennen; hinter etlichen Fenstern brannten bereits schwache Lichter. Abgesehen von einem großen, runden Platz in der Mitte des Dorfes wirkte das Steinhausen so willkürlich beschaffen, als sei es erst vor nicht allzu langer Zeit vom Berg heruntergepurzelt. Dieser Eindruck erfuhr jedoch eine Widerlegung durch die glatten, senkrechten Steinmauern der Häuser und ihre Flachdächer. Und als er genau hinsah, bemerkte er, daß das Steinhausen durchaus nicht so planlos angelegt war; alle Gebäude wandten ihre Vorderseiten dem Platz in der Ortsmitte zu. Kein Haus war höher als einstöckig, und alle waren aus Stein erbaut, wobei flache Steinplatten die Dächer abgaben; in Größe und Bauart unterschieden sie sich jedoch stark voneinander. Manche waren rund, andere quadratisch oder rechteckig, und wieder andere wiesen von oben bis unten eine so unregelmäßige Bauweise auf, daß sie eher geduckten, hohlen Findlingen als Häusern glichen.

»Hier leben fünfmal hundert Bewohner der Südlandebenen«, erläuterte Lena. »*Rhadhamaerl,* Schäfer, Viehzüchter, Bauern und Handwerksmeister. Aber nur meine Mutter Atiaran hat die Schule der Lehre besucht.« Wieder deutete sie hinab. »Dort steht das Haus unserer Familie – dem Fluß am nächsten.« Gemeinsam gingen sie und Covenant am Rand des Steinhausens entlang zu ihrem Heim.

# 6
# Die Sage von Berek Halbhand

Über dem Tal vertiefte sich die Dämmerung. Vögel sammelten sich in den Bäumen der Hügel unterhalb der Berge zur Nachtruhe. Sie sangen noch und riefen mit kräftigen, munteren Stimmchen, aber nach einem Weilchen sank ihr schrilles Lärmen zu einem verhaltenen, zufriedenen Gurren herab. Als Lena und Covenant an den am Ortsrand gelegenen Häusern des Steinhausens Mithil vorüberkamen, konnten sie in einiger Entfernung wieder den Fluß in seinem endlosen Selbstgespräch hören. Lena war still geworden, als sei sie innerlich ganz von geheimer Erregung oder Anteilnahme beansprucht, und Covenant war zu sehr in die Wahrnehmung der Laute der Dämmerung ringsum vertieft, um viel zu reden. Die Nacht, die hereinbrach, schien voller leiser Mitteilungen zu sein, Beruhigungsmittel gegen die Einsamkeit der Dunkelheit. So gelangten sie in aller Schweigsamkeit zu Lenas Heim.

Dabei handelte es sich um einen rechteckigen Bau, der größer war als die Mehrzahl der Häuser im Steinhausen, aber ebenso den gleichen matten Glanz an den Außenmauern besaß. Aus den Fenstern drang ein warmer, gelber Lichtschein. Als Lena und Covenant sich näherten, ging an einem Fenster eine hochgewachsene Gestalt vorbei und entfernte sich in einen hinteren Raum. An der Ecke des Hauses blieb Lena stehen, um Covenants Hand zu nehmen und sie zu drücken, bevor sie ihn zur Schwelle führte. Der Eingang war mit einem schweren Vorhang verhangen. Sie schob ihn beiseite und zog Covenant ins Haus. Drinnen hielt sie inne. Er erkannte, als er sich rasch umschaute, daß die Räumlichkeit, die sie betreten hatten, die ganze Länge des Hauses durchmaß, und an jeder Seite befand sich eine weitere, mit einem Vorhang versehene Tür. In der Mitte standen ein steinerner Tisch und steinerne Bänke mit genug Platz für sechs bis acht Personen; aber der Raum war so groß, daß der Tisch und die Sitzgelegenheiten ihn nicht beherrschten. In die Steinwände des Mittelraums waren rundum regalartige Fächer gehauen, in denen eine Vielfalt steinerner Krüge und anderer Gegenstände aus Stein abgestellt waren, wovon einige offenbar dem Gebrauch beim Kochen und Essen dienten, andere jedoch irgendwelchen Zwecken, die Covenant nicht erraten konnte. An den Wänden standen mehrere steinerne Stühle. Und erhellt war der Raum von dem warmen, gelben Licht, das auf den glatten Flächen schimmerte und im Stein die seltsamsten Farben und Besonderheiten sichtbar machte. Die Lichtquellen waren mehrere Steintöpfe, einer in jeder Ecke des Raums und einer auf dem steinernen Tisch; aber man bemerkte kein Flackern von Flammen – das Licht leuchtete so gleichmäßig, als sei es von so fester Beschaffenheit wie seine steinernen Behältnisse. Und mit dem Licht verbreitete sich ein schwacher Geruch nach frisch aufgebrochener Erdscholle.

Nach dem kurzen, zur allgemeinen Erkundung gedachten Rundblick richtete sich Covenants Aufmerksamkeit aufs jenseitige Ende des Raums. Dort stand an der Wand auf einer steinernen Platte ein schwerer Topf aus Granit, halb so hoch wie ein erwachsener Mensch. Und vor dem Topf, den Blick eindringlich auf den Inhalt geheftet, stand ein hünenhafter Mann, eine säulenhafte Gestalt, wuchtig wie ein Felsklotz. Er wandte Lena und Covenant den Rücken zu und hatte ihre Ankunft allem Anschein zufolge nicht zur Kenntnis genommen. Er trug eine kurze braune Bluse und darunter eine braune Hose, aber in die Schultern seiner Bluse war das gleiche weiße Blumenmuster gewoben wie in Lenas Kleid. Unter der Bluse sah man seine gewaltigen Muskeln sich anspannen und wölben, während er den Topf drehte. Das Gefäß wirkte ungeheuer schwer, aber Covenant wäre nicht verwundert gewesen, hätte der Mann es bis über seinen Kopf emporgestemmt, um den Inhalt auszukippen. Über dem Topf schwebte ein Schatten, den das Licht, das den Mittelraum erleuchtete, irgendwie nicht zu durchdringen imstande war; für eine Zeitlang starrte der Mann in diese Trübung, unterzog sie einer ausgiebigen Begutachtung, während er den Topf immerzu drehte. Dann begann er plötzlich zu singen. Seine Stimme klang zu leise, als daß Covenant die Worte verstehen konnte, aber er spürte, während er lauschte, einen Ton von Beschwörung, als berge der Inhalt des Topfes eine besondere Art von Macht. Einen Moment lang geschah nichts. Dann fing der Schatten überm Topf sich zu verflüchtigen an. Zuerst dachte Covenant, das Licht im Raum habe sich verändert, doch da sah er, wie sich im Topf eine neue Quelle von Helligkeit bildete. Das Leuchten aus dem Topf breitete sich aus und nahm stetig an Stärke zu, bis es am Ende so hell erstrahlte, daß die übrigen Lichter im Raum dagegen düster wirkten.

Mit einer letzten gemurmelten Äußerung straffte sich der Mann über seinem Werk und wandte sich um. In der verstärkten Helligkeit erregte er einen noch hünenhafteren, wuchtigeren Eindruck als vorher, so als ob seine Gliedmaßen und Schultern sowie sein gewaltiger Brustkorb dem Licht Substanz und Kraft entzögen; und seine Stirn war durch die Hitze aus dem granitenen Topf gerötet. Beim Anblick Covenants durchfuhr ihn ein Ruck der Überraschung. In seine Augen stahl sich ein Ausdruck von Unbehagen, und seine Rechte zupfte an seinem dichten rötlichen Bart. Dann streckte er die Hand Covenant entgegen, so daß die Handfläche nach vorn zeigte.

»So, Tochter, du bringst einen Gast«, sagte er zu Lena. »Doch entsinne ich mich daran, daß heute du die Verantwortung für unsere Gastfreundschaft trägst.«

Die seltsame Macht, welche man eben noch aus seiner Stimme gehört hatte, war daraus gewichen. Ohne sie klang seine Stimme wie die eines Menschen, der wenig mit Leuten sprach. Aber obwohl er mit seiner Tochter streng war, blieb er dabei vollkommen gelassen. »Wie du weißt, habe ich für den heutigen Tag die Fertigstellung neuer Glutsteine verheißen, und deine Mutter Atiaran hilft bei der Entbindung Odonas, dem Weibe Murrins. Dein Gast wird angesichts unserer Gastfreundschaft gekränkt von hinnen ziehen, da kein Mahl bereitsteht, um damit den Tag genüßlich zu beschließen.« Doch während er Lena schalt, musterte sein Blick aufmerksam Covenant.

Lena senkte den Kopf und versuchte – nur ihrem Vater zuliebe, wie Covenant überzeugt war –, beschämt dreinzuschauen; gleich darauf jedoch eilte sie durch den langgestreckten Raum und drückte sich an den Hünen. Er lächelte ihr sanftmütig ins emporgewandte Gesicht.

»Trell, mein Vater«, verkündete sie dann, indem sie sich nach Covenant umdrehte, »ich bringe einen Fremden ins Steinhausen. Ich bin ihm auf dem Kevinsblick begegnet.« In ihren Augen funkelte ein lebhafter Glanz, obwohl sie sich bemühte, in ruhigem Tonfall zu reden.

»So, einen Fremden«, sagte darauf Trell. »Nun, das sehe ich. Und ich frage mich, was ihn an jenen verrufenen Ort gebracht hat.«

»Er kämpfte mit einer grauen Wolke«, berichtete Lena.

Covenant erwartete, der rauhbeinige, rüstige Mann, dem er hier gegenüberstand, dessen Arme, obwohl sie nur so von Muskelpaketen strotzten, mit so sanfter Festigkeit auf den Schultern seiner Tochter ruhten, werde auf diese absurde Mitteilung in Gelächter ausbrechen – da sollte ein Mann mit einer Wolke gekämpft haben! Trells Gegenwart wirkte so unverrückbar mit beiden Beinen auf der Erde und standfest, als sei er eine Manifestation des gesunden Menschenverstandes zu dem Zweck, den Alptraum von Lord Foul auf die angemessene Unwirklichkeit herunterzuspielen. Infolgedessen warf es Covenant erheblich aus dem Gleichgewicht, als er Trells in völligem Ernst geäußerte Frage hörte.

»Und wer war der Sieger?«

Die Frage zwang Covenant dazu, sich auf neuen Grund zu begeben. Er war innerlich noch nicht soweit, um sich mit der Erinnerung an Lord Foul zu beschäftigen – doch zugleich war er sich auf nebelhafte Weise völlig dessen sicher, daß er Trell nicht belügen konnte. Er bemerkte, daß seine Kehle trocken geworden war, und räusperte sich. »Ich habe überlebt«, antwortete er umständlich.

Einen Moment lang schwieg Trell, und Covenant sah ihm an, daß seine Antwort das Mißbehagen des Hünen noch verstärkt hatte. Trells Blick glitt seitwärts, kehrte wieder zu Covenant zurück. »Ich verstehe. Und wie lautet dein Name, Fremder?«

Prompt lächelte Lena Covenant zu und antwortete für ihn. »Thomas Covenant. Covenant vom Kevinsblick.«

»Was denn, Tochter?« meinte Trell. »Bist du eine Prophetin, daß du an jemandes Stelle sprichst, der über dir steht?« Dann wandte er sich an Covenant. »So, Thomas Covenant vom Kevinsblick. Besitzt du noch weitere Namen?«

Covenant wollte schon verneinen, da erkannte er in Lenas Augen ein begieriges Interesse an der Antwort auf diese Frage. Er schwieg für einen Moment. In plötzlicher Erkenntnis begriff er, daß er für sie eine so aufregende Gestalt war, als sei er wirklich der sagenhafte Berek Halbhand – daß ihre Vorliebe für Geheimnisse und rätselhafte Kräfte, allwissende Lords und Kämpfe mit Wolken, seine Fremdartigkeit und sein unerklärliches Erscheinen auf dem Kevinsblick ihn für sie zur Verkörperung großer Ereignisse aus einer heroischen Vergangenheit machten. Die Bedeutung ihres Blicks war ihm auf einmal völlig klar; in der Spannung, die ihr die Neugier bereitete, klammerte sie sich an die Hoffnung, er werde sich ihr enthüllen, ihr eine kleine Andeutung über seine hohe Berufung machen, um sie für ihre Jugend und Unwissenheit zu entschädigen. Diese Vorstellung erfüllte ihn mit sonderbaren Regungen. Solche Schmeicheleien war er nicht gewöhnt; er verspürte ein unvertrautes Gefühl neuer Aussichten. Eilig überlegte er, was für irgendeinen hochtrabenden Namen er sich zulegen könne, der Lenas Bedürfnis zufriedenstellte und sie freute, andererseits aber bei Trell keine Mißverständnisse auslöste. Da hatte er eine Eingebung. »Man nennt mich«, sagte er und richtete sich zu voller Höhe auf, als begegne er einer Herausforderung, »Thomas Covenant den Zweifler.«

Unverzüglich spürte er, daß er sich mit diesem Namen mehr aufgebürdet hatte, als er zur Zeit selber überhaupt absehen konnte. Er kam sich plötzlich hochgestochen vor, doch Lena belohnte ihn mit einem herzlichen Lächeln der Begeisterung, und Trell nahm die Erklärung mit Ernsthaftigkeit auf.

»Nun gut, Thomas Covenant«, erwiderte er, »du bist willkommen im Steinhausen Mithil. Ich ersuche dich, nimm unseres Hauses Gastfreundschaft an. Es mag sein, daß mein Weib Atiaran alsbald wiederkehrt. Und wenn du sie zur Genüge ermahnst, wird Lena vielleicht daran denken, dir Erquickungen anzubieten, während ich fort bin.« Während er sprach, wand er seine Arme um das schwere Gefäß und hob es von seinem Sockel. Rotgoldener Schimmer tanzte in seinem Kopfhaar und dem Bart, als er den Topf zur Haustür trug. Lena eilte ihm voraus, um ihm den Vorhang beiseite zu halten, und einen Moment später war Trell gegangen; doch zuvor hatte Covenant noch einen flüchtigen Blick in das Behältnis werfen können. Es war angefüllt mit kleinen runden Steinen, feinem Kies ähnlich, die in Flammen zu stehen schienen.

»Verdammnis«, stieß Covenant hervor. »Wie schwer ist das Ding?«

»Drei Männer vermögen nicht einmal den Topf allein zu heben«, gab Lena voller Stolz zur Antwort. »Aber wenn die Glutsteine glühen, kann mein Vater ihn mit Leichtigkeit heben. Er ist ja ein Glutsteinmeister des *Rhadhamaerl* und in das Steinwissen tief vorgedrungen.« Covenant starrte Trell für einen Moment nach, erschrocken über die Titanenkraft des Mannes. »Ich werde nicht vergessen, dir Erquickungen anzubieten«, sagte Lena. »Wünschst du dich zu waschen oder ein Bad zu nehmen? Bist du durstig? Wir haben einen guten Frühjahrswein auf Lager.«

Ihre Stimme brachte Covenants Nerven erneut zum Vibrieren. Sein instinktives Mißtrauen gegenüber Trells Fähigkeiten wich, als er sich in Erinnerung rief, daß er über eigene Kräfte verfügte. Diese Welt erkannte ihn an; hier war er wichtig. Leute wie Trell und Lena waren dazu bereit, ihn genauso ernst zu nehmen, wie es ihm paßte. Er brauchte nur weiterhin zu handeln, dem Weg nach Schwelgenstein zu folgen, den ihm sein Traum auferlegte – was immer Schwelgenstein auch sein mochte. Diese Aussicht machte ihn zeitweilig benommen. Unterm Eindruck des Augenblicks entschied er, daß er künftig seine eigene Bedeutung voll nutzen wollte, sie auskosten, solange sie anhielt.

Um den Ansturm neuer Gefühle zu verbergen, sagte er Lena, er würde sich gerne waschen. Sie geleitete ihn hinter einen Vorhang in einen anderen Raum, wo aus einem Schnabel an der Wand unablässig Wasser floß. Mit einer steinernen Rinne ließ sich das Wasser entweder in ein Waschbecken oder eine große Wanne lenken, ebenfalls beides aus Stein. Lena zeigte ihm ein Behältnis mit feinem Sand, der den Zweck von Seife erfüllen sollte, und ließ ihn allein. Das Wasser war kalt, aber er tauchte seine Hände und den Kopf mit einer Aufwallung hinein, die sich fast Begeisterung nennen ließ. Als er fertig war, sah er sich nach einem Handtuch um, fand aber keines.

Versuchsweise hielt er eine Hand über das Leuchtgefäß, das den Raum erhellte. Das warme, gelbe Licht der darin enthaltenen Glutsteine trocknete seine Finger buchstäblich im Handumdrehen, also beugte er sich darüber und rieb sich das Wasser aus dem Gesicht und vom Hals, und schon kurze Zeit später waren sogar seine Haare trocken. Gewohnheitsmäßig erledigte er seine VBG und untersuchte bei dieser Gelegenheit die inzwischen nahezu unsichtbaren Narben an den Stellen, wo er sich die Hände aufgerissen hatte. Dann schob er den Vorhang zur Seite und betrat wieder den Mittelraum. Er stellte fest, daß Lena nicht länger allein war; eine zweite Frau hatte sich ihr zugesellt.

»Er sagt, daß er ganz und gar nichts von uns wisse«, hörte er Lena gerade erzählen, als er aus dem Nebenzimmer kam. Da blickte die andere Frau ihn an, und er erriet sofort, daß sie Atiaran war, Lenas Mutter. Auch sie hatte an den Schultern ihres langen braunen Gewandes das Blumenmuster; anscheinend handelte es sich dabei um eine Art von Zeichen, das man mit einem Familienwappen vergleichen konnte. Aber er hätte dieses Hinweises nicht bedurft; die Vertrautheit, mit der die ältere Frau ihre Hand auf Lenas Schulter ruhen ließ, und die Ähnlichkeit der Körperhaltung waren Beweis genug für die enge Verwandtschaft der beiden Frauen. Doch während Lena taufrisch war und von schlankem Wuchs, voller ungebrochener Springlebendigkeit, wirkte Atiaran dagegen, als sei sie eine vielschichtige Person, voll von Widersprüchen. An ihrem weichen Äußeren und ihrer rundlichen Gestalt trug sie so mühsam, als stünden sie im unverträglichen Gegensatz zur verhärteten Menge an Erfahrungen in ihrem Innern, als lebe sie mit ihrem Körper auf der Grundlage eines alten, langwierig ausgehandelten Waffenstillstands. Und ihr Gesicht zeigte die Spuren des Ringens darum; ihre Stirn wirkte vorzeitig in Falten gelegt, und ihre tiefen Augen schienen ihren Blick nach innen gerichtet zu haben, auf ein langweilig gewordenes Schlachtfeld der Zweifel und widerwilligen Zugeständnisse. Als er sie über den steinernen Tisch hinweg musterte, erhielt Covenant den zwiefachen Eindruck von düsterer Besorgnis – das Resultat dessen, daß diese Frau mehr wußte und auch mehr fürchtete, als es anderen Menschen gegeben war – und des Fehlens einer verborgenen Schönheit, die ihrem Gesicht einen angenehmeren Ausdruck verliehen hätte, wäre sie auch bloß dazu imstande gewesen, sich zu einem Lächeln durchzuringen.

Nach kurzem Zögern nahm sich die Frau ein Herz und hob Covenant eine Hand zum Gruß entgegen, wie er es schon von Trell gesehen hatte. »Heil dir, Gast unseres Hauses, sei willkommen. Ich bin Atiaran, Trells Gattin. Ich habe mit Trell gesprochen und auch mit Lena, meiner Tochter – du brauchst dich mir nicht vorzustellen, Thomas Covenant. Mögest du dich wohl fühlen unter unserem Dach.«

»Ich fühle mich geehrt«, erwiderte Covenant, indem er sich auf seine Manieren und seinen zuvor gefaßten Entschluß besann.

Atiaran verneigte sich ein wenig. »Es ehrt den Geber, nimmt man von ihm an, was er bietet. Und Höflichkeit ist überall gerne gesehen.« Danach zögerte sie erneut, anscheinend darüber im unklaren, wie sie weiter verfahren sollte. Covenant beobachtete in ihren Augen die Wiederkehr alter Konflikte; er befand, daß von ihrem Blick ein außergewöhnlicher Einfluß ausgehen könnte, wäre er nicht in solchem Maße nach innen gekehrt. Doch sie fällte ihre Entscheidung rasch. »Es ist keineswegs Brauch bei uns, einen Gast noch vor dem Mahl mit ernsten Fragen zu bedrängen«, sagte sie. »Doch die Speisen sind noch nicht bereitet …« – sie schaute Lena an –, »und du bist mir fremd, Thomas Covenant, du bist ein Fremder, der mir Unruhe einflößt. Wenn du einverstanden bist, möchte ich mich mit dir unterhalten, während Lena das Mahl zubereitet. Mich dünkt, dich treibt etwas an, das kein Warten verträgt.«

Covenant hob die Schultern, ohne auf ihre Worte einzugehen. Er verspürte eine gewisse Besorgnis wegen der Fragen, mit denen er nun rechnen mußte, und stellte sich innerlich darauf ein, sie zu beantworten, ohne aus seinem gerade erst zurückgewonnenen seelischen Gleichgewicht zu geraten. Während des kurzen Schweigens, das sich ergab, begann Lena an den Wänden des Mittelraums eine eifrige Geschäftigkeit zu entfalten. Sie entnahm den Fächern Teller und Schüsseln, die sie auf dem Tisch verteilte, und begann auf einer Steinplatte, die von unten Hitze durch eine Schale voller Glutsteine erhielt, Speisen vorzubereiten. Sie schaute, während sie arbeitete, häufig Covenant an; er war davon überzeugt, daß er es längst nicht jedesmal merkte. Atiaran beanspruchte seine Aufmerksamkeit. Zuerst sprach sie gedämpft und merklich unsicher. »Ich weiß kaum, wo ich anfangen soll. Es ist schon lange her, und ich habe von all dem, was die Lords wissen, nur wenig lernen dürfen. Doch was ich weiß, muß genügen. Niemand im Ort könnte meine Stelle einnehmen.« Sie straffte ihre Schultern. »Kann ich wohl einmal deine Hände sehen?« Covenant entsann sich Lenas anfänglicher Reaktion auf ihn und streckte seine Rechte in die Höhe. Atiaran kam um den Tisch, bis sie Covenant nahe genug war, um ihn berühren zu können, aber sie tat es nicht; statt dessen musterte sie sein Gesicht. »Halbhand. Es ist so, wie Trell sagte. Und manche behaupten, Berek Erdfreund, Lord-Zeuger und Herz der Heimat, werde ins Land wiederkommen, wenn es seiner aus Not bedarf. Weißt du um diese Dinge?«

»Nein«, gab Covenant mürrisch Auskunft.

»Deine andere Hand?« meinte Atiaran, ihren Blick noch immer in sein Gesicht geheftet. Ratlos zeigte er auch seine Linke vor. Sie senkte den Blick darauf. Als sie die Hand sah, entfuhr ihr ein Keuchen, und sie biß sich auf die Unterlippe und trat zurück. Einen Moment lang sah sie unerklärlich entsetzt aus.

Dann aber beherrschte sie sich. »Aus welchem Metall besteht der Ring?« fragte sie mit nur leisem Beben ihrer Stimme.

»Was? Der Ring?« Ihre Reaktion verblüffte Covenant, und in seiner Überraschung sah er sich plötzlich mit einer unliebsamen Erinnerung daran konfrontiert, wie Joan gesagt hatte: *Mit diesem Ring nehme ich dich zum Mann,* und zugleich einer an den alten Bettler in seinem ockerfarbenen Gewand, der ihm riet: *Bleib getreu! Bleib getreu!* Finsternis drohte ihn zu umfangen. Er hörte sich antworten, als sei er ein anderer, jemand, der mit Leprose und Scheidung nichts zu schaffen hatte. »Das ist Weißgold.«

Atiaran stöhnte auf und preßte ihre Hände an die Schläfen, wie von plötzlichem Schmerz befallen. Doch auch diesmal gewann sie ihre Selbstbeherrschung rasch zurück. »Ich allein«, sagte sie, während in ihre Augen ein Ausdruck des Muts der Verzweiflung trat, »ich allein im Steinhausen Mithil kenne dessen Bedeutung. Selbst Trell besitzt nicht dies Wissen. Und ich weiß zuwenig. Antworte mir, Thomas Covenant – ist das die Wahrheit?«

*Ich hätte ihn fortwerfen sollen,* dachte er verbittert. *Ein Leprakranker hat kein Recht auf Sentimentalität.* Aber Atiarans Eindringlichkeit lenkte seine Aufmerksamkeit wieder auf die Frau zurück. Er gelangte zu der Auffassung, daß sie mehr wußte über das, was hier eigentlich geschah, als er – daß er in eine Welt vordrang, die auf irgendeine rätselhafte, undurchschaubare Weise auf ihn vorbereitet war; er verspürte von neuem seinen alten Groll. »Natürlich ist es wahr«, entgegnete er barsch. »Was ist los mit dir? Das ist bloß ein Ring.«

»Er ist aus Weißgold.« Atiarans Antwort klang so hoffnungslos, als sei sie soeben bis aufs letzte Hemd ausgeraubt worden.

»Na und?« Er konnte nicht verstehen, was die Frau so außer Fassung brachte. »Das heißt doch nichts. Joan …« Joan hatte

Weißgold gelbem Gold vorgezogen. Aber das hatte nicht verhindert, daß sie sich scheiden ließ.
»Er ist aus Weißgold«, wiederholte Atiaran. »Die Lords singen eine alte Weise dieses Wissens über den Träger des weißen Goldes. Ich erinnere mich nur noch an einen bestimmten Teil dieser Weise, nämlich:

*›Wer wandelt mit dem weißen Gold wilder Magie,*
*der wandelt als ein Widerspruch,*
*denn alles ist er und doch ein Nichts,*
*Held und Tor,*
*machtvoll und hilflos,*
*mit einem Wort aus Wahrheit oder Trug*
*kann er die Erde verwüsten oder retten,*
*denn er ist wirr im Geist und dennoch heil,*
*ohne Herz und doch voll Leidenschaft,*
*verloren und zugleich gefunden.‹*

Kennst du dies Lied, Covenant? Es gibt kein weißes Gold im Lande. Nie hat man Gold im Erdreich entdeckt, doch erzählt man, daß Berek Gold kannte und darüber Lieder schrieb. Du kommst von einem fremden Ort. Welch fürchterlicher Zweck führt dich zu uns?«
Covenant spürte, wie ihr Blick ihn nach irgendeinem Mangel erforschte, irgendeiner Falschheit, die ihre schlimmen Befürchtungen Lügen straften. Seine Haltung verkrampfte sich. *Du hast nun viel Macht,* hatte ihm der Verächter gesagt. *Wilde Magie. Du wirst sie niemals richtig begreifen.* Die Vorstellung, sein Ehering solle so etwas wie ein Talisman sein, verursachte ihm fast soviel Übelkeit wie der Geruch des Rosenöls. Er empfand ein heftiges Verlangen danach, in Gebrüll auszubrechen, zu schreien: *Nichts von alldem hier geschieht wirklich!* Aber er wußte nur eine Verhaltungsmaßregel, die sich bewäh-

ren konnte: nicht nachdenken, dem Verlauf des Traums folgen, überleben. Er antwortete Atiaran in ihren eigenen Begriffen.

»Alle Zwecke sind fürchterlich. Ich bringe eine Nachricht für den Großrat der Lords.«

»Welche Nachricht?« wollte sie erfahren.

Er zögerte nur für einen Sekundenbruchteil. »Der Graue Schlächter ist zurückgekehrt«, sagte er dann mit heiserer Stimme.

Als sie Covenant diesen Namen aussprechen hörte, ließ Lena die Steingutschüssel fallen, die sie gerade in den Händen trug, und flüchtete sich in die Arme ihrer Mutter. Mißmutig betrachtete Covenant die zersprungene Schüssel. Die Flüssigkeit, die darin enthalten gewesen war, glänzte auf dem glatten steinernen Fußboden. Er hörte Atiaran vor Entsetzen um Atem ringen.

»Woher weißt du das?«

Er hob den Blick wieder zu ihr und sah die beiden Frauen sich aneinanderklammern wie Kinder, die der Dämon ihrer schlimmsten Träume bedroht. *Aussätziger!* Dachte er mit Bitterkeit. *Ausgestoßener! Unrein!* Doch erneut gewann Atiaran vor seinen Augen ihre Beherrschung zurück. Ihr Kinn wirkte plötzlich kantiger, und der Blick ihrer weiten Augen zeugte von mehr Härte. Trotz aller eigenen Furcht war sie eine energische Frau, die ihr Kind jederzeit zu trösten verstand – und sich schnell zu fassen, um jeder Gefahr entgegenzutreten.

»Woher weißt du das?« fragte sie noch einmal.

Er fühlte sich zur Rechtfertigung gedrängt. »Ich habe ihn auf dem Kevinsblick getroffen«, gab er trotzig zur Antwort.

»Ach und weh«, rief sie und drückte Lena an sich. »Weh über die Jungen in dieser Welt! Das Verhängnis des Landes hat sie eingeholt. Geschlecht um Geschlecht wird im Elend sterben, und für alle, die leben, werden nur Krieg, Schrecken und Leiden herrschen. O weh, Lena, meine Tochter! Du bist in eine schlechte Zeit hineingeboren, und wenn das Ringen anhebt, wird es für dich weder Frieden noch Trost geben. Ach, Lena, Lena!«

Ihr Kummer rührte in Covenant an einen empfindlichen Punkt, und ihm schnürte sich die Kehle zusammen. Ihre Stimme versah seine Vorstellung von der einstigen Trostlosigkeit des Landes mit einer Konkretheit, die er bisher nicht verspürt hatte. Zum erstenmal ahnte er, daß dies Land Kostbares barg, das verlorenzugehen drohte.

Diese Verbindung von Mitgefühl und Ärger spannte seine Nerven noch stärker an. Sein Inneres schien in höheren Schwingungen zu erbeben. Als er Lena ansah, bemerkte er, daß eine neue, gesteigerte Stufe der Ehrfurcht vor seiner Person bereits ihr Entsetzen überlagert hatte. Das unbewußte Angebot in ihren Augen brannte stärker und beunruhigte ihn mehr als je zuvor. Er schwieg, bis Atiaran und Lena sich schließlich langsam aus ihrer gegenseitigen Umarmung lösten.

»Was weißt du über alle diese Angelegenheiten?« erkundigte er sich dann. »Was geht vor mit mir?«

Ehe Atiaran antworten konnte, begann draußen vorm Haus laut eine Stimme zu rufen. »Heil dir, Atiaran, Tochter der Tiaran. Glutsteinmeister Trell vermeldet, daß dein heutiges Tagewerk getan ist. So komm und sing dem Steinhausen vor!«

Für einen Moment verharrte Atiaran reglos, schien sich in ihr Inneres zurückzuziehen. Dann seufzte sie. »Ach, aber mein Lebenswerk hat gerade erst begonnen.« Sie ging zur Tür und schob den Vorhang zur Seite. »Wir haben unsere Mahlzeit noch nicht eingenommen«, sagte sie in die Nacht hinaus. »Ich komme später. Aber nach der Zusammenkunft muß ich mit dem Kreis der Ältesten sprechen.«

»Wir werden's ausrichten«, erwiderte die Stimme.

»Gut«, sagte Atiaran. Aber anstatt zum Tisch und zu Covenant zurückzukehren, blieb sie noch unter der Tür stehen, starrte für eine Weile in die Dunkelheit. Als sie den Vorhang endlich wieder fallen ließ und sich Covenant zuwandte, sah er, daß ihre Augen feucht geworden waren, und in ihrem Blick lag etwas, das er zunächst für Niedergeschlagenheit hielt. Doch gleich darauf erkannte er, daß es lediglich der Ausdruck einer Erinnerung an eine vergangene Niederlage war. »Nein, Thomas Covenant«, sagte sie in traurigem Ton. »Ich weiß nichts über dein Geschick. Vielleicht wüßte ich etwas, wäre ich länger an der Schule der Lehre geblieben ... hätte ich dazu die Kraft besessen. Aber ich gelangte dort an meine Grenzen und kehrte heim. Ich kenne gewisse Bestandteile der alten Lehre, aber es ist zuwenig. Alles, woran ich mich in bezug auf jemanden wie dich zu erinnern vermag, ist ein Hinweis auf eine wilde Magie, die den Frieden stört:

*›Wilde Magie, gedrückt in jeden Stein,*
*harrt weißen Goldes, das sie freiläßt oder bändigt ...‹*

Die Bedeutung dieser Worte oder ihr Sinn für die heutige Zeit jedoch sind mir verborgen. Somit liegt ein zweifacher Grund vor, warum wir zum Großrat der Lords müssen.« Sie schaute Covenant offen ins Gesicht. »Ich will's dir unumwunden sagen, Thomas Covenant«, fügte sie hinzu. »Wenn du gekommen bist, um am Lande Verrat zu üben, dann vermögen nur die Lords darauf zu hoffen, dir Einhalt gebieten zu können.«

Verrat? Das war ein völlig neuer Gesichtspunkt. Ein längerer Moment verstrich, ehe er in vollem Umfang begriff, wovon Atiaran sprach. Doch bevor er irgendeinen Widerspruch einlegen konnte, meldete sich Lena zu seinen Gunsten zu Wort. »Mutter! Er rang auf dem Kevinsblick mit einer grauen Wolke. Ich habe es selbst gesehen. Wie kannst du an ihm zweifeln?«

Ihre Reaktion besänftigte seine Streitlust. Ohne es zu beabsichtigen, hatte sie ihn in ein übertriebenes Licht gestellt. Er war nicht soweit gegangen, sich mit Lord Foul in einen Kampf einzulassen.

Trells Rückkehr verhinderte jede Erwiderung, die Atiaran vielleicht zu äußern gedachte. Der Hüne stand für einen Moment ruhig auf der Schwelle und ließ seinen Blick von Atiaran über Lena zu Covenant schweifen. »So«, sagte er unvermittelt, »schwere Zeiten stehen bevor.«

»Ja, Trell, mein Gemahl«, bestätigte Atiaran gedämpft. »Schwere Zeiten.«

Da bemerkte er die Bruchstücke der Steingutschüssel am Fußboden. »Schwere Zeiten, fürwahr«, schalt er nachsichtig, »wenn Steingut zerbricht, und man läßt die Stücke liegen, auf daß sie unter den Füßen zu Staub werden.«

Diesmal zeigte Lena aufrichtige Beschämung. »Vergib mir, Vater«, bat sie. »Ich war in Furcht.«

»Sei getrost.« Trell trat zu ihr und legte ihr seine Hände – aus Zuneigung federleicht – auf die Schultern. »Viele Wunden lassen sich heilen. Ich fühle mich heute stark.« Sobald er das gesagt hatte, schaute Atiaran ihn voller Stolz an, als habe er soeben eine Heldentat vollbracht. »Nimm Platz, Gast«, sagte er dann, wie um Covenants Verwirrung noch zu steigern. »Das Mahl wird bald bereitet sein. Ans Werk, Lena.« Die beiden Frauen begannen sich am Kochstein zu betätigen.

Covenant sah zu, wie Trell die Scherben der zerbrochenen Schüssel aufsammelte. Die Stimme des Glutsteinmeisters brummte leise beim Gesang eines uralten hintergründigen Liedes. Behutsam brachte er die Scherben zum Tisch und häufte sie neben dem Leuchtgefäß auf. Dann nahm er selber am Tisch Platz. Covenant setzte sich neben ihn, von der Frage bewegt, was nun geschehen solle. Während er zwischen zusammengebissenen Zähnen sein abgründiges Lied knurrte, fügte Trell die Scherben der Schüssel wieder ineinander, als handle es sich um ein Puzzle. Stück für Stück drückte er zurück an den ursprünglichen Platz, wo jedes blieb, ohne daß Covenant ihn irgendein Bindemittel gebrauchen sah. Trell arbeitete mit peinlicher Genauigkeit, behandelte jedes Fragment mit äußerster Vorsicht, und doch nahm die Schüssel unter seinen Händen rasch wieder Gestalt an, und ihre einzelnen Stücke paßten tadellos zusammen, so daß nur ein Netzwerk feiner schwarzer Linien zurückblieb, das die Bruchstellen anzeigte. Bald staken alle Scherben an ihrem alten Platz. Dann verfiel seine tiefe Stimme in eine andere Tonlage. Er begann die Schüssel mit seinen Fingern zu streicheln, und überall, wo seine Finger den Stein streiften, verschwanden die schwarzen Bruchstellen, als habe er sie durch seine Berührung weggewischt. Allmählich erfaßte er mit dieser Art von Behandlung die gesamte Fläche der Steingutschüssel; sobald er mit der Außenseite fertig war, begann er mit dem Innern. Und zuletzt hob er die Schüssel an und dehnte seine Streichelbewegung auch auf die Unterseite aus. Er nahm das Behältnis zwischen die Finger seiner beiden Hände und drehte es langsam, um sich dessen zu vergewissern, daß er keine Bruchstelle übersehen hatte. Dann verstummte sein Singsang, er setzte die Schüssel mit aller Vorsicht ab und zog die Hände zurück. Sie war so unversehrt und fest, als wäre sie niemals hingefallen und zersprungen.

Covenant riß seinen ehrfürchtigen Blick von der Schüssel los und richtete ihn in Trells Gesicht. Der Glutsteinmeister wirkte nun von der Anstrengung ausgelaugt, seine Miene verhärmt, Tränen waren über seine gestrafften Wangen geronnen.

»Das Verschmelzen ist ein schwereres Werk als das Brechen«, murmelte er. »So etwas vermöchte ich nicht jeden Tag zu leisten.« Ermattet schlug er auf dem Tisch die Arme übereinander und stützte darauf seinen Kopf.

Atiaran trat hinter ihren Mann und massierte die kraftvollen Muskeln seiner Schultern und in seinem Nacken; ihre Augen spiegelten Liebe und Stolz wider. Irgend etwas in ihrer Haltung und ihrer Miene flößte Covenant die Empfindung ein, er stamme aus einer sehr armseligen Welt, wo niemand die Brüche von Steingutgefäßen zu heilen verstand und auch gar keinen Wert darauf legte. Er versuchte sich daran zu erinnern, daß er ja nur träumte, aber es widerstrebte ihm, auf die eigene Ermahnung zu achten.

Nach einer stillen Pause, die ganz beherrscht war von Hochachtung vor Trells Leistung, fing Lena den Tisch zu decken an. Atiaran trug vom Kochstein Schüsseln voller Speisen herüber. Als alles zum Essen bereitet war, hob Trell den Kopf und stand mühsam auf. »Es ist bei unserem Volk Brauch«, sagte Atiaran zu Covenant, »vor der Mahlzeit für eines Augenblickes Dauer im Stehen zu verweilen, zum Zeichen unserer Verehrung für die Erde, aus der Leben, Nahrung und Kraft kommen.« Covenant erhob sich ebenfalls; er empfand Unbeholfenheit und fühlte sich fehl am Platze. Trell, Atiaran und Lena schlossen die Augen und neigten für ein kurzes Weilchen die Köpfe. Danach setzten sie sich. Als auch Covenant auf der steinernen Bank saß, begann sie das Essen herumzureichen.

Das Mahl war ausgiebig; aufgetragen waren kaltes Salzfleisch mit warmer Soße, ungeschälter Reis, Dörräpfel, braunes Brot und Käse. Covenant erhielt einen hohen Krug mit einem Trank vorgesetzt, den Lena als den bereits von ihr erwähnten Frühjahrswein bezeichnete. Dies Getränk war klar und hell wie Wasser, schäumte schwach und roch entfernt nach *Aliantha;* es schmeckte allerdings wie ein leichtes Bier, dem man alle Bitterkeit genommen hatte. Covenant sprach dem Frühjahrswein tüchtig zu, bevor er merkte, daß er seinen ohnehin schon in Schwingungen versetzten Nerven das Äußerste an Spannung zumutete. Er fühlte sich vollständig zusammengekrampft. Er stand zu sehr unter bislang ungeahnten Arten von Druck. Nach kurzer Zeit wartete er ungeduldig auf das Ende des Essens, von dem Wunsch gedrängt, das Haus zu verlassen und sich an der kühlen Abendluft zu erfrischen. Aber Lenas Familie aß mit Bedächtigkeit; das Ritual des Speisens schien zu erstarren. Man widmete sich dem Mahl mit solcher vorsätzlichen Ausführlichkeit, als sei es der Schlußstein all des gemeinsamen Haussegens. Mitten in all dieser Ruhe begriff Covenant plötzlich, daß er selbst die Ursache dafür war, daß es sich dabei um ein Resultat seiner Anwesenheit handelte. Diese Einsicht bereitete ihm beträchtliches Unbehagen. Um sich ein bißchen abzulenken, versuchte er seine Kenntnisse der Situation auszubauen.

»Ich habe eine Frage«, sagte er auf linkische Weise. Er vollführte eine Rundumgebärde, die das ganze Steinhausen umschrieb. »Nirgends ist Holz. Im ganzen Tal stehen so viele Bäume, aber ich sehe keinerlei Holz in Verwendung. Betrachtet ihr die Bäume als geweiht oder so etwas?«

»Geweiht?« meinte Atiaran nach einem Moment des Überlegens. »Ich kenne das Wort, aber sein Sinn liegt mir im dunkeln. Es ist Kraft in der Erde, in Bäumen und Flüssen, in Steinen und in der Scholle, und wir erweisen ihr unsere Achtung, weil sie Leben spendet. Deshalb pflegen wir den Friedensschwur abzulegen. Ist es das, wonach du fragst? Wir verarbeiten Holz nicht, weil das Holzwissen, das *Lillianrill,* uns verlorengegangen ist, und wir haben nie danach getrachtet, es wiederzuerlangen. Während unser Volk in der Verbannung schmachtete, die Trostlosigkeit das Land beherrschte, ging uns vieles Wertvolle verloren. Im Südlandrücken und in den Einöden klammerte sich unser Volk ans *Rhadhamaerl,* weil es ihm das Überleben ermöglichte. Das Holzwissen dagegen brachte dort keinen Nutzen, und daher geriet es in Vergessenheit. Und nun, da wir ins Land heimgekehrt sind, genügt uns das Steinwissen zum Leben. Andere jedoch haben sich das *Lillianrill* bewahrt. Ich habe das Holzheim Hocherhaben kennengelernt, das in den

Hügeln weiter nordöstlich von hier liegt, und es ist ein gefälliger Ort – die Menschen dort verstehen das Holz und können damit gedeihen. Es wird Handel zwischen den Steinhausen und Holzheimen getrieben, aber man handelt nicht mit Stein oder Holz.«

Als sie verstummte, bemerkte Covenant im erneuten Schweigen eine Abweichung. Ein Moment verstrich, ehe er dessen sicher war, daß er entferntes Stimmengemurmel vernahm. »Ach, die Versammlung«, bestätigte gleich darauf Atiaran, an Trell gewandt, seine Wahrnehmung. »Ich habe versprochen, heute abend zu singen.«

Sie und Trell erhoben sich gemeinsam. »So«, sagte er. »Und anschließend besprichst du dich mit dem Kreis der Ältesten. Ich werde für morgen einige Vorbereitungen treffen. Aha …« Er wies auf den Tisch. »Morgen wird ein schöner Tag sein. Das Herz des Steins zeigt keinen Schatten.«

Beinahe widerwillig senkte Covenant seinen Blick dorthin auf die steinerne Tischplatte, wohin Trell deutete. Doch er sah nichts. Atiaran bemerkte seine Verständnislosigkeit. »Sei nicht verwundert, Thomas Covenant«, sagte sie freundlich. »Niemand außer einem *Rhadhamaerl* kann aus Steinen wie diesem hier das Wetter vorausschauen. Nun begleite mich, wenn du's möchtest, und ich trage die Sage von Berek Halbhand als Gesang vor.« Während sie sprach, nahm sie das Leuchtgefäß vom Tisch, um es draußen als Laterne zu verwenden. »Lena, du wirst das Steingut reinigen, ja?«

Covenant stand auf. Als er Lena anblickte, sah er, daß sie eine Grimasse widerwilliger Gehorsamkeit aufgesetzt hatte; eindeutig wäre sie lieber mitgegangen. Trell sah ihre Miene ebenfalls. »Lena, meine Tochter«, sagte er, »begleite unseren Gast. Ich werde nicht zu beschäftigt sein, um mich des Steingutes annehmen zu können.«

Die Freude verwandelte Lena innerhalb eines Augenblicks, und sie sprang auf und warf ihrem Vater ihre Arme um den Hals. Er erwiderte ihre Umarmung und stellte sie dann wieder mit den Füßen auf den Boden. Sie glättete ihr Gewand, versuchte unvermittelt bescheiden zu wirken und begab sich an die Seite ihrer Mutter.

»Trell«, sagte Atiaran, »du wirst dem Kind noch Flausen in den Kopf setzen, bis es sich für eine Königin hält.« Aber sie nahm Lena bei der Hand, um ihr zu zeigen, daß sie nicht wirklich verärgert war, und ging mit ihr durch den Vorhang der Haustür hinaus. Covenant schloß sich den beiden unverzüglich an; er verließ das Haus und trat unter den von vielen Sternen übersäten Nachthimmel mit einer gewissen Erleichterung. Unterm freien Himmel gab es für ihn mehr Raum, um sich selbst zu erforschen. Und er bedurfte dieser Selbsterforschung. Er konnte seine immer stärkere Erregung nicht verstehen, nicht vernünftig begründen. Der Frühjahrswein, den er getrunken hatte, schien für seine inneren Kräfte einen Brennpunkt geliefert zu haben; er wütete in seinen Adern wie ein enthemmter Satyr. Er fühlte sich durch unerklärliche Eingebungen heimgesucht, als sei er das Opfer des Traums, nicht sein Ursprung. *Weißgold!* Höhnte er lautlos in die Dunkelheit zwischen den Häusern. *Wilde Magie! Hält man mich eigentlich für verrückt?!* Möglicherweise war er auch verrückt. Vielleicht irrte er gegenwärtig mit Dementia umher, quälte sich selbst mit ersponnenem Kummer und irrigen Ansprüchen, den Zwängen eines Wahngebildes. Dergleichen war schon manchem Lepraleidenden widerfahren. *Nein!* Fuhr er insgeheim auf. *Ich bin nicht verrückt!* Beinahe hätte er es laut herausgebrüllt. *Ich kann den Unterschied erkennen – ich weiß, daß ich nur träume.* Seine Finger zuckten aus innerer Aufgewühltheit, aber er atmete tief die kühle Luft ein und gab diese selbstzerstörerischen Gedanken auf. Er wußte nun, wie man einen Traum überlebte. Wahnsinn war die einzige Gefahr.

Als sie zusammen zwischen den Häusern dahinschritten, streifte Lenas geschmeidiger Arm einmal seinen Arm. Seine Haut schien unter der flüchtigen Berührung Funken sprühen zu wollen.
Das Gemurmel einer Menschenmenge schwoll unterwegs rasch an. Kurz darauf erreichten Lena, Atiaran und Covenant den runden Platz in der Mitte des Steinhausens und stießen zu der Versammlung. Dutzende von Leuchtgefäßen in ebenso vielen Händen erhellten den Dorfplatz, und Covenant konnte in dessen Umkreis deutlich sehen. Männer, Frauen und Kinder standen im Kreis zusammengerückt. Covenant vermutete, daß so gut wie die gesamte Einwohnerschaft des Steinhausens herbeigeströmt war, um Atiaran singen zu hören. Die Mehrheit der Menschen war kleinwüchsiger als er – und erheblich kleiner als Trell – und besaß dunkles Haar, braun oder schwarz; auch das stand im Gegensatz zu Trell. Aber dies war ein stämmiger, breitschultriger Menschenschlag, und auch die Frauen und Kinder erweckten den Eindruck bedeutender Körperkräfte; offenbar hatten die Jahrhunderte der Arbeit mit Stein sie dieser Tätigkeit angepaßt. Covenant verspürte wieder die gleiche unklare Furcht, die er bereits beim Anblick Trells empfunden hatte. Diese Leute waren ihm ganz einfach zu stark, und sollten sie sich aus irgendeinem Grund gegen ihn stellen, hatte er zu seinem Schutz nichts vorzuweisen als seine Fremdheit. Sie unterhielten sich angeregt untereinander, während sie nach allem Anschein auf Atiaran warteten, und niemand ließ sich in irgendeiner Beziehung anmerken, daß er – falls überhaupt – von Covenants Auftauchen Kenntnis nahm. Er legte keinen Wert darauf, selber womöglich überflüssig Aufmerksamkeit zu erregen, und blieb im Hintergrund der Versammlung. Lena tat es ihm gleich. Atiaran händigte ihr das Leuchtgefäß aus und betrat dann durch die Menge die Mitte des runden Platzes und des Kreises von Menschen.

Nachdem er die Versammelten begutachtet hatte, lenkte Covenant sein Interesse wieder auf Lena. Sie stand an seiner rechten Seite; ihr Scheitel überragte seine Schulterhöhe um kaum fünf Zentimeter, und sie hielt das Leuchtgefäß mit beiden Händen an ihrer Taille, so daß der Lichtschein ihre Brüste betonte. Sie war sich der Wirkung offensichtlich nicht bewußt, wogegen Covenant sie nur zu eindringlich spürte, und seine Handflächen juckten ihm wieder aus sehnsüchtigem, furchtsamem Verlangen danach, sie zu berühren. Als ob sie seine Gedanken wahrnähme, schaute sie plötzlich zu ihm auf, in ihrer Miene ernste Sanftmut, die sein Herz derartig springen ließ, als wäre es auf einmal für den Gitterkäfig seiner Rippen zu groß geworden. Verlegen wandte er seinen Blick ab, schaute umher, ohne etwas zu sehen. Als er sie wieder ansah, tat sie anscheinend genau das gleiche wie er – vortäuschen, sie schaue sonstwohin. Er preßte die Kiefer aufeinander und schickte sich notgedrungen in Geduld, um abzuwarten, was da kommen möge.

Nach einiger Zeit verbreitete sich unter den Versammelten Ruhe. Am Mittelpunkt des Kreises, den die Menge bildete, stand Atiaran auf einer niedrigen Felsplatte. Sie neigte vor der Versammlung den Kopf, und die Menschen erwiderten ihren Gruß, indem sie wortlos ihre Leuchtgefäße anhoben. Der Helligkeitsschein schien sich um sie zu konzentrieren wie bei einer Penumbra. Als man die Leuchtgefäße senkte und eine letzte Welle der Spannung durch die Versammelten gegangen war, begann Atiaran zu sprechen.

»Heute abend fühle ich mich wie eine alte Frau – meine Erinnerungen sind umwölkt, und ich entsinne mich nicht länger zur Gänze an das Lied, das ich euch singen möchte. Aber ich werde es singen, soweit ich mich darauf besinnen kann, und euch die Geschichte erzählen, so wie ich sie vernommen habe, auf daß ihr, was ich an Wissen besitze, mit mir teilen könnt.«

Auf diese Worte hin durchlief die Menge ein gedämpftes Gelächter – eine humorvolle Anerkennung der turmhohen Überlegenheit von Atiarans Wissen.
Atiaran blieb für einen Moment still, ihren Kopf geneigt, um ihre Furcht zu verbergen, die jenes Wissen ihr eingetragen hatte, bis in der Runde erneut Ruhe herrschte. Dann hob sie wieder den Blick. »Ich werde euch die Sage von Berek Halbhand singen.« Nach einer letzten flüchtigen Pause plazierte sie ihr Lied in das vorfreudige Schweigen wie ein seltenes, kostbares Kleinod.

*»Gleich Schatten nur auf Halmen,*
*verschlingt der Krieg die Mannen,*
*ihr Leben tilgt er auf den Heiden.*
*Beklagt die Erde auch ihr Scheiden,*
*der Menschen Stern, er sinkt,*
*ihre Worte wie Tränen verrannen.*
*In blutigem Schatten,*
*berannt von Feindesmacht,*
*im roten Blut bis zum Stiefelsporn,*
*mäht Berek die Argen wie reifes Korn,*
*der Schönheit letzter Hüter wider Niedertracht.*

*Letzter Streiter im Untergang, da es graust,*
*Letzter in der Verzweiflung vollem Maß,*
*Letzter auf des Feldes zerstampftem Gras,*
*als Letzter senkt er die gehälftete Faust.*

*In des Landes Weite wütet wahnwitzige Brut,*
*Verräter bejubeln des Sieges Zeichen,*
*weil Berek dem Sturme muß weichen.*
*Am Donnerberg netzt Felsen seine Tränenglut.*

*Berek! Erdfreund! Der Heimat Recke, hochverwegen!*
*Waffenbruder gegen der Unholde Hand!*
*Gunst schenkt die Erde, wo sich Kühne regen,*
*dein Herz erschalle, Erdfreund! Heil und Segen!*
*Läutere von Blut, Tod und Weh das Land!«*

Diese Ballade ließ Covenant erzittern, als berichte sie von einem Schreckgespenst, das er eigentlich erkennen müßte. Aber Atiarans Stimme zog ihn ganz in ihren Bann. Keinerlei Instrumente unterstützten ihren Gesang, aber noch ehe sie die erste Zeile beendet hatte, war ihm klar, daß sie keine Instrumente benötigte. Sie schmückte den deutlichen Strang der Melodie mit so viel unerwarteten Zwischentönen aus, bereicherte sie um so viel eingewobene Harmonie, durchsetzte sie mit dem Nachhall so vieler verstummter Stimmen, daß sie sich mit jedem angehobenen Motiv in drei oder sogar vier Sängerinnen zu verwandeln schien, mehrere getrennte Kehlen, vereint zum Lied. Es begann in einer Molltonart, die die golden durchhauchte, mit Sternen wie mit Edelsteinen besetzte Nacht zum Pochen brachte wie eine Wunde; ein schwarzer Wind des Verlusts wehte durch dies Lied, und in seinem Wehen schien alles, was man im Steinhausen schätzte und in Ehren hielt, aufzuflackern und zu vergehen. Während er lauschte, hatte Covenant das Gefühl, daß die gesamte Versammlung mit den Worten der Ballade litt, insgeheim unter der einflußreichen Stimmgewalt der Sängerin in stummem Schmerz aufstöhnte. Aber der Gram beherrschte die Stimme nicht lange. Nach einer Kunstpause, welche die Weite der Nacht wie eine Enthüllung erschloß, ging Atiaran zum trotzigen Refrain *›Berek! Erdfreund!‹* über, und der Wechsel trug sie hoch empor in eine Durtonlage, die für jede Stimme mit weniger Festigkeit im Andeutungsvermögen und weniger Dichte im Gewebe des Klangs äußerst waghalsig gewesen wäre; die emotionale Anteilnahme der Zuhörer blieb erhalten, veränderte sich jedoch binnen einer Sekunde vom Kummer zur Freude und Dankbarkeit. Und als Atiarans ausgedehnter, letzter hoher Ton aus ihrer Kehle erscholl wie ein Gruß an die Berge und die Sterne, da reckten die Menschen ihre Leuchtgefäße in die Höhe und antworteten mit einer einstimmigen Schlußbekundung, die weithin hallte: *»Berek! Erdfreund! Heil!«*

Danach senkten sie die Lichter langsam wieder und begannen sich nach vorn zu drängen, enger um Atiaran zu sammeln, um sie die Sage erzählen zu hören. Der allgemeine Andrang war eine so schlichte und starke gemeinschaftliche Regung, daß auch Covenant unwillkürlich ein paar Schritte tat, bevor er begriff, wie ihm geschah. Mit einem plötzlichen Ruck starrte er umher – sah die Sterne, die am fernen Nachthimmel glitzerten, roch den durchdringenden, warmen Geruch der Glutsteine. Die einheitliche Reaktion der Steinhausener erschreckte ihn; er durfte es sich nicht erlauben, in ihrer kollektiven Gefühlswallung aufzugehen. Am liebsten hätte er sich zurückgezogen, doch blieb er, weil er die Sage von Berek Halbhand kennenlernen wollte.

Atiaran begann die Erzählung, sobald die Leute sich erneut beruhigt hatten. »Es begab sich, daß in ältester Zeit ein großer Krieg ausbrach, in jenen Tagen, die am Anfang von des Menschengeschlechts Erinnerung standen – jener Zeit, bevor die Alt-Lords in die Welt traten, ehe die Riesen übers Meer der Sonnengeburt kamen und das Bündnis der Steingemeinschaft gründeten, der Zeit vor dem Friedensschwur, vor der Trostlosigkeit und Hoch-Lord Kevins letztem Kampf. Das war eine Zeit, da waren die Greuelinger, die Zeuger der Dämondim, noch ein hohes und stolzes Volk, und die Höhlenschrate schmolzen und schmiedeten schöne Erze, um in offener Freundschaft mit allen Menschen Handel zu treiben. In jener Zeit war das Land eine große Gemeinde, und es herrschten ein

König und eine Königin. Diese waren ein wohlgeratenes Paar, voller Liebe und Ehre, und viele Jahre lang hielten sie ihr Königreich in Einigkeit und Frieden. Doch mit der Zeit legte sich ein Schatten auf des Königs Herz. Er kostete die Macht über Leben und Tod jener, die ihm untertan waren, und da lernte er die Gier nach Macht. Alsbald bedurfte er des Herrschens so notwendig wie der Speise. Er verbrachte seine Nächte in dunklem Streben nach immer mehr Macht, und am Tage genoß er die Ausübung seiner Gewalt, so daß seine Gier danach wuchs und er stetig grausamer handelte, ganz wie Lust und Laune es ihm gerade eingaben. Die Königin aber sah ihres Gemahls Tun und empfand deshalb großes Leid. Ihr einziges Begehren richtete sich darauf, daß das Wohlergehen und die Freiheit der vergangenen Jahre wiederkehren möchten. Aber kein Zuspruch, keine Überzeugungskunst, kein Mittel ihrerseits vermochten den Wahn der Grausamkeit zu brechen, der den König erniedrigte. Und endlich, als sie sah, daß das geliebte Land mit Sicherheit verderben müsse, gebot sie ihrem Gemahl nicht Einhalt, da brach sie mit ihm, um seiner Gewaltherrschaft mit eigener Macht entgegenzutreten. Und daraufhin überzog Krieg das Land. Viele, die des Königs harte Knute hatten schmecken müssen, standen zur Königin. Und ebenso standen ihr viele zur Seite, die das Morden haßten und das Leben liebten. Deren höchster war Berek – der stärkste und klügste von der Königin Kämpen. Doch bedrückte Furcht vorm König das Land, und ganze Städte griffen zu den Waffen, um für ihn zu streiten, zum Erhalt des eigenen Sklaventums zu töten. Die verfeindete Ritterschaft im Lande trat zur Entscheidungsschlacht an, und zuerst wollte man meinen, die Königin werde die Oberhand erringen. Ihre Recken schlugen zu mit furchtbarer Hand, und keiner war gewaltiger als Berek, dem man nachsagte, ein würdiger Gegner für jeden König zu sein. Aber während die Schlacht tobte, zog aus dem Osten ein Schatten herauf, eine graue Wolke, und legte sich über die Streiter. Die Verteidiger der Königin verspürten ihre Herzen sich zusammenkrampfen, und ihre Kraft schwand. Ihre Widersacher jedoch erhielten aus der Wolke die Kraft von Besessenen. Sie vergaßen ihre Menschlichkeit ganz – sie hieben blindlings drauflos, griffen an mit Zähnen und Klauen, zertrampelten, zerhackten und verstümmelten, bis der Königin Recken unter ihrer grauen Wut weichen mußten, einer von Bereks Gefährten um den anderen verfiel der Verzweiflung und dem Tod. So raste das blutige Gemetzel weiter, bis Berek der letzte lebende Widerstreiter war, der dem Schatten Paroli bot. Aber er focht weiter, ungeachtet seines Schicksals und der Übermacht seiner Bedränger, und sein Schwert raffte Feinde dahin wie Herbstlaub der Sturm. Zuletzt forderte der König selbst, furchtsam und doch halb irrsinnig unterm Schatten der Wolke, Berek zum Kampfe, und sie drangen aufeinander ein. Berek führte kraftvolle Schläge mit seiner Klinge, doch der Schatten wendete das Blatt jedesmal, wenn der König in Drangsal geriet. Derartig wogte ihr Streiten hin und her, bis ein Hieb mit des Königs Axt Bereks Hand zertrennte. Da fiel Bereks Schwert aufs Feld, und er blickte um sich – blickte um sich und sah den Schatten, sah alle seine tapferen Gefährten tot auf der Walstatt liegen. Er stieß einen Schrei ungeheurer Verzweiflung aus, wandte sich ab und floh das Schlachtfeld. Er lief, gejagt vom Tode, drei Tage lang, und auf ihm lastete die Erinnerung an den Schatten. Drei Tage lang floh er – ohne zu ruhen, ohne zu rasten –, und drei Tage lang verfolgten ihn des Königs Heerscharen wie eine vielköpfige Bestie, die keucht aus Blutgier. Am Ende seiner Kräfte und in äußerster Verzweiflung kam er an den Donnerberg. Als er den mit Felsen übersäten Berghang erklomm, warf er sich auf einen großen Fels und weinte. ›Weh dir, Erde!‹ sprach er dabei. ›Wir sind überwältigt, und da ist kein Freund, um uns zu retten. Gänzlich muß nun die Schönheit aus dem Lande schwinden.‹ Da sprach der Fels zu ihm, auf dem er lag. ›Für ein Herz, das genug Weisheit besitzt, um ihn zu erkennen, gibt es einen Freund.‹ – ›Die Steine sind meine Freunde nicht‹, rief darauf Berek. ›Siehe, meine Feinde ziehen übers Land, und die Erde bäumt sich nicht auf, um dem sudeligen Schritt ihrer Füße den Untergrund zu entreißen.‹ – ›Das mag wohl sein‹, entgegnete der Fels. ›Sie leben, so wie du, und brauchen daher die Erde, um darauf zu stehen. Und doch wirst du in der Erde einen Freund finden, wenn du dazu bereit bist, deine Seele für ihre Heilung zu verpfänden.‹ Da erhob sich Berek auf dem Fels und sah seine Feinde sich nähern. Er versprach das Pfand und besiegelte seinen Schwur mit dem Blut seiner verstümmelten Faust. Da antwortete ihm die Erde mit lautem Donner. Von der Höhe des Berges kamen gewaltige steinerne Feuerlöwen und verschlangen alles auf ihrem Wege. Den König und alle seine Heerscharen vertilgten sie vom Antlitz der Erde, und Berek allein stand auf seinem Felsen überm Getöse wie ein stolzes Schiff in der wogenden See. Als das Tosen vorüber war, erwies Berek den Löwen vom Donnerberg alle Ehre, verhieß der Erde Hochachtung, Fürsorge und Dienstbereitschaft seinerseits und von der Seite aller Geschlechter, die nach ihm im Lande leben sollten. Er errang die erste Erdkraft und schuf aus dem Holze des Einstückbaumes den Stab des Gesetzes, und so ausgestattet begann er das Land wieder zu heilen. Auf der Höhe seines Ruhms verlieh man Berek Halbhand den Namen Herz der Heimat, und er wirkte als Lord-Zeuger, erster der Alt-Lords. Jene, die ihm auf seinem Wege nachfolgten, erlebten im Lande eine hohe Blüte, die zweitausend Jahre währte.«

Als Atiaran schwieg, herrschte für einen ausgedehnten Moment Stille über der Versammlung. Dann eilten die Steinhausener, als poche ihr Pulsschlag in gemeinsamem Takt, alle zugleich vorwärts, streckten ihre Hände nach Atiaran aus, um sie, offenbar aus Beifälligkeit, zu berühren. Sie breitete ihre Arme aus, um so viele ihrer Freunde und Bekannten an sich zu drücken wie möglich, und jene, die nicht zu ihr vordringen konnten, umarmten sich untereinander, um die Einheit ihrer gemeinschaftlichen Würdigung und Freude noch enger zu gestalten.

## 7
## Lena

Covenant, der allein in der Nacht stand – allein, weil er an dieser spontanen Anwandlung des Umarmens der Steinhausener nicht teilzuhaben vermochte –, fühlte sich unvermittelt wie ein gefangenes Tier, bedroht und furchtsam. Aus der Dunkelheit schien irgend etwas auf seine Lungen Druck auszuüben; er schien zuwenig Luft zu bekommen. Die Klaustrophobie des Lepraleidenden packte ihn, die Furcht des Leprakranken vor Menschenmassen, Furcht vor unvorhersehbarem Verhalten. *Berek!* Er atmete schwer, mit verbissener Hartnäckigkeit. Diese Leute wollten, daß er den Helden spielte. Mit einem schroffen Ruck der Ablehnung drehte er der Versammlung den Rücken zu, verschwand mit Stelzenschritten und in höchstem Groll zwischen den Häusern, als hätten die Steinhausener ihm eine unverzeihliche Beleidigung zugefügt. *Berek!* Beim bloßen Gedanken an diese Gestalt wogte sein Brustkorb. *Wilde Magie!* Es war lächerlich. Begriffen diese Leute denn nicht, daß er Leprose hatte? Nichts war für ihn unmöglicher als diese Art von Heldentum, die sie in ihrem Berek Halbhand sahen. Und doch: *Es ist seine Absicht, daß du mein letztendlicher Bezwinger sein mögest,* hatte Lord Foul gesagt. *Dich hat er auserwählt, um mich zu vernichten.* Voller Entsetzen erspähte er das Ende, zu dem der Weg des Traumes ihn führen konnte; er sah sich selbst unausweichlich in eine Konfrontation mit dem Verächter gedrängt. Er saß ausweglos fest. Natürlich durfte er keinesfalls in irgendeinem Traumkrieg den Helden spielen. So sehr durfte er sich nicht vergessen; Vergeßlichkeit bedeutete Selbstmord. Doch er konnte diesem Traum nicht entrinnen, ohne ihn durchzustehen, nicht in die

Realität zurückkehren, ohne zu erwachen. Er wußte, was passieren würde, blieb er untätig und versuchte den Verstand trotzdem zu bewahren. Jetzt schon, noch so nahe bei der Versammlung, fühlte er die dunkle Nacht sich um ihn zusammenziehen, spürte er über seinem Kopf am Nachthimmel breite Schwingen der Finsternis schlagen, ihn umkreisen. Seine Füße schlurften, er blieb stehen, lehnte sich an eine Wand, stützte seine Stirn in die Hände. *Ich kann nicht ...* Er rang um Atem. All seine Hoffnung, daß dies Land seine Impotenz fortzaubern, irgendwie sein verwundetes Herz heilen könne, zerfiel plötzlich zu Asche. *Ich kann nicht weiter. Ich kann nicht verharren. Was geschieht mit mir?*

Auf einmal hörte er Schritte näher kommen. Er richtete sich hastig auf und sah Lena herbeieilen. Das Pendeln ihres Leuchtgefäßes warf, während sie sich bewegte, irrwitzige Schatten über ihre Erscheinung. Nach einigen weiteren Schritten verlangsamte sie ihren Gang, dann blieb sie stehen und hob das Leuchtgefäß an, um ihn besser erkennen zu können. »Thomas Covenant?« fragte sie unsicher. »Bist du nicht wohlauf?«

»Nein«, fuhr er sie an, »ich bin *nicht* wohlauf. Nichts ist noch in Ordnung, nichts war in Ordnung seit der ...« – für einen Moment hing ihm das Wort in der Kehle fest – » ... der Scheidung.« Er starrte sie an und nahm ihr damit sofort allen Mut, zu fragen, was eine *Scheidung* sei.

Die Art, wie sie das Licht hielt, beließ ihr Gesicht im Dunkeln; er konnte nicht feststellen, wie sie auf seinen Ausbruch reagierte. Aber anscheinend leitete sie irgendeine besondere innere Feinfühligkeit. Als sie erneut den Mund öffnete, ging sie weder mit unhöflichen Fragen noch plumpen Mitleidsäußerungen auf seine Qualen ein. »Ich kenne nahebei einen Ort«, sagte sie leise, »wo du allein sein kannst.«

Er nickte nachdrücklich. Ja! Er spürte, daß seine überlasteten Nerven bald zusammenbrechen mußten. Seine Kehle war eng von angestauter Gewalt. Er wollte nicht, daß irgend jemand sah, was mit ihm vorging. Lena nahm ihn behutsam am Arm und führte ihn aus dem Steinhausen zum Fluß. Sobald sie unterm schwachen Sternenschein die Ufer des Mithil erreichten, wandten sie sich flußabwärts. Nach fast einem Kilometer Fußweg kamen sie an eine alte steinerne Brücke, die von einem schwarzen, irgendwie feuchten Widerschein glänzte, als habe sie sich eben erst aus dem Wasser erhoben, extra zu Covenants Gebrauch. Die Zudringlichkeit dieses Einfalls ließ ihn anhalten. Er betrachtete die Brücke auf einmal als eine Art von Schwelle; neue Krisen lauerten in den düsteren Hügeln jenseits des anderen Flußufers.

»Wohin gehen wir?« fragte er unfreundlich kurz. Er befürchtete, er werde sich selbst, wenn er diese Brücke erst einmal überquert hatte, nicht wiedererkennen.

»Ans andere Ufer«, erwiderte Lena. »Dort kannst du völlig allein und ungestört sein. Leute von uns überqueren den Mithil selten – man sagt, in den westlichen Bergen sei's nicht geheuer, daß das Übel vom Unheilswinkel ihren Geist entartet hat. Doch ich habe das westliche Tal durchwandert, auf Steinerkundung für ein *Suru-pa-maerl*-Bildnis, und bin keiner Widrigkeit begegnet. In der Nähe gibt's einen Flecken, dort wird dich niemand behelligen.«

Trotz all ihres Anscheins von Alter besaß die Brücke für Covenants Begriffe ein wenig vertrauenswürdiges Aussehen. Die Fugen, die keinen Mörtel aufwiesen, wirkten unzuverlässig, wie nur von den schwachen, trügerischen Schatten zusammengehalten, die der Sternenschein erzeugte. Als er die Brücke betrat, rechnete er damit, sein Fuß werde ausgleiten, die Steine würden zu wanken beginnen. Aber der Brückenbogen stand unverrückbar. Am erhöhten Mittelpunkt des Brückenbogens verharrte er, um über den niedrigen Seitenwall der Brücke und hinab auf den Fluß zu starren. Drunten floß das Wasser schwärzlich dahin, murmelte sein langes Gebet um Erlösung im Meer. Und er starrte es an, als erflehe er von ihm Mut. Konnte er nicht einfach die Dinge ignorieren, die ihm drohten, die widersinnigen Unmöglichkeiten und Verrücktheiten seiner Situation übersehen, ins Steinhausen zurückkehren und munter daherschwindeln, er sei der wiedergeborene Berek Halbhand? Er konnte es nicht. Er war leprakrank; für ihn gab es Lügen, die er sich nicht herausnehmen durfte. In urplötzlicher, anfallartiger Aufwallung von Übelkeit bemerkte er, daß er die Fäuste auf die steinerne Brüstung der Brücke hämmerte. Er riß seine Hände zurück und versuchte zu erkennen, ob er sich verletzt hatte, aber er vermochte im mangelhaften Sternenschein nichts dergleichen festzustellen. Er schnitt eine Grimasse und folgte Lena zum Westufer des Mithil.

Bald darauf gelangten sie ans Ziel. Lena führte Covenant eine Strecke weit direkt nach Westen, dann einen steilen Hügel zur Rechten hinauf und durch einen schieferigen Hohlweg wieder zum Fluß. Sie suchten sich ihren Pfad durch den zerklüfteten Grund des Hohlwegs so vorsichtig wie auf dem schartigen Kiel eines ausgeschlachteten Schiffes; beiderseits von ihnen ragte der Rumpf auf, begrenzte ihr Blickfeld. Ein paar Bäume stachen aus den Seiten hervor wie Spieren, und in Flußnähe ruhte der Rumpf auf einer Landzunge aus feinem Sand, die gleich dahinter einem flachen Felsen wich, welcher bis ins Flußbett vorsprang. Um diesen Felsen beklagte sich der Mithil, als sei er verdrossen wegen dieser kleinen Einengung seiner Ufer, und sein Klagelied wehte den Hohlweg empor, wie der Wind vom Meer in einem Wrack auf den Riffen stöhnen mochte. Lena verhielt auf dem Sandstreifen. Sie kniete nieder und schaufelte eine flache Mulde in den Sand, in die sie die Glutsteine aus ihrem Leuchtgefäß füllte. Aus der offenen Mulde verbreiteten die Glutsteine mehr Helligkeit, so daß ihr gelber Lichtschein den Grund des Hohlwegs erleuchtete, und etwas später spürte Covenant die bemerkenswerte Wärme, die von ihnen ausging. Die Wärme der Steine machte ihm die Kühlheit der Nacht erst richtig bewußt; aber er fand, es war eine angenehme Nacht, um an einem Lagerfeuer zu sitzen. Er kauerte sich mit einem Schaudern neben die Glutsteine, das dem letzten beherrschten Beben vorm Ausbruch von Hysterie glich. Nachdem sie die Glutsteine in den Sand gebettet hatte, trat Lena an den Fluß. Der Lichtschein erreichte sie dort, wo sie auf dem Felsvorsprung stand, nur schwach, und ihre Gestalt war nur dunkel sichtbar; doch Covenant sah, daß sie ihr Gesicht zum Himmel erhoben hatte. Er verfolgte ihren Blick aufwärts zum schwarzen Antlitz der Berge und sah den Mond aufgehen. Entlang der Bergkämme, die mit ihren Schatten das Tal verdunkelten, ließ sein silberner Schein die Sterne verblassen; bald jedoch wich der Schatten durch den Hohlweg zurück, und Mondschein fiel auf den Fluß, gab ihm eine altsilberne Färbung. Und als sich der volle Mond von den Bergen erhob, erfaßte sein Schein auch Lena, legte einen weißlichen Schimmer wie eine Zärtlichkeit auf ihren Scheitel und ihre Schultern. So stand sie ruhig am Fluß und reckte dem Mond ihr Haupt entgegen, und Covenant betrachtete sie mit einem seltsamen, grimmigen Neid, als stünde sie an einem Abgrund, der ihm gebührte. Schließlich, als der Mondschein sich über den Fluß ausgedehnt hatte und ins Osttal vorgedrungen war, senkte Lena den Kopf und kehrte zurück in den Lichtkreis der Glutsteine. »Soll ich gehen?« fragte sie leise, ohne Covenant anzuschauen.

Covenants Hände juckten, als wolle er sie für die bloße Erwägung dessen, hier bei ihm zu bleiben, mit Ohrfeigen strafen. Zugleich jedoch fürchtete er sich vor der Nacht; er hätte sie lieber nicht allein ertragen. Umständlich erhob er sich, ging ein paar Schritte, die ihn von ihr entfernten. Mit finsterer Miene blickte er in den Schiffsrumpf des Hohlwegs, während

er sich darum bemühte, seiner Stimme einen möglichst gleichgültigen Tonfall einzuflößen.
»Was möchtest du?« forschte er nach.
Ihre Antwort klang gelassen und selbstsicher. »Ich möchte mehr über dich erfahren.«
Er zuckte zusammen, zog den Kopf ein, als hätten aus der Luft Klauen nach ihm geschlagen. Dann straffte er sich mit einem Ruck wieder. »Also frage.«
»Bist du vermählt?«
Als er das hörte, wirbelte er herum, als habe sie ihn in den Rücken gestoßen. Unter der hellen Wut seines Blicks und angesichts seiner entblößten Zähne schwand ihr der Mut, sie schaute auf den Erdboden und wandte das Gesicht zur Seite. Beim Anblick ihrer Eingeschüchtertheit begriff er, daß seine Gesichtszüge ihn erneut im Stich gelassen hatten, denn diese verzerrte Miene des Zähnebleckens war keineswegs Absicht. Er legte keinen Wert darauf, sein Gemütsleben an die große Glocke zu hängen, sich so bloßzustellen – zumal vor Lena nicht. Doch sie brachte ihn in heftigere Nöte als alles andere, das er bisher in dieser Welt kennengelernt hatte. Er rang um Selbstbeherrschung. »Ja und nein«, schnauzte er. »Es spielt keine Rolle. Warum fragst du?«
Während er sie anstarrte, hockte sich Lena in den Sand, kauerte sich vor den Glutsteinen auf ihre Fersen und musterte ihn mit so schrägem Blick von unten, daß er ihre Brauen zu streifen schien. Als sie nicht sofort antwortete, begann er auf dem Sandstreifen hin und her zu schreiten. Unterdessen drehte und zerrte er nervös an seinem Ehering. Ein Momentchen später antwortete Lena in gleichmütigem Ton. »Es gibt einen Mann, der sich mit mir zu vermählen begehrt. Es ist Triock, Thulers Sohn. Er umwirbt mich, obwohl ich noch nicht das Reifealter erreicht habe, damit ich keine andere Wahl treffe, wenn die Zeit kommt. Aber wäre ich jetzt im Reifealter, ich nähme ihn

nicht zum Mann. Oh, er ist auf seine Art ein tüchtiger Mann – hervorragender Viehzüchter, unerschrocken bei der Verteidigung seiner Herde. Und er ist größer als die meisten Männer. Doch zu viele Wunder gibt's auf der Welt, zuviel Wissen zu erwerben, zuviel Schönheit mit anderen zu teilen und auch zu schaffen … und vor allem habe ich noch nicht die Ranyhyn gesehen. Ich möchte keinen Viehzüchter zum Gemahl, der zum Weibe nichts anderes als eine *Suru-pa-maerl* wünscht. Lieber wollte ich die Schule der Lehre besuchen, wie es meine Mutter Atiaran tat, und ich würde bleiben und nicht nachlassen in meinem Streben, ganz gleich, welche Prüfungen die Lehrwarte mir auferlegen, bis ich ein Lord wäre. Man sagt, daß es so etwas geben könnte. Hältst du es für möglich?«

Covenant hörte ihr kaum zu. Er versuchte, seine Erregung durchs Umherschreiten im Sand abzureagieren, aufgewühlt vom Groll, ausgehöhlt durch unerwünschte Erinnerungen an Joan. Im Vergleich zu seiner verlorenen Liebe waren Lena und die silberne Nacht überm Lande ohne Bedeutung. Die ganze Hohlheit seines Traums war seinem inneren Auge plötzlich sichtbar geworden, eine Wildnis ohne Schleier, eine neue geistige Verwüstung als Ausdruck der Isolation und Hoffnungslosigkeit des Lepraleidenden. Dies war keine Wirklichkeit – es war eine Folter, die er selbst sich im Unterbewußtsein auferlegte, eine unfreiwillige Revolte gegen Krankheit und Verlust. *Ist es das Ausgestoßensein,* stöhnte er insgeheim, *was das verursacht? Ist der Schock der Aussonderung so stark? Hölle und Verdammung! Ich brauche nicht länger irgend jemanden.* Er spürte, daß er kurz davor stand, laut zu schreien. In einer neuen Anstrengung, sich in der Gewalt zu behalten, setzte er sich mit dem Rücken zu Lena in den Sand und zog die Knie so fest an den Leib, wie er es fertigbrachte. »Wie heiratet man bei euch?« erkundigte er sich ungeachtet der Brüchigkeit seiner Stimme.

»Das ist eine einfache Sache«, antwortete sie in unbefangenem Tonfall, »sobald ein Mann und eine Frau erst einmal einander erwählt haben. Wenn die beiden Freunde geworden sind und sich zu vermählen wünschen, unterrichten sie davon den Kreis der Ältesten. Die Ältesten setzen eine Jahreszeit zur Frist, um darin sicherzugehen, daß der beiden Menschen Freundschaft gefestigt ist, daß es zwischen ihnen keine verborgenen Eifersüchte oder uneingelösten Versprechen gibt, die in späteren Jahren ihr Zusammenleben belasten könnten. Dann versammeln sich die Steinhausener auf dem Platz, und die Ältesten nehmen das Paar in die Mitte und fragen es: ›Wollt ihr das Leben miteinander teilen, in Freude und Kummer, Arbeit und Rast, Friede und Unfriede, um das Land zu erneuern?‹ Und die zwei erwidern: ›Leben an Leben wollen wir den Dienst an der Erde und ihren Segen miteinander teilen.‹« Einen Moment lang schwieg ihre Stimme unterm Sternenschein andächtig. »›So ist es wohlgetan‹, rufen die Steinhausener gemeinsam«, erzählte sie danach weiter. »›Laßt Leben und Freude und Kraft sein, solange die Jahre währen!‹ Daraufhin verbringt man den Tag mit allgemeinen Vergnügungen, die Jungvermählten lehren die Leute neue Spiele, Tänze und Lieder, so daß das Glück des ganzen Steinhausens erneuert wird, im Lande Geselligkeit und Frohsinn nicht aussterben.« Wieder legte sie eine kurze Pause ein. »Die Vermählung meiner Mutter Atiaran mit meinem Vater Trell geschah an einem Tag des Stolzes. Die Ältesten, die uns unterrichten, haben oft von diesem Tag gesprochen. Während der Jahreszeit der Gnade klomm Trell täglich in die Berge, suchte vergessene Pfade und entlegene Höhlen, verborgene Fälle und neue Felsspalten nach einem *Orkrest*-Stein ab, denn in jener Zeit herrschte in den Südlandebenen Dürre, und der Steinhausener Leben drohte durch die allgemeine Knappheit zu schwinden. Dann, am Vorabend der Vermählung, fand er die gesuchte Kostbarkeit – einen Brocken *Orkrest*, kleiner als eine Faust. Und am Freudentag, nach dem Vollzug des Zeremoniells, retteten er und meine Mutter Atiaran das Steinhausen. Derweil sie ein inbrünstiges Gebet an die Erde sang – ein an der Schule der Lehre wohlbekanntes Lied, das bei uns jedoch längst vergessen ist –, hielt er den *Orkrest* in seiner Hand und zerbrach ihn am Ende mit der Kraft seiner bloßen Finger. Als der Stein zerfiel, rollte zwischen den Bergen Donner, obwohl man keine Wolke sah, und aus den Resten in seiner Hand fuhr ein einzelner Blitz. Augenblicklich bezog sich der blaue Himmel mit schwarzen Gewitterwolken, und es begann zu regnen. Daher verging die Knappheit, und an den darauffolgenden Tagen sah man die Steinhausener lächeln, als seien sie ein wiedergeborenes Volk.«

Obwohl er mit aller Gewalt die Fäuste ballte, vermochte Covenant seine Wut, deren Stärke ihm ein Schwindelgefühl bereitete, nicht länger zu unterdrücken. Joan! Lenas Geschichte kam ihm vor wie ein Hohn auf seine Qualen und Benachteiligungen. *Ich kann nicht* … Sein Unterkiefer bebte infolge der Anstrengung, die er aufbot, um zu sprechen. Dann sprang er hoch und stürzte zum Fluß. Während er die kurze Strecke überwand, bückte er sich und riß einen Stein aus dem Sand. Auf dem Felsvorsprung schleuderte er den Stein unter Einsatz aller Körperkraft in den Fluß. *Kann nicht …!* Er vernahm ein leises Klatschen, aber das Geräusch ging mit dem Stein sofort im achtlosen Wehklagen des Flusses unter, und die Wellen rissen die Ringe und Kräusel der Aufschlagstelle augenblicklich mit sich fort. »Ich habe Joan zur Hochzeit«, sagte Covenant – anfangs leise – zum Fluß, »ein paar Reitstiefel geschenkt.« Danach schüttelte er erbittert die Fäuste und fing an zu brüllen. »Reitstiefel! Überrascht dich da noch meine Impotenz?!«

Lena, ihn vollauf zu begreifen außerstande, erhob sich ungesehen und näherte sich ihm, eine Hand ausgestreckt, als wolle sie die Heftigkeit lindern, die seinen Rücken verkrampfte. Doch sie blieb ein paar Schritte weit entfernt hinter ihm stehen, suchte nach den geeigneten Worten. »Was ist aus dieser Gemahlin geworden?« flüsterte sie nach einem Weilchen.

Covenants Schultern zuckten. »Sie ist fort«, sagte er schwerfällig.

»Woran ist sie gestorben?«

»Sie ist nicht gestorben. Ich bin gestorben. Deshalb hat sie mich verlassen. Scheidung. Aus und Schluß. Als ich sie am nötigsten brauchte.«

»Wie konnte sich so etwas ergeben«, fragte Lena mit Entrüstung, »solange ihr noch beide unter den Lebenden weilt?«

»Ich lebe nicht.« Wieder hörte sie, wie Zorn seine Stimme durchflutete. »Ich bin ein Leprakranker. Aussätzig. Unrein. Leprakranke sind häßlich und verpestet. Und abscheulich.«

Seine Äußerungen erfüllten sie mit Schrecken und Aufbegehren. »Wie sollte das sein?« stöhnte sie auf. »Du bist nicht ... abscheulich. Was ist das für eine Welt, wo man dich so zu behandeln wagt?«

In seinen Schultern krampften sich seine Muskeln noch fürchterlicher zusammen, als habe er seine Hände in die Kehle irgendeines Quälgeistes gekrallt. »Es ist die Realität. Sie ist die Wirklichkeit. Das sind die Tatsachen des Lebens. Die Art von Dingen, die einen umbringen, wenn man nicht dran glaubt.« Er vollführte eine abfällige Geste hinaus auf den Fluß. »Das hier«, keuchte er, »ist nur ein Alptraum.«

Neuer Mut belebte Lena. »Das glaube ich nicht. Kann sein, daß deine Welt ... aber das Land – ach, das Land, das ist wirklich.«

Covenant stand plötzlich reglos. »Willst du mich in den Wahnsinn treiben?« fragte er mit unnatürlicher Ruhe. Sein unheilvoller Ton erschreckte sie, jagte ihr ein Frösteln über den Rücken. Ihr neuer Schwung verflog; sie hatte den Eindruck, der Fluß und der Hohlweg rückten auf sie zu, schlössen sich um sie wie die Zangen einer Falle. Da fuhr Covenant urplötzlich herum und versetzte ihr einen Schlag ins Gesicht. Unter der Wucht des Hiebs taumelte sie rücklings in den Lichtschein der Glutsteine. Er blieb dichtauf, sein Gesicht zu einem wilden Grinsen verzerrt. Als sie ihr Gleichgewicht wiedererlangte, in ihrem Entsetzen einen letzten klaren Blick auf ihn werfen konnte, war sie davon überzeugt, daß er sie zu töten beabsichtige. Dieser Gedanke wirkte auf sie wie eine Lähmung. Hilflos und benommen stand sie still, während er dicht vor sie trat. Er nahm das Vorderteil ihres Kleides zwischen die Finger und zerriß den Stoff so mühelos wie einen dünnen Schleier. Sie war zu keiner Bewegung fähig. Für einen kurzen Moment starrte er sie an, glotzte auf ihre hohen, makellosen Brüste und ihr kurzes Höschen nieder, in seinen Augen grimmiger Triumph, als habe er soeben ein mieses Komplott aufgedeckt. Dann packte er sie mit der linken Hand an der Schulter, zerriß das Höschen mit der Rechten und zwang sie, indem er sie entblößte, hinunter in den Sand. Nun wollte sie Widerstand leisten, aber ihre Gliedmaßen verweigerten den Gehorsam; vor Furcht war sie handlungsunfähig. Einen Moment später warf er sein Körpergewicht auf sie, und ein wildes weißes Feuer brannte sich tief in ihren Schoß, brach ihr Schweigen, ließ sie aufschreien. Aber als sie schrie, wußte sie bereits, es war zu spät. Etwas war ihr entrissen worden, das man bei ihrem Volk als Gabe betrachtete.

Covenant fühlte sich jedoch nicht als Räuber. Mit jedem wilden Stoß drang er tiefer in sie, bis ein Höhepunkt ihn durchloderte, als sei er in einen Mithil aus geschmolzener Wut gefallen. Er schien an seiner Leidenschaft zu ersticken, so daß ihm beinahe die Sinne schwanden. Danach schien die Zeit an ihm vorüberzufließen, und er lag für eine Weile ruhig, die nach seinen Eindrücken durchaus Stunden gedauert haben mochte – Stunden, in denen seine Welt unbeachtet untergehen konnte.

Endlich entsann er sich Lenas weichen Leibes unter seinem erschlafften Körper, spürte das krampfhafte Beben ihres Schluchzens. Mühevoll stemmte er sich hoch und stand auf. Als er sie im Lichtschein der Glutsteine ansah, bemerkte er das Blut an ihren Schenkeln. Abrupt beherrschte ein Schwindelgefühl seinen Schädel, er fühlte sich aus der Balance gerissen, als schaue er über einen Abgrund aus. Er wandte sich ab und eilte in unstetem Torkelschritt zum Mithil, ließ sich der Länge nach auf den Felsvorsprung fallen und erbrach das Gewicht seiner Eingeweide ins Wasser. Und der Mithil beseitigte sein Erbrochenes so säuberlich, als sei nichts geschehen. Er ruhte bewegungslos auf dem Felsen, während ihn die Ermattung seiner überreizten Nerven überwältigte. Er hörte nicht, wie sich Lena erhob, die Fetzen ihrer Kleidung zusammenraffte, was sie zu ihm sagte, wie sie sich entfernte, indem sie den schroffen Hohlweg erklomm. Er vernahm nichts als das lange Klagelied des Flusses; sah nichts als die Asche seiner ausgebrannten Leidenschaft; fühlte nichts außer der Nässe des Felsens unter seinen Wangen, wie von Tränen.

## 8
## Dämmerung der Botschaft

Das harte Gebein des Felsens holte Thomas Covenant langsam aus Träumen von engen Umarmungen. Eine Zeitlang trieb er auf dem in allmählichem Anschwellen begriffenen Strom der Morgendämmerung – auf seinem asketischen, genügsamen Bett, umgeben vom durchdringenden Selbstgespräch des Flusses, den erneuerten Düften des Tages, den Schreien von Vögeln, die sich in den Himmel schwangen und ihre Kreise zogen. Während das Bewußtsein seiner selbst zurückkehrte, empfand er noch vollkommenen Frieden, restlose Harmonie innerhalb der Gegebenheiten; und sogar die kompromißlose Härte des Steins fand er passabel, sah sie als angemessenen Bestandteil eines hübsch abgerundeten Morgens. Seine ersten Erinnerungen an die vergangene Nacht betrafen den Orgasmus, eine so herzbrecherische, tröstliche Erleichterung, eine solche Befriedigung, daß er bereitwillig seine Seele dafür eingehandelt hätte, ihn zu einem Erlebnis seines wirklichen Lebens machen zu dürfen. Für einen langen Moment des Wohlbefindens genoß er die Erinnerung daran. Dann fiel ihm ein, daß er, um dazu kommen zu können, Lena hatte Gewalt antun müssen.

Lena! Er wälzte sich herum, setzte sich inmitten der morgendlichen Dämmerung auf. Die Sonne war noch nicht bis über die Berge emporgestiegen, aber aus den Ebenen drang soviel widergespiegelte Helligkeit ins Tal, daß er sehen konnte, sie war fort. Sie hatte ihre Glutsteine zurückgelassen; sie lagen noch zwischen ihm und dem Hohlweg. Er rappelte sich auf und spähte rasch in den Hohlweg und über beide Ufer des Mithil aus, um zu schauen, ob sich irgendwo von ihr ein

Zeichen erblicken lasse – oder, so gab sein Gewissen ihm sofort ein, von Steinhausenern, die auf Rache sannen. Sein Herz wummerte; all diese buchstäblich felsenfesten Leute hätten schwerlich Interesse an Erklärungen oder Entschuldigungen. Er suchte nach Anzeichen von Verfolgung wie ein flüchtiger Verbrecher.

Aber die Morgendämmerung war so friedlich, als gäbe es gar keine Menschen, keine Verbrechen und kein Trachten nach Bestrafung. Nach und nach wich Covenants Panik. Er schaute ein letztes Mal rundum und begann sich auf das Kommende vorzubereiten, wie es auch beschaffen sein mochte. Ihm war klar, daß es am besten gewesen wäre, schnellstmöglich zu verschwinden, am Fluß entlang in die verhältnismäßige Sicherheit der Ebenen zu entweichen. Aber er war ein Lepraleidender und konnte solche Einmannausflüge nicht leichthin in Angriff nehmen. Er mußte sich darauf einstellen. An Lena dachte er nicht; instinktiv wußte er, daß er sich nicht erlauben durfte, an sie zu denken, sich mit ihr zu beschäftigen. Er hatte ihr Vertrauen, das Vertrauen des ganzen Steinhausens mißbraucht und enttäuscht; über die Einsicht dieser Folge seiner Raserei in der vergangenen Nacht hinaus durfte er sich keinerlei Grübeleien leisten. Gestern war nun unwiderrufliche Vergangenheit – und außerdem so gut eine bloße Illusion wie der gesamte Traum überhaupt. Mit einer Willensanstrengung, die ihn ins Zittern brachte, verdrängte er alle weiteren diesbezüglichen Überlegungen. Auf dem Kevinsblick hatte er – beinahe zufällig – die Antwort auf alle derartigen Verrücktheiten gefunden: in Bewegung bleiben, nicht nachdenken, überleben. Jetzt war es noch notwendiger als vorher, sich an dies Verfahren zu halten. Seine ›Berek‹-Furcht des gestrigen Abends war nun relativ unwichtig geworden. Seine Ähnlichkeit mit einem sagenhaften Helden war nur Teil eines Traums, keine zwingende Tatsache oder Verpflichtung. Er unterdrückte den Gedanken daran ebenfalls. Mit konzentrierter Umsicht unterzog er sich einer gründlichen Bestandsaufnahme und VBG.

Als er dessen sicher war, daß er keine unauffälligen Verletzungen, keine verhängnisvollen blauroten Flecken aufwies, trat er ans äußerste Ende des Felsvorsprungs. Er zitterte noch immer. Er benötigte mehr Selbstdisziplin, mußte sich stärker abhärten; seine Hände bebten, als sei es ihnen unmöglich, sich ohne sein übliches Ritual der Rasur zu beruhigen: Sein Taschenmesser, das er immer dabei hatte, war jedoch zum Rasieren ungeeignet. Nach kurzem Zögern nahm er einen tiefen Atemzug, stützte sich mit den Händen an der Felskante ab und ließ sich mit seiner Kleidung und allem anderen zu einem Bad in den Fluß klatschen. Die Strömung zupfte verführerisch an ihm, wollte ihn dazu verlocken, sich unterm blauen Himmel eines frischen Frühlingstages dahintreiben zu lassen. Doch das Wasser war zu kalt; er vermochte die Eiseskälte nicht lange genug zu ertragen, um sich mit einem Kopfsprung für ein Weilchen in den Strom zu werfen. Er kehrte mit einem Klimmzug auf den Felsen zurück und erhob sich, schüttelte sich Gischt aus dem Gesicht. Aus seinem Haar rann ihm unablässig Wasser in die Augen, und im ersten Moment blieb ihm daher die Tatsache verborgen, daß auf dem Sandstreifen, bei den Glutsteinen, Atiaran stand: Sie maß ihn mit ernstem, festem Blick. Covenant erstarrte, als er sie sah, duckte sich pudelnaß wie ein Ertappter. Einen Moment lang musterten er und Atiaran einander über Felsen und Sand hinweg. Als sie zu sprechen begann, wand er sich innerlich, da er erwartete, sie werde ihn schmähen, anklagen, ihm Flüche entgegenschleudern. »Komm herüber an die Glutsteine«, sagte sie jedoch lediglich. »Du mußt dich trocknen.« Überrascht erforschte er ihren Ton mit all der gesteigerten, gespannten Schärfe seiner Sinne, aber er nahm darin nichts wahr außer Entschlossenheit und stiller Trauer. Plötzlich erriet er, daß sie nicht wußte, was er ihrer Tochter zugefügt hatte. Indem er tief durchatmete, um das mühevolle Hämmern seines Herzens einzudämmen, trat er vor und kauerte sich neben die Glutsteine. Die unwahrscheinlichsten Spekulationen wirbelten ihm durch den Kopf, die als Begründung für Atiarans Unkenntnis herhalten mochten, doch er wandte sein Gesicht der Wärme zu und schwieg, in der Hoffnung, sie würde irgend etwas sagen, das ihn darüber aufklärte, wie er zu ihr zu stehen hatte. »Ich wußte, wo ich dich finden konnte«, sagte sie schließlich mit gedämpfter Stimme. »Ehe ich von meinem Gespräch mit dem Kreis der Ältesten zurückkam, sagte Lena meinem Gemahl Trell, daß du dich hier aufhältst.«

Sie verstummte. »Hat er sie gesehen?« Covenant mußte sich nahezu zu der Frage zwingen.

Ihm war klar, daß diese Frage Mißtrauen erregen konnte. Aber Atiaran beantwortete sie rein sachlich. »Nein. Sie ist über Nacht zu einer Freundin gegangen. Sie rief's ihm durchs Fenster zu, als sie an unserem Haus vorüberkam.«

Für eine Weile saß Covenant still und sprachlos, außer sich vor Staunen über die Implikationen dessen, was Lena getan hatte. Durchs Fenster gerufen! Zuerst schienen sich in seinem Hirn aus lauter Erleichterung die Windungen zu kräuseln. Er war in Sicherheit – jedenfalls vorerst. Mit ihrer Zurückhaltung hatte Lena ihm wertvolle Zeit erkauft. Offensichtlich kannten die Menschen in diesem Land so etwas wie Opferbereitschaft ... Im nächsten Moment erkannte er jedoch, daß sie ihr Opfer nicht ihm zuliebe brachte. Er konnte sich nicht vorstellen, daß sie am Schutz seiner Person Interesse hegte. Nein, sie hatte sich entschieden, ihn nicht zu gefährden, weil er eine Berek-Gestalt war, der Bote einer Nachricht an die Lords. Sie wollte nicht, daß Vergeltungsmaßnahmen der Steinhausener ihm bei seinem Auftrag den Weg verlegten. Das war ihr Beitrag zur Verteidigung des Landes gegen Lord Foul, den Grauen Schlächter. Es war ein heldenhafter Beitrag. Trotz seiner

Disziplin und Furcht erahnte er die Schwere der Last, die sich Lena um der Botschaft willen aufgebürdet hatte. Er vermochte sie sich vorzustellen, wie sie die ganze trostlose Nacht hindurch nackt hinter einem Felsklotz in den Hügeln hockte, zum erstenmal in ihrem jungen Leben ohne die offenen Arme der Dorfgemeinschaft – wie sie den Schmerz ihres mißhandelten Körpers und die Scham allein ertrug, damit man ihn nicht dafür zur Rede stelle. Eine unliebsame Erinnerung an das Blut auf ihren Schenkeln suchte ihn heim. Er zog die Schultern ein und erstickte diesen Gedanken. *Ich muß zum Großrat der Lords,* sagte er sich und biß die Zähne zusammen. »Was haben die Ältesten gesagt?« erkundigte er sich grimmig, als er sich wieder in der Gewalt hatte.

»Es gab wenig für sie zu sagen«, erwiderte sie mit ausdrucksloser Stimme. »Ich berichtete ihnen, was ich von dir und über dich weiß, von der Gefahr für das Land. Sie kamen überein, ich müsse dich zur Herrenhöh bringen. Und zu diesem Zweck bin ich nun hier. Schau …« Sie deutete auf zwei Bündel, die zu ihren Füßen lagen. »Alles ist zum Aufbruch bereit. Mein Gemahl Trell hat mir seinen Segen gegeben. Es bekümmert mich, den Weg antreten zu müssen, ohne mich von Lena, meiner Tochter, verabschiedet zu haben, aber die Zeit drängt. Du hast mir die Botschaft nicht zur Gänze anvertraut, aber ich ahne, daß vom heutigen Tag an jeder Verzug als grobe Leichtfertigkeit gelten muß. Die Ältesten werden sich unterdessen mit der Verteidigung der Ebenen befassen. Wir müssen losziehen.«

Covenant blickte ihr in die Augen, und diesmal verstand er die traurige Entschlossenheit ihres Ausdrucks. Sie fürchtete sich und zweifelte daran, lebend in den Schoß ihrer Familie zurückkehren zu dürfen. Plötzlich empfand er für sie Mitleid. Ohne sich recht darüber im klaren zu sein, was er redete, versuchte er sie aufzumuntern. »Die Dinge stehen nicht so schlecht, wie sie stehen könnten. Ein Höhlenschrat hat den Stab des Gesetzes gefunden, und soviel ich weiß, versteht er damit nicht richtig umzugehen. Irgendwie müssen die Lords ihm den Stab wieder abnehmen.«

Aber sein Versuch mißlang. Atiarans Haltung versteifte sich vielmehr noch. »Dann hängt das Überdauern des Landes von unserer Schnelligkeit ab«, sagte sie. »Es ist beklagenswert, daß wir uns nicht um Hilfe an die Ranyhyn wenden können. Doch die Ramen schenken den Angelegenheiten des Landes wenig Beachtung, und seit Anbeginn dieses Zeitalters ist kein Ranyhyn geritten worden, außer von Lords und Bluthütern. Wir müssen laufen, Thomas Covenant, und Schwelgenstein liegt dreihundert Längenmaße von hier entfernt. Sind deine Kleider trocken? Wir müssen aufbrechen.«

Covenant war bereit; er mußte von diesem Ort verschwinden. »Na schön«, sagte er und rappelte sich auf. »Dann wollen wir mal.«

Aber der Blick, mit dem Atiaran ihn anschaute, als er sich erhob, verriet deutlich, daß sie noch irgend etwas für ungeklärt hielt. »Vertraust du mir genug, um dich von mir führen zu lassen, Thomas Covenant?« fragte sie leise, als mache sie sich insgeheim auf alle möglichen Unfreundlichkeiten gefaßt. »Du kennst mich nicht. Ich habe an der Schule der Lehre versagt.«

Ihr Tonfall ließ die Vermutung zu, daß sie sich nicht als unabhängig von seiner Meinung erachtete, sondern ihm ein Recht beimaß, sie zu beurteilen. Aber er war nicht in der Lage, über irgend jemand Urteile fällen zu dürfen. »Ich vertraue dir«, entgegnete er barsch. »Warum auch nicht? Du hast selbst gesagt ...« Seine Stimme stockte, doch zwang er sich zum Weitersprechen. »Du hast selbst gesagt, daß ich gekommen sei, um das Land zu retten oder ihm den Untergang zu bringen.«

»Freilich«, antwortete sie schlicht. »Aber dir haftet jedenfalls nicht der Gestank eines Dieners des Grauen Schlächters an. Mein Herz sagt mir, daß es zu des Landes Gunsten ist, dir wohl oder übel Vertrauen zu schenken.«

»Dann laß uns losziehen.« Er nahm das Bündel, das ihm Atiaran entgegenhielt, und warf es sich am Riemen über die Schulter. Ehe sie jedoch ihr eigenes Bündel aufnahm, kniete sie sich über die Glutsteine im Sand. Sie streckte ihre Hände über sie aus und fing leise an zu summen, summte eine sanfte Melodie, die aus ihrem Mund irgendwie ungefüge klang, als sei sie ihr nicht so ganz geläufig – und da erlosch unter den Gesten ihrer Hand das gelbe Licht der Glutsteine. Binnen einer Sekunde verfärbten sie sich in ein helles Kieselgrau, als habe sie sie in den Schlaf gesungen, und ihre Hitze verschwand. Als sie abgekühlt waren, füllte sie damit wieder das Leuchtgefäß und brachte das Gefäß in ihrem Bündel unter.

Dieser Anblick erinnerte Covenant an all die anderen Dinge, die er über seinen Traum noch nicht wußte. »Nur eines brauche ich noch«, sagte er, als sich Atiaran aufrichtete. »Nämlich, daß du unterwegs mit mir redest – mir alles über die Schule der Lehre und die Lords und anderes erzählst, was mich interessieren könnte.« Dann machte er eine flaue Anmerkung, weil er keine Möglichkeit dazu sah, ihr den wirklichen Grund für seine Unwissenheit erklären zu können. »Das wird uns die Zeit vertreiben.«

Sie warf ihm einen verwunderten Blick zu, als sie ihr Bündel schulterte. »Du bist sonderbar, Thomas Covenant. Man könnte meinen, es verlangt dich übermächtig danach, meine Unwissenheit kennenzulernen. Aber was ich weiß, das sollst du erfahren – obwohl es ohne deine Gewandung und deine Redeweise schwer für mich zu glauben wäre, daß du im Lande ein völlig Fremder sein willst. Nun komm. Im Laufe des Morgens werden wir auf dem Wege viele Schatzbeeren finden. Sie werden unsere Morgenspeise abgeben. Die Nahrung, die wir mitführen, muß für die Wechselfälle des Weges aufgespart werden.«

Covenant nickte und folgte ihr, als sie den Hohlweg hinaufging. Er war froh, wieder in Bewegung zu sein, und sie kamen rasch voran. Bald gelangten sie wieder zum Fluß und näherten sich der Brücke. Atiaran betrat die Brücke, ohne zu zögern, aber auf der Höhe des Brückenbogens blieb sie stehen. Als Covenant einen Augenblick später an ihrer Seite verharrte, wies sie am Mithil entlang nach Norden in die fernen Ebenen.

»Ich will dich nicht im unklaren lassen, Thomas Covenant«, sagte sie. »Ich beabsichtige keinen geraden Weg zur Herrenhöh einzuschlagen. Die Herrenhöh liegt, von hier aus betrachtet, in nordwestlicher Richtung, dreihundert Längenmaße entfernt, sieht man gerade durch die Luft, jenseits der Mittlandebenen. Dort leben in Steinhausen und Holzheimen viele Menschen, und es mag sich fügen, daß wir mit ihrer Hilfe sowohl Wege wie auch Mittel finden, um dorthin zu gelangen, wohin wir wollen. Auf Pferde können wir allerdings nicht hoffen. Sie sind selten im Lande, und außer jenen in Schwelgenstein wissen nur wenig Menschen etwas über sie. Mein Herz sagt mir, daß wir Zeit gewinnen, wenn wir nach Norden gehen und den Mithil überqueren, wo er sich ostwärts wendet, und so nach Andelain, dessen herrliche Hügel die Krone aller Schönheit auf Erden sind. Dort werden wir zum Seelentrostfluß kommen und möglicherweise ein Boot ausfindig machen können, um diesen wundervollen Strom zu befahren und auf ihm den Westen Trothgards zu durchqueren, wo man die Verheißungen der Lords zur Wirklichkeit macht, und so das erhabene Schwelgenstein selbst zu erreichen, die Herrenhöh der Lords. Die Strömungen des Seelentrostflusses spenden allen Reisenden ihren Segen, und wir werden sehr viel schneller am Ziel eintreffen, falls wir ein Gefährt aufzutreiben vermögen. Doch wir müssen binnen fünfzig Längen am Donnerberg vorüber –

dem Gravin Threndor.« Als sie den alten Namen aussprach, durchlief ein Zittern ihre Stimme. »Dort oder nirgends muß der Stab des Gesetzes gefunden worden sein, und dem falschen Inhaber solcher Macht wollte ich mich lieber nicht einmal bis nach Andelain nähern.« Sie zögerte, schwieg für einen Moment, ehe sie weitersprach. »Jammer ohne Ende käme auf, geriete ein verderbter Höhlenschrat in den Besitz des Rings, den du trägst – Mißratene nehmen's leicht, solche Kräfte wie wilde Magie zu entfesseln. Und wäre auch der Höhlenschrat dazu außerstande, den Ring zu verwenden, ich befürchte, daß unterm Donnerberg noch Urböse hausen. Diese Kreaturen sind lehrenfest, und eine Gelegenheit, sich Weißgold anzueignen, ließen sie sich niemals entgehen. Doch da die Zeit uns so drängt, müssen wir an ihr sparen, wann immer es möglich ist. Und es gibt noch einen Grund, der dafür spricht, in dieser Jahreszeit den Weg durch Andelain zu nehmen – vorausgesetzt, wir sputen uns. Aber davon will ich noch nicht sprechen. Du wirst ihn sehen und frohlocken, falls uns unterwegs kein Unheil befällt.«

Sie heftete ihren Blick auf Covenant und musterte ihn unter Aufbietung all ihrer inneren Kraft, so daß er das Gefühl hatte – wie schon am vorherigen Abend –, sie versuche seine Schwächen zu ergründen. Er fürchtete, sie könne in seiner Miene irgendein Anzeichen seiner gestrigen Schandtat entdecken, und bot alle Mühe auf, um ihrem Blick standzuhalten.

»Nun antworte mir, Thomas Covenant«, sagte sie schließlich. »Wirst du mir folgen, wohin ich dich führe?«

Er fühlte sich gleichermaßen erleichtert und beschämt. »Wir wollen aufbrechen«, antwortete er. »Ich bin bereit.«

»Das ist gut.« Sie nickte und setzte den Weg ans östliche Ufer fort. Covenant aber blickte noch einen Moment lang hinab auf den Fluß. Seine leise Beschwerde klang nach zahllosen Echos, und sie schienen in düsterer Ironie zu ihm heraufzustöhnen:

*Überrascht dich da noch meine Impotenz?* Eine dunkle Wolke von Sorge verfinsterte sein Gesicht, aber er riß sich zusammen, rieb seinen Ehering und schloß sich Atiaran hastig an, ließ den Mithil seines Weges fließen wie einen Strom des Vergessens oder einen Grenzfluß des Todes.

Während sich die Sonne über die östlichen Berge erhob, wanderten Atiaran und Covenant nach Norden, stromabwärts am Fluß entlang in die Richtung der weiten Ebenen. Anfänglich zogen sie in völligem Schweigen dahin. Covenant war durch kurze Abstecher in die Hügel zur Rechten beansprucht, wo er *Aliantha* sammelte. Er fand ihren leicht scharf gewürzten Pfirsichgeschmack noch so unerhört köstlich wie zuvor; ein unaufdringlicher Bestandteil des Fruchtsafts machte Hunger und Geschmacksempfinden zu eindringlichen Wahrnehmungen. Er sah davon ab, einzelne Sträucher sämtlicher Beeren zu entledigen – zumal er ohnehin recht häufig von Atiarans forsch beschrittenem Weg abweichen mußte, um seinem Appetit Genüge tun zu können –, und er verstreute die Samenkörner, wo er ging und stand, wie er es von Lena gelernt hatte. Danach mußte er jedesmal laufen, um Atiaran wieder einzuholen. Auf diese Weise legten sie beinahe eine Meile zurück, und als er zu essen aufhörte, hatte sich das Tal merklich erweitert. Er machte einen letzten Abstecher – diesmal zum Fluß, um seinen Durst zu stillen –, dann begab er sich zurück an Atiarans Seite. Irgend etwas in ihrer Miene wirkte auf ihn wie eine Aufforderung zum Schweigen, also unterwarf er sich seiner beim Überlebensdrill eingehämmerten Disziplin und hielt den Mund. Danach konzentrierte er sich insgeheim darauf, wieder jene automatenhafte Ticktacktakt-Gangart anzunehmen, die ihn so zuverlässig von der Haven Farm bis in die Ortschaft befördert hatte. Atiaran war anscheinend durchaus darauf eingestellt, eine Strecke von dreihundert Längen zu Fuß zurückzulegen, aber ihm war nicht danach zumute. Er ahnte, daß er seine ganze extreme Leprakranken-Umsichtigkeit ausspielen mußte, um nur einen Tag lang zu marschieren, ohne sich irgendeine Verletzung zuzuziehen. Zum Rhythmus seiner Schritte rang er innerlich darum, die Unbeeinflußbarkeit seiner Lage zu verkraften. Er wußte, daß er letztendlich nicht daran vorbeikam, Atiaran seine spezielle Gefährdetheit zu erläutern. Er mochte ihrer Hilfe bedürfen, irgendwann vielleicht wenigstens ihr Verständnis nötig haben. Aber nicht jetzt schon – noch nicht. Seine Selbstbeherrschung stand noch auf zu wackligen Beinen.

Nach einiger Zeit wechselte sie die Richtung, strebte fort vom Fluß und hinauf ins nordöstliche Vorgebirge. So dicht vor den Bergen waren die Hügel steil und zerklüftet, und nach allem Anschein folgte sie keinem, zumindest keinem sichtbaren Pfad. Covenant kämpfte sich hinter ihr die felsigen, gewellten Hänge empor, taumelte sie hinunter; die natürliche Anlage der Landschaft versuchte das Wanderpaar beharrlich nach Westen zu leiten. Seine Schultern begannen allmählich vom Gewicht des umgehängten Bündels zu schmerzen, und Zuckungen ruckten unter seinen Schulterblättern, als kündigten sich Krämpfe an. Noch etwas später schnaufte er mühevoll und nörgelte unterdrückt an der Undurchschaubarkeit von Atiarans Richtungsänderungen herum. Ungefähr die Hälfte des Vormittags war verstrichen, da legte sie am jenseitigen Hang eines hohen Hügels eine Rast ein. Sie selbst blieb stehen, aber Covenants Muskeln zitterten infolge der ungewohnten körperlichen Anstrengung des Kletterns, so daß er sich neben ihr auf den Erdboden niedersacken ließ und um Atem rang. »Warum sind wir nicht um diese Hügel herum nach Norden gegangen«, keuchte er, sobald er sich ein wenig erholt hatte, »und dann nach Osten? Wir hätten uns dies ganze Rauf und Runter erspart.«

»Aus zwei Gründen«, erwiderte sie in kurzen Worten. »Voraus

liegt ein langer Pfad, der nordwärts durch die Hügel führt – eine leichte Strecke, auf der wir viel Zeit gewinnen können. Und andererseits kann uns hier zwischen den Hügeln ...« – sie schwieg, während sie rundum spähte – »ganz gut etwas abhanden kommen. Denn seit wir die Brücke verlassen haben, bedrückt mich die Sorge, daß wir verfolgt werden.«

»Verfolgt?« Covenant schrak hoch. »Von wem?«

»Das weiß ich nicht. Es kann sein, daß die Kundschafter des Grauen Schlächters schon umherstreifen. Man sagt, daß seine höchstgestellten Diener, die Wüteriche, nicht sterben können, solange er lebt. Sie besitzen keine eigenen Leiber, und ihre Geister irren dahin, bis sie ein lebendiges Wesen finden, das sie zu meistern vermögen. Daher gehen sie als Tiere oder Menschen um, ganz wie's sich ergibt, und bringen Verderben übers Leben im Lande. Aber ich hoffe, daß wir nicht über diese Hügel hinaus verfolgt werden. Hast du dich ausgeruht? Wir müssen weiter.«

Sie rückte unterm Gurt ihres Bündels ihr Gewand zurecht und setzte den Abstieg über den Hang fort. Einen Moment später raffte sich Covenant mit einem Stöhnen auf, um unter fortwährendem Ächzen den Anschluß zu halten. Für den Rest des Vormittags mußte er sich vorwärtstreiben, ständig am Rande der Erschöpfung. In seinen Beinen breitete sich vor Müdigkeit Taubheit aus, und das Gewicht auf seinem Rücken schien seine Atmung einzuengen, so daß er röchelte, als müsse er ersticken. Auf so schwere körperliche Belastungen war er nicht eingerichtet; mit unsicherem Schlurfen wankte er die Hügel hinauf und hinab. Immer wieder bewahrten ihn nur seine Stiefel und der widerstandsfähige Stoff seiner Hose vor Verletzungen. Atiaran dagegen schritt mühelos und unbeschwert vor ihm dahin, vollführte kaum jemals eine überflüssige Bewegung, machte so gut wie keinen falschen Schritt, und es war ihr Anblick, der ihn mitriß. Schließlich wandte sie sich in einen langen Hohlweg, der nach Norden führte, so weit das Auge reichte, wie ein Einschnitt in die Hügellandschaft. In der Mitte des Hohlwegs floß ein schmaler Bach, und daran hielten sie, um zu trinken, sich die Gesichter zu waschen und eine Rast einzulegen. Diesmal warfen beide ihre Bündel von den Schultern und machten es sich am Erdboden bequem. Covenant stöhnte aus voller Brust, streckte sich in ganzer Länge aus und schloß die Augen. Eine Zeitlang lag er nur da und entspannte sich, lauschte seinen eigenen heiseren Atemzügen, bis sie sich so weit beruhigten, daß er den Wind säuseln hören konnte. Dann öffnete er die Augen wieder, um die Umgebung zu betrachten. Da sah er tausend Meter über sich den Kevinsblick. Dieser Anblick kam völlig unerwartet; er setzte sich auf, als könne er sich ihn dadurch aus der Nähe anschauen. Der Kevinsblick war südöstlich ihres Standorts und ragte von den Felsklippen in den Himmel empor wie der Finger eines Anklägers. Aus diesem Abstand wirkte die Felsspitze schwarz und unheilvoll, und sie schien über den Hohlweg hinauszuragen, den Atiaran und er entlangzuziehen beabsichtigten. Sie erinnerte ihn an den Verächter und an Finsternis.

»Ja«, sagte Atiaran, »das ist der Kevinsblick. Dort stand Kevin Landschmeißer, Hoch-Lord und Träger des Stabes, Nachfahre Berek Halbhands, im letzten Ringen wider den Grauen Schlächter. Es heißt, dort habe er die Niederlage und wahnsinnigen Gram kennengelernt. In der Schwärze, die sein Herz heimsuchte, gelang selbst ihm – dem machtvollsten Kämpen aller Zeitalter des Landes, ihm, Hoch-Lord Kevin, geschworener Erdfreund – nichts anderes, als die Schändung übers Land zu bringen, das Ende aller Dinge im Lande auf die Dauer vieler Geschlechter. Es ist kein gutes Omen, daß du dort oben warst.«

Während sie sprach, wandte sich Covenant ihr zu, und da sah er, daß sie nicht hinauf zur Felsspitze schaute; ihr Blick war schrankenlos nach innen gekehrt, als erwäge sie, wieviel

schlimmer sie selbst an Kevins Stelle versagt hätte. Gleich darauf riß sie sich mit einem Ruck zusammen und stand auf. »Es läßt sich nicht ändern«, sagte sie. »Unser Pfad liegt viele Längenmaße weit unter des Kevinsblicks Schatten. Wir müssen weiter.« Sie ließ sich durch Covenants Aufstöhnen nicht beirren. »Komm! Wir können es nicht wagen zu zaudern, denn sonst müßten wir befürchten, am Ende zu spät zu kommen. Aber die Strecke wird nun leichter. Und wenn es deinen Schritt beflügelt, will ich dir jetzt vom Land erzählen.«
»Werden wir noch verfolgt?« fragte Covenant, als er sich seines Bündels bemächtigte.
»Ich weiß es nicht. Ich habe weder irgendwelche Anzeichen gesehen noch gehört. Aber mein Herz widerspricht mir. Ich spüre, daß ein Dunkel unseren heutigen Tagesmarsch behelligt.«
Covenant hängte sich das Bündel über die Schulter und erhob sich unter Knurren und Ächzen. Auch sein Herz machte Schwierigkeiten, allerdings aus anderen Gründen. Hier unterm Kevinsblick klang der Wind wie das entfernte Schlagen von Geierschwingen. Er rückte den Gurt seines Bündels auf seinen geplagten Schultern zurecht, beugte sich unterm Gewicht und stieg mit Atiaran hinunter auf den Grund des Hohlwegs. Der Einschnitt verlief im wesentlichen gerade und besaß in der Tat einen vorwiegend ebenen Untergrund, aber er war nirgends mehr als fünf Meter breit. Neben dem Bächlein war jedoch immer so viel Raum, daß Atiaran und Covenant Seite an Seite wandern konnten. Während sie weiterzogen, unterwegs an jedem *Aliantha*-Strauch hielten, um ein paar Beeren zu pflükken und zu essen, füllte Atiaran umrißhaft einige der weißen Flecken in Covenants Wissen übers Land aus.
»Es ist schwierig, sich auf eine Art und Weise zu besinnen, wie man davon sprechen soll«, begann sie. »Alles ist ein Teil von allem, und jede Frage, die ich beantworten kann, führt zu drei

anderen Fragen, welche ich nicht zu beantworten vermag. Meine Kenntnisse sind auf das beschränkt, was man an der Schule lernt. Doch ich will dir mitteilen, was ich weiß. Der Sohn von Berek, dem Herz der Heimat, war Damelon Riesenfreund, und dessen Sohn war Lorik Übelzwinger, der sich der Bedrohung durch die Dämondim entgegenstellte und ihre Macht zerschlug.« Beim Sprechen nahm ihre Stimme eine Tonlage an, die Covenant an ihren Gesang erinnerte; sie reihte keine trockenen Tatsachen aneinander, sondern erzählte eine Geschichte, die für sie und für das Land eine einzigartige Bedeutung besaß. »Und Kevin, den wir mehr aus Mitleid denn zur Verurteilung seiner Tat der Verzweiflung Landschmeißer nennen, war Loriks Sohn und an seines Vaters Stelle Hoch-Lord geworden, als es darum ging, den Stab des Gesetzes weiterzureichen. Tausend Jahre lang stand Kevin an der Spitze des Großrats der Lords, und er verhalf der Erdfreundschaft der Lords zu einer Wirkung und einem Ansehen, wie man sie bis dahin im Lande nicht gekannt hatte, so daß man ihm große Ehren erwies. In seinen frühen Jahren war er gleichermaßen weise wie mächtig und reich an Wissen. Als er die ersten Anzeichen dafür bemerkte, daß der Vergangenheit Schatten noch lebte, blickte er weit voraus in die Stromschnellen der Zeit, und was er sah, war ihm Anlaß zur Besorgnis. Daher faßte er all seine Kenntnisse in den Sieben Kreisen des Wissens zusammen, dessen Gesamtheit man heute Kevins Lehre nennt und die mit den Worten beginnt:

*›Sieben Kreise von uralter Kunde*
*Hüten Land und Haus zu jeder Stunde …‹*

und bewahrte sie im Verborgenen, auf daß sie nicht verloren wären und dem Lande abhanden kämen, selbst wenn er und die Alt-Lords stürzen sollten. Für viele, viele lange Jahre lebte das Land noch im Frieden. Doch während dieser Zeit schlich der Graue Schlächter in Gestalt eines Freundes herauf. Auf irgendeine Weise waren Kevins Augen blind, und er behandelte seinen Erzfeind wie einen Freund und Lord. Und aus dieser Ursache verschwanden die Lords und all ihre Werke vom Erdkreis. Doch als aus Kevins Scheitern Niederlage, Schändung und Trostlosigkeit entstanden waren, das Land für die Dauer vieler Geschlechter unter der Übelgewalt geschmachtet und wieder zu heilen begonnen hatte, da rief es die Menschen, die versteckt in den Einöden und den Nordlandhöhen hausten. Langsam kehrten sie zurück. Indem die Jahre verstrichen, als die Häuser und Dörfer wieder als sicher galten, begannen Menschen umherzuziehen, auf der Suche nach Legenden, deren sie sich nur noch halb entsannen, das Land zu erkunden. Und als sie sich endlich durch den Riesenwald wagten, kamen sie in das alte Land zur Wasserkante, und da sahen sie, daß die Riesen, die Steingeschwister der Menschen des Landes, das Ritual der Schändung überlebt hatten. Viele Lieder, alte und neue, gibt es, die der Riesen Treue preisen – und aus gutem Grunde. Als die Riesen erfuhren, daß die Menschen ins Land zurückgekehrt waren, begaben sie sich auf einen großen Zug durchs Land, suchten überall jedes neue Steinhausen und Holzheim auf, verbreiteten das Wissen um Kevins einstige Niederlage und erneuerten die alte Steingemeinschaft. Am Ende ihres Zuges begaben sich die Riesen, indem sie jene Menschen, denen danach der Sinn stand, mit sich nahmen, nach Schwelgenstein, der zeitlosen Festungsstadt, die sie einst als Unterpfand des Bandes zwischen ihnen und den Menschen für den Hoch-Lord Damelon aus dem Fels gehauen hatten. Zu Schwelgenstein machten die Riesen den zusammengekommenen Menschen ein Geschenk. Sie enthüllten ihnen den Ersten Kreis des Wissens und übergaben ihnen damit den Grundstock zur Entfaltung von Kevins Lehre. Denn Kevin hatte die Riesen vor seinem letzten Kampf ins Vertrauen gezogen. Und die Menschen nahmen den Ersten Kreis des Wissens als Geschenk an, weihten sich ihm, schworen Erdfreundschaft und Treue zur Kraft und Schönheit des Landes. Und noch etwas schworen sie – sie schworen sich Frieden, sie legten einen Friedensschwur ab, verpflichteten sich zur Mäßigung ihres Gemüts, um das Land vor so zerstörerischen Gefühlen wie jenen zu schützen, die Kevin um die Klarheit des Verstandes brachten. Denn unter allen, die dort zusammengeströmt waren, herrschte darüber Einmütigkeit, daß Macht ein furchtbares Ding ist und daß das Wissen um die eigene Macht den Blick für die Weisheit trüben kann. Als sie das Erbe des Ersten Kreises antraten, fürchteten sie eine neue Schändung. Deshalb schworen sie sich, das Wissen zu meistern, damit das Land heile – und sich selbst zu meistern, auf daß sie nicht in den Mahlstrom von Zorn und Verzweiflung geraten sollten, der Kevin selbst zu seinem eigenen ärgsten Widersacher machte. Diese Gelöbnisse gab man allen Bewohnern des Landes kund und zu wissen, und alle legten sie die gleichen Gelübde ab. Dann ging jene Handvoll von zu Schwelgenstein für das große Werk auserwählten Menschen und dem Ersten Kreis zuallererst in Kurash Plenethor an die Arbeit, dem sogenannten Trümmersteingau, wo während des Endkampfes die größten Verwüstungen entstanden. Zum Zeichen ihres Versprechens der Heilung benannten sie den Gau um in Trothgard, das heißt in der Altsprache ›wortgetreu‹, und dann gründeten sie die Schule der Lehre – eine Stätte des Lernens, wo sie danach trachteten, das Wissen und die Macht der Alt-Lords wiederzuerringen, und sich in der Einhaltung des Friedensschwurs übten.«

Nach diesen Ausführungen schwieg Atiaran, und sie und Covenant wanderten in einem Schweigen durch den Hohlweg, dessen Beschaffenheit das Raunen des Bächleins und die Rufe von Vögeln bestimmten. Er mußte feststellen, daß ihre Geschichte ihm durchaus dabei half, mit ihr Schritt zu halten. Sie bewirkte, daß er sich weniger mit sich selbst beschäftigte, die Schmerzen in seinen verspannten Schultern und in den Füßen vergaß. Und ihre Stimme schien ihm Kraft einzuflößen; ihre Erzählung war wie das Versprechen, daß keine Entbehrung, die man um des Landes willen auf sich nahm, vergebens sein werde. Nach einer Weile versuchte er, sie zum Weitererzählen zu bewegen. »Kannst du mir etwas über die Schule der Lehre berichten?«

Die erbitterte Heftigkeit ihrer Antwort überraschte ihn. »Willst du mich daran erinnern, daß gerade ich von allen Menschen am wenigsten dessen wert bin, darüber in Länge und Breite zu reden? Wünschst du, Thomas Covenant, Zweifler und Träger des Weißgoldes, mir deinen Tadel zum Ausdruck zu bringen?«

Er konnte sie nur benommen anstarren, dazu außerstande, die Jahre des Ringens zu erfassen, die sich in ihren weiten Augen widerspiegelten. »Ich bedarf deiner Erinnerung nicht.« Doch schon einen Moment später schaute sie wieder in die Richtung ihres Weges, wandte ihren Blick nach Norden. »Ach, nun tadelt mich dein Schweigen in der Tat«, sagte sie. »Es kränkt mich gar zu leicht, daß der ganzen Welt bekannt ist, was ich allzugut weiß. Wie ein verdorbenes Weib pflege ich nicht an anderer Menschenkinder Unschuld zu glauben. Ich bitte dich, vergib mir – du hast ein freundlicheres Verhalten verdient.« Ehe er darauf eingehen konnte, kam sie seinem Ersuchen nach. »Die Schule der Lehre läßt sich folgendermaßen beschreiben: Sie steht in Trothgard im Tal der zwei Flüsse und ist eine Gemeinschaft des Lernens und der Wissensaneignung. Es kann dorthin, wer will, und er muß sich dort der Erdfreundschaft und dem Wissen der Alt-Lords weihen. Dies Wissen ist von tiefgreifender Natur und trotz der Jahre und aller Anstrengungen, die man bislang darauf verwendet hat, noch immer nicht zur Gänze gemeistert. Die größte Schwierigkeit ist die Übertragung, denn die Alt-Lords sprachen eine andere Sprache als wir, und ihre Worte, die an manchen Stellen leicht verständlich sind, bleiben in anderen Zusammenhängen dunkel im Sinn. Und nach der Übertragung bedürfen die Worte der Auslegung. Danach erst kann man die Anwendung des erworbenen Wissens zu erlernen beginnen. Als ich …« Hier versagte ihr für einen Moment die Stimme. »Als ich dort weilte, erklärten die Lehrwarte, die mich unterrichteten, daß die gesamte Schule der Lehre noch nicht einmal übers Äußere von Kevins gewaltigem Wissensschatz hinausgedrungen sei. Und die Schule kennt davon nur ein Siebentel des Ganzen, den Ersten Kreis des Wissens.« Covenant hörte in ihren Worten einen unbewußten Anklang der geringschätzigen Äußerung Lord Fouls, und das veranlaßte ihn dazu, ihr noch aufmerksamer zu lauschen. »Am leichtesten ist die Kriegskunde zu übertragen gewesen«, erzählte sie weiter, »die Kunst von Schlachtenführung und Verteidigung. Zur Anwendung ist allerdings sehr viel Geschick erforderlich. Daher ist ein Teil der Schule ausschließlich jenen vorbehalten, die sich dem Schwert verschrieben haben und sich zu Herrenhöh dem Kriegsheer einzureihen wünschen. Aber es gibt keine Kriege in unserer Zeit, und während meiner Jahre an der Schule umfaßte das Kriegsheer kaum zweitausend Männer und Weiber. Deshalb besteht die hauptsächliche Tätigkeit an der Schule der Lehre im Unterrichten und Erforschen der Sprache und der Kenntnisse der Erdkraft. Zuerst lehrt man die neuen Schüler die Geschichte des Landes, seine Gebete, Lieder und Sagen – mit der Zeit alles, was man eben über die Alt-Lords und ihren Kampf gegen den Grauen Schlächter weiß. Jene, die sich diese Kenntnisse meisterhaft aneignen, werden selber Lehrwarte. Sie unterrichten andere, oder sie ergründen im Ersten Kreis neue Kenntnisse und neue Kräfte. Die Bürde einer solchen Meisterschaft ist schwer – Kevins Lehre verlangt soviel Reinheit, Entschlossenheit, Einsichtigkeit und Mut! Und manche Schüler ...« – ihre Stimme verriet, daß sie sich dafür entschieden hatte, ihre persönlichen Gefühle nicht zu schonen – »sind dieser Anforderung nicht gewachsen. Ich versagte, als etwas, worin ich Einblick erhielt, meinen Mut sinken ließ – das geschah, als die Lehrwarte mich ein wenig – nur ein wenig – in die Verachtung des Grauen Schlächters einweihten. Sie vermochte ich nicht zu ertragen, ich machte meine Weihe rückgängig und kehrte heim ins Steinhausen Mithil, um mein unvollkommenes Wissen zum Nutzen seiner Bewohner zu verwenden. Und nun, da ich bereits so viel vergessen habe, steht meine Prüfung bevor.« Sie seufzte schwer, als bekümmere es sie, dies Schicksal eingestehen zu müssen. »Aber das ist nicht bedeutsam. Jene aus der Schule der Lehre, die sich sowohl dem Schwert wie dem Stabe verschreiben und beides meistern, sich einen Platz sowohl im Kriegsheer wie auch unter den Lehrwarten erringen, die nicht vor Härten zurückschrecken, um im verborgenen geheimen Träumen nachzuhängen, wie's die Freischüler tun – jene wackeren Seelen nennt man Lords, und sie sitzen im Großrat, der die Heilung des Landes anleitet und seinen Schutz gewährleistet. Aus ihrer Mitte wählen sie den Hoch-Lord, damit er in aller Namen handelt, wie es die Lehre vorschreibt:

*›Für des Gesetzes Stab einen Hoch-Lord stellt,*
*Daß den Erdkreis es rein von Verderbnis hält.‹*

Während meiner Zeit an der Schule der Lehre war Variol Hoch-Lord, Pentils Sohn, Gemahl der Tamarantha. Aber damals war er schon alt, sogar für einen Lord, und Lords leben länger als andere Menschen ... und unser Steinhausen hat seit Jahren keinerlei Neuigkeiten aus Schwelgenstein und auch nicht von der Schule der Lehre erhalten. Ich weiß nicht, wer dem Großrat heute vorsitzt.«

»Prothall, Dwillians Sohn«, sagte Covenant, ohne nachzudenken.
»Ah!« Atiaran keuchte. »Er kennt mich. Als Lehrwart brachte er mir die ersten Gebete bei. Er wird sich an mein Versagen erinnern und meinem Auftreten mißtrauen.« Kummervoll schüttelte sie den Kopf. Einen Moment lang dachte sie nach. »Und du hast das gewußt«, fügte sie dann hinzu. »Du weißt alles. Warum vergnügst du dich damit, mich für die Unausgegorenheit meines Wissens zu beschämen? Das ist nicht freundlich.«
»Hölle und Verdammung!« brauste Covenant auf. Ihr Vorwurf erfüllte ihn mit plötzlicher Wut. »Jeder in diesem ganzen Affentheater, du und ...« – aber er brachte es nicht fertig, Lenas Namen auszusprechen – »alle anderen behaupten von mir, ich sei irgendeine Art von Geheimexperte. Ich sage dir, ich weiß nicht die klitzekleinste Kleinigkeit von allen diesen Angelegenheiten, solange mir nicht jemand etwas erklärt. Ich bin nicht euer blöder Berek.« Atiaran musterte ihn mit einem langen Blick voller gewohnheitsmäßigem Zweifel – der Frucht langgehegter, rücksichtsloser Zweifel an sich selbst –, und als Reaktion darauf verspürte er unvermittelt den Drang, sich vor ihr irgendwie zu beweisen. Er blieb stehen, richtete sich trotz des Gewichts des Bündels zu seiner vollen Körpergröße auf. »Dies ist die Botschaft von Lord Foul dem Verächter: ›Richte dem Großrat der Lords und dem Hoch-Lord Prothall, Sohn des Dwillian, von mir aus, daß die äußerste Frist ihres restlichen Verweilens im Lande von heute an noch siebenmal sieben Jahre beträgt. Ehe diese Zeit verstrichen ist, werde ich die Gewalt über Leben und Tod in meiner Hand halten.‹« Mit einem Ruck brachte er sich zum Verstummen. Seine Worte schienen wie Raben den Hohlweg hinabzuschwirren, und er fühlte in seinen Wangen die Hitze typischer Leprakranken-Scham, als habe er diesen Tag entweiht. Für einen Moment umgab ihn

vollständige Stille – die Vögel waren so ruhig, als seien sie vom Himmel geschmettert worden, der Bach schien in Lautlosigkeit erstarrt zu sein. Er spürte in der mittäglichen Wärme klammen Schweiß auf seiner Haut.

Für die Dauer dieses Augenblicks sah Atiaran ihn nur in fassungslosem Entsetzen an. *»Melenkurion abatha!«* rief sie dann. »Sprich sie nicht aus, ehe du's nicht mußt! Ich vermag uns vor solchen Übeln nicht zu schützen.«

Die Stille erbebte, verging; das Bächlein begann wieder zu gluckern, ein Vogel zwitscherte, als er über ihre Köpfe hinwegsegelte. Mit zittriger Hand wischte sich Covenant die Stirn.

»Dann hör endlich auf, mich wie jemanden zu behandeln, der ich nicht bin!«

»Wie soll ich das tun?« erwiderte sie mit gepreßter Stimme. »Du bist mir verschlossen, Thomas Covenant. Ich erkenne dich nicht.«

Sie verwendete das Wort *erkennen* auf eine Weise, die er nicht begriff. »Was meinst du damit, du erkennst mich nicht?« wollte er mißgelaunt wissen. »Ich stehe doch direkt vor dir.«

»Du bist mir verschlossen«, wiederholte sie. »Ich weiß nicht, ob du wohl oder übel bist.«

Er blinzelte sie an, angesichts ihrer Unsicherheit selber ratlos, dann befand er, daß sie ihm unbeabsichtigt die Gelegenheit lieferte, sie endlich über seine Leprose aufzuklären. Er nahm die Gelegenheit wahr; seine Stimmung war wieder schlecht genug und gerade dazu recht, um diese Aufgabe hinter sich zu bringen. »Natürlich bin ich übel dran«, schnarrte er, indem er vorerst seinen Mangel an Durchblick mißachtete. »Ich bin Lepraleidender.«

Da stöhnte Atiaran auf, als habe er soeben das größte Verbrechen gestanden. »Dann wehe dem Land, denn dir ist die wilde Magie gegeben, und du kannst uns alle ins Verderben stürzen!«

»Wirst du wohl endlich mit diesem Quatsch aufhören?« Er hob

seine linke Faust. »Das ist nur ein Ring«, knirschte er. »Er erinnert mich an alles, ohne das ich nun leben muß. Aber mehr ist er nicht … er hat nicht mehr wilde Magie als … als ein Stein.«

»Die Erde ist die Quelle aller Kraft«, sagte Atiaran im Flüsterton. Mit erheblicher Mühe konnte sich Covenant davor zurückhalten, sie aus Verdruß anzubrüllen. Sie redete an ihm vorbei, benahm sich ganz so, als bedeuteten seine Worte etwas, das er gar nicht hatte sagen wollen. »Nun mach mal einen Moment halblang«, sagte er brüsk. »Wir müssen uns erst einmal richtig verständigen. Ich habe dir gesagt, ich sei wegen meiner Krankheit übel dran. Was heißt das nun für deine Begriffe? Kennt ihr in dieser Welt denn gar keine Krankheiten?«

Für einen Augenblick bildeten Atiarans Lippen das Wort *Krankheiten*. Dann verzerrte plötzlich Furcht ihr Gesicht, und ihr Blick glitt über Covenants linke Schulter hinaus. Er drehte sich um, damit er sehen könne, was sie so erschreckte. Hinter sich sah er nichts; aber als er zum westwärtigen Rand des Hohlwegs spähte, hörte er ein Scharrgeräusch. Kieselsteine und Schiefer rutschten in den Hohlweg.

»Der Verfolger!« rief Atiaran. »Lauf! Lauf!«

Ihre Eindringlichkeit steckte ihn an; er fuhr herum und folgte ihr den Hohlweg hinab, so schnell er konnte. Vorübergehend vergaß er seine Schwäche, das Gewicht des Bündels, die Hitze. Er heftete sich an Atiarans flinke Fersen, als höre er schon den Verfolger über sich am Rande des Hohlwegs zum Sprung ansetzen. Aber bereits eine kurze Strecke weiter schienen seine Lungen unter der Anstrengung platzen zu wollen, und sein Gleichgewichtssinn erlitt eine Störung. Als er stolperte, schlug er fast in der ganzen Länge seiner ausgemergelten Gestalt auf den Untergrund. »Lauf!« rief ihm Atiaran erneut zu, aber sobald er sich aufgerafft hatte, wandte er sich taumelnd um, stellte sich dem Verfolger.

Eine Gestalt mitten im Sprung wirbelte über den Saum des Hohlwegs, fiel Covenant entgegen. Er wich aus der Sprungrichtung und riß die Arme hoch, um die ausgestreckte Rechte des Angreifers abzuwehren. Im Vorbeistürzen streifte der Angreifer die Oberseiten von Covenants Fingern mit einem Messer. Dann prallte er auf, rollte sich sofort zur Seite und kam mit dem Rücken zur Ostwand des Hohlwegs wieder auf die Füße, fuchtelte vor sich mit dem Messer. Die Sonne schien in Covenants Blickfeld alles besonders scharf hervorzuheben. Er sah die Ungleichmäßigkeit der Wand im Rücken des Angreifers, darunter die Schatten wie Schlünde. Der Angreifer war ein junger Mann von kraftvollem Äußeren und mit dunklem Haar – unmißverständlich ein Steinhausener, obwohl größer als die Mehrzahl. Sein Messer war aus Stein, und in die Schultern seines Gewandes war das Zeichen seiner Familie gewoben, ein Muster aus so etwas wie gekreuzten Blitzen. Und die Gesichtszüge waren von rasender Wut und unverhohlenem Haß so verzerrt, daß man meinen konnte, sein Schädel müsse bersten.

»Leibhaftiger Wütrich!« schrie er. »Schänder!«

Er riß die Klinge hoch und näherte sich; Covenant mußte zurückweichen, bis er im Bach stand, bis zu den Knöcheln im kalten Wasser. Atiaran kam herangelaufen, aber sie war noch zu weit entfernt, um sich zwischen Covenant und das Messer werfen zu können.

Blut quoll aus Covenants Fingern. In den Schnitten pochte sein Puls; sein Pulsschlag pochte in seinen Fingerspitzen. Er hörte Atiarans gebieterischen Zuruf.

»Triock!«

Das Messer war näher. Er sah es so deutlich, als wäre es seinen Augäpfeln eingeprägt. Sein Puls pochte in seinen Fingerspitzen. Der junge Mann nahm einen Anlauf zu einem tödlichen Stoß.

»Triock«, rief Atiaran nochmals. »Bist du des Wahnsinns? Du hast den Friedensschwur abgelegt!« In seinen Fingerspitzen? Er hob ruckartig seine Hand und starrte sie an. Aber plötzlich trübte ehrfürchtiges Staunen seinen Blick. Er vermochte das Geschehen nicht zu begreifen. *Das ist unmöglich,* sagte er sich in äußerster Fassungslosigkeit. *Ausgeschlossen.* In seinen abgestorbenen, von der Leprose gezeichneten Fingern brannte heftiger Schmerz. Atiaran blieb bei den zwei Männern stehen, ließ ihr Bündel auf den Erdboden gleiten. Sie schien irgendeinen fürchterlichen Zwang auf Triock auszuüben, so daß er sein Vorhaben nicht auszuführen vermochte; er stieß blindlings mit dem Messer umher, wo er stand.
»Er muß sterben«, ächzte er, als drohe er an seinem Grimm zu ersticken. »Leibhaftiger Wütrich!«
»Ich verbiete es dir!« schrie Atiaran. Die Nachdrücklichkeit ihres Befehls wirkte auf Triock wie ein handfester Hieb. Er taumelte um einen Schritt zurück, dann warf er den Kopf in den Nacken und stieß ein heiseres Knurren der Wut und Enttäuschung aus. Mitten in diesen Laut drang in scharfem Ton erneut Atiarans Stimme. »Treue ist vonnöten. Du hast den Schwur geleistet. Willst du Verdammnis übers Land heraufbeschwören?«
Triock erschauderte. Mit einer wuchtigen Bewegung schleuderte er sein Messer senkrecht abwärts, so daß es zu seinen Füßen bis ans Heft ins Erdreich eindrang. »Er hat Lena geschändet«, fauchte er Atiaran zu, indem er sich trotzig straffte. »Gestern abend.«
Covenant konnte nicht verstehen, was ihm geschah. Schmerz war eine Empfindung, eine Gabe, die seine Finger längst vergessen hatten; er wußte nichts damit anzufangen. *Unmöglich,* lautete darauf seine einzige Antwort. *Unmöglich!* Unbeachtet rann sein Blut an seinem Handgelenk hinab. Zuckungen suchten sein Gesicht heim. In der Luft über ihm ballte sich

Dunkelheit zusammen; es schien im Hohlweg zu sieden, als wimmle es darin von Schwingen und Klauen, die es auf nichts anderes abgesehen hatten als sein Gesicht. »Unmöglich!« stöhnte er.

Aber Atiaran und Triock waren miteinander beschäftigt; ihre Blicke mieden ihn, als sei er eine unreine Stelle. Als Atiaran Triocks Worte begriff, sank sie auf die Knie und verbarg das Gesicht in den Händen, senkte die Stirn bis auf den Erdboden. Ihre Schultern zuckten, als schluchze sie, doch gab sie keinen Laut von sich.

»Ich fand sie in den Hügeln, als dieses Tages Sonne erstmals die Ebenen berührte«, berichtete er erbittert, während sie mit ihrem Kummer rang. »Du weißt von meiner Liebe zu ihr. Ich beobachtete sie auf der Versammlung und war wenig froh darüber, wie dieser seltsame Fremde sie umgarnte. Es zerriß mir schier das Herz, daß sie sich so zu einem Manne hingezogen fühlen sollte, von dessen Kommen und Gehen niemand etwas weiß. Deshalb erkundigte ich mich spät am Abend bei Trell, deinem Gemahl, nach ihr, und ich erfuhr, sie sei über Nacht zu einer Freundin gegangen – zu Terass, Annorias Tochter. Daraufhin fragte ich bei Terass – und sie wußte gar nichts von Lenas angeblicher Absicht. Da fiel ein Schatten der Furcht auf mich, denn seit wann sollte es unter uns Lügner geben? Die ganze Nacht lang habe ich nach ihr gesucht. Beim ersten Tageslicht fand ich sie, ihre Kleidung zerrissen, Blut an ihrem Leib. Zuerst wollte sie sich mir entziehen, aber sie war schwach durch Kälte, Schmerz und Leid, und nur wenig später lag sie in meinen Armen und erzählte mir, was ... was dieser leibhaftige Wütrich ihr angetan hatte. Danach brachte ich sie zu Trell, ihrem Vater. Während er sich ihrer annahm, machte ich mich auf den Weg zurück zum Fluß, mit der Absicht, den Fremden zu töten. Als ich dich in seiner Begleitung sah, glaubte ich, daß auch du diese Absicht hegtest – daß du ihn in die Hügel führtest, um ihn dort zu erschlagen. Aber du gedenkst ihn zu bewahren – ihn, den Schänder Lenas, deiner Tochter! Auf welche Weise hat er dein Herz so verdorben? Du verbietest mir, ihn zu töten?! Atiaran, Trells Gemahlin, deine Tochter war ein Kind von solchem Liebreiz, daß ein Mann bei ihrem bloßen Anblick vor Freude Tränen vergießen mochte – nun ist ihre Unschuld dahin, brutal genommen ohne ihre Zustimmung und ohne jede Rücksicht. Antworte mir! Was haben Friedensschwüre uns noch zu bedeuten?«

Das wilde, tollwütige Schlagen dunkler Schwingen zwang Covenant nieder, bis er zusammengekauert im Bach hockte. Gedankenbilder flatterten durch sein Bewußtsein – Erinnerungen ans Leprosorium, an die Ärzte und ihre Worte. *Man kann nicht hoffen.* Ein Polizeiwagen hatte ihn angefahren. Er war in die Ortschaft gegangen, um seine Telefonrechnung zu bezahlen – um seine Telefonrechnung persönlich zu bezahlen. »Ausgeschlossen«, sagte er gemurmelt und mit einer von Entsetzen so entstellten Stimme, daß sie nicht länger wie seine eigene klang.

Langsam hob Atiaran den Kopf und breitete die Arme aus, als wolle sie ihren Busen einer Durchbohrung vom Himmel herab anbieten. Schmerz zeichnete ihr Gesicht, und ihre Augen glichen dunklen Kratern des Grams, den Blick nach innen auf ihre geforderte Menschlichkeit gerichtet. »Trell, steh mir bei«, sagte sie leise und mit schwacher Stimme. Dann gewann ihre Stimme wieder an Kraft, und ihre Worte der Pein schienen selbst die Luft ringsum in Mitleidenschaft zu ziehen. »Weh! Weh den Jungen in dieser Welt! Warum ist die Bürde, das Übel zu hassen, so schwer zu tragen? Ach, Lena, meine Tochter! Ich begreife, was du getan hast. Ich verstehe dich. Es ist eine tapfere Tat, wert jeglichen Lobes und höchsten Preisens! Vergib mir, daß ich in dieser Stunde der Prüfung nicht bei dir sein kann.« Nach einer Weile befaßte sich ihr Blick wieder mit den Dingen rundherum. Unsicher erhob sie sich, schwankte für einen Moment. »Treue ist vonnöten«, stieß sie rauh hervor. »Ich verbiete dir die Blutrache.«

»Soll er ungestraft davonkommen?« beklagte sich Triock.

»Dem Lande droht Gefahr«, antwortete sie. »Er muß zu den Lords. Mögen die Lords ihn bestrafen.« Ein Anklang unerbittlicher Härte floß in ihre Stimme ein. »Die Lords werden wissen, was sie von einem Fremden zu halten haben, der sich an Unschuldigen vergreift.« Gleich darauf kehrte ihre Schwäche zurück. »Diese Sache übersteigt meine Möglichkeiten. Triock, gedenke deines Friedensschwurs.« Sie grub ihre Finger ins Blumenmuster ihres Gewandes, als könne sie dadurch ihren Kummer unterdrücken.

Triock wandte sich Covenant zu. Irgend etwas im Gesicht des jungen Mannes war ausgelöscht worden – zerschmettert, zerschellt war die Fähigkeit zum Zufriedensein, zur Freude. »Ich kenne nun dein Gesicht, Zweifler«, schleuderte er Covenant im Tonfall eines Fluches entgegen. »Wir werden uns wiedersehen.« Daraufhin entfernte er sich völlig unvermittelt. Er lief immer schneller, bis er schließlich rannte, seinen Groll in den harten Grund des Hohlwegs stampfte. Kurz darauf gelangte er an eine Stelle, wo sich der Hohlweg nach Westen abhangartig schrägte, und dort geriet er außer Sicht, verschwand aus dem Einschnitt in der Landschaft zwischen die Hügel.

»Ausgeschlossen«, murmelte Covenant. »Unmöglich. Nerven regenerieren sich nicht.« Aber seine Finger schmerzten, als müsse der Schmerz sie verzehren. Hier in diesem Land regenerierten sich Nerven anscheinend doch. Er wollte gegen die Finsternis und den Schrecken anschreien, die ihn bedrohten, aber er schien alle Gewalt über seine Kehle verloren zu haben, seine Stimme, sein Ich.

»Du hast aus meinem Herzen eine Ödnis gemacht«, hörte er

Atiaran wie aus großer Ferne sagen, die auf Abscheu oder Mitleid beruhen mochte.

»Nerven regenerieren sich nicht.« Covenants Kehle war zusammengeschnürt, als ersticke er; es war ihm unmöglich zu schreien. »Ausgeschlossen!«

»Gewährt dir das solche Freiheiten?« wollte sie mit leiser, bitterer Stimme wissen. »Rechtfertigt das dein Verbrechen?«

»Verbrechen?« Er hatte das Wort durch das Rauschen der Schwingen vernommen wie einen Blitzschlag. »Verbrechen?« Das Blut lief ihm aus den Schnittwunden, als sei er ein normaler Mensch, aber der Blutfluß ließ stetig nach. Mit einem plötzlichen Ruck errang er die Gewalt über sich selbst zurück. »Ich habe Schmerzen«, rief er in gottserbärmlichem Ton. Der Klang seines Aufheulens fuhr ihm durch Mark und Bein, drückte die Finsternis, die ihn bedrohlich umlauerte, um einen Schritt zurück. *Schmerzen!* Diese Unwahrscheinlichkeit überbrückte für ihn einen Abgrund. Schmerzen waren gesunden Menschen vorbehalten, Menschen mit heilen Nerven. *So etwas gibt es nicht. Natürlich nicht. Das beweist es – es beweist, daß all das hier nur ein Traum ist.* Urplötzlich verspürte er das dringliche Bedürfnis zu weinen. Aber er war ein Leprakranker und hatte viel Zeit darauf verwendet, sich die Mahnung einzuprägen, daß solche Gefühlsregungen für ihn schädliche Wirkungen besaßen. Lepraleidende konnten sich keinen Katzenjammer leisten. Er zitterte fiebrig, als er seine verletzte Hand in den Bach tauchte.

»Schmerz ist Schmerz«, preßte Atiaran heraus. »Was bedeutet mir dein Schmerz? Du hast eine finstere Tat begangen, Zweifler – roh und grausam, ohne Mitgefühl oder Nachsicht. Du hast mir einen Schmerz zugefügt, den weder Blut fortwaschen noch die Zeit heilen kann. Und Lena, meine Tochter …! Ach, ich bete darum, daß die Lords dich strafen werden … strafen!«

Das Wasser des Bächleins war kalt und klar. Nach einer kurzen

Weile spürte er die Kälte in seinen Fingern stechen, und von ihren Knöcheln drang ein dumpfer Schmerz bis herauf in das Handgelenk. Aus den Schnittwunden strömte mit dem Wasser Rot davon, aber die Kälte stillte die Blutung innerhalb kürzester Frist ganz. Während er zusah, wie das Rinnsal die Einschnitte ausspülte, verwandelten sich sein Elend und seine Furcht in Ärger. Außer Atiaran befand sich niemand in der Nähe; folglich schnauzte er sie an. »Wie käme ich überhaupt dazu, zu ihnen zu gehen? Mir ist hier alles scheißegal. Ich gebe keinen Pfifferling um euer heißgeliebtes Land.«

»Alle Sieben!« Atiarans harte Stimme schien die Worte aus der Luft zu meißeln. »Du wirst nach Schwelgenstein gehen, und sollte ich dich jeden Schritt des Weges schleifen müssen.«

Er hob seine Hand aus dem Wasser und begutachtete sie. Triocks Steinmesser hatte die Haut so säuberlich aufgeschnitten wie eine Rasierklinge; die Wunden wiesen keine Unregelmäßigkeiten auf, in denen sich Dreck festsetzen konnte oder die die Heilung erschweren würden. Aber bei seinen beiden mittleren Fingern waren die Einschnitte bis auf die Knochen gegangen, und aus diesen Wunden sickerte noch Blut. Er richtete sich auf. Zum erstenmal seit dem Überfall schaute er Atiaran an. Sie stand ein paar Schritte weit von ihm entfernt, ihre Hände ineinander verschlungen auf ihr Herz gedrückt, als quäle sie sein Pochen. Ihr Blick ruhte auf ihm, als sei er ein Scheusal, und Andeutungen wilder, roher Kraft zeichneten ihre Miene. Er sah ihr deutlich an, daß sie dazu die Bereitschaft besaß, ihn notfalls unter Gewaltanwendung nach Schwelgenstein zu bringen. Sie beschämte ihn, reizte ihn zum Zorn. Streitsüchtig streckte er ihr seine verletzte Hand hin. »Ich brauche einen Verband.«

Im ersten Moment verschärfte sich ihr fester Blick, als erwäge sie, ob sie sich auf ihn stürzen und ihn zurechtstauchen solle. Doch dann beherrschte sie sich und schluckte ihren Stolz hinunter. Sie ging zu ihrem Bündel, öffnete es und entnahm ihm einen Streifen weißen Tuchs, von dem sie, während sie zu Covenant zurückkehrte, ein Stück in ausreichender Länge abriß. Behutsam nahm sie seine Hand, untersuchte die Schnitte, nickte in offensichtlicher Zufriedenheit mit deren Zustand, dann wickelte sie den weichen Stoff eng um seine Finger. »Ich habe keine Heilerde«, sagte sie, »und es mangelt uns an Zeit, um danach zu suchen. Aber die Schnitte sehen harmlos aus und werden sauber verheilen.« Als sie fertig war, trat sie wieder zu ihrem Bündel und schwang es sich über die Schulter. »Komm!« sagte sie. »Wir haben Zeit verloren.« Ohne Covenant eines weiteren Blickes zu würdigen, begann sie den Marsch durch den Hohlweg fortzusetzen.

Er blieb noch für einen Moment, wo er sich befand, ganz auf den Schmerz in seinen Fingern konzentriert, der eine Spur von Schärfe besaß, als steckte die Messerklinge noch in den Einschnitten. Doch er wußte jetzt damit zurechtzukommen. Die Dunkelheit war um einiges in den Hintergrund gewichen, und er vermochte ohne Anwandlungen von Panik in die Runde zu schauen. Dennoch war er nach wie vor besorgt. Er träumte genesene Nerven; ihm war bisher nicht klar gewesen, daß er so dicht vorm Zusammenbruch stand. In seiner ganzen Hilflosigkeit, während er nach dem Autounfall bewußtlos lag, war er in eine Krise geraten – in eine Krise seiner Überlebensfähigkeit. Um sie zu überwinden, benötigte er jedes bißchen Disziplin oder Kompromißlosigkeit, das er aufbieten konnte. Wie auf eine Eingebung bückte er sich und versuchte, mit seiner rechten Hand Triocks Messer aus dem Erdboden zu ziehen. Sein halbhändiger Griff glitt ab, als er es senkrecht herausreißen wollte, aber es gelang ihm, es durch Rütteln zu lockern und auf diese Weise aus dem Erdreich zu befreien. Das Messer war als Ganzes aus einem flachen Stein gefertigt und geschliffen worden, und das Griffstück war mit Leder umwickelt, um besseren Halt für die Faust zu gewährleisten; die Klinge wirkte, als sei sie scharf genug zum Rasieren. Er probierte es in dieser Hinsicht an seinem linken Unterarm aus und stellte fest, daß es Haare so gut abschnitt, als wäre die Klinge wie herkömmliche Rasierklingen eingefettet worden. Er schob sich das Messer unter den Gürtel. Dann rückte er sich das Bündel höher auf die Schulter und folgte der vorausgeeilten Atiaran.

## 9
# Jehannum

Noch ehe der Nachmittag verstrich, war Covenant wie hypnotisiert in lauter stumpfsinnigen Schwingungen der Pein aufgegangen. Der Gurt seines Bündels behinderte die Blutzirkulation in seinen Armen, verstärkte den Schmerz in der verletzten Hand; seine schweißfeuchten Socken verursachten ihm Blasen, denen gegenüber seine Zehen sich unbegreiflicherweise sehr empfindlich zeigten; Ermattung machte seine Muskeln schwer wie Blei. Aber Atiaran zog grimmig vor ihm dahin, ohne nachzulassen, den Hohlweg hinab, und er folgte ihr, als zerre ihre bloße Willenskraft ihn mit. Schließlich konnte er aus Erschöpfung nicht länger richtig sehen; er verlor jedes Gefühl der Zeit, Bewegung und alles andere, ausgenommen die Schmerzempfindung. Er merkte es kaum, als er einschlief, und er verspürte einen losgelösten, unpersönlichen Eindruck von Überraschung, als ihn endlich jemand wieder wach rüttelte. Da erst stellte er fest, daß er im Dämmerlicht auf dem Grund des Hohlwegs lag. Nachdem sie ihn geweckt hatte, reichte Atiaran ihm eine Schale voll heißer Suppe. Benommen verzehrte er sie. Als die Schale leer war, nahm Atiaran sie ihm ab und übergab ihm statt dessen eine große Feldflasche mit Frühjahrswein. Auch davon trank er. Von seinem Magen aus schien der Frühjahrswein mit langen, sanften Fingern seinen Körper zu ertasten, um jeden seiner geplagten Muskeln zu streicheln und zu entspannen, sie zu lockern, bis er meinte, nicht länger aufrecht sitzen zu können. Er legte sich sein Bündel als Kissen zurecht und streckte sich wieder zum Schlafen aus. Sein letzter Anblick, ehe ihm die Augen zufielen, war Atiaran, die auf der anderen Seite des

Leuchtgefäßes saß, das Gesicht unermüdlich nach Norden gewandt.

Der nächste Tag dämmerte klar, kühl und in herrlicher Frische herauf. Als die Dunkelheit vom Himmel wich, gelang es Atiaran endlich, Covenant zu wecken. Mühselig setzte er sich auf und rieb sich das Gesicht. Es dauerte einen Moment, bis er sich der zurückgekehrten Empfindungsfähigkeit seiner Nerven entsann; dann bewegte er die Hände vor seinen Augen, stierte sie an, als habe er sie noch nie gesehen. Sie lebten – lebten! Er warf die Decke beiseite, um seine Füße zu begutachten. Als er durch die Stiefelspitze auf seine Zehen drückte, machten die Blasen sich schmerzhaft bemerkbar. Seine Zehen waren ebenso lebendig wie seine Finger. Unbehagen wühlte in seinen Eingeweiden. Wie lange noch, fragte er sich mit einem Aufstöhnen, wie lange noch sollte das weitergehen? Er hatte nicht das Gefühl, noch erheblich mehr verkraften zu können. Dann fiel ihm ein, daß er keine Decke zur Verfügung gehabt hatte, als er einschlief. Atiaran mußte sie über ihn gebreitet haben. Er zog den Kopf ein und ging ihr vorerst aus dem Weg, indem er steifbeinig zum Bach stelzte, um sich das Gesicht zu waschen. Woher nahm sie bloß soviel Kraft, um solche Dinge für ihn zu tun? Während er sich kaltes Wasser auf die Wangen und an den Hals spritzte, mußte er feststellen, daß er von neuem vor ihr Furcht empfand.

Aber sie verhielt sich ihm gegenüber nicht wie eine Gefahr. Sie gab ihm zu essen, erneuerte den Verband um seine verletzten Finger und räumte den Lagerplatz auf, als gehöre das alles zu einer Bürde, an die sie sich schon seit langem gewöhnt hatte. Nur die Fältchen der Schlaflosigkeit rings um ihre Augen und die grimmige Verpreßtheit ihrer Lippen zeigten, daß sie sich zusammennehmen mußte.

Als sie fertig zum Weiterziehen war, unterzog er sich einer

sorgsamen VBG, legte sich wieder den Gurt seines Bündels über die Schulter und folgte ihr erneut den Hohlweg hinab, als sei ihr steifer Rücken eine Herausforderung, der er nicht widerstehen konnte. Noch ehe der Tag verging, war er für diesen Rücken ein Fachmann; ihr Rücken gewährte keinerlei Zugeständnisse, er ließ nie einen Zweifel an seiner Autorität aufkommen, ließ niemals auch nur die geringste Rücksichtnahme spüren. Obwohl Covenants Muskeln sich verkrampften, bis sie so hart zu sein schienen wie Stein, obwohl die verspannte Wölbung seiner Schultern ihn unterm Bündel beugte, bis er wie ein krummer Krüppel dahinkroch, obwohl die Meilen seine wunden Füße quälten, bis er sich wie jemand dahinschleppte, über dem schon die Geier kreisen – ihr Rücken trieb ihn weiter wie ein Ultimatum mit dem Wortlaut: Vorwärts oder Wahnsinn. Andere Alternativen ausgeschlossen. Und es war ihm unmöglich, sie zu mißachten. Sie schritt ihm voraus wie eine Gestalt aus einem Alptraum, und er folgte ihr, als sei sie der Schlüssel zu seinem Dasein. Am späten Vormittag verließen sie das Ende des Hohlwegs und betraten den mit Heidekraut bewachsenen Hang eines Hügels, der nahezu geradlinig nördlich vom hohen, düsteren Finger des Kevinsblicks lag. Von ihrem Standort aus sahen sie die Südlandebenen im Westen; und am Ende des Hohlwegs floß der Bach in ebendiese Richtung, um in unbestimmter Ferne in den Mithil zu münden. Aber Atiaran führte Covenant nach wie vor nordwärts, strebte streckenweise die Reste von Pfaden entlang oder über offenes Weideland ohne Weg und Steg dahin, das an die Hügel zur Rechten grenzte. Im Westen war das Grasland der Ebenen stark mit Farnkraut überwuchert, das im Sonnenschein bläulich leuchtete. Im Osten erhoben sich würdevoll die Hügel; ihre Kuppen lagen um etliche Dutzend Meter höher als der Weg, den Atiaran in ihrem Vorfeld eingeschlagen hatte. Auf diesem Weg durch die Mitte wechselte das Heidekraut mit breiten

Streifen von Rispengras. An den Abhängen der Hügel gediehen sowohl hohe Bäume – Eichen und Platanen in kleinen Hainen, ein paar Ulmen und eine Baumart mit goldfarbenem Laub, dem Ahorn ähnlich, die Atiaran ›Güldenblatt‹ nannte – wie auch dichtes, verzweigtes Gesträuch und Blumen, umgaukelt von Schmetterlingen. All diese farbenfrohe Pracht – die Bäume, das Heidekraut, das Farnkraut, die *Aliantha,* die Blumen und der endlose azurblaue Himmel – bebte im Eifer des Frühlings, der üppigen, überschwenglichen Wiedergeburt der Welt. Covenant jedoch war außerstande, aus diesen Dingen Kraft zu schöpfen. Aus Erschöpfung war er blind und taub, vollkommen unzugänglich. Wie ein Büßer trottete er den ganzen Nachmittag lang hinter Atiaran her.

Als der Tag endlich endete, legte Covenant das letzte Längenmaß benommen torkelnd zurück, aber diesmal schwanden ihm, anders als am Vortag, nicht noch auf den Beinen die Sinne; er fiel nur, als Atiaran anhielt und ihr Bündel von der Schulter streifte, ins Gras wie ein gefällter Baum. Seine überlasteten Muskeln zuckten, als wären sie über die Zumutung, die er ihnen antat, entrüstet; er konnte sie ohne gewaltsame Anstrengung nicht beruhigen. In seiner unfreiwilligen Rastlosigkeit half er Atiaran, indem er die Decken auspackte, während sie kochte. Während des Abendessens sank über den Ebenen die Sonne, bedeckte das Grasland mit Streifen aus Schattendüsternis und Blaßlila; und als die Sterne an den Himmel traten, streckte er sich aus und starrte zu ihnen empor, versuchte sich mit der Unterstützung von Frühjahrswein zu entspannen. Letztendlich entglitt er in den ersehnten Schlaf.

Aber sein Schlummer war unruhig. Er träumte, daß er Stunde um Stunde durch eine Wüste stapfe, und unterwegs halte ihn eine höhnische Stimme dazu an, doch das taufrische Gras zu genießen. Der Traum wiederholte sich in schier endlosem Kreislauf, bis er spürte, daß er aus besessener Wut tatsächlich schwitzte. Als ihn die Morgendämmerung endgültig weckte, begrüßte er sie wie eine Unverfrorenheit gegenüber seiner geistigen Gesundheit.

Er stellte fest, daß sich seine Füße bereits wieder abhärteten, und die Schnitte an seiner Hand waren schon nahezu verheilt. Der Schmerz war daraus gewichen. Seine Nerven jedoch waren und blieben nichtsdestotrotz wieder lebendig. Er konnte an den Zehen die Socken fühlen, er spürte an seinen Fingern den Wind. Mittlerweile begann die Direktheit dieser unerklärlichen Wahrnehmungen ihn zu ärgern. Sie waren Anzeichen von Gesundheit, Unversehrtheit – einer Lebenstüchtigkeit, ohne die auszukommen er in langen, erbärmlichen Monaten zu lernen versucht hatte – und schienen ihm entsetzliche Schlußfolgerungen aufdrängen zu wollen. Sie leugneten das Wirkliche seiner Krankheit. Und dabei war all das hier durch und durch außerhalb des Möglichen. *Es gibt nur das eine oder das andere,* redete er sich wutentbrannt ein. *Beides kann es nicht geben. Entweder bin ich leprakrank oder nicht. Entweder hat sich Joan von mir scheiden lassen, oder es hat sie nie gegeben. Dazwischen gibt es nichts.* Vor lauter Aufbietung an Überredungskraft knirschte er mit den Zähnen. *Ich bin leprakrank,* versicherte er sich mit allem Nachdruck. *Ich träume. Das ist eine Tatsache.* Der anderen Möglichkeit vermochte er nicht ins Auge zu sehen. Wenn er träumte, besaß er noch eine Chance, um seine geistige Klarheit zu retten, zu überleben, durchzuhalten, bis der Traum sein Ende nahm. Aber falls dieses Land Wirklichkeit war, real – ja, dann war seine langwierige Heimsuchung durch die Leprose nichts als ein Traum gewesen, dann war er bereits vollkommen wahnsinnig und stand außerhalb aller Hoffnung. Jeder beliebige Glaube war besser als diese Annahme. Es war besser, um ein geistiges Wohlergehen zu ringen, das noch als solches erkennbar war, als sich in eine ›Heilung‹ zu fügen, die jede vernünftige Erklärung überstieg.

Er nagte etliche Meilen weit am harten Brocken dieser Überlegungen, während er hinter Atiarans Rücken dahinzog, aber jede weitere Erwägung brachte ihn nur zurück zu ebendiesem Standpunkt. Das Rätsel seiner Lepra war für ihn absolut genug an Rätselhaftigkeit, was er vertragen konnte oder als Tatsache anerkennen; es bestimmte seine Haltung zu jeder anderen Frage von Glaubhaftigkeit oder Unglaubhaftigkeit. Und im Rahmen dieser Haltung stapfte er in Atiarans Rücken mit einem Grimm dahin, als sei er dazu bereit, sie bei der geringsten Provokation anzufallen. Nichtsdestoweniger erbrachte ihm sein Dilemma zumindest einen Vorteil. Seine hautnahe Konkretheit und Eindeutigkeit errichtete so etwas wie eine Wand zwischen ihm und den besonderen Befürchtungen und Geschehnissen, die auf ihn zuvor bedrohlich gewirkt hatten. Gewisse Erinnerungen an Gewalt und Blut kehrten nicht wieder, und er war ohne Scham, und sein Groll blieb gedämpft und beherrscht. Er kam gar nicht auf den Gedanken, gegen Atiarans unerschütterliche Führerschaft zu rebellieren. Auch im Laufe dieses dritten Tages erlahmte die Triebkraft ihrer hochaufgerichteten, schonungslosen Erscheinung nicht im mindesten. An Hängen hinauf und Abhängen hinunter, vorbei an Schluchten und beim Umgehen von Dickichten – immer an den westlichen Ausläufern der Hügel entlang – zerrte sie ihn gegen seine verbissene Abneigung und sein widerspenstiges Fleisch mit sich. Am frühen Nachmittag blieb sie jedoch urplötzlich stehen; sie schaute umher, als habe sie aus der Ferne einen Schrei vernommen. Ihre unerwartete Besorgtheit verblüffte Covenant, doch ehe er sich danach erkundigen konnte, was los sei, marschierte sie bereits mit ihrer unbarmherzigen Entschiedenheit weiter. Einige Zeit später verharrte sie erneut. Diesmal sah Covenant, daß sie in der Luft schnupperte, als trage der Wind einen verräterischen Geruch nach Bösem heran. Er schnupperte ebenfalls, roch aber nichts. »Was ist?« fragte er. »Werden wir wieder verfolgt?«

Sie sah ihn nicht an. »Ich wünschte, Trell wäre hier«, sagte sie leise und zerstreut. »Vielleicht ersähe er, warum das Land so unruhig ist.« Ohne nähere Erläuterungen wandte sie sich hastig von neuem nach Norden.

An diesem Nachmittag machten sie früher halt, als Covenant aufgrund seiner bisherigen Erfahrungen erwartete. Am Spätnachmittag bemerkte er, daß sie nach irgend etwas Umschau hielt, irgendeiner Art von Zeichen im Gras und an den Bäumen; aber sie sprach kein Wort, um ihm zu erklären, worum es ging, und so blieb ihm nichts anderes übrig, als darauf zu achten, was sie tat, und ihr zu folgen. Plötzlich bog sie ohne Vorankündigung scharf nach rechts ab und eilte voraus in ein flaches Tal zwischen zwei Hügeln. Sie mußten am Rand des Tals entlangwandern, weil die Talsohle fast völlig bedeckt war von zügellos wucherndem Brombeergebüsch; nach ein paar hundert Metern kamen sie an ein ausgedehntes, dichtes Gesträuch am nördlichen Hügel. Atiaran begann die Sträucher zu umrunden; dann verschwand sie völlig unvermutet darin.

Auf ungewisse Weise verwundert, begab sich Covenant an die Stelle, wo sie verschwunden war; dort erspähte er mit einiger Mühe einen engen Durchgang, der mitten zwischen das Strauchwerk führte. Nur seitwärts vermochte er diesen Pfad zu begehen; er mußte an einigen Bäumen vorüber, und ein paar Meter weiter gelangte er auf eine kleine Lichtung, die mitten im Gehölz einen Hohlraum wie ein Zimmer bildete. Die Örtlichkeit erhielt Helligkeit durchs Licht, das durch die ›Zimmerwände‹ sickerte, die aus dicht aneinander gepflanzten Schößlingen bestanden und sie in einem groben Rechteck eingrenzten; schwacher Wind durchwehte sie und verursachte unablässiges Rascheln. Ein Geflecht aus Zweigen und Laub versah den Hohlraum mit einem hinreichenden Dach. Die

Räumlichkeit war reichlich groß genug für drei oder vier Personen, und an allen Seiten befanden sich mit Gras bewachsene Erhebungen, die wie Betten wirkten. In einer Ecke ragte ein dickerer Baum mit ausgehöhltem Stamm in die Höhe, in dessen Aushöhlung man Regale gebaut hatte, und darin waren Töpfe und Flaschen sowohl aus Stein wie auch aus Holz gelagert. Die Örtlichkeit machte einen wohldurchdacht freundlichen, heimeligen Eindruck.

»Dies ist eine Wegrast«, sagte Atiaran kurz angebunden, als sie ihr Bündel auf eine der Bettstätten warf, während Covenant sich noch umschaute. Als er ihr eine Miene voll unausgesprochener Fragen zuwandte, seufzte sie. »Ein Rastplatz für Reisende«, ergänzte sie. »Hier gibt's Speise und Trank und Ruhe für jeden, der im Vorüberziehen einkehrt.«

Sie trat zum Baum, um den Inhalt der Aushöhlung in Augenschein zu nehmen, und ihre Geschäftigkeit zwang Covenant, sich seine Fragen zu verkneifen und für einen späteren Zeitpunkt aufzuheben, wenn sie demnächst einmal etwas zugänglicher sein sollte. Doch während sie die Vorräte in ihrem Bündel auffrischte und eine Mahlzeit zu bereiten begann, sah er allmählich ein, wie gering die Wahrscheinlichkeit war, daß sie jemals wieder ihm gegenüber umgänglicher auftrat; und andererseits befand er sich nicht in der Stimmung, um sich in Unwissenheit halten zu lassen. Deshalb schnitt er das Thema, sobald sie gegessen hatten und Atiaran auf die Nacht vorbereitet war, mit soviel Freundlichkeit, wie er aufzubringen vermochte, erneut an. »Erzähl mir mehr über diese Wegrast. Vielleicht habe ich irgendwann entsprechende Kenntnisse nötig.«

Sie hielt ihr Gesicht von ihm abgewandt und lag noch für eine Weile stumm im Dunkel, das nun herabsank. Anscheinend mußte sie erst wieder, ehe sie sich erneut mit ihm unterhalten konnte, Mut fassen, und als sie endlich den Mund öffnete, sprach sie nur ein Wort. »Frag.«

Ihr Zögern bewirkte, daß seine Frage wieder barsch ausfiel. »Gibt es viele solche Einrichtungen?«

»Es gibt viele und überall im ganzen Lande.«

»Wieso? Wer erstellt sie?«

»Die Anregung dazu haben die Lords gegeben. Schwelgenstein ist nur ein Ort, wogegen die Menschen an vielen Orten wohnen – deshalb ersannen die Lords einen Weg, um den Leuten das Reisen zu erleichtern, damit sie unter weniger Härten nach Schwelgenstein und anderen Orten gelangen können.«

»Na, und wer kümmert sich darum? Hier lagern doch frische Nahrungsmittel?«

Von neuem seufzte Atiaran, als sei es ihr lästig, mit ihm zu reden. Es war rasch noch dunkler geworden; er sah von ihr nur einen Schatten. »Unter den Dämondim-Abkömmlingen, welche die Trostlosigkeit überlebten, gab es einige, die sich Lord Lorik Übelzwingers mit Dankbarkeit erinnerten. Sie stellten sich gegen die Urbösen und baten die Lords, ihnen eine Aufgabe zuzuteilen, die sie zum Ausgleich für die Sünden ihrer Art erfüllen könnten. Diese Geschöpfe, die seither Wegwahrer heißen, gewährleisten die Wegraststätten – sie sorgen fürs rechte Wachstum der Bäume, liefern Speise und Trank. Doch das Band zwischen Menschen und Wegwahrern ist zart gesponnen, und du wirst keinen von ihnen unter deine Augen treten sehen. Sie versehen diese Aufgabe infolge eigener Gründe, nicht aus Liebe zu uns … sie verrichten einen bescheidenen Dienst, um das Schlechte in ihrer großen Geschichte nach und nach aufzuwiegen.«

In der Wegrast herrschte nunmehr vollständige Finsternis. Trotz seiner Verwirrung fühlte sich Covenant schläfrig. Er stellte nur noch eine Frage: »Wie findet man so eine Stätte, und gibt es dafür eine Karte?«

»Eine Karte gibt's nicht. Eine Wegrast ist ein Segen, der jedem

Reisenden willkommen ist, wo immer er darauf trifft – ein Zeichen des Wohlseins und der Gastfreundlichkeit des Landes. Man kann eine Wegrast finden, wenn man sie benötigt. Die Wegwahrer bringen im Umland Zeichen an.«

Covenant glaubte, er höre in ihrer Stimme einen Anflug von Dankbarkeit, der in sonderbarem Gegensatz zur Widerwilligkeit ihrer Auskunft stand. Dieser Eindruck erinnerte ihn an die konstante Bürde ihres Konflikts – ihrem Gefühl für ihre persönliche Schwäche angesichts der dringlichen Not des Landes, ihrem Verlangen, ihn sowohl im Interesse des Landes zu schützen wie auch bestraft zu sehen. Aber dergleichen vergaß er bald über seiner nachdenklichen Beschäftigung mit den Wegraststätten. Eingehüllt in den frischen Duft des Grases, auf dem er ruhte, schlief er sogleich ein.

Während der Nacht wechselte das Wetter. Der Morgen dämmerte trübe unter dicken Wolken heran, die ein unsteter Wind aus dem Norden herüberblies, und Covenant blickte mit gerunzelter Stirn ins morgendliche Dämmerlicht. Er erwachte, ehe Atiaran ihn wecken konnte. Obwohl er in der Geborgenheit der Wegrast tief geschlafen hatte, war er noch immer müde. Während Atiaran das Frühstück bereitete, holte er Triocks Messer heraus und suchte in den Regalen des hohlen Baums; er fand ein Becken für Wasser und einen kleinen Spiegel. Seife entdeckte er nicht; anscheinend verwendeten die Wegwahrer den gleichen feinen Sand, den er in Atiarans Haus kennengelernt hatte. Also machte er sich darauf gefaßt, sich ohne Schaum rasieren zu müssen. Triocks Steinmesser lag ungefüge in seiner Rechten, und er konnte die Vorstellung nicht loswerden, wie er sich damit die Kehle aufschlitzte. Um seinen Mut zu sammeln, betrachtete er sich im Spiegel. Sein Haar war wüst zerzaust; mit seinem Stoppelbart sah er aus wie ein versoffener Wanderprediger. Seine Lippen waren schmal und verpreßt wie beim scharfzüngigen Mund eines Orakels, und in seinen grämlichen Augen klebten Dreckkörnchen. Seiner Erscheinung fehlte bloß noch ein Anflug von Irrsinn, um sie abzurunden. »Alles zu seiner Zeit«, brummte er vor sich hin und setzte das Messer an die Wange. Zu seiner Überraschung fühlte sich die Klinge auf seiner Haut regelrecht flutschig an, und sie schor ihm die Borsten ab, ohne daß er irgendwo ein zweites Mal schaben mußte. Innerhalb kurzer Zeit hatte er eine einigermaßen anständige Rasur vorgenommen, jedenfalls im Vergleich zu seinem vorherigen Aussehen, und sich dabei nicht verletzt. Er nickte seinem Spiegelbild spöttisch zu, steckte das Messer in sein Bündel und machte sich daran, sein Frühstück zu verzehren.

Bald darauf waren Atiaran und er wieder marschfertig und bereit, die Wegrast zu verlassen. Sie winkte ihm, er möge vorausgehen; er tat ein paar Schritte durch den Pfad im Gesträuch, dann blieb er jedoch stehen und sah sich um, weil er wissen wollte, was sie noch trieb. Als sie die Räumlichkeit verließ, hob sie den Kopf zur Decke aus Laub. »Wir entbieten unseren Dank für die Wegrast«, sagte sie mit leiser Stimme. »Das Angebot dieses Geschenks ehrt uns, und indem wir es annehmen, erweisen wir dem Geber unsererseits die Ehre. Wir ziehen in Frieden.« Danach erst folgte sie Covenant zum Gesträuch hinaus.

Als sie das offene Tal betraten, sahen sie dunkle Türme von Wolken sich aus dem Norden heranwälzen. Angespannt beobachtete Atiaran den Himmel, schnupperte in der Luft; das Bevorstehen von Regen erregte allem Anschein nach ihre äußerste Besorgnis. Ihre Reaktion machte die Gewitterwolken, die sich über ihnen zusammenbrauten, für Covenant noch unheimlicher, und als sie sich mit einer heftigen Gebärde ins Tal wandte, um die Wanderung nach Norden von neuem aufzunehmen, eilte er hinterdrein.

»Was ist los?« rief er.

»Zum Bösen gesellt sich das Übel«, gab sie zur Antwort. »Riechst du's nicht? Das Land ist unruhig.«

»Was stimmt denn nicht?«

»Ich weiß es nicht«, erwiderte sie so leise, daß er sie kaum verstehen konnte. »Es hängt ein Schatten in der Luft. Und dieser Regen …! Ach, o Land!«

»Was ist denn nicht in Ordnung mit dem Regen? Regnet's hier sonst nie im Frühjahr?«

»Nicht aus dem Norden«, antwortete sie über ihre Schulter. »Des Landes Frühling kommt vom Südwesten her. Nein, dieser Regen stammt geradewegs vom Gravin Threndor. Der Höhlenschrat, widerrechtlich im Besitz des Stabes, erprobt seine Macht … ich spüre es. Wir kommen zu spät!«

Mit energischerem Schritt stemmte sie sich gegen den Wind, und Covenant schloß sich ihr an. »Beherrscht dieser Stab wirklich das Wetter?« erkundigte er sich, als die ersten Regentropfen auf seine Stirn klatschten.

»Die Alt-Lords verwendeten ihn nicht zu diesem Zweck – sie verspürten nicht den Wunsch, dem Lande Gewalt anzutun. Aber wer kann sagen, was man mit solcher Macht nicht alles zu erreichen vermag?«

Dann traf sie das Unwetter mit seiner vollen Wucht. Der Wind wehte den Regen südwärts, als teile der Himmel Peitschenhiebe aus, gegen sie und jedes andere in Reichweite befindliche wehrlose Lebewesen. Schon bald waren die Hänge der Hügel vom Wolkenbruch durchtränkt. Der Sturm rüttelte an den Bäumen, verwüstete die Weiden, knickte die Gräser; er vertrieb den Tag aus den Hügeln und begrub die Erde unter vorzeitiger Nacht. Binnen weniger Augenblicke waren Atiaran und Covenant klatschnaß; der Regen fiel wie aus Eimern, so daß sie nach Luft schnappen mußten. Sie behielten die Richtung bei, indem sie dem Tosen buchstäblich die Stirn boten, aber sie konnten nicht länger irgend etwas von der Landschaft vor ihnen erkennen; sie wankten felsige Abhänge hinunter, taumelten willenlos in hüfttiefe Bäche, kämpften sich mit eingezogenen Köpfen durchs Dickicht; sie stemmten sich gegen den Wind, als sei er die Strömung eines feindlichen Niemandslandes, eines Abgrundes, der vom Nichts unerbittlich ins Nichts verlief. Dennoch strebte Atiaran weiterhin in stolzer Haltung vorwärts, von rücksichtsloser Entschlossenheit getrieben, und die Furcht, von ihr getrennt zu werden, feuerte Covenant dazu an, um jeden Preis an ihren Fersen zu bleiben. Aber seine Kräfte ließen rasch nach. Mit einer zusätzlichen Anstrengung, die seinen Brustkorb zum Schmerzen brachte, holte er Atiaran ein, packte sie an der Schulter und brüllte ihr ins Ohr: »Halt! Wir müssen anhalten! «

»Nein!« schrie sie zurück. »Wir kommen zu spät! Wir können's nicht wagen!«

Durch das Heulen des Sturms drang ihre Stimme kaum zu ihm vor. Sie wollte sich ihm entziehen, aber er krallte sich in ihr Gewand. »Keine Wahl!« schrie er. »Das ist Selbstmord!« Der Regen prasselte mit unerträglicher Wucht herab; beinahe löste sich sein Griff. Er nahm den zweiten Arm zu Hilfe, um Atiaran festzuhalten, zerrte ihr triefnasses Gesicht an seines heran. »Unterschlupf!« brüllte er. »Wir müssen halten und einen Unterschlupf finden!«

Durch die Regenschleier wirkte ihre Miene wie die einer Ertrinkenden. »Niemals!« antwortete sie. »Keine Zeit!« Mit einer ruckartigen Gewichtsverlagerung und einem Schwung ihrer Arme stieß sie ihn von sich, brachte ihn zu Fall. Ehe er sich aus eigener Kraft aufzuraffen vermochte, ergriff sie seine rechte Hand und begann ihn durch Gras und Schlamm mit sich zu zerren, wie eine unhandliche Last gegen den Widerstand des Unwetters mitzuschleifen. Bei ihrem Vorgehen entwickelte sie eine solche Kraft der Verzweiflung, daß sie ihn bereits einige Meter weit mitgerissen hatte, bevor es ihm gelang, sich

aufzurappeln und die Füße wieder auf den Untergrund zu setzen.
Als er sich emporkämpfte, entglitt seine Rechte ihrem Zugriff, und sie entfernte sich von ihm. »Zur Hölle, wir müssen anhalten!« brüllte er und stolperte hinterdrein. Aber sie entzog sich trotz des Sturms seinem nochmaligen Versuch, sie zum Stehen zu bringen, und taumelte aus seiner Reichweite. Er wankte ihr nach. Für ein ganzes Weilchen schlitterte und torkelte er durch den gräßlichen Regen, um Anschluß an ihren unerreichbaren Rücken zu halten, wutentbrannt darauf bedacht, sie wieder in die Hände zu bekommen. Aber anscheinend belebte irgendeine innere Quelle ihre Kräfte dermaßen, daß er damit nicht gleichziehen konnte; er blieb rasch zurück. Der Regen behinderte ihn so stark, als versuche er einen Brecher zu unterlaufen. Dann trat er fürchterlich fehl und schlitterte einen Hügel hinunter, Schlamm im Gesicht. Als er den Blick bergan hob, sah er durch Regen und Dreck, daß Atiaran aus seinem Blickfeld verschwunden war, in der Düsternis des Sturms untergetaucht, als entsetze sie sich vor ihm, fürchte sich vor seiner Berührung. Covenant rappelte sich erneut auf. »Hölle und Verdammnis!« heulte er in die wilden Wolken empor. »So etwas kann man mit mir nicht machen!« Mit einemmal explodierte an seiner Seite, gerade als seine Wut ihren Höhepunkt erreichte, eine grelle weiße Glut. In seiner linken Hand entstand ein Gefühl, als habe sie ein Blitz getroffen. Die Erscheinung warf ihn um. Für eine Weile, deren Dauer er nicht ermessen konnte, lag er benommen im Dreck, sich nur der Gewalt dieser Detonation und des brennenden Schmerzes in seiner Hand bewußt. Sein Ehering schien in Flammen zu stehen. Aber als er sich so weit erholt hatte, daß er dazu in der Lage war, seine linke Hand näher zu begutachten, vermochte er an seinen Fingern keine Anzeichen einer Verbrennung festzustellen, und der Schmerz wich, während er noch ratlos

nach der Ursache suchte. Er schüttelte den Kopf und setzte sich auf. Nirgendwo rings um ihn waren Spuren einer Explosion zu sehen. Ihm war unbestimmt klar, daß sich irgend etwas verändert hatte, aber in seiner Verwirrung ersah er zunächst überhaupt nicht, worum es sich handelte. Mühevoll richtete er sich auf. Bereits nach einem Moment des Umherspähens sah er ein Dutzend Meter voraus Atiaran am Hang liegen. Es schwindelte ihm vor Fassungslosigkeit, aber er wankte mit einiger Vorsicht zu ihr hinüber, konzentrierte sich auf sein Gleichgewicht. Sie lag auf dem Rücken, anscheinend unverletzt, und starrte ihm entgegen, als er sich näherte.

»Was hast du getan?« fragte sie in sichtlicher Verwunderung, als er zu ihr trat.

Der Klang ihrer Stimme half ihm dabei, seine Sinne zu klären. »Ich?« brachte er ohne zu lallen hervor. »Ich habe … nichts getan.«

Langsam erhob sich Atiaran. Als sie vor ihm stand, musterte sie ihn voller Ernst, aber auch Unsicherheit. »Etwas hat uns Unterstützung geleistet«, sagte sie. »Schau nur, der Sturm hat nachgelassen. Und der Wind hat gedreht – er weht wieder aus der gewohnten Richtung. Gravin Threndor droht nicht länger. Gelobt sei die Erde, Zweifler, wenn dies nicht dein Werk ist.«

»Natürlich ist es nicht mein Werk«, brummte Covenant. »Ich bin kein Wettermacher.« Seinem Ton fehlte es diesmal an Schroffheit. Er war insgeheim darüber entsetzt, daß er eine so entscheidende Änderung der Wetterverhältnisse nicht selbst sofort bemerkt hatte. Atiarans Angaben entsprachen der Wahrheit. Der Wind hatte sich gedreht und wehte erheblich schwächer. Der Regen fiel stetig, aber ohne jede Heftigkeit; er war nun bloß noch ein lauer, durchaus nicht ungewöhnlicher Frühlingsschauer.

Nochmals schüttelte Covenant seinen Kopf. Er fühlte sich sonderbar außerstande zu begreifen. Doch als sich Atiaran erneut an ihn wandte, bemerkte er in ihrer gedämpften Stimme einen Anflug widerwilligen Respekts. »Ziehen wir weiter?« Anscheinend glaubte sie tatsächlich, er habe dem Unwetter irgendwie zugesetzt.

»Klar«, murmelte er beklommen zur Antwort und ließ sich wiederum von ihr weiterführen. Für den Rest des Tages mußten sie im kühlen, reinen Regen dahinwandern. Covenants Gefühl geistiger Trübung hielt jedoch an, und die einzigen Eindrücke, die von außen zu ihm durchdrangen, waren die Nässe und Frische. Der Hauptteil des Tages verstrich, ohne daß er es merkte, in einem einzigen feuchten Ringen gegen die Kühle. Als der Abend näher rückte, hatte er wenigstens wieder genug von seinem Ich zusammengeklaubt, um Freude zu empfinden, als Atiaran eine Wegrast ausfindig machte, und während er am Leuchtgefäß seine Kleider trocknen ließ, untersuchte er sich am ganzen Leibe sorgfältig nach irgendwelchen unbemerkt gebliebenen Verletzungen. Doch er fühlte sich von dem, was geschehen war, noch immer betroffen. Er konnte den seltsamen Eindruck nicht loswerden, daß das, was auf den Sturm einwirkte, auch ihn verändert hatte.

Der darauffolgende Tag brach in schönster Klarheit und Pracht an, und Atiaran und er verließen die Wegrast in aller Frühe der frühlingshaften Morgendämmerung. Nach der Strapaze des Vortags war Covenant geradezu begierig darauf, die sonnig-wonnige Frische der Luft und das Funkeln des Taus auf dem Gras, das Leuchten des Heidekrauts und den überwältigenden Duft der Schatzbeeren auszukosten. Es kam ihm vor, als habe er die Schönheit des Landes ringsumher noch gar nicht bemerkt. Seine Lebenskraft schien seltsam davon beeinflußt zu werden. Ihm war zumute, als könne er den Frühling in den Bäumen regelrecht keimen sehen, im Gras und in den Blumen, in den Rufen der Vögel Erregung hören, das Erblühen der Knospen und die Reinheit der Luft riechen. Da blieb Atiaran wieder urplötzlich stehen und schaute sich um. Während sie schnupperte, zeigte ihr Gesicht einen Ausdruck von Mißbehagen und Sorge. Angespannt drehte sie den Kopf rundum, als versuche sie das Versteck irgendeiner Gefahr zu erspähen. Covenant verhielt sich nach ihrem Beispiel, und als er das tat, erkannte er diesmal mit einem Schaudern, daß ihr anfänglich scheinbar sonderbares Benehmen wirklich seine Berechtigung besaß. Er merkte nun selbst, daß irgend etwas Unpassendes in der Luft lag, eine Störung. Es machte sich nicht unmittelbar bemerkbar – die Düfte der Weiden, der Bäume und Blumen waren genau so, wie sie zu sein pflegten, ebenso die Saftigkeit des Grüns nach dem gestrigen Regen –, sondern es lauerte hinter diesen Gerüchen wie etwas Unbehagliches, Fremdartiges, Widernatürliches in der Entfernung. Instinktiv begriff er, daß das der Geruch eines Übels war – der Geruch einer vorsätzlich herbeigeführten Krankhaftigkeit. Einen Moment später wechselte der Wind; der Geruch verschwand. Aber die Wahrnehmung dieser üblen Ausdünstung hatte seine Sinne geschärft; der Kontrast hatte sein Gespür für die Lebenstüchtigkeit der Umgebung erhöht. Mit einem Ruck der Intuition erfaßte er, welche Veränderung sich in ihm oder für ihn ergeben hatte. Auf irgendeine Art, die ihn in äußerstes Staunen versetzte, waren seine Sinne um eine neue Dimension bereichert worden. Er betrachtete das Gras, roch dessen Frische – und *sah* seine frühlingshafte Kraft zum Sprießen, das blühende grüne Leben darin, seine Robustheit. Er richtete seinen Blick auf einen nahen *Aliantha*-Strauch und empfing einen Eindruck von Kraft, von Gesundheit, der ihm beinahe den Atem verschlug. Seine Gedanken wirbelten, tasteten, klärten sich dann plötzlich rund um das Vorstellungsbild *Gesundheit.* Was er sah, war Gesundheit, was er roch, natürliche Zweckmäßigkeit und Lebenskraft, was er hörte, der herzhafte Überschwang des Frühlings. *Gesundheit* war ringsum so lebhaft gegenwärtig, als sei der Lebensgeist des Landes darin manifest, darin verkörpert. Es schien, als sei er plötzlich in ein völlig anderes Universum verschlagen worden. Sogar Atiaran – die seinen Zustand der Verblüffung mit verständnislosem Staunen beobachtete – wirkte wie eine Verkörperung von Gesundheit, obwohl ihr Sorgen, Erschöpfung, Schmerz und ihre eigene verbissene Entschlossenheit das Dasein erheblich versauerten.

»Zur Hölle«, knurrte er. *Ist meine Lepra für sie so offenkundig? Aber warum begreift sie dann nicht …?* Er kehrte sich ab von ihrem aufmerksamen Blick, dachte über irgendeine Methode nach, um sowohl seine wie auch ihre Augen auf die Probe zu stellen. Einen Moment später bemerkte er einen Güldenblatt nahe unter einer Hügelkuppe, mit dem anscheinend irgend etwas nicht stimmte. In jeder Beziehung, die er äußerlich wahrnehmen und benennen konnte, wirkte der Baum normal, gesund, und doch vermittelte ihm sein Anblick einen Eindruck von innerer Fäulnis, eine unvermutete Anwandlung von Trauer. Er deutete hinüber und fragte Atiaran, was sie sehe.

»Ich bin des *Lillianrill* unkundig«, antwortete sie sachlich, »doch kann selbst ich sehen, daß dieser Güldenblatt dem Tode geweiht ist. Fäule hat sein Herz ergriffen. Sind dir solche Dinge noch nie aufgefallen?« Er schüttelte den Kopf. »Aber wie lebt dann die Welt, aus der du stammst?« Ihre Stimme klang, als fände sie den Gedanken an einen Ort, wo die *Gesundheit* selbst unsichtbar war, reichlich trübselig. Er ging auf ihre Frage nur mit einem Achselzucken ein. Er hätte sie gerne mit der Frage provoziert, was sie ihm ansehen könne; doch da erinnerte er sich an ihre Äußerung: *Du bist mir verschlossen.* Nun verstand er ihre Bemerkung, und diese Erkenntnis bereitete ihm ein Gefühl der Erleichterung. Die Innerlichkeit seiner Krankheit war nach wie vor gegeben, unantastbar. Er winkte, daß sie den Marsch nach Norden fortsetzen könnten, und nach einem Moment des Zögerns schritt sie wieder voraus, und er folgte mit stillem Vergnügen. Für eine Zeitlang vergaß er angesichts von soviel Gesundheit sich selbst einmal.

Ganz allmählich, während sich der Tag durch den Nachmittag in die Dämmerung und den Anbruch des Abends neigte, gewöhnte er sich daran, hinter den Formen und Farben, die sein Auge wahrnahm, Gesundheit zu erkennen. Noch zweimal drang der verräterische Geruch des Übels an seine Nase, doch bemerkte er nichts dergleichen im Bereich des Flüßchens, wo sich Atiaran zum Einrichten des abendlichen Lagers entschied. Er nahm an, daß er in Abwesenheit jenes Gestanks prächtig schlafen werde. Aber irgendwie verwandelte sich sein anfangs rosiger Traum von einem gesunden Geist in einem gesunden, schönen Körper in einem Alptraum, worin Gespenstergestalten ihre Leiber wie Häute abwarfen und sich als häßlich, verdorben, als Verächter enthüllten. Er war froh, als er endlich aufwachte. Und sah sich vor das Problem gestellt, sich ohne Spiegel rasieren zu müssen.

Am sechsten Tag jedoch machte sich der Übelgeruch mit unerfreulicher Hartnäckigkeit bemerkbar, und in dem Maße, wie Atiaran und Covenant durch die Hügellandschaft nordwärts vordrangen, rochen sie ihn immer stärker. Noch am Vormittag durchnäßte ein kurzer, frühlingshafter Schauer ihre Kleidung, aber er vermochte den Geruch nicht aus der Luft zu verscheuchen. Der Geruch erfüllte Covenant mit Unbehagen, vertiefte seine Besorgnis, bis über seinem Herzen eine kalte Klinge der Bedrohung zu sitzen schien. Noch immer konnte er den Geruch nicht bestimmen, seine Herkunft nicht feststellen. Er schien hinter den Grasbüscheln zu lauern, den Dickichten aus Farnkraut, selbst hinter den *Aliantha*-Sträuchern, hinter der Lieblichkeit der Hügel, die von saftigem Leben strotzten, dem Gestank eines verwesenden Kadavers gleich, der irgendwo unmittelbar an der Grenze des Geruchssinns liegt. Schließlich konnte er ihn nicht länger stumm erdulden. Er holte auf und trat an Atiarans Seite. »Riechst du das?« fragte er.

»Ja, Zweifler«, antwortete sie gepreßt, ohne den Kopf zu wenden. »Ich rieche es. Und ich beginne es zu verstehen.«

»Was bedeutet das?«

»Es bedeutet, daß wir einer Gefahr entgegengehen. Hast du das nicht erwartet?«

*Hölle und Verdammnis!* dachte Covenant und formulierte seine Fragestellung neu. »Aber wovon stammt dieser Geruch? Was erzeugt ihn?«

»Wie könnte ich das sagen?« entgegnete sie. »Ich bin kein Orakel.«

Covenant vermochte sich gerade noch eine bösartige Erwiderung zu verkneifen; mit Mühe bewahrte er Geduld. »Und was *ist* es, das so stinkt?«

»Es ist Mord«, antwortete Atiaran rundheraus und beschleunigte hastig ihren Schritt, um wieder Abstand zu gewinnen. Verlange nicht von mir zu vergessen, schien ihr Rücken zu sagen; und er stapfte hinterdrein, während er innerlich vor Wut schäumte. Doch die eisige Beklommenheit zwängte sein Herz immer enger ein.

Am Nachmittag hatte er den Eindruck, daß sich seine Wahrnehmung jenes Störfaktors praktisch mit jedem Schritt verstärkte. Sein Blick ruckte an den Hügeln auf und ab, als rechnete er damit, im nächsten Moment die Quelle des Übelgeruchs zu entdecken. Seine Nasenhöhlen schienen schon von der Beständigkeit des Gestanks wund zu sein. Aber er bemerkte nichts – es gab für ihn nichts als Atiarans rastloses Ausschreiten durch die Senken und Mulden und Täler und die Ausläufer der Hügel, nichts als gesunde Bäume, Sträucher und Blumen und saftiges Gras, die Hülle und Fülle des Frühlings weithin auf dem Erdenrund, nichts als das Anwachsen irgendeiner Androhung von Üblem in der Luft. Sein Gestank war zudringlich scharf, und Covenant spürte auf unbestimmbare Weise, daß die Ursache ernst genug sein mußte, um Anlaß zum Klagen zu bieten. Die Empfindung von Übel und Gefahr vertiefte sich unerbittlich noch für geraume Zeit; dann jedoch veranlaßte eine plötzliche Veränderung in der Anspannung von Atiarans Rücken zum ruckartigen Stehenbleiben, Sekundenbruchteile bevor ihm Atiaran zuzischte, er solle anhalten. Sie hatte gerade den Hang eines Hügels soweit umrundet, daß sie von ihrem Standort aus in die Bodensenke hinabblicken konnte, die dahinter lag. Einen Moment lang verharrte sie, als sei sie auf dem Fleck versteinert, in geduckter Haltung, und spähte abwärts. Dann begann sie den Hang hinunterzulaufen. Covenant folgte sofort. Mit drei Sprüngen erreichte er die Stelle, wo sie vorhin stehengeblieben war; drunten in der Mulde wuchs ein vereinzeltes Dickicht, das dort einem grünen Inselchen in einem breiten Flußbett ähnelte. Er vermochte auf den ersten Blick daran nichts Ungewöhnliches zu erkennen. Aber sein Geruchssinn sprach mit ungewohnter Heftigkeit an, und Atiaran lief geradewegs auf das Dickicht zu. Er stürmte hinterdrein.

Nahe der Ostseite des Baumgürtels blieb sie von neuem stehen. Sie bebte wie im Fieber und schaute das Dickicht mit einer Miene von Entsetzen und Erbitterung an, als wolle sie es zwar betreten, brächte jedoch nicht den Mut dazu auf. »Ein Wegwahrer?!« rief sie dann plötzlich in höchstem Grauen. *»Melenkurion!* Ach, bei der Sieben, welch eine Übeltat!« Als Covenant ihre Seite erreichte, starrte sie wie in stummem Schrei zwischen die Bäume. Sie drückte vor ihrem Mund die Hände aneinander, und ihre Schultern zuckten. Sobald er ans Dickicht gelangte, sah er den engen Pfad, der durchs Grün hineinführte. Ohne sich viel dabei zu denken, schob er sich zwischen die Bäume. Mit fünf Schritten betrat er eine Räumlichkeit, die im wesentlichen denen anderer Wegraststätten glich; sie besaß gleichfalls aus Baumstämmen gebildete Wände, ein Dach aus Astwerk und verflochtenem Gezweig, Bettstellen und eine schrankartige Einrichtung, nur war sie rund. Doch waren hier die ›Wände‹ mit Blut bespritzt, und in der Mitte lag am Erdboden eine Gestalt.

Ein Keuchen entfuhr Covenant, als er sah, daß die Gestalt kein Mensch war. Ihre Umrisse waren zwar allgemein menschenähnlich, aber der Rumpf war außergewöhnlich lang, wogegen die Gliedmaßen kurz waren, wenngleich von übereinstimmender Länge, so daß man unwillkürlich schlußfolgern mußte, daß Wesen dieser Art sowohl aufrecht stehen wie auch auf Händen und Füßen laufen konnten. Das Gesicht jedoch war für Covenants Begriffe vollkommen fremdartig. Ein langer, wendiger Hals verband den haarlosen Kopf mit dem Körper; zwei spitze Ohren ragten beiderseits der Schädeldecke auf, mit ihr fast in gleicher Höhe; der Mund war so dünn, als sei er nur eine Falte im Fleisch. Und das Geschöpf hatte keine Augen. Den Mittelpunkt des Gesichts füllten zwei weite Nüstern aus, umgeben von einer wulstigen, fleischigen Membran. Irgendwelche anderen markanten Züge wies der Kopf nicht auf. Mitten durch die Brust der Kreatur war eine lange Eisenstange gerammt, die sie am Erdboden festnagelte. Die Räumlichkeit stank so fürchterlich nach Gewalt, daß Covenant schon nach wenigen Atemzügen glaubte, er müsse ersticken. Am liebsten hätte er blindlings die Flucht ergriffen. Er war ein Lepraleidender; selbst tote Dinge konnten ihm gefährlich werden. Aber er zwang sich zum Bleiben, um sich über einen bestimmten Eindruck an Ort und Stelle Klarheit zu verschaffen. Beim ersten Anblick der Kreatur hatte er gedacht, hier sei lediglich eine Scheußlichkeit endlich vom Antlitz des Landes vertilgt worden. Aber während er sich zusammennahm, berichtigten seine Augen und seine Nase seine Meinung. Das Übel, das seine Sinne beleidigte, stammte von der Mordtat –

von der Eisenstange –, nicht von dem toten Wesen. Dessen Haut wies einen Anflug von verwüsteter, verwelkter Gesundheit auf; es war eine Kreatur mit einem Recht zum Dasein gewesen, ein normaler Bestandteil des Lebens im Lande. Covenant würgte, geplagt vom Gestank des Verbrechens, machte kehrt und verließ die Stätte.

Als er wieder hinaus in den Sonnenschein trat, sah er Atiaran sich bereits weiter nach Norden entfernen; sie hatte die Mulde schon beinahe verlassen. Covenant bedurfte keines besonderen Anreizes, um sich ihr so schnell wie möglich anzuschließen; seine Gliedmaßen schmerzten schier aus Verlangen, soviel Abstand wie überhaupt vorstellbar zwischen sich und die entweihte Wegrast zu bringen. Er rannte in Atiarans Richtung, als schnappten Raubtierkiefer nach seinen Fersen.

Für den Rest des Tages bereitete es ihm immer mehr Erleichterung, möglichst viele Meilen zurückzulegen. Die Schärfe jenes widerwärtigen Geruchs schwächte sich allmählich ab, während sie ihren Marsch zügig fortsetzten. Aber er unterschritt nie einen gewissen Grad von Intensität. Als Ermüdung und Dunkelheit Atiaran und Covenant zum Lagern zwangen, war er davon überzeugt, daß sich nach wie vor eine Unannehmlichkeit voraus befand – daß der Mörder des Wegwahrers sich in boshafter Absicht ihnen voraus nordwärts bewegte. Atiaran teilte anscheinend diese Auffassung; sie fragte ihn, ob er mit dem Messer, das er mitführte, umgehen könne.

Er vermochte nicht einzuschlafen und wandte sich nach einer Weile seinerseits mit einer Frage an sie. »Hätten … wir ihn nicht begraben sollen?«

Mit leiser Stimme antwortete sie ihm von ihrer überschatteten Bettstatt aus über das gedämpfte Licht des Leuchtgefäßes hinweg. »Sie wüßten unsere Einmischung nicht zu schätzen. Sie werden sich selber darum kümmern. Aber mich quält die Furcht, daß sie wegen dieses Vorfalls das Band zerreißen könnten, das sie mit den Lords verbindet.« Dieser Gedanke jagte Covenant einen Schauder ein, den er sich selbst nicht recht erklären konnte, und die halbe Nacht lang lag er unterm spöttischen Funkeln der Sterne ohne Schlaf.

Der nächste Tag dämmerte für die beiden Reisenden mit einem kärglichen Frühstück. Atiaran hatte am Vortag ihre Vorräte in der Wegrast erneuern wollen, aber infolge ihrer überstürzten Flucht standen ihnen nun kein Frühjahrswein und nur wenig Brot sowie Beigaben zur Verfügung. Sie schwebten jedoch keineswegs in Gefahr, verhungern zu müssen – an ihrem Weg wuchsen Schatzbeeren in Massen. Sie mußten lediglich den Tag ohne warme Nahrung beginnen, die ihnen nach der ungemütlichen nächtlichen Kälte mehr Standfestigkeit verliehen hätte. Und sie mußten in dieselbe Richtung, die der Mörder des Wegwahrers eingeschlagen hatte. Covenant stapfte mit einer Erbitterung durch den Morgen, als wäre eigentlich er das vorgesehene Mordopfer gewesen und nur irrtümlicherweise davongekommen. Erstmals seit mehreren Tagen beschäftigte er sich in Gedanken mit Seibrich und Lord Foul. Ihm war vollauf klar, daß jeder der beiden dazu imstande war, einen Wegwahrer zu ermorden, sogar grundlos zu ermorden. Und zumindest dem Verächter mußte man ohne weiteres zutrauen, daß er wußte, wo er, Covenant, sich aufhielt. Aber der Tag verstrich, ohne daß sich etwas Unerfreuliches ereignete. Das verschwommene, aber hartnäckige Unbehagen in der Luft verstärkte sich nicht, und die *Aliantha*-Sträucher standen überall. Während sie eine Meile um die andere zurücklegten, linderte sich Covenants Wut. Seine Gemütsverfassung lockerte sich so weit, daß er wieder die pralle Gesundheit ringsherum auskosten konnte, in uneingeschränkter Bewunderung die Bäume zu betrachten vermochte, die herrischen Eichen, würdevollen Ulmen und tröstlich breiten Wipfel der Güldenblattbäume, auch das zarte Filigran der Mimosen, die lebenskräftigen Schößlinge an geschmeidigen Gerten; und im weiteren Umkreis die ruhigen Konturen der Hügel, die wie Häupter Schlummernder ans jenseitige Gebiet der westlichen Ebenen gelehnt lagen. Diese Eindrücke vermittelten ihm ein neues Gespür für den Pulsschlag und das Innehalten des Landes, sein Steigen der Säfte und die Stille seiner Felsen. Im Vergleich dazu wirkte die Fährte des Todes sowohl vernachlässigbar – neben der weiträumigen, überreichlichen Kraftfülle der Hügel bedeutungslos – wie auch gemein, niedrig wie eine an einem Kind begangene Grausamkeit.

Am folgenden Morgen änderte Atiaran die Richtung, strebte schräg ostwärts, so daß sie und Covenant nach und nach immer weiter ins Herz der Hügellandschaft gerieten. Sie folgten dem Verlauf eines stark gewundenen Pfads, der vornehmlich durch die Täler zwischen den Hügeln wieder nach Norden führte. Und als die Sonne niedrig genug stand, um die östlichen Hänge der Hügel in Schatten zu hüllen, gelangten die Reisenden in Sichtweite von Holzheim Hocherhaben. Die Richtung ihrer Annäherung gewährte Covenant über eine weite Lichtung hinweg einen guten Ausblick auf das Baumdorf. Er schätzte den Baum auf rund hundert Meter Höhe und den Stamm überm Erdboden etwa acht Meter dick. Der Baumstamm hatte bis in eine Höhe von zwölf oder fünfzehn Metern keine Äste; darüber jedoch breiteten sich übergangslos nach allen Seiten dicke Äste nahezu waagerecht aus. Das Astwerk des Baums bildete eine halbrunde Krone mit abgeflachter Spitze. Der gesamte Baum war so dicht mit Geäst versehen und belaubt, daß die Hauptsache des Baumdorfs dem Blick verborgen blieb, doch bemerkte Covenant am Stamm und in den Zweigen ein paar Leitern, und in einigen besonders dichten Stellen der Baumkrone erkannte er, wie er glaubte, die Umrisse von Wohnstätten. Falls sich Leute durchs Laub bewegten, waren sie so ausgezeichnet getarnt, daß er sie nicht zu erspähen vermochte.

»Das ist Holzheim Hocherhaben«, sagte Atiaran, »ein Heim von Menschen des *Lillianrill,* so wie Steinhausen Mithil ein Heim von Menschen des *Rhadhamaerl* ist. Ich war hier schon einmal während meiner Rückkehr von der Schule der Lehre. Die Holzheimer sind ein feines Volk, obwohl ich von ihrem Holzwissen nichts verstehe. Sie werden uns Rast und Speise gewähren und vielleicht auch ihre Hilfe. ›Zu den *Rhadhamaerl* gehe um Wahrheit‹, sagt man, ›und zu den *Lillianrill* um Rat.‹ Mein Trachten nach Ratschlag drängt mich sehr. Komm!«

Sie ging Covenant über die Lichtung voraus zum Fuße des riesigen Baumes. Sie mußten den grobrindigen Baum bis zur nordwestlichen Seite umrunden; dort fanden sie im hohlen Stamm eine große natürliche Öffnung vor. Im Innern des Stamms dagegen war der Hohlraum schon wieder beträchtlich enger; er war gerade geräumig genug für eine Wendeltreppe. Oberhalb des ersten dicken Astes befand sich eine zweite größere Öffnung, wovon Leitern den weiteren Aufstieg ermöglichten. Dieser Anblick verursachte Covenant einen Anfall seiner alten Furcht vor Höhen, die er seit seiner harten Prüfung auf dem Kevinsblick schon fast vergessen hatte. Lieber wäre es ihm gewesen, er müßte diese Leitern nicht erklimmen. Und es sah tatsächlich so aus, als sollte diese Klettertour ihm erspart bleiben. Der Durchlaß zur Baumkrone war mit einem schweren hölzernen Gattertor versperrt, und es war niemand da, um zu öffnen. Das ganze Holzheim wirkte viel zu dunkel und still, um an die Gegenwart von Menschen glauben zu können. Langsam brach die Abenddämmerung an, aber aus den Schatten in der Höhe drang kein heimeliger Glanz herab, keine Rufe zwischen den Nachbarn brachen das Schweigen. Covenant sah Atiaran an und bemerkte, daß auch sie sich wunderte. Sie legte ihre Hände ans Gatter.

»Dies ist außerhalb der Regel, Thomas Covenant«, sagte sie. »Als ich zuletzt hier war, spielten auf der Lichtung Kinder, man traf Menschen auf der Treppe, und es gab kein Tor. Etwas ist nicht in Ordnung. Und doch spüre ich kein machtvolles Böses. Hier ist das Übel nicht stärker vertreten als auf unserem bisherigen Weg.« Sie trat vom Gatter zurück und hob den Kopf. »Heil, Holzheim Hocherhaben«, rief sie. »Wir sind Reisende, Bewohner des Landes! Weit ist unser Weg – unsere Zukunft dunkel! Was ist aus euch geworden?«

Es kam keine Antwort. »Ich war schon einmal hier«, rief sie daraufhin merklich gereizt, »und damals galt noch das Wort, daß der Holzheimer Gastfreundschaft ohnegleichen sei. Ist dies heute eure Freundschaft zum Lande?!«

Plötzlich vernahmen sie hinter sich das leise Geräusch eines Aufpralls. Als sie sich umdrehten, waren sie von sieben oder acht Männern umstellt, die in ihren Fäusten glatte hölzerne Dolche hielten. Unwillkürlich wichen Atiaran und Covenant zurück. »Die Bedeutung von Freundschaft ändert sich mit der Zeit«, sagte einer der Männer, während sie näher traten. »Wir haben Finsteres gesehen und finstere Kunde vernommen. Wir werden im Umgang mit Fremden das Sichergehen vorziehen.«

In der Hand des Mannes, der sie angesprochen hatte, loderte eine Fackel. In ihrem Schein erhielt Covenant seinen ersten Eindruck von den Holzheimern. Sie waren groß, von schlankem Wuchs und geschmeidigem Auftreten und besaßen helles Haar und helle Augen. Sie trugen Mänteln ähnliche Kleidungsstücke in den Farben von Hölzern, und der Stoff schien sich an ihre Gliedmaßen zu schmiegen, wie um dem Hängenbleiben an Zweigen zu entgehen. Jeder der Männer hielt einen Dolch aus poliertem Holz in der Faust, das im Fackelschein schimmerte. Covenant war ratlos, aber Atiaran zupfte ihr Gewand zurecht und antwortete in ernstem Stolz.

»Dann fühlt euch sicher. Ich bin Atiaran aus dem Steinhausen Mithil, Gemahlin Trells. Dies ist Thomas Covenant der Zweifler, mit einer Botschaft unterwegs zu den Lords. Wir kommen in

Freundschaft und aus Bedürftigkeit, da wir eures Schutzes und Beistands bedürfen. Ich wußte nicht, daß es bei euch Brauch ist, Gäste zu Gefangenen zu machen.«

Der Mann mit der Fackel trat vor und vollführte eine feierliche Verbeugung. »Sobald wir genügend sichergegangen sind, werden wir euch um Vergebung ersuchen. Unterdessen jedoch müßt ihr mit mir an eine Örtlichkeit kommen, wo wir euch begutachten können. Wir haben Seltsames gesehen und erblicken nun von neuem Seltsames.« Er nickte zu Covenant herüber. »Wir gedenken keine Fehler zu begehen, weder aus Vertrauen noch aus Mißtrauen. Folgt ihr uns freiwillig?«

»Nun gut.« Atiaran seufzte. »Aber im Steinhausen Mithil würde man niemanden so behandeln.«

»Mögen die Steinhausener unsere Drangsal kennenlernen«, gab der Mann zur Antwort, »ehe sie unsere Vorsicht mißbilligen. Und jetzt kommt mit mir!« Er trat ans Gatter, um es zu öffnen.

Bei seiner Anordnung schrak Covenant zurück. Er war ganz und gar nicht darauf eingestellt, im Dunkeln in einem so hohen Baum herumzuturnen. Am hellichten Tage wäre ihm dabei schon mies genug zumute gewesen, obwohl er dann wenigstens etwas gesehen hätte, aber bei der bloßen Vorstellung, ein derartiges Risiko in der Dunkelheit eingehen zu sollen, hörte er den Pulsschlag in seiner Stirn hämmern. Er wich von Atiarans Seite. »Das vergessen wir mal lieber.« Er konnte nicht verhindern, daß seine Stimme zitterte.

Bevor er sich ihnen zu entziehen vermochte, packten zwei Männer seine Arme. Er versuchte sich loszureißen, doch sie hielten ihn in festem Griff und zerrten seine Hände in den Fackelschein. Für einen langen, stillen Moment starrten die Holzheimer seine Hände an – den Ring an seiner Linken, die Narbe an der Rechten –, als sei er irgendeine Art von Unhold.

»Mitnehmen«, befahl dann barsch der Mann mit der Fackel.

»Nein!« schrie Covenant. »Nicht! Ihr begreift mich nicht. Ich halte solche Höhen nicht aus. Ich werde abstürzen.« Während sie ihn zum Gatter schleppten, brüllte er immer lauter. »Hölle und Verdammnis! Das ist glatter Mord!«
Seine Bedränger zögerten für einen Moment. Er hörte eine Reihe von Rufen, aber in seiner Furcht und panikartigen Verwirrung verstand er sie nicht. »Wenn du nicht richtig klettern kannst«, erklärte ihm schließlich der Anführer, »wollen wir dich nicht zwingen.« Im nächsten Augenblick fiel das Ende eines Taus neben Covenant herab. Sofort schlangen die Männer es um seine Handgelenke. Bevor er so recht erfaßte, wie ihm geschah, straffte sich das Tau. Man hievte ihn empor wie ein Häufchen Elend in einem Sack. Er glaubte einen Ausruf des Protests von Atiaran zu hören, war sich jedoch nicht sicher. *Hölle und Verdammung!* fluchte er insgeheim und spannte seine Schultern an, um das eigene Gewicht besser tragen zu können, während er nervös nach oben in die Finsternis starrte. Er konnte niemanden das Tau einholen sehen – im Fackelschein, der zusehends zurückblieb, schien es sich aufwärts in ein grenzenloses Nichts zu erstrecken –, und dadurch verdoppelte sich seine Furcht. Dann verschwand das Licht unter ihm völlig. Einen Moment später bemerkte er aufgrund des leisen Raschelns von Blattwerk, daß er die Höhe der unteren Äste erreichte. Er sah gelben Lichtschein aus der Öffnung am oberen Ende der Wendeltreppe. Aber das Tau, an dem er baumelte, beförderte ihn weiter hinauf bis in die Höhe des Baumdorfs. Infolge seiner eigenen Bewegungen pendelte er leicht, so daß er in regelmäßigen Abständen die Blätter streifte. Doch das blieb seine einzige Berührung mit dem Baum. Er sah keine Lichter, vernahm keine Stimmen; die tiefschwarzen Massen von Ästen und Zweigen glitten so anstandslos an ihm vorüber, als solle er bis in den Himmel erhoben werden. Bald stach ein scharfer Schmerz in seinen Schultern, und in den Armen

verbreitete sich Taubheit. Den Hals nach droben verrenkt, stierte er empor ins lichtlose Grauen und japste wie ein Ertrinkender. Plötzlich kam es zu einem Halt. Ehe er seine Fassung zurückgewinnen konnte, flackerte eine Fackel auf, und er sah, daß er sich in einer Höhe mit drei Männern befand, die auf einem Ast standen. In der plötzlichen Helligkeit sahen sie genauso aus wie jene Männer, die sich drunten seiner bemächtigt hatten, doch einer von ihnen trug um den Kopf einen schmalen Kranz aus Blättern. Die zwei anderen Männer musterten Covenant für einen Moment, dann streckten sie die Arme aus und packten ihn am Hemd, zogen ihn zum Ast hinüber. Als seine Füße den dicken Ast berührten, erschlaffte das Tau, und die Arme fielen ihm herab. Seine Handgelenke waren noch zusammengebunden, aber er suchte sich an einem der Männer festzuhalten, um zu verhindern, daß er vom Ast stürzte. Doch seine Arme waren wie abgestorben; er vermochte sie nicht zu regen. Unter ihm klaffte die Finsternis wie der Rachen einer gierigen Bestie. Mit einem Aufkeuchen warf er sich den Männern entgegen, um sie so zu seiner Rettung zu nötigen. Grob packten sie zu. Er weigerte sich, das eigene Gewicht über den Ast zu befördern, und zwang sie dazu, ihn auf der ganzen Länge des Astes zu schleppen und zu schleifen, bis zu einem breiten Spalt im Baumstamm. Dahinter war das Innere des Baums zu einer großen Kammer ausgehöhlt, und Covenant sackte schwerfällig nieder auf den Boden, durchgeschüttelt von einem Schaudern der Erleichterung. Gleich darauf entfaltete sich rings um ihn immer eifrigeres Treiben. Er schenkte ihm keine Beachtung; er hielt die Augen geschlossen, um sich auf die harte Stabilität des Fußbodens und das schmerzhafte Kribbeln, mit dem das Blut in seine Arme und Hände zurückkehrte, zu konzentrieren. Der Schmerz war gräßlich, aber er erduldete ihn in verbissenem Schweigen. Bald juckte es in seinen Händen, und die Finger fühlten sich geschwollen und heiß an. Er spannte die Muskeln, krümmte die Finger zu Klauen. Durch die Zähne murmelte er im beschleunigten Rhythmus seines Herzschlags sein unweigerliches ›Hölle und Verdammnis! Hölle und Verdammung!‹

Er schlug die Augen auf. Er lag auf poliertem Holz, genau am Mittelpunkt der Myriaden von konzentrischen Kreisen des Baumstamms. Die Altersringe schienen den gesamten Raum auf seine Person zu konzentrieren, als läge er im Mittelpunkt einer Zielscheibe. In seinen Armen herrschte ein seltsames Gefühl der Nutzlosigkeit, aber er erlegte ihnen den Zwang auf, ihn in eine sitzende Haltung zu stemmen. Danach betrachtete er erst einmal seine Hände. Seine Handgelenke waren durchs Einschneiden des Taus geschunden, aber sie bluteten nicht. *Lumpen!* Er hob den Kopf und spähte umher. Die Kammer durchmaß ungefähr fünf Meter und beanspruchte anscheinend den vollen Durchmesser des Baumstammes. Der einzige Zugang war jener, durch den er ins Innere gepoltert war, und er sah die Dunkelheit draußen; die Baumkammer selbst jedoch war hell von Fackeln erleuchtet, die in der Wandung staken – von Fackeln, die ohne Rauchentwicklung brannten und allem Anschein nach auch nicht abbrannten. Die polierte Wandung glänzte, als sei sie lackiert, wogegen die hoch überm Fußboden befindliche Decke aus unregelmäßigem, unbearbeitetem Holz bestand. Fünf Holzheimer umstanden Covenant; drei davon waren Männer, zwei Frauen. Alle waren sie in gleichartige, mantelähnliche Kleidungsstücke gehüllt, die sich an ihre Gliedmaßen zu schmiegen schienen, nur in der Farbtönung wiesen sie stärkere Unterschiede auf; alle fünf waren sie größer als Covenant. Ihre Körpergröße flößte ihm unwiderstehlich ein Gefühl der Bedrohung ein, und deshalb erhob er sich langsam auf die Füße, streifte dabei sein Bündel von der Schulter, als er sich aufrichtete. Einen Augenblick später betrat der Mann, der als Anführer unter den Holzheimern gewesen war, die

Covenant unten gefangengenommen hatten, die Baumkammer, gefolgt von Atiaran. Sie wirkte unbehelligt, aber müde und bedrückt, als hätten das Mißtrauen und der Aufstieg ihre Kräfte untergraben. Als sie Covenant erblickte, kam sie an seine Seite. »Nur zwei, Soranal?« erkundigte sich eine der Frauen.

»Ja«, erwiderte Atiarans Begleiter. »Wir haben gut achtgegeben, aber es wurden keine weiteren Fremden bemerkt, als diese beiden den Süden der Lichtung überquerten. Und unsere Späher haben in den Hügeln keine anderen Fremden beobachtet.«

»Späher?« fragte Atiaran. »Ich wußte nicht, daß unter den Bewohnern des Landes Späher vonnöten sind.«

Die Frau trat um einen Schritt vor. »Atiaran, Trells Gemahlin«, sagte sie, »die Steinhausener kennen uns, seit wir am Anbeginn der neuen Zeit ins Land zurückgekehrt sind. Und es gibt welche unter uns, die sich deines Besuches bei uns erinnern. Wir kennen unsere Freunde und den Wert der Freundschaft.«

»Aufgrund welcher Erwägungen haben wir dann eine solche Behandlung verdient?« wollte Atiaran wissen. »Wir sind im Trachten nach Freundschaft gekommen.«

Die Frau erteilte auf Atiarans Frage keine direkte Antwort. »Weil wir alle Bewohner des Landes sind und die Gefahren für alle sind, will ich den Verdruß unserer Unhöflichkeit zu mildern versuchen, indem ich unsere Maßnahmen erkläre. Wir in dieser Kernholzkammer sind die Heers von Holzheim Hocherhaben, die Führer unseres Volkes. Ich bin Llaura, Annamars Tochter. Dies ist ...« – sie wies mit dem Kinn auf jede Person, die sie vorstellte – »Omournil, Mournils Tochter. Soranal, Thillers Sohn. Padrias, Sohn Mills. Malliner, Sohn Veinnins. Und Baradakas, Allholzmeister des *Lillianrill.*« Letzterer war der Mann mit dem Kranz aus Laub. »Wir haben die Entscheidung für den Argwohn gefällt, und ich will dir unsere Gründe nennen. Ich sehe, es plagt euch Ungeduld.« Ein Anklang von Erbitterung verhärtete ihre Stimme. »So will ich euch nicht in voller Länge mit der Erzählung langweilen, welcher schädliche Wind von Zeit zu Zeit vom Gravin Threndor zu uns herübergeweht kam. Ich möchte euch nicht die wütenden Stürme schildern oder euch den Kadaver des Vogels mit drei Schwingen zeigen, der auf dem Dach unseres Holzheims starb, ich werde auch davon absehen, mit euch über den Wahrheitsgehalt gewisser Gerüchte von Mord zu sprechen, die unsere Ohren erreichten. Bei der Sieben! Schlimme Lieder könnten gesungen werden – aber ich verzichte darauf, sie euch jetzt zu singen. Dies sei euch gesagt: Nicht alle Diener des Grauen Schlächters sind tot. Wir glauben, daß ein Wütrich in unserer Mitte weilt.«

Die Erwähnung des Wütrichs schuf so plötzlich eine Atmosphäre der Bedrohung, daß sich Covenant unwillkürlich hastig nach allen Seiten umsah, ob sich irgendeine Gefahr erkennen ließe. Im ersten Moment blickte er nicht durch. Da jedoch bemerkte er, wie sich Atiarans Haltung bei Llauras Worten versteift hatte, er sah das Zucken eines Knotens in ihrem Kinn, spürte ihre vertiefte Furcht, obwohl sie schwieg – und daraufhin begriff er. Die Holzheimer befürchteten, sie und er könnten Wütriche sein. »Das ist ja lächerlich«, sagte er ohne nachzudenken.

Die Heers achteten nicht auf ihn. Nach kurzem Schweigen setzte Soranal die Erläuterungen Llauras fort. »Vor zwei Tagen, unter der Sonne des Nachmittags, als unser Volk fleißig seinen Arbeiten und Künsten nachging und die Kinder in den höchsten Zweigen des Wipfels spielten, kam ein Fremder nach Holzheim Hocherhaben. Noch zwei Tage zuvor war der letzte üble Wind vom Donnerberg ganz plötzlich zum Erliegen gekommen und war einem guten Wind gewichen, und daher erfüllte an jenem Tag, da der Fremde erschien, noch Frohsinn unsere Herzen, weil wir meinten, ein Ringen, wovon wir nichts wüßten, sei zu des Landes Gunst verlaufen. Der Fremde besaß die Erscheinung eines Steinhauseners und nannte sich Jehannum. Wir hießen ihn mit der Gastfreundlichkeit willkommen, die eine Freude im ganzen Lande ist. Wir sahen keinen Grund dazu, ihm zu mißtrauen, obwohl die Kinder ungewohnt furchtsam und weinerlich vor ihm zurückschraken. Weh und Schmach über uns – die Jungen sahen die Wahrheit deutlicher als die Alten! Er bewegte sich unter uns mit düsteren Andeutungen und Bosheit auf der Zunge, widmete unseren Kunstfertigkeiten und Bräuchen verstohlene Geringschätzung. Und wir vermochten ihm nicht zu entgegnen. Aber wir gedachten des Friedensgebots und unternahmen einen Tag lang nichts. Unterdessen steigerten sich Jehannums Andeutungen zu offenen Voraussagen von Unheil. Daher riefen wir ihn endlich in die Kernholzkammer vor der Zusammenkunft der Heers. Wir vernahmen die Worte, die er zu sprechen beliebte, Worte voller Schadenfreude und Schmähung unseres Landes. Da sahen unsere Augen besser als zuvor, und wir verlangten von ihm, daß er sich der Probe des *Lomillialor* unterwerfe.«

»Du weißt vom Hehren Holze, dem *Lomillialor*, nicht wahr, Atiaran?« Erstmals sprach Baradakas. »Es hat vieles vom *Orkrest* des *Rhadhamaerl* an sich. Es ist ein Sproß des Einstückbaumes, aus dem der Stab des Gesetzes selbst entstand.«

»Aber wir erhielten keine Gelegenheit zur Durchführung der Probe«, berichtete Soranal weiter. »Kaum daß Jehannum das Hehre Holz erblickte, entsprang er uns und ergriff die Flucht. Wir verfolgten ihn, aber sein Entweichen hatte uns überrascht – zu sehr füllte uns innere Ruhe aus, zu wenig waren wir auf Böses gefaßt –, und in seiner Flinkheit überbot er uns bei weitem. Er entkam uns und verschwand gen Osten.« Er ließ einen Seufzer vernehmen. »An dem einen Tage, der seither verstrichen ist, haben wir damit begonnen, uns wieder in der Verteidigung des Landes zu üben.«

»Ich höre und verstehe eure Worte«, sagte Atiaran nach einem

Moment des Schweigens und mit ruhiger Stimme. »Vergebt mir meinen Zorn – ich habe in Hast und Unkenntnis gesprochen. Doch ihr seht sicherlich nunmehr, daß wir keine Freunde des Grauen Schlächters sind.«

»Wir sehen in dir vielerlei, Atiaran, Trells Gemahlin«, antwortete Llaura, ihren scharfäugigen Blick fest auf die Steinhausenerin geheftet, »vor allem viel Trauer und viel Beherztheit. Dein Weggefährte jedoch ist uns verschlossen. Es mag sein, daß wir diesen Thomas Covenant gefangensetzen müssen.«

*»Melenkurion!«* fuhr Atiaran auf. »Wagt es nicht! Habt ihr denn keine Einsicht? Habt ihr ihn euch nicht angesehen?«

Daraufhin durchlief ein Murmeln der Erleichterung die Heers, ein Murmeln, das wie eine Betonung ihrer allgemeinen Anspannung wirkte. Soranal trat vor Atiaran hin und streckte ihr seine Rechte mit der Handfläche nach vorn zum Willkommensgruß entgegen. »Wir vertrauen dir, Atiaran, Trells Gemahlin. Du hast ein Wort gesprochen, das keinem Wütrich über die Lippen käme, um einen Spießgesellen zu retten.« Er nahm sie am Arm und zog sie von Covenant fort und damit aus der Mitte der Baumkammer.

Ohne sie an seiner Seite fühlte sich Covenant auf einmal bloß und angreifbar. Erstmalig erkannte er, wie stark er von ihrer Gegenwart abhängig geworden war, ihrer Führung, wenn nicht gar ihrer Hilfe. Aber er befand sich nicht in der Stimmung, um Drohungen untätig hinzunehmen. Er verlagerte sein Gewicht auf die Ballen seiner Füße, um sofort in jede beliebige Richtung springen zu können; und sein Blick glitt rasch vom einen zum anderen der Gesichter, die ihn rundum von der glänzenden Wandung der Baumkammer her musterten. »Jehannum sagte viele Dinge voraus«, verriet Llaura, »aber eines davon solltet ihr vorzugsweise wissen. Er sagte, ein großes Übel in der Maske Berek Halbhands werde durch die Hügel aus dem Süden zu uns kommen. Und hier …« – sie wies mit ihrem hellhäutigen Arm auf Covenant, während sie ihre Stimme grimmig hob – »haben wir einen gänzlich Fremden im Lande – an der Rechten halb verstümmelt, an der Linken einen Ring aus Weißgold. Und zweifelsfrei bringt er den Lords Kunde – Kunde von drohendem Verhängnis!«

»Maßt euch keine voreiligen Urteile an«, sagte Atiaran mit einem Anklang von Flehentlichkeit. »Denkt an den Friedensschwur. Ihr seid keine Lords. Und düstere Worte können sowohl Warnungen sein wie auch Prophezeiungen. Wollt ihr den Reden eines Wütrichs trauen?«

Baradakas zuckte lässig die Achseln. »Wir beabsichtigen nicht, über die Botschaft an die Lords zu urteilen, sondern über den Boten.« Er langte hinter sich und brachte einen glatten hölzernen Stab von etwa einem Meter Länge zum Vorschein, den man von aller Rinde befreit hatte. Er hielt ihn locker und andächtig in der Mitte. »Hier ist das *Lomillialor.*« Als er die Bezeichnung aussprach, glitzerte das Holz plötzlich, als sei seine klare Maserung feucht von Tau.

*Was zum Teufel ist das nun wieder?* Covenant versuchte, auf alles vorbereitet zu sein, was da kommen mochte. Trotzdem überraschte ihn die nächste Handlung des Allholzmeisters vollkommen. Baradakas hob den Stab und schwang ihn dem Zweifler entgegen. Covenant wich ruckartig aus und griff mit der rechten Hand danach. Aber er besaß an der Rechten nicht genug Finger, um ihn so schnell packen zu können; er entglitt ihm und prallte mit einem hölzernen Klacken auf den Fußboden, das in der Stille der Baumkammer unnatürlich laut klang. Für einen Augenblick blieben alle Anwesenden stumm und regungslos, völlig beansprucht davon, zu begreifen, was soeben geschehen war; dann sprachen die Heers wie aus einem Munde ihren Befund mit der Endgültigkeit eines Todesurteils aus.

»Das Hehre Holz weist ihn ab. Er ist ein Unding im Lande.«

## 10
## Das Frühlingsfest

Mit beschwingter Bewegung holte Baradakas aus seinem Mantelgewand eine Keule und hob sie, während er sich Covenant näherte. Covenant reagierte instinktiv, zur Gegenwehr gezwungen. Ehe der Allholzmeister ihn erreichte, bückte er sich und bemächtigte sich mit der Linken des *Lomillialor*-Stabes. Als Baradakas mit der Keule nach seinem Kopf schlug, hieb er den Stab gegen den Arm des Allholzmeisters. Inmitten eines Schauers weißer Funken zersprang die Keule in viele Splitter. Das Phänomen schleuderte Baradakas mit der Wucht einer Explosion rückwärts. Die Gewalt des Zusammenpralls bebte in Covenants Faust und bis empor zum Ellbogen, und seine Finger waren für eine Weile gefühllos. Der Stab begann seiner Hand zu entgleiten. Er starrte ihn fassungslos an. *Was zum Satan …?* dachte er. Aber das einhellige Staunen der Heers und die zusammengesackte Gestalt des Allholzmeisters brachten ihm seine Fassung wieder. *Mich auf die Probe stellen?* höhnte er innerlich. *Lumpenhunde!* Er nahm den Stab in die rechte Hand, ergriff ihn in der Mitte, wie er es Baradakas tun gesehen hatte. Das glänzende Holz fühlte sich schlüpfrig an; die Berührung damit gab ihm einen Eindruck von Glitschigkeit, als schmelze der Stab in seinem Griff dahin, obwohl sich an dem Holz natürlich nichts regte. Als er den Stab mit der Rechten packte, schaute er in die Runde der Heers, legte in seinen Blick all seinen Ärger über die Behandlung, die sie ihm hatten zukommen lassen. »So, wollt ihr nun noch immer behaupten, daß dies Ding hier mich ablehnt?«
Soranal und Llaura standen beiderseits Atiarans, Malliner befand sich ihnen gegenüber an der Wandung. Omournil und

Padrias beugten sich über den gefällten Allholzmeister. Während Covenant die Versammelten mit trotzigen Blicken maß, wandte sich Atiaran ihm zu; ihre Miene zeugte von unbeugsamer Erbitterung. »In alter Zeit, als Hoch-Lord Kevin irrte und dem Grauen Schlächter sein Vertrauen schenkte, erhielt selbiger die unermeßlich kostbaren Gaben *Orkrest* und *Lomillialor*. Die Erzählung will wissen, daß der Graue Schlächter sie bald verlor – aber solange er sie besaß, heißt es, sollen sie ihn nicht abgewiesen haben. Es ist der Falschheit möglich, das Kleid der Wahrheit zu tragen. Vielleicht ist wilde Magie mächtiger als die Wahrheit.«

*Vielen Dank!* dachte Covenant und widmete ihr einen bitterbösen Blick. *Was versuchst du mir jetzt wieder anzuhängen?*

»So lautet die Erzählung«, erwiderte Llaura mit matter Stimme. »Aber wir sind nur Holzheimer, keine Lords. Solche Angelegenheiten stehen über uns. Niemals in der Geschichte unseres Volkes hat eine Wahrheitsprobe einen Allholzmeister des *Lillianrill* niedergeworfen. Wie heißt es im Lied? Er kann ›die Erde verwüsten oder retten‹. Wir wollen darum beten, daß wir nicht wegen unseres Argwohns der Verwüstung anheimfallen.« Sie hob Covenant eine unsichere Hand zum Willkommensgruß entgegen. »Heil dir, Zweifler! Vergib uns unsere Bedenken, und sei willkommen im Holzheim Hocherhaben.«

Im ersten Augenblick lag auf Covenants Lippen eine bissige Antwort. Aber als er in ihre Augen sah, erkannte er die Aufrichtigkeit ihrer Entschuldigung. Ihre Bereitwilligkeit zersetzte seinen Groll. »Vergessen wir's«, sagte er mit einander widerstreitenden Gefühlen.

Llaura und Soranal verbeugten sich beide, als hätte er damit die Entschuldigung offiziell angenommen. Dann wandten sie sich um, als sich der benommene Baradakas auf die Beine rappelte. Seine Hände betasteten sein Gesicht, als sei es von Spinnweben verklebt, aber er versicherte Omournil und Padrias, er sei unverletzt geblieben. Auch er hieß Covenant willkommen, in seinen Augen äußerstes Staunen und tiefste Bestürzung, die eine bemerkenswerte Mischung ergaben. Covenant ging darauf mit einem mürrischen Nicken ein. Er wartete keine diesbezügliche Frage des Allholzmeisters ab, sondern reichte Baradakas das *Lomillialor* unaufgefordert zurück; er war heilfroh, das auf beunruhigende Weise schlüpfrige Ding loszuwerden. Baradakas nahm das Holz und lächelte es schief an, als sähe er in ihm einen höchst lästigen Zeugen seiner Niederlage. Dann schob er es wieder unter sein Mantelgewand. Er wandte sein Lächeln Covenant zu. »Unsere Gegenwart ist hier nicht länger nötig, Zweifler«, sagte er. »Du hast noch kein Mahl verzehrt, und die Müdigkeit nach deiner langen Wanderung lastet schwer auf dir. Willst du meines Hauses Gastfreundschaft annehmen?«

Die Einladung überraschte Covenant; für einen Moment zögerte er, versuchte zu entscheiden, ob er dem Allholzmeister trauen konnte oder nicht. Baradakas wirkte gefaßt, keineswegs feindselig, aber sein Lächeln war von vielschichtigerer Bedeutung als Llauras Entschuldigung. Doch Covenant befand, daß er, wenn es sich um die Frage des Vertrauens handelte, in Baradakas' Gesellschaft allein sicherer war als unter allen Heers zusammen. »Ich bin geehrt«, gab er unbeholfen zur Antwort.

Der Allholzmeister vollführte eine Verbeugung. »Wer eine Gabe annimmt, ehrt den Geber.« Er sah die übrigen versammelten Holzheimer an, und als sie zum Ausdruck ihrer Zustimmung nickten, drehte er sich um und verließ die Kernholzkammer. Covenant blickte hinunter zu Atiaran, aber sie unterhielt sich bereits leise mit Soranal. Ohne weiteres Zögern trat er hinaus auf den breiten Ast neben Baradakas. Die Nacht überm hohen Baum war nun mit Lichtern durchsetzt – den häuslichen Feuern der Holzheimer. Sie erhellten die Tiefe bis weit drunten im Geäst, erreichten jedoch nicht den Erdboden. Unwillkürlich klammerte sich Covenant an Baradakas' Schulter. »Es ist nicht weit«, sagte der Allholzmeister nachsichtig. »Nur bis zum nächsthöheren Ast. Ich werde dir nachfolgen. Du wirst nicht abstürzen.«

Covenant knirschte lautlose Flüche zwischen den Zähnen und griff in die Sprossen der Leiter. Zu gerne hätte er kehrtgemacht und sich auf den festen Boden der Kernholzkammer zurückbegeben, aber Stolz und Ärger verboten ihm einen so schmachvollen Rückzug. Und die Sprossen fühlten sich unter seinen Fingern griffig an, nahezu klebrig. Baradakas legte ihm zur Ermutigung eine Hand auf die Schulter, und er begann linkisch nach oben zu klettern. Wie Baradakas versprochen hatte, war der nächste dicke Ast nicht weit entfernt. Covenant gelangte beinahe im Handumdrehen hinauf. In kurzem Abstand vom Baumstamm gabelte sich der Ast, in dieser Astgabel befand sich das Heim des Allholzmeisters. Indem er sich zur Sicherheit an Baradakas' Schulter festhielt, kam er unversehrt bis zum Eingang, und er überquerte die Schwelle in einem wahren Schwung der Erleichterung. Er betrat eine säuberliche Wohnstätte aus zwei Räumen, die vollkommen aus den Zweigen des Baums bestand; ineinander verflochtenes Geäst bildete den Fußboden, die Wände und auch die Trennwand zwischen den zwei Räumen, und die Decke war eine Kuppel aus Reisig und Laub. Entlang einer Wand des vorderen Raums wuchsen breite hölzerne Kniegebilde ins Innere der Behausung und gaben Sitzgelegenheiten ab. An der Wand gegenüber war eine herabgeklappte Pritsche. Die Behausung besaß eine Atmosphäre von Wärme und Reinheit; es haftete ihr jedoch auch so etwas wie eine uneingeschränkte Ergebenheit für eine gewisse Lehre an, und dieser Umstand beunruhigte Covenant, erinnerte ihn an die Tatsache, daß der Allholzmeister ein gefährlicher Mann sein konnte. Während Covenant sich in der Räumlichkeit umschaute, steckte Baradakas Fackeln in alle Wände und entzündete sie, indem er sich über ihren Enden die Hände rieb und dabei gedämpft murmelte. Dann kramte er für ein kurzes Weilchen im hinteren Raum herum; er kehrte mit einem hölzernen Tablett wieder, auf dem Scheiben von Brot und Käse aufgehäuft lagen sowie eine pralle Rebe von Trauben, und außerdem stand darauf ein ebenfalls aus Holz gefertigter Krug. Er schob einen kleinen dreibeinigen Tisch zwischen zwei der Astsitze, stellte das Tablett in die Mitte und winkte Covenant, daß er Platz nehmen möge.

Beim Anblick des Essens bemerkte Covenant seinen Hunger; im Laufe der beiden letzten Tage hatte er nichts gegessen außer *Aliantha.* Er wartete, während Baradakas für einen Moment überm Tisch das Haupt neigte, dann setzte er sich. Er folgte dem Beispiel seines Gastgebers und machte sich Stullen, indem er Käsescheiben und Trauben zwischen Scheiben frischen Brotes legte und sich großzügig aus dem Krug mit Frühjahrswein bediente. In seiner ersten Beschäftigung mit dem Essen hielt er den Mund und konzentrierte sich voll darauf, seinen Hunger zu stillen. Allerdings vergaß er darüber nie, wer sein Gastgeber war, was sich zwischen ihnen ereignet hatte. Als sie die Mahlzeit beendeten, räumte Baradakas die Reste fort und ließ nur den Frühjahrswein in Covenants Reichweite zurück.

»Wohlan, Zweifler«, fragte er, als er aus dem Nebenraum zurückkam, »welche Annehmlichkeiten kann ich dir noch verschaffen?«

Covenant trank einen langen Zug vom Frühjahrswein und antwortete dann so ruhig, wie er es fertigbrachte. »Du kannst mir eine Auskunft geben. Du warst vorhin – drunten – kurz davor, mir den Schädel einzuschlagen. Und ich hatte den Eindruck, daß dir das … das Hehre Holz ganz schön weh getan hat. Warum hast du mich trotzdem zu dir eingeladen?«

Einen Augenblick lang zögerte Baradakas mit der Antwort, als

überlege er, wieviel er ausplaudern solle. Dann holte er aus dem hinteren Raum einen glatten hölzernen Stab von gut zwei Meter Länge und setzte sich damit Covenant gegenüber auf die Bettstatt. Als er endlich sprach, begann er zugleich, das helle Holz des Stabes mit einem weichen Tuch zu polieren.
»Aus vielen Gründen, Thomas Covenant. Dir fehlte ein Platz zum Ausruhen, und mein Haus ist der Kernholzkammer näher als alle anderen – für jemanden, dem Höhen mißbehagen. Und weder du noch ich sind für die Überlegungen zur Beratung und Unterstützung Atiarans erforderlich, die heute abend angestellt werden. Atiaran kennt das Land – sie wird alles vortragen, was man über eure Reise wissen muß. Und sowohl Soranal wie auch Llaura sind dazu imstande, ihr jeden Beistand zu leisten, den sie erbitten mag.«
Als er durch den Fackelschein im Raum die geschäftigen Hände des Allholzmeisters und den eindringlichen Blick seiner hellen Augen sah, hatte Covenant den sonderbaren Eindruck, daß es weiterging mit der Probe – daß Baradakas mit dem *Lomillialor* seine Prüfung bloß begonnen hatte. Doch der Frühjahrswein minderte seine Besorgnis, lockerte seine Spannung; er fürchtete sich nicht. »Und warum noch?« fragte er mit fester Stimme.
»Zudem war es meine Hoffnung, das Angebot meiner Gastfreundschaft werde als eine Art von Entschuldigung gelten. Ich war dazu entschlossen gewesen, dich mit Gewalt zu behandeln, und eine solche Mißachtung des Friedensschwurs bedarf der Genugtuung. Hätten wir dich als Diener des Grauen Schlächters entlarvt, es wäre damit getan gewesen, dich gefangenzusetzen. Und dich zu verletzen, hätte womöglich die Lords der Gelegenheit beraubt, dich zu befragen. Folglich irrte ich in meiner Hast. Und mein Irrtum vertiefte sich in dem Augenblick, als du das *Lomillialor* nahmst und es mich mit seinem Feuer schlug. Ich hoffe, ich kann meine Torheit wiedergutmachen.«

Covenant wußte die Offenheit des Allholzmeisters zu würdigen, aber sein Eindruck, geprüft zu werden, ließ nicht nach, sondern verstärkte sich vielmehr. Er blickte seinem Gastgeber in die Augen. »Du hast noch immer nicht meine Frage beantwortet.«

»Gibt es andere Gründe?« entgegnete Baradakas ohne jede Spur von Überraschung. »Was siehst du in mir?«

»Du bist noch dabei, mich zu prüfen«, brummte Covenant.

Der Allholzmeister nickte bedächtig. »Vielleicht. Vielleicht ist es so.« Er stand auf und stützte ein Ende des Stabes auf den Fußboden, während er ein letztes Mal daran herumwischte. »Schau, Thomas Covenant«, sagte er dann. »Ich habe für dich einen Stab gemacht. Als ich damit anfing, glaubte ich, es geschähe für mich selbst. Jetzt aber weiß ich's besser. Nimm ihn. Er mag dir zu Diensten sein, wenn aller Rat und alle Hilfe ausbleiben.« Er verstand die stumme Frage in Covenants Blick. »Nein, es ist nicht das gleiche Holz wie das *Lomillialor*. Dennoch ist er ein tauglicher Stab. Laß mich ihn dir überreichen.«

Covenant schüttelte den Kopf. »Erst beende deine Prüfung.«

Plötzlich hob Baradakas den Stab und versetzte dem Holz unter seinen Füßen einen wuchtigen Stoß. Einen Moment lang bebte der ganze Ast, als sei unvermittelt ein Sturm aufgekommen; die kleineren Zweige peitschten aneinander, und die ganze Behausung schwankte wie ein Span, der auf heftigen Wogen tanzt. Covenant fürchtete schon, der Baum als Ganzes werde umstürzen, und klammerte sich krampfhaft an seinem Astsitz fest. Doch die Erschütterung verlief sich fast sofort wieder.

Baradakas heftete den Blick seiner hellen Augen auf Covenant. »Dann vernimm meine Worte, Zweifler«, sagte er leise. »Jede Wahrheitsprobe ist nur soviel wert wie jener, der sie durchführt. Ich habe deine Macht gespürt. In der gesamten Geschichte des *Lillianrill* hat das Hehre Holz niemals einen Allholzmeister geschlagen. Wir sind Freunde des Einstückbaums, nicht seine Widersacher. Doch im Vergleich zu dir bin ich schwach wie ein Kind. Ich vermag dir die Wahrheit nicht abzuzwingen. Trotz meiner Anstrengungen könntest du der Graue Schlächter selbst sein und gekommen, um alles Leben im Lande in Asche zu verwandeln.«

»Lächerlich«, entgegnete Covenant barsch, über diese für seine Begriffe blödsinnige Vorstellung verärgert.

Baradakas trat näher und senkte seinen durchdringenden Blick tief in Covenants Augen. Covenant wand sich aus Unbehagen; er spürte, daß der Allholzmeister Bereiche seines Innenlebens erkundete, die er geschützt, verborgen halten wollte. *Was habe ich überhaupt mit diesem Lumpenkerl Foul zu schaffen?* wetterte er innerlich. *Ich habe mich verdammt nicht darum beworben, für ihn den Botenjungen spielen zu dürfen.* Urplötzlich weiteten sich Baradakas' Augen, und er wich unsicheren Schrittes durch den ganzen Raum zurück, als habe er in ein Etwas von ungeheurer Macht geschaut. Er sackte rücklings auf seine Pritsche und saß für einen Moment still da, während er seine Hände beobachtete, die fest um den Stab geschlungen zitterten. »Wahrheit«, sagte er dann nachdenklich. »Vielleicht bin ich eines Tages weise genug, um zu erkennen, worauf Verlaß ist. Jetzt brauche ich Zeit, um verstehen zu lernen. Ich vertraue dir, mein Freund. Bei der letzten Prüfung wirst du uns nicht im Stich und dem Tode verfallen lassen.« Er bot Covenant erneut den Stab an. »Hier. Willst du mein Geschenk nicht annehmen?«

Covenant antwortete nicht sofort. Er zitterte ebenfalls und mußte sich zusammenreißen, ehe er wieder mit ruhiger Stimme sprechen konnte. »Warum? Warum traust du mir?«

Die Augen des Allholzmeisters glänzten, als sei er den Tränen nahe; aber er lächelte. »Du bist ein Mensch«, sagte er, »der den Wert der Schönheit kennt.«

Nach dieser Auskunft starrte Covenant für einen Moment vor sich hin, dann wandte er den Blick seitwärts. Er empfand eine vielschichtige Anwandlung von Scham; er fühlte sich angesichts Baradakas' Vertrauen schmutzig, behaftet mit Makel. Doch dann straffte er sich. Weitermachen! Überleben! Was hatte Vertrauen mit allem hier zu tun? Mit einer lebhaften Bewegung langte er zu und nahm den Stab entgegen. Er fühlte sich in seiner Hand rein und edel an, als sei er mit der liebevollen Hingabe aus dem kernigsten, gesündesten Holz hergestellt worden. Er hielt ihn in kräftigem Griff, untersuchte ihn, als könne er daraus die Unschuld ziehen, an der es ihm fehlte.

Kurze Zeit später mußte er zu seiner eigenen Verblüffung lauthals gähnen. Bis dahin war es ihm gar nicht aufgefallen, wieviel Müdigkeit in seinen Knochen stak. Er versuchte seine Ermattung zu überwinden, aber diese Bemühung führte lediglich zu einem weiteren Gähnen. Baradakas lächelte nachsichtig. Er erhob sich von der Bettstatt und gab Covenant einen Wink, daß er sich zum Schlaf niederlegen könne. Covenant hegte eigentlich nicht die Absicht, bereits zu schlafen, aber sobald er sich in der Horizontalen befand, schien der gesamte Frühjahrswein, den er sich einverleibt hatte, ihm in den Kopf zu schießen, und ihm war zumute, als schwebe er auf dem schwachen Wind dahin, der durch die Baumkrone säuselte. Bald darauf lag er in festem Schlummer. Er schlief einen gesegneten Schlaf, nur ein bißchen gestört durch die traumhafte Erinnerung an die eindringlichen Augen des Allholzmeisters, die ihn erforschten, und an das Gefühl, wie das *Lomillialor,* obwohl seine Finger kräftig zupackten, ihm entglitt. Als er am folgenden Morgen erwachte, spürte er seine Arme so schmerzhaft deutlich, als habe er die ganze Nacht lang mit einem Engel gerungen.

Er öffnete die Augen und sah auf der anderen Seite des Raums

Atiaran wartend sitzen. »Komm, Thomas Covenant«, sagte sie. »Wir haben schon des heutigen Tages Morgenfrühe verschenkt.«
Covenant musterte sie für einen Moment. Im Hintergrund ihres Mienenspiels erkannte er einen vertieften Schatten von Erschöpfung und schloß daraus, daß sie von der vergangenen Nacht viel Zeit fürs Gespräch mit den Heers geopfert hatte. Aber sie wirkte, als sei sie irgendwie durch das, was sie den anderen berichtet und umgekehrt von ihnen erfahren hatte, getröstet worden, und der Glanz ihres Blicks zeugte nahezu von Optimismus. Möglicherweise besaß sie nun wieder irgendeine Hoffnung. Ihm war alles recht, was ihre feindselige Haltung gegen ihn abschwächen mochte, also schwang er sich von der Pritsche, als teile er ihren neuen Optimismus. Trotz der Abgekämpftheit seiner Arme fühlte er sich bemerkenswert erfrischt und gestärkt, als hätte die Atmosphäre des Holzheims das Ihre zur Gastfreundlichkeit getan, ihre Vorzüge bereichert, um ihm zur Erholung zu verhelfen. Munter und rasch wusch er sich das Gesicht, trocknete sich an einem dicken ›Handtuch‹ aus Laub, untersuchte seinen Körper auf Verletzungen und brachte dann seine Kleidung in Ordnung. Auf dem dreibeinigen Tisch lag ein Laib Brot, und als er sich davon ein Stück brach, um zu frühstücken, stellte er fest, daß es aus miteinander verbackenem Teig und Fleisch bestand. Während er kaute, trat er an eines der Fenster und blickte hinaus. Atiaran kam an seine Seite, und gemeinsam hielten sie durch die Zweige nach Norden Ausschau. In der Ferne sah man einen Fluß nahezu direkt ostwärts fließen, und dahinter erstreckte sich die Hügellandschaft bis an den Horizont. Doch noch etwas – außer dem Fluß – schied diese nördlichen Hügel von jenen, an denen die Reisenden entlanggezogen waren, seit sie das Steinhausen Mithil verlassen hatten. Das Land jenseits des Flusses schien sich in der

Morgensonne zu wellen, als treibe dort die ruhige Erde in Schollen, als kräuselten die verborgenen Felsen des Landes die Erdoberfläche, um sich jenen zu enthüllen, die sie zu sehen verstanden. Von seinem hohen Blickwinkel im Holzheim aus hatte Covenant den Eindruck, etwas zu Gesicht zu bekommen, das selbst sein neuartiges Wahrnehmungsvermögen überforderte.

»Dort liegt Andelain«, sagte Atiaran ehrfürchtig leise, als spräche sie von einem Heiligtum. »Der Allholzmeister hat für sein Heim, da es eine solche Aussicht besitzt, einen wunderbaren Standort gewählt. Hier fließt der Mithil ostwärts, bevor er sich wieder nach Norden wendet, zum Gravin Threndor und dem Seelentrostfluß. Und dahinter liegen die Andelainischen Hügel, der herzerhebende Reichtum des Landes. Ach, Covenant, ihr bloßer Anblick flößt mir Mut ein. Und Soranal hat mir einen Weg gewiesen, der meinen kühnsten Traum zu verwirklichen ermöglicht ... Mit genug Glück und etwas Schnelligkeit können wir vielleicht bewirken, daß aus meiner Torheit noch vieles zur Klugheit gedeiht. Nun müssen wir gehen. Bist du bereit?«

*Nein,* dachte Covenant. *Nicht zum Herumkraxeln auf diesem Baum.* Aber er nickte. Atiaran hatte ihm sein Bündel mitgebracht, und er streifte es sich über die Schulter, während er aus dem Baumhaus des Allholzmeisters auf den breiten Ast trat, ohne den Schmerz in seinen Armen zu beachten. Dann nahm er den Stab, das Geschenk Baradakas', und zugleich allen Mumm zusammen, um beim Abstieg vom Baumdorf seinen Hals zu riskieren. Der Baumstamm war nur ein paar Meter von der Behausung entfernt, aber die Tiefe von fünfzig Metern bis zum Erdboden drohte sein Blut gerinnen zu lassen, und er zögerte in übervorsichtiger Haltung, während die ersten Anfälle von Schwindelgefühl seine Gefaßtheit erschütterten. Doch da hörte er, als er noch auf der Schwelle des Allholzmeisterheims stand, den Lärm junger Stimmen und sah Kinder über sich durchs Geäst tollen. Einige von ihnen jagten einander, und bei ihrem Haschen sprangen sie von einem zum anderen Ast, als könne ein Sturz ihnen nicht im mindesten irgendeinen Schaden zufügen. Im nächsten Augenblick schwangen sich zwei Kinder von einem Ast etwa drei Meter über seinem Kopf herab auf den Ast, auf dem Covenant noch zögerte; das Mädchen verfolgte den Jungen in fröhlicher Jagd, aber er entwischte und versteckte sich hinter Covenant. »Sicher!« kreischte er vergnügt aus seiner Deckung. »Jag einen anderen! Ich bin sicher!«

»Er ist sicher«, sagte Covenant ohne Nachdenken. Das Mädchen lachte, täuschte einen Vorwärtssprung vor, eilte dann jedoch einem anderen Spielgefährten hinterdrein. Sofort wetzte der Junge zum Baumstamm und klomm über die Leiter hinauf zu einem höhergelegenen Tummelplatz. Covenant atmete tief ein, balancierte mit Hilfe des Stabs sein Gleichgewicht aus und entfernte sich um einen Schritt von der Schwelle des Baumhauses. Unbeholfen schwankend erreichte er die verhältnismäßig sichere Nähe des Baumstamms. Danach fühlte er sich wohler. Er schob den Stab unter den Gurt seines Bündels und konnte daraufhin die Sprossen der Leiter mit beiden Händen greifen, und danach verlieh die Griffigkeit der Sprossen ihm wieder einiges an Mut. Noch ehe er die Hälfte des Abstiegs geschafft hatte, klopfte sein Herz nicht länger so heftig, und er brachte es fertig, seinem Halt an den Sprossen soweit zu vertrauen, um sich beim Herunterklettern die Bauten und Menschen anzusehen. Endlich erreichte er wohlbehalten die untersten Äste und folgte Atiaran über die Wendeltreppe im Stamm auf den Erdboden hinab. Drunten waren die Heers versammelt, um sich von ihnen zu verabschieden. Als er Baradakas sah, nahm Covenant den Stab in die Hand und hob ihn in die Höhe, um zu zeigen, daß er ihn nicht vergessen hatte, und als der Allholzmeister lächelte, widmete Covenant ihm ein breites Grinsen.

»Wohlan, ihr Botengänger«, sagte Llaura nach kurzem Schweigen. »Ihr habt uns mitgeteilt, daß das Schicksal des Landes auf euren Schultern ruht, und wir glauben euch. Es bereitet uns Kummer, daß wir euch diese Bürde nicht erleichtern können, aber wir sind davon überzeugt, daß in dieser Sache niemand an eure Stelle treten könnte. Was wir euch an geringer Hilfe zu geben vermögen, ist euch zuteil geworden. Fortan bleibt uns nichts anderes übrig, als unsere Heimstätten zu verteidigen und für euch zu beten. Im Interesse des ganzen Landes wünschen wir euch geschwindes Vorankommen. Und in eurem eigenen Interesse raten wir euch dringlich, das Frühlingsfest nicht zu versäumen. Auf jeden, der dieser Festlichkeit beiwohnt, können große Zeichen der Hoffnung warten. Atiaran, Trells Gemahlin, ziehe getreulich in Frieden. Gedenke des Weges, den dir Soranal riet, und weiche nicht ab. Thomas Covenant, Zweifler und Fremder im Lande – sei getreu. In der Stunde der Finsternis besinne dich auf des Allholzmeisters Stab. Und nun geht eures Weges.«

Atiaran antwortete so förmlich wie beim Vollzug eines Zeremoniells. »Wir ziehen dahin und gedenken des Holzheims Hocherhaben dankbar für Obdach, Hilfe und Hoffnung.« Sie verneigte sich, legte die Handflächen an ihre Stirn und breitete die Arme aus. Covenant ahmte ihr Beispiel nach, allerdings unsicher in seinen Gesten. Die Heers erwiderten die offenherzige Gebärde des Abschieds mit vorsätzlicher Feierlichkeit. Dann wandte sich Atiaran gen Norden, und Covenant folgte ihr wie ein Blatt im Sog eines Wirbelwinds, mitgerissen vom Schwung ihrer Entschlossenheit.

Keiner von ihnen blickte zurück. Die Ruhe und Beköstigung, welche ihnen in dem angenehmen freundlichen Baumdorf zugekommen waren, verliehen ihnen einen gewissen Vorwärtsdrang, eine lebhafte Bereitschaft zum Streben nach vorn; auf unterschiedliche Art lag ihnen daran, bald nach Andelain zu gelangen, und sie wußten beide, daß Jehannum vom Holzheim Hocherhaben aus ostwärts gezogen war, nicht in die nördliche Richtung. Sie eilten durch die in immer reichhaltigerer Üppigkeit bewachsenen Hügel dahin und kamen schon am frühen Nachmittag ans Ufer des Mithil. Sie überquerten ihn, indem sie durch eine breite Untiefe wateten. Bevor Atiaran ins Wasser ging, zog sie ihre Sandalen aus, und irgendeine nur halb bewußte Einsicht bewog Covenant dazu, sich die Stiefel und Socken abzustreifen und die Hosenbeine aufzurollen. Als er die ersten gehaltvollen Düfte der jenseitigen Hügel roch, hatte er irgendwie das Gefühl, er müsse, um auf den Landstrich drüben vorbereitet zu sein, den Mithil barfuß durchqueren, daß die Fußwaschung im Strom notwendig sei, um sein Fleisch in die feinere Substanz Andelains umzuwandeln. Und als er das nördliche Ufer betrat, stellte er in der Tat fest, daß er die Lebenskraft des Erdreichs durch seine Fußsohlen fühlen konnte; sogar sie besaßen nun ein Gespür für die Gesundheit des Landes.

Die starke Wahrnehmung der Hügel unter seinen Zehen gefiel ihm so ausgezeichnet, daß er einen Widerwillen dagegen entwickelte, wieder in die Stiefel zu steigen, aber er versagte sich das Behagen der Barfüßigkeit, um weiterhin mit Atiaran Schritt halten zu können. Am anderen Ufer ließ er sie erneut vorangehen, auf dem Weg, den einzuschlagen ihr Soranal geraten hatte – eine nicht allzu beschwerliche Strecke mitten durch Andelain –, und während er marschierte, bestaunte er die Veränderung, die über die Erde gekommen zu sein schien, seit sie den Fluß überquert hatten. Er empfand die Andersartigkeit dieses Landstrichs mit aller Deutlichkeit, aber er fühlte auch, daß sie über die Einzelheiten hinausging, aus denen sie sich zusammensetzte. Die Bäume waren hier im allgemeinen höher und ausladender gewachsen als ihre südlichen Artverwandten; dichte, in verschwenderischer Pracht gediehene *Aliantha*-Sträucher bedeckten ganze Abhänge von Hügeln mit Chromgrün; die Erhebungen und Mulden der Landschaft wogten von hohem, duftigem Gras; Blumen schwankten so trunken im leichten Wind, als wären sie gerade erst frühlingsfreudig aus dem fruchtbaren Erdreich hervorgeschossen; kleines Waldlandgetier – Hasen, Eichhörnchen, Dachse und dergleichen – hüpfte umher, hielt sich nur nachlässig an die gewohnte Vorsicht gegenüber Menschen. Der wirkliche Unterschied jedoch war transzendenter Natur. Die Andelainischen Hügel vermittelten Covenants sämtlichen Sinnen einen reineren Eindruck von Gesundheit als alles andere, das er gesehen und gehört hatte. Die Aura von Wohlgeratenheit war hier so stark, daß er allmählich zu bedauern anfing, in einer Welt beheimatet zu sein, wo Gesundheit eine schwer erfaßbare Eigenschaft war, unbestimmt, nur implizit unterscheidbar. Eine Zeitlang fragte er sich, wie er es wohl ertragen solle, wieder dorthin zurückzukehren, wieder dort aufzuwachen. Aber angesichts der Schönheit Andelains verschwanden diese Sorgen bald aus seinen Gedanken. Die Lieblichkeit in diesem Landstrich war gefährlich – nicht infolge verhohlener Tücke oder irgendeiner Art von Schädlichkeit, sondern wegen ihrer Verführungskraft. Mit der Zeit konnte er alles, sein Leiden, die VBG, seine angewöhnte Menschenverachtung, den Groll, vergessen haben, mochte das alles durch jeden neuen Blick, den er rundum warf, dem Übermaß an Gesundheit schenkte, nach und nach aufgelöst werden. Inmitten der Hügel, umgeben von so merklicher und handfester Fülle an Lebenskraft und -saft, wunderte es ihn langsam immer mehr, daß Atiaran gar kein Bedürfnis zeigte, zu säumen und den Zauber der Umgebung zu genießen. Während sie durch das vom Frühlingsglanz sanft leuchtende Gelände wanderten, Meile um Meile immer tiefer nach Andelain eindrangen, wäre er am liebsten bei jeder weiteren Entdeckung stehengeblieben, an jedem neuen Tal, jeder plötzlich enthüllten Trasse, jedem ausblickreichen Hang verweilt, um auszukosten, was er sah – es seinen Augen einzuprägen, bis es sich in einen Teil seiner selbst verwandelte, unveräußerlich und jeder künftigen Heimsuchung unzugänglich. Aber Atiaran kannte nur das Vorwärts; sie stand früh auf, rastete selten und nur kurz, marschierte bis in den späten Abend. Ihr Blick war in die Ferne gerichtet, und die Müdigkeit, deren Schatten man hinter ihren Gesichtszügen erkennen konnte, war anscheinend dazu außerstande, nach außen vorzudringen. Offensichtlich bedeutete ihr sogar diese herrliche Hügellandschaft weniger als die angestrebte Teilnahme an jener nicht näher erläuterten ›Feierlichkeit‹. Covenant hatte keine andere Wahl, als mitzuhalten; ihr Wille duldete keine Verzögerung.

Am zweiten Tag nach ihrem Abschied vom Holzheim Hocherhaben war der Abend so hell und klar, daß sie nicht mit dem Sonnenuntergang anhalten mußten, und Atiaran lief beinahe bis Mitternacht unverdrossen weiter. Nach dem abendlichen Imbiß saß Covenant für ein Weilchen da und betrachtete den Nachthimmel und das Gleißen der Sterne. Die Sichel des Mondes erschien spät am Firmament, und sein geschrumpfter weißer Leib sandte nur einen Bruchteil jener unheimlichen Helligkeit herab, die Covenants erste Nacht im Lande erleuchtete. »In ein paar Tagen wird der Mond dunkel sein«, bemerkte er beiläufig. Daraufhin sah Atiaran ihn mit scharfem Blick an, als vermute sie, er habe irgendeines ihrer Geheimnisse ihrerseits ergründet. Aber sie sagte nichts, und er wußte nicht, ob sie auf eine Erinnerung oder eine Erwartung reagiert hatte.

Der nächste Tag begann nicht weniger erfreulich. Sonnenschein funkelte auf dem Tau wie auf Edelsteinen, glitzerte zwischen Gras und Laub wie von Diamanten; Luft, die so frisch war wie der Erde erster Atemzug, trug den Duft von *Aliantha*

und Lärchen, einen Hauch von Güldenblatt und Pfingstrosen über die Hügel. Covenant gewahrte diese Dinge mit einer gewissen Seligkeit im Herzen und folgte Atiaran nordwärts, als wäre er ein rundum zufriedener Mensch. Doch am Frühnachmittag geschah etwas, was sein ganzes Wohlbefinden erheblich trübte, ihn bis ins Mark seiner Knochen vergällte. Als sie eine natürlich gewachsene Allee zwischen dicht mit Blumen bestandenen Hügeln entlangzogen, er mit feinem Gespür für das frühlingshafte Gras unter seinen Füßen dahinschritt, trat er unvermittelt auf einen Flecken Grün, der so gefährlich wirkte wie eine Grube voll Treibsand. Instinktiv fuhr er zurück, trat drei Schritte rückwärts. Sofort verschwand das Gefühl der Drohung. Aber seine Nerven bebten von der Fußsohle durch die ganze Länge des Beins aufwärts spürbar nach. Er war so überrascht, so gekränkt infolge dieser Scheußlichkeit, daß er überhaupt nicht auf den Einfall kam, Atiaran zu rufen. Statt dessen trat er behutsam wieder vor, näherte sich erneut der Stelle, wo er die Gefahr gespürt hatte, und berührte sie vorsichtig mit der Zehenspitze. Diesmal jedoch bemerkte er nichts außer dem üppigen Gras Andelains. Er bückte sich und fuhr im Umkreis von etwa einem Meter mit der Hand über die Grashalme. Aber was immer auch seine Empfindlichkeit gegenüber dem Ungeheuren so heftig angesprochen haben mochte, nun war es verschwunden, und nach einem Moment der Ratlosigkeit setzte Covenant seinen Weg fort. Zuerst fielen seine weiteren Schritte vorsichtig aus, weil er noch eine derartige Zumutung befürchtete. Aber die Erde war anscheinend wieder so voller Reinheit und angefüllt mit Schwingungen von Seinskraft wie zuvor. Er verfiel in einen Trab, um Atiaran einzuholen.
Gegen Abend widerfuhr ihm eine zweite solche Begegnung mit Ungeheurem, bei der ihm zumute war, als sei er in Säure getreten. Diesmal reagierte er mit stärkstem Abscheu; er sprang

vorwärts, als gelte es, einem Blitz aus heiterem Himmel zu entgehen, und ein Aufschrei kam über seine Lippen, ehe er ihn zwischen zusammengebissenen Zähnen ersticken konnte. Atiaran machte kehrt und eilte herbei, und da sah sie ihn im Gras umhertasten, die Halme in höchster Wut büschelweise ausrupfen. »Hier!« knirschte er und hämmerte mit der Faust ins Gras. »Hölle und Verdammnis! Hier war es!« Atiaran blinzelte ihn fassungslos an.

Er richtete sich auf, wies mit einem Finger auf den Erdboden wie zur Anklage. »Hast du es nicht bemerkt? Hier war es. Hölle und Verdammung!« Sein Finger zitterte. »Wie konnte dir das entgehen?«

»Ich habe nichts bemerkt«, antwortete sie mit ruhiger Stimme. Es schauderte ihn, und seine Hand sank herab. »Es fühlte sich an wie … als wäre ich in Treibsand geraten … oder in Säure getreten … oder …« Er entsann sich des ermordeten Wegwahrers. »Oder als hätte ich plötzlich einen Mord entdeckt.«

Langsam kniete Atiaran neben der Stelle nieder, die er ihr gezeigt hatte. Sie betrachtete sie einen Moment lang, berührte sie auch mit den Händen. »Ich kann nichts feststellen«, erklärte sie, als sie sich wieder erhob, »aber …«

»Es ist weg«, unterbrach er sie.

»Aber ich besitze auch nicht die Empfindsamkeit eines *Rhadhamaerl*«, sagte sie. »Hast du es schon zuvor einmal gespürt?«

»Ja, einmal. Am frühen Nachmittag.«

»Ach«, seufzte sie, »wäre ich nur ein Lord, dann wüßte ich, was zu tun ist. Tief in der Erde muß ein Übel am Werke sein. Und wahrscheinlich ein großes Übel, wenn nicht einmal die Andelainischen Hügel davor sicher sind. Aber das Übel ist noch jung oder zaghaft. Es haftet nicht. Wir können noch darauf hoffen, ihm zuvorzukommen. Ach, menschliche Schwäche! Mit jedem Tag, der verstreicht, erlahmen unsere Füße mehr.« Sie raffte ihr Gewand enger um ihren Leib und hastete davon in den

Abend. Sie und Covenant marschierten weiter, bis ringsherum finstere, mondlose Nacht herrschte.
Am Tag darauf spürte Covenant häufiger Zuckungen des Übels im Gras. Zweimal im Laufe des Vormittags, viermal am Nachmittag und des Abends fuhr der eine oder andere Fuß mit plötzlicher Heftigkeit vom Erdboden zurück, und als Atiaran endlich zur Nachtruhe haltmachte, waren seine Nerven von den Beinen bis hinauf in die Zahnwurzeln gereizt und überempfindlich. Er hatte mit aller Schärfe das Gefühl, daß diese wunden Flecken eine Beleidigung Andelains waren, sogar ein Verrat an diesem herrlichen Ländchen, wo alles andere, jede Feinheit, jeder Umriß, jede Farbtönung am Himmel, an den Bäumen, im Gras und zwischen den Hügeln durchtränkt war von saftreicher Üppigkeit. Diese Attacken, die Stiche und Stöße, machten ihn unfreiwillig argwöhnisch gegenüber dem Untergrund selbst, als wäre auf die Grundfesten der Erde der Schatten eines Zweifels gefallen.
Am fünften Tag nach ihrem Aufbruch aus dem Holzheim Hocherhaben nahm er die Abartigkeit im Gras weniger oft wahr, aber dafür geschahen diese Anfechtungen mit erhöhter Ruppigkeit. Kurz nach der Mittagsstunde trat er auf einen Fleck übler Herkunft, der nach dem ersten Kontakt – anders als bisher – nicht verschwand. Als er den Fuß nochmals darauf setzte, spürte er ein Zittern, als hätte er auf eine schmerzempfindliche Stelle des Erdreichs getrampelt. Die Stärke der Schwingungen bewirkte eine baldige Taubheit in seinem Fuß, und seine Zähne taten ihm vom Zusammenbeißen weh; aber er wich nicht wieder zurück. Er rief Atiaran herbei, kniete sich ins Gras und legte seine Hand auf die Wunde der Erde. Zu seiner Überraschung fühlte er mit der Hand nichts. Atiaran untersuchte den Untergrund ihrerseits, dann musterte sie mit gerunzelter Stirn Covenant. Auch sie spürte nichts. Aber als er den Fleck mit dem Fuß abtastete, stellte er fest, daß die Pein

des Erdreichs noch vorhanden war; sie griff auf sein Hirn über, als schramme ein Sägeblatt an seiner Schädeldecke entlang, trieb ihm Schweißperlen auf die Stirn, entlockte seiner Kehle ein Knurren. Während sich der Schmerz in ihm durch Mark und Bein ausbreitete, seine Beine mit Eiseskälte betäubte, bückte er sich und schob ein paar Finger unter seine Stiefelsohle. Aber noch immer spürte er in den Händen nichts; nur seine Füße zeigten sich gegenüber der bedrohlichen Erscheinung empfindlich. Aufgrund einer plötzlichen Eingebung zog er einen Stiefel aus, streifte die Socke ab und setzte den nackten Fuß auf das Mal des Übels. Nun war die Diskrepanz noch verblüffender. Er spürte den Erdschmerz mit dem Fuß, der noch im anderen Stiefel stak, aber nicht im entblößten Fuß. Und doch war seine Wahrnehmung vollkommen eindeutig; die Ungeheuerlichkeit erhob sich aus dem Erdboden, sie stammte keineswegs aus seinem Stiefel. Ehe er sich richtig darüber Gedanken machte, warf er auch den anderen Stiefel samt der Socke beiseite; dann ließ er sich schwerfällig ins Gras sacken, stützte seinen Kopf, in dem es pochte, in beide Hände. »Ich habe keine Sandalen für dich dabei«, sagte Atiaran ausdruckslos. »Du wirst neue Fußbekleidung brauchen, noch ehe unsere Reise beendet ist.« Covenant hörte sie kaum. Er stellte unmißverständlich fest, daß er eine Gefahr spürte, einer Bedrohung gegenüberstand, die ihn schon seit Tagen unbemerkt belauert hatte.

*Ist das die Masche, mit der du mich fertigmachen willst, Foul?* dachte er erbost. *Erst heilen meine Nerven. Dann lullt mich Andelain ins Vergessen. Dann werfe ich meine Stiefel weg. Ist es so vorgesehen? Nacheinander all meinen Schutz abzubauen, bis ich völlig wehrlos bis? Ist das die Tour, wie du mich abservieren möchtest?*

»Wir müssen weiter«, sagte Atiaran. »Entscheide, was zu tun ist.«

*Entscheiden? Hölle und Verdammung!* Mit einem Ruck richtete sich Covenant auf. »So einfach ist das nicht«, erwiderte er mit verpreßten Lippen, während er innerlich vor Wut schäumte. Er sammelte seine Stiefel und die Socken ein. Überleben! Er schnürte seine Füße in die Stiefel, als seien sie eine Art von Panzerung.

Für den Rest des Tages blieb er auf der Hut und wich jeder noch so geringfügigen Möglichkeit aus, auf ein weiteres Mal des Übels zu treten; er blieb in trotziger Entschlossenheit hinter Atiaran, in seinen Augen einen angespannt wachsamen Blick, ganz darauf versteift, gegen die Sticheleien des Bösen seine Unantastbarkeit und sein Ich zu bewahren. Und als der Abend näher rückte, sah es so aus, als sei seinem hartnäckigen Ringen Erfolg beschieden. Nach einer besonders bösartigen Attacke am Spätnachmittag fanden die üblen Aufwallungen ein Ende. Er wußte nicht, ob sie von neuem auftreten würden oder nicht, aber er war froh, sie auf jeden Fall vorerst vom Halse zu haben. An diesem Tag war der Abend düster bewölkt, und selbst Atiaran sah sich dazu gezwungen, das Lager früher als bisher zu errichten. Dennoch erhielten sie und Covenant wenig Ruhe. Ein leichter, aber stetiger Regen durchnäßte ihre Decken und sorgte dafür, daß sie für den längeren Teil der Nacht wach blieben, im tiefsten Schatten unter dem weiten, kuppelartigen Blätterdach einer Weide zum Schutz gegen das Wetter zusammengekauert.

Der folgende Morgen jedoch – der sechste seit ihrem Weitermarsch vom Holzheim Hocherhaben aus – dämmerte wieder hell und frühlingslau herauf, beherrscht von Andelains heiterer Schönheit. Atiaran begrüßte den neuen Tag mit Hast und Erwartung in jeder ihrer Regungen; und ihre Art und Weise, Covenant zu drängen, war jetzt – zumindest dem Anschein nach – von mehr Freundlichkeit und Kameradschaftlichkeit geprägt als alles andere, was sie seit dem Beginn ihres gemeinsamen Gewaltmarsches getan hatte. Ihr Beharren auf Schnelligkeit steckte an; Covenant war sogar froh darüber, diesen Eifer mit ihr zu teilen, denn er hinderte ihn daran, sich in Gedanken mit der Möglichkeit weiterer Attacken des Ungeheuren zu befassen. Sie begannen ihre Tageswanderung in leichtem Trott. Der Tag war wie fürs Wandern geschaffen. Die Luft war kühl, die Sonne schien klar und auf ermutigende Weise freundlich; der Weg war gerade und eben; bei jedem Schritt ermunterte das Gras Atiarans und Covenants Füße mit seiner saftigen Frische und Biegsamkeit. Und Atiarans mitreißender Schwung hielt Covenant hinter ihr Meile um Meile auf Trab. Gegen Mittag verlangsamte sie ein wenig, um sich am Wegesrand mit Schatzbeeren zu stärken; aber auch dabei kamen sie noch bestens voran, und als sich wieder der Abend näherte, beschleunigte sie ihren Schritt von neuem zum Trott. Schließlich mündete der nicht gekennzeichnete Pfad, den die Holzheimer ihr gewiesen hatten, in ein breites Tal. Nach einem kurzen Halt, den sie zur Orientierung einlegte, begann sie ohne Umschweife den weiten, flachen Hang eines Hügels zu ersteigen, der sich für ein beträchtliches Stück ostwärts hinstreckte. Die Richtung, die sie nahm, war offensichtlich über den Daumen gepeilt und führte zwischen zwei gleich hohen Güldenblattbäumen ungefähr einhundert Meter oberhalb der Talsohle hindurch; Covenant folgte ihr, ohne zu fragen, empor zur Hügelkuppe. Er war zu müde und zu sehr außer Atem, um Fragen zu stellen. Sie erklommen den Abhang in recht unterschiedlicher Erscheinung – Atiaran stürmte mit hocherhobenem Haupt, dem ihr Haar nachwehte, regelrecht hinauf, als sähe sie das bestirnte Tor des Himmels schon vor Augen; Covenant plagte sich ab, schnaufte schwer. In ihrem Rücken sank die Sonne in einer Art von tiefer Ermattung, ähnlich dem Ausstoßen eines lange unterdrückten Seufzers. Und vor ihnen schien sich der Hang bis unter den Himmel zu erheben.

Covenant war nachgerade verdutzt, als Atiaran endlich die Kuppe des Hügels erreichte, ruckartig stehenblieb, ihn an den Schultern packte und mit sich im Kreis herumzerrte.
»Wir sind da«, rief sie in höchstem Entzücken. »Wir sind da! Wir sind rechtzeitig eingetroffen!«
Er verlor das Gleichgewicht und fiel ins Gras. Für ein Weilchen lag er am Erdboden und keuchte, brachte kaum noch genug Kraft auf, um sie erstaunt anzustarren. Aber sie kümmerte sich nicht um ihn. Ihr Blick war abwärts gerichtet, den östlichen Abhang des Hügels hinab, und ihre Stimme, obwohl von der Anstrengung kurzatmig, zeugte nicht bloß von Erschöpfung, sondern auch von Erregung und Ehrfurcht. *»Banas Nimoram!* Ach, frohes Herz! Frohes Herz Andelain! Daß ich das noch erleben darf!«
Von ihrem Tonfall unwiderstehlich verlockt, raffte sich Covenant mühsam hoch und schaute in die Richtung ihres Blicks, so erwartungsvoll, als könne er dort unten die Verkörperung von Andelains Seele sehen. Doch im ersten Moment seiner vollkommenen Enttäuschung vermochte er ein Aufstöhnen nicht zu unterdrücken. Er konnte nichts erkennen, was Atiarans Aufgewühltheit und Verzückung rechtfertigte, absolut nichts, was noch wohlgeratener oder schöner gewesen wäre als die Myriaden von Ausblicken auf die andelainische Landschaft, an denen sie gleichgültig vorübergehastet war; unterhalb ihres Standorts lag eine Mulde von der Gleichmäßigkeit einer Schüssel, unter der Dämmerung einer für den Nachthimmel bereitgestellten Trinkschale ähnlich, lückenlos bewachsen mit saftigem Gras. Durch das rasche Schwinden der Sonne waren die Umrisse der Mulde im Dämmerlicht ein wenig verwaschen, aber selbst das Licht der ersten abendlichen Sterne hätte genügt, um zu bemerken, daß keine Bäume, keine Sträucher, keinerlei Erhebungen das geschwungene Ebenmaß dieser Bodensenkung beeinträchtigten. Sie wirkte so gleich-

förmig, daß man meinen konnte, das Gras sei wie ein Rasen gesät und auch gemäht worden. An diesem Abend funkelten die Sterne besonders lustig, zugegeben, als ob das Ausbleiben des Mondes sie zu verstärktem Glanz herausfordere; aber Covenant hegte die Auffassung, daß das allein eine derartige knochentiefe Strapaze nicht aufwog oder gar dafür belohnte. Immerhin überhörte Atiaran nicht sein Aufstöhnen.

»Fälle noch kein Urteil über mich«, sagte sie und nahm ihn beim Arm, zog ihn mit sich. Unter den Ästen des letzten Baums am Rande der Mulde streifte sie ihr Bündel von der Schulter und setzte sich rücklings an den Baumstamm, den Blick hangabwärts gewandt, in die Tiefe der Mulde. »Bezähme dein ergrimmtes Herz, Zweifler«, sagte sie leise, sobald er sich zu ihr gesellt hatte. »Wir sind noch zur rechten Zeit gekommen. Dies ist *Banas Nimoram,* das Monddunkel zur Frühlingsmitte. Solange meine Altersgenossen leben, hat nie eine Nacht eines solchen Zusammentreffens stattgefunden, eine solche Nacht des Besonderen und der Schönheit. Miß das Land nicht an deinen Maßstäben. Warte. Dies ist *Banas Nimoram,* das Frühlingsfest – die schönste der Festlichkeiten zum Dank für all die Schätze der Erde. Wenn du die Luft nicht mit Groll vergiftest, werden wir den Tanz der Geister von Andelain sehen können.« Während sie sprach, klangen volle Töne von Harmonien in ihrer Stimme mit, als wolle sie im nächsten Augenblick zu singen anfangen; und Covenant erahnte die Kraft ihrer Verheißung, obwohl er sie nicht verstand. Dies war nicht die richtige Zeit für Fragen, und er setzte sich zurecht und machte sich aufs Warten gefaßt, um zu schauen, was sich dem Auge bieten mochte.

Allerdings fiel das Warten nicht schwer. Zunächst einmal teilte Atiaran das Brot und überließ ihm dazu den Rest des Frühjahrsweins, und der Verzehr von Speise und Trank vertrieb einen Teil seiner Mattigkeit. Später, als sich das Dunkel der

Nacht ringsum vertiefte, merkte er, daß die Luft, die aus der Mulde heraufströmte, eine beruhigende, zuträgliche Wirkung ausübte. Als er einen tiefen Atemzug nahm, schien sie seine Spannungen, seine Verkrampfung im Handumdrehen zu lösen, alles außer dem Bewußtsein von sich selbst in den Hintergrund zu drängen, und er geriet in einen Zustand ruhiger Erwartung. Im schwachen Wind lockerte sich seine Haltung, und er lehnte sich bequemer an den Baum. Atiarans Schulter wärmte seinen Oberarm, als habe sie ihm verziehen. Die Dunkelheit verfinsterte sich immer stärker, die Sterne schienen ebenfalls in ihrem Schimmer hoffnungsvolle Erwartung auszudrücken; Covenant hatte das Gefühl, der Wind wehe von seinem Herzen Staub und Spinnweben – und das Warten fiel ihm tatsächlich immer leichter.

Das erste Flackerlicht tauchte auf wie eine plötzliche entscheidende Begebenheit, die den Brennpunkt der gesamten Nacht ergibt. Über die Weite der Geländemulde hinweg sah er eine Flamme, die einem Kerzenflämmchen ähnelte – winzig infolge der Entfernung, trotzdem lebhaft, in gelbem, orangenem Zucken, so klar, als hielte er selber die Kerze in seiner Hand. Sonderbarerweise war er von Anfang an davon überzeugt, daß die Entfernung bedeutungslos war; daß die Flamme, befände sie sich gleich vor ihm im Gras, nicht größer wäre als seine Hand. Als die Geister erschienen, saugte Atiaran heftig zwischen zusammengebissenen Zähnen den Atem ein, und Covenant setzte sich aufrechter, um dem Schauspiel noch mehr Aufmerksamkeit widmen zu können. In glatter Kreisbewegung schwang sich die Flamme hinunter in die Mulde. Sie hatte die Abwärtsbewegung noch nicht zur Hälfte durchgeführt, da näherte sich vom nördlichen Rand der Mulde eine zweite feurige Erscheinung. Dann kamen zwei weitere ›Geister‹ aus dem Süden – und dann, zu plötzlich, zu viele auf einmal, um zählbar zu sein, schwärmte eine beträchtliche Masse von

Flammen aus allen Richtungen, aber auf individuellen Bahnen hinab in die Mulde. Einige kamen beiderseits von Atiaran und Covenant im Abstand von nur vier oder fünf Metern vorbei, doch allem Anschein nach bemerkten sie die Beobachter nicht oder machten sich aus ihnen nichts; jede verfolgte ihren langsamen, spiralförmigen Abwärtskurs so unbeirrbar, als wäre sie allein zwischen den Hügeln, unabhängig und ausgeschlossen von jedem außer dem eigenen Glanz. Und doch vereinte sich ihr gemeinsames Leuchten, bildete über der Mulde einen Dom aus goldenem Schimmer, durch den sich die Sterne kaum noch erkennen ließen; und in gewissen Augenblicken konnte man meinen, daß diese oder jene ›Geister‹ sich umkreisten und voreinander verneigten, als begrüßten sie sich auf ihrem Weg zum Mittelpunkt der Mulde. Covenant wagte kaum zu atmen, während er das gewaltige massenweise Einschweben beobachtete, das Tausende von Flammen in die Mulde brachte, wovon viele nur in Schulterhöhe vorbeigaukelten. In der Grenzenlosigkeit seines Staunens kam er sich vor wie ein unerlaubter Gaffer, der Zeuge irgendeines für menschliche Augen gar nicht bestimmten okkulten Geschehens wird. Er preßte die Hände auf seine Brust, als hinge die Chance, das Frühlingsfest bis zum Ende mitansehen zu dürfen, von völliger Lautlosigkeit seiner Atmung ab, als befürchtete er, der unbedeutendste Laut würde die feurige Zusammenkunft stören, die Geister des Landes verscheuchen.

Dann entstand unter den versammelten Flammen eine Veränderung. Ein helles, von Auf- und Abschwellen gekennzeichnetes, wortloses Lied erhob sich in den Nachthimmel, eine schmerzlich schöne Melodie. Vom Mittelpunkt der Mulde aus verwandelte sich das individuelle Kreiseziehen der Geister in einen gemeinschaftlichen Flammenreigen. Jeder Geist hatte nun anscheinend seinen Platz in einem großen Radmuster gefunden, das die Hälfte der Bodensenke erfaßte, und dieses

Rad begann sich nun langsam um seine Mitte zu drehen. In dieser Mitte jedoch sah man keine Lichter; das Rad drehte sich um eine Nabe aus vollkommener Schwärze, die sich dem Glanz der Flammengeister verweigerte. Während sich das Lied durch die Nacht ausbreitete, kreiste das große Rad, und zugleich tanzte jede Flamme einen geheimnisvollen eigenen, unabhängigen Tanz, völlig unterschieden in seinem Wiegen und Schwanken von allen anderen, aber trotzdem behielt jede Flamme in der Gesamtheit des Gebildes seinen Platz bei. Und in der Breite zwischen der Nabe innen und dem Rand außen rotierten weitere Kreise, so daß das große Rad mit einer Vielzahl kleinerer Räder ausgefüllt war, und alle kreisten. Und kein Geist blieb lang an derselben Stelle. Die Flammen schwebten unaufhörlich durch ihr Bewegungsmuster, so daß die einzelnen Geister, während sich die Räder drehten, vom einen zum nächsten Platz wechselten, wobei aber nie ein Platz unbesetzt blieb, sich zunächst am Außenrand entlangschwangen, dann durch die kleinen inneren Räder kreiselten, zuletzt die Nabe umkreisten. Jeder Geist befand sich in unablässiger Bewegung, wechselte ständig seinen Standort, aber das Radmuster erlitt nie eine Beeinträchtigung – kein fehlerhaftes Abweichen verursachte eine Lücke, nicht einmal für eine Sekunde –, und jede Flamme wirkte wie vollkommen allein und gleichzeitig auf rätselhafter Bahn, in Verfolgung einer persönlichen Bestimmung, dem Tanz einverleibt, nicht weniger vollkommen ein Teil des Ganzen. Im Verlauf ihres Tanzes erhöhte sich ihre Leuchtkraft, bis am Nachthimmel die Sterne erloschen und die Nacht selbst in den Hintergrund zurückwich, als sei sie nur ein entfernter Zuschauer der Festlichkeit. Und die Schönheit und das Wunder des Tanzes machten Covenants Erwartung zu schmerzlichem Verlangen.

Dann ging in der Festlichkeit eine weitere Veränderung vor sich. Covenant bemerkte sie erst, als Atiaran seinen Arm berührte; ihr Hinweis bereitete ihm ein Schaudern gesteigerter Bewußtheit, und er sah, daß sich das Rad aus Flammengeistern langsam nach außen beulte. Im übrigen behielt das Rad seine Form, und die schwarze Nabe blieb unverändert. Allmählich legte sich das Rad, während es weiterhin kreiste, eine merkliche Seitenlastigkeit zu, indem die äußeren Geister sich den beiden Zuschauern näher schoben. Bald deutete die immer stärkere Auswölbung unmißverständlich auf Covenant. Infolgedessen hatte er das Empfinden, ihr Lied noch eindringlicher wahrzunehmen – es glich einem innigen, verzückten Klagegesang, einem Trauerlied von der prallen Leidenschaftlichkeit einer Hymne und gleichzeitig der Leidenschaftslosigkeit einer erhabenen, unpersönlichen Beteuerung. Die Annäherung der Flammen flößte ihm Ehrfurcht ein und erfüllte ihn mit Faszination, so daß er innerlich zu schrumpfen schien, aber zu jeder Regung unfähig blieb. Kreis um Kreis bewegte sich auf ihn zu, immer mehr Flammen näherten sich ihm, und er saß still, die Hände über seinen Knien gefaltet, wagte sich nicht zu rühren; es war ihm ein wenig flau ums Herz vor diesen vielen feurigen Tänzern, und er äußerte keinen Laut. Innerhalb kurzer Zeit schwebte die Spitze des langen Ausläufers, der sich am Rad aus Flammen gebildet hatte, über ihm, und er sah, daß sich jede Flamme im Vorübertanzen vor ihm verneigte. Dann sank der Rand des Ausläufers herab, und der Takt des Tanzes verlangsamte sich, als sollte jeder Geist die Gelegenheit erhalten, für einen Moment andächtig vor ihm zu verweilen. Bald schwebten die Flammen in der Reichweite seiner Hände vorbei. Da flackerte die lange Zunge des Rades aus Flammengeistern plötzlich auf, als sei eine gemeinsame Entscheidung gefallen. Der nächste Geist kam näher als alle anderen zuvor und ließ sich auf Covenants Ehering nieder. Er zuckte zusammen, weil er erwartete, das Feuer werde ihn verbrennen, aber er verspürte keinen Schmerz. Die Flamme saß auf dem Ring wie auf einem

Docht, und er fühlte die Harmonien des Festgesangs leise in seinem Finger mitschwingen. Solange der Geist auf dem Ring saß, tanzte und flackerte er heftig, als sauge er daraus so etwas wie köstlichen Nektar. Und dabei verfärbte er sich langsam vom hellen Gelborange zu Silberweiß. Als die Verfärbung vollzogen war, schwebte der Geist weiter, und die nächste Flamme nahm den Platz ein. Eine lange Reihenfolge von Flammen schloß sich an, und jede flackerte auf seinem Ring, bis sie silbrig verfärbt war; seine Besorgnis schwand, und im gleichen Maße beschleunigte sich die Abfertigung. Binnen kurzem reichte die Schlange silbriger weißer Geister bis fast zurück zum Rest der Tänzer. Jede weitere Flamme, die an die Reihe kam, ließ sich mit nahezu begieriger Flinkheit nieder, als suche sie im Weißgold von Covenants Ehering eine Apotheose, irgendeinen Höhepunkt ihres Daseins. Nicht lange, und Covenants Gemüt war so aufgewühlt, daß er nicht sitzen bleiben konnte. Seine Ergriffenheit trieb ihn auf die Beine, und er streckte den Geistern seinen Ring entgegen, so daß sie sich daran aufhellen konnten, ohne zu ihm herabschweben zu müssen.

Atiaran trat an seine Seite. Er hatte nur Augen für diese Wandlung, die sein Ring irgendwie ermöglichte, aber sie schaute hinaus über den Tanz. Was sie sah, ließ sie ihre Finger aus Verzweiflung wie Klauen in seinen Arm krallen. »Nein! Bei der Sieben! Das darf nicht sein!« Ihre entsetzten Ausrufe erregten Covenants Aufmerksamkeit; er hob den Blick hinweg über die Mulde. »Dort! Das ist die Bedeutung des Übels, das deine Füße gespürt haben!«

Was er erblickte, brachte ihn ins Wanken wie ein Schlag in die Herzgrube. Über den nordöstlichen Rand der Mulde drang ein Keil aus Schwärze in den goldenen Schimmer ein, so pechschwarz und unantastbar durch jede Helligkeit wie die Brutstätte der Nacht. Der Keil bahnte sich seinen schmalen Weg hinab zum Tanz, und durch das Lied der Flammen verbreitete er ein Geräusch, das wie das Pflügen vieler blutbesudelter Füße durch reines Gras klang. Mit unverkennbarem, fürchterlichem Vorsatz schob sich der Keil vorwärts, ohne an Geschlossenheit zu verlieren. Innerhalb von Sekunden schnitt die Keilspitze der Finsternis in den Tanz ein und begann sich zum Mittelpunkt zu bohren. Erschrocken sah Covenant, daß der Tanz nicht endete, nicht aussetzte. Bei der ersten Berührung mit dem Keil verflog das Lied der Geister aus der Luft, als wäre es durch ein Sakrileg fortgezaubert worden, und zurück blieb nichts als ein Geräusch wie von fernem fortlaufendem Morden. Doch der Tanz kam zu keinem Halt. Die Flammen kreisten weiter, als seien sie sich des Geschehens nicht bewußt oder ihm gegenüber völlig hilflos. Sie zogen ihre Kreise bis in den Weg des Keils und verschwanden, als fielen sie in einen Abgrund. Kein Geist kehrte aus dem Finstern wieder. Indem er jede Flamme verschlang, die ihm begegnete, fraß sich der schwarze Keil in die Mitte des Frühlingsfests.

»Sie werden alle sterben«, stöhnte Atiaran. »Sie können nicht einhalten … nicht fliehen. Sie müssen tanzen, bis der Tanz vollendet ist. Alle tot – jeder Geist, jedes helle Licht im Lande! Das darf nicht sein! Hilf ihnen! Covenant, hilf ihnen!« Aber Covenant hatte keine Ahnung, wie er ihnen helfen sollte. Er stand da wie gelähmt. Der Anblick des schwarzen Keils bereitete ihm eine solche Übelkeit, als beobachte er über eine Kluft von Gefühllosigkeit hinweg, wie ein Wahnsinniger ihm die Finger abnagte – Übelkeit, Wut und ratloser Zorn beherrschten ihn, als habe er bereits zu lange gewartet, um noch Gegenwehr leisten zu können, und besitze zur Verteidigung nicht länger Hände. Triocks Messer entglitt seinen klammen Fingern und ging im Dunkeln verloren. Wie …?

Für einen Moment zerrte Atiaran wutentbrannt an ihm herum. »Covenant!« schrie sie ihm ins Gesicht. »Hilf ihnen!« Dann machte sie kehrt und lief hinunter ins Tal, um sich dem Keil entgegenzuwerfen. Die Geister des Landes …! Atiarans Tatkraft brach seine Starre des Schreckens. Er riß Baradakas' Stab an sich, duckte sich unter den Flammen hinweg und folgte ihr nach unten, noch in gebückter Haltung, um nicht mit den Geistern über seinem Kopf zu kollidieren. Eine Aufwallung von Wahnsinn schien seine Füße zu beschleunigen; er holte Atiaran ein, bevor sie die Hälfte der Entfernung zur Radnabe zurückgelegt hatte. Er ließ sie hinter sich und stürzte weiter vorwärts, auf die unerbittlich im Vordringen begriffene Keilspitze zu, angefeuert von der blindgläubigen Überzeugung, die Mitte des Tanzes eher erreichen zu müssen als die Schwärze. Atiaran folgte ihm. »Hüte dich und gib acht«, rief sie ihm nach. »Es sind Urböse! Dämondimische Verderbtheit!«

Er hörte sie kaum. Seine ganze Aufmerksamkeit richtete sich darauf, den Mittelpunkt der Mulde zu erreichen. Um schneller voranzukommen, lief er aufrechter, legte den Kopf zur Seite, sobald ein Geist in seiner Augenhöhe leuchtete. Mit einem letzten Sprung gelangte er in die leere Nabe des Rades aus Flammen.

Er verharrte. Nun war er nahe genug, um zu erkennen, daß der Keil aus großen, dicht aneinandergedrängten Gestalten bestand, die eine so schwarze Haut besaßen, daß darauf kein Lichtschein einen Schimmer oder bloß Widerschein erzeugte. Die Angreifer verschlangen die wehrlosen Geister gerade so, wie sie ihrem Keil in die Quere kamen. Die Urbösen näherten sich; an der Spitze des Keils befand sich eine einzelne Gestalt, die größer war als die anderen. Covenant konnte sie deutlich erkennen. Sie ähnelte einem übergroßen Wegwahrer – langer Rumpf, vier kurze Gliedmaßen von übereinstimmender Länge, spitze Ohren hoch am Schädel, ein augenloses Gesicht, das weite Nüstern fast völlig ausfüllten. Der schlitzartige Mund schnappte jedesmal, wenn er in die Reichweite einer Flamme gelangte, wie eine Falle zu. Aus den Nüstern sickerte Schleim und wehte an beiden Seiten des Schädels in Flocken davon. Als Covenant dem Wesen entgegentrat, zuckten die Nüstern, als witterten sie eine neue Art von Spiel, und es stieß ein akzentuiertes Knurren aus, das wie eine an die übrigen Kreaturen gerichtete Ermunterung klang. Begierig rückte der gesamte Keil weiter vor.

Atiaran kam an Covenants Seite geeilt. »Deine Hand!« schrie sie ihm ins Ohr. »Schau deine Hand an!«

Er hob ruckartig seine Linke. Ein Flammengeist hing noch am Ehering, tanzte gleichgültig, loderte weißlich. Im nächsten Augenblick betrat der Anführer der Urbösen die Nabe des Flammenrades und blieb stehen. Die Horde der Angreifer verharrte hinterm Anführer, stand Schulter an Schulter zusammengedrängt. Finster, grobschlächtig und grausam lüstern seiberten sie unaufhörlich und schnappten nach den hilflosen Geistern. Covenant zögerte, als hätte sich sein Herz plötzlich in einen schlaffen Sack verwandelt. Aber Atiaran bestürmte ihn mit Wutschreien. »Jetzt! Jetzt schlag sie!« Zittrig trat er vor. Er wußte nicht im geringsten, was er anfangen sollte.

Sofort zückte der vorderste Urböse ein langes Messer mit einer Klinge, die blutrot wallte. Die Klinge strahlte eine mörderische Gewalt aus; wider ihren guten Willen schraken Covenant und Atiaran zurück. Der Urböse hob seine Hand zum Stich. Spontan fuhr ihm Covenant mit der weißlichen Flamme ins Gesicht. Mit einem Fauchen des Schmerzes sprang das Lebewesen rückwärts. Covenant hatte eine plötzliche Eingebung. Augenblicklich hielt er ein Ende seines Stabes in die Glut des Flammengeistes. In heftigem Auflodern schossen aus dem Stab lebhafte weiße Flammen, hellten die goldene Färbung des Tanzes auf, boten sich als Waffe gegen die Herausforderung durch die Urbösen an. Deren Anführer wich erneut zurück. Aber er faßte sich sofort wieder. Er sprang vorwärts und stach mit seiner blutroten Klinge ins Herz des weißen Feuers. In der Nabe des Geisterreigens prallten ungeheure Kräfte aufeinander. Die Klinge des Urbösen waberte wie glutheißer Haß, und der Stab flackerte wild. Ihr Widerstreit versprühte Funken, als wüte es in der Luft von Blitzschlag und Blutregen. Aber der Urböse war ein Meister im Kampf. Seine Gewalt füllte die gesamte Mulde mit einem dumpfen, geknirschten Grollen, als zerbräche unter ungeheuerlichem Druck ein riesiger Felsklotz. Urplötzlich erlosch Covenants Feuer infolge einer erhöhten Anstrengung seines Gegners. Die Wucht des Angriffs warf ihn und Atiaran rücklings ins Gras. Mit einem Knurren des Triumphs drängten die Urbösen näher, um den beiden lästigen Störenfrieden den Garaus zu machen. Covenant sah die rote Klinge herankommen und kauerte sich furchtsam zusammen, den Verstand verdunkelt durch den eisigen Mantelzipfel des Todes, der ihn streifte. Atiaran aber raffte sich wieder empor. *»Melenkurion!«* schrie sie. *»Melenkurion abatha!«* Angesichts der Überlegenheit der Urbösen klang ihre Stimme schwach und bedeutungslos, aber sie stellte sich ihnen aufrecht in den Weg, packte die Messerhand des Anführers, rang mit ihm; für den Moment vermochte sie ihn am Zustechen zu hindern.

Da antwortete aus ihrem Rücken, von Westen her, eine andere Stimme voller gerechtem Zorn. *»Melenkurion abatha!«* donnerte sie. *»Binas mill Banas Nimoram khabaal! Melenkurion abatha! Abatha Nimoram!«* Der Klang dieser Stimme behob Covenants Starre; er rappelte sich auf und eilte Atiaran zu Hilfe. Aber auch mit vereinten Kräften konnten sie dem Urbösen nicht beikommen; er schleuderte sie erneut auf den Erdboden. Dann wollte er sich von neuem auf sie stürzen, um sie endgültig zu beseitigen. Doch auf halbem Weg scheiterte sein Vorhaben, weil ihn eine ungeschlachte Gestalt ansprang und zum Kampf stellte. Für einen Moment lagen die zwei Gegner in wüstem Ringen. Gleich darauf gelang es dem

Ankömmling, sich der blutroten Klinge zu bemächtigen, und er rammte sie dem Wesen ins Herz. Aus den Reihen der Urbösen ertönte ein vielfaches Knurren und Fauchen. Covenant hörte ein gedämpftes Rauschen, das klang, als liefen viele Kinder durchs Gras. Als er aufblickte, sah er eine ganze Masse kleiner Tiere in die Mulde herabströmen – Hasen, Dachse, Wiesel, Maulwürfe, Füchse und ein paar Hunde. In stummer Entschlossenheit stürzten die Tiere sich auf die Urbösen. Zugleich begannen die Flammengeister sich zu zerstreuen. Während sich Covenant und Atiaran wieder aufrichteten, verschwanden bereits die letzten Geister aus der Mulde. Aber die Urbösen blieben, und ihre Körpergröße machte den Angriff der Tiere für sie zu einem bloßen Ärgernis. Im plötzlich vollkommenen Nachtdunkel schienen die schwarzen Geschöpfe sich auszudehnen, als hätte das Licht der Flammen sie an der Entfaltung gehindert, ihnen die dichtgedrängte Formation aufgezwungen. Nun lösten sie ihren Keil auf. Dutzende von Klingen, die brodelten wie glutflüssige Lava, zuckten gleichzeitig auf und begannen die Tiere mit entsetzlicher Unweigerlichkeit abzuschlachten. Ehe Covenant alle die Eindrücke dessen, was in so überstürzter Folge geschah, richtig aufnehmen und verarbeiten konnte, wandte sich die ungeschlachte Gestalt, die sie gerettet hatte, an ihn und Atiaran. »Lauft!« stieß sie mit unterdrückter Stimme hervor. »Flieht nach Norden zum Fluß! Ich habe die Geister freigelassen. Nun werden wir für eure Flucht Zeit erkämpfen. Lauft!«
»Nein!« Atiaran keuchte. »Du bist hier außer uns der einzige Mensch. Die Tiere allein sind zu schwach. Wir müssen euch im Kampf beistehen.«
»Wir alle gemeinsam sind nicht stark genug«, rief der Fremde. »Habt ihr eure Aufgabe vergessen? Ihr müßt zu den Lords – ihr müßt! Seibrich muß für diese Entweihung büßen. Lauft! Viel Zeit kann ich euch für den Vorsprung nicht erringen!« Mit

dem kriegerischen Aufschrei *»Melenkurion abatha!«* wirbelte er herum und warf sich zwischen die Gegner, fällte Urböse mit seinen klobigen Fäusten.

Atiaran zögerte lediglich noch lange genug, um Baradakas' Stab aufzuheben, dann floh sie eilends nach Norden. Und Covenant folgte ihr, er rannte, als säßen ihm Urböse mit ihren feurigen Messern im Nacken. Die Sterne lieferten ihnen in gerade noch ausreichendem Maße Licht für die Flucht. Sie stürmten den Hang hinauf, ohne sich umzuschauen, ob man sie verfolgte, ohne sich um die Bündel zu scheren, die sie zurückließen – unfähig, an irgend etwas anderes zu denken als an größtmöglichen Abstand. Als sie den Rand der Mulde überquerten, drang der Kampflärm unvermittelt viel leiser an ihre Ohren. Zu hören war nichts von Verfolgern. Aber sie liefen weiter – weiter und immer weiter, und sie hielten nicht an, bis sie, noch immer in vollem Lauf, einen abgehackt kurzen Schrei voller Qual und Ermattung vernahmen. Daraufhin sank Atiaran auf die Knie und senkte ihre Stirn aufs Erdreich, weinte unverhohlen.

»Er ist tot. Der Freischüler ist tot! Weh übers Land! Alle meine Wege sind von Übel, und aus allen meinen Entscheidungen gedeiht Verderben. Von Anfang an habe ich alles falsch begonnen. Nun wird es nie wieder ein Frühlingsfest geben, und daran trage ich die Schuld!« Sie erhob schluchzend ihr Gesicht zu Covenant. »Nimm deinen Stab und strafe mich, Zweifler!«

Mit ausdrucksloser Miene nahm Covenant die Tränen und das Leid in ihren Augen zur Kenntnis. Innerlich fühlte er sich vom Übermaß an Schmerz, Kummer und sinnloser Wut wie betäubt, und zudem begriff er nicht, warum sie sich schuldig fühlte. Er bückte sich nach dem Stab, dann nahm er sie am Arm und richtete sie auf. Benommen führte er sie davon durch die Nacht, bis sie ihr ganzes Elend ausgeweint hatte und wieder ohne Unterstützung stehen und gehen konnte. Er hätte gerne auch geweint, aber im Laufe seines langwierigen Ringens mit den Leiden eines Leprakranken hatte er völlig vergessen, wie man das schaffte, und daher war er nun zu nichts anderem imstande als zum Weitergehen, immer weiterzugehen. Er merkte nur noch, daß Atiaran irgendwann ihre Selbstbeherrschung wiedererlangte und von ihm abrückte, ihm irgendeinen Vorwurf machte. Während dieser schlaflosen Nacht auf ihrer Wanderung nach Norden brachte er es nicht fertig, sich auch noch damit zu befassen.

## 11
## Die Entwurzelten

Ganz allmählich wie mit Schlurfschritten verzog sich die Nacht, als trotte sie verdutzt und ziellos in den bewölkten neuen Tag hinein, um langsam darin aufzugehen; sie hinkte durchs Niemandsland des Wechsels, als ließe sich nicht feststellen, wo die Einöde aus Finsternis endete und wo die Aschen des Lichts begannen. Die niedrigen Wolken schienen sich zu grämen – wirkten verkrampft und mißbehaglich aus angesammeltem Kummer – und doch teilnahmslos zu bleiben, außerstande zum Regnen, als sei selbst die Luft zu angespannt, um Tränen zu vergießen. Und durchs Morgengrauen stapften schwerfällig Atiaran und Covenant, ungefüge und ungleich wie Teile eines zerbrochenen Grabsteins.

Der Anbruch des Tages bedeutete für sie keinen Unterschied, änderte nichts an ihrer Flucht – auf der sie nicht länger Schrecken plagte, denn was sie an Furcht und Entsetzen zu empfinden vermochten, war mittlerweile erschöpft – nach Norden. Tag und Nacht waren nichts als Hüllen, buntscheckige Verkleidungen des Schattens, der fortwährend auf dem Herzen des Landes lag. Wieviel Schaden dies Herz genommen hatte, konnten sie nicht einmal erahnen. Einen gewissen Eindruck davon erhielten sie durchs Maß ihres eigenen Schmerzes; und so wanderten sie in der langen, unheilvollen Nacht und dem ebensolchen Tag, welche der Beschmutzung der Frühlingsfestlichkeit folgten, nur in der freudlosen Erinnerung an ihr furchtbares Erlebnis dahin, allem anderen gegenüber unempfänglich, als wären sogar Hunger, Durst und Müdigkeit in ihnen für immer erloschen. Am darauffolgenden Abend gelangten ihre Leiber an die Grenze ihrer Belastbarkeit, und sie versanken blindlings in abgrundtiefen Schlaf, nicht länger überhaupt dazu in der Lage, sich dafür zu interessieren, ob ihnen Verfolger nachstellten und welche. Während sie schliefen, entlud der Himmel zumindest ein wenig seiner angestauten Spannung. Bläuliche Blitze fuhren auf die Hügel nieder; der Donner klang wie Stöhnen nach lange unterdrückter Qual. Als die Reisenden wieder erwachten, schien über ihren Häuptern schon die Sonne, und ihre Kleidung war vom nächtlichen Regen durchnäßt. Aber Sonnenschein und Morgenfrische konnten ihre verwundeten Seelen nicht heilen.

Sie rafften sich so mühsam empor auf die Beine, als wären sie klamme, untote Leichname; sie aßen *Aliantha,* tranken aus einem Bach, dann stolperten sie weiter, als wären sie lebendigen Leibes von Totenstarre befallen.

Dennoch unternahmen Zeit, *Aliantha* und die köstliche, andelainische Luft ihre Wiederbelebungsversuche auf die Dauer nicht vergeblich. Allmählich regten sich Covenants Gedanken wieder; das stumpfsinnige Grauen, die Nachwirkung des Gemetzels, schwand langsam, wich in seinem Innern einer herkömmlicheren Art von Pein. *Covenant, hilf ihnen!* hörte er Atiaran rufen; und die Erinnerung daran brachte sein Blut aus lauter Hilflosigkeit zum Schäumen. *Die Geister, die Geister,* winselte er lautlos vor sich hin, undeutlich wie aus der Entfernung, eine Folge des Abstands zu unangenehmen Erinnerungen. So wunderschön waren sie gewesen – und er hatte sie nicht retten können. Atiaran jedoch hatte ihn für dazu imstande gehalten, sie zu retten; sie erwartete von ihm irgendeine Anwendung irgendeiner Macht – genau wie Lena, Baradakas und alle anderen, denen er hier begegnete, sah sie in ihm den wiedergeborenen Berek Halbhand, den Herrn wilder Magie. *Du hast nun viel Macht,* hatte der Verächter gesagt. *Aber du wirst sie niemals richtig begreifen.* Und tatsächlich begriff er überhaupt nichts. Wie sollte er denn auch? Was hatten Magie oder bloß wilde Träume von wilder Magie eigentlich mit ihm zu schaffen? Und doch hatten die Flammengeister seinem Ring eine solche Ehrerbietung erwiesen, als wäre es ihnen dabei um die Anerkennung seiner verlorenen Menschlichkeit gegangen. Und sie waren selbst dadurch verändert worden.

»Ich hätte sie gerettet«, sagte er nach geraumer Zeit laut, ohne wirklich mit jemandem reden zu wollen, »wäre es mir möglich gewesen.«

»Du besitzt genug Macht.« Atiarans Stimme klang dumpf und matt, als sei sie nicht länger dazu imstande, Zorn oder Trauer zu empfinden.

»Was für Macht?« fragte er mit beträchtlicher Mühe.

»Trägst du den Ring aus Weißgold für nichts?«

»Es ist nur ein Ring, sonst nichts. Ich trage ihn … ich trage ihn, weil ich ein Leprakranker bin. Ich verstehe nichts von Mächten.«

Sie sah ihn an. »Ich kann dich nicht erkennen. Du bist mir verschlossen.«

Daraufhin hätte er sich gerne dagegen aufgelehnt, ihr widersprochen, sie angeschrien, bei den Schultern gepackt und ihr ins Gesicht gebrüllt. *Verschlossen? Schau her – schau mich an! Ich bin kein Berek! Kein Held. Für so etwas bin ich viel zu krank.* Aber es fehlte ihm dazu an Kraft. Und er war zu tief gekränkt worden – so sehr durch Atiarans unerfüllbare Forderung, wie durch seine eigene Hilflosigkeit. *Wie …? Die Geister!* Wie konnte es nur möglich sein, daß ihm so etwas geschah? Ein Moment verstrich, während er über dieser Fragestellung aufstöhnte. Dann seufzte er, dachte: *Ich hätte es merken müssen.* Er hätte die Gefahr in Atiarans Vortrag der Sage von Berek Halbhand hören müssen, sie in Andelain sehen, in den Zuckungen unter seinen Stiefeln spüren. Aber er war taub, blind und stumpfsinnig gewesen. Er hatte sich so aufs Vorwärtskommen versteift, auf das Bestreben, den Wahnsinn abzuhängen, daß er den Wahnsinn übersah, in den der Lauf seines Traums mündete. Dieser Traum verlangte von ihm, ein Held zu sein, ein Retter; deshalb führte er ihn auf Abwege, riß ihn mit sich – drängte ihn vorwärts, damit er ohne Rücksicht auf sich selbst sich abstrampeln solle, sein Leben für Geister, das Land, für Traumbilder aufs Spiel setze. In dieser Hinsicht bestand der einzige Unterschied zwischen Atiaran und Lord Foul darin, daß der Verächter ihm das Scheitern wünschte. *Du wirst sie niemals richtig begreifen.* Natürlich nicht. Unter der Oberfläche seiner Erschöpfung wütete in seinen Eingeweiden Ärger. Er träumte – das war für alles die Lösung, für die unerfüllbaren Erwartungen des Landes in seine Person ebenso wie für die Unmöglichkeit des Landes selbst. Noch erkannte er den Unterschied zwischen Realität und Traum; er war geistig gesund. Er war ein Lepraleidender. Aber die Flammengeister waren so schön gewesen. Und man hatte sie verschlungen ... *Ich bin ein Leprakranker!* Zittrig unterzog er sich einer VBG. *Hölle und Verdammnis! Was haben Flammengeister und wilde Magie und der blödsinnige Berek Halbhand mit mir zu tun?* Offenbar war er am ganzen Körper unversehrt geblieben – er fand nicht einmal kleine Kratzer, und seine Kleidung war zwar zerknittert, aber unbeschädigt –, wogegen die Gewalt der Urbösen den Stab des Allholzmeisters am oberen Ende geschwärzt hatte. *Hölle! So was kann man mit mir nicht machen!* Erbittert kämpfte er gegen seine Müdigkeit an und latschte neben Atiaran dahin. Sie würdigte ihn keines Blicks, erweckte den Eindruck, als bemerke sie seine Gegenwart gar nicht; den ganzen Tag lang ließ er sie in Ruhe, als fürchte er sich vor seiner eigenen Reaktion, falls er ihr eine Gelegenheit einräumte, erneut Vorwürfe zu äußern. Aber als sie am Abend rasteten, lieferten die Kühle und das Dunkel unterm Glitzern der Sterne genug Grund, um den Verlust ihrer

Decken und Leuchtgefäße zu bedauern. Um sich von der dumpfen Unbehaglichkeit abzulenken, besann er sich auf seinen bereits halb vergessenen Vorsatz, möglichst viel über das Land in Erfahrung zu bringen. »Erzähl mir von … ihm, der uns gerettet hat«, wandte er sich an Atiaran. »Der gestern dazwischensprang.«

Für längere Zeit herrschte Schweigen, bevor sie antwortete. »Morgen.« Ihre Stimme war ausdruckslos, von nichts geprägt außer Niedergeschlagenheit und Erschlaffung. »Laß mich in Ruhe. Bis morgen.«

Covenant nickte in der Dunkelheit. Er fühlte sich bedrängt durch Kälte und das Schlagen schwarzer Schwingen, aber zugleich eher dazu imstande, dieser Bedrängung zu begegnen als zum Antworten auf Atiarans Tonfall. Für eine ganze Weile schauderte er immer wieder zusammen, als widerstrebe ihm jede Art von Traum, die einem Menschenkind in seiner erbärmlichen Lage kommen konnte, aber endlich sank er in unruhigen Schlummer.

Am folgenden, dem neunten Tag seit ihrem Abschied vom Holzheim Hocherhaben verschaffte Atiaran mit einer Stimme, die so hart und schroff klang wie Felsgestein, als habe sie einen Punkt erreicht, wo alles, was sie redete, und das Maß, in dem sie sich entblößte, für sie nicht länger irgendeine Rolle spielte, Covenant Aufklärung über die Freischüler. »An der Schule der Lehre«, erläuterte sie, »finden sich immer wieder solche, die zur Erkenntnis gelangen, daß sie nicht in der Gesellschaft ihrer Gefährten fürs Land oder die Lehren der Alt-Lords zu wirken vermögen, als Lords oder Lehrwarte, Gefolgsleute des Schwertes oder des Stabes. Das sind Menschen, die aus ureigenen Visionen wissen, daß sie im Abgeschiedenen forschen sollen. Doch ihr Bedürfnis nach Alleinsein trennt sie nicht von den anderen Menschen. Sie erhalten den Segen der Freischüler und werden von allen herkömmlichen Anforderungen befreit, um mit dem Wohlwollen der Lords und der Achtung aller, die das Land lieben, nach eigenen Wegen des Erkennens und Wissens zu trachten. Denn schon vor langer Zeit begriffen die Lords, daß das Streben nach Einsamkeit kein selbstsüchtiges Streben sein muß, wenn nicht die anderen es dazu machen, die dies Bestreben nicht empfinden. Viele Freischüler sind niemals wieder gesehen worden und haben das menschliche Wissen nicht bereichert. Doch um jene, die nicht völlig verschwanden, haben sich Geschichten gerankt. Von einigen heißt es, sie hätten die Geheimnisse der Träume ergründet, andere sollen in der Heilkunst Fertigkeiten von tiefster Rätselhaftigkeit erlangt haben, manche zu Freunden der Tiere geworden sein, ihre Sprache sprechen und sie in Fällen großer Not zu Hilfe rufen. Ein solcher Freischüler war es …« Ihre Stimme erstickte für einen Moment. »Ein solcher Freischüler war's, der uns rettete, ein Lerner bei den Geistern Andelains und ein Freund der kleinen Tiere des Waldes. Er verstand mehr von den Sieben Worten, als mir jemals zu Ohren gekommen ist.« Sie stöhnte gedämpft. »Ein gewaltiger Mann … und nun so dahingeschlachtet. Er ließ die Geister frei und hat uns das Leben gerettet. Wäre ich nur dessen wert! Bei der Sieben! Keine Schandtat hat sich je wider die Geister Andelains gerichtet! Der Graue Schlächter selbst wagte es nicht … Und es heißt, nicht einmal das Ritual der Schändung besaß Gewalt gegen sie. Und nun spüre ich in meinem Herzen, daß sie niemals wieder tanzen werden.« Sie schwieg bedrückt. »Ach, gleichgültig. Alles endet einmal, endet in Entartung und Tod. Trauer ist für jene, die auch hoffen können. Aber der Freischüler gab sein Leben hin, damit du und deine Botschaft und dein Ring zu den Lords gelangen. Das werden wir vollbringen, damit sein Opfer einen Sinn hat.« Erneut schwieg sie für ein Weilchen. *Ist das der Grund?* dachte Covenant. *Ist es das, wofür das Leben da ist? Um den Tod anderer zu rechtfertigen?* Aber er sagte nichts;

gleich darauf wandte sich Atiaran widerwillig wieder dem Thema zu. »Ja, die Freischüler. Manche sind Träumer, manche Helfer, manche teilen das Dasein mit den Tieren. Einige schürfen in der Erde, um die Geheimnisse der Höhlenschrate zu entdecken, andere lernen die Lehren der Dämondim – ganz danach, welche Einsicht dem Freischüler seine Vision vermittelt hat. Ich habe sogar schon flüstern hören, ein paar Freischüler eiferten dem Vorbild der Sage von Caerroil Wildholz von der Würgerkluft nach und seien Forstwärtel geworden. Doch das sind gefährliche Reden, selbst wenn man sie bloß flüstert. Ich hatte nie zuvor einen Freischüler gesehen, habe jedoch schon einmal gehört, wie man den Segen der Freischüler erteilte. Dabei wird eine Hymne gesungen.« Leise begann sie die Hymne aufzusagen:

*»›Frei und ungebunden,*
*Abgesegnet und frei,*
*Träume, daß Träume in Erfüllung gehen,*
*Schließ deine Augen, bis sie sehen,*
*Sing von der Weissagung Wohlverstehen,*
*Und sei*
*Ungebunden,*
*frei.‹*

Die Hymne besitzt noch viele Worte, aber ich vermag mich in meiner Schwäche nicht darauf zu besinnen ... Es mag sein, daß ich nie wieder ein Lied singe.« Sie raffte ihr Gewand enger um die Schultern, als berühre sie ein frostiger Wind, und sprach für den Rest des Tages kein einziges Wort mehr.
Am Abend dieses Tages konnte Covenant, als sie ihr Nachtlager bereitet hatten, wieder keinen Schlaf finden. Wider Willen lag er wach und starrte auf die Sichel des Mondes und sah mit Entsetzen, daß sie nicht länger silberweiß war, sondern rot –

in der Farbe von Blut und den lavaroten Augen Seibrich Felswürms. Das Rot überzog die Hügel mit fremdartiger Farbtönung, gab der Nacht eine dunkelrötliche Färbung, als schwitzten die Hänge, Bäume, Sträucher und Gräser Blut, als winde sich ganz Andelain in Qualen. Darunter schimmerte der beschmutzte Grund, als müsse er erbeben. Covenant starrte in den Nachthimmel, vermochte die Lider nicht zu schließen. Obwohl ihm menschliche Teilnahme gutgetan hätte, biß er die Zähne zusammen und verzichtete darauf, Atiaran zu wecken. Allein und zittrig, die Hände um Baradakas' Stab gekrampft, saß er bis zum Schwinden des Mondes wach; dann schlief er, ohne daß ihn die tiefe Bestürzung verließ, bis zur Morgendämmerung.

Und am vierten Tag nach der Nacht des Tanzes der Flammengeister war er es, der ihre Marschgeschwindigkeit bestimmte. Er beschleunigte ihren Schritt immer mehr, während der Tag verging, als fürchte er, der blutrote Mond könne ihn einholen. Als sie sich wieder zur Nacht einrichteten, gab er Atiaran seinen Stab, ließ sie sich hinsetzen und zeigte ihr im dunkelroten Dunst überm Horizont des Mondes blutige Sichel. Seine Krümmung war bereits wesentlich voller als in der vorherigen Nacht. Atiaran betrachtete ihn in versteifter Haltung, umklammerte den Stab, aber sie unterdrückte den Aufschrei, der ihr entfahren wollte. »Es bleibt keine Zeit«, sagte sie mit tonloser Stimme, als sie seine ganze Abartigkeit erkannt hatte, und wandte ihr Gesicht ab.

Am darauffolgenden Morgen übernahm wieder sie die Führung. Unter dem Eindruck des angekränkelten Mondes war sie, wie es den Anschein hatte, zu irgendeinem Entschluß gelangt, und nun trieb sie sich mit einer Rücksichtslosigkeit vorwärts, als habe sie sich selbst eine Züchtigung auferlegt oder einen Fluch auf sich herabbeschworen, so daß ihr bloßer Vorsatz der Logik der Niederlage trotzte. Anscheinend glaubte sie, daß sowohl für sie wie auch fürs Land alles verloren sei, doch ihre Art des Voranstürmens bewies, daß Schmerz kein schlechterer Ansporn war als irgend etwas anderes. Wieder einmal mußte Covenant alle Mühe aufwenden, um mit ihr Schritt zu halten. Er fand sich mit ihrem Tempo um der vielfältigen Gefährdung seiner eigenen Person willen ab; er verspürte keinerlei Lust, in die Gewalt von Mächten zu geraten, die Geister attackieren und sogar den Mond antasten konnten. Aber er achtete peinlich genau auf die Einhaltung seiner VBG und anderer Selbstschutzmaßnahmen. Wäre ihm eine andere Klinge als sein Taschenmesser in die Hände gefallen, er hätte sich mit ihr rasiert.

Diesen Tag, einen Großteil des Abends und den Vormittag des nächsten Tages verbrachten sie mit ständigem Vorwärtsstolpern im Fast-Laufschritt. Covenant hielt mit, so gut er es noch vermochte, aber die langen Tage und ruhelosen Nächte hatten seine Kräfte aufgezehrt, seinen Schritt unsicher gemacht, seine Muskeln geschwächt. Er stützte sich immer nachhaltiger auf seinen Stab, streckenweise völlig dazu außerstande, ohne ihn das Gleichgewicht zu wahren. Und selbst mit dieser Unterstützung wäre er in einer anderen Gegend zweifellos gestürzt. Aber die kraftreiche, feingespürige Substanz Andelains half ihm. Gesunde Luft erfrischte seine Lungen, dichtes Gras streichelte seine wehen Fußknöchel, Güldenblattbäume spendeten Schatten, Schatzbeeren quollen in seinem Mund vor Nahrhaftigkeit schier über. Und dann endlich, kurz vor der Mittagsstunde des sechsten Tages nach dem mißratenen Frühlingsfest, wankten er und Atiaran über die Kuppe eines Hügels und sahen in der Talsohle unter ihnen den Seelentrostfluß.

Er strömte breit, still und mit behäbiger Langsamkeit, unterm azurblauen Himmel selber blau, direkt ostwärts, lag über ihrem Weg wie eine Demarkationslinie oder gar Grenze des Erreichbaren. Wo er sich wand und zwischen den Hügeln außer Sicht kam, besaß er ein Flimmern wie von Jugendlichkeit, wies er ein Funkeln eingebetteten Übermuts auf, als könne ihn schon das Kitzeln der nächsten Sandbank in seiner Flanke zu lautem Gelächter reizen. Und sein Wasser war so rein, klar und frisch wie jenes Wasser in einem Taufbecken. Bei seinem Anblick empfand Covenant ein dringliches Verlangen, sich in die Fluten zu stürzen, so heftig, als könne er ernsthaft damit rechnen, daß der Strom seine Sterblichkeit fortwasche. Doch fast augenblicklich lenkte etwas seine Aufmerksamkeit vom Fluß ab. In einiger Entfernung westwärts, mitten im Fluß stromaufwärts unterwegs, fuhr ein Boot dahin, das einem Skiff ähnelte, und am Heck stand eine hünenhafte Gestalt. Sobald Atiaran Boot und Gestalt sah, entfuhr ihr ein heller Schrei, sie winkte wie besessen, dann schlitterte sie, alle Vorsicht außer acht lassend, den Hang hinunter, fing dabei mit einem Anflug von Raserei in ihrem Tonfall zu rufen an: »Heil! Zu Hilfe! Kehr um! Kehr um!« Covenant folgte ihr mit geringerer Eile hinab. Sein Blick haftete auf dem Gefährt. Die Gestalt drehte das Ruder und lenkte das Boot herüber in ihre Richtung. Atiaran warf nochmals die Arme in die Höhe, rief noch einmal, dann sackte sie zusammen, auf den Erdboden nieder. Als Covenant sie erreichte, saß sie mit den Knien an den Leib gezogen da, und ihre Lippen bebten, als wolle ihr Gesicht im nächsten Moment jeden Rest von Gefaßtheit für alle Zeit verlieren. Fieberhaft stierte sie dem Boot entgegen, das heranschwamm. Während es sich näherte, bemerkte Covenant mit wachsender Verblüffung, wie groß die Gestalt am Heck tatsächlich war, und noch ehe das Boot einen Abstand von fünfzig Metern unterschritten hatte, war er sicher, daß die Person am Steuer auf jeden Fall zweimal so groß war wie er; und er sah überhaupt nichts von irgendeinem Antrieb. Das Gefährt war allem Anschein zufolge nichts anderes als ein übergroßes Ruderboot, aber es besaß keine Riemendollen, keine Riemen und keine Staken. Er starrte das Boot aus geweiteten Augen an, als es heranglitt. Als es sich bloß noch um zehn Meter entfernt befand, warf sich Atiaran auf die Knie. »Heil, Steinbruder«, rief sie. »Die Riesen von der Wasserkante gelten im Lande als ein anderer Name für Freundschaft. Hilf uns!« Das Boot schwamm weiterhin aufs Ufer zu, aber der Mann am Steuerruder sprach kein Wort. »Ich flehe dich an«, fügte Atiaran gleich darauf in einem Flüstern hinzu, das nur Covenant hören konnte.

Der Riese brach sein Schweigen nicht. Auf dem letzten Stück der Strecke riß er das Steuerruder herum, so daß der Bug seines Gefährts direkt aufs Ufer wies. Unmittelbar bevor das Boot festes Land berührte, ließ er sein ganzes Körpergewicht ins Heck fallen. Der Bug hob sich aus dem Wasser und lief ein paar Schritte vor Atiaran und Covenant entfernt auf Grund. Gleich darauf stand der Riese vor ihnen im Gras, entbot ihnen den Willkommensgruß. Fassungslos schüttelte Covenant den Kopf. Nach seinem Empfinden war es unmöglich, daß jemand so groß sein konnte; der Riese war wenigstens vier Meter hoch. Aber die felsenfeste Handgreiflichkeit von des Riesen Gegenwart widerlegte seine Ansicht. Selbst für jemanden von vier Meter Größe wirkte er vor lauter Muskeln regelrecht knorrig, einer wandelnden Eiche gleich. Er trug ein dickes ledernes Wams und ebensolche Beinkleider, führte aber keine Waffen mit. Aus seinem Gesicht ragte, starr wie aus Eisen, ein kurzer Bart. Und seine Augen waren klein, saßen in tiefen Höhlen und zeugten von leidenschaftlicher Begeisterungsfähigkeit. Unter seinen Brauen, die über seine Augen wachten wie Wälle einer Festung, wanderte sein Blick mit durchdringendem Funkeln umher, als erhelle sie das Licht von in Höhlentiefen beheimateten Gedanken. Trotz seiner eindrucksvollen Erscheinung hatte man das Gefühl, vor einer Person von nachgerade unpassendem Geistesreichtum und nahezu schrankenloser Gutmütigkeit zu stehen. »Heil, Steinschwester«, sagte er mit gedämpfter, leicht breiiger Tenorstimme, die zu sanft und verhalten für seine muskelprotzige Kehle klang. »Wessen bedarfst du? Ich bin willig, dir Beistand zu gewähren, doch bin ich Legat, und mein Auftrag kann kein Säumen dulden.«

Covenant erwartete, Atiaran werde unverzüglich ihr Anliegen vorbringen; das Zögern, mit dem sie auf das Angebot des Riesen einging, versetzte ihn in Verwirrung. Für einen ausgedehnten Moment kaute sie auf ihren Lippen, als müsse sie erst ihr aufsässiges Fleisch erweichen, als suche sie nach einer Äußerung, die ihr bei einer Wahl, vor der sie stand, die Entscheidung abnehmen könne. »Wohin bist du unterwegs?« fragte sie dann in unsicherem Murmeln, den Blick gesenkt, als empfinde sie Scham.

Daraufhin blitzte es in den Augen des Riesen auf, und seine Stimme grollte wie ein Wasserfall aus felsiger Höhe, als er antwortete. »Meinen Bestimmungsort willst du wissen? Aber wer ist weise genug, um zu wissen, was ihm bestimmt ist? Nun, ich bin auf dem Weg nach … Nein, dieser Name hat eine zu lange Geschichte für eine so flüchtige Begegnung. Ich bin unterwegs zur Herrenhöh, wie ihr Menschen sagt.«

Wieder zögerte Atiaran, ehe sie eine weitere Frage stellte. »Wie lautet dein Name?«

»Er hat eine andere lange Geschichte«, erwiderte der Riese. »Wessen bedarfst du?« wiederholte er.

»Nenn deinen Namen«, beharrte Atiaran trotzig.

Wieder loderte es unter den wuchtigen Brauen des Riesen auf. »In Namen verbirgt sich Macht. Ich wünsche ausschließlich von Freunden bemüht zu werden.«

»Deinen Namen«, stöhnte Atiaran.

Der Riese überlegte für ein Weilchen in sichtlicher Unentschiedenheit. »Nun gut«, sagte er dann. »Obwohl mein Auftrag nicht leichtgenommen werden darf, will ich dir um der gegenseitigen Treue zwischen eurem und unserem Volk willen antworten. Um mich kurz zu fassen, man nennt mich Salzherz Schaumfolger.«

Urplötzlich erlosch in Atiaran ein Aufbegehren, eine Abneigung gegen ihre Entscheidung, als habe das Vertrauen des Riesen sie überwältigt. Sie hob den Kopf, ließ Covenant und Schaumfolger die Verwüstung hinter ihren Augen sehen. Bedächtig und würdevoll erwiderte sie erst jetzt den Willkommensgruß des Riesen. »Möge es so sein, Salzherz Schaumfolger, Steinbruder und Legat der Riesen, bei der Macht deines Namens und beim großen Versprechen gegenseitigen Vertrauens, das sich Damelon Riesenfreund und euer Volk gaben, beschwöre ich dich, diesen Mann, der sich Thomas Covenant der Zweifler nennt und im Lande ein Fremder ist, sicher vor den Großrat der Lords zu bringen. Er hat herab vom Kevinsblick eine Botschaft für den Rat. Gib wohl auf ihn acht, Steinbruder. Ich kann nicht weiter.«

*Was?* Covenant riß Mund und Augen auf. *Willst du auf deine Rache verzichten?* hätte er beinahe laut gefragt. Aber er schwieg, während seine Gedanken durcheinanderwirbelten, und wartete darauf, daß sie wieder ein Verhalten annehme, das er zu begreifen vermochte.

»Ach, euresgleichen ist allzu rasch, wenn's gilt, sich auf große Namen zu berufen«, sagte der Riese in nachsichtigem Ton. »Ich hätte deinen Wunsch ohne das erfüllt. Doch ich rate dir, begleite uns. Zu Herrenhöh ist seltenes, gewaltiges Heil daheim. Wünschst du nicht mit uns zu gehen? Die uns dort erwarten, empfänden dein Kommen nicht als Belästigung … keinesfalls, sähen sie dich so, wie ich dich hier sehe.«

Atiarans Lippen zuckten aus Verbitterung. »Hast du auch den Mond in seinem neuen Gewand gesehen? Er erwarb es, als ich das letztemal nach Heil trachtete.« Als sie weitersprach, kam in ihrer Stimme immer mehr graue Trostlosigkeit zum Tragen. »Es ist ein vergebliches Unterfangen, um das ich dich ersuche. Ich habe mir bereits die Schuld an seinem Scheitern aufgebürdet. Seit ich die Führerin dieses Mannes geworden bin, ergab sich aus allen meinen Entscheidungen nur Mord, ein solches Morden ...« Ihre Stimme erstickte bei der Erinnerung daran, was sie erlebt hatte, und sie mußte mühselig schlucken, ehe sie ihre Darlegungen fortsetzen konnte. »Denn der Weg, den ich wählte, führte uns zu nahe am Donnerberg vorüber. Du bist selbst in seinem Umland gewesen. Du mußt das Übel bemerkt haben, das dort erstanden ist.«

»Das habe ich«, bestätigte der Riese nachdenklich.

»Wir liefen diesem Übel in die Arme, statt den Weg durch die Mittlandebenen zu nehmen. Und jetzt ist es für alle und jeden zu spät. Der Graue Schlächter ... er ist zurückgekehrt. Ich wählte jenen Weg, weil ich auf Heil für mich selbst sann. Was sollte aus den Lords werden, ersuchte ich sie selbstsüchtig um Beistand, während eine so gewaltige Gefahr droht?«

*Willst du auf deine Rache verzichten?* wunderte sich Covenant erneut. Er verstand sie ganz einfach nicht. Er wandte sich ihr voll zu und betrachtete ihr Gesicht, versuchte ihren Zustand einzuschätzen, ihre Gemütsverfassung zu beurteilen. Sie sah aus, als befände sie sich in den Klauen einer siechtumsartigen Krankheit; ihre Gesichtszüge waren schmaler und schärfer geworden; auf ihren weiten Augen lagen Schatten, dunkle Schleier trübten sie; in der Mitte ihrer Stirn verlief eine tiefe senkrechte Falte, die einem Riß in ihrem Schädel ähnelte, beigebracht mit den rohen Werkzeugen maßloser Verzweiflung; und aus ihren Lippen war auch der letzte Tropfen Blut gewichen. In ihre Miene war das ganze Ausmaß ihrer persönlichen Kränkung eingegraben, die sie nur durch reine Willenskraft unterdrückte, und ebenso der Schaden, den sie sich mit diesem Gewaltakt zufügte. Endlich erkannte Covenant den moralischen Konflikt, der sie zu verzehren drohte, mit aller Deutlichkeit, den dreifachen Gegensatz zwischen ihrem Abscheu vor ihm, ihrer Furcht um das Land und dem Kummer über ihre Schwäche – eine Auseinandersetzung, deren Härte alle ihre Kräfte erschöpfte, sie schier dahinraffte. Der Anblick erfüllte sein Herz mit Scham, und er schaute zu Boden. Ohne nachzudenken, streckte er eine Hand nach ihr aus; seine Stimme hatte den Tonfall widerwilliger Flehentlichkeit: »Gib nicht auf.«

»Aufgeben?!« keuchte sie bösartig und wich vor ihm zurück. »Gäbe ich auf, ich erstäche dich hier an Ort und Stelle!« Plötzlich schob sie eine Hand unter ihr Gewand und riß ein Steinmesser heraus, das jenem glich, welches Covenant verloren hatte. Sie hielt es empor. »Seit dem Frühlingsfest«, knirschte sie ihn an, »seit du die Geister Andelains hast sterben lassen, hat diese Klinge nach deinem Blut gelechzt. Andere Verbrechen konnte ich vorerst übersehen. Das war allein meine Sache. Aber das ...! Eine solche Entweihung zu dulden ...!« Sie schleuderte das Messer abwärts, so daß es sich zu Covenants Füßen bis an den Griff ins Gras bohrte. »Sieh da!« schrie sie, doch schon im nächsten Moment klang ihre Stimme unvermittelt wieder gedämpft und ruhig. »Statt in dich steche ich das Messer in die Erde. Doch das vereint sich gut mit allem, was bisher geschah. Seit du das Land betreten hast, habe ich kaum etwas anderes getan, als an der Erde zu sündigen. Nun vernimm meine Abschiedsworte, Zweifler. Ich lasse dich ziehen, weil Entscheidungen gefällt werden müssen und bevorstehen, die außerhalb meiner Fähigkeiten stehen. Im Steinhausen Kinder zu entbinden, das macht mich dafür nicht geeignet. Und ich will mein Trachten nicht der Hoffnung des Landes in den Weg legen, wie aussichtslos diese Hoffnung auch sein mag. Denke stets daran, daß ich meine Hand gebändigt habe ... meinen Friedensschwur gehalten.«

»Hast du das wirklich?« fragte er, dazu bewogen von einer verwickelten Anwandlung von Mitleid und Wut.
Sie wies mit einem zittrigen Finger auf ihr Messer. »Ich habe dir kein Leid zugefügt. Du bist unversehrt bis an diese Stelle gelangt.«
»Du hast dir selbst ein Leid angetan.«
»Mein Friedensschwur läßt nichts anderes zu«, entgegnete sie schroff. »Und nun leb wohl. Falls du wohlbehalten in deine eigene Welt zurückkehrst, erinnere dich daran, was das Böse ist.«
Er wollte ihr widersprechen, eine Diskussion mit ihr anfangen, aber ihr Gefühlsausbruch war stärker als er, so daß er vor ihrer Heftigkeit stumm blieb. Unter ihrem festen Blick bückte er sich und zog das Messer aus dem Gras. Es ließ sich leicht herauslösen. Halb erwartete er, aus dem Einstich im Erdreich werde Blut quellen, aber das dichte Gras schloß sich darüber, verbarg ihn so vollkommen wie ein Mantel der Barmherzigkeit. Unbewußt prüfte er mit dem Daumen die Klinge, ertastete ihre Makellosigkeit. Als er aufblickte, sah er, daß Atiaran den Hügel erklomm, sich in der ungleichen Gangart eines Krüppels entfernte. *So ist das nicht richtig!* schäumte er insgeheim hinter ihrem Rücken. *Hab doch Nachsicht … Erbarmen!* Aber der Schmerz, den ihre Entsagung ihm bereitete, machte seine Zunge schwer; er konnte nicht sprechen. *Vergib wenigstens dir selbst.* Die Straffheit seines Gesichts vermittelte ihm den peinlichen Eindruck, daß er grinse. *Atiaran!* stöhnte er innerlich. *Warum bist du so unzugänglich?* Während er seine Qualen ausbadete, drang die leise Stimme des Riesen an sein Ohr. »Wollen wir aufbrechen?«
Verdutzt nickte Covenant. Er wandte seinen Blick von Atiarans Rücken ab, der hangaufwärts entschwand, und schob sich das Messer in den Gürtel. Salzherz Schaumfolger winkte ihm, er möge ins Boot steigen. Als sich Covenant übers Dollbord geschwungen und einen Platz auf einer Ruderbank im Bug

eingenommen hatte – der einzigen Sitzgelegenheit im acht Meter langen Boot, die für ihn klein genug war –, kam auch der Riese an Bord und stieß das Gefährt dabei vom Ufer ab. Sofort begab er sich ins breite, flache Heck. Er bezog dort wieder Aufstellung und ergriff die Ruderpinne. Ein Zustrom von Kraft schien das Gefährt zu durchfließen. Der Riese lenkte es vom Ufer weg in die Mitte des Flußbetts, und bald darauf schwamm es wieder zwischen den Hügeln nach Westen. Sobald er saß, hatte Covenant, einen Kloß in der Kehle, sich umgedreht, um nochmals Atiaran nachzuschauen, wie sie zur Hügelkuppe hinaufklomm. Aber der Schwung, mit dem das Boot vom Flußufer Abstand gewann, verlieh ihm schnell die Geschwindigkeit eines Läufers, und binnen weniger Augenblicke war sie nur noch als braunes Fleckchen im stets gleich üppigen Grün Andelains zu erkennen. Mit einer herben Anstrengung zwang er sich dazu, den Blick endgültig von ihr abzukehren, richtete sein Interesse statt dessen darauf, die Quelle der Kraft festzustellen, die das Boot so vorwärtstrieb. Doch er konnte beim besten Willen keine entdecken. Das Boot durchpflügte die Strömung so mühelos, als werde es von Fischen gezogen. Es besaß keinen sichtbaren Antrieb. Und doch spürten seine Nerven unmißverständlich die Kraft, die darin floß. »Was bewegt dies Ding?« erkundigte er sich fahrig. »Ich sehe keinen Motor.«
Schaumfolger stand am Heck, den Blick stromaufwärts gewandt, die hohe Ruderpinne unter den linken Arm geklemmt, die rechte Hand in die Winde überm Fluß erhoben; und er sang etwas, irgendeine schlichte Melodie in einer Covenant unverständlichen Sprache – ein Lied mit einer wellenbrecherischen, salzigen Klangfarbe, wie der Geschmack von Meerwasser. Nach Covenants Frage blieb er noch für einen Moment bei diesem leisen Gesang. Aber er gab die fremde Sprache auf, und Covenant verstand seine Worte.

*»Stein und See sind tief im Leben,*
*sind die Wahrzeichen der Welt:*
*dauerhaft verharrend, dauerhaft sich regend,*
*Teilhaber der Kraft, die ewig währt.«*

Danach verstummte Schaumfolgers Gesang, und er sah aus Augen, in denen unter seinen unerschütterlichen Brauen Belustigung funkelte, auf Covenant herab. »Ein Fremder im Lande«, sagte er. »Hat die Frau dich überhaupt nichts gelehrt?«

Covenants Haltung versteifte sich. Der Tonfall des Riesen klang für ihn, als sollte Atiaran herabgewürdigt werden, der Preis, den sie entrichtet hatte, heruntergespielt; diese kühle, unnahbare Stirn, dieser humorige Blick wirkte über jedes Mitgefühl erhaben. Covenant jedoch war Atiarans Leid noch lebhaft gegenwärtig. Sie war um so viel an normaler menschlicher Liebe und Wärme gebracht worden! »Sie ist Atiaran, Trells Gemahlin, aus dem Steinhausen Mithil«, antwortete er mit vor Ärger gepreßter Stimme, »und hat mehr geleistet, als mir bloß etwas einzutrichtern. Sie hat mich wohlbehalten an Wütrichen, ermordeten Wegwahrern, einem blutigen Mond und Urbösen vorübergebracht ... Hättest du das auch geschafft?«

Schaumfolger gab keine Antwort; statt dessen verzog sich sein Gesicht zu einem breiten, heiteren Lächeln, das seine Bartspitze wie zu höhnischem Gruß erhob.

»Hölle und Verdammung!« fuhr Covenant auf. »Glaubst du vielleicht, ich lüge? Ich würde mich nicht dazu herablassen, dich anzulügen.« Daraufhin steigerte die Erheiterung des Riesen sich zu lautem Gelächter, zu welchem er den Kopf in den Nacken warf. Covenant starrte ihn an, wie versteinert vor Wut, während Schaumfolger sein breiiges Lachen ausstieß. Einen Moment lang erduldete er die Unverschämtheit. Dann sprang er von seinem Sitz und hob seinen Stab, um den Riesen damit zu schlagen.

Schaumfolger hielt ihn mit einer Geste der Besänftigung zurück. »Behutsam, Zweifler«, sagte er. »Wirst du dich größer fühlen, wenn ich mich setze?«

»Hölle und Verdammnis!« heulte Covenant auf. Er schwang den Stab, indem er mit beiden Armen weit ausholte, und ließ das von den Urbösen geschwärzte Ende auf die Planken des Bootes krachen. Ein Ruck durchfuhr das Boot, als habe der Schlag den Fluß selbst aufgerührt. Er taumelte und mußte sich an eine Ruderbank klammern, um nicht über Bord zu fallen. Die Erschütterung verschwand innerhalb einer Sekunde, und der Fluß, auf dem die Sonne glitzerte, strömte so ruhig dahin wie zuvor. Doch für die Dauer mehrerer Herzschläge blieb er an die Ruderbank gekrallt, während seine Nerven kribbelten und es in seinem Ehering merklich pochte. Er raffte sich in eine aufrechte Haltung hoch und stand mit gespreizten Beinen starr da, bis er seine Emotionen wieder im Griff hatte. Danach erst schielte er zu Schaumfolger hinüber, prüfte die Aura des Riesen. Aber es war nichts übel an ihm; Schaumfolger wirkte so kraftvoll wie Granit. »Sie hat alle Achtung verdient!« herrschte er ihn an.

»Ach, vergib mir«, sagte der Riese. Mit einer Drehung senkte er die Ruderpinne, so daß er sie sich im Sitzen unter den Arm klemmen konnte. »Es war nicht meine Absicht, ihr die gebührende Achtung zu versagen. Deine Treue erhebt mein Herz. Und ich weiß zu schätzen, was sie vollbracht hat.« Er setzte sich ins Heck und lehnte sich zurück, so daß seine Augen sich bloß noch zwanzig Zentimeter über Covenants Augenhöhe befanden. »Ja, und ich weiß auch zu ermessen, wie traurig das alles für sie ist. Niemand im Lande, weder Menschen noch Ranyhyn oder andere Riesen, könnten dich schneller als ich nach … zur Herrenhöh befördern.« Sein Lächeln blitzte erneut auf. »Aber du, Thomas Covenant der Zweifler, Fremder im Lande, du vergeudest deine Kräfte zu freimütig. Ich habe gelacht, denn du kamst mir vor wie ein Zwerghahn, der einem Ranyhyn droht. Du verzehrst dich, Thomas Covenant.«

Covenant verstärkte den Druck auf seinen leicht aufbrausenden Ärger. »Das hältst du für wahr?« fragte er gelassen. »Du urteilst zu rasch, Riese.«

Erneut kollerte ein Schwall von Gelächter aus dem wuchtigen Brustkorb des Riesen. »Kühn gesprochen! Das ist eine Neuigkeit im Lande – ein Mensch, der einen Riesen der Hast bezichtigt! Gut, du hast recht. Aber wußtest du nicht, daß die Menschen uns ...« – wieder lachte er auf – »für ein träges Volk halten? Ich bin zum Legaten erwählt worden, weil ich besser mit den kurzen menschlichen Namen, die ihre Träger um so vieles ihrer Geschichte, Macht und Bedeutung betrügen, zurechtkomme als die Mehrheit meines Volkes. Nun aber könnte ich fast meinen, ich gehe damit zu leichtfertig um.«

Erneut legte er den Kopf in den Nacken und entließ ein dunkles, lautes Lachen.

Covenant musterte den Riesen, als könne er diesen gewaltigen Schatz an Humor nicht im entferntesten begreifen. Dann drehte er sich mit erheblicher Willensanstrengung um, ließ seinen Stab auf die Planken des Bootes fallen und setzte sich auf die Ruderbank, den Blick zum Bug gerichtet, nach Westen, in die nachmittägliche Sonne. Schaumfolgers Lachen besaß einen gesunden Klang, eine Klangfarbe unkomplizierter Freude, aber er wehrte sich dagegen. Er konnte es sich nicht erlauben, noch weiteren Verführungen zum Opfer zu werden. Schon jetzt hatte er von seinem alten Ich mehr verloren, als jemals wiederzuerlangen er hoffen durfte. *Nerven regenerieren sich nicht.* Er sagte sich diese Feststellungen auf, als seien sie eine private Litanei, Ikonen seiner abgeblätterten Persönlichkeit. *Es gibt keine Riesen. Ich kenne den Unterschied. Weiter-*

*machen! Überleben!* Er kaute auf seinen Lippen, als könne der Schmerz ihm dabei helfen, im Gleichgewicht zu bleiben, seinen Groll unter Kontrolle zu halten.

In seinem Rücken begann Salzherz Schaumfolger erneut leise zu singen. Sein Lied wogte durch seinen Wasserweg dahin wie eine ununterbrochene Strömung zum Meer, hob und senkte sich wie der Dunst über den Gezeiten, und durch die archaischen Worte bliesen die Winde gewaltiger Fernen. In regelmäßigen Abständen kehrte es zurück zu seinem Refrain

*»Stein und See sind tief im Leben …«*,

dann schweifte es von neuem durch andere Bereiche. Der Klang dieses ausgedehnten, weitschweifigen Vortrags erinnerte Covenant an seine Erschöpfung, und er kauerte sich im Bug zurecht, um sich ausgiebig Ruhe zu gönnen. Schaumfolgers Frage schrak ihn aus dem Wandern zielloser Gedanken. »Bist du ein Geschichtenerzähler, Thomas Covenant?«

»War ich mal«, gab er gedankenverloren Auskunft.

»Und du hast's aufgegeben? Ach, das ist die traurigste Geschichte in drei Wörtern, die ich jemals vernommen habe. Aber ein Leben ohne Geschichten ist wie ein Meer ohne Salz. Wie kannst du da leben?«

Covenant überkreuzte seine Arme auf dem Dollbord und stützte das Kinn darauf. Während das Boot vorwärtsschwamm, entfaltete sich vor ihm Andelain ständig wie eine Knospe; aber er beachtete es nicht, konzentrierte sich statt dessen auf das Klagen des Wassers vorm Bug. Unbewußt ballte er die Linke mit dem Ring zur Faust. »Ich lebe.«

»Noch eine Geschichte?« meinte Schaumfolger. »In nur zwei Wörtern, und noch trauriger als die erste. Schweig fortan still – mit einer Geschichte von einem Wort brächtest du mich zum Weinen.« Falls der Riese sich über ihn lustig machte, hörte

Covenant es ihm jedenfalls nicht an. Schaumfolgers Stimme klang halb nach Gefrotzel, halb nach Mitgefühl. Covenant zuckte die Achseln und schwieg. »Na, das ist eine herbe Enttäuschung für mich. Unsere Flußfahrt ist nicht leicht, und ich hatte gehofft, du könntest mit einer Geschichte über die vielen Längenmaße hinweghelfen. Doch lassen wir's hiermit bewenden. Ich sehe dir an, daß du ohnehin keine frohen Geschichten zu erzählen hättest. Wütriche! Wegwahrer und Geister Andelains gemordet! Aber manches davon überrascht mich nicht … unsere Alten haben oft vermutet, daß Seelenpresser nicht so anstandslos sterben werde, wie der arme Kevin hoffte. Stein und See! All diese Schändung, Verheerung und Verwüstung … aufgrund einer falschen Hoffnung! Doch wir haben ein Sprichwort, das tröstet unsere Kinder – wie wenige sie auch sein mögen –, wenn sie um unser altes Reich weinen, unsere Heimat, die Einheit mit unserem Volk, was alles wir verloren haben … wir sagen: Freude ist in den Ohren, die hören, nicht im Mund, der spricht. Die Welt kennt kaum Geschichten, die eigenen Frohsinn aufweisen, und so müssen unsere Ohren voller Frohsinn sein, um dem Bösen mit Trotz zu begegnen. Gepriesen sei der Schöpfer! Der alte Lord Damelon Riesenfreund kannte den Wert eines anständigen Lachens. Als wir das Land betraten, waren wir zu tief voller Kummer, um für unser Recht auf Leben zu kämpfen.« *Ein anständiges Leben,* dachte Covenant. *Habe ich in so kurzer Zeit für ein ganzes Leben gelacht?* »Ihr Menschen seid ein ungeduldiges Volk, Thomas Covenant. Hältst du mich für geschwätzig? Aber das ist nicht im mindesten der Fall – ich bin in aller Eile zur Sache gekommen. Da du das Geschichtenerzählen aufgegeben hast und anscheinend keiner von uns beiden froh genug gesinnt ist, um einen Bericht über deine Abenteuer ertragen zu können … nun, dann werde wohl ich mich ans Erzählen machen müssen. Geschichten enthalten Macht – Wiedergeburt des Herzens und Erneuerung der Kräfte gehen von ihnen aus –, und selbst Riesen bedürfen der Stärkung, wenn sie vor solchen Aufgaben wie meiner stehen.«

Er verstummte, aber Covenant wünschte kein Schweigen, die Stimme des Riesen schien das Rauschen der Fluten beiderseits des Boots zu einem Lautgewebe zu verflechten, das einen beruhigenden Einfluß ausübte. »Erzähle«, sagte er in das entstandene Schweigen.

»Aha«, meinte Schaumfolger, »das war gar nicht so übel. Trotz allem erholst du dich allmählich, Thomas Covenant. Wohlan, stimme deine Ohren freudig, lausche mir frohen Mutes, denn ich bin kein Verbreiter von Traurigkeit – doch schrecken wir Riesen nicht vor harten Tatsachen zurück, wenn's ans Handeln geht. Ersuchtest du mich, deinen Weg nach rückwärts zu beschreiten, ich erfragte von dir jede Einzelheit deiner Reise, ehe ich drei Schritte zwischen die Hügel täte. Es ist gefährlich, einen Weg zurück zu beschreiten, oftmals verliert man die Möglichkeit zur Wiederkehr … der Weg ist unkenntlich geworden, oder der Reisende hat sich verändert, alles ist hoffnungslos unwiederbringlich dahin. Aber du mußt wissen, Thomas Covenant, daß es gewöhnlich eine Sache von äußerster Besonnenheit ist, eine Geschichte auszuwählen. Die alte Riesensprache kennt einen wahren Hort an Geschichten, und für manche braucht man Tage, um sie zu erzählen. Als Kind hörte ich einmal die Geschichte von Bahgoon dem Ungezogenen und Thelma Zweifaust, die ihn bändigte, dreimal hintereinander – zwar eine Geschichte, die das Gelächter verdient, das sie erregt, aber ehe ich mich's versah, waren neun Tage verstrichen. Allerdings beherrschst du ja nicht unsere Riesensprache, und eine Übertragung ist eine langwierige Angelegenheit, auch für Riesen, und infolgedessen wird mir die Schwierigkeit der Wahl ein wenig erleichtert. Dennoch umfaßt das Wissen um unser Dasein an der Wasserkante, seit unsere

Schiffe das Land erreichten, viele, sehr viele Geschichten, Erzählungen aus der Zeit, als Damelon Riesenfreund, Lorik Übelzwinger und Kevin, den man nun den Landschmeißer nennt, übers Land herrschten, Erzählungen vom Bau Schwelgensteins, wie man es aus dem Berg hieb, den ehrwürdigen Felsen, ›ein Handabdruck der Freundschaft und Treue im ewigen Stein der Zeit‹, wie es einst Kevin hieß, dem gewaltigsten Werk, das die Riesen jemals im Lande verrichteten, ein Tempel, den unser Volk ansehen und sich daran erinnern kann, was es zu leisten imstande ist … Geschichten über die Reise, welche uns vor der Schändung bewahrte, und von dem vielfachen Heil, das die neuen Lords dem Lande brachten. Doch wird mir die Auswahl weiter dadurch erleichtert, daß du ein Fremder bist. Ich will dir die ursprünglichste Geschichte der Wasserkanter Riesen erzählen … das Lied von dem Entwurzelten.«

Covenant schaute über die glitzrige blaue Trägheit des Seelentrostflusses hinweg und macht sich darauf gefaßt, Schaumfolgers Geschichte vom Anfang bis zum Ende anzuhören. Aber der Riese begann nicht sofort mit dem Vortrag. Statt unverzüglich mit der Geschichte selbst loszulegen, fing er von neuem sein altertümliches, schlichtes Lied zu singen an, entrollte versonnen die Melodie, so daß sie dahinströmte wie der Fluß zum Meer. Er sang für längere Zeit, und unterm Bann seiner Stimme verspürte Covenant immer stärkere Schläfrigkeit. Zuviel Mattigkeit stak ihm in den Knochen, um in seiner Aufmerksamkeit nicht nachzulassen. Während er wartete, hing er am Bug wie ein ermüdeter Schwimmer. Schließlich verfiel der Gesang des Riesen in eine eindringlichere Tonart. Die Melodie nahm eine schärfere Betonung an und ging in die Klangfarbe einer Klage über. Dann sang Schaumfolger Worte, die Covenant verstand.

*»Wir sind die Entwurzelten,*
*verschollene Weltumfahrer.*
*Im Land überm Meer der Sonnengeburt*
*wohnten wir, waren daheim und gediehen –*
*und wir setzten unsere Segel in den Wind,*
*ungeachtet des Schicksals der Verlorenen.*

*Wir sind die Entwurzelten.*
*Von Haus und Herd,*
*geweihten Steinheimen, ehrfürchtiger Hände Werk,*
*ließen wir, setzten die Segel in der Sterne Wind,*
*brachten Leben Ländern rings im Erdenkreis,*
*sorglos zu teilen das Schicksal der Verlorenen.*

*Wir sind die Entwurzelten,*
*verschollene Weltumfahrer.*
*Von Wüstenküsten zu steilen Klippenklüften,*
*Menschenstätten zu Märchenlandufern,*
*Traum zu Traum setzten wir die Segel,*
*lächelten unterm Regenbogen der Verlorenen.*

*Nun sind wir Entwurzelte,*
*ohne Wurzeln, Sprößlinge, Artverwandte.*
*Von verheißungsvollen Rätseln*
*ließen wir, setzten die Segel nach Haus,*
*doch wehte des Lebens Wind wider uns,*
*fürs Land überm Meer blieben wir Verlorene.«*

Für ein Weilchen schwieg der Riese. »Ach, Stein und See«, rief er dann. »Kennst du die alte Lehrlegende vom wunden Regenbogen, Thomas Covenant? Es heißt, daß es in der düstersten Vergangenheit der Erde an unserem Himmel keine Sterne gab. Das Firmament war eine weite Leere, die uns von der ewigen

Heimstätte des Schöpfers trennte. Dort lebte er mit seinem Volk und seinen zahllosen lichten Kindern, die sich zur Musik in Spiel und Frohsinn regten. Eines Tages, während sich die Zeitalter von einer zur anderen Ewigkeit dehnten, sah sich der Schöpfer bewogen, für die glückerfüllten Herzen seiner Kinder etwas Neues zu erschaffen. Er stieg hinab zu den gewaltigen Schmieden und Schmelztiegeln seiner Macht, und dort braute er, hämmerte und formte nie gesehene Wundergebilde. Und als sein Werk getan war, wandte er sich zur Höhe und warf seine mystische Schöpfung an den Himmel – und siehe da, ein Regenbogen breitete seine Arme übers Weltall aus! Beim ersten Anblick seines Werkes war der Schöpfer hoch erfreut. Dann aber betrachtete er den Regenbogen näher – und da sah er hoch im Schimmern der Wölbung eine Wunde, eine Bresche in der Schönheit, die er geschaffen hatte. Er ahnte nicht, daß sein Erzfeind, der Geistdämon von Sumpf und Finsternis, der durch die Eingeweide selbst seiner ewigen Heimstätte kroch, ihn bei der Arbeit gesehen und in den Mörser seiner Schöpfung gespien hatte. Daher war nun der Regenbogen, wie er sich so über den Himmel wölbte, mit einem Makel behaftet. Verdrossen begab sich der Schöpfer erneut ans Werk, um für seine Schöpfung ein Heil zu finden. Doch während er arbeitete, entdeckten seine Kinder, seine zahllosen lichten Kinder, den Regenbogen und frohlockten angesichts seiner Schönheit. Gemeinsam erklommen sie den Himmel und tollten über den Regenbogen, tanzten lustige Tänze auf seinen Farben. Hoch in seiner Wölbung fanden sie die Wunde. Doch sie verstanden sie nicht. Vor Freude sangen sie im Chor und tanzten hindurch, und jenseits der Wunde gerieten sie an unseren Himmel. Diese neue, lichtlose Welt bereitete ihnen noch größeres Vergnügen, und sie wirbelten über den Himmel, bis er vom Glanz ihrer Freude nur so funkelte. Als sie jedoch dieser Kurzweil müde geworden waren, beabsichtigten sie, in ihre Welt des Lichts zurückzukehren. Aber da war ihnen das Tor zur Heimkehr verschlossen. Denn der Schöpfer hatte unterdessen die Schandtat seines Erzfeinds bemerkt – die Ursache der Wunde –, und sein Zorn hatte seine Sinne verdunkelt, so daß er gedankenlos den Regenbogen wieder vom Himmel herabriß. Erst als seine Wut sich mäßigte, erkannte er, daß er seine Kinder an unseren Himmel ausgesperrt hatte. Und dort sind sie geblieben, als Sterne, um des Nachts an unserem Aufenthalt zu leuchten, bis der Schöpfer seine Welt von seinem Erzfeind erlösen kann und einen Weg findet, um seine Kindlein heimzuholen … Und ähnlich erging es auch uns, den Entwurzelten. In unserem seit langem verlorenen, felsenreichen Heimatland lebten und erblühten wir unter unseresgleichen, und als wir die Meere zu befahren lernten, erhöhte sich unser Wohlergehen gar noch. Aber im Übermut unseres Frohsinns, des Wohlstands und unseres Fahrtentums verfielen wir unversehens der Torheit. Wir bauten zwanzig herrliche Schiffe, jedes davon groß genug, um euch Menschen als Burg zu dienen, und wir legten vor uns selbst ein Gelübde ab, die Segel zu setzen, um die ganze Welt zu entdecken. Ach, die ganze Welt, jawohl! Auf zwanzig Schiffen sagten zweitausend Riesen ihren Sippen ein zuversichtliches Lebewohl, versprachen Geschichten aus jedem Winkel der mannigfaltigen weiten Welt mitzubringen, dann stürzten sie sich begeistert in ihren Traum. Von Meer zu Meer, durch Flaute und Sturm, Springfluten und Mangel und Überfluß, zwischen Riffen und Steinschlag segelten die Riesen dahin, hatten ihre Freude an der Schärfe der salzigen Luft, der Herausforderung ihrer Seefahrerfertigkeiten und Seemannskräfte, dem unaufhörlichen Wettkampf mit der See, ›dauerhaft sich regend‹, und mit Entzücken knüpften sie neuentdeckte Völker ins Gedenktuch ihrer großen Fahrt. Im Verlauf einer halben Lebensspanne kamen sie um drei Schiffe. Einhundert Riesen zogen es vor, seßhaft zu werden und den Rest ihres

Daseins bei den Waldfeen namens *Elohim* auszukosten. Zweihundert ließen ihr Leben im Kriegsdienst für die *Bhrathair,* welche durch die Sandgorgonen der großen Wüste ausgerottet zu werden drohten. Zwei Schiffe liefen auf Riffe und zerschellten. Und als die ersten der Kinder, die während dieser Fahrt zur Welt kamen, alt genug waren, um selber Seefahrer zu sein, berieten sich die Fahrensleute der verbliebenen fünfzehn Schiffe und richteten ihre Gedanken heimwärts – denn sie hatten das Närrische des gefaßten Gelübdes eingesehen und waren nunmehr des unablässigen Ringens mit der See müde. So setzten sie nach den Sternen ihre Segel und lenkten die Schiffe der Heimat entgegen. Aber ihr Trachten scheiterte. Vertraute Seewege beförderten sie in unbekannte Meere, wo sie bislang ungekannten Gefahren begegneten. Stürme peitschten sie ohne Unterlaß, bis das Schlagen der Taue ihre Hände bis auf die Knochen einschnitt, und die Wogen donnerten gegen sie an wie in äußerstem Haß. Da gingen fünf weitere Schiffe verloren, doch fand man später das eine als Wrack, und die Besatzung eines anderen konnte von der Insel geborgen werden, wohin ihr Schiffbruch sie verschlagen hatte. Inmitten von Eis, das sie viele Jahreszeiten lang in frostiger Umklammerung hielt, ausgedehnte Flauten hindurch, die sie zu nahen Gefährten des Hungers machten, blieben sie standhaft, stritten um ihr Leben und die Rückkehr in die Heimat. Aber das Leid verdunkelte mit der Zeit ihr Wissen, bis ihnen zuletzt nicht länger bekannt war, wer sie waren und wohin sie wollten. Als sie das Land erreichten, warfen sie ihre Anker aus. Weniger als tausend Riesen betraten die felsige Küste von Wasserkante. Entmutigt entsagten sie jeder Hoffnung auf Heimkehr. Doch die Freundschaft von Hoch-Lord Damelon, Sohn des Herzens der Heimat, erneuerte ihren hohen Sinn. In seinen großen Erkenntnissen sahen sie ein Omen der Verheißung, und auf seine Worte hin hob sich der Riesen Herz.

Sie machten Wasserkante zu ihrer neuen Wohnstätte und schworen den Lords Treue. Drei Schiffe sandten sie auf die Suche nach der alten Heimat aus. Seitdem – seit dreimal tausend Jahren und noch mehr – befinden sich stets drei unserer Schiffe auf See, suchen wir immerzu unsere alte Heimat, stechen drei andere Schiffe in See, sobald die drei vorherigen mit den leeren Händen des Mißerfolgs wiedergekehrt sind. Noch immer sind wir entwurzelt, verirrt im Irrgarten unseres törichten Traums. Stein und See! Im Vergleich zu euch Menschen sind wir ein langlebiges Volk – ich bin an Bord eines Schiffes während jener kurzen Suchfahrt geboren worden, die unsere Rettung vor der Schändung bedeutete, und meine Urgroßeltern zählten zur Zeit der Trostlosigkeit zu den ersten Wanderern im Lande. Und wir bekommen so selten Kinder! Kaum jemals gebiert eine unserer Frauen mehr als ein Kind. Deshalb sind wir heute nur noch fünfhundert an der Zahl, und mit jedem Lebensalter schwinden unsere Kräfte. Aber wir können nicht vergessen. In der alten Lehrlegende hatten die verschollenen Kinder des Schöpfers Hoffnung. Nach Regenfällen, die unseren Himmel reinigten, setzte er Regenbogen daran, als ein Versprechen an die Sterne, daß er eines Tages irgendwie einen Weg finden werde, um sie zu sich heimzuholen. Wenn wir überleben wollen, müssen wir die Heimat wiederfinden, die wir verloren haben, unser Herzland jenseits des Meers der Sonnengeburt.«

Während Schaumfolgers ausführlicher Erzählung war die Sonne auf einen spätnachmittäglichen Stand gesunken; und als er damit endete, begann der Sonnenuntergang. Fortan floß der Seelentrostfluß im Westen in feuriger, orangegoldener Pracht dahin, sein glatter Wasserspiegel reflektierte die Sonnenstrahlen wie in Ausbrüchen von Flammen um Flammen. Am grenzenlosen Himmel loderte die Glut wie ein gleichzeitiges Wahrzeichen von Verlust und Verheißung, vom Bevorstehen der Nacht und zugleich vom Anbruch des morgigen Tages, von Dunkelheit, deren Weichen bereits unausbleiblich feststand; denn wenn tatsächlich das Ende der Tage und des Lichts anbrach, konnte es keinen Glanz geben, um es bewundernswert zu machen, kein Schauspiel am Horizont, kein Leuchten am Himmel, keinen schönen Ausblick zu genießen, sondern nur Verfall und graue Asche. Unter diesem himmlischen Prunk erhob Schaumfolger erneut seine Stimme und wiederholte die letzten Zeilen seines Liedes mit einem Schmerz, der zum Schluß schroff ausklang.

*»Wir setzten die Segel nach Haus,*
*doch wehte des Lebens Wind wider uns,*
*fürs Land überm Meer blieben wir Verlorene.«*

Covenant wandte sich um und sah den Riesen an. Schaumfolgers Haupt war hoch erhoben, und auf seinen Wangen verliefen schmale feuchte Streifen aus leuchtend goldorangenem Feuer abwärts. Während Covenant den Riesen musterte, nahm der Widerschein einen dunkelrötlichen Farbton an und begann zu verschwinden.

»Nun lach, Thomas Covenant!« sagte der Riese leise. »Lach für mich! Freude ist in den Ohren, die hören.«

Covenant vernahm das verhaltene, bescheidene, von innerem Beben begleitete Ersuchen in Schaumfolgers Stimme, und sein eigener unterdrückter Schmerz antwortete mit einem lautlosen Aufstöhnen. Aber er war zu keinem Lachen imstande; es gab in ihm absolut kein irgendwie geartetes Lachen. Mit einem Zucken des Unwillens gegenüber den Beschränkungen, die ihn verkrüppelten, unternahm er einen ungehobelten Versuch, mit der Unterhaltung eine andere Richtung einzuschlagen. »Ich habe Hunger.«

Für einen Sekundenbruchteil blitzten Schaumfolgers über-

schattete Augen auf, als habe er einen Stich erhalten. Aber dann warf er den Kopf hintenüber und lachte doch selbst. Sein Humor entsprang anscheinend unmittelbar dem eigenen Herzen, und bald hatte er jede Anspannung und alle Tränen aus seinem Gesicht vertrieben. »Thomas Covenant«, sagte er, als sein Gelächter zu einem gemütlichen Brummen herabgesunken war, »ich lasse höchst ungern Hast walten, aber ich glaube, du bist mein Freund. Du hast meinen Stolz von seiner selbstgefälligen Höhe gestürzt, und das wäre ein angemessener Verweis, hätte ich dich nicht auch zuvor verlacht. Hunger? Natürlich hast du Hunger. Wie leicht sich das sagt! Ich hätte dir schon längst zu essen anbieten sollen. Du hast das fadenscheinige Aussehen eines Menschen, der tagelang nur *Aliantha* verzehrt hat. Manche alten Weisen behaupten, daß Entbehrungen die Seele verfeinern, wenn der Leib keine andere Wahl hat. Zum Glück bin ich mit Vorräten gut versorgt.« Er schob mit dem Fuß einen prallen Ledersack von enormer Größe zu Covenant herüber und winkte ihm, er möge ihn öffnen. Als Covenant die Zugschnüre lockerte, boten sich ihm Pökelfleisch, Käse, Brot und mehr als ein Dutzend Mandarinen von der Größe seiner zwei Fäuste zusammen, außerdem ein lederner Schlauch, den er kaum heben konnte. Um diese Mühe aufzuschieben, widmete er sich zuerst dem Nahrhaften und spülte sich das Salz mit Mandarinenscheiben aus der Kehle. Dann schenkte er seine Aufmerksamkeit dem Schlauch.
»Das ist *Diamondraught«,* sagte Schaumfolger. »Es ist ein starker Trank. Vielleicht sollte ich … Doch nein, je länger ich dich betrachte, mein Freund, um so mehr Müdigkeit erkenne ich. Trink aus dem Schlauch. Das wird dir zur Ruhe verhelfen.«
Covenant stemmte den Schlauch in die Schräge und trank vom *Diamondraught.* Es schmeckte wie schwacher Whisky, aber er konnte riechen, wie stark das Getränk war; dennoch war es so

mild, daß es weder scharf war noch brannte. Er trank mehrere tüchtige Züge und fühlte sich sofort gekräftigt. Sorgfältig verschloß er den Schlauch, steckte die Vorräte zurück in den Sack und beförderte ihn mit einiger Anstrengung wieder hinüber zu Schaumfolger. Das *Diamondraught* glühte warm in seinem Bauch, und ihm war zumute, als könne er in kurzer Zeit eine weitere Geschichte durchhalten. Aber als er sich im Bug unter den Ruderbänken ausstreckte, wich das letzte Licht der kristallklaren Dunkelheit der Nacht, die Sterne kamen nach und nach, wie verstreute Kindlein, an den nächtlichen Himmel; und bevor er überhaupt spürte, daß ihn Schläfrigkeit befiel, war er schon eingeschlafen.

Es war ein ruheloser Schlummer. Er wankte wie betäubt durch Visionen voller Pestilenz, todkranker Monde, Gemetzel und hilflosem, mißbrauchtem Fleisch, und zuletzt lag er auf der Straße, nicht weit von der vorderen Stoßstange des Polizeiwagens. Rundum hatte sich ein Kreis aus Einwohnern der Ortschaft gebildet. Ihre Augen waren aus Feuerstein gemacht, und sie verzogen die Münder durch Herabziehen der Mundwinkel zu einem einheitlichen Ausdruck des Vorwurfs. Ohne Ausnahme deuteten sie auf seine Hände. Als er seine Hände hob, um sie anzuschauen, sah er sie verfärbt von blauroten, leprösen Flecken. Dann traten zwei weißgekleidete, stämmige Männer zu ihm und betteten ihn auf eine Tragbahre. Er sah in der Nähe das Ambulanzfahrzeug stehen. Aber die Männer trugen ihn nicht sofort dorthin. Sie standen auf der Stelle, hielten ihn in Hüfthöhe, wie um ihn der Zuschauermenge zu zeigen. Ein Polizist trat in den Kreis. Seine Augen spiegelten Verachtung wider. »Sie sind mir in den Wagen gelaufen«, sagte er vorwurfsvoll, während er sich über Covenant beugte. Sein Atem hüllte Covenant in eine Duftwolke von Rosenöl. »Sie müssen geschlafen haben.«

Hinter dem Polizisten ertönte eine andere Stimme. Sie klang

so salbungsvoll wie die von Joans Rechtsanwalt. »Er muß geschlafen haben«, bekräftigte sie.
In tadelloser zeitlicher Abstimmung erbrachen die Einwohner der Ortschaft Springbrunnen von Blut aufs Straßenpflaster. *Diesen Quatsch glaube ich nicht,* dachte Covenant.
»Er glaubt uns nicht«, säuselte sofort die salbungsvolle Stimme. Aus der Menge erhob sich ein stummes Aufheulen von Wirklichkeit, eine fanatische Bestätigung der Tatsachen. Es bestürmte Covenant, bis er sich unter seinem Eindruck zusammenkauerte, ratlos und ohne Antwort.
»Du bist tot«, riefen die Ortsansässigen im Chor. »Ohne Gemeinschaft kannst du nicht leben. Das Leben ist in der Gemeinschaft, und du hast keine Gemeinschaft. Du kannst nicht leben, wenn dein Leben nirgendwo Bedeutung hat.« Die Einhelligkeit ihrer Stimmen verursachte ein Geräusch wie ein Mahlen, ein Knirschen. Als sie verstummten, fühlte sich Covenant, als habe sich die Luft in seinen Lungen in Staub verwandelt.
»Bringen Sie ihn ins Krankenhaus«, sagte die salbungsvolle Stimme mit einem Anflug von Befriedigung. »Behandeln Sie ihn. Es gibt nur eine gute Antwort auf den Tod. Behandeln Sie ihn, und werfen Sie ihn raus.«
Die beiden Männer hoben ihn in die Ambulanz. Bevor die Hecktür zuschlug, sah er noch, wie sich die Ortsansässigen die Hände schüttelten, einander beglückwünschten. Dann setzte sich die Ambulanz in Bewegung. Er hob seine Hände, sah die blauroten Flecken sich auf seine Unterarme ausdehnen. Entsetzt starrte er sie an, stöhnte: *Hölle und Verdammnis! Hölle und Verdammung! Hölle und Verdammnis!*
Aber da sprach eine breiige Tenorstimme zu ihm. »Hab keine Furcht«, sagte sie freundlich. »Du hast nur einen Traum.« Beruhigung erfaßte ihn wie eine über ihn gebreitete Decke. Doch er konnte sie nicht mit den Händen fühlen, und die

Ambulanz fuhr weiter. Er brauchte seine Decke, und er tastete verkrampft in der leeren Luft herum, bis seine Knöchel weiß hervortraten.

Als er den Eindruck hatte, die schmerzliche Sehnsucht nicht länger ertragen zu können, kippte die Ambulanz um, und er fiel von der Tragbahre ins Nichts.

## 12
## Schwelgenstein

Der Druck gegen seine linke Wange machte allmählich die Haut wund, und diese Unannehmlichkeit holte ihn aus der Tiefe seines Schlummers. Unter seinem Kopf rauschte es, als diene ihm zum Kopfkissen eine Sandbank. Er kämpfte sich aus dem Schlaf empor. Dann erhielt seine Wange zweimal rasch hintereinander einen heftigen Ruck, und sein Ruheplatz schien sich aufzubäumen. Er stemmte sich hoch und stieß sich den Kopf an einer Ruderbank des Boots. Schmerz wummerte durch seinen Schädel. Er klammerte sich an die Ruderbank und schwang sich von der Planke, die so gegen seine Wange gescheuert hatte; er setzte sich auf und schaute übers Dollbord. Er stellte fest, daß das Boot nunmehr durch eine völlig andere Gegend schwamm. In der Umgebung war nicht einmal noch ein Rest der Eigentümlichkeiten Andelains zu sehen, nichts von der Üppigkeit und Schönheit. Im Nordosten begrenzte eine hohe, steile Felswand den Fluß. Nach Westen hin breitete sich eine graue und kahle Ebene aus, eine verkrüppelte Wildnis gleich einem weiten Schlachtfeld, wo mehr dahingerafft worden war als Menschen allein, wo die Glut des Feuers und die Bäche vergossenen Blutes dem Untergrund alle Kraft zur Wiederbelebung geraubt hatten, alle Fähigkeit zu neuer Blüte – eine holprige, schartige Niederung, bloß gekennzeichnet durch eine Handvoll schäbiger Bäume, die sich am Nebenfluß ans Leben klammerten, der ein paar hundert Meter vom Boot voraus in den Seelentrostfluß mündete. Der Ostwind trug einen Geruch nach uralten Bränden mit, wohinter sich die übelriechende Erinnerung an ein Verbrechen verbarg. Schon in diesem Abstand flößte der Fluß, der vor ihnen in den Strom mündete, dem Seelentrostfluß Unruhe ein, behinderte seine Strömungen, beschmutzte seine Klarheit mit kiesigem Schlamm, und Covenant mußte sich am Dollbord festhalten, um im Gleichgewicht zu bleiben, als sich das Schaukeln des Bootes verstärkte.

Schaumfolger hielt das Boot in der Mitte des Flußbetts, lenkte es vom Aufruhr der Mündung fort und in die Richtung der Felswand im Nordosten. Covenant blickte heckwärts zum Riesen. Er stand im Heck mit weit gespreizten Beinen, die Ruderpinne fest unter den rechten Arm geklemmt. »Vor uns liegt Trothgard«, rief er durch das immer lautere Brausen der Flüsse, als er Covenants Blick bemerkte. »Hier wenden wir uns nach Norden – in den Weißen Fluß. Aus dem Westen kommt der Graue Fluß!« Seine Stimme wies einen Anklang von Aufgerauhtheit auf, als habe er die ganze Nacht lang aus voller Kehle gesungen; und einen Moment später sang er ein Bruchstück eines anderen Liedes, das Covenant noch nicht kannte.

*»Denn wir wollen nicht ruhen*
*und nicht vom Wege weichen,*
*den Glauben nicht verlieren,*
*den Mut nicht sinken lassen,*
*bis der Graue Fluß fließt wieder blau*
*und Rill und Maerl so klar, so rein,*
*wie unser ewiger Llurallein.«*

Das Brodeln der Fluten schwoll immer mehr an. Covenant stand unten auf den Planken des Bootes, an eine Ruderbank gedrückt, und klammerte sich mit aller Kraft ans Dollbord, beobachtete die erzwungene Vermengung von schmutzigem und reinem Wasser. »Einhundert Längenmaße bis zu den Westlandbergen«, brüllte Schaumfolger, »zum Hüterstieg und der Bergquelle des Llurallein – und hundertfünfzig Längenmaße südwestwärts zu den Letzten Hügeln und der Würgerkluft! Von der Herrenhöh trennen uns nur noch siebzig!« Urplötzlich verstärkte sich das Brodeln und Brausen des Flusses noch mehr, verdammte selbst die kräftige Stimme des Riesen zur Nichtigkeit. Ein unerwartetes Ausschlagen der Strömung drückte den Bug nach rechts, legte das Boot mit der Breitseite vor den Strom. Gischt spritzte Covenant ins Gesicht, als sich das Boot neigte. Im nächsten Augenblick fing er einen Fetzen von Schaumfolgers schlichtem Gesang auf, der durch den Lärm an seine Ohren drang, und fühlte neue Kraft durch den Kiel des Bootes fließen. Langsam begradigte das Boot seinen Kurs wieder, drehte sich erneut in die allgemeine Strömung. Aber das knapp vermiedene Unheil hatte sie gefährlich nahe zur nordöstlichen Felswand getrieben. Das Boot bebte aus Kräfteverschleiß, während Schaumfolger es allmählich zurück ins gleichmäßige Wasser unterhalb des stärksten Zustroms aus dem Grauen Fluß steuerte. Da verschwand die Wahrnehmung von Kraft aus dem Kiel. »Um Vergebung!« brüllte der Riese. »Meine Wassermeisterschaft schwindet!« Seine Stimme war aus Anstrengung heiser. Covenants Knöchel hoben sich weiß ab, so fest krallte er sich ans Dollbord. Während ihn das Schaukeln des Gefährts herumstieß, fiel ihm wieder der Satz *Es gibt nur eine gute Antwort auf den Tod* ein. *Eine gute Antwort,* dachte er bitter. *Und dies ist sie nicht.* Vielleicht wäre es besser, das Boot kenterte, und er ertrank; vielleicht wäre es besser, er brachte Lord Fouls Botschaft nicht mit seiner halben Hand und seinem Ehering nach Schwelgenstein. Er war kein Held. Er konnte derartige Erwartungen nicht befriedigen. »Nun kommt die Flußgabelung!« schrie Schaumfolger. »Wir müssen an der Mündung des Grauen Flusses vorüber, um nach Norden in den Weißen Fluß einzufahren. Damit ist keine besondere Gefahr verbunden – doch ich bin müde, und die Fluten gehen hoch.«

Covenant wandte sich wieder um und musterte den Riesen diesmal genauer. Nun erkannte er, daß Salzherz Schaumfolger beträchtlich litt. Seine Wangen waren eingesunken, so ausgehöhlt, als habe irgend etwas aus seinem Gesicht alles Leben entzogen; und seine Augen, die so tief im Schädel saßen, brannten von angespannter, fieberhafter Willensanstrengung. *Müde?* dachte Covenant. *Eher vollkommen erschöpft.* Er kroch mühsam von Ruderbank zu Ruderbank, bis er den Riesen erreichte. Seine Augen befanden sich nicht höher als Schaumfolgers Taille. »Ich übernehme das Steuer«, rief er, den Kopf in den Nacken gelegt. »Du ruhst dich aus.«
Ein Lächeln zuckte auf den Lippen des Riesen. »Ich danke dir. Aber nein – du bist auf so etwas nicht vorbereitet. Ich bin stark genug. Doch bitte reich mir das *Diamondraught* herauf.«
Covenant öffnete den Sack mit den Vorräten und legte Hand an den ledernen Schlauch. Sein Gewicht und die Prallheit machten ihn für Covenant unhandlich, und das Schwanken des Bootes störte sein Gleichgewicht. Er schaffte es ganz einfach nicht, den Schlauch zu heben. Gleich darauf gelang es ihm jedoch, die Arme darunterzuschieben. Mit einem Ächzen der Überanstrengung stemmte er ihn hoch. Schaumfolger ergriff den Hals mit dem Mundstück des Schlauchs zielsicher mit der Linken. »Danke, mein Freund«, rief er mit verzerrtem Lächeln. Er hob den Schlauch an den Mund und mißachtete die Gefahren des Stroms für einen Moment, um einen tüchtigen Schluck zu trinken. Dann setzte er den Schlauch ab und lenkte das Boot in die Mündung des Grauen Flusses. Eine neue Woge von Kraft durchströmte das Boot. Als das Gefährt in die volle Wucht des Zuflusses geriet, drehte Schaumfolger stromabwärts bei und steuerte es schräg über die gesamte Breite der aus dem Nebenfluß wogenden Fluten. Kraftströme brachten die Bodenplanken des Bootes ins Zittern. In einwandfreiem Manöver erreichte Schaumfolger die Nordseite der Mündung,

ließ das Boot entlang der Felswand stromaufwärts durch die Rückströmung kreiseln und es in den störungsfreien Weißen Fluß abtreiben. Sobald die nordwärtige Flußbiegung umrundet war, blieb das Brausen der Gabelung rasch hinterm Boot zurück.

Einen Moment später wich das Raunen der Kraft wieder aus dem Boot. Schaumfolger stieß einen schweren Seufzer aus und wischte sich den Schweiß aus dem Gesicht. Seine Schultern sanken herab, der Kopf sackte ihm auf die Brust. Mit mühevoller Langsamkeit senkte er die Ruderpinne und ließ sich ins Heck des Bootes fallen. »Ach, mein Freund«, sagte er mit einem Stöhnen, »für so etwas sind nicht einmal Riesen geschaffen.«

Covenant begab sich in die Bootsmitte und setzte sich auf den Boden, an eine der Seitenwände gelehnt. Von diesem Sitzplatz aus konnte er nicht übers Dollbord schauen, aber im Augenblick verspürte er hinsichtlich der Landschaft keine Neugier. Er hatte andere Sorgen. Eine davon betraf Schaumfolgers Verfassung. Er verstand nicht, wodurch sich der Riese so erschöpft hatte. In seiner Unsicherheit wählte er ein Herangehen an die Frage auf einem Umweg. »Das war saubere Arbeit«, sagte er. »Wie hast du das gemacht? Du hast mir noch nicht verraten, was das Boot so prächtig antreibt.« Er runzelte selber die Stirn über den unfreundlichen Ton seiner Worte.

»Wünsch dir eine andere Geschichte«, entgegnete Schaumfolger und seufzte matt. »Diese ist nahezu so lang wie die Geschichte des Landes. Ich bring's nicht übers Herz, dich darüber zu belehren, was hier Leben bedeutet.«

»Du kennst wohl keine kurzen Geschichten«, erwiderte Covenant.

Der Riese brachte ein schwächliches Lächeln zustande. »Ach, das ist tatsächlich wahr. Na gut, für dich will ich mich auf die denkbar kürzeste beschränken. Aber du mußt mir versprechen, anschließend mir eine Geschichte zu erzählen – eine wirklich ganz besondere, auf die ich allein niemals käme. Das werde ich bitter nötig haben, mein Freund.« Covenant erklärte sich mit einem Nicken einverstanden. »Also gut«, sagte Schaumfolger. »Iß, während ich erzähle.« Covenant verspürte eine vage Verwunderung darüber, wie hungrig er in der Tat war, und machte sich erneut über den Inhalt von Schaumfolgers Vorratssack her. Hastig schlang er Fleisch und Käse hinab, stillte seinen Durst mit Mandarinen. Als er zu essen anfing, begann der Riese mit vor Mattigkeit leiser Stimme zu erzählen. »Die Zeit Damelon Riesenfreunds neigte sich im Lande ihrem Ende zu, noch bevor meinesgleichen den Bau von *Coercri* oder Herzeleid vollendeten, der Siedlung der Riesen an der Wasserkante. Sie hieben die Herrenhöh, wie die Menschen dazu sagen, aus dem Herzen des Berges, ehe sie in ihrem eigenen, von den Lords an sie verschenkten Land zu arbeiten anfingen, und als man Herzeleid errichtete, war Lorik Hoch-Lord des Großrates. Dann wandten meine Vorfahren ihr Trachten in die Ferne – sowohl hinaus auf das Meer der Sonnengeburt wie auch einwärts auf die Freundschaft des Landes. Nun ergab es sich, daß *Lillianrill* gleichermaßen wie *Rhadhamaerl* das Wissen der Riesen zu erwerben wünschten, und die Zeit des Hoch-Lords Lorik Übelzwinger war zugleich eine der höchsten Blüten fürs *Lillianrill.* Um bei dieser Entfaltung von Nutzen zu sein, mußten sich oftmals Riesen zu Herrenhöh aufhalten …« Er verfiel in einen getragenen Singsang, den er für ein Weilchen beibehielt, als wolle er damit die große Vergangenheit des Wirkens der Riesen beschwören. »Zum machtvollen Schwelgenstein mußten sie reisen. Und das war gut, denn dadurch geriet dessen Herrlichkeit bei den Riesen nicht in Vergessenheit. Aber die Riesen schätzten nicht gerade übermäßig das Laufen – keinesfalls mehr als heute. Deshalb besannen sich meine Ahnen auf die Flüsse, die von den Westlandbergen zum Meer fließen, und beschlossen den Bau von Booten. Nun aber verhält es sich ja so, wie du vielleicht weißt, daß Boote vom Meer aus nicht ins Inland fahren können – der Landbruch, worauf der Gravin Threndor steht, macht es unmöglich. Und niemand, auch kein Riese, würde freiwillig die Engpaßrinne vom Lebenverschlinger aus befahren, dem Großen Sumpf. Daher bauten die Riesen Binnenhäfen am Seelentrostfluß, und zwar flußaufwärts hinterm Gravin Threndor und den Flußengen, die heute Verräterschlucht heißen. Dort findet man solche Boote wie dies hier – dort und bei der Herrenhöh an den Schleierfällen, so daß man von der Strecke mindestens zweihundert Längenmaße auf dem Wasser zurücklegen kann, denn das Wasser ist uns das liebste Element. Lorik und die *Lillianrill* sannen ihrerseits darüber nach, wie sie den Riesen die Reise erleichtern könnten. Mit Hilfe ihrer Kräfte schufen sie Güldenfahrt – ein starkes Holz, dem sie in der Alt-Sprache den Namen *Lor-Liarill* gaben –, und aus diesem Holz machten sie für unsere Flußboote Steuerruder und Kiele. Und es war das Versprechen der Alt-Lords, daß das Güldenfahrt uns helfen werde, wenn auch alle anderen Zeichen der Hoffnung, mit denen sie uns versahen, schwinden sollten.« Unvermittelt seufzte Schaumfolger auf. »Ach, lassen wir's genug sein«, sagte er. »Kurz, ich bin's, der dies Boot vorwärtstreibt.« Er nahm seine Hand von der Ruderpinne, und sofort begann das Gefährt vom Kurs abzuweichen. »Oder vielmehr bin ich's, der im Güldenfahrtholz die Kraft erweckt. In der Erde sind Leben und Kraft – in Stein und Holz, Wasser und Erdreich. Aber das Leben ist darin ein wenig verborgen … ein wenig schläfrig. Sowohl Wissen wie auch Stärke sind dazu erforderlich – ja, und auch wirksame, dem Leben abgelauschte Lieder –, um es zu wekken.« Er griff sich wieder die Ruderpinne, und das Boot schwamm erneut vorwärts. »Daher kommt es, daß ich müde bin«, erklärte er leise. »Seit der Nacht vor unserer Begegnung habe ich nicht gerastet.« Sein Tonfall erinnerte Covenant an den Erschöpfungszustand Trells, nachdem der Glutsteinmeister die zerbrochene Schüssel wiederhergestellt hatte. »Zwei Tage und Nächte lang habe ich das Güldenfahrt weder ruhen noch langsamer arbeiten lassen, obwohl ich durch diese Mühsal die Müdigkeit bis ins Gebein spüre.« Er bemerkte die Verblüffung in Covenants Miene. »Ja, mein Freund«, fügte er hinzu, »du hast zwei Nächte und einen Tag lang geschlafen. Vom Westen Andelains, durch die Mittlandebenen und bis zum Rande Trothgards, über hundert Längenmaße weit, hast du nur geschlafen.« Für einen Moment schwieg er. *»Diamondraught* wirkt bisweilen so auf Menschen«, beschloß er dann seine Ausführungen. »Aber du hattest die Erholung ohnehin nötig.« Einen Moment lang saß Covenant reglos und still, starrte die Bodenplanken an, als suche er die richtige Stelle zum Draufschlagen. Sein Mund zuckte aus Verbitterung, als er den Kopf hob. »Dann bin ich ja jetzt erholt«, sagte er. »Kann ich irgendwie helfen?«

Schaumfolger antwortete nicht unverzüglich. Anscheinend erwog er hinter der beinernen Festung seiner Stirn gewisse Unklarheiten, bevor er sich auf eine Antwort einließ. »Stein und See!« stieß er dann gedämpft hervor. »Natürlich kannst du's. Und doch beweist die bloße Tatsache, daß du erst fragen mußt, du kannst es nicht. Irgendein Mangel an Bereitschaft oder einfach Unwissenheit hindert dich.«

Covenant begriff, was er meinte. Er konnte dunkle Schwingen hören, sah gemordete Wegwahrer. *Wilde Magie!* stöhnte er innerlich auf. *Heldentum! Das ist unerträglich.* Mit einer ruckartigen Wendung seines Kopfes verwarf er alle denkbaren Überleitungen. »Möchtest du meinen Ring?« fragte er rundheraus in barschem Ton.

»Möchten?« krächzte Schaumfolger und zog eine Miene, als fühle er sich eigentlich zum Lachen gereizt, brächte es aber nicht fertig. »Möchten?« Seine Stimme bebte aus innerer

Aufwühlung, als sähe er sich zu irgendeiner Art von Ungehörigkeit gezwungen. »Verwende dies Wort nicht, mein Freund. *Möchten* ist etwas Natürliches, und man kann etwas, das man *möchte,* erlangen oder nicht, ohne daß daraus ein Übel entstehen muß. Sprich lieber von habsüchtigem Verlangen. Nach etwas mit Habsucht trachten, das heißt etwas verlangen, das nicht gegeben werden soll. Ja, ich bin habsüchtig nach deinem unirdischen, wild-magischen, friedensstörerischen Ring aus weißem Gold, denn es heißt:

*›Wilde Magie, gedrückt in jeden Stein,*
*harrt weißen Goldes, das sie freiläßt oder bändigt …‹*

Ich gebe meine Habsucht zu. Doch führe mich nicht in Versuchung. Macht pflegt sich an jenen zu rächen, die sie ergreifen. Ich nähme den Ring nicht, bötest du ihn mir an.«

»Weißt du denn wenigstens, wie man ihn verwendet?« erkundigte sich Covenant mit träger Stimme, halb umnachtet aus seiner soeben aufgekommenen Furcht vor der Antwort.

Diesmal lachte Schaumfolger. Seine Erheiterung war ausgelaugt, bloß noch ein Abklatsch seines vorherigen Humors, aber sie war gutmütig und redlich. »Ach, wie gut gesprochen, mein Freund! So scheitert meine Habsucht an ihrer eigenen inneren Torheit. Nein, ich weiß es nicht. Läßt sich die wilde Magie nicht durch den bloßen Willen zu ihrem Gebrauch anwenden, dann verstehe ich überhaupt nichts davon. Riesen besitzen keine solchen Kenntnisse. Wir haben immer alles mit eigener Hand getan … wenngleich wir Hilfsmitteln wie dem Güldenfahrt nicht abgeneigt sind. Nun, jetzt habe ich den Lohn für meine unwürdigen Gedanken. Vergib mir, Thomas Covenant.«

Wortlos nickte Covenant, als sei ihm eine unerwartete Vergünstigung zuteil geworden. Er wünschte nicht zu wissen, wie wilde Magie funktionierte; er wollte nicht einmal an sie glauben. Es war schon gefährlich genug, mit dem Ring herumzulaufen. Er bedeckte den Ringfinger der Linken mit seiner rechten Hand und blickte stumpfsinnig, ratlos auf zu dem Riesen. Gleich darauf vertrieb Schaumfolgers Mattigkeit seine Belustigung wieder. Der Glanz wich aus seinen Augen, die Atemzüge seufzten kraftlos zwischen seinen erschlafften Lippen ein und aus. Er sank über der Ruderpinne zusammen, als habe das Lachen ihn lebenswichtige Kraftreserven gekostet.

»Wohlan, mein Freund«, sagte er kaum vernehmlich. »Mein Mut hat mich nahezu verlassen. Jetzt muß ich von dir eine Geschichte hören.«

*Geschichte?* dachte Covenant. *Ich weiß keine Geschichten. Ich habe sie verbrannt.* Er hatte sie verbrannt – sowohl seinen angefangenen neuen Roman wie auch seinen Bestseller. Sie waren beide so belanglos gewesen, so hoffnungslos unwichtig im Vergleich zu einem Leben mit der Leprose, die verstohlen und unberechenbar hinter jeder physischen oder moralischen Existenz lauerte ... und so völlig ihrer eigenen Kurzsichtigkeit unbewußt. Sie waren Kadaver – so wie er selbst, er selbst – und für nichts anderes gut als die Flammen. Welche Geschichte sollte er jetzt noch erzählen können? Aber er mußte in Bewegung bleiben, handeln, überleben. Das hatte er schon gelernt, ehe er einem Traum zum Opfer fiel. Hatte er diese Lektion nicht schon im Leprosorium gelernt, in Fäulnis und Erbrochenem? O doch, o doch! Überleben! Dieser Traum aber verlangte von ihm, daß er Macht aufbot, ein Schlachten beendete; Eindrücke wirbelten ihm durch den Kopf wie verzerrte Abbilder in den Scherben eines Spiegels: Joan, Polizeiwagen, Seibrichs lavarote Augen. Er torkelte, als müsse er stürzen. Um sein plötzliches Unwohlsein zu überspielen, entfernte er sich von Schaumfolger und setzte sich in den nach Norden gerichteten Bug. »Eine Geschichte«, sagte er schwerfällig. Doch, er kannte eine Geschichte – eine Geschichte, die viele schäbige, buntscheckige Tarnkleider besaß. Rasch wählte er unter ihren Verkleidungen, stellte hastig zusammen, was so zueinanderpaßte, daß er damit alles zum Ausdruck bringen konnte, was auszudrücken er das Bedürfnis hegte. »Gut, ich werde dir eine Geschichte erzählen. Eine wahre Geschichte.« Er stützte sich aufs Dollbord und kämpfte gegen sein Schwindelgefühl an. »Es ist eine Geschichte über den Kulturschock. Weißt du, was das ist. Kulturschock?« Schaumfolger ging nicht auf die Frage ein. »Egal. Ich erkläre es dir kurz. Kulturschock ist das, was einem Menschen widerfährt, wenn man ihn aus seiner gewohnten Welt reißt und an einen Ort bringt, wo die Voraussetzungen, die ... die Maßstäbe, welche man einer Person anlegt, so verschieden sind, daß er sie unmöglich begreifen kann. Er ist ganz einfach nicht dafür geschaffen. Wenn er ... anpassungsfähig ist, kann er sich vielleicht verstellen, bis er in seine eigene Welt heimkehrt. Oder er bricht zusammen und wird zu irgend etwas anderem zurechtgeformt. Eine andere Möglichkeit gibt es nicht. Dafür will ich ein Beispiel erzählen. Als ich im Leprosorium war, sprachen die Ärzte über einen Mann wie mich ... einen Leprakranken. Einen Aussätzigen. Er war ein klassischer Fall. Er stammte aus einem fremden Land, wo die Leprose viel häufiger auftritt, und mußte sich dort als Kind den Bazillus geholt haben. Jahre später, als er eine Frau und selber drei Kinder hatte und in einem anderen Land wohnte, starben plötzlich in seinen Zehen die Nerven ab, und er erblindete. Na, wäre er daheim in seinem Land geblieben, er hätte ... die Krankheit ist dort häufig ... sie wäre früher erkannt worden. Sobald man sie bemerkte, hätte man ihn ... und seine Frau ... und seine Kinder ... und alles, was er besaß ... sein Haus ... auch seine nächsten Verwandten ... ja, alles das hätte man für *unrein* erklärt. Sein Eigentum, das Haus und die Tiere wären zu Asche verbrannt worden. Und er, seine Frau, die Kinder und die Verwandten hätte man in ein Dorf geschickt, wo andere Menschen mit der gleichen Krankheit leben und die größte Armut herrscht. Dort hätte er den Rest seines Lebens verbracht ... ohne Behandlung ... ohne Hoffnung ... während fürchterliche Geschwüre ihm die Arme und Beine zerfräßen und sein Gesicht entstellten ... bis er, seine Frau, die Kinder und die Verwandten alle am Wundbrand gestorben wären. Hältst du das für grausam? Laß mich erzählen, wie es dem Mann statt dessen erging. Als er seine Erkrankung festgestellt hatte, wandte er sich an seinen Arzt. Der Arzt schickte ihn ins Leprosorium – allein, ohne seine Familie –, wo es gelang, das weitere Fortschreiten der Krankheit zu verhindern. Er erhielt die richtige Behandlung, Medizin und Unterweisung – wurde rehabilitiert. Dann schickte man ihn nach Hause, damit er bei Frau und Kindern wieder ein ›normales‹ Leben führen könne. Wirklich nett. Es gab nur ein Problem. Er fand sich nicht damit zurecht. Zuerst einmal machten ihm seine Nachbarn das Leben sauer. Gewiß, anfangs ahnten sie gar nichts von seiner Krankheit – Leprose war ihnen nicht geläufig, sie verstanden davon nichts –, aber dann druckte die Lokalzeitung über ihn einen Artikel, so daß danach jeder im Ort wußte, er war *der Leprakranke*. Sie mieden ihn, haßten ihn, weil sie nicht wußten, wie sie sich ihm gegenüber verhalten sollten. Zudem ergaben sich Schwierigkeiten bei seiner Selbstbehandlung. In seinem Heimatland kannte man keine Medikamente und Therapien für Leprakranke, und tief in seinem Innern glaubte er, daß solche Dinge Zauberei seien, daß er, da seine Krankheit zum Stillstand gekommen war, *geheilt* wäre ... gerade noch einmal vor etwas bewahrt worden, das schlimmer ist als eine Hinrichtung. Aber aufgepaßt! Sobald er auf sich achtzugeben aufhört, beginnt die Taubheit sich wieder auszubreiten. Und dann folgt die entscheidende Schlappe. Auf einmal stellt er fest, daß er hinterrücks – während er sich darum nicht sorgte, geschweige denn dagegen vorbeugte – von seiner Familie abgesondert worden ist. Sie nimmt keinen Anteil an seinen Problemen – davon ist sie weit entfernt. Sie möchte ihn loswerden, wieder so leben wie vorher. Also packt man seinen Kram, um ihn wieder ins Leprosorium zu schicken! Aber als sie das Flugzeug bestiegen haben – in seinem Heimatland gibt's auch keine Flugzeuge –, sucht er die Toilette auf, in einer Stimmung, als sei er enterbt worden, ohne daß ihm jemals jemand gesagt hätte, warum, und schneidet sich die Pulsadern auf.« Aus geweiteten Augen stierte Covenant ins Knäuel seiner Erzählung. Er wäre dazu bereit gewesen, gerne bereit gewesen, um diesen Mann zu weinen, hätte er das schaffen können, ohne seine eigene Abwehr gegen Gefühlsduselei zu schwächen. Aber er konnte nicht weinen. Stattdessen schluckte er mühsam und brachte sich erneut in Fahrt, um die Geschichte fortzusetzen. »Ich muß noch etwas zum Kulturschock anmerken. Jede Welt hat ihre besondere Methode des Freitods, und es fällt viel leichter, sich auf eine Art umzubringen, mit der man nicht vertraut ist. Ich könnte mir nie die Pulsadern aufschneiden. Ich habe zuviel darüber gelesen … zuviel davon geredet. Es ist mir zu lebhaft vorstellbar. Das schreckt ab. Aber ich wäre dazu fähig, in die Welt jenes Mannes zu gehen und ohne ein Wimpernzucken Belladonna-Tee zu trinken. Einfach weil ich darüber zuwenig weiß. Auf mich wirkt diese Methode vage, irgendwie uneinsichtig … als könne sie irgendwie gar nicht wirklich tödlich sein. Jedenfalls, der arme Kerl saß also eine Stunde lang in der Toilette des Flugzeugs und ließ sein Blut ins Waschbecken laufen. Er dachte nicht daran, Hilfe zu rufen, bis ihm urplötzlich auffiel, daß er dadurch sterben würde und anschließend so gut tot sei, als hätte er in seiner Heimat Belladonna-Tee getrunken. Da wollte er raus, die Tür öffnen – aber er war bereits zu sehr geschwächt. Und er kannte sich nicht aus mit dem Knopf für den Notruf. Schließlich entdeckte man ihn in grotesker Haltung am Fußboden, die Finger gebrochen, als habe er … als habe er unter der Tür durchzukriechen versucht. Er …«

Covenant vermochte nicht weiterzusprechen. Elend erstickte seine Stimme, brachte ihn zum Schweigen, und er saß für eine Weile stumm da, während am Bug mit verschwommenem Greinen Wasser vorüberwinselte. Er fühlte sich krank, von verzweifeltem Verlangen nach Überleben besessen; er durfte diesen Verführungen nicht erliegen. Endlich drang Schaumfolgers Stimme an sein Ohr. »Hast du darum«, fragte der Riese leise, »das Geschichtenerzählen aufgegeben?«

Covenant sprang auf, fuhr in urplötzlich aufgeloderter Wut herum. »Euer Land hier versucht mich kaltzumachen«, schnauzte er grob. »Es … ihr wollt mich hier zum Selbstmord treiben! Weißgold! Berek! Andelainische Geister! Ihr zwingt mir Dinge auf, mit denen ich unmöglich fertig werden kann! Diese Art von Mensch bin ich nicht … ich lebe nicht in dieser Art von Welt. All diese … Verlockungen! Hölle und Verdammung! Ich bin leprakrank. Begreift ihr das denn nicht?«

Für einen langen Moment erwiderte Schaumfolger Covenants heißen Blick, und das Mitgefühl in den Augen des Riesen hemmte seinen Ausbruch. Er stand mit zu Klauen verkrümmten Fingern und stierte zu dem Riesen empor, während Schaumfolger ihn trübsinnig, traurig ansah. Er merkte deutlich, daß der Riese ihn nicht verstand; *Lepra* war ein Wort, das hier im Lande keine Bedeutung besaß. »Na schön«, sagte er mühevoll. »Lach drüber. Freude ist in den Ohren, die hören.«

Da aber bewies Schaumfolger, daß er zumindest etwas verstand. Er langte unter sein Wams und brachte ein ledernes Päckchen zum Vorschein, das er auseinanderfaltete, um ihm ein großes Stück geschmeidiger Haut zu entnehmen. »Hier«, sagte er. »Davon wirst du noch viel zu sehen bekommen, ehe du dem Lande den Rücken kehrst. Das ist *Clingor.* Vor langen Zeitaltern geriet es mit uns Riesen in dies Land … aber diesmal will ich uns beiden die Anstrengung ersparen, diese Geschichte ausführlich zu erzählen.« An einer Ecke des Stücks riß er ein kleines Viereck ab und reichte es Covenant. Es war auf beiden Seiten klebrig, ließ sich jedoch leicht von einer in die andere Hand nehmen und hinterließ keine Spuren irgendeines Klebstoffs. »Vertrau ihm. Vertrau ihm den Ring an und verbirg es unter deiner Gewandung. Dann wird niemand bemerken, daß du einen Talisman wilder Magie bei dir trägst.«

Covenant blickte sofort durch. Er zerrte sich den Ring vom Finger und legte ihn auf das Stück *Clingor.* Er haftete sicher daran; er konnte den Ring nicht herunterschütteln, doch das *Clingor* ohne Mühe wieder davon lösen. Er nickte, heftete den Ring in die Mitte des Leders, öffnete sein Hemd und drückte sich das *Clingor* mitten auf die Brust. Es blieb dort hängen, ohne ihm Unbehagen zu bereiten. Hastig, als müsse er die Gelegenheit wahrnehmen, ehe sie ihm entglitt, knöpfte er sein Hemd wieder zu. Überraschenderweise war ihm zumute, als spüre er das Gewicht des Rings auf dem Herzen, aber er entschloß sich, nicht darauf zu achten. Schaumfolger packte sein *Clingor* sorgfältig wieder zusammen und schob es zurück unter sein Wams. Danach musterte er Covenant noch einmal für ein Weilchen. Covenant versuchte zu lächeln, irgendwie Dankbarkeit auszudrücken, aber allem Anschein nach war sein Gesicht bloß noch zum Zähnefletschen imstande. Schließlich wandte er sich ab und nahm wieder im Bug des Bootes Platz, um nach vorn auszuschauen und sich in Gedanken mit dem zu befassen, was der Riese für ihn getan hatte. Nachdem er eine Zeitlang gegrübelt hatte, erinnerte er sich an Atiarans Steinmesser. Es ermöglichte ihm eine Form der Selbstdisziplinierung, deren er dringend bedurfte. Er beugte sich über die Seite des Boots, um sein Gesicht zu befeuchten, dann nahm er das Messer zur Hand und begann sich, angefangen bei den Koteletten, peinlich genau zu rasieren. Sein Bart war acht Tage alt, aber die scharfe, glatte Klinge glitt geschmeidig über seine Wangen und am Hals hinab, und es gelang ihm eine recht anständige Rasur, ohne daß er sich schnitt. Doch er war bereits außer Übung, nicht länger an das Risiko gewöhnt; der Gedanke an Blut brachte sein Herz ins Flattern. Daran erkannte er deutlich, daß es allerhöchste Zeit war, in seine eigene Welt zurückzukehren, damit er sich wieder zurechtstauchen konnte und nicht seine Fähigkeit verlor, als Lepraleidender zu überleben.

Später am Tage regnete es; ein leichter Nieselregen fiel, der auf dem Wasserspiegel des Flusses schäumte, das Spiegelbild des Himmels zu Myriaden von winzigen Stückchen zerschlug. Die Regentröpfchen prickelten in Covenants Gesicht wie Gischt, durchdrangen allmählich seine Kleidung, bis er sich so naß und unbehaglich fühlte, als wäre er im Fluß selbst gewesen. Aber er ertrug diesen Zustand in grauer, stumpfsinniger Ergebenheit, während er darüber nachdachte, was er dadurch, daß er seinen Ring versteckte, gewonnen und verloren haben mochte.

Dann endete auch dieser Tag. Dunkelheit sickerte in die Luft, als trübe sich der Regen, und Covenant und Schaumfolger aßen im Dämmerlicht wortkarg ihre Abendmahlzeit. Der Riese war beinahe zu schwach, um selber zu essen, aber dank Covenants Unterstützung konnte er eine hinreichende Mahlzeit einnehmen und sich eine beachtliche Menge *Diamondraught* einverleiben. Danach gingen sie wieder in ihren verschiedenen Arten des Schweigens auf. Covenant war froh um den Anbruch der Dunkelheit; er ersparte ihm den Anblick von Schaumfolgers Erschöpfung. Da er einen Widerwillen dagegen empfand, sich auf den nassen Planken auszustrecken, kauerte er sich in seinem feuchten, unterkühlten Zustand an die Seitenwand des Bootes und versuchte sich zu entspannen und Schlaf zu finden. Nach einiger Zeit begann Schaumfolger leise zu singen.

*»Stein und See sind tief im Leben,*
*sind die Wahrzeichen der Welt:*
*dauerhaft verharrend, dauerhaft sich regend,*
*Teilhaber der Kraft, die ewig währt.«*

Das Lied flößte ihm, so konnte man meinen, neue Kräfte ein, und mit deren Hilfe steuerte er das Boot gleichmäßig gegen die Strömung, lenkte es nordwärts, als gäbe es gar keine Ermüdung, die ihn hindern könne. Schließlich hörte es auf zu regnen; die Wolkendecke trieb langsam auseinander. Aber Covenant und Schaumfolger fanden in der Klärung des Himmels keinen Trost. Überm Horizont stand wie eine Blutblase der Mond vorm Hintergrund des empörten Sternenhimmels, wie eine Pestbeule. Er verwandelte das Umland in ein dumpfiges Blutgemälde voller dunkelroter Farbtöne und flüchtiger Gebilde gleich unvollendeten Mordgedanken. Und sein Licht verbreitete eine eitrige Ausstrahlung, als leuchte ein Geschwür überm Land. Fortan klang Schaumfolgers Lied in entmutigendem Maße schwächlich, und die Sterne selbst schienen aus der Bahn des Mondes zurückzuschrecken.

Mit der Morgendämmerung zog jedoch ein sonnenheller Tag ohne sudelige Niedrigkeit oder einen Rest davon herauf. Als sich Covenant hochraffte, um einen Blick in die Runde zu werfen, sah er direkt voraus auf Kurs, im Norden, hohe Berge. Die Bergkette verlief bis in den Westen, wo auf einigen Gipfeln noch Schnee lag; aber sie endete wie abgesägt in einem Landstrich, der auf einer Linie mit dem Lauf des Weißen Flusses lag. Die Berge schienen bereits zum Greifen nah zu sein. »Noch zehn Längenmaße«, flüsterte Schaumfolger mit rauher Stimme. »Gegen diese Strömung brauchen wir dafür einen halben Tag.« Das Aussehen des Riesen bereitete Covenant einen regelrechten Schrecken. Seine Augen stierten stumpf drein, die Lippen waren abgeschlafft wie ausgeleierte Gummibänder, und überhaupt sah Schaumfolger mehr aus wie sein eigener Leichnam. Sein Bart wirkte grauer, als sei er über Nacht um einige Jahre gealtert, und ein Speichelfaden, gegen den er anscheinend nicht ankam, hing ihm aus dem Mundwinkel. Das Blut pochte mit schwächlicher Unregelmäßigkeit durch seine Schläfen. Aber sein Griff um die Ruderpinne war so hart wie die Umklammerung durch eine Wurzel aus knorrigem Holz, und das Boot durchpflügte die lebhaften Fluten mit unerschütterlicher Beharrlichkeit. Covenant begab sich ins Heck, um irgendwie, so gut er's konnte, von Nutzen zu sein. Er wischte dem Riesen die Lippen, hielt ihm dann den Schlauch mit dem *Diamondraught* an den Mund, so daß Schaumfolger trinken konnte. Der Ansatz eines Lächelns ließ die Lippen des Riesen klaffen. »Stein und See«, brachte er gedämpft hervor. »Es ist wahrlich keine leichte Sache, dein Freund zu sein. Möge dein nächster Fährmann das Glück haben, dich stromabwärts befördern zu dürfen. Bestimmung ist etwas für stärkere Seelen als mich.«

»Unsinn«, sagte Covenant barsch. »Für diese Leistung wird man Lieder über dich schreiben. Meinst du nicht, daß das die Mühe wert ist?« Schaumfolger wollte darauf antworten, aber die Anstrengung verursachte einen heftigen Hustenanfall, und er mußte sich ganz auf sein Inneres konzentrieren, auf die geschwächte Flamme seines Geistes, das Ballen seiner Faust um die Ruderpinne, den Kurs des Bootes. »Schon recht«, sagte Covenant in gemildertem Ton. »Jeder, der mir hilft, gerät irgendwann in den Zustand völliger Erschöpfung ... auf die eine oder andere Weise. Wäre ich ein Dichter, schriebe ich persönlich dein Lied.« Er verfluchte insgeheim seine Hilflosigkeit und fütterte den Riesen mit Stücken von Mandarinen, bis keine Frucht übrigblieb. Als er den Riesen musterte, dessen Größe um alles gekommen war, was nicht mit der Fähigkeit zum Durchhalten im Zusammenhang stand, der sich selbst nahezu verzehrt hatte, und das aus Gründen, die Covenant nicht begriff, um die Eigenschaften seines Humors und sogar seiner Würde gebracht, als wären es bloß schlechte Gewohnheiten, fühlte er sich in irrationaler Beziehung in Schaumfolgers Schuld, als sei er hinterrücks und unter unverfrorener Mißachtung seiner Meinung dazu verleitet worden, seinen einzigen Freund zu mißbrauchen. »Jeder, der mir hilft ...«, nuschelte er nochmals. Es entsetzte ihn, in welchem Ausmaß die Menschen in diesem Lande bereit waren, für ihn Opfer zu bringen. Endlich vermochte er den Anblick nicht länger zu ertragen. Er kehrte zurück an den Bug und starrte mit ausdruckslosem Blick den Bergen entgegen, die vor ihnen aufragten. *Ich habe nichts von alldem hier so haben wollen,* dachte er verdrossen. *Bin ich mir selber so sehr zuwider?* fragte er sich. Doch die einzige Antwort, die er erhielt, bestand aus dem Röcheln von Schaumfolgers Atem.

Auf diese Weise verstrich der halbe Vormittag, gemessen durch Schaumfolgers heisere Atemstöße, wie vom unabänderlichen Sachverhalt der Zeit abgehackte Klumpen. Beiderseits des Boots schien sich die Landschaft zu verspannen, als bereite sie sich auf einen Sprung an den Himmel vor. Die Hügel erreichten allmählich immer größere Höhen und waren auch zerklüfteter; nach und nach wichen das Heidekraut und die Banjan-Bäume der Ebenen einem kräftigeren, in Büscheln gewachsenen Gras sowie gelegentlich verstreuten Zedern. Und hinter jeder Flußbiegung ragten die Berge jenseits der Hügel noch höher empor. Covenant vermochte jetzt zu erkennen, daß das Ostende der Bergkette sich steil zu einem Plateau erhöhte, als befände sich innerhalb der Bergkette eine nach Osten angelegte Treppe – einem Plateau, das eine Höhe von vielleicht ein- bis eineinhalbtausend Metern hatte und an der Ostseite als äußerste Grenze oberhalb der Hügel senkrecht abfiel. Von diesem Plateau stürzte ein Wasserfall herab, und irgendein

Lichteffekt auf den Felsen verlieh der Kaskade, die da abwärts schäumte, einen hellblauen Schimmer. *Schleierfälle,* dachte Covenant. Trotz des Röchelns, mit dem Schaumfolger atmete, spürte Covenant in seinem Herzen eine Regung, als nähere er sich etwas Großartigem. Die Annäherung jedoch verlor nunmehr rasch an Geschwindigkeit. Zwischen den Hügeln, durch die er sich wand, besaß der Weiße Fluß ein immer schmaleres Flußbett, und die Gegenströmung machte dem Boot in wachsendem Maße stärker zu schaffen. Der Riese wirkte wie am Ende seiner Belastungsfähigkeit angelangt. Seine Atmung klang so mühsam, als könne er im nächsten Moment ersticken; er bekam das Boot kaum noch schneller als im Schrittempo voran. Covenant bezweifelte, daß sie die letzten Meilen noch bewältigen konnten. Er hielt Ausschau zu den Ufern, ob sich eine Stelle fand, wo sich das Boot landen ließ; irgendwie mußte er den Riesen davon überzeugen, daß es vernünftiger war, schon hier an Land zu gehen. Aber während er noch nach allen Seiten spähte, vernahm er in der Luft ein dunkles Donnern, das klang wie Hufschlag. *Was zum …?!* Der Gedanke an Urböse kam ihm. Er riß vom Boden des Bootes den Stab an sich und umklammerte ihn mit beiden Fäusten, versuchte das plötzliche Beben der Bestürzung in seinen Gliedern zu unterbinden. Im nächsten Augenblick kamen über die Kuppe eines stromaufwärts östlich vom Boot gelegenen Hügels im Handgalopp über ein Dutzend Pferde mit Reitern wie eine Woge heran. Die Reiter waren Menschen, Männer und Frauen. Sobald sie das Boot sahen, rief einer von ihnen etwas, und die gesamte Gruppe verfiel in einen Galopp, sprengte den Hügel herunter und zügelte die Pferde am Flußufer. Die Reiter machten den Eindruck von Kriegern. Sie trugen hohe, weiche Stiefel zu schwarzen Beinkleidern, schwarze ärmellose Hemden und darüber aus einem gelblichen Metall geschmiedete Brustpanzer sowie gelbe Stirnbänder. Jedem hing am Gürtel ein kurzes

Schwert, auf jedem Rücken sah man einen Bogen und einen Köcher voller Pfeile. Covenant begutachtete die Reiterschar in aller Eile und bemerkte sowohl die typischen Eigenheiten von Steinhausenern wie auch Holzheimern; manche Reiter waren hochgewachsen und schlank, hatten helles Haar und helle Augen, andere hatten eine untersetzte, muskulöse Statur und dunkles Haar. Als ihre Pferde standen, schlugen sich die Reiter gemeinsam die rechte Faust an die Herzgegend und streckten dann die Arme, indem sie die Handflächen vorwiesen, zum Willkommensgruß aus.

»Heil, Steinbruder«, rief ein Mann übers Wasser herüber, der sich von den anderen Reitern durch einen diagonalen schwarzen Strich auf seinem Brustpanzer unterschied. »Sei willkommen, Ehre und getreue Freundschaft dir und deinem Volke! Ich bin Quaan, Streitwart des Dritten Fähnleins im Kriegsheer zu Herrenhöh!« Er schwieg und wartete offenbar auf eine Antwort, doch als Covenant nichts erwiderte, äußerte er sich in besonnenerem Ton. »Lord Mhoram schickt uns. Er sah, daß heute wichtige Dinge auf dem Fluß nahen. Wir kommen als Eskorte.«

Covenant schaute Schaumfolger an, aber was er sah, bestärkte ihn lediglich in der Überzeugung, daß der Zustand des Riesen es ihm nicht länger erlaubte, das Geschehen ringsherum bewußt wahrzunehmen. Er hing zusammengesunken im Heck, taub und blind allem gegenüber außer seiner im Schwinden begriffenen Fähigkeit zum Steuern des Bootes. Covenant wandte sich wieder dem Fähnlein zu. »Helft uns!« rief er hinüber. »Er ist am Ende!«

Quaan reckte sich und begann sofort zu handeln. Er rief einen Befehl, und einen Moment später trieben er und zwei andere Reiter ihre Pferde in den Fluß. Die beiden anderen Reiter strebten direkt zum Westufer, wogegen Quaan sein Pferd in eine Richtung lenkte, die es ihm ermöglichte, das Boot abzufangen. Sein Hengst schwamm mit kraftvoller Geübtheit, als gehörten solche Schwimmereien zu seiner Dressur. Zügig näherte sich Quaan dem Boot. Kurz bevor er es erreichte, richtete er sich auf dem Rücken des Tieres auf, und im letzten Moment schwang er sich mühelos übers Dollbord in das Gefährt. Auf seine Anweisung begann das Pferd zum östlichen Ufer zurückzukehren. Quaans Blick maß Covenant einen Moment lang, und Covenant erkannte an dem dichten schwarzen Haar, den breiten Schultern und dem offenen Gesicht, daß es sich um einen Steinhausener handelte. Dann begab sich der Streitwart zu Schaumfolger. Er packte den Riesen an den Schultern und schüttelte ihn, schrie ihm Worte ins Ohr, die Covenant nicht verstand. Zuerst reagierte Schaumfolger nicht. Er kauerte reglos und stieren Blicks im Heck, eine Faust um die Ruderpinne geklammert wie im Würgegriff. Doch langsam drang Quaans Stimme zu ihm vor. Die Muskelstränge an seinem Hals bebten, als er den Kopf hob, und gequält heftete er seinen Blick auf Quaan. Da ließ er mit einem Aufstöhnen, das ihm aus Mark und Bein selbst zu dringen schien, die Ruderpinne los und sackte haltlos zur Seite. Sofort verlor das Boot seinen Antrieb und begann flußabwärts zu treiben. Unterdessen jedoch hatten die zwei anderen Reiter das Westufer betreten. Quaan eilte an Covenant vorüber in den Bug des Bootes, und sobald er dort stand, warf ihm einer der beiden Reiter das Ende einer langen Leine zu. Er fing es tadellos auf und legte es über den Bug. Es blieb haften; Covenant ersah daraus, daß es sich nicht um ein Tau handelte, sondern um *Clingor.* Sofort wandte sich Quaan dem Ostufer zu. Von dort warf man ihm eine zweite lederne Leine zu, und er befestigte sie ebenfalls am Bug. Die Leinen strafften sich; das Boot hörte auf abzutreiben. Dann winkte Quaan mit den Armen, und die Reiter bewegten sich an den Ufern entlang, schleppten das Boot flußaufwärts.

Als er begriff, was vorging, kümmerte sich Covenant erst einmal um Schaumfolger. Der Riese lag noch unverändert, wo er hingesunken war, sein Atem war schwach und unregelmäßig. Im ersten Moment wußte Covenant nicht recht, wie er ihm helfen sollte, aber schließlich hob er den ledernen Schlauch an und goß Schaumfolger einfach einiges vom *Diamondraught* ins Gesicht. Das Getränk rann dem Riesen in den Mund; er hustete, schluckte jedoch mühevoll. Dann atmete er röchelnd ein, und seine Lider hoben sich ein wenig. Covenant hob ihm das Mundstück des Schlauchs an die Lippen, und nachdem er tüchtig getrunken hatte, streckte sich Schaumfolger auf den Bodenplanken des Bootes der Länge nach aus. Im Handumdrehen sank er in einen tiefen Schlaf.

»›Und dann übermannte ihn der Schlaf‹«, murmelte Covenant erleichtert. »Na, das ist ja ein schönes Ende für ein Heldenlied. Wozu ist das Heldentum gut, wenn man nicht lange genug wach bleibt, um sich gratulieren zu lassen?« Er war plötzlich müde, als hätte die Erschöpfung des Riesen an seinen Kräften gezehrt, und setzte sich mit einem Seufzer auf eine Ruderbank, um die weitere Fahrt flußaufwärts zu verfolgen, während Quaan ins Heck trat und das Steuerruder übernahm. Eine Zeitlang achtete Covenant nicht auf Quaans wachsame Blicke. Aber endlich hatte er genug Mumm für eine Erklärung zusammen. »Das ist Salzherz Schaumfolger, ein … ein Legat der Wasserkantener Riesen. Er hat sich keine Pause gegönnt, seit er mich mitten in Andelain an Bord nahm … vor drei Tagen.« Er sah, wie Quaans Miene plötzlich Verständnis für Schaumfolgers elende Verfassung ausdrückte. Daraufhin widmete er seine Aufmerksamkeit erneut der Umgebung beiderseits der Ufer.

Die Pferde, die das Boot schleppten, verliehen ihm trotz der immer stürmischeren Gewalt der Strömung des Weißen Flusses eine annehmbare Geschwindigkeit. Ihre Reiter bewältigten die verschiedenen Schwierigkeiten des Geländes an den Flußufern mit Geschicklichkeit und Umsicht, ließen die eine oder die andere Lederleine schleifen, je nach Erfordernis, oder leiteten sie über Rollen um Hindernisse. Je weiter die Fahrt nach Norden ging, um so felsiger war der Untergrund, und die Grasbüschel machten Farnen Platz. Güldenblattbäume breiteten ihre dicken, dichtbelaubten Äste immer häufiger über die Vorhügel des Gebirges aus, und der Sonnenschein legte auf das goldene Blattwerk einen warmen Glanz. Das voraus sichtbare Plateau ließ sich nunmehr auf eine Breite von ungefähr einer Meile schätzen, und westlich davon ragten die Berge empor, als hielten sie sich aus lauter Stolz so aufrecht.

Um die Mittagszeit konnte Covenant das Donnern der großen Fälle hören, und er vermutete, daß Schwelgenstein nicht länger fern lag, obwohl die hohen Ausläufer der Bergkette nun sein Blickfeld größtenteils versperrten. Das Brausen schwoll ständig an. Bald darauf unterquerte das Boot eine weitgespannte Brücke. Und kurze Zeit später zogen die Reiter es durch eine letzte Flußbiegung und in einen See am Fuße der Schleierfälle. Der See war annähernd rund, großflächig und an seiner ganzen Westseite gesäumt von Güldenblatt und Kiefern. Er befand sich am Sockel der Klippe – mehr als tausend Meter schieren senkrechten Abgrunds –, und das bläuliche Wasser donnerte vom Plateau herunter wie das lautstarke Herzblut der Berge. Im See war das Wasser so klar und kühl wie vom Regen gewaschener Äther, und Covenant konnte die Tiefe seines steinigen Grunds deutlich erkennen. Auf den nassen Felsen unter den Wasserfällen hatten sich knotige *jacanrandá* mit zierlichen blauen Blüten zusammengedrängt, aber die östliche Seite des Sees war vornehmlich frei von Bäumen. Dort standen zwei große Landungsbrücken sowie mehrere kleine Verladedocks. An einem Pier lag ein Boot, das stark jenem ähnelte, worin sich Covenant befand; kleinere Wasserfahrzeuge –

Ruder- und Segelboote – lagen in den Docks vertäut. Unter Quaans gestenreicher Anleitung zerrten die Reiter das Boot an einen der Piers, wo zwei andere Angehörige des Fähnleins es festmachten. Danach weckte der Streitwart behutsam Schaumfolger.

Der Riese entrang sich dem Schlummer nur mit Mühe, aber als er endlich die Augen aufgetan hatte, war ihr Blick gefaßt, ohne verhärmten Ausdruck, obwohl er noch immer so matt wirkte, als wären seine Knochen aus Sandstein. Mit Quaans und Covenants Unterstützung vermochte er sich aufzusetzen. Er schaffte es auch, in dieser Sitzhaltung zu bleiben; benommen schaute er umher, als wundere er sich, womit er seine ganze Kraft verbraucht hatte. »Um Vergebung, Streitwart«, sagte er nach einem Weilchen mit schwacher Stimme zu Quaan. »Ich bin … ein bißchen müde.«

»Ich erkenne dich«, entgegnete Quaan leise. »Sorge dich nicht. Schwelgenstein ist nah.«

Im ersten Moment runzelte Schaumfolger verwirrt die Stirn, als er sich daran zu erinnern versuchte, was er erlebt hatte. Als er sich entsann, verzerrte ein Ausdruck von Anspannung sein Gesicht. »Schick Reiter aus!« stieß er dann eindringlich hervor. »Ruft die Lords zusammen! Der Großrat muß sich beraten.«

Quaan lächelte. »Die Zeiten ändern sich, Steinbruder. Der jüngsternannte aller Lords, Mhoram, Variols Sohn, ist ein Seher und Orakel. Vor zehn Tagen schon sandte er Reiter zur Schule der Lehre und zu Hoch-Lord Prothall im Norden. Heute abend werden alle in der Feste sein.«

»Das ist wohlgetan.« Der Riese seufzte erleichtert. »Dies sind getrübte Zeiten. Fürchterliches regt sich im Lande.«

»Wir haben es bemerkt«, erwiderte Quaan grimmig. »Doch Salzherz Schaumfolger hat sich zur Genüge gesputet. Ich werde die ruhmvolle Kunde deiner kühnen Fahrt voraus in die

Feste senden. Wenn du's möchtest, werde ich dir eine Bahre kommen lassen.«

Schaumfolger schüttelte den Kopf, und Quaan sprang auf die Landungsbrücke, um einem Krieger seines Fähnleins Befehle zu erteilen. Der Riese sah Covenant an und lächelte schwach. »Stein und See, mein Freund«, sagte er. »Habe ich dir nicht versprochen, dich schnell an deinen Bestimmungsort zu bringen?«

Sein Lächeln verursachte Covenants verhärtetem Herz tatsächlich so etwas wie Rührung. »Das nächstemal nimm solche Dinge etwas leichter«, sagte er schwerfällig. »Ich kann's nicht aushalten ... tatenlos zuzusehen ... Hältst du Versprechen immer ... auf diese Weise?«

»Deine Botschaft ist dringlicher Natur. Wie hätte ich da anders handeln können?«

»Nichts ist *so* dringend«, antwortete Covenant aus seiner Perspektive des Lepraleidenden. »Welchen Nutzen hat man von irgend etwas, wenn man sich dabei, es zu erreichen, ums Leben bringt?«

Im ersten Augenblick gab Schaumfolger keine Antwort. Er senkte eine schwere Hand auf Covenants Schulter und richtete sich auf, erhob sich wacklig auf die Füße. »Komm«, sagte er dann, als antworte er damit auf Covenants Frage, »wir müssen Schwelgenstein sehen.«

Hilfreiche Hände leisteten ihm Beistand, als er den Pier erklomm, und gleich darauf stand er am Ufer des Sees. Trotz der allgemeinen Erschlaffung infolge seiner Strapazen blieb er selbst neben den Männern und Frauen auf den Rücken der Pferde ein Riese. Und als sich Covenant zu ihm gesellte, stellte er seinen Passagier mit einer großartigen Geste vor, als wolle er eine Regierungserklärung beginnen. »Krieger des Kriegsheers, dies ist mein Freund Thomas Covenant der Zweifler, der dem Großrat der Lords eine Botschaft bringt. Er hat Anteil an mancherlei seltsamen Kenntnissen, doch er kennt nicht das Land. Behütet ihn wohl, gleichermaßen im Namen der Freundschaft wie um seiner Ähnlichkeit mit Berek Halbhand willen, dem Herz der Heimat, Erdfreund und Lord-Zeuger.«

Daraufhin begrüßte Quaan Covenant mit dem üblichen Willkommen. »Ich entbiete dir den Willkommensgruß der Herrenhöh, des von Riesenhand geschaffenen Schwelgenstein«, sagte er. »Sei willkommen im Lande – willkommen und getreu.«

Covenant erwiderte die Gebärde etwas zu zackig, sagte jedoch nichts. »Laßt uns gehen«, wandte sich einen Moment später Schaumfolger an Quaan. »Meine Augen dürsten danach, das große Werk meiner Ahnen zu erblicken.« Der Streitwart nickte, rief seinem Fähnlein Anweisungen zu. Unverzüglich galoppierten zwei Reiter in die östliche Richtung davon, zwei weitere lenkten ihre Pferde an Schaumfolgers beide Seiten, so daß er sich auf deren Rücken stützen konnte. Ein anderer Krieger, eine junge, hellhaarige Holzheimerin, machte Covenant das Angebot, hinter ihr auf dem Pferd zu reiten. Bei dieser Gelegenheit bemerkte er, daß die Sättel der Fähnleinsangehörigen aus nichts anderem bestanden als *Clingor,* weder gepolstert waren noch Sattelhörner besaßen; das Leder bildete breite Sitzflächen und lief an den Flanken der Pferde in Schlingen aus, die als Steigbügel dienten. Das Leder mußte in dieser Verwendung wirken wie eine Pferdedecke, die sowohl am Pferd wie auch am Reiter klebte. Aber obwohl Joan ihm die Grundlagen des Reitens beigebracht hatte, war er nie dazu in der Lage gewesen, sich sein eingefleischtes Mißtrauen gegenüber Pferden abzugewöhnen. Er lehnte das Angebot ab. Aus dem Boot holte er seinen Stab und trat an die Flanke eines der Pferde, die Schaumfolger stützten, und dann setzte sich das Fähnlein mit den zwei Ankömmlingen in Bewegung, entfernte sich vom See. Der Trupp umrundete einen Vorhügel an der Südseite und gelangte auf die Straße, die von der Brücke unterhalb des Sees herführte. Die Straße verlief ostwärts und beinahe geradlinig hinauf zu einem Gratweg, der den Übergang zum Berg ermöglichte. Der steile Aufstieg brachte Schaumfolger mehrmals ins Stolpern, und er war fast zu zermürbt, um sich an den Pferden festzuhalten. Doch als er die Höhe des Gratwegs erreichte, blieb er stehen, hob den Kopf, breitete weit die Arme aus und begann zu lachen. »Da, mein Freund. Ist das für dich keine Antwort?« Seine Stimme klang noch schwach, zeugte jedoch von der Heiterkeit erneuerter freudiger Erwartung.

Voraus erhob sich oberhalb einiger flacher Hügel die Herrenhöh. Der Anblick überraschte Covenant, verschlug ihm beinahe den Atem. Schwelgenstein war ein Kunstwerk von Meisterhand. Es stand in granitner Beständigkeit wie eine Manifestation der Ewigkeit, eine von der Zeit unantastbare Errungenschaft, durch die makellose, überlegene Kunstfertigkeit von Riesenhänden aus bloßem unvergänglichem Fels erschaffen. Covenant stimmte Schaumfolger insgeheim darin zu, daß *Schwelgenstein* zu kurz war, um dafür der angemessene Name zu sein. Das östliche Ende des Plateaus zeichnete sich aus durch eine wuchtige steinerne Säule, halb so hoch wie das Plateau und damit nur durch den Sockel verbunden, den sie mit ihm auf den ersten paar hundert unteren Metern Höhe teilte. Diese Säule war zu einem Turm ausgehöhlt worden, der den einzigen Zugang zur Festung bewachte, und ringartig angelegte Reihen von Fenstern erhoben sich bis hinauf über den Sockelfelsen und zur befestigten Krone. Der Großteil von Herrenhöh war jedoch in die Eingeweide der Felsen unterm Plateau gehauen. Die alten Riesen hatten die Klippenwand, die vom Turm ein beträchtlicher Abstand trennte, lückenlos bearbeitet, sie geglättet und in eine völlig senkrechte Außenmauer für die Stadt verwandelt, die – wie Covenant später erfuhr – das ganze keilförmige Vorgebirge des Plateaus ausfüllte. Die Felswand hatte eine sorgsame Bearbeitung erfahren, war durchsetzt, durchzogen und durchreiht mit regelmäßigen und unregelmäßigen Gruppen von Fenstern, Balkonen, Vorsprüngen – geerkert und versehen mit Brüstungen –, hervorstehend gearbeitet und scheinbar willkürlich in der Vielfalt von Feinheiten, deren Gesamtheit stets den Eindruck erweckte, sie müsse auf den zweiten Blick ein Muster ergeben. Aber Lichtschein flackerte und tanzte auf der glatten Wand der Klippe, und die reichhaltige Mannigfaltigkeit dieses Meisterwerks überwältigte Covenants Sinne, so daß er nicht erkannte, was für eine Art von Muster das sein mochte.

Aber er konnte mit seinen erneuerten Augen das wimmelnde, geschäftige gemeinschaftliche Leben der Stadt wahrnehmen. Es drang aus den Felswänden, als sei der Stein transparent, durch die Lebenskraft der vielen tausend Bewohner nahezu von innen erhellt wie ein ausgehöhlter Kürbis. Der Anblick brachte die ganze Herrenhöh vor seinen Augen ins Verschwimmen. Obwohl er alles aus der Ferne sah und zu überblicken vermochte – die Schleierfälle, die an der einen Seite hinabdonnerten, ebenso wie auf der anderen Seite die Weite der Ebenen –, war ihm sofort klar, daß die alten Riesen seine Erwartungen, seine gesamte Vorstellungswelt übertroffen hatten. Es erstaunte ihn nicht, Schaumfolgers Stimme novizenhaft flüstern zu hören. »Ach, Schwelgenstein! Herrenhöh! Hier verwinden die Entwurzelten ihren Verlust!«

Das Fähnlein stimmte vollzählig eine Litanei an, wie um Schaumfolgers ehrfürchtige Begeisterung zu ergänzen.

*»Schwelgenstein, Stätte von Riesenhand,*
*Herrenhöh, ihr Herz und Tor zum Berg:*
*Zu des Wahren Schutz sei Unterpfand,*
*Im Zeitensturm unzerbrechliches Werk.«*

Danach erst strebten die Reiter wieder vorwärts. Schaumfolger und Covenant näherten sich den steilen Felswänden voller Ehrfurcht, und sie überwanden den Abstand rasch, während ihre Köpfe immer weiter in ihre Nacken ruckten, dem einzigen Merkmal fürs Schrumpfen der Entfernung. Die Straße führte an der Klippe entlang zu ihrer östlichen Seite und dann hinauf zum hohen Tor südöstlich im Sockel des Turms. Die Torflügel – zwei gewaltige Felsplatten an jeder Seite – standen in der freimütigen Gastfreundlichkeit der Friedenszeiten offen; aber sie waren gezahnt, abgekantet und gleichgewichtig, so daß sie zufallen und sich zusammenfügen konnten wie ein Paar Kiefer. Der Zugang, den sie beschützten, war groß genug, um dem ganzen Fähnlein nebeneinander Einlaß zu gewähren.
Als sie sich dem Tor näherten, sah Covenant hoch auf den Zinnen des Turms eine blaue Fahne flattern – ein azurblaues Banner, das nur um eine Schattierung heller war als das Blau des klaren Himmels. Darunter wehte ein kleineres Fähnchen, ein roter Wimpel im Rot des blutroten Mondes oder von Seibrichs Augen.
»Kennst du die Farben?« wandte sich die Frau, die neben Covenant dahinritt, an ihn, als sie die Richtung seines Blicks bemerkte. »Die blaue Fahne ist des Hoch-Lords Standarte im Blau der Schleierfälle, das Banner der Lords. Es ist das Zeichen ihres Gelübdes und ihrer Führerschaft vorm Volke. Und der rote Wimpel ist das Zeichen der Gefahr, die uns gegenwärtig droht. Er wird dort wehen, solange die Gefahr wächst.«
Covenant nickte, ohne seinen Blick von der Herrenhöh zu wenden. Gleich darauf aber senkte er ihn von den Fahnen hinab in den Zugang nach Schwelgenstein. Der weite Durchlaß ähnelte einer Höhle, die bis in die Tiefe des Berges reichte, aber Covenant sah am anderen Ende Sonnenlicht. In einem Erker oberhalb der Torflügel standen drei Wachen. Ihre Erscheinung zog Covenants Aufmerksamkeit an; sie wich von der der Reiter

des Kriegsheeres ab. In Größe und Körperbau glichen sie den Steinhausenern, doch waren ihre Gesichter platt und die Haut braun, und sie besaßen krauses, kurzgeschorenes Haar. Sie trugen kurze ockerfarbene Gewänder, blau gegürtet, die allem Anschein nach aus Kalbsleder bestanden; ihre Waden und Füße waren jedoch nackt. Sie standen unbewaffnet und untätig herum, aber man bemerkte an ihnen eine fast katzenhafte, gleichmütige Wachsamkeit; sie wirkten, als könnten sie im Handumdrehen kampfbereit sein. Als das Fähnlein sich in Rufweite des Tors befand, rief Quaan die Wächter an. »Heil, Blutmark Tuvor! Wie versteht's sich, daß heute Bluthüter die Gäste willkommen heißen?«

Der vorderste Wächter antwortete mit einer Stimme, die sehr fremdartig klang, stark holprig, als sei der Sprecher eine Sprache gewöhnt, die sich von der Sprache des Landes völlig unterschied. »Riese und Bote sind zusammen zur Feste gekommen.«

»Nun denn, Bluthüter«, rief Quaan in kameradschaftlichem Ton, »so lerne auch die Pflichten eines Torhüters. Der Riese ist Salzherz Schaumfolger, Legat von der Wasserkante auf dem Wege zum Großrat der Lords. Und dieser Mann, der Bote, ist Thomas Covenant der Zweifler, Fremder im Lande. Ist alles für sie vorbereitet?«

»Die Befehle sind gegeben. Bannor und Korik warten.«

Quaan winkte, um anzuzeigen, daß er verstanden hatte. An der Spitze seiner Krieger ritt er in den steinernen Schlund der Festung Herrenhöh.

# 13
# Abendgebet

Als er zwischen die gleichgestellten Kiefer aus Steinplatten trat, packte Covenant seinen Stab fest mit der Linken. Der Eingang führte wie ein Tunnel unterm Turm hindurch in einen offenen Hof zwischen dem Festungsturm und dem Hauptteil der Festungsstadt; Helligkeit erhielt er nur durch den schwachen Widerschein des Sonnenlichts von beiden Seiten. Der Durchgang besaß in seinem Stein weder Türen noch Fenster. Die einzigen Öffnungen waren finstere Schächte direkt über ihren Köpfen; anscheinend hatten sie ihren Zweck irgendwie in der Verteidigung Schwelgensteins. Die Hufe der Pferde erzeugten auf dem glatten Felsboden laute Echos, die den Stollen wie mit Kriegslärm erfüllten, und sogar das gedämpfte Klacken von Covenants Stab hallte so hörbar wider, als folge ihm sein eigener Schatten widerwillig um einen Schritt hinter ihm in den Rachen der Herrenhöh. Dann ritt das Fähnlein in den vom Sonnenschein erhellten Hof. Der Hof war dadurch angelegt worden, daß man hier den natürlichen Stein bis auf die Ebene des Eingangs hinab herausgehauen hatte, so daß zwischen hohen, lückenlosen Steinwällen ein Freiraum von fast der Breite des Turms lag, der den Hof abgab. Der Untergrund im Hof war eben und gepflastert, mit der Ausnahme eines bloßen Fleckens Erdreich in der Mitte, aus dem sich ein alter Güldenblattbaum erhob; an beiden Seiten des ehrwürdigen Baums plätscherten kleine Springbrunnen. Auf der anderen Seite des Hofs befand sich ein weiteres Tor, dessen Flügel ebenfalls offenstanden; das war der einzige ebenerdige Eingang zur Festungsstadt. Überm Hof überbrückten allerdings in regelmäßigen Höhenabständen hölzerne Übergänge die Kluft vom Turm zu mit Zinnen bewehrten Erkern an der Innenwand der Festung. Zusätzlich gewährten zwei Pforten vom Hof aus Zutritt in den Turm.

Covenant hob seinen Blick zum Hauptbau. Schatten lagen zwischen südlichem und östlichem Wall des Hofs, aber die höheren Bereiche der Festungsstadt schimmerten noch im ungetrübten Schein der nachmittäglichen Sonne, und aus dieser Perspektive wirkte Schwelgenstein hoch genug, um dem Himmel als Stütze dienen zu können. Einen Moment lang verspürte er, wie er so in seiner Ehrfurcht hinaufspähte, den Wunsch, er wäre – wie Schaumfolger – ein Erbe der Erbauer Schwelgensteins, so daß er dessen Größe in gewissem Sinne auch für sich selbst beanspruchen dürfe. Er hätte gerne an diesen Ort gehört. Doch als Schwelgensteins anfänglicher Eindruck auf ihn nachzulassen anfing, begann er sich zugleich diesem Verlangen zu widersetzen. Das war wieder so eine dieser Verlockungen, und er hatte bereits zuviel von seiner ebenso wackligen wie unentbehrlichen Unabhängigkeit verloren. Mit finsterer Miene verbannte er sein ehrfürchtiges Staunen aus seinem Bewußtsein, drückte eine Hand auf seinen verborgenen Ring. Die Tatsache, daß er versteckt war, beruhigte Covenant. Darin lag die einzige Hoffnung, die sich Covenant noch vorzustellen vermochte, die einzig mögliche Lösung zu seinem paradoxen Dilemma. Solange er seinen Ring versteckte, konnte er den Lords seine Botschaft überbringen, sein dringendes Bedürfnis nach immer weiterem Handeln stillen und dennoch gefährlichen Erwartungen aus dem Wege gehen, an ihn gerichteten Forderungen nach Anwendung einer Macht ausweichen, die er nicht besaß. Schaumfolger und vielleicht auch Atiaran – obwohl unfreiwillig – hatten ihm in bestimmtem Maße die freie Wahl zugestanden. Nun war er womöglich dazu imstande, dafür zu sorgen, daß er eine heile Haut behielt – unter der Voraussetzung, daß er auch allen künftigen Verlockungen widerstand und der Riese sein Geheimnis nicht ausplauderte. »Schaumfolger ...«, begann er sich an den Riesen zu wenden, doch da verstummte er auch schon wieder. Vom Hauptfelsen kamen ihm und dem Riesen zwei Männer entgegen. Sie ähnelten den Torwachen. Ihre breiten, ausdruckslosen Gesichter besagten nichts über Jugend oder Alter, als unterläge ihr Verhältnis zur Zeit einer Doppelwertigkeit; und sie erregten in Covenants Augen einen solchen Eindruck von Stand- und Handfestigkeit, daß sie seine Aufmerksamkeit vom Riesen ablenkten. Sie schritten so stramm und gleichmäßig über den Hof, daß sie wie aus belebtem Stein wirkten. Der eine begrüßte Schaumfolger, während der andere vor Covenant trat.

»Ich bin Bannor von den Bluthütern«, sagte er und verbeugte sich ansatzweise, als er vor Covenant stand. »Du bist meiner Obhut zugeteilt. Ich werde dich in die Unterkunft geleiten, die für dich vorbereitet worden ist.«

Seine Stimme klang klobig, als könne seine Zunge sich beim Gebrauch der Sprache des Landes nie richtig lockern, aber Covenant hörte in seinem Tonfall eine Distanziertheit, von der er glaubte, daß sie auf Mißtrauen beruhte.

Dieser Umstand und das harte, gebieterische Auftreten des Bluthüters erfüllten ihn schlagartig mit Unbehagen. Er blickte hinüber zu Schaumfolger und sah ihn dem anderen Bluthüter einen Gruß voller Respekt und alter Kameradschaft erweisen.

»Heil, Korik«, sagte Schaumfolger. »Ehre und getreue Freundschaft bringe ich euch Bluthütern von den Riesen der Wasserkante. Dies sind Zeiten voller folgenschwerer Ereignisse, und in ihnen sind wir besonders stolz darauf, unter unseren Freunden auch die Bluthüter nennen zu können.«

»Wir sind die Bluthüter«, entgegnete Korik ohne Larifari. »Deine Gemächer sind vorbereitet, so daß du ruhen kannst. Komm!«

Schaumfolger lächelte. »Das ist wohlgetan, mein Freund, denn ich bin wahrlich müde.« Er entfernte sich mit Korik zum Tor. Covenant wollte sich den beiden anschließen, aber Bannor versperrte ihm mit starkem Arm den Weg. »Du wirst mit mir kommen«, sagte der Bluthüter ohne Erregung.

»Schaumfolger«, rief Covenant unsicher. »Schaumfolger! Warte auf mich!«

»Geh mit Bannor«, antwortete ihm der Riese über die Schulter. »Sei getrost.« Anscheinend bemerkte er nichts von Covenants ratlosem Mißbehagen; sein Tonfall verriet nichts als dankbare Erleichterung, als beschäftigten sich seine Gedanken nur noch mit Erholung und Schwelgenstein. »Wir sehen uns wieder … morgen.« Er benahm sich, als schenke er seinem Bluthüter unausgesprochenes Vertrauen, und verschwand mit Korik im Tor zur Festungsstadt.

»Deine Unterkunft ist im Turm«, sagte Bannor.

»Im Turm? Warum?«

Der Bluthüter zuckte mit den Achseln. »Wenn du diese Frage stellst, wird man dir beizeiten darauf antworten. Aber nun mußt du mich begleiten.« Für einen Moment erwiderte Covenant Bannors Blick und erkannte darin die ganze Tüchtigkeit des Bluthüters, seine Bereitschaft und auch Befähigung, die Anweisungen, die er gab, kompromißlos durchzusetzen. Diese Erkenntnis verstärkte Covenants Unwohlsein noch. Nicht einmal die Augen Soranals und Baradakas' hatten, als er gerade gekascht worden war, weil man in ihm einen Wütrich argwöhnte, eine so ruhige, vorsätzliche Verheißung von Zwang und Gewaltanwendung enthalten. Die Holzheimer waren lediglich im Vergleich zu ihrer sonstigen Friedfertigkeit grob gewesen, aber Bannors Blick ließ sich nichts von irgendeinem Friedensschwur anmerken. Entmutigt schaute Covenant zur Seite. Als Bannor seinen Schritt zu einer der Pforten des Turms lenkte, folgte er ihm völlig verunsichert und voller Bestürzung.

Die Pforte öffnete sich, als sie sich näherten, und hinter ihnen fiel sie wieder zu, ohne daß Covenant ersah, wer oder was sie öffnete und schloß. Dahinter gelangten sie auf eine Wendeltreppe, die sich um einen offenen Mittelschacht aufwärts wand; Bannor erklomm sie, ohne zu verschnaufen, bis sie zwanzig oder dreißig Meter höher an eine andere Tür kamen. Hinter dieser Tür geriet Covenant unter der Führung des vierschrötigen Bluthüters in einen unübersichtlichen Irrgarten von Gängen, Treppen und Türen, der seinen Orientierungssinn bald vollkommen verwirrte. In unregelmäßigen Abständen bog Bannor nach da- oder dorthin ab, stapfte über unüberschaubar weitläufige Treppenfluchten auf- oder abwärts voraus, durch breite und dann durch enge Korridore, bis Covenant schließlich befürchtete, daß er ohne Führer niemals wieder nach draußen fände. Gelegentlich bekam er andere Leute zu sehen, vornehmlich Bluthüter und Krieger, aber nur aus der Entfernung, niemand kam ihnen entgegen. Endlich blieb Bannor inmitten einer Räumlichkeit stehen, die anscheinend nichts anderes war als ein völlig kahler Gang. Mit einer knappen Geste öffnete er eine verborgene Tür. Covenant trat hinter ihm in einen großen Wohnraum mit Balkon. Bannor wartete ein Momentchen lang, während sich Covenant flüchtig in dem Zimmer umschaute. »Ruf mich«, sagte er dann, »wenn du etwas brauchst.« Damit ging er und schloß die Tür von außen.

Covenant setzte die Begutachtung des Quartiers erst einmal für ein kurzes Weilchen fort, um sich das Mobiliar einzuprägen und zu merken, wo sich die gefährlichen Ecken, Kanten und Vorsprünge befanden. Der Raum enthielt ein Bett, eine Badenische, einen Tisch, auf dem Speisen standen, mehrere Stühle – auf einem davon hatte man eine Auswahl von Kleidungsstücken bereitgelegt – sowie an einer Wand einen Wandteppich. Doch nichts davon machte einen besonders bedrohlichen

Eindruck, und so wandte er seine Aufmerksamkeit bald wieder zur Tür. Sie hatte keinen Türknopf, keine Klinke, keinen irgendwie gearteten Griff, keine Troddel zum Ziehen; überhaupt nichts, womit er sie öffnen konnte. *Was zum Teufel …?* Er stemmte sich mit der Schulter dagegen, versuchte sie an den Kanten zu packen und aufzuziehen; aber er vermochte die schwere Steinplatte nicht zu bewegen. »Bannor!« Mit einem inneren Ruck verwandelte sich seine angewachsene Furcht in Mißmut. »Hölle und Verdammnis! Mach die Tür auf!« Fast unverzüglich schwang die Steinplatte einwärts. Bannor stand gleichgültig auf der Schwelle. Seine glanzlosen Augen blickten ausdruckslos drein. »Ich kann die Tür nicht aufmachen«, schnauzte Covenant. »Was ist das denn hier? Ein Gefängnis?«

Bannor hob andeutungsweise die Schultern. »Nenn's nach Belieben. Du mußt hier bleiben, bis die Lords bereit sind, um nach dir zu schicken.«

»›Bis die Lords bereit sind‹! Und was soll ich in der Zwischenzeit anfangen? Nur hier herumsitzen und *nachdenken?!*«

»Essen. Ruhen. Was du wünschst.«

»Ich will dir sagen, was ich wünsche. Ich wünsche nicht hier in dieser Bude zu sitzen und nach Lust und Laune eurer Lords zu warten, bis ich den Verstand verliere. Vom Kevinsblick habe ich mich herbemüht, um mit ihnen zu reden. Ich habe das Risiko auf mich …« Gewaltsam riß er sich zusammen. Er sah deutlich, daß seine Wut den Bluthüter nicht im geringsten beeindruckte. Er packte seinen Ärger mit beiden Händen an der Gurgel, um ihn zu ersticken. »Warum hält man mich gefangen?« erkundigte er sich barsch.

»Boten können sowohl Freunde wie auch Feinde sein«, gab Bannor ungerührt Auskunft. »Vielleicht bist du ein Diener der Verderbnis. Uns obliegt die Sicherheit der Lords. Die Bluthüter werden nicht dulden, daß sich ihnen eine Gefahr naht. Wir werden uns über dich Klarheit verschaffen, ehe wir dir erlauben, dich ungehindert zu bewegen.«

*Hölle und Verdammnis!* wetterte Covenant insgeheim. *Genau so was kann ich gebrauchen!* Das Zimmer hinter ihm schien plötzlich voll von jenen dunklen, geierhaften Gedanken zu sein, denen seinen Rücken zu kehren er sich so mühevoll abplagte. Wie sollte er sich gegen sie zur Wehr setzen, wenn er nicht in Bewegung blieb, handelte? Aber er vermochte es nicht zu ertragen, dazustehen und alle seine Sorgen und Befürchtungen vor Bannors leidenschaftslosem Blick zu entblößen. Er gab sich einen Ruck und drehte sich um. »Sag ihnen, daß ich höchst ungern warte.«

Tattrig trat er an den Tisch und nahm eine steinerne Flasche mit Frühjahrswein. Als er hörte, wie sich die Tür schloß, kippte er wie zum Trotz einen tüchtigen Schluck hinunter. Dann schaute er sich nochmals im Raum um, die Zähne auf dem leicht bierigen Geschmack des Frühjahrsweins zusammengebissen, starrte umher, als rechne er damit, daß sich aus den Winkeln düstere Gespenstergestalten lösten und er ihnen entgegentreten müsse. Diesmal weckte der Wandbehang sein Interesse. Er bestand aus einem dicken, vielfarbigen Gewebe; kräftige rote und himmelblaue Farbtöne beherrschten es, und nach einem Moment verständnislosen Gaffens erkannte Covenant, daß der Teppich die Sage von Berek Halbhand darstellte.

Im Mittelpunkt hob sich die kühn aufgerichtete Gestalt Bereks in einer Haltung ab, die sowohl Voranstreben wie auch die Absicht zum Dreinhauen stilisiert ausdrückte. Und rings um den Vordergrund seiner Gestalt waren Szenen aus der Geschichte vom Lord-Zeuger eingearbeitet: seine reinmütige Treue zur Königin; des Königs gieriges Trachten nach Macht; der Bruch der Königin mit ihrem Gemahl; Bereks Bewährung im Krieg; die Verstümmelung seiner Hand, seine Verzweiflung am Donnerberg, der Triumph der Feuerlöwen. Die Gesamtdarstellung vermittelte den Eindruck einer Heilsgeschichte, der Geschichte einer Rettung, am Rande zum Untergang gerade noch mit knapper Not durch Rechtschaffenheit herbeigeführt – als habe die Erde selbst eingegriffen, als sei auf ihr Eingreifen zugunsten des Rechtschaffenen Verlaß, zum Ausgleich des moralischen Ungleichgewichts, das mit dem Krieg einhergeht. *Ach, Hölle und Verdammung!* dachte Covenant übellaunig. *Soll ich da vielleicht mitziehen?*

Er umklammerte die Steingutflasche, als sei sie der einzige handfeste Gegenstand im Raum, und ging zum Balkon. Er trat auf die Schwelle und lehnte sich an die Einfassung der Türöffnung. Durch die Brüstung des Balkons sah er eine Tiefe von etwa hundert oder hundertfünfzig Metern; das Zimmer hatte Ausblick über die Vorhügel. Er wagte sich nicht an die Brüstung; schon jetzt empfand er die Andeutung eines Schwindelgefühls in seiner Magengegend. Aber er zwang sich dazu, wenigstens so lange nach draußen Ausschau zu halten, bis er sich orientiert hatte. Der Balkon befand sich an der Ostseite des Turms, und man konnte von dort aus einen großen Teil der Ebenen einsehen. Die spätnachmittägliche Sonne warf den Schatten des Vorgebirges ostwärts wie einen Schild, und im gedämpften Licht jenseits des Schattens wirkten die Ebenen vielfältig und farbenreich. Bläuliches Weideland, gepflügte braune Felder und frisch ergrünte Pflanzungen wechselten bis in weite Ferne miteinander ab, und dazwischen verliefen durch die Sonne versilberte Bänder von Flüssen nach Osten und Süden; die traubenartigen Flecken von Dörfern lagen verstreut wie ein dünnes Netzwerk der Wohnlichkeit auf den Feldern; nach Norden hin erstreckten sich immer breitere Flächen von blaurotem Heidekraut und grauem Farnkraut. Zu seiner Rechten sah Covenant in der Ferne den Weißen Fluß sich in die Richtung Trothgards winden. Der Anblick erinnerte ihn daran, wie er selbst an diesen Ort gelangt war – an Schaumfolger, Atiaran, andelainische Geister, Baradakas, einen ermordeten Wegwahrer. Aus den Vorhügeln schien ein Wirbelwind von Erinnerungen zu ihm heraufzubrausen. Atiaran hatte ihm die Schuld am Hinschlachten der Flammengeister gegeben. Und doch hatte sie sich ihrem gerechtfertigten Verlangen nach Vergeltung standhaft widersetzt, ihren gerechten Zorn unterdrückt. Wieviel Leid er ihr zugefügt hatte …! Er zog sich zurück ins Innere seines Quartiers, schlurfte an den Tisch und setzte sich. Seine Hände bebten so stark, daß er nicht länger aus der Flasche trinken konnte. Er stellte sie ab, ballte beide Hände zu Fäusten, preßte seine Knöchel auf den harten Ring, den er überm Herzen verborgen trug. *Ich werde nicht darüber nachdenken.* Ein Stirnrunzeln verunstaltete seine Miene, als sei ihm die Kopfhaut verrutscht. *Ich bin nicht Berek.* An diesem Gedanken hielt er fest, bis das Rauschen gefährlicher Schwingen aus seinem Bewußtsein wich, die nervöse Übelkeit aus seinem Bauch verschwand. Dann lockerte er seine erstarrten Finger, öffnete die Klauen. Ohne auf die völlig unmögliche Empfindlichkeit seiner Finger zu achten, begann er zu essen. Auf dem Tisch befanden sich verschiedenes kaltes Fleisch, mehrere Sorten Käse, eine Auswahl von Obst sowie reichlich braunes Brot. Er aß mit Überlegung, aber desinteressiert, als sei er eine Puppe unter der Befehlsgewalt seines Willens, bis er nicht länger Hunger verspürte. Danach streifte er die Kleidung ab und genehmigte sich ein Bad, bürstete sich dabei gründlich ab und untersuchte seinen Körper mit aller Sorgfalt, um ganz sicher sein zu dürfen, daß er sich auch nicht die kleinste unbemerkte Verletzung zugezogen hatte. Anschließend begutachtete er die Kleidungsstücke, die man ihm bereitgelegt hatte, und legte schließlich eine hellblaue Robe an, die er eng um sich schließen konnte, so daß der Ring verborgen blieb. Mit Atiarans Messer rasierte er sich peinlich genau. Darauf wusch er im gleichen interesselosen Pflichtbewußtsein, aus dem er gegessen hatte, im Bad seine eigenen Kleider und hängte sie zum Trocknen über Stuhllehnen. Während der ganzen Zeit kreisten seine Gedanken nur um *Ich werde nicht ...* und *Ich bin nicht ...* Unterdessen breitete sich westwärts der Abend auch über Schwelgenstein aus, und als Covenant fertig war, schob er einen Stuhl an die Balkontür, so daß er von dort aus in die rauchige Abenddämmerung schauen konnte, ohne Verdruß mit der Höhe seines Quartiers zu haben. Die Dunkelheit schien sich jedoch aus dem unbeleuchteten Zimmer hinter ihm nach draußen in die weite Welt auszubreiten, als wäre seine Unterkunft die Quelle der Nacht. Schon nach kurzer Zeit schien die leere Luft in seinem Rücken von geflügelten Aasfressern zu wimmeln. In den Abgründen seines Herzens spürte er, daß er mit immer heftigerer Besessenheit darauf brannte, endlich aus diesem Traum zu entfliehen.

Das Klopfen an der Tür schreckte ihn auf, aber er wankte verdattert durchs Dunkel, um darauf zu reagieren. »Her... herein ...!« In seiner Verwirrung tastete er nach einer Türklinke, die es nicht gab. Da öffnete sich die Tür, und eine Helligkeit strömte ins Zimmer, die ihn blendete und benommen machte. Zuerst konnte er nicht mehr sehen als drei Gestalten, wovon eine im Gang an der Wand gegenüber lehnte, zwei jedoch direkt auf der Schwelle standen. Eine dieser beiden Gestalten hielt in jeder Hand eine entflammte hölzerne Rute, die andere hatte jeden Arm um einen Topf voller Glutsteine geschlungen. Inmitten der plötzlichen Helligkeit schienen sie aus dem Halbschatten vor Covenant aufzutauchen, und er trat verdutzt zurück, blinzelte hastig. Als sei sein Zurückweichen eine Begrüßung, betraten die beiden Männer das Zimmer. »Dürfen wir eintreten?« fragte hinter ihnen eine Stimme, die sonderbar rauh und doch sanftmütig klang. »Ich bin Lord Mhoram ...«

»Natürlich dürfen wir«, unterbrach der größere der beiden

vorderen Männer mit einer Stimme, die vom hohen Alter knochentrocken und schartig klang. »Er braucht doch Licht, oder wie? Dunkelheit verdörrt das Herz. Wie soll er an Licht gelangen, treten wir nicht ein? Na, verstünde er sich darauf, er könnte sich selber versorgen. Natürlich. Und von uns wird er nicht viel zu sehen bekommen. Zuviel zu tun. Das Abendgebet steht noch bevor. Der Hoch-Lord mag besondere Anweisungen haben. Wir sind spät dran. Weil er sich auf nichts versteht. Natürlich. Aber wir sind schnell. Dunkelheit verdörrt das Herz. Gib acht, junger Mann! Wir können nicht noch einmal umkehren, bloß um auch noch das Dunkel deiner Unwissenheit aufzuhellen.« Während der Mann sprach, die Worte wie faule Diener aus dem Gewölbe seiner Brust riß, klärte sich Covenants Sicht. Er erkannte in der größeren Gestalt einen noch aufrechten, aber uralten Mann mit eingesunkenem Gesicht und einem Bart, der ihm wie eine ausgefranste Fahne fast bis zu den Hüften hing. Er trug ein Gewand nach Art der Holzheimer, allerdings blau gesäumt, und auf dem Kopf einen Kranz aus Blättern. Sein Nebenmann dagegen war anscheinend fast noch ein Junge. Er trug ein braunes Gewand, wie Covenant es von Steinhausenern schon kannte, an dessen Schultern blaue Bänder so eingenäht waren, daß sie beinahe Schulterstücke ergaben, und besaß ein offenes Gesicht, das von Frohsinn zeugte. Er grinste den Greis belustigt und gleichzeitig voller Zuneigung an.

»Er ist unser Gast, Birinair«, sagte der Mann hinter den beiden im Ton einer Ermahnung, während Covenant noch das Paar musterte. Der Alte verharrte, als dächte er über sein Auftreten nach, und Covenant schaute an ihm vorbei hinüber zu Lord Mhoram. Der Lord war ein hagerer Mann von ungefähr Covenants Größe. Er war in eine lange Robe im Blau des Hoch-Lords und mit pechschwarzer Schärpe gekleidet; mit der Rechten hielt er einen langen Stab.

Schließlich räusperte sich der Greis. »Ach, nun gut«, meinte er und sagte nichts damit. »Aber das hier kostet Zeit, und wir sind spät dran. Das Abendgebet muß vorbereitet werden. Vorbereitungen für die Zusammenkunft des Großrats sind zu treffen. Natürlich, du bist ein Gast. Sei willkommen. Ich bin Birinair, Allholzmeister des *Lillianrill* und Herdwart zu Herrenhöh, und dieser alberne Welpe hier an meiner Seite ist wahrhaftig niemand anderes als Tohrm, Glutsteinmeister des *Rhadhamaerl* und gleichfalls Herdwart zu Herrenhöh. Nun merke auf! Schau her!« In großartiger Würde begab er sich zum Bett. Darüber befand sich eine Halterung für eine Fackel. »Diese Dinge sind für unwissende junge Menschen wie dich selbst gemacht«, sagte Birinair und schob das brennende Ende einer der zwei Ruten, die er dabeihatte, in die Halterung. Die Flamme erlosch; aber als er die Rute wieder herausnahm, loderte sie erneut auf. Er streckte das nicht entflammte Ende der Rute in die Halterung und durchquerte das Zimmer, um an der Wand gegenüber das gleiche zu bewerkstelligen.
Tohrm stellte einen seiner Töpfe voller Glutgestein auf den Tisch, während der andere Herdwart seine Arbeit tat, und den anderen auf einen Sockel am Becken, das als Badewanne diente. »Deck sie zu, wenn du schlafen möchtest«, sagte er mit heller Stimme.
»Dunkelheit verdörrt das Herz«, wiederholte Birinair, als er seine Ruten verteilt hatte. »Hüte dich davor, Gast.«
»Aber Höflichkeit ist wie ein Trank aus einem Bergbach«, erklärte Tohrm leise und grinste verstohlen wie aufgrund eines versteckten Scherzes.
»So ist es«, bestätigte Birinair und verließ den Raum.
Tohrm zwinkerte Covenant zu. »Er ist als Lehrmeister nicht so streng«, flüsterte er, »wie man meinen möchte.« Dann ging auch er hinaus und ließ Covenant mit Lord Mhoram allein.
Mhoram schloß die Tür, und Covenant durfte zum ersten-

mal einen der vielgenannten Lords aus der Nähe betrachten. Mhoram besaß einen allzu menschlich unregelmäßigen Mund, und auf seinen Lippen lag noch der Rest eines Lächelns der Zuneigung für die beiden Herdwarte. Seine Augen jedoch bildeten zu seinen Lippen ein Gegengewicht. Sie waren gefährliche Augen – die graublaue Iris schillerte von goldenen Flecken –, die mit jedem scharfen Blick durch sämtliche Tarnungen bis ins Mark sogar des bloßen Vorsatzes vorzudringen imstande waren; Augen, die selbst etwas Unbekanntes von solcher Macht verschleierten, hatte man den Eindruck, daß Mhoram dazu in der Lage sein mochte, auch dem Schicksal eine Überraschung zu bereiten, sobald es ums Ganze ging. Und zwischen seinen gefährlichen Augen und dem freundlichen Mund saß eine kantige Nase wie ein Steuerruder für seine Gedanken. Dann bemerkte Covenant Mhorams Stab. Er war mit Metall bereift, so wie der Stab des Gesetzes, den er in Seibrichs Froschfingern gesehen hatte, aber ihm fehlten die kunstvollen Schnitzereien, die am Stab des Gesetzes so auffielen. Mhoram hielt seinen Stab mit der Linken, während er mit der Rechten Covenant den Willkommensgruß erwies. Danach verschränkte er seine Arme auf der Brust, klemmte den Stab in die Beuge des Ellbogens. Mhorams Lippen zuckten in einer Mischung aus Belustigung, Unsicherheit und Wachsamkeit, als er sich an Covenant wandte. »Laß mich von vorn beginnen! Ich bin Lord Mhoram, Sohn Variols. Sei willkommen in Schwelgenstein, Thomas Covenant, den man den Zweifler nennt, der du durch unser dir fremdes Land gezogen bist und zu uns als Bote kommst. Birinair ist Herdwart und höchster *Lillianrill* zu Herrenhöh – aber nichtsdestotrotz, es bleibt noch Zeit bis zum Abendgebet. Daher habe ich mich zu dir begeben, und zwar aus mehreren Gründen. Erstens, um dich willkommen zu heißen. Zweitens, um dir, da du ein Fremder bist, etwaige Fragen zu beantworten – und drittens, um dich nach dem Anlaß zu fragen, der dich zum Großrat bringt. Vergib mir, sollte ich allzu ungehobelt auf dich wirken. Du bist ein Fremder, daher weiß ich nicht, wie ich dir die gebührende Ehre erweisen soll.«

Covenant hätte ihm gerne irgend etwas Vernünftiges erwidert. Doch er fühlte sich noch zu sehr von Dunkelheit umnachtet; er brauchte Zeit, um in seinem Kopf Klarheit zu schaffen. Für einen Moment blinzelte er den Lord ratlos an, dann sagte er, um das Schweigen zu beenden, was ihm gerade einfiel: »Der Bluthüter mißtraut mir.«

Mhoram lächelte schief. »Bannor hat mir mitgeteilt, daß du annimmst, du seist ein Gefangener. Auch das ist ein Grund, warum ich den Vorsatz faßte, noch heute abend mit dir zu reden. Es ist beileibe nicht unser Brauch, Gäste langwierigen Untersuchungen auszusetzen, ehe sie unsere volle Gastfreundschaft genießen dürfen. Aber zunächst muß ich wohl ein bis zwei Worte über die Bluthüter sagen. Wollen wir Platz nehmen?« Er schob sich einen Stuhl heran und ließ sich darauf nieder, den Stab so natürlich über seine Knie gelegt, als gehöre er zu seinen Körperteilen. Covenant setzte sich an den Tisch, ohne seinen Blick von Mhoram zu wenden. »Thomas Covenant«, fuhr der Lord mit seinen Ausführungen fort, als er saß, »ich wünsche ganz offen mit dir zu sprechen … ich unterstelle, daß du ein Freund bist – oder wenigstens kein Feind –, bis wir dich geprüft haben. Du bist unser Gast und mußt mit Höflichkeit behandelt werden. Und wir haben ja den Friedensschwur geleistet. Aber du bist uns so fremd, wie wir sicherlich dir sind. Und die Bluthüter haben einen Eid abgelegt, der ganz und gar keine Ähnlichkeit mit unserem Friedensschwur hat. Sie haben geschworen, den Lords und Schwelgenstein zu dienen – uns durch die Kraft ihrer Treue vor allen Bedrohungen zu schützen.« Er seufzte versonnen. »Ach, es demütigt, erhält man solche Dienste … trotzig wider Zeit und Tod. Doch schweifen wir nicht ab. Zweierlei muß ich dir erläutern. Unterm Zwang seines Schwurs erschlüge dich jeder Bluthüter augenblicklich, solltest du deine Hand gegen einen Lord erheben … ja, oder nur gegen einen beliebigen Bewohner Schwelgensteins. Aber der Großrat der Lords hat dich unter ihre Obhut gestellt. Ehe er diesen Befehl mißachtet, bevor er dir ein Leid zustoßen läßt, würde Bannor – oder jeder andere Bluthüter – zu deiner Verteidigung sein Leben opfern.« Es entging dem Lord nicht, daß sich in Covenants Miene Zweifel widerspiegelten. »Ich versichere es dir. Vielleicht wäre es nicht schlecht, du stelltest Bannor selbst einige Fragen über die Bluthüter. Sein Argwohn ist für dich kein Grund zur Beunruhigung – das wirst du einsehen, sobald du dafür das angebrachte Verständnis entwickelt hast. Die Bluthüter entstammen dem Volk namens *Haruchai,* das hoch droben in den Westlandbergen haust, jenseits der Pässe, die wir heute Hüterstieg nennen. In den ersten Jahren der Hoch-Lordschaft von Kevin, Loriks Sohn, kamen sie von dort ins Land … kamen und blieben, um einen Eid jener Eideskraft zu sprechen, die selbst die Götter bindet.« Einen Moment lang wirkte er, als verlöre er sich in Gedanken über die Bluthüter. »Sie waren ein heißblütiger Schlag, mit starken Lenden und fruchtbar, geboren für Sturm und Schlachtgetümmel … und da machten sie sich durch die selbstgewählte Treuepflicht zu Asketen, frauenlos und ältlich. Glaub's mir, Thomas Covenant, da ich's dir sage – ihre Ergebenheit hatte solche unvorausgesehenen Folgen … Eine derartige Zweckgebundenheit fällt ihnen keineswegs leicht, und der einzige Lohn besteht aus dem Stolz auf ihre ungebrochene, ungeminderte Dienstbereitschaft. Und dann die Bitterkeit des Zweifels kennenzulernen, das ist …« Erneut seufzte Mhoram, dann lächelte er unsicher. »Erkundige dich bei Bannor. Ich bin zu jung und vermag die Geschichte nicht richtig zu erzählen.« *Zu jung?* staunte Covenant. *Wie alt sind denn die Bluthüter?*

Aber er stellte die Frage nicht; er befürchtete, daß die Geschichte, die Mhoram zu erzählen wußte, nicht weniger verführerisch war als Schaumfolgers Geschichte von den Entwurzelten. Einen Moment später gelang es ihm, sich wieder voll auf das Geschehen zu konzentrieren. »Ich muß«, sagte er unvermittelt, »mit dem Großrat sprechen.«

Mhorams Blick fixierte ihn mit unerbittlicher Direktheit. »Die Lords werden sich morgen versammeln, um dich und Salzherz Schaumfolger anzuhören. Ist es dein Wunsch, schon jetzt zu sprechen?« Die goldgefleckten Augen des Lords schienen aus innerer Anspannung zu lodern. »Bist du ein Feind, Thomas Covenant?« fragte er völlig unerwartet.

Insgeheim zuckte Covenant zurück. Er spürte Mhorams Erforschung seiner Person so deutlich, als verbrenne sie seinen Geist mit großer Hitze. Aber er war zum Widerstand entschlossen. »Du bist der Seher und überdies ein Orakel«, entgegnete er schroff. »Sag du's selber.«

»Hat Quaan mich so genannt?« Mhorams Lächeln vermochte jeden Groll zu mindern. »Nun, ich habe eine gewisse Art prophetischen Scharfsinns gezeigt, als ich mich von einem gewöhnlichen roten Mond beunruhigen ließ. Vielleicht vermögen meine bescheidenen Orakelfähigkeiten dein Wohlgefallen zu finden.« Innerhalb einer Sekunde vergaß er seine gelassene Untertreibung. »Bist du ein Feind?« wiederholte er voller Eindringlichkeit.

Covenant erwiderte den Blick des Lords und hoffte, daß seine eigenen Augen hart und kompromißlos dreinblickten. *Ich werde nicht ...*, dachte er. *Ich bin nicht ...* »Ich bin nichts dergleichen aus meinem Willen. Ich habe ... eine Nachricht für euch. Auf diese und jene Weise bin ich dazu gezwungen worden, sie euch zu bringen. Und unterwegs sind ein paar Dinge geschehen, die euch möglicherweise interessieren.«

»Berichte«, forderte Mhoram ihn im Tonfall nachsichtigen Drängens auf.
Aber sein Blick erinnerte Covenant an Baradakas, an Atiaran – an das Wort: *Ich kann dich nicht erkennen.* Er sah Mhorams Gesundheit, spürte seinen gefährlichen Mut, seine unsterbliche Liebe zum Land. »Dazu fordert man mich ständig auf«, sagte er leise. »Siehst du es denn nicht?« Im nächsten Moment gab er sich selbst die Antwort. *Natürlich nicht. Was wissen diese Menschen hier von der Leprose?* Dann begriff er den Grund von Mhorams Ersuchen. Der Lord wollte ihn lediglich sprechen hören, seine Ehrlichkeit oder Falschheit aus seiner Stimme erlauschen. Mhorams Ohren vermochten die Aufrichtigkeit oder Unehrlichkeit von Worten zu unterscheiden. Für einen Augenblick besann sich Covenant auf Fouls Botschaft; doch dann wandte er sich zur Seite. »Nein«, sagte er in entschiedenem, trotzigem Ton. »Ich hebe es mir für den Großrat auf. Es genügt, wenn man derlei einmal ausspricht. Müßte ich zweimal davon reden, würde sich meine Zunge in Staub auflösen.«
Mhoram nickte, als fände er sich damit ab. Doch fast unverzüglich richtete er eine weitere Frage an Covenant. »Erklärt deine Kunde auch die Besudelung des Mondes?«
Unwillkürlich blickte Covenant nach draußen und über den Balkon hinaus. Dort stand in seiner siechen Lahmheit wie ein Pestschiff faulig der Mond am Abendhimmel. Sein roter Schein glitt übers Land wie der Abklatsch eines manifest gewordenen krankhaften Hirngespinstes. »Er gibt nur an«, erwiderte Covenant, konnte jedoch nicht verhindern, daß seine Stimme sein heimliches Schaudern verriet. »Das ist alles. Er zeigt uns nur, was er alles fertigbringt.« *Hölle und Verdammnis!* schrie er innerlich. *Verdammter Foul! Die Flammengeister waren hilflos. Was treibt er als Zugabe – Vergewaltigung von Kindern?*
»Ach«, stöhnte Lord Mhoram, »zu was für einem schlechten Zeitpunkt uns diese Heimsuchung ereilt!« Er verließ seinen

Stuhl und schob eine hölzerne Wand vor die Balkontür. »Das Kriegsheer zählt weniger als zweitausend Krieger. Die Bluthüter sind nur fünfhundert an der Zahl – ein bloßes Häuflein für alles andere als die Verteidigung Schwelgensteins. Und es gibt nur fünf Lords. Davon sind zwei alt und stehen an den Grenzen ihrer Kräfte, und keiner von allen hat mehr als nur das Geringste von Kevins Erstem Kreis des Wissens. Wir sind schwächer, als Erdfreunde es jemals in der Geschichte des Landes gewesen sind. Alle gemeinsam können wir in Kurash Plenethor kaum Unkraut zum Wachsen bringen.« Er kehrte an seinen Platz zurück. »Wir waren einst mehr«, erklärte er, »doch vom Geschlecht, das uns vorausging, haben fast alle unsere Besten an der Schule der Lehre sich den Segen der Freischüler erteilen lassen. Binnen fünfzehn Jahren habe als einziger ich mich der Prüfung unterzogen und bin Lord geworden. Ach und weh, ich spüre in meinem Herzen, daß wir diesmal anderer Kräfte bedürfen.« Er klammerte die Fäuste um seinen Stab, bis die Knöchel sich weiß abzeichneten, und für einen Moment sah man in seinen Augen sein Gespür für das Ausmaß der Notlage.

»Dann richte deinen Freunden aus, sie sollen sich auf alles gefaßt machen«, riet Covenant ihm schroff. »Was ich ihnen zu sagen habe, wird ihnen nicht gefallen.«

Aber Mhorams Haltung lockerte sich langsam wieder, als habe er Covenants Warnung nicht mitbekommen. Einen Finger um den anderen entkrampfte er seine um den Stab gelegten Hände, bis der Stab unberührt quer über seinem Schoß ruhte. Dann lächelte er verhalten. »Thomas Covenant, es ist nicht völlig ohne Grund, daß ich annehme, in dir keinen Feind sehen zu müssen. Du besitzt einen *Lillianrill*-Stab und ein *Rhadhamaerl*-Messer … ja, und der Stab hat schon einen Kampf gegen einen starken Widersacher erlebt. Und ich habe bereits mit Salzherz Schaumfolger gesprochen. Andere haben dir bereits

Vertrauen entgegengebracht. Ich bezweifle, daß du ohne das Vertrauen von Bewohnern des Landes deinen Weg zu uns bewältigt hättest.«

»Hölle!« fuhr Covenant auf. »Ihr alle seht das verkehrt.« Seine Worte fielen wie nach einem falschen Ebenbild geworfene Steine. »Ich bin dazu gezwungen worden. Es war nicht mein Einfall. Seit diese ganze Sache losging, habe ich keine Wahl gehabt.« Er tastete mit den Fingerkuppen über seine Brust, um sich an die einzige Wahl zu erinnern, die er noch hatte.

»Widerwilligkeit«, sagte Mhoram nachsichtig. »Also nennt man dich aus gutem Grund ›Zweifler‹. Na, lassen wir's dabei bewenden! Wir werden deinen Bericht morgen vorm Großrat anhören. Nun habe ich dir leider wenig Gelegenheit gegeben, um mir Fragen zu stellen. Aber die Zeit des Abendgebetes ist da. Möchtest du mich begleiten? Wenn du's wünschst, können wir uns unterwegs unterhalten.«

Covenant nickte sofort. Trotz seiner Mattigkeit war er darauf versessen, jede Möglichkeit zur Betätigung wahrzunehmen, seinen Geist zu beschäftigen. Die Unannehmlichkeit des Ausgefragtwerdens war nur weniger abscheulich als das unangenehme Drängen der Fragen, die er zu gerne bezüglich des Weißgolds gestellt hätte. Um dieser verwickelten Krise zu entgehen, stand er unverzüglich auf. »Geh voran«, sagte er zu Mhoram.

Der Lord verneigte sich zur Zustimmung und geleitete Covenant ohne weitere Umstände auf den Gang vorm Quartier. Dort trafen sie Bannor an. Er stand in der Nähe der Tür an die Wand gelehnt, die Arme in unerschütterlichem Gleichmut überm Brustkorb verschränkt, aber er gesellte sich, als Mhoram und Covenant den Gang betraten, zu ihnen. Covenant stellte sich ihm spontan in den Weg. Er erwiderte Bannors Blick und setzte dem Bluthüter einen starr ausgestreckten Finger auf die Brust. »Ich traue dir auch nicht«, sagte er; dann wandte er sich mit

grimmiger Befriedigung wieder dem Lord zu. Mhoram wartete, während Bannor aus Covenants Unterkunft eine der Fackeln holte. Dann bezog der Bluthüter einen Schritt hinter Covenants linker Schulter Stellung, und Lord Mhoram strebte voraus durch den Gang. Bald war Covenant wieder vollkommen desorientiert; die Vielseitigkeit im Innern des Turms verwirrte ihn so schnell, als befände er sich in einem Irrgarten. Nach kurzer Zeit gelangten sie in einen Flur, der wie eine Sackgasse vor einer steinernen Wand zu enden schien; Mhoram jedoch tippte mit einem Ende seines Stabs an den Stein, und die Wand schwang einwärts, gab den Blick auf den Hof zwischen dem Turm und der Festungsstadt frei. Von dieser Tür führte ein hölzerner Übergang hinüber zu einem befestigten Erker. Covenant warf nur einen flüchtigen Blick in den Abgrund, der vor ihm klaffte, und wich zurück. »Nein«, nuschelte er, »lieber nicht. Ich bleibe doch lieber hier, wenn's niemandem etwas ausmacht.« Blut stieg ihm ins Gesicht, als besäße er wirklich einen Grund zur Scham, und ein Rinnsal von kaltem Schweiß sickerte ihm aus dem Nacken den Rücken hinab. »In solchen Höhen komme ich nicht klar.«
Der Lord betrachtete ihn einen Moment lang verwundert, äußerte sich jedoch nicht zu seinem Verhalten. »Nun gut«, sagte er bloß, »dann nehmen wir einen anderen Weg.« Erleichtert, aber schweißüberströmt, folgte Covenant Mhoram, während der Lord auf dem Weg, den sie bis dahin beschritten hatten, eine gewisse Strecke weit zurückkehrte, dann umständlich zu einer der Pforten zum Hof hinunterstieg. Von dort aus überquerten sie den Hof. Dann betrat Covenant erstmals die Festungsstadt Schwelgenstein. Das Innere war hell durch Fackeln und Glutgestein erleuchtet. Die Wände waren auch für Riesen hoch genug, die Korridore ausreichend breit, und die allgemeine Geräumigkeit stand in merklichem Gegensatz zur Enge im Turm. Inmitten von soviel prächtig bearbeitetem,

klotzigem, erhabenem Granit, unter einem solchen Gewicht von Berggestein, das so weite, helle Hallen überwölbte, kam ihm mit äußerst lästiger Klarheit der Sachverhalt seiner eigenen Mickrigkeit, seiner Schwäche und Sterblichkeit zu Bewußtsein. Von neuem hatte er das Gefühl, daß die Erbauer Schwelgensteins ihm weit überlegen gewesen waren; im Vergleich zu ihm selbst erweckten Mhoram und Bannor zwischen diesen Felsen durchaus keinen zwergenhaften Eindruck. Der Lord strebte vorwärts, als seien diese Flure sein natürliches Element, als erblühe seine schlichte menschliche Haut im Dienste dieser uralten Großmächtigkeit erst so richtig. Und Bannors persönliche Festigkeit schien sich noch zu verdichten, als trage er innerlich etwas mit, das ganz gut an Schwelgensteins Dauerhaftigkeit heranreichte.

Zwischen ihnen fühlte sich Covenant halb entstofflicht, als fehle es ihm an irgendeiner Grundsubstanz, um wirklich materiell sein zu können. Ein Zähnefletschen verzerrte seinen Mund, und er zog die Schultern ein, als er diese Gedanken verscheuchte. Mit einer unerhörten Anstrengung zwang er sich dazu, sein Interesse den äußeren Details der Umgebung zu widmen. Sie schritten einen weiträumigen Flur entlang, der – von lediglich graduellen Unregelmäßigkeiten abgesehen, die allerdings eher wirkten, als seien sie der Rücksicht auf das Gefüge zu verdanken – glatt und geradeaus direkt ins Herz des Berges führte. In unregelmäßigen Abständen zweigten davon schmalere Korridore ab, wovon manche durch den ganzen Berg verliefen, von der einen zur jenseitigen Klippe, andere jedoch nur den zentralen Flur mit am Rande gelegenen Gebieten verbanden. Aus diesen Korridoren strömten immer dichter zahlreiche Männer und Frauen in den Hauptflur, alle in der Absicht, vermutete Covenant, dem Abendgebet beizuwohnen. Manche trugen die Brustpanzer und Stirnbänder von Kriegern, andere die typischen Gewänder von Holzheimern und Steinhausenern, mit denen sich Covenant bereits auskannte. Von einigen hatte er den Eindruck, daß sie *Lillianrill* oder *Rhadhamaerl* waren; die Mehrheit jedoch übte anscheinend prosaischere Tätigkeiten aus, die sein mußten, um das Leben in einer Stadt zu gewährleisten – Kochen, Reinigen, Handwerken, Reparieren, Ernten. Auch Bluthüter sah man gelegentlich unter den Leuten. Viele Menschen nickten Lord Mhoram mit respektvoller Freundlichkeit zu, und er erwiderte nach allen Seiten Grüße, kannte häufig die Namen jener, die ihn grüßten. Hinter ihm aber trug Bannor die Fackel und stapfte so stur dahin, als sei er allein in der Festung. Als der Strom der Menschenmenge sich zu immer größerem Gedränge verstärkte, lenkte Mhoram seinen Schritt zur Seite an die Felswand. Vor einer Tür blieb er stehen. Er öffnete sie und wandte sich an Bannor. »Ich muß zum Hoch-Lord«, sagte er. »Geleite Thomas Covenant zu einem Platz unterm Volk in der Heiligen Halle.« Er drehte sich nach Covenant um. »Bannor wird dich morgen zur rechten Zeit zur Klause bringen.« Mit einer Grußgebärde ließ er Covenant mit dem Bluthüter stehen.

Danach übernahm Bannor die Führung Covenants durch Schwelgenstein. Nach einiger Entfernung mündete der Hauptflur in zwei rechtwinklige Abzweigungen, die nach rechts oder links um eine in weitem Bogen geschwungene Felswand führten, und in diesen Rundgang ergoß sich der Menschenstrom aus allen Richtungen. Die gekurvte Felswand zeichnete sich durch Torbogen in gleichmäßigen Abständen aus, hoch genug für Riesen, und durch diese Zugänge eilten die Menschen weiter, zwar zügig, aber ohne wirres Geschubse oder mißmutige Ungeduld. An jedem dieser Tore standen zu dessen beiden Seiten je ein Glutsteinmeister und ein Allholzmeister; und als sich Covenant einem solchen Eingang näherte, hörte er die Torwächter die Leute im Chor ansprechen: »Ist Übel in deinem Herzen, laß es hier! Dafür ist kein Raum in der

Heiligen Halle!« Bisweilen hob jemand im Vorbeigehen eine Hand und berührte einen Wächter, als gebe er ein Stück lästiger Garderobe ab. Als sie den Torbogen erreichten, händigte Bannor seine Fackel dem Allholzmeister aus. Der Allholzmeister löschte sie, indem er ein Bruchstück irgendeines Liedes brummte und seine Hand um die Flamme schloß. Er gab die Rute Bannor zurück, und der Bluthüter betrat die Halle; Covenant hielt Anschluß.

Er fand sich auf einem Balkon wieder, der an der Innenwand einer gewaltigen Höhle entlang verlief. Drinnen war nirgends Licht, aber durch die offenen Tore drang genügend Helligkeit herein, so daß Covenant erkennen konnte, daß es oberhalb von dem, worauf er stand, noch sechs weitere solche Balkone gab, alle zugänglich durch eine beträchtliche Anzahl geöffneter Tore. Er vermochte alles recht deutlich zu sehen. Die Balkone befanden sich senkrecht übereinander, und über fünfundzwanzig Meter tief unter ihnen war der ebene Boden der Höhle. An einer Seite war drunten eine Estrade, aber ansonsten gab es dort nichts zu sehen als viele Menschen. Auch die Balkone waren voller Leute, jedoch weniger dicht gedrängt; von allen Seiten hatte man ungehinderten Blick auf die Estrade.

Wie mitten aus der Luft befiel Covenant urplötzlich ein Schwindelgefühl und schien rings um seinen Kopf alles in Drehung zu versetzen. Er klammerte sich an die Brüstung, preßte sein in wildes Wummern verfallenes Herz an den Stein. In Schwelgenstein kam er anscheinend an allen Ecken und Enden an Abgründe; wohin er auch ging, mußte er sich mit Klippen, Klüften und Tiefen abfinden. Es beruhigte ihn ein wenig, daß die Brüstung aus hartem Granit bestand. Er kauerte sich dagegen wie ein Huhn auf der Stange, rang seine Furcht nieder und hob den Blick nach oben, bloß um ihn vorerst vom tiefgelegenen Boden der Heiligen Halle zu wenden. Irgendwie überraschte es ihn, als er feststellte, daß die Höhle himmelwärts nicht offen war; eine gewölbte Kuppel, hundert oder mehr Meter oberhalb des höchsten Ringbalkons, verschloß sie vorm freien Himmel. Einzelheiten ließen sich an der Höhlendecke nur mangelhaft erkennen, aber er glaubte, er könne in den Stein gehauene Darstellungen erspähen, riesige Umrisse von Gestalten, aneinandergereiht wie zum Tanz.

Das Licht begann zu schwinden. Eines ums andere schloß man die Tore; allmählich erfüllte Dunkelheit die Höhle wie eine wiedererschaffene Nacht. Bald war die Halle vollkommen gegen jede Helligkeit abgeschirmt, und in der finsteren Weite breiteten sich die leisen Geräusche von Bewegungen in der Menge und die Atemzüge der Menschen aus wie das Treiben eines ruhelosen Gespenstes.

Die Schwärze schien Covenant von allem zu isolieren. Er fühlte sich unverankert, als schwebe er in freiem Fall durch die Leere des Weltraums; zugleich war ihm zumute, als laste das reine rohe Tonnengewicht der Felsen über ihm, aus denen man die Festungsstadt gehauen hatte, allein und ausgerechnet auf seinen Schultern. Unwillkürlich schob er sich näher zu Bannor, berührte den felsenfesten Bluthüter mit der Schulter. Da flammte auf der Estrade ein Lichtschein auf – nein, zwei Lichtquellen waren es, eine *Lillianrill*-Fackel und ein Topf mit Glutgestein. Ihre Leuchtkraft war im gewaltigen Hohlraum der Höhle unbedeutend, aber er enthüllte immerhin, daß Birinair und Tohrm an den Seiten der Estrade standen und ihre verschiedenartigen feurigen Hilfsmittel in den Händen hielten. Hinter jedem der beiden Herdwarte wiederum standen zwei Gestalten in blauen Roben – hinter Birinair Lord Mhoram mit einer steinalten Frau an seinem Ellbogen, hinter Tohrm eine Frau und ein alter Mann. Und zwischen diesen beiden Dreiergruppen hatte sich ein weiterer Mann in blauer Robe plaziert. Seine aufrechte Haltung leugnete das Alter, von dem sein schlohweißes Haar und der ebensolche Bart Zeugnis ablegten. *Das ist er,* riet Covenant auf Anhieb, *der Hoch-Lord Prothall.*

Der Mann hob seinen Stab und pochte mit dem von Metall beschuhten unteren Ende dreimal auf die steinerne Estrade. Während er sprach, hielt er seinen Kopf stolz erhoben, aber diesmal verriet seine Stimme viel über sein Alter. Trotz seines schwungvollen Auftretens und zweifelsfrei aufrechten Geistes hörte man aus seinem Tonfall eine gewisse altersbedingte Greinigkeit. »Die Herrenhöh spricht ihr Abendgebet«, sagte er, »und mit ihr das uralte Schwelgenstein, von Riesen zum Schutze all dessen geschaffen, an das wir glauben. Sei willkommen, starkes Herz und schwaches, lichtes und dunkles Herz, Blut und Sehne, Verstand und Seele, heute und immerdar. Friede sei in dir und rings um dich. Diese Stunde ist dem Dienst an der Erde geweiht.«

»Es seien Heil und Hoffnung«, setzten seine Gefährten den Sermon fort, »Herz und Heim allzeit im Land und für alle Menschen im Dienste der Erde – für euch hier vor uns, ihr Teilhaber an Erdkraft und Wissen, *Lillianrill* und *Rhadhamaerl*, Schüler, Lehrwarte und Krieger, und für euch über uns, das Volk, ihr täglichen Versorger der Herde und Haushaltungen unseres Lebens, und für euch unter uns, ihr Riesen, Bluthüter und Fremden, und für euch, ihr Ranyhyn und Ramen, Steinhausener und Holzheimer, die ihr nicht in unserer Mitte weilt, für alle Brüder und Schwestern des gemeinsamen Treueschwurs. Wir sind im Lande die Lords. Seid willkommen und getreu.«

Dann sangen die Lords hinaus in die Dunkelheit der Heiligen Halle. Die Lichter der Herdwarte waren klein in der Weite des hohen, von Menschen vollbesetzten Heiligtums – winzig, aber trotz ihrer Bedeutungslosigkeit in ihrer bloßen Existenz entschieden, Gegenstand von Bewunderung, wie ungebrochener Mut. Und in diesem Lichtschein sangen die Lords ihre Hymne.

*»Sieben Kreise von uralter Kunde*
*Hüten Land und Haus zu jeder Stunde:*
*Für des Gesetzes Stab einen Hoch-Lord stellt,*
*Daß den Erdkreis er rein von Verderbnis hält.*

*Sieben Worte, um Übel zu ächten,*
*Bannworte wider des Bösen Rechten:*
*Und ein edler Lord, den Stab zu wahren,*
*Das Land zu hüten vor Fouls Gefahren.*

*Für Ungetreue Sieben Höllen,*
*Die Land und Menschen verraten wöllen:*
*Und ein kühner Lord wider das Verderben,*
*Daß nicht Übelsschwämme aufs Schöne abfärben.«*

Als das Echo ihrer Stimmen verhallt war, sprach wieder Hoch-Lord Prothall. »Wir sind die neuen Bewahrer des Landes, Verehrer und Diener der Erdkraft, entschlossen zur Wiedervereinigung von Kevins Lehre und diesem Werk verschworen, ihm und der Heilung der Erde von allem, was an ihr unfruchtbar ist oder unnatürlich, verwüstet oder krank, im Untergrund oder entartet. Und entschlossen haben wir uns ebenso zum Friedensschwur, mit dem gleichen Ernst, wie wir alle anderen Weihen und Gelübde auf uns nahmen, wider alle Versuchungen durch die hartnäckige menschliche Selbstsucht. Gutwilligkeit ist die einzige Gewähr, welche wir dafür bieten können, daß wir das Land in Zukunft nicht nochmals schänden.«
Darauf antworteten diesmal die Menschen vor der Estrade im Chor. »Wir wollen das Land nicht von neuem schänden, mag auch die Bezähmung unserer Selbstsucht an unserem Leben zehren. Und wir wollen nicht ruhen, bis der Schatten unserer einstigen Torheit aus dem Lande getilgt ist, bis das Blühen und Gedeihen die Dunkelheit vertrieben hat.«

»Aber der Dienst am Lande verzehrt nicht den Diener«, antwortete Prothall. »Dienst bedingt Dienst, so wie Untertänigkeit Erniedrigung bedingt. Wir mögen von Wissen zu noch mehr Wissen voranschreiten und zu noch kühngeistigerem Wissen, wenn nicht unser Mut uns verläßt, wenn wir unsere Pflichten versehen, wenn der Schatten nicht die Weisheit erstickt. Wir sind die neuen Bewahrer des Landes, Verehrer und Diener der Erdkraft.

*›Denn wir wollen nicht ruhen*
*und nicht vom Wege weichen,*
*den Mut nicht sinken lassen,*
*bis der Graue Fluß fließt wieder blau*
*und Rill und Maerl so klar, so rein,*
*wie unser ewiger Llurallein.‹«*

Danach sang die gesamte versammelte Menge diese Worte, die der Hoch-Lord vorgetragen hatte, Zeile um Zeile ebenfalls; und die geballte kollektive Stimmkraft donnerte so gewaltig durch die Heilige Halle, als hätte der weinerliche Tonfall des Hoch-Lords irgendeine eingeschlossen gewesene, unterirdische Leidenschaft geweckt. Solange der machtvolle Klang andauerte, hielt Prothall demütig den Kopf geneigt. Aber als der Gesang verklungen war, warf er das Haupt in den Nacken und die Arme auseinander, als entblöße er seine Brust angesichts einer Anschuldigung. »Ach, meine Freunde«, rief er. »Diener, Fürkämpfer des Landes … warum sind wir so daran gescheitert, Kevins Lehre vollauf zu begreifen? Wer unter uns hat in irgendeiner Beziehung darin Fortschritte gemacht, das Wissen unserer Ahnen tiefer zu ergründen? Wir halten den Ersten Kreis des Wissens in unserer Hand … wir lesen die Schrift, und vielfach verstehen wir auch die Worte … und doch vermögen wir nicht zu den Geheimnissen vorzudringen. Irgendein Mangel in uns, irgendein Makel, irgendwelches Fehlverhalten, irgendein grundlegender Irrtum in unseren Absichten verlegt uns den Weg. Ich bezweifle nicht, daß unser Streben lauter ist – denn es ist Hoch-Lord Kevins einstiges Streben, und vor ihm war's das Streben der Hoch-Lords Lorik und Damelon und des Herzens der Heimat –, und überdies sind wir weiser, da wir gelernt haben, daß wir nie wieder im Wahnwitz der Verzweiflung unser Tun gegen das Land kehren dürfen. Aber was ist's dann, das uns hindert? Wo gehen wir in die Irre, daß wir nicht begreifen können, was uns gegeben ist?«

Einen Moment lang, nachdem seine Stimme herabgesunken und verstummt war, blieb es ruhig im Heiligtum, und die weite Leere schien von einer Zuckung des Tränenausbruchs heimgesucht zu werden, als ob die Menschen in seinen Worten sich selbst wiedererkannten, das Versagen, das er beschrieben hatte, als ihr eigenes Versagen anerkannten. Doch da ertönte eine andere Stimme. »Mein Lord«, sagte Salzherz Schaumfolger in stolzem Ton, »noch sind wir nicht am Ende. Gewiß, es ist unser Lebenswerk, die Errungenschaften unserer Vorfahren zu ergründen und unsere Einsichten zu vertiefen. Aber unser Werk wird uns das Tor zur Zukunft öffnen. Unsere Kinder und Kindeskinder werden an allem gewinnen, wenn uns nicht das Herz sinkt, und Glaube und Mut sind die größten Gaben, die wir unseren Abkömmlingen überliefern können. Und es gibt im Lande noch Geheimnisse, von denen wir nichts wissen – Geheimnisse, die zur Hoffnung berechtigen, aber auch gefährliche Geheimnisse. Seid zuversichtlichen Herzens, Steinbrüder und -schwestern. Kostbarer als alles andere ist euer Glaube.«

*Aber ihr habt keine Zeit!* stöhnte Covenant innerlich. *Glaube! Kinder! Foul wird euch vernichten.* Seine Vorstellung von den Lords verschob sich, unterzog sich einer Änderung. Sie waren keine übermächtigen Lebewesen, keine Lenker des Schicksals; sie waren Sterbliche wie er selbst, vertraut mit der Hilflosigkeit.

Foul würde sie zermalmen wie ... Für einen Augenblick ließ er die Brüstung los und reckte sich empor, als wolle er den zusammengekommenen Menschen seine Botschaft des Unheils entgegenschreien. Doch sofort durchdrang ein Schwindelgefühl seine Aufwallung, schien ihn aus der dunklen Weite der Höhle anzuspringen. Er wankte, torkelte gegen die Brüstung, dann taumelte er rückwärts und hielt sich an Bannor fest, klammerte sich an die Schulter des Bluthüters ... *daß die äußerste Frist ihres restlichen Verweilens im Lande* ... Es war so, als solle er ihnen ihr Todesurteil verlesen. »Bring mich hier raus«, krächzte er. »Ich kann's nicht länger ertragen.« Bannor hielt und führte ihn; urplötzlich öffnete sich vor ihm zur Helligkeit draußen ein Tor. Covenant fiel halb hinaus. Wortlos entzündete Bannor an einer der brennenden Ruten, die in ihren Halterungen an der Felswand staken, wieder seine Fackel. Dann nahm er Covenant am Arm, um ihn zu stützen. Covenant schüttelte seine Hand ab. »Faß mich nicht an!« röchelte er kurz vorm Zusammenbruch. »Siehst du denn nicht, daß ich krank bin?«

Nicht einmal der Anschein irgendeiner Gemütsbewegung regte Bannors plattnasige Miene. Gleichgültig drehte er sich um und geleitete Covenant von der Heiligen Halle weg. Covenant blieb hinter ihm, vorgebeugt, als müsse er sich übergeben, und die Hände auf den Bauch gepreßt, als habe er Grimmen. ... *daß die äußerste Frist* ... Wie sollte er ihnen helfen können? Er konnte ja nicht einmal sich selber helfen! Voller Verwirrung und Nöte, die ihm ans Herz griffen, schlurfte er zurück in seine Unterkunft im Turm, stand stumpfsinnig dabei, während Bannor die Fackel wieder an ihren ursprünglichen Platz steckte und dann ohne Umschweife ging, hinter sich die Tür mit einem Nachdruck schloß, als fälle er damit ein Urteil. Dann erst preßte er seine Fäuste an die Schläfen, als werde ihm das Gehirn entzweigerissen. *Nichts von alldem hier geschieht wirklich,* betete er sich vor. *Wie ist es bloß möglich, daß man mir so etwas antun kann?* Innerlich völlig aus dem Gleichgewicht geraten, drehte er sich um, dahin und dorthin, richtete seinen Blick schließlich auf den Wandteppich, als könne der Behang ihm irgendeine Auskunft geben. Aber er vergrößerte nur seinen Verdruß, erbitterte ihn wie eine unerwartete Kränkung. *Hölle und Verdammnis!* dachte er wutentbrannt. *Berek, glaubst du vielleicht, das sei so einfach? Meinst du denn, gewöhnliche menschliche Verzweiflung reiche aus, damit irgendein kosmisches oder wenigstens wundertätiges Etwas daherkommt und dich aus dem Schlamassel holt? Verflucht, er wird sie alle hier vernichten! Du bist bloß so ein unreiner, aussätziger Leprakranker und weißt es nicht einmal!* Seine Finger krümmten sich zu räuberischen Klauen, und er sprang vorwärts, riß am Wandteppich, als versuche er eine finstere Lüge vom Felsengebirge der Welt zu reißen. Das dicke Gewebe wollte unterm Zugriff seiner zahlenmäßig verminderten Finger nicht nachgeben, aber er konnte den Behang von der Wand lösen. Er öffnete wild die Balkontür, schleifte den Wandteppich hinaus in die dunkelrot verfärbte Nacht, hob und schob ihn über die Brüstung. Er fiel wie ein abgestorbenes Blatt im Winter. *Ich bin nicht Berek!* Infolge seines Gewaltaktes außer Atem, kehrte er zurück ins Zimmer, knallte die Schiebetür zu, um sich gegen das blutrote Licht abzuschirmen. Er warf das ungewohnte Kleidungsstück ab, zog die eigene Unterwäsche an, löschte die Feuer und kroch ins Bett. Doch die sauberen kühlen Decken auf seiner Haut verhalfen ihm zu keinerlei Beruhigung.

# 14
# Der Großrat der Lords

Er erwachte in dumpfem Dämmerlicht, das wirkte wie der Vorbote eines Unwetters, eines schwarzen Brodelns und grellen Blitzezuckens. Rein gewohnheitsmäßig tat er alles, um sich für seinen Auftritt vorm Großrat vorzubereiten – er wusch sich, legte die eigene Kleidung an, rasierte sich wieder einmal. Als Bannor ihm ein Tablett mit Speisen brachte, aß er davon, als hätte er irgendein Futter aus Stein und Staub bekommen. Dann schob er Atiarans Messer in seinen Gürtel, packte Baradakas' Stab mit der Linken und setzte sich, um seinen Zeitpunkt abzuwarten, das Gesicht zur Tür gewandt. Schließlich kam Bannor zurück und erklärte, es sei soweit. Für einen Moment blieb Covenant reglos sitzen, den Blick auf den Bluthüter geheftet, ohne ihn richtig anzuschauen, und fragte sich, woher er den Mut nehmen solle, seinen Traum weiter durchzustehen. Er hatte das Gefühl, daß sein Gesicht verzerrt war, konnte sich jedoch nicht sicher sein. … *daß die äußerste Frist …* Er mußte es hinter sich bringen. Er berührte das harte, verborgene Metall seines Rings, um sich zu beruhigen, und hob seine widerspenstigen Gliedmaßen vom Stuhl. Er starrte die Tür an, als sei sie eine Pforte zur Gefahr, schlurfte über die Schwelle und latschte den Korridor hinab. Wie von Bannors Rücken angezogen, verließ er unter Führung des Bluthüters den Turm, überquerte den Hof, betrat er das verwickelte und vielschichtige und sonderbar gearbeitete Labyrinth Schwelgensteins, stieg in seine Tiefe hinunter.

Schließlich gelangten sie durch hellerleuchtete Flure tief im Berg vor ein Paar bogengängig angelegter, hölzerner Portale. Sie waren verschlossen und bewacht von Bluthütern;

an beiden Seitenwänden standen steinerne Sitze aufgereiht, meistens in geeigneter Größe für Menschen, einige jedoch groß genug für Riesen. Bannor nickte den Posten zu. Einer davon schwang eines der Portale weit auf, während der andere Bannor und Covenant einen Wink gab, der besagte, daß sie eintreten dürften. Bannor führte Covenant in die Beratungskammer der Lords. Die Klause war ein großer, runder, in der Mitte vertiefter Raum mit hoher, kreuzgewölbter Decke; drei Viertel der Räumlichkeit waren ausgefüllt von Sitzreihen. Das Portal, durch das Covenant eintrat, befand sich ungefähr auf der Ebene der höchsten Sitzreihen, ebenso wie die beiden einzigen übrigen Zugänge – beide kleiner – auf der anderen Seite der Klause. Noch unterhalb der untersten Sitzreihe war der Boden in drei Ebenen abgestuft. Auf der ersten, etwa einen Meter tiefer als die Galerie befindlichen Ebene stand ein geschwungener Tisch aus Stein, der die Form eines Dreiviertelkreises besaß, dessen Lücke den großen Portalen zugekehrt war und dessen Außenwand zahlreiche Stühle umstanden; darunter – vom C umfaßt, das der Tisch bildete – lag der glatte Fußboden der Klause; und genau am Mittelpunkt der Fußbodenebene war eine breite, runde Grube voller Glutgestein. Das gelbliche Leuchten der Steine erhielt Verstärkung durch vier große *Lillianrill*-Fackeln, die in ihren Halterungen an der Ringwand brannten, ohne zu qualmen oder zu verbrennen.

Während Bannor ihn die Treppe hinunter zur offenen Seite des Tischs führte, musterte Covenant die Anwesenden. Salzherz Schaumfolger saß diesseits auf einem wuchtigen steinernen Stuhl am Tisch; er beobachtete Covenant beim Hinabsteigen der Treppe und lächelte seinem ehemaligen Passagier zum Gruß entgegen. Außer ihm waren die Lords die einzigen Leute am Tisch. Covenant direkt gegenüber saß Hoch-Lord Prothall. Sein Stab lag vor ihm auf der Steinplatte des Tischs. Ein alter

Mann und eine alte Frau saßen jeweils ein Stück weit von ihm entfernt zu seinen beiden Seiten; in gleichem Abstand saß links von der Frau Lord Mhoram; und Mhoram gegenüber, neben dem Greis, saß eine Frau mittleren Alters. Hinter jedem Lord hatten sich wie Klötze vier Bluthüter aufgebaut. Darüber hinaus hielten sich in der Klause nur noch vier weitere Personen auf. Hinterm Hoch-Lord saßen in der oberen Hälfte der Galerie die beiden Herdwarte Birinair und Tohrm, Seite an Seite, als müßten sie sich gegenseitig ergänzen. Und gleich hinter ihnen befanden sich noch zwei Männer, einer ein Krieger mit einem schwarzen diagonalen Strich auf dem Brustpanzer; der andere war Tuvor, Blutmark der Bluthüter. Infolge der Gegenwart von nur so wenigen Personen wirkte die Klause weiträumig, kahl und gruftähnlich.

Bannor geleitete Covenant zu einem vereinzelten Sitz auf der Fußbodenebene der Klause, also unterhalb der Höhe, in der sich der Tisch der Lords befand; zwischen diesem Platz und dem Hoch-Lord war die Grube mit dem Glutgestein. Unbeholfen setzte sich Covenant und schaute rundum. Er fühlte sich ungemütlich weit von den Lords entfernt; er befürchtete, er müsse seine Botschaft schreien. Daher überraschte es ihn, als Prothall aufstand und sich an ihn wandte, wie leise der Hoch-Lord sprach. »Thomas Covenant, sei willkommen im Großrat der Lords.« Seine griesgrämige Stimme drang so klar und deutlich an Covenants Ohren, als stünde der Hoch-Lord gleich neben ihm. Covenant wußte nicht, wie er darauf reagieren sollte; unsicher legte er seine Rechte auf die Herzgegend und streckte dann den Arm mit nach vorn gekehrter Handfläche aus. In dem Maße, wie sich seine Sinne auf das Innere der Klause immer besser einstellten, bemerkte er auch die Vorherrschaft, die von den Lords ausging. Sie vermittelten ihm den Eindruck ernster, aber mit Freuden gehaltener Schwüre, von weitgefaßter, aber entschiedener Ergebenheit für eine Sache.

Nur Prothall stand, erwiderte Covenants Blick. Die von hohem Alter gezeichnete Erscheinung des Hoch-Lords erfuhr eine gewisse Abwandlung durch die Borstigkeit seines Bartes und die Straffheit seiner Haltung; er war offenkundig noch immer ein starker Mann. Seine Augen jedoch waren verhärmt durch die Erfahrungen der Askese, einer Selbstverleugnung, die so weitreichend zu sein schien, daß sie die Schwäche des Fleisches aufhob – als sei er schon seit so langer Zeit alt, daß nur die Macht, der er sich geweiht hatte, noch seinen Verfall verhinderte. Die zwei Lords an seinen Seiten waren eindeutig weniger günstig davongekommen. Sie hatten stumpf gewordene, vom Alter verrunzelte Haut und fadenscheiniges Haar; und sie hockten so gebeugt am Tisch, als müßten sie gegen die Morschheit ihrer Knochen ankämpfen, um mühsam zwischen Gedankenverlorenheit und Schlaf unterscheiden zu können. Lord Mhoram, den Covenant bereits kannte, wirkte hier noch schärfer gesinnt und gefährlicher, als hebe die Gesellschaft seiner Kollegen fortgeschrittenen Alters seine Fähigkeiten hervor. Den fünften Lord jedoch kannte Covenant nicht; die Frau saß vierschrötig und in sachlicher Haltung am Tisch, das grobe, offene Gesicht Covenant entgegengewandt wie aus Trotz.

»Bevor wir beginnen, laßt mich die Vorstellung vornehmen«, sprach der Hoch-Lord so leise wie zuvor. »Ich bin Prothall, Dwillians Sohn, vom Großrat der Lords zum Hoch-Lord gewählt. Zu meiner Rechten siehst du Variol, Gemahl Tamaranthas und Pentils Sohn, einstmaliger Hoch-Lord ...« Während er das sagte, hoben die beiden steinalten Lords die Häupter und lächelten sich verstohlen zu. »... und Osondrea, Tochter Sondreas. Zu meiner Linken erblickst du Tamarantha, Gemahlin Variols und Tochter Enestas, sowie Mhoram, Sohn Variols. Der Riese von der Wasserkante, Salzherz Schaumfolger, ist dir bereits bekannt, und ebenso hast du unsere beiden

Herdwarte der Herrenhöh schon kennengelernt. Außerdem siehst du in meinem Rücken Tuvor, den Blutmark unserer Bluthüter, und Garth, den Streitmark des Kriegsheeres zu Schwelgenstein. Alle Genannten haben das Recht, im Großrat der Lords zugegen zu sein. Erhebst du gegen einen von ihnen irgendwelche Einwände?«

*Einwände?* Verdutzt schüttelte Covenant den Kopf.

»Dann wollen wir beginnen. Es ist unser Brauch, jenen gebührliche Ehren zu erweisen, die zu uns kommen. Wie vermögen wir dich zu ehren?«

Wieder schüttelte Covenant den Kopf. *Ich möchte keine Ehrungen. Den Fehler habe ich schon begangen.*

»Nun gut«, sagte der Hoch-Lord nach einer kurzen Pause des Abwartens. Er wandte sich an den Riesen und hob nunmehr seine Stimme. »Heil dir und sei willkommen, Riese von der Wasserkante, Salzherz Schaumfolger, Steinbruder und Erbe der Treue zum Lande. Die Entwurzelten sind fürs Land wahrhaftig ein Segen, heißt es doch:

*›Stein und See sind tief im Leben.‹*

Sei willkommen heil oder heillos, in Güte oder Groll, nimm oder gib. Keinem Ersuchen, das du vorträgst, wollen wir uns verschließen, solange wir dazu die Macht und das Leben haben, es zu erfüllen. Ich bin Hoch-Lord Prothall. Ich spreche, und ganz Schwelgenstein ist mein Zeuge.«

Schaumfolger stand auf, um das Grußwort zu erwidern. »Heil dir, Lord und Erdfreund. Ich bin Salzherz Schaumfolger, für die Riesen von der Wasserkante Legat im Großrat der Lords. In meinem Mund ist die Wahrhaftigkeit meines Volkes daheim, und ich vernehme dafür die Bestätigung in den uralten geweihten Mauern von unserer Ahnen Hand, dem

*›puren Erdenfelsen*
*froher Völkereintracht*
*ein Handabdruck der Freundschaft und Treue*
*im ewigen Stein der Zeit.‹*

Nun jedoch ist es an der Zeit, die Macht und Gültigkeit des verpfändeten Wortes zu beweisen. Durch den Riesenwald, die Sarangrave-Senke und Andelain bin ich eingedenk der alten Gelöbnisse gezogen.« Etwas von seiner Förmlichkeit schwand aus seinem Auftreten, und er widmete Covenant einen Blick der Belustigung. »Und eingedenk anderer Dinge. Mein Freund Thomas Covenant hat mir versprochen, man werde über meine Fahrt ein Lied schreiben.« Er lachte gedämpft auf. »Ich bin ein Riese der Wasserkante. Schreibt über mich ja kein kurzes Lied.«

Sein Humor entlockte Lord Mhoram ein verhaltenes Lachen, und Prothall lächelte andeutungsweise; Osondreas sauertöpfische Miene dagegen war anscheinend zum Lachen außerstande, und sowohl Variol wie auch Tamarantha wirkten ganz so, als hätten sie nichts gehört. Schaumfolger setzte sich wieder. »Welcher Art ist dein Auftrag?« erkundigte sich fast sofort Osondrea, als wäre ihre Geduld zu stark beansprucht worden.

Schaumfolger straffte sich an seinem Platz, und seine Hände streichelten eindringlich die steinerne Tischplatte. »Meine Lords … Stein und See! Ich bin ein Riese. Diese Dinge wollen mir nicht leichthin geraten, wenngleich leichter als anderen meines Volkes – und aus diesem Grunde bin ich ja auserwählt worden. Aber ich will mir Mühe geben und in aller Eile zu euch sprechen. Dennoch bitte ich euch um Nachsicht. Meine Fahrt ist mir während eines Riesen-Palavers aufgetragen worden, das zehn Tage dauerte. Wir haben keine Zeit vergeudet. Wenn Einsicht vonnöten ist, muß jede Geschichte zur Gänze vorgetragen werden. Hast ist für die Hoffnungslosen, pflegen wir zu sagen – und kaum ein Tag ist verstrichen, seit ich von neuem erkennen mußte, daß in Sprichwörtern Wahrheit wohnt. Daher rührt es, daß ich in Erfüllung meines Auftrags vieles erwähnen muß, was ihr gegenwärtig womöglich gar nicht zu hören wünscht. Ihr werdet die Geschichte meines Volkes kennen – alle die Irrfahrten und Zwischenaufenthalte, an deren Ende wir ans Ufer des Landes gingen, all das Zusammenwirken unserer Völker, zu dem es seither gekommen ist –, und ihr müßt sie kennen, wenn ihr mich vollauf verstehen wollt. Aber ich will darauf verzichten, sie euch hier und jetzt noch einmal zu erzählen. Wir sind die Entwurzelten, entwurzelt auch in unserer Seele, und unsere Zahl schmilzt dahin wie Erntevorräte, die nie erneuert werden. Wir hungern nach unserem Heimatland. Seit der Zeit Damelon Riesenfreunds haben wir nicht von unserer Hoffnung abgelassen, obschon der Seelenpresser selbst Ränke wider uns schmiedet. Wir haben die Meere abgesucht und der Omen geharrt, die da erscheinen möchten.« Schaumfolger schwieg für einen Augenblick und betrachtete nachdenklich Covenant. »Ach, ihr Lords«, setzte er dann seine weitschweifige Berichterstattung fort. »Omen sind eine sonderbare Sache. So vieles wird gesagt – und so wenig klargestellt. Nicht die Heimat war's, die Damelon uns verhieß, sondern ein Ende unseres Verlorenseins, eine Erlösung. Doch genügte uns das – es war uns genug. Nun gut. Eine Hoffnung jedoch fanden wir auf eigene Faust. Als der Frühling an der Wasserkante Einzug hielt, da kehrten unsere auf Suche ausgeschickten Schiffe zurück, und wir erfuhren, daß sie in der äußersten Ferne ihrer Fahrt eine Insel entdeckt hatten, die an jene alten Meere grenzt, auf denen die Riesen in grauer Vorzeit ihre Seefahrt betrieben. Es ist noch ungewiß, ob es sich in der Tat so verhält, aber die Schiffe der nächsten Suchfahrt können auf jeden Fall sofort diese Insel ansteuern und jenseits nach

weiteren Anzeichen forschen. Auf diese Weise enträtseln wir im rätselhaften Irrgarten der See uns selbst.«
Prothall nickte, und dank der perfekten Akustik der Klause hörte Covenant das leise Rascheln der Robe des Hoch-Lords. Mit einer Miene, als werde er demnächst auf den Kern seiner Mission zu sprechen kommen, griff Schaumfolger erneut auf Damelon Riesenfreund zurück. »Doch noch eine andere Hoffnung spendete uns Damelon Riesenfreund, Hoch-Lord und Sohn des Herzens der Heimat. Und am Herzen seiner Verheißungen lag dies Wort: daß unsere Verbannung ende, sobald unser Same seine alte Kraft wiedergewänne, der Rückgang unserer Nachkommenschaft sich gegenteilig entwickle. Diese Hoffnung ist ein Quell der Hoffnung an sich, denn wären wieder mehr Kinder unter uns, was wollten wir uns deswegen allein schon für ein Herz fassen, welchen neuen Mut könnten wir gewinnen. Und nun sieh da! In der Nacht, als unsere Schiffe zurückkehrten, mußte sich Zopfhaupt Allwetter, Gemahlin des Fehlbein Kielschrammer, ins Kindbett legen, und sie … ach, Stein und See, ihr Lords! Es verkrüppelt mir die Zunge, euch dies ohne das volle Maß unseres ungeheuren Frohlockens erzählen zu müssen. Wie kann es Freude für Leute geben, die sich bei allem kurz fassen? Zopfhaupt, das stolze Weib mit den alabasternen Gliedmaßen, schenkte drei Söhnen das Leben!«
Nicht länger dazu imstande, sich Zurückhaltung aufzuerlegen, verfiel Schaumfolger in ein Psalmodieren, das voll war vom stürmischen Donnern der Brecher und dem scharfen Geruch von Tang. Covenant sah zu seiner Überraschung, daß Lord Osondrea lächelte, ihre Augen feucht den goldenen Schein des Glutgesteins widerspiegelten, ein beredtes Zeugnis für die Freudigkeit von des Riesen Mitteilung. Doch plötzlich verstummte Schaumfolger. »Ich bitte um Verzeihung«, sagte er mit einer Geste, die auf Covenant wies. »Wir haben's jetzt mit anderen Angelegenheiten zu tun. Ich muß mich auf das

Wesentliche meiner Botschaft beschränken.« Er wandte sich an Covenant. »Ach, mein Freund, magst du noch immer nicht für mich lachen? Soeben erinnere ich mich wieder daran, daß Damelon uns ein Ende unserer Irrfahrten verhieß, keine Heimkehr … doch kann ich mir kein anderes Ende als die Heimat vorstellen. Mag sein, daß ich in der Abenddämmerung des Riesenvolkes lebe.«
»Scht, Steinbruder«, unterbrach Lord Tamarantha. »Beschwöre kein Übel für dein Volk herauf, indem du derlei Dinge aussprichst.«
Daraufhin lachte Schaumfolger herzhaft. »Ach, meinen Dank, Lord Tamarantha. So kommt's denn dahin, daß die weisen alten Riesen von jungen Frauen Rat erhalten. Mein ganzes Volk wird lachen, wenn ich davon erzähle.« Tamarantha und Variol tauschten ein Lächeln aus, ehe sie wieder in ihren der Meditation oder schlichtem Dösen ähnlichen Zustand versanken. »Nun gut«, sagte der Riese, sobald er mit seinem Gelächter fertig war, »also zur Sache, meine Lords. Stein und See! Diese Hast macht mich kribbelig. Ich bin hier, um die Erfüllung eines uralten Versprechens zu erbitten. Hoch-Lord Übelzwinger versprach uns einst, die Lords würden uns, sollte unsere Hoffnung einmal gediehen sein, ein Geschenk machen … ein Geschenk, das die Aussichten auf unsere Heimkehr bessern möchte.«
»Birinair«, sagte Lord Osondrea unvermittelt.
Droben in der Galerie hinter Prothall erhob sich der alte Birinair. »Versteht sich von selbst«, antwortete er. »Ich schlafe nicht. Bin nicht so alt, wie ich aussehe, wißt ihr. Ich höre alles.«
»Heil, Birinair, Herdwart der Herrenhöh und Allholzmeister des *Lillianrill*«, rief Schaumfolger mit breitem Grinsen. »Wir sind alte Freunde, wir Riesen und die *Lillianrill.*«
»Kein Grund zum Brüllen«, erwiderte Birinair. »Ich höre alles. Alte Freunde aus der Zeit Hoch-Lord Damelons. War nie anders.«

»Birinair«, mischte sich wieder Osondrea ein, »besinnst du dich auf die überlieferte Kunde vom Geschenk, das Lorik den Riesen versprach?«
»Geschenk? Wieso nicht? Meinem Gedächtnis fehlt nichts. Wo steckt dieser Balg von Lehrjunge? Ja, richtig. *Lor-Liarill.* Güldenfahrt nennen sie's. Da! Kiele und Ruder für Schiffe. Steter Kurs … ohne widrigen Wind.« Er kehrte sich Tohrm zu. »Stark wie Stein, entgegen den Behauptungen von euch froschmäuligen Rhadhamaerl. Ich entsinne mich.«
»Kannst du's vollbringen?« erkundigte sich Osondrea ruhig.
»Vollbringen?« wiederholte Birinair in offensichtlicher Verwirrung.
»Kannst du für die Riesen Kiele und Ruder aus Güldenfahrt herstellen? Oder ist das erforderliche Wissen verlorengegangen?« Lord Osondrea wandte sich an Schaumfolger. »Wie viele Schiffe werdet ihr brauchen?« forschte sie nach.
Mit einem Blick hinauf zu Birinairs aufrecht würdevoller Erscheinung bezähmte Schaumfolger seinen Humor und erteilte eine sachlich kurze Auskunft: »Sieben. Vielleicht nur fünf.«
»Läßt sich das schaffen?« erkundigte sich Osondrea erneut bei Birinair, zwar entschieden, aber ohne Gereiztheit. Covenants Blick ruckte ausdruckslos von Redner zu Redner, als unterhielten sie sich in einer unbegreiflichen Fremdsprache.
Der Herdwart zog aus seiner Kleidung eine kleine Tafel und einen Stift und begann Berechnungen anzustellen, murmelte dabei vor sich hin. Man hörte das Kratzen des Stifts in der ganzen Klause, bis er endlich den Kopf hob. »Das Wissen ist geblieben«, versicherte er barsch. »Doch ist's keine leichte Aufgabe. Wir können nur tun, was wir tun können. Versteht sich von selbst. Aber es braucht Zeit … auf jeden Fall seine Zeit. *Bodach glas,* ich werde Zeit brauchen.«
»Wieviel Zeit?«

»Wir können nur tun, was wir tun können. Falls man uns in Frieden läßt. Ist nicht meine Schuld. Nicht ich habe die erhabensten Kenntnisse des *Lillianrill* verloren. Vierzig Jahre.« Er wandte sich mit plötzlichem Flüstern an Schaumfolger. »So sehr ich's bedaure.«

»Vierzig Jahre?« Leise lachte Schaumfolger. »Ach, wacker gesprochen, mein Freund Birinair. Vierzig Jahre? Das kommt mir nicht vor wie eine lange Zeitspanne.« Er richtete seine nächsten Worte an den Hoch-Lord Prothall. »Mein Volk vermag euch nicht zu danken. Selbst in unserer Riesensprache gibt's keine Worte, die dafür lang genug wären. Drei Jahrtausende unserer getreuen Freundschaft genügten nicht, um sieben Ruder und Kiele aus Güldenfahrt zu vergelten.«

»Nein«, widersprach Prothall. »Siebzigmal sieben Güldenfahrt-Geschenke wären nichts im Vergleich zur großen Freundschaft der Wasserkanter Riesen. Allein der Gedanke, euch bei eurem Streben nach Heimkehr eine Hilfe geleistet zu haben, vermag die Leere auszufüllen, die eure Abfahrt hinterlassen wird. Und vierzig Jahre müssen noch vergehen, ehe unsere Hilfe sich auswirken kann. Doch werden wir sofort beginnen, und denkbar ist's, daß neue Erkenntnisse von Kevins Lehre die Frist verkürzen.«

»Sofort«, bekräftigte Birinair und setzte sich wieder. *Vierzig Jahre?* dachte Covenant. *Euch bleiben gar keine vierzig Jahre.*

»Abgemacht?« meinte Osondrea. Sie sah zuerst Schaumfolger an, danach Hoch-Lord Prothall. Als beide nickten, widmete sie ihre Aufmerksamkeit Covenant. »Dann wollen wir uns der Sache dieses Thomas Covenant zuwenden.« Ihr Tonfall schien die Atmosphäre aufzuladen wie ferner Donner.

»Des Fremden, den man den Zweifler nennt«, ergänzte Mhoram, der lächelte, um Osondreas unverblümte Schroffheit etwas zu mildern.

»Und aus gutem Grund«, fügte Schaumfolger hinzu. Die

Äußerung des Riesen schreckte Covenant aus seiner benommenen Fassungslosigkeit, und er sah Schaumfolger wachsam an. In den Augen des Riesen, die tief unter der bucklig vorgewölbten Stirn saßen, erkannte er die Bedeutsamkeit der Bemerkung. *Erkenne die Macht des Weißgoldes an,* sagte Schaumfolger mit seinem Blick so unmißverständlich, als spräche er es klar und laut aus, *und benutze es, um dem Land beizustehen.*

*Ausgeschlossen*, erwiderte Covenants Blick. Hinter seinen Augen war ihm aus Ratlosigkeit und streitsüchtigem Verdruß heiß, aber sein Gesicht blieb so starr wie eine Marmorplatte.

»Der Wandvorhang aus deiner Unterkunft ist gefunden worden«, sagte Lord Osondrea unvermittelt. »Warum hast du ihn hinausgeworfen?«

»Er hat mich gestört«, erwiderte Covenant, ohne sie anzuschauen.

»Gestört?« Ihre Stimme bebte aus Unglauben und Entrüstung.

»Osondrea«, mahnte Prothall nachsichtig, »er ist ein Fremder.«

Osondrea hielt ihre zornige Miene Covenant zugekehrt, schwieg jedoch. Für einen Moment regte sich niemand, niemand sprach ein Wort. Covenant konnte sich nicht des unerfreulichen Eindrucks erwehren, daß die Lords in Gedanken miteinander diskutierten, wie sie ihn behandeln sollten. Dann erhob sich Mhoram, schritt ums Ende des steinernen Tischs und zurück in den Kreis, bis er sich wieder Osondrea gegenüber befand. Dort setzte er sich auf die Tischplatte und legte sich seinen Stab quer über den Schoß, ehe er seinen Blick auf Covenant heftete. Unter Mhorams eindringlicher Musterung fühlte sich Covenant bloßgestellter als je zuvor. Gleichzeitig bemerkte er, daß Bannor näher getreten war, als befürchte er einen Angriff auf Mhoram.

»Thomas Covenant«, begann Lord Mhoram mit verzerrtem Lächeln, »du mußt für unsere Vorsicht Verständnis haben. Der geschändete Mond verheißt dem Land ein Übel, das wir durchaus nicht voraussehen konnten. Ohne Vorwarnung hat sich am Himmel die schwerste Prüfung unseres Zeitalters eingestellt, und wir sind aufs schwerste bedroht. Dennoch wollen wir nicht vorschnell über dich urteilen. Du mußt's uns beweisen, daß ein Übel dich bedrängt … wenn es sich so verhält.« Er betrachtete Covenant, als erwarte er irgendeine Reaktion, aber Covenant erwiderte seinen Blick lediglich mit nichtssagender Miene. Ehe er fortfuhr, deutete der Lord ein Achselzucken an. »Nun, vielleicht ist's am besten, du teilst uns jetzt deine Botschaft mit.«

Covenant zuckte zusammen und zog den Kopf ein, als führen Geier auf ihn nieder. Er verspürte keinerlei Lust, die Botschaft aufzusagen, sich an Kevinsblick, Steinhausen Mithil oder sonst irgend etwas zu erinnern. Seine Eingeweide drohten sich schon bei der Vorstellung irgendwelcher Abgründe umzudrehen. Alles lief vollkommen unmöglich. Wie sollte er seine vergewaltigte Geistesklarheit bewahren, wenn er seine Gedanken mit solchen Dingen beschäftigte? Aber Fouls Botschaft besaß ihre eigenen Triebkräfte. Er hatte sie nun bereits zu lange in seinem Bewußtsein mitgeschleppt wie eine offene Wunde, um sie nun noch verwerfen zu können. Bevor er seinem Widerwillen Nachdruck verleihen konnte, überkam ihn der Drang zum Reden wie ein krampfartiger Anfall.

»So lauten die Worte von Lord Foul dem Verächter«, sagte er im Tonfall ununterdrückbarer Geringschätzung. »›Richte dem Großrat der Lords und dem Hoch-Lord Prothall, Sohn des Dwillian, von mir aus, daß die äußerste Frist ihres restlichen Verweilens im Lande von heute an noch siebenmal sieben Jahre beträgt. Ehe diese Zeit verstrichen ist, werde ich die Gewalt über Leben und Tod in meiner Hand halten. Und zum Beweis dafür, daß die Botschaft, die ich ihnen sende, ein Wort der reinen Wahrheit ist, berichte dies: Seibrich Felswürm,

Höhlenschrat im Donnerberg, hat den Stab des Gesetzes gefunden, den vor zehnmal hundert Jahren Lord Kevin während des Rituals der Schändung verlor. Sage ihnen, daß es ihres Geschlechtes Aufgabe ist, den Stab zurückzugewinnen. Ohne ihn werden sie mir nicht einmal noch sieben Jahre widerstehen können, und mein Sieg wird um sechsmal sieben Jahre früher vollkommen sein als andernfalls. Und was dich anbetrifft, Kriecher: Vergiß die Botschaft nicht. Bringst du sie nicht vor den Rat, wird jeder Mensch im Lande tot sein, bevor zehn Jahreszeiten verstreichen. Du begreifst nicht, worum es geht – doch laß es dir von mir gesagt sein: Seibrich Felswürm hat den Stab des Gesetzes, und das ist Grund zu höchstem Grauen. Trägst du die Botschaft nicht zu den Empfängern, wird er in zwei Jahren zu Herrenhöh den Thron besteigen. Schon jetzt beginnen die Höhlenschrate sich um ihn zu scharen. Wölfe und auch Urböse, Abkömmlinge der Dämondin, lockt es zur Macht des Stabes. Doch Krieg wäre nicht das Allerärgste. Seibrich gräbt immer tiefer in die dunklen Schichten unterm Donnerberg, dem Gravin Threndor oder Pik Feuerlöwen. Und in den Tiefen der Erde sind Übel vergraben, deren Gewalt zu ungeheuer und zu schrecklich ist, als daß ein Sterblicher darüber gebieten dürfte. Sie würden das Universum auf ewig zur Hölle machen. Doch nach genau einer solchen Übelgewalt trachtet Seibrich. Er sucht den übelmächtigen Stein, den Weltübel-Stein. Sollte er desselben Herr werden, wäre die Welt ein einziges Weh für Hoch und Niedrig gleichermaßen, bis die Zeit selbst verrinnt. So sieh zu, Kriecher, daß du die Kunde ausrichtest. Du hast Seibrich gesehen. Hättest du Lust, in seinen Pfoten zu sterben?« Aus Abscheu vor den Worten krampfte sich Covenants Herz zusammen; aber er war noch nicht fertig. »›Ein Wort noch. Ein letzter Ratschlag. Vergiß nicht, wen du zuletzt am meisten fürchten mußt. Ich hatte mich mit Töten und Foltern zu bescheiden. Nun jedoch stehen meine

Pläne fest, und ich habe ihre Verwirklichung in Angriff genommen. Ich will nicht ruhen noch rasten, ehe ich vom Antlitz der Erde die Hoffnung vertilgt habe. Bedenke es und verzweifle!« Als er verstummte, spürte er Furcht und Ekel in der Klause lodern wie ein von seinem unfreiwilligen Redeschwall entfachtes Flammenmeer. *Hölle und Verdammnis!* stöhnte er innerlich. *Hölle und Verdammnis!* Er versuchte seinen Blick von der Finsternis zu befreien, welcher Fouls Verachtung entstammte. *Unrein!*

Prothalls Haupt war gebeugt, und er umklammerte seinen Stab, als wolle er ihm Mut entpressen. Hinter ihm standen Tuvor und der Streitmark Garth in einer Haltung kriegerischer Bereitschaft. Variol und Tamarantha dagegen wirkten seltsamerweise nach wie vor, als dösten sie vor sich hin, als sei ihnen die vorgetragene Botschaft entgangen. Osondrea allerdings starrte Covenant an, als habe sie einen Dolchstoß ins Herz erhalten. In ihrem Rücken stand hochaufgerichtet Mhoram, den Kopf stolz erhoben, die Augen jedoch geschlossen, seinen Stab nachdrücklich auf den Fußboden gestemmt; und wo das in Metall gehüllte Ende diesen Boden berührte, brannte eine heiße blaue Flamme. An seinem Platz kauerte geduckt Schaumfolger; seine großen Hände klammerten sich an den steinernen Sitz. Seine Schultern bebten, und plötzlich entstand in dem Sitz ein Sprung. Beim Geräusch, das dabei ertönte, bedeckte Osondrea ihr Gesicht mit den Händen und stieß einen kummervollen Schrei aus. *»Melenkurion abatha!«* Bereits im nächsten Moment sanken ihre Hände herab, und sie richtete ihren fassungslosen Blick aus wie versteinerter Miene wieder auf Covenant. *Unrein!* heulte es in seinem Innern, wie um ihr beizupflichten.

»Lache, Covenant«, forderte Schaumfolger mit gepreßter, heiserer Stimme. »Du hast uns das Ende aller Dinge angekündigt. Nun hilf uns. Lache!«

»Lache selber«, entgegnete Covenant verdrossen. »›Freude ist in den Ohren, die hören.‹ Ich kann's nicht.«
Zu seinem Staunen lachte Schaumfolger tatsächlich. Er hob den Kopf, und aus seiner Kehle drang ein gräßlicher, erstickter Laut, der wie ein Schluchzen klang; doch schon im nächsten Augenblick löste sich der Laut, klärte sich, nahm langsam den Ausdruck unbesiegbaren Humors an. Die fürchterliche Darbietung entsetzte Covenant. Während Schaumfolgers Lachen überwand der Rat seinen anfänglichen Schrecken. Bedächtig hob Prothall den Kopf. »Die Entwurzelten sind ein Segen fürs Land«, murmelte er. Mhorams Haltung erschlaffte, und das Feuer zwischen seinem Stab und dem Fußboden erlosch. Osondrea schüttelte den Kopf, seufzte und pflügte mit den Händen durchs Haar. Wieder spürte Covenant irgendeine Art von geistiger Verschmelzung bei den Lords; es war, als reichten sie sich im gedanklichen Bereich die Hände, teilten ihre gesamte Kraft miteinander. Ganz allein und in bekümmerter Stimmung saß Covenant da und wartete darauf, daß man ihm Fragen stelle. Während er wartete, versuchte er, sich alle die Weigerungen, von denen sein Überleben abhing, nochmals zu vergegenwärtigen. Endlich widmeten die Lords ihre Aufmerksamkeit wieder ihm. Das Fleisch in Prothalls Gesicht schien aus Schwäche und Ermüdung herabsacken zu wollen, aber sein Blick war fest und zeugte von Entschlossenheit. »Nun mußt du uns alles erzählen, was dir widerfahren ist, Zweifler«, sagte er leise. »Wir müssen wissen, auf welche Weise sich Lord Fouls Drohung äußert.«
*Nun,* hallte es in Covenants Bewußtsein wider, und er wand sich an seinem Platz. Er vermochte nur mit äußerster Anstrengung dem Verlangen zu widerstehen, seinen Ring zu betasten. Düstere Erinnerungen umflatterten mit Geierschwingen seine Ohren, versuchten seine Abwehr zu durchdringen. Gleich darauf sah er die Blicke aller in der Klause Anwesenden auf

sich ruhen. Er begann, indem er ihnen seine Auskünfte hinschleuderte, als sortiere er schadhafte Ziegelsteine aus. »Ich komme von … anderswo. Ich bin auf den Kevinsblick geraten … ich weiß nicht, wie. Zuerst sah ich Seibrich … dann ließ mich Foul auf dem Kevinsblick allein. Anscheinend kannten sie sich.«

»Und der Stab des Gesetzes?« meinte Prothall.

»Seibrich hatte so einen Stab dabei … ganz mit Schnitzereien verziert und mit Metallenden, so wie dieser Stab da. Ich wußte nicht, worum es sich handelte.«

Prothall schüttelte seine Zweifel mit einem Achselzucken ab. Grimmig zwang sich Covenant dazu, die Vorfälle während seiner Reise zu schildern, ohne irgend etwas von Lena, Triock oder Baradakas zu erwähnen. Als er von dem ermordeten Wegwahrer erzählte, hörte man Osondreas Atem zwischen ihren Zähnen zischen; doch eine andere Reaktion erfolgte von den Lords nicht. Erst nachdem er vom Besuch eines bösartigen Fremden im Holzheim Hocherhaben berichtete, unterbrach Mhoram ihn mit einer eindringlichen Frage.

»Hat der Fremdling sich mit Namen genannt?«

»Er sagte, sein Name sei Jehannum.«

»Aha. Und was für Absichten verfolgte er?«

»Woher soll ich das wissen?« entgegnete Covenant unfreundlich, indem er seine Unaufrichtigkeit mit Streitlust zu überspielen versuchte. »Ich bin nicht mit Wütrichen bekannt.«

Mhoram nickte gleichmütig, und Covenant beschrieb die Fortsetzung seiner und Atiarans Wanderung durch Andelain. Willkürlich vermied er es, das Übel zu erwähnen, das ihn aus der Erde durch seine Stiefel belästigt hatte. Als er dann auf das Frühlingsfest zu sprechen kam, verließ ihn jedoch seine Frechheit, seine Stimme stockte. Die Flammengeister …! Stumm litt er unterm Schmerz der Erinnerung. Das Grauen und der Grimm jener Nacht saßen noch immer in ihm, quälten noch sein wundes Herz. *›Covenant, hilf ihnen!‹ Wie hätte ich denn helfen können? Das alles ist Wahnsinn! Ich bin nicht … Berek.* Mit einer Anstrengung, die in seiner Kehle einen Schmerz verursachte, als wären die Worte, die er sprechen mußte, zu scharf, um hindurchzupassen, berichtete er weiter. »Urböse überfielen das Frühlingsfest. Wir konnten fliehen. Einige der Flammengeister sind von … von einem Freischüler, wie Atiaran ihn nannte, gerettet worden. Danach verfärbte der Mond sich rot. Wir erreichten den Fluß und begegneten Schaumfolger. Atiaran entschloß sich zur Umkehr. Zum Teufel, wie lange muß ich das alles eigentlich noch mitmachen?«

Unvermutet hob Lord Tamarantha ihr greises Haupt. »Wer wird gehen?« fragte sie hinauf zur Decke der Klause.

»Noch ist nicht entschieden worden, daß überhaupt jemand geht«, erwiderte Prothall mit sanfter Stimme.

»Unsinn«, schniefte sie. Indem sie sich eine dünne Haarsträhne hinters Ohr schob, mühte sie sich ab, um ihre alten Knochen aufzurichten. »Dies ist eine zu hochwichtige Sache zur Vorsicht. Wir müssen handeln. Natürlich vertraue ich ihm. Er besitzt den Stab eines Allholzmeisters, oder etwa nicht? Welcher Allholzmeister gäbe einen Stab ohne zuvorige gründliche Erwägung her? Und seht ihn an – ein Ende ist geschwärzt. Er hat damit gekämpft … beim Frühlingsfest, wenn ich mich nicht schwer täusche. Ach, die armen Flammengeister. Das war übel, übel.« Sie schaute Variol an. »Komm! Wir müssen Vorbereitungen treffen.« Variol rappelte sich auf. Er nahm Tamaranthas Arm, und gemeinsam verließ das Paar die Klause durch eines der Portale im Rücken des Hoch-Lords.

Nach einer Respektspause für die alten Lords richtete Osondrea ihren Blick erneut auf Covenant. »Wie bist du an diesen Stab gekommen?«

»Baradakas … der Allholzmeister … er hat ihn mir gegeben.«

»Warum?«

Ihr Ton entflammte von neuem seinen Groll. »Er wollte sich damit für sein Mißtrauen entschuldigen«, antwortete er heftig.
»Wie hast du ihn davon überzeugt, daß er dir trauen dürfe?«
*Verdammnis!* »Ich habe seine Wahrheitsprobe bestanden.«
»Zweifler«, wandte sich nun Lord Mhoram bedächtig an ihn, »weshalb lag dem Allholzmeister von Holzheim Hocherhaben daran, dich einer Wahrheitsprobe zu unterziehen?«
Wieder fühlte sich Covenant zum Lügen gedrängt. »Jehannum hatte ihn beunruhigt. Er stellte jeden auf die Probe.«
»Auch Atiaran?«
»Was glaubst denn du?«
»Ich glaube«, mischte sich mit fester Stimme Schaumfolger ein, »daß man Atiaran aus Steinhausen Mithil, Trells Gemahlin, nirgendwo einer Wahrheitsprobe unterzöge, um ihre Glaubwürdigkeit zu prüfen.«
Dieser Versicherung schloß sich ein Schweigen an, während dessen sich die Lords anblickten, als seien sie an einen toten Punkt gelangt. Dann wandte sich Hoch-Lord Prothall in strengem Ton an Covenant.
»Thomas Covenant, du bist ein Fremdling, und wir hatten noch keine Zeit, uns mit deinen Bräuchen vertraut zu machen. Aber wir werden auf gar keinen Fall unser Gefühl für das, was recht ist, für dich opfern. Es ist offenkundig, daß du uns Falschheiten gesagt hast. Zum Wohle des Landes mußt du unsere Fragen wahrheitsgemäß beantworten. Also verrate uns, ich bitte dich, warum Allholzmeister Baradakas dich der Wahrheitsprobe unterzogen hat, nicht aber Atiaran, deine Begleiterin.«
»Nein.«
»Dann verrate uns, warum Atiaran, Trells Gemahlin, es vorgezogen hat, dich nicht an diesen Ort herzubegleiten. Es geschieht selten, daß jemand, der im Lande geboren ist, Schwelgenstein meidet.«
»Nein.«

»Warum weigerst du dich?«
In siedeheißer Wut blickte Covenant zu seinen Befragern auf. Sie thronten über ihm wie Richter, die die Macht besaßen, ihn auszustoßen. Er wollte sich mit Schreien und Verwünschungen zur Wehr setzen; aber die eindringlichen Blicke der Lords hielten ihn zurück. Er vermochte in ihren Mienen keine Verachtung zu erkennen. Sie betrachteten ihn voller Zorn, Furcht, Beunruhigung, mit herausgeforderter Liebe zum Land, aber ohne Verachtung. »Begreift ihr denn nicht?« meinte er ganz leise. »Ich versuche ja nur zu vermeiden, euch eine noch größere Lüge erzählen zu müssen. Wenn ihr mich weiter bedrängt ... werden wir alle darunter leiden.«
Für einen Moment erwiderte der Hoch-Lord seinen teils gereizten, teils flehentlichen Blick, dann seufzte er heiser wie ein Erkälteter. »Nun wohl. Du erschwerst uns die Sache. Wir müssen uns jetzt beraten. Bitte verlaß die Klause. Binnen kurzem werden wir dich wieder hereinrufen.«
Covenant erhob sich, machte auf dem Absatz kehrt und erklomm die Stufen zu den großen Portalen. Nur das Geräusch seiner Stiefel auf dem Stein durchdrang die Stille, bis er die Portale fast erreicht hatte. Dann vernahm er Schaumfolgers Stimme so deutlich, als spräche sein eigenes Herz diese Wahrheit aus: »Atiaran, Trells Gemahlin, hat dir Schuld am Gemetzel an den Flammengeistern gegeben.«
Covenant blieb wie erstarrt stehen und wartete in nacktem Entsetzen darauf, daß der Riese weiterspreche. Aber Schaumfolger fügte kein Wort hinzu. Zittrig trat er durch ein Portal hinaus und setzte sich umständlich auf einen der steinernen Sitze. Sein Geheimnis wirkte so entblößt, daß er kaum noch an dessen Gewahrtheit glauben konnte. *Ich bin nicht ...* Als er aufblickte, sah er vor sich Bannor stehen. Das Gesicht des Bluthüters war ausdruckslos, aber irgendwie verriet es Geringschätzung. Seine hohle Mehrdeutigkeit ließ sich anscheinend

in jeder erdenklichen Weise auslegen, und nun war's Covenant, als sähe er darin ein Urteil über seine Schwäche, sein Leiden. *Nur immer vorwärts,* sagte sich Covenant in seiner Erbitterung und Enttäuschung. *Überleben!*

»Bannor«, brummte er, »Mhoram findet, wir sollten uns besser miteinander bekannt machen. Er riet mir nämlich, mir von dir über die Bluthüter erzählen zu lassen.« Bannor zuckte die Achseln, als seien alle Fragen ihm einerlei. »Euer Volk, die *Haruchai* ...« – Bannor nickte – »wohnt oben in den Bergen. Es kam ins Land, als Kevin Hoch-Lord war. Vor wie langer Zeit war das?«

»Jahrhunderte vor der Schändung.« Der fremdartige Tonfall des Bluthüters klang, als wolle er andeuten, daß solche Zeitmaße wie Jahre und Jahrzehnte keinerlei Bedeutung besaßen. »Zweitausend Jahre.«

*Zweitausend Jahre.* Covenant dachte an die Riesen. »Deshalb sind also nur noch fünfhundert von euch übrig«, sagte er. »Seit ihr ins Land gekommen seid, sterbt ihr allmählich aus.«

»Die Bluthüter haben immer fünfhundert gezählt. Das entspricht dem Eid. Die *Haruchai* zählen mehr.« Er sprach den Namen mit leicht gedehntem Zungenschlag aus, der zu seiner Stimme paßte.

»Mehr?«

»Sie leben in den Bergen wie früher.«

»Wie wird denn dann ...? Du sagst das, als wärst du lange Zeit nicht dort gewesen.«

Wieder nickte Bannor knapp.

»Wie behaltet ihr dann hier die Zahl von fünfhundert bei? Ich habe keine ...«

Gleichmütig unterbrach ihn Bannor. »Wenn ein Bluthüter fällt, sendet man seinen Leichnam durch den Hüterstieg in die Berge, und ein anderer *Haruchai* kommt an seiner Stelle, um dem Eid die Treue zu halten.«

*Fällt?* fragte sich Covenant verwundert. »Warst du zwischendurch nie daheim? Besuchst du nicht deine ...? Hast du eine Frau?«

»Einstmals hatte ich eine.« Bannors Tonfall blieb unverändert, aber irgendeine Feinheit veranlaßte Covenant dazu, der Antwort erhöhte Bedeutung beizumessen.

»Einstmals?« hakte er nach. »Was ist aus ihr geworden?«

»Sie ist gestorben.«

Eine Regung seines Instinkts warnte Covenant, aber er fragte weiter, angestachelt von der Faszination, die Bannors fremdartige, unerschütterliche Härte auf ihn ausübte. »Wie ... wie lange ist sie denn schon tot?«

Der Bluthüter antwortete ohne den Anflug eines Zögerns: »Zweitausend Jahre.«

*Was!* Für einen langen Moment stierte Covenant den Bluthüter verblüfft an, während er sich insgeheim *Das ist unmöglich, das ist unmöglich!* einflüsterte, als befürchte er, Bannor könne seine Gedanken belauschen. Er blinzelte und rang um Selbstbeherrschung. *Zwei...? Was ist denn das?* Doch trotz seines Staunens mußte Covenant zugeben, daß Bannors Behauptung sehr überzeugend wirkte. Der gleichgültige Tonfall klang, als wäre es ausgeschlossen, darin eine Unaufrichtigkeit oder auch bloß eine Falschdarstellung auszusprechen. Covenant empfand Entsetzen und mit Widerwillen untermischtes Mitgefühl. In plötzlicher Erkenntnis begriff er den Sinn von Mhorams Beschreibung: *›... und da machten sie sich durch die selbstgewählte Treuepflicht zu Asketen, frauenlos und ältlich.‹ Und geistlos,* ergänzte Covenant in Gedanken. Konnte seine Geistlosigkeit, die bereits zweitausend Jahre dauerte, noch Grenzen kennen?

»Wie alt bist du?« stieß er krächzend hervor.

»Ich kam mit den ersten *Haruchai* ins Land, als Kevin erst seit kurzem Hoch-Lord war. Wir ersten Bluthüter legten unseren

Eid gemeinsam ab. Gemeinsam riefen wir die Erdkraft zum Zeugen unserer Bindung an. Nun kehren wir erst heim, wenn wir gefallen sind.«

*Zweitausend Jahre,* sann Covenant benommen. *›Wenn wir gefallen sind.‹ Das ist unmöglich. Nichts von alldem hier geschieht wirklich.* In seiner Verwirrung versuchte er wieder einmal, sich einzureden, es entspränge nur der Überreiztheit seiner Nerven, was er da gehört hatte, sei ein weiterer Beweis für die Unmöglichkeit dieser Welt. Aber er konnte darin nicht länger einen Beweis sehen. Bannors Auskunft rührte ihn, als habe er erfahren, daß der Bluthüter an einer seltenen Form von Lepra leide.

»Warum?« brachte er mühevoll heraus.

»Als wir ins Land kamen, erblickten wir Wunder«, entgegnete Bannor mit unveränderter Ausdruckslosigkeit. »Riesen, Ranyhyn, Schwelgenstein … Lords von solcher Macht, daß sie uns den Krieg verweigerten, weil er unser sicherer Untergang gewesen wäre. Zur Antwort auf unsere Herausforderung gaben sie den *Haruchai* Geschenke von solcher Kostbarkeit …« Er verstummte und wirkte für einen Moment, als hänge er alten Erinnerungen persönlicher Natur nach. »Deshalb schworen wir den Eid. Auf andere Weise hätten wir diese Großmut niemals erwidern können.«

»Ist das eure Antwort auf den Tod?« Covenant rang mit seinem Mitgefühl, versuchte Bannors Auskünfte in begreifliche Proportionen zu bringen. »Ist das die Art, wie man hier im Land die Dinge handhabt? Vollbringt ihr einfach, sobald ihr in Schwierigkeiten kommt, das Unmögliche? So wie Berek?«

»Wir haben den Eid geschworen. Der Eid ist das Leben. Die Verderbnis ist der Tod.«

»Aber für *zweitausend Jahre?!«* begehrte Covenant auf. »Verdammnis! Das sind ja nicht mal anständige Arbeitsbedingungen. Glaubt ihr nicht, daß es jetzt allmählich langt?«

»Du kannst uns nicht verderben«, erwiderte der Bluthüter in gewohnter Ausdruckslosigkeit.
»Verderben? Ich will überhaupt niemanden verderben. Von mir aus könnt ihr den Lords dienen, bis ihr schwarz werdet. Ich spreche von deinem ganz persönlichen Leben, Bannor! Wie lange kann denn jemand so dienen, ohne sich bloß ein einziges Mal zu fragen, ob's das wert ist? Der Stolz oder wenigstens der gesunde Menschenverstand verlangen das, zur Hölle!« Er vermochte nicht zu begreifen, wie selbst ein kerngesunder Mann angesichts von so übermäßig viel Dasein keine Neigungen zum Freitod zeigen konnte. »So was ist doch kein Pappenstiel ... Ich meine ... du bist doch ein Mensch. Für die Unsterblichkeit bist du nicht geboren.«
Gleichgültig zuckte Bannor mit den Achseln. »Was bedeutet Unsterblichkeit? Wir sind die Bluthüter. Wir kennen nur das Leben oder den Tod ... den Eid oder die Verderbnis.«
Ein Augenblick verstrich, bevor sich Covenant daran erinnerte, daß *Verderbnis* der Name war, den die Bluthüter Lord Foul angehängt hatten.
»Ja, natürlich, ich verstehe«, sagte er schließlich mit einem Aufstöhnen. »Ihr lebt für immer, weil euer reiner, sündenfreier Dienst völlig und unwiderruflich aller Bürden und Schwächen bloßen Menschentums enthoben ist. Ach, sieh an, die Vorteile eines sauberen Lebenswandels.«
»Von derlei wissen wir nichts.« Bannors ungefüger Tonfall hallte merkwürdig. »Kevin hat uns gerettet. Woher sollten wir wissen, was in seinem Herzen vorging? Er sandte uns alle in die Berge ... in die Berge. Wir stellten ihm Fragen, aber er befahl. Er nahm uns bei unserem Eid. Wir sahen keinen Anlaß zum Ungehorsam. Woher hätten wir wissen können, was seine Erwägungen waren? Wir hätten ihm auch zur Zeit der Schändung zur Seite gestanden ... wären bei ihm geblieben oder hätten sie verhindert. Aber er rettete uns, die Bluthüter ... die

wir geschworen hatten, um jeden Preis sein Leben zu bewahren.«

*Rettete uns,* dachte Covenant grämlich. Er spürte die unbeabsichtigte Grausamkeit von Kevins Tat. »Also wißt ihr gar nicht, ob alle diese Jahre des Lebens richtig waren oder falsch«, sagte er entgeistert. *Wie haltet ihr das nur aus?* »Vielleicht ist euer Eid bloß noch ein Hohn.«

»Es gibt keine Anschuldigung, die ihren Finger wider uns erheben und bestehen kann«, behauptete Bannor. Doch für einen Augenblick klang seine Leidenschaftslosigkeit ein bißchen weniger unerschütterlich.

»Nein, ihr besorgt das alles selber.« Darauf reagierte Bannor mit bedächtigem Blinzeln, als besäßen weder Vorwürfe noch Freisprüche irgendeine Bedeutung neben dem von alters her überlieferten Blickwinkel seiner Ergebenheit. Einen Moment später winkte eine der Wachen Covenant zu, daß er in die Klause zurückkehren solle. Bestürzung bedrückte Covenants Herz. Sein von Entsetzen getränktes Mitleid für Bannor verringerte seinen Mut; er fühlte sich nicht dazu in der Lage, den Lords gegenüberzutreten, sich ihren Fragen zu stellen. Er raffte sich hoch, als müsse er sofort wieder ins Wanken geraten, zögerte dann. »Verrate mir noch eines«, sagte er hastig, als Bannor ihn vorwärts schieben wollte. »Lebte deine Frau noch, und du dürftest sie besuchen, würdest du nach einem solchen Besuch hierher zurückkehren? Könntest du ...« Seine Stimme versagte. »Könntest du das ertragen?«

Der Bluthüter erwiderte seinen aufmerksamen Blick ohne ein Wimpernzucken, aber hinter seiner unzugänglichen Erscheinung glitten merklich Gedanken wie Schatten vorüber. »Nein«, antwortete er leise.

Covenant atmete schwerfällig, als habe Übelkeit ihn heimgesucht, während er durchs Portal schlurfte und die Stufen hinab zum gelben Glimmen des Glutgesteins stieg. Prothall, Mhoram, Osondrea, Schaumfolger, die vier Bluthüter, die vier Zuschauer – alles war wie vorher. Unter den bedrohlich erwartungsvollen Blicken ihrer Augen setzte er sich wieder auf den einzelnen Platz unterhalb des Tischs der Lords. Er zitterte, als verströmte das Glutgestein Kälte statt Wärme. Als der Hoch-Lord den Mund öffnete, klang das Knarren des Alters in seiner Stimme schlimmer als zuvor.

»Thomas Covenant, sollten wir dich ungerecht behandeln, werden wir dich zu gegebener Zeit um Verzeihung ersuchen. Aber wir müssen unsere Bedenken wider dich ausräumen. Du hast uns vieles vorenthalten, was wir wissen müssen. Über eine Frage jedoch vermochten wir uns zu einigen. Wir betrachten deine Gegenwart im Lande folgendermaßen: Derweil Seibrich Felswürm unterm Donnerberg grub, fand er den verschollenen Stab des Gesetzes. Ohne Beistand hätte er Jahre gebraucht, um dessen Beherrschung zu erlernen. Doch Lord Foul der Verächter erfuhr von Seibrichs Entdeckung und willigte im Interesse seiner eigenen Zwecke darin ein, den Höhlenschrat in des Stabes Gebrauch zu unterweisen. Offensichtlich hat er Seibrich den Stab nicht entrissen. Vielleicht war er zu schwach. Oder vielleicht fürchtete er die Verwendung eines nicht für seine Hände geschaffenen Werkzeugs. Offenkundig ist allerdings wiederum, daß Lord Foul den Höhlenschrat dazu anstiftete, den Stab dafür zu benutzen, dich ins Land zu holen – denn nur der Stab des Gesetzes besitzt solche Macht. Und Seibrich hätte ein solches Werk ohne die Unterstützung durch tiefes Wissen weder ersinnen noch ausführen können. Du bist aufgrund von Lord Fouls Plänen ins Land geholt worden. Wir vermögen nur darauf zu hoffen, daß dabei auch andere Kräfte mitwirkten.« Prothalls Stimme besaß, als er weitersprach, einen eindringlichen Klang. »Doch all das enthüllt uns nicht, warum. Läge der alleinige Zweck in der Überbringung von Lord Fouls

Botschaft, er hätte dazu niemanden von außerhalb des Landes benötigt – und er hätte dich nicht vor Seibrich zu schützen brauchen, wie er's jedoch tat, als er dich auf den Kevinsblick beförderte, und ebenfalls versuchte, wie ich glaube, indem er seinen Wütrich ausschickte, um dich vom Weg durch Andelain abzulenken. Nein, du bist unser einziger wahrer Hinweis auf des Verächters wirkliche Absichten. Warum rief er jemanden von jenseits des Landes? Und warum gerade dich? In welcher Hinsicht dienst du seinem Trachten?«

Covenant atmete mühsam und biß die Zähne zusammen; er schwieg.

»Wir wollen den Sachverhalt einmal anders zum Ausdruck bringen«, sagte Prothall nachsichtig. »Die Erzählung, welche du uns vorgetragen hast, enthält gewisse Beweise der Wahrhaftigkeit. Wenigen Lebenden ist bekannt, daß die Wütriche einst die Namen Harem, Sheol und Jehannum erhielten. Und uns ist bekannt, daß ein Freischüler viele Jahre lang das Dasein der Flammengeister Andelains erforscht hat.«

Unwillkürlich entsann sich Covenant des aussichtslosen Mutes jener Tiere, die dem Freischüler in Andelain bei seiner Rettung geholfen hatten. Mit verzweifelter und hoffnungsloser Wildheit hatten sie sich in den eigenen Untergang gestürzt. Er knirschte mit den Zähnen, suchte sich vor der Erinnerung an ihr Sterben abzuschotten.

»Und wir wissen, daß die Wahrheitsprobe mit dem *Lomillialor* zuverlässig ist«, fügte Prothall hinzu, ohne zu verschnaufen, »wenn nicht der Geprüfte dem Prüfer überlegen ist.«

»Aber das alles weiß der Verächter ebenso«, ergänzte Osondrea barsch. »Er konnte auch wissen, daß in Andelain ein Freischüler lebte und forschte. Er kann diese Geschichte ausgebrütet und dir vorgesagt haben.« Ihre Stimme nahm einen bedrohlich düsteren Ton an. »Falls es so war, dann sind die Fragen, über die zu reden du dich weigerst, ebenjene, an welchen deine

Erzählung scheitern muß. Warum hat der Allholzmeister im Holzheim Hocherhaben dich der Wahrheitsprobe unterworfen? Wie ist sie durchgeführt worden? Wen hast du mit dem Stab bekämpft? Welche Ahnungen haben Atiaran, Trells Gemahlin, gegen dich eingenommen? Du fürchtest dich, darauf zu antworten, weil sich dann des Verächters Schliche enthüllen müßten.«

»Thomas Covenant«, krächzte Hoch-Lord Prothall unvermutet autoritär, »du mußt uns ein Zeichen der Wahrhaftigkeit deines Berichts geben.«

»Ein Zeichen?« stöhnte Covenant.

»Beweise uns, daß wir dir trauen dürfen. Du hast uns eine Bedrohung unseres Daseins vermeldet. Wir glauben sie dir. Aber vielleicht ist's deine Absicht, uns hinsichtlich der Verteidigung des Landes irrezuführen. Gib uns ein Zeichen, Zweifler.«

In seinem Beben spürte Covenant, wie sich die unanfechtbaren Umstände seiner Traumwelt wie Zangen unentrinnbar fest um ihn schlossen, ihm bereits jedes bloße Verlangen nach Hoffnung oder Unabhängigkeit versagten. Er raffte sich empor, um in diesem kritischen Moment aufrecht dazustehen.

»Sag's ihnen!« schnauzte er, um auch auf die entfernteste Unterstützung zurückzugreifen, Schaumfolger an. »Sag ihnen, daß Atiaran sich selbst dessentwegen Vorwürfe gemacht hat, was beim Frühlingsfest passierte. Weil sie die Warnungen mißachtet hatte. Sag's ihnen!«

Er musterte Schaumfolger wutentbrannten Blicks, um ihn zu nötigen, daß er ihm beim letzten Ringen um seine Selbständigkeit beistehe.

»Mein Freund Thomas Covenant spricht auf seine Weise die Wahrheit«, gestand der Riese nach einer feierlichen Pause zu. »Atiaran, Trells Gemahlin, hegte von sich selbst die schlechteste Meinung.«

»Nichtsdestotrotz!« brauste Osondrea auf. »Vielleicht machte sie sich Vorwürfe, weil sie ihn an den Ort des Frühlingsfestes geleitet hatte – weil sie ermöglichte, daß … Auf jeden Fall ist ihr Kummer für ihn keine Rechtfertigung.«

»Dein Zeichen, Covenant«, mahnte Prothall leise, aber hartnäckig. »Uns obliegt die Pflicht der Urteilsfindung. Du mußt zwischen dem Land und des Landes Verächter wählen.«

*›Covenant, hilf ihnen!‹* »Nein«, röchelte Covenant heiser und wirbelte herum, wandte sich an den Hoch-Lord. »Es war nicht meine Schuld! Seht ihr denn nicht, daß das genau das Verhalten ist, wie's Foul von euch erhofft?«

Prothall erhob sich, stützte sich auf seinen Stab. Seine Erscheinung schien sich, als er aufrecht stand, unterm Einfluß seiner Machtfülle auszudehnen. »Nein, das sehe ich nicht. Du bist mir verschlossen. Du verlangst Vertrauen, aber weigerst dich, deine Vertrauenswürdigkeit zu beweisen. Nein, ich fordere von dir das Zeichen, das du uns verweigern willst. Ich bin Prothall, Dwillians Sohn, durch des Großrates Beschluß Hoch-Lord, und ich fordere es!«

Für einen langen Moment verharrte Covenant in der Anspannung inneren Widerstreits. Sein Blick fiel in die Grube mit dem Glutgestein. *›Covenant, hilf ihnen!‹* Mit einem Stöhnen fiel ihm ein, wieviel Atiaran dafür geopfert hatte, um ihn an diesen Ort zu bringen, wo er sich jetzt befand. *›Auf jeden Fall ist ihr Kummer für ihn keine Rechtfertigung.‹* Wie zur Entgegnung hörte er Bannor *›Zweitausend Jahre‹* sagen. *›Leben oder Tod. Woher sollten wir wissen …?‹* Aber das Gesicht, das er im Glutgestein sah, war das seiner Frau. *Joan!* schrie er innerlich. War ein kranker Körper wichtiger als alles andere? Er riß sich das Hemd auf, als versuche er sein Herz zu entblößen. Er zerrte aus dem Stück *Clingor* auf seiner Brust seinen Ehering, rammte ihn auf seinen linken Ringfinger, hob die Faust wie in einer Geste des Trotzes. Aber er empfand keine Spur von Trotz.

»Ich kann ihn nicht gebrauchen«, rief er jämmerlich, als wäre der Ring noch ein Symbol der Ehe, kein Talisman wilder Magie. »Ich bin Lepraleidender!«

Staunen breitete sich in der Klause aus, die Veränderung der Atmosphäre vollzog sich so wahrnehmbar wie mit Glockenläuten. Die Herdwarte und Garth wirkten wie zu Stein erstarrt. Prothall schüttelte den Kopf, als versuche er zum erstenmal in seinem Leben zu erwachen. Intuitives Begreifen schlug sich in Mhorams Miene nieder wie mit einer Bugwelle, und er sprang in versteifter, respektvoller Haltung auf. Schaumfolger erhob sich ebenfalls und grinste beifällig. Auch Lord Osondrea folgte Mhorams Vorbild, aber Covenant sah ihr an, wie sie sich vielmehr durch diesen ganzen Rattenschwanz von Wirrnissen an den Kern des Ganzen klammerte – sah ihr an, wie sie unablässig *Rettung oder Untergang, Rettung oder Untergang* dachte. Anscheinend begriff unter den Lords nur sie, daß selbst dies Zeichen keine hinreichende Gewähr bot. Schließlich hatte sich der Hoch-Lord wieder in der Gewalt.

»Nun wissen wir endlich, wie wir dich ehren können«, erklärte er mit gedämpfter Stimme. »Ur-Lord Thomas Covenant, Zweifler und Träger des Weißgolds, sei willkommen und getreu. Vergib uns, denn wir waren ohne Wissen. Dein ist die wilde Magie, die den Frieden zerstört. Und Macht ist allzeit ein furchtbar Ding.«

Die Lords salutierten vor Covenant auf eine sonderbare Weise, als wollten sie ihn sowohl beschwören wie auch ihn bannen, dann fingen sie wie aus einem Munde an zu singen:

*»Wilde Magie, gedrückt in jeden Stein,*
*harrt weißen Goldes, das sie freiläßt oder bändigt,*
*Goldes, von seltenem Erz, fremd dem Schoß des Landes,*

*unbeherrscht, unbezähmt, ungemäßigt*
*durchs Gesetz, wonach das Land erstanden*
*– denn schön ist das Land*
*wie einer hehren Seele Eintrachts- und Friedenstraum,*
*doch Schönheit ist undenkbar ohne Zucht,*
*und das Gesetz, das Zeit gebar,*
*das ist des Landesschöpfers Selbstzucht –*
*vielmehr Grundstein, Achse, Angelpunkt*
*der Wirrnis, woraus Zeit geschaffen,*
*und zugleich mit Zeit die Erde,*
*mit Erde jene, die drauf wandeln:*
*wilde Magie, gefangen in jedem Teilchen Sein,*
*gebändigt oder frei durch Gold*
*– dem Schoß des Landes fremd –,*
*weil dessen Macht der Anker ist des Lebensbogens,*
*der Zeit, da über sie gewölbt, auch meistert,*
*und Weiß – des Goldes Weiß –,*
*nicht Schwarz, Rot, Grün, nicht des Fleisches Färbung,*
*denn Weiß ist des Gebeines Farbe,*
*das Haltung gibt dem Fleisch,*
*dem Leben Zucht.*
*Diese Macht, sie ist ein Widerspruch,*
*weil Macht ohne Gesetz ein Unding ist,*
*und wilde Magie kennt kein Gesetz.*
*Das Weißgold ist ein Widerspruch,*
*spricht zwar fürs Gebein des Lebens,*
*doch hat es keinen Teil am Land.*
*Wer wandelt mit dem weißen Golde wilder Magie,*
*der wandelt als ein Widerspruch,*
*denn alles ist er und doch ein Nichts,*
*Held und Tor,*
*machtvoll und hilflos,*
*mit einem Wort aus Wahrheit oder Trug*

*kann er die Erde verwüsten oder retten,*
*denn er ist wirr im Geist und dennoch heil,*
*ohne Herz und doch voll Leidenschaft,*
*verloren und zugleich gefunden.«*

Es handelte sich um einen reichlich verwickelten Gesang, sonderbar harmonisiert, ohne auflösende Rhythmen, die dem Zuhörer seine Ruhe gelassen hätten. Und in seinem Takt hörte Covenant wie auf Geierschwingen Fouls Stimme mitschweben. *›Du hast nun viel Macht, aber du wirst sie niemals richtig begreifen. Zuletzt wirst du mich doch nicht schlagen können.‹* Als der Gesang endete, fragte sich Covenant, ob sein inneres Ringen den Machenschaften des Verächters diente oder entgegenwirkte. Er wußte es nicht zu sagen. Aber er haßte und fürchtete die Wahrheit in Fouls Worten. Er sprach in das Schweigen, welches sich der von den Lords gesungenen Hymne anschloß. »Ich habe keine Ahnung, wie man's verwendet. Ich möchte es auch gar nicht wissen. Das ist nicht der Grund, warum ich den Ring trage. Sollte jemand glauben, ich sei so etwas wie die Verkörperung des Heils … dann ist das ein Irrtum. Ich bin Lepraleidender.«

»Ach, Ur-Lord Covenant …« Prothall seufzte, während die Lords und Schaumfolger sich wieder setzten. »Laß es mich nochmals sagen: Bitte vergib uns. Wir verstehen nun viel mehr … warum du ins Land geholt worden bist … wieso Allholzmeister Baradakas dir so begegnete, wie er's tat … weshalb Seibrich Felswürm dir das Frühlingsfest zur Falle machte. Aber du mußt deinerseits verstehen, daß die Kenntnis um den Ring für uns unentbehrlich ist. Deine Ähnlichkeit mit Berek Halbhand besteht nicht grundlos. Doch zu unserem Bedauern können wir dir erst recht nicht kundtun, wie man das Weißgold anwendet. Wir finden uns schlecht genug mit dem Wissen zurecht, das wir besitzen. Ich fürchte gar, hätten wir auch Kenntnis aller Sieben Kreise des Wissens sowie aller Sieben Worte der Macht und verstünden wir das alles, so läge die wilde Magie noch immer außerhalb unseres Begriffsvermögens. Die Kunde vom Weißgold ist durch uralte Prophezeiungen zu uns gelangt – durch Voraussagen, die doch, wie schon Salzherz Schaumfolger so trefflich bemerkt hat, vieles sagen, aber wenig erklären –, aber uns ermangelt's vollkommen am Verständnis der wilden Magie. Die Prophezeiungen sind allerdings völlig klar hinsichtlich deiner Wichtigkeit. Daher heiße ich dich ›Ur-Lord‹, denn du wirst alle Angelegenheiten mit dem Großrat der Lords teilen, die ihn beschäftigen, bis du wieder von uns Abschied nimmst. Wir müssen dir Vertrauen schenken.«

»Ungefähr das gleiche hat auch Baradakas gesagt«, brummte Covenant, der nun hin und her schritt, als folge er abwechselnd den einander widerstrebenden Triebkräften seiner gegensätzlichen Bedürfnisse. »Hölle und Verdammnis! Ihr Leutchen macht mir angst und bange. Wenn ich vernünftig zu sein versuche, nehmt ihr mich in die Zange … und wenn ich euch außer Fassung bringe … Nie stellt ihr die richtigen Fragen. Ihr habt nicht die geringste Ahnung, was es bedeutet, an Lepra erkrankt zu sein, und trotzdem fällt's euch einfach nicht ein, danach zu fragen. Aber *das* ist der Grund, warum Foul mich ausgesucht hat. Weil ich nicht … Verdammnis! Warum fragt ihr nicht, woher ich komme? Ich muß euch erläutern, was los ist. Die Welt, aus der ich komme, erlaubt ausschließlich nach ihren eigenen Bedingungen zu leben. Diese Bedingungen … diese Bedingungen widersprechen den hiesigen Verhältnissen.«

»Was sind das für Bedingungen?« erkundigte sich der Hoch-Lord bedächtig.

»Dazu gehört, daß eure Welt nur eine Traumwelt ist!«

In der Stille der Verblüffung, die nach seiner Äußerung die

Klause beherrschte, schnitt Covenant eine Grimasse, duckte sich, als vor seinem geistigen Auge Erinnerungsbilder aufzuckten – Säulen eines Gerichtsgebäudes, ein alter Bettler, der Kühlergrill des Polizeiwagens. *Ein Traum!* redete er sich fieberhaft ein. *Nur ein Traum! Nichts von alldem geschieht wirklich ...!*

»Was?« brach dann Osondreas barsche Stimme das Schweigen. »Eine Traumwelt? Willst du damit sagen, daß du zu träumen wähnst? Glaubst du, daß du im Schlafe liegst?«

»Ja!« Aus Furcht empfand er Schwäche; seine Enthüllung beraubte ihn eines Schilds, entblößte ihn Angriffen. Aber er konnte sie nicht zurücknehmen. Er bedurfte dieses kleinen Stückchens Offenheit, um für sich selbst ein gewisses Maß an Aufrichtigkeit wiederzugewinnen. »Ja.«

»Wahrhaftig!« fuhr sie ihn an. »Das erklärt ja zweifelsfrei das Gemetzel beim Frühlingsfest. Sag an, Zweifler – gilt dir dein Traum als Alptraum, oder weiß man solche Träume in deiner Welt zu schätzen?« fragte sie spöttisch.

»Genug, Schwester Osondrea«, mischte sich Lord Mhoram ein, ehe Covenant etwas erwidern konnte. »Er quält sich selber ... das genügt.«

Sie bewahrte daraufhin Schweigen, hielt jedoch ihren Blick freudlos auf Covenant geheftet. »Mag sein«, sagte nach einem Moment Prothall, »daß Götter solche Träume haben. Wir aber sind Sterbliche. Wir können nur dem Übel widerstehen oder uns ihm unterwerfen. So oder so jedoch leiden wir. Bist du geschickt worden, um uns dafür zu verspotten?«

*»Zu verspotten?«* Covenant fehlten die Worte. Fassungslos suchte er diese Vorstellung mit seiner Halbhand zu erhaschen. »Es verhält sich genau andersherum. Er verspottet mich!« Sämtliche Lords musterten ihn in sichtlicher Begriffsstutzigkeit. »Ich fühle den Pulsschlag in meinen Fingerspitzen«, schrie er in plötzlicher Heftigkeit auf. »Dabei ist das unmöglich. Ich

leide an einer Krankheit. Einer unheilbaren Krankheit. Ich muß ... ich muß einen Weg finden, um zu verhindern, daß ich verrückt werde! Hölle und Verdammnis! Ich möchte nicht um den Verstand kommen, bloß weil irgendwelche von mir aus hochanständigen Leutchen in einem Traum etwas von mir verlangen, das ich nicht zu bieten habe.«

»Nun, das mag sein.« Prothalls Stimme wies einen Anklang von Trauer und Mitleid auf, als lausche er irgendeiner Verwerfung oder Ablehnung von Geistesklarheit aus dem Mund eines verehrten Sehers. »Nichtsdestotrotz werden wir dir trauen. Du bist verbittert, und Bitterkeit ist ein Zeichen von Betroffenheit. Einem solchen Manne traue ich. Außerdem stimmt, was du da äußerst, mit den alten Prophezeiungen überein. Ich fürchte, die Zeit rückt heran, da du des Landes letzte Hoffnung bist.«

»Begreift ihr denn nicht?« stöhnte Covenant, dazu außerstande, die Qual aus seiner Stimme fernzuhalten. »Genau das will Foul euch doch bloß weismachen.«

»Vielleicht«, meinte Mhoram nachdenklich. »Vielleicht.« Dann richtete er, als sei er unvermittelt zu einer neuen Entscheidung gelangt, seinen Blick direkt auf Covenant. »Zweifler, ich muß dich fragen, ob du Lord Foul Widerstand geleistet hast. Ich rede nicht vom Frühlingsfest. Als er dich aus Seibrich Felswürms Nähe auf den Kevinsblick beförderte – hast du ihm da widerstrebt?«

Die Frage entkräftete Covenant urplötzlich in einem Umfang, als sei in seinem Innern das überdehnte Drahtseil seines letzten Halts gerissen. »Ich wußte doch nicht, wie.« Matt nahm er wieder auf seinem abgesonderten Sitz Platz. »Ich wußte ja nicht einmal, wie mir geschah.«

»Du bist nun Ur-Lord«, betonte Mhoram gedämpft. »Es ist nicht nötig, daß du weiter dort sitzt.«

»Es ist nicht nötig, daß wir überhaupt noch länger herumsitzen«, pflichtete ihm Prothall in unvermuteter Munterkeit bei. »Vieles ist zu tun. Wir müssen Erwägungen anstellen, nachforschen, planen – wir müssen rasch entscheiden, welche Maßnahmen wir angesichts dieser Prüfung ergreifen wollen. Wir treten heute abend nochmals zusammen. Tuvor, Garth, Birinair, Tohrm – bereitet euch vor und laßt auch jene sich vorbereiten, die eurem Gebot unterstehen. Unterbreitet eure Vorschläge für unsere Planung heute abend dem Rat. Und unterrichtet die gesamte Herrenhöh davon, daß Thomas Covenant zum Ur-Lord erhoben worden ist. Er ist ein Fremdling im Lande und unser Gast. Birinair, beginn du sofort dein Werk für die Riesen. Bannor, ich glaube, der Ur-Lord sollte nicht länger im Turm Unterkunft haben.« Er verstummte und schaute in die Runde, wartete ab, um jedem die Gelegenheit zum Sprechen zu geben. Dann wandte er sich um und verließ die Klause. Osondrea schloß sich ihm unverzüglich an, und nachdem er Covenant nochmals einen förmlichen salutartigen Gruß entboten hatte, ging auch Mhoram.

Covenant folgte Bannor willenlos durch hohe Korridore und über Treppen, bis sie sein neues Quartier erreichten. Der Bluthüter brachte ihn in eine Zimmerflucht. Die Räume waren hoch und erhellt von mehreren breiten Fenstern, im Überfluß mit Speisen und Frühjahrswein beliefert, aber schmucklos. Als Bannor fort war, blickte Covenant durch eines der Fenster hinaus; er stellte fest, daß seine Räume im Nordwall Schwelgensteins lagen und Ausblick auf die rauhen Ebenen und die nordwärtige Steilwand des Plateaus besaßen. Die Sonne stand hoch, aber ein wenig südlich von der Herrenhöh, so daß sich die Fenster im Schatten befanden. Er verließ das Fenster, begab sich zum Tablett mit den Speisen und gewährte sich eine leichte Mahlzeit. Dann füllte er sich aus einer Flasche Frühjahrswein in einen Becher und suchte damit das Schlafzimmer auf. Dort gab es ein Erkerfenster. Es bot einen Eindruck der

Abgeschiedenheit, des Friedens. Wohin sollte es von hier aus gehen? Er brauchte weder neunmalklug noch ein Prophet zu sein, um zu erkennen, daß er nicht in Schwelgenstein bleiben durfte. Hier war er viel zu gefährdet. Er setzte sich in die steinerne Nische und brütete hoch überm Land darüber nach, was er sich bloß angetan hatte.

# 15
# Die große Herausforderung

Am Abend, als Bannor die Zimmerflucht betrat, um Thomas Covenant zur angekündigten abendlichen Zusammenkunft der Lords zu holen, saß Covenant noch immer am Erkerfenster des Schlafzimmers. Im Schein von Bannors Fackel wirkte Covenant ausgemergelt und nahezu gespenstisch, wie halb durch einen Schatten verdüstert betrachtet. Seine Augenhöhlen waren dunkel infolge kräftezehrender Gefühlsausbrüche; die Lippen grau und blutleer; die Haut an seiner Stirn hatte eine leichte aschgraue Färbung angenommen. Er hielt die Arme krampfhaft auf seiner Brust verschränkt, als versuche er einen Schmerz seines Herzens zu lindern, und starrte auf die Ebenen aus, als warte er bloß den Mondaufgang ab. Dann bemerkte er den Bluthüter; seine Lippen wichen zurück und entblößten die Zähne. »Du traust mir noch immer nicht«, sagte er mit entkräfteter Stimme.

Bannor zuckte die Achseln. »Wir sind die Bluthüter. Wir haben keine Verwendung für Weißgold.«

»Nicht?«

»Es ist ein Wissen … eine Waffe. Wir kennen keine Verwendung für Waffen.«

»Keine Verwendung?« wiederholte Covenant tonlos. »Wie verteidigt ihr denn die Lords ohne Waffen?«

»Wir …« Bannor unterbrach sich, als suche er nach einem Begriff der Sprache des Landes, der ausdrücken konnte, was er meinte. »Wir selbst genügen.«

Einen Moment lang dachte Covenant nach; schließlich raffte er sich auf und verließ den Erker. »Bravo«, sagte er leise, als er vor Bannor stand. Dann packte er seinen Stab und schritt aus seinem Quartier. Diesmal schenkte er dem Weg, welchen Bannor einschlug, mehr Beachtung und verlor daher nicht die Orientierung. Er hoffte sich irgendwann ohne Bannor zurechtfinden zu können. Als sie zu den hohen hölzernen Portalen kamen, die in die Klause führten, trafen sie Schaumfolger und Korik. Der Riese grüßte Covenant mit dem schon bekannten Salut und breitem Grinsen, aber seine Stimme klang ernst, als er den Mund auftat.

»Stein und See, Ur-Lord Covenant! Ich bin froh, daß du dich dafür entschieden hast, mich nicht Lügen zu strafen. Vielleicht vermag ich deine ganze verzwickte Lage nicht völlig zu begreifen. Aber ich glaube, du hast die bessere Gefahr auf dich genommen – jene im Namen des Landes.«

»Du bist der Richtige«, erwiderte Covenant lustlos. Sein Sarkasmus entsprang einem Abwehrreflex; sehr viel von seiner sonstigen geistigen Panzerung hatte er verloren. »Wie lange seid ihr Riesen schon heimatlos? Ich bezweifle, daß ihr eine anständige Gefahr erkennen würdet, und wenn sie euch in den Hintern träte.«

Schaumfolger lachte unterdrückt. »Wacker gesprochen, mein Freund. Mag sein, daß wir Riesen keine tauglichen Berater sind … trotz all unserer Jahre. Dennoch hast du in mir Furcht ums Land entfacht.«

Covenant schnitt eine Grimasse und betrat die Klause. Die Beratungsräumlichkeit war so hell erleuchtet und akustisch tadellos wie vorher, doch hatte sich die Zahl der Anwesenden erhöht. Zwar waren Tamarantha und Variol nicht da, aber in den Sitzreihen der Galerie saßen etliche Zuschauer – *Rhadhamaerl, Lillianrill,* Krieger und Lehrwarte. Hinter Mhoram und Osondrea saßen Bluthüter; Tuvor, Garth, Birinair und Tohrm hatten ihre Plätze hinterm Hoch-Lord eingenommen. Schaumfolger belegte seinen vorherigen Platz und wies Covenant auf einen benachbarten Sitz nahe beim Tisch der Lords. Bannor und Korik setzten sich hinter ihnen in die unterste Sitzreihe. Die Gespräche der Zuschauer verstummten fast augenblicklich; nicht einmal ihre Kleidung raschelte noch. Im Handumdrehen wartete jeder nur noch darauf, daß der Hoch-Lord beginne.

Prothall blieb für ein Weilchen sitzen, als sei er in Gedanken abgeirrt, bevor er sich endlich mit müden Bewegungen erhob. Er hielt sich aufrecht, indem er sich auf seinen Stab stützte, und als er zu sprechen anfing, rasselte die Stimme wieder in seinem Brustkorb. Trotzdem wickelte er fehlerfrei die Zeremonien zur Ehrung Schaumfolgers und Covenants ab. Der Riese zeigte daraufhin eine heitere Gutgelauntheit, die vermutlich die Mühe verbarg, welche es ihn kostete, sich mit der Kürze abzufinden, die man hier vorzog. Covenant ging auf die Formalitäten nur mit einer finsteren Miene und einem Kopfschütteln ein.

»Unter den Lords der Neuzeit«, erklärte Prothall, sobald er mit der Ehrung fertig war und ohne die übrigen Lords anzuschauen, »gibt es einen Brauch – einen Brauch, der auf die Amtszeit Hoch-Lord Vailants vor einhundert Jahren zurückgeht – der folgenden Art: Wenn ein Hoch-Lord selbst anzweifelt, daß er den Bedürfnissen des Landes weiterhin gerecht werden kann, darf er sich an den Großrat wenden und seine Hoch-Lordschaft aufgeben. Dann ist jeder Lord, dem danach der Sinn steht, dazu berechtigt, sie für sich zu beanspruchen.« Prothall mußte einige Anstrengung aufbieten, um mit fester Stimme weitersprechen zu können. »Ich lege nun meine Führerschaft nieder. Stein und Wurzel, die Prüfung, die in diesen Tagen über uns kommt, ist für mich zu groß. Ur-Lord Thomas Covenant, so du's wünschst, kannst auf das Amt des Hoch-Lords einen Anspruch anmelden.«

Covenant erwiderte Prothalls Blick, darauf bedacht, die Absichten des Hoch-Lords zu erraten. Aber er vermochte hinter

Prothalls Angebot keine Falschheit zu erkennen. »Du weißt, daß ich das nicht wünsche«, antwortete er leise.
»Doch ich ersuche dich darum, es zu tun. Du trägst das Weißgold.«
»Vergessen wir's«, sagte Covenant. »So einfach ist das nicht.«
Nach einem Moment des Schweigens nickte Prothall bedächtig. »Ich verstehe.« Er wandte sich an die restlichen Lords. »Beansprucht einer von euch die Hoch-Lordschaft?«
»Du bist der Hoch-Lord«, antwortete Mhoram.
»Wer sonst?« fügte Osondrea hinzu. »Verschwende keine weitere Zeit mit Torheiten.«
»Nun wohl.« Prothall straffte seine Schultern. »Die Prüfung und das Verhängnis unseres Zeitalters dräuen also über meinem Haupt. Ich bin Hoch-Lord Prothall, und mit der Zustimmung des Großrates gilt mein Wille. Niemand fürchte sich davor, mir zu folgen, und niemand soll einem anderen denn mir die Schuld geben, wenn meine Entscheidungen mißraten.« Ein unwillkürliches Zucken suchte Covenants Gesicht heim, aber er schwieg; und gleich darauf setzte sich Prothall wieder. »Nun laßt uns erwägen, was zu beginnen ist.« Wortlos verständigten sich die Lords auf geistiger Ebene miteinander.
Endlich wandte sich Osondrea an Schaumfolger. »Steinbruder, eine Redensart heißt: ›Wenn vielerlei Fragen dich drängen, denke zuerst an die Freundschaft.‹ Im Interesse deines Volkes solltest du so eilends wie möglich zur Wasserkante zurückkehren. Die Riesen müssen von allem erfahren, was sich hier zugetragen hat. Aber ich vermute, der Wasserweg durch Andelain dürfte für dich nicht länger sicher genug sein. Wir werden dir eine Eskorte zur Verfügung stellen, welche dich durch den Wald von Grimmerdhore und die Nordlandebenen geleiten soll, bis du dich jenseits des Landbruchs und der Sarangrave-Senke befindest.«
»Meinen Dank, ihr Lords«, erwiderte Schaumfolger in förmli-

chem Ton, »aber das ist unnötig. Ich habe dieser Frage selbst einige Überlegungen gewidmet. Mein Volk hat während seiner Irrfahrt von den *Bhrathair* folgendes Sprichwort gelernt: ›Wer dessen harrt, daß das Schwert auf sein Genick niederfällt, wird gewißlich das Haupt verlieren.‹ Ich glaube, daß ich meinem Volk den besten Dienst erweise, indem ich meine volle Unterstützung dem Vorgehen leihe, das ihr beschließt. Ich bitte euch, erlaubt mir, euch beizustehen.«

Hoch-Lord Prothall lächelte und neigte zum Zeichen der Einwilligung den Kopf. »In meinem Herzen habe ich darauf gehofft. Sei willkommen als Leidensgefährte in dieser schweren Prüfung. Gefahr oder Treuebeweis, die Riesen der Wasserkante sind uns eine Stärkung, und wir vermögen nicht genug Lieder unserer Dankbarkeit zu singen. Doch keinesfalls darf euer Volk ungewarnt bleiben. Wir werden andere Boten senden.«

Schaumfolger verbeugte sich seinerseits, und Lord Osondrea verfuhr weiter, indem sie den Streitmark Garth aufrief. Garth stand auf und erstattete Bericht. »Ihr Lords, ich habe getan wie geheißen. Zuoberst der Herrenhöh brennt nun die Schleierfälle-Flamme. Alle, die sie sehen, werden die Ihren warnen, und die Warnung vor der Kriegsgefahr wird sich nach Süden, Osten und Norden ausbreiten. Gegen Morgen dürften alle, die nördlich des Seelentrostflusses und westlich des Waldes von Grimmerdhore wohnen, gewappnet sein. Jene, die am Fluß hausen, werden Läufer in die Mittlandebenen schicken. Jenseits dieser Gegenden wird sich die Warnkunde allerdings langsamer ausbreiten. Ich habe ferner in gestaffelten Abteilungen Kundschafter zum Wald von Grimmerdhore und nach Andelain ausgesandt. Es werden aber sicherlich sechs Tage verstreichen, bevor wir aus dem Wald einen klaren Bescheid erhalten. Überdies habe ich, obwohl ihr davon nichts erwähntet, Vorbereitungen für den Fall einer Belagerung in Angriff nehmen lassen. Insgesamt befinden sich nunmehr eintausenddreihundert meiner Krieger am Werk. Zwanzig Fähnlein verbleiben in Bereitschaft.«

»Das alles ist wohlgetan«, sagte Osondrea. »Wir betrauen dich darüber hinaus mit der Aufgabe, dafür zu sorgen, daß eine entsprechende Warnung auch die Wasserkante erreicht. Sende so viele Krieger auf den Weg, wie du für erforderlich erachtest, um zu sichern, daß die Nachricht eintrifft.« Garth verbeugte sich und nahm wieder Platz. »So ...« Osondrea nickte, als müsse sie ihre Gedanken von nebensächlichen Betrachtungen befreien. »Ich habe unterdessen meine Zeit der gründlichen Untersuchung von Ur-Lord Covenants Reisebeschreibung gewidmet. Das Vorhandensein von Weißgold erklärt manches. Viele Umstände jedoch bedürfen noch der genaueren Erwägung – südliche Sturmwinde, ein Vogel mit drei Schwingen, ein verabscheuungswürdiger Überfall auf Andelains Flammengeister, des Mondes Blutrotfärbung. Für meine Begriffe ist es klar, was diese Anzeichen besagen.« Plötzlich schlug sie mit der flachen Hand auf die Tischplatte, als bedürfe sie des dumpfen Knalls und eines Schmerzes in der Hand, um aussprechen zu können, was sie zu äußern gedachte. »Seibrich Felswürm hat bereits seine Übelgewalt gefunden – den Weltübel-Stein oder ein anderes verheerendes Übel. Mit dem Stab des Gesetzes besitzt er genug Macht, um selbst die Jahreszeiten in ihrem Lauf zu hemmen!«

Ein unterdrücktes Stöhnen erscholl aus den Reihen der Zuhörer, aber Prothall und Mhoram wirkten nicht überrascht. Dennoch verstärkte sich in Mhorams Augen ein gefährliches Glitzern, als er sich an Osondrea wandte. »Erläutere uns das näher, ich bitte dich.«

»Die Beweise für das Wirken solcher Macht sind unverkennbar. Wir wissen, daß Seibrich über den Stab des Gesetzes verfügt. Aber dieser Stab ist kein totes Werkzeug. Er ist aus dem Einstückbaum geschnitzt worden, um der Erde und ihrem

Gesetz ein Diener zu sein. Alles jedoch, was sich nun an Erscheinungen gezeigt hat, war widernatürlich und schädlich. Vermögt ihr euch ein Ausmaß an Willenskraft vorzustellen, das den Stab des Gesetzes dazu mißbrauchen könnte, um nur einen Vogel zu verunstalten? Gut, es mag sein, daß Wahnsinn Seibrich eine so starke Willenskraft verleiht. Oder vielleicht beherrscht mittlerweile der Verächter den Stab. Doch bedenkt – das Ausschlüpfen eines Vogels mit drei Schwingen ist nur die geringfügigste jener abartigen Begebenheiten. Selbst auf der Höhe seiner Macht im vorangegangenen Zeitalter hat Lord Foul nie einen Angriff auf die Flammengeister gewagt. Und was den geschändeten Mond anbetrifft ... nur die finstersten und allergräßlichsten unter den Prophezeiungen sprechen von solchen Dingen. Seht ihr darin ausreichende Beweise dafür, daß Lord Foul sich den Stab angeeignet hat? Doch bedenkt wiederum – er könnte uns mit viel weniger Aufwand, als das Besudeln des Mondes abfordert, zu Tode schmettern. Solcher Gewalt vermöchten wir nicht zu widerstehen. Und doch scheint er seine Kräfte so ... so sinnlos zu verschleudern. Warum sollte er seine Kraft minderen Zwecken zuführen – will sagen, erst gegen die Flammengeister richten, wenn er doch dazu imstande wäre, ohne Umschweife uns zu vernichten? Und wenn ihm auch der Sinn danach gestanden haben sollte, wir müssen uns dennoch fragen, könnte er denn den Mond antasten, indem er den Stab des Gesetzes verwendet – ein Werkzeug, das nicht für seine Hand geschaffen ist, sich wider die Beherrschung durch ihn bei jeder Berührung auflehnen muß? Ich bin der Meinung, daß Lord Foul, besäße er den Stab, nicht getan und womöglich gar nicht vermocht hätte, was getan worden ist – er hätte sich damit nicht vor unserer Vernichtung abgegeben. Aber sollte Seibrich noch in des Stabes Besitz sein, er wäre doch damit allein ungenügend für solche Schandtaten ausgerüstet. Kein Höhlenschrat ist großartig genug, um ohne die Gewalt von sowohl dem Stab des Gesetzes wie auch des Weltübel-Steins solche Verbrechen zu begehen. Die Höhlenschrate sind, wie man weiß, willensschwache Geschöpfe. Man kann sie leicht wankelmütig machen, leicht unterwerfen. Und sie kennen keinerlei Lehren von Himmelsstürmer-Größe. Deshalb gaben sie ja stets in Lord Fouls Heerscharen das Schlachtvieh ab. Wenn mein Sachverstand richtig urteilt, dann ist der Verächter nicht anders als wir auf Gnade oder Ungnade Seibrich ausgeliefert. Das Unheil unseres Zeitalters kommt auf den wahnwitzigen Schrullen eines Höhlenschrats geritten. Diese Schlußfolgerung habe ich daraus gezogen, daß wir bislang nicht angegriffen worden sind.«

Prothall nickte Osondrea mürrisch zu, und Mhoram übernahm es, ihre Ausführungen zu ergänzen. »So baut denn Lord Foul darauf, daß wir ihm aus der Drangsal helfen und damit uns selbst dem Untergang weihen. Aus irgendeinem Grund hofft er, daß unser Verhalten nach dem Eintreffen von Ur-Lord Covenants Botschaft für uns sowie für den Ur-Lord zur Falle gerät. Er hat Seibrich Freundschaft vorgetäuscht, um von sich selbst Gefahr abzuwenden, bis seine Pläne herangereift sind. Er hat Seibrich gelehrt, seine neue Macht zu gebrauchen, aber nur derartig, daß sie zwar des Höhlenschrats Lust am Herrschen befriedigt, doch für uns keine Bedrohung entsteht. Dadurch will er erreichen, daß wir Seibrich den Stab des Gesetzes zu entwinden versuchen.«

»Und deshalb«, sagte Osondrea schroff, »wäre es von uns die allergrößte Torheit, diesen Versuch zu unternehmen.«

»Wieso das?« entgegnete Mhoram. »Die Botschaft besagt: ›Ohne ihn werden sie mir nicht einmal noch sieben Jahre widerstehen können.‹ Er kündigt uns ein früheres Ende für den Fall an, daß wir auf den Versuch verzichten oder der Versuch fehlschlägt, als für den Fall, daß wir dabei Erfolg haben.«

»Was gewinnt er durch solche Voraussagen? Was könnte er

sich davon versprechen, wenn nicht unseren alsbaldigen Tod? Seine Botschaft ist nur ein Köder falscher Hoffnung, um uns zu Torheiten zu verführen.«

Mhoram antwortete, indem er nochmals Foul zitierte. »›Seibrich Felswürm hat den Stab des Gesetzes, und das ist der Grund zu höchstem Grauen. Trägst du die Botschaft nicht zu den Empfängern, wird er in zwei Jahren zu Herrenhöh den Thron besteigen.‹«

»Die Botschaft ist aber überbracht worden«, meinte Osondrea halsstarrig. »Wir sind gewarnt. Wir können Vorbereitungen treffen. Seibrich ist irrsinnig, und sein Vorgehen wird alle Schwächen des Wahnwitzes aufweisen. Es mag sein, daß wir diese Schwächen ausnutzen und zu obsiegen vermögen. Bei der Sieben! Schwelgenstein wird niemals fallen, solange es die Bluthüter gibt. Auch die Riesen und die Ranyhyn werden uns Beistand leisten.« Eindringlich wandte sie sich an den Hoch-Lord. »Prothall, ergib dich nicht der Verlockung dieses Köders. Es handelt sich um ein Trugbild. Wir gerieten in den Schatten, und das Land müßte vergehen.«

»Aber wenn wir Erfolg hätten«, widersprach Mhoram, »und den Stab errängen, wäre das eine wesentliche Verbesserung unserer gesamten Aussichten. Trotz Lord Fouls Prophezeiung könnten wir im Stab genug Erdkraft entdecken, um auch im offenen Krieg siegreich zu sein. Und falls nicht, bliebe uns doch zumindest viel mehr Zeit, um nach anderen Auswegen zu suchen.«

»Wie sollten wir denn Erfolg haben? Seibrich hat sowohl den Stab des Gesetzes als auch den Weltübel-Stein.«

»Und er beherrscht keines von beiden.«

»Er beherrscht beides zur Genüge! Frage die Flammengeister Andelains nach der Größe seiner Macht. Frage den Mond.«

»Fragt mich«, brummte Covenant und stand unbeholfen auf. Einen Moment lang zögerte er, hin- und hergerissen zwischen seiner Furcht vor Seibrich und einem Grauen davor, was aus ihm werden sollte, wenn die Lords sich nicht an die Suche nach dem Stab machten. Er besaß eine lebhafte Vorstellung von der Bösartigkeit, die hinter Seibrichs lavaroten Augen hauste. Der Gedanke an den Stab jedoch erleichterte ihm die Entscheidung. Er verspürte das Gefühl, nun der inneren Logik seines Traums einsichtig geworden zu sein. Der Stab hatte ihn ins Land gebracht; er würde den Stab benötigen, um es wieder verlassen zu können. »Fragt mich«, wiederholte er. »Glaubt ihr, ich hätte bei alldem überhaupt nichts zu gewinnen oder zu verlieren?«

Die Lords äußerten sich nicht dazu, und er sah sich plötzlich selbst zur Fortsetzung der Diskussion gezwungen. In all seinem Brüten hatte er nur eine einzige winzig kleine Hoffnung zu entdecken vermocht. Er gab sich einen Ruck und wechselte das Thema. »Nach eurer Auslegung hat Lord Foul mich ausgewählt. Aber auf dem Kevinsblick redete er über mich, als sei ich von einem anderen ausgesucht worden – ›mein Feind‹, nannte er ihn. Wen hat er damit gemeint?«

»Ich weiß es nicht«, antwortete der Hoch-Lord nachdenklich. »Wir haben bereits die Hoffnung geäußert, daß bei dieser Auswahl auch andere Mächte am Werk gewesen sein mögen. Vielleicht war's tatsächlich so. Einige unserer ältesten Sagen sprechen von einem Schöpfer – dem Schöpfer der Erde –, aber uns ist nichts bekannt von einem solchen Wesen. Wir wissen lediglich, daß wir sterblich sind, Lord Foul es dagegen nicht ist – irgendwie ist er stärker als das Fleisch.«

»Der Schöpfer«, murmelte Covenant. »Na schön.« Flüchtig, aber sehr beunruhigend suchte ihn eine Erinnerung an den alten Bettler heim, der ihn vorm Gerichtsgebäude ansprach. »Und warum hat er mich ausgesucht?«

Der Blick von Prothalls durch Entsagung gezeichneten Augen wankte nicht. »Wer kann das wissen? Vielleicht aus ebenjenen Gründen, aus welchen sich Lord Foul für dich entschied.«

Dies Paradoxon ärgerte Covenant, aber er griff es auf, als beflügele der darin enthaltene Widerspruch seinen Geist. »Dann wollte dieser ... Schöpfer ... also ebenfalls, daß ihr Fouls Botschaft bekommt. Das muß man berücksichtigen.«

»Da!« Osondrea fuhr auf. »Das ist die Lüge, welche ich aufzuspüren versuchte – der letzte Köder. Indem er in uns die Hoffnung auf unbekannten Beistand nährt, trachtet Lord Foul danach, zu gewährleisten, daß wir uns zu dieser verrückten Suche nach dem Stab verleiten lassen.«

Covenant löste seinen Blick nicht vom Hoch-Lord. Er starrte in Prothalls Augen, versuchte durch das von langem Asketentum gekennzeichnete Äußere in die Seele des Hoch-Lords zu schauen. Prothall hielt seinem Blick ohne ein Wimpernzucken stand. Die Falten an seinen Augenwinkeln sahen aus, als wären sie dort durch nichts als Selbstverleugnung eingefurcht worden. »Lord Osondrea«, erkundigte er sich in gleichmütigem Ton, »haben deine Untersuchungen irgendwelche Zeichen der Hoffnung enthüllt?«

»Zeichen? Omen?« Osondreas Stimme durchdrang die Klause nur mit Widerwillen. »Ich bin nicht Mhoram. Andernfalls fragte ich Covenant, welche Träume ihm im Lande kamen. Aber ich gebe Hoffnungen handfester Natur den Vorzug. Eines sehe ich auf jeden Fall: Wenig Zeit ist verloren. Ich spüre in meinem Herzen, daß kein anderes Zusammenwirken von Zufällen und Entscheidungen Covenant so schnell zu uns gebracht hätte.«

»Nun wohl«, sagte Prothall. Sein Blick, der noch immer Covenants Blick erwiderte, nahm für einen Moment einen scharfäugigeren Ausdruck an, und da erkannte Covenant, daß die Beschlüsse des Hoch-Lords bereits feststanden. Er hatte den Erörterungen nur gelauscht, um sich eine letzte Chance einzuräumen, noch auf irgendeine Alternative zu stoßen. Verlegen senkte Covenant seinen Blick, erschlaffte an seinem Platz.

*Wie macht er das bloß?* fragte er sich in zwecklosem Grübeln. *Woher kommt soviel Mut? Bin ich hier der einzige Feigling …?* Im nächsten Moment raffte der Hoch-Lord sich sein blaues Gewand um den Leib und stand auf. »Meine Freunde«, sagte er mit vom Alter schwerfälliger Stimme, »der Zeitpunkt für Entscheidungen ist da. Ich muß einen Weg wählen, der unseren Bedürfnissen dient. Sollte jemand noch Gedanken hegen, die er auszusprechen wünscht, so mag er's jetzt tun.« Niemand meldete sich zu Wort, und das Schweigen schien Prothall vermehrt Würde und Haltung zu verleihen.

»Dann vernehmt den Willen Prothalls, Sohn Dwillians, durch des Großrates Beschluß Hoch-Lord – und möge das Land mir verzeihen, wenn ich irre oder versage. In diesem Augenblick entscheide ich über der Erde Zukunft. Lord Osondrea, dir und den Lords Variol und Tamarantha vertraue ich des Landes Verteidigung an. Ich fordere euch auf, unternehmt alles, was eure Weisheit und euer Weitblick euch eingeben, um das Leben, das zu behüten wir schworen, fernerhin zu erhalten. Bedenkt, daß es immer Hoffnung gibt, solange Schwelgenstein steht. Aber sollte Schwelgenstein fallen, dann kommen alle Zeitalter und Werke der Lords, angefangen bei Berek Halbhand, dem Herz der Heimat, bis hin zu unserem heutigen Geschlecht, zu einem kläglichen Ende. Lord Mhoram und ich begeben uns auf die Suche nach Seibrich Felswürm und dem Stab des Gesetzes. Mit uns ziehen der Riese Salzherz Schaumfolger, Ur-Lord Thomas Covenant sowie eine solche Zahl von Bluthütern, wie Blutmark Tuvor als für die Verteidigung Schwelgensteins entbehrlich erachtet, dazu ein Fähnlein des Kriegsheeres. Somit werden wir dem Unheil nicht arglos oder ohne Schutz entgegenziehen, und der Herrenhöh Hauptmacht bleibt, falls wir scheitern, zur Abwehr aller Angriffe auf dem Land zurück. Hört und seid bereit. Das Aufgebot zieht beim ersten Morgenlicht aus.«

»Hoch-Lord!« Garth sprang auf. »Willst du nicht wenigstens warten, bis einige meiner Kundschafter wiederkehren? Ihr müßt dem Wald von Grimmerdhore trotzen, um zum Donnerberg zu gelangen. Sollten sich im Wald die Diener Seibrichs oder des Grauen Schlächters herumtreiben, wäre euer Weg sehr unsicher, solange meine Kundschafter keine Erkenntnisse von des Feindes Bewegungen gebracht haben.«

»Du sprichst wahr, Streitmark«, gestand Prothall zu. »Aber wie lange müßten wir säumen?«

»Sechs Tage, Hoch-Lord. Dann werden wir wissen, mit welchem Aufgebot sich der Wald von Grimmerdhore ungefährdet durchqueren läßt.«

Mhoram hatte für eine Zeitlang still dagesessen, das Kinn auf seine Hände gestützt, und gedankenverloren in die Grube voller Glutgestein gestarrt. Nun jedoch straffte er sich wieder. »Einhundert Bluthüter«, sagte er. »Oder sämtliche Krieger, die Schwelgenstein zur Verfügung stehen. Ich habe den Wald von Grimmerdhore kennengelernt. Urböse gehen darin um … und Wölfe zu Tausenden. Selbst in meinen Träumen sehe ich sie jagen.« Seine Stimme schien die Luft im Innern der Klause abzukühlen wie ein Wind der Verlorenheit.

Aber Prothall griff sofort ein, um den Eindruck von Mhorams Worten zu lindern. »Nein, Garth. Wir dürfen nicht säumen. Und die Gefährlichkeit des Waldes von Grimmerdhore ist viel zu groß. Selbst für Seibrich Felswürm dürfte es einsichtig sein, daß der günstigste Weg zum Donnerberg durch den Wald und sodann den Norden Andelains führt. Deshalb werden wir uns nach Süden wenden – dort Andelain umgehen, dann ostwärts durch Morinmoss und die Ebenen von Ra ziehen, bevor wir die Richtung nach Norden zum Gravin Threndor einschlagen. Ich weiß, das ist eine Strecke mit vielen überflüssigen Längen, zumal für ein Unterfangen, bei dem man jeden vergeudeten Tag beklagen muß. Aber dieser Umweg durch den Süden ermöglicht's, daß wir uns des Beistands der Ramen vergewissern. So hätten dann alle alten Widersacher Fouls an unserer Suche teil. Und vielleicht können wir Seibrich mit vereinten Kräften in seine Schranken verweisen. Nein, mein Entschluß steht fest. Das Aufgebot wird morgen in der Frühe gen Süden aufbrechen. So lautet mein Wort. Wer dagegen Bedenken hegt, mag sie nun äußern.«

Covenant, der an allem Zweifel hegte, empfand Prothalls Entschlossenheit und Würde so stark, daß er schwieg. Dann erhoben sich Mhoram und Osondrea, und Schaumfolger folgte sofort; danach stand die ganze Versammlung auf. Alle drehten sich Hoch-Lord Prothall zu, und Osondrea hob ihre Stimme, um *»Melenkurion!«* zu rufen. »Die Himmelswehr wache über dich, Hoch-Lord. *Melenkurion abatha!* Bewahre und vermehre! Saat und Stein, möge dein Sinnen Früchte tragen. Laß dich von nichts Bösem blenden, von keinem Übel behelligen, laß weder Furcht noch Schwäche, weder Ruhe noch Freude oder Schmerz den Gram ums Unrecht mildern. Feigheit ist unverzeihlich, Verderbtheit nicht wiedergutzumachen. Himmelswehr, wache! Erdwurzel, erstarke! *Melenkurion abatha! Minas mill khabaal!«*

Prothall neigte den Kopf, und die übrigen Lords sowie sämtliche Zuschauer entboten ihm einen einmütigen Gruß, indem sie die Arme wie zum gleichzeitigen Segen ausstreckten. Dann begannen die Anwesenden langsam die Klause zu räumen. Unterdessen entfernten sich Prothall, Mhoram und Osondrea durch ihre gesonderten Portale.

Sobald die Lords gegangen waren, gesellte sich Schaumfolger zu Covenant, und sie erklommen gemeinsam die Stufen; Bannor und Korik schlossen sich ihnen an. Außerhalb der Klause zögerte Schaumfolger, überlegte einen Augenblick lang. »Mein Freund«, wandte er sich dann an Covenant, »willst du mir eine Frage beantworten?«

»Du glaubst, ich hätte etwas zu verbergen und es folglich verschwiegen?«

»Was das anbetrifft, wer kann's wissen? Die märchenhaften *Elohim* kannten folgendes Sprichwort: ›Das Herz liebt Geheimnisse, die nicht der Rede wert sind.‹ Ach, sie waren ein lustiges Völkchen! Aber …«

»Nein«, unterbrach ihn Covenant. »Ich bin jetzt genug ausgefragt worden.« Er machte Anstalten, sich auf den Weg zu seinem Quartier zu begeben.

»Aber du hast meine Frage ja noch gar nicht gehört.«

Covenant drehte sich um. »Wozu auch? Du wolltest mich fragen, was Atiaran eigentlich gegen mich hatte.«

»Nein, mein Freund«, entgegnete Schaumfolger und lachte leise auf. »Laß dein Herz dies Geheimnis bis ans Ende der Zeit hüten. Meine Frage lautet anders. Welche Träume hattest du, seit du dich im Land aufhältst? Was hast du in jener Nacht in meinem Boot geträumt?«

Covenant antwortete regelrecht impulsiv. »Eine Anzahl von Menschen meiner Welt – wirkliche Menschen – erbrach lauter Blut auf mich. Und einer von ihnen sagte: ›Es gibt nur eine gute Antwort auf den Tod.‹«

»Nur eine? Was ist das für eine Antwort?«

»Man kehre ihm den Rücken zu«, gab Covenant unwirsch zur Antwort und entfernte sich den Korridor hinab. »Man stoße ihn aus.« Schaumfolgers gutmütiges Gelächter hallte in seinen Ohren, aber er schritt rasch weiter, bis er den Riesen nicht länger hörte. Danach erst versuchte er, sich auf den Weg zu seinem Quartier zu besinnen. Mit einiger Beihilfe von Bannors Seite fand er die Suite und schloß sich darin ein, ließ sich nur genug Zeit, um eine einzige Fackel zu entzünden, ehe er dem Bluthüter die Tür vor der Nase zuschlug. Er stellte fest, daß während seiner Abwesenheit irgend jemand gegen den greulichen Mondschein die Fensterläden geschlossen hatte. In einer perversen Anwandlung riß er einen Fensterladen wieder auf. Aber die Rotfärbung wirkte auf seine Augen so, wie der Gestank eines Kadavers auf seine Nase gewirkt hätte, und er knallte den Laden zurück vors Fenster. Anschließend ging er für lange Zeit auf und nieder, mit seinen inneren Konflikten beschäftigt, bis die Müdigkeit ihn überkam und er sich schließlich ins Bett legte.

Als der Morgen heranrückte und Bannor ihn wach rüttelte, zeigte er sich störrisch. Er wollte weiterschlafen, als könne er in diesem Schlaf Erlösung finden. Undeutlich erinnerte er sich daran, daß er heute eine noch viel gefährlichere als die bereits durchgestandene Reise antreten sollte, und sein verdrossenes Gemüt lehnte sich auf.

»Komm!« drängte ihn Bannor beharrlich. »Wenn wir uns verspäten, werden wir die Berufung der Ranyhyn versäumen.«

»Fahr zur Hölle!« nuschelte Covenant. »Schläfst du denn nie?«

»Die Bluthüter schlafen nicht.«

»Was?«

»Seit die *Haruchai* ihren Eid schworen, hat kein Bluthüter jemals geschlafen.«

Mühevoll setzte sich Covenant auf. Für einen Moment starrte er den Bluthüter triefäugig an. »Ihr seid bereits in der Hölle«, meinte er leise.

Die fremdartige Ausdruckslosigkeit von Bannors Stimme erlitt keine Einbuße, als er antwortete: »Du hast keinen Grund, uns zu verspotten.«

»Natürlich nicht«, brummte Covenant und stieg aus dem Bett. »Natürlich, mir muß es ja Spaß machen, mich von jemandem maßregeln zu lassen, der im Gegensatz zu mir keinen Schlaf braucht.«

»Wir fällen keine Urteile. Wir sind vorsichtig. Die Lords befinden sich unter unserem Schutz.«

»Wie Kevin … der sich selber den Tod brachte. Und so gut wie alles mit sich in den Untergang gerissen hat.« Aber noch während er sprach, schämte er sich plötzlich. Er stand im Fackelschein und vergegenwärtigte sich die Kostbarkeit, die eine Treue vom Ausmaß jener der Bluthüter bedeutete. Die Kälte des steinernen Fußbodens ließ ihn zusammenschaudern. »Vergiß es. Ich rede bloß aus Selbsterhaltungsdrang so daher. Anscheinend ist meine einzige Antwort auf alles, es lächerlich zu machen.« Anschließend wusch und rasierte er sich eilig, kleidete sich hastig an. Nach einem überstürzten Frühstück bemächtigte er sich seines Messers und des Stabs; dann nickte er dem Bluthüter zu, um zu zeigen, daß er nun bereit war zum Gehen.

Bannor führte ihn hinab in den Hof mit dem alten Güldenblattbaum. Noch trübte nächtlicher Dunst die Luft, aber die Sterne waren verschwunden, und der Sonnenaufgang war unübersehbar. Unvermutet hatte Covenant das Gefühl, an etwas teilzuhaben, das weit größer war als er selbst. Er empfand diese Anwandlung als merkwürdig und bemühte sich, sie zu verdrängen, während er Bannor durch den Tunnel und die riesenhaften, gezahnten Torflügel unterm Turm hinaus in die Morgendämmerung folgte. Draußen hatte sich in kurzer Entfernung rechts vom Tor unterhalb des Walls das Aufgebot gesammelt. Die Krieger des Dritten Fähnleins saßen auf ihren Pferden im Halbkreis hinter Streitwart Quaan, und links von ihnen standen neun Bluthüter unter der Führung von Blutmark Tuvor. Im Innern des Halbkreises hatten sich Prothall, Mhoram und Salzherz Schaumfolger zusammengefunden. Der Riese trug in seinem Gürtel einen Spieß von Mannslänge und um den Hals ein blaues Tuch, das munter im morgendlichen Wind wehte. In der Nähe standen drei Männer mit drei Pferden, welche *Clingor*-Sättel aufwiesen. In der Höhe überm Aufgebot wimmelte das Äußere Schwelgensteins von Menschen. Die Bewohner der Bergstadt hatten jeden Balkon, jede Terrasse, jedes Fenster dichtgedrängt belegt. Und dem versammelten Aufgebot gegenüber stand Lord Osondrea. Sie hielt den Kopf ziemlich hoch, als wolle sie ihre Verantwortung daran hindern, ihr die Schultern zu beugen.

Dann schob sich die Sonne über den östlichen Horizont. Ihr Schein fiel auf den oberen Rand des Plateaus, wo die bläuliche Flamme der allgemeinen Kriegswarnung brannte; das Sonnenlicht bewegte sich abwärts, bis es das Banner des Hoch-Lords mit einer Plötzlichkeit dem düsteren Schatten entriß, als sei eine Fackel entzündet worden; als nächstes erreichte es den roten Wimpel, als letztes eine neue Fahne in Weiß. Bannor wies mit dem Kinn hinauf zu der neuen weißen Fahne. »Das ist deine Fahne, Ur-Lord. Das Zeichen des Weißgolds.« Dann begab er sich zu den anderen Bluthütern.

Schweigen herrschte, bis der Sonnenschein den Erdboden berührte, seinen goldenen Glanz auf die Versammelten warf. Sobald die Helligkeit Osondreas Füße berührte, begann sie hastig zu sprechen, als habe sie ungeduldig auf diesen Augenblick gewartet und überspiele die Pein in ihrem Herzen mit geringschätzigem Tonfall. »Ich bin nicht in der Stimmung für das Zeremoniell, Prothall. Ruft die Ranyhyn und zieht aus. Die Torheit dieses Unterfangens wird auch durch Verzögerungen und forsche Reden nicht geringer. Es gibt nichts mehr zu sagen. Ich bin vollkommen auf meine Aufgabe eingestellt, und des Landes Verteidigung wird keine Schwächung erfahren, solange ich lebe. Vorwärts – ruft die Ranyhyn!«

Prothall lächelte nachsichtig. »Mit dir sind wir glücklich dran, Osondrea«, meinte Mhoram und lächelte ebenfalls, nur breiter. »Ich könnte sonst niemandem guten Gewissens meinen Vater Variol und meine Mutter Tamarantha anvertrauen.«

»Verspotte mich angesichts deines sicheren Untergangs!« fuhr sie ihn an. »Ich bin nicht in der Stimmung für so etwas – nicht in der Stimmung, hörst du?«

»Ich höre. Du weißt, daß ich nicht spotte. Gib acht, Schwester Osondrea.«

»Ich gebe immer acht. Nun voran, bevor ich gänzlich die Geduld verliere.«

Prothall nickte Tuvor zu; die zehn Bluthüter drehten sich um und verteilten sich so, daß sie alle in die aufgegangene Sonne blickten, ohne daß ihnen jemand im Blickfeld stand. Einer nach dem anderen hoben die Bluthüter eine Hand an den Mund und stießen einen durchdringenden Pfiff aus, der von den Mauern der Herrenhöh wider- und weithin durch die Morgendämmerung hallte. Danach wiederholten sie ihre Pfiffe ein zweites und auch drittes Mal, und jeder Pfiff klang so heftig und einsam wie der Schrei eines Herzens. Dem allerletzten Pfiff jedoch antworteten ein fernes Wiehern und der dumpfe Hufschlag großer Tiere. Alle Augen wandten sich erwartungsvoll ostwärts, blinzelten in die morgendliche Pracht. Für einen ausgedehnten Moment war nichts zu sehen, und der dumpfe Donner in der Erde verwandelte sich für die Versammelten in eine wesenlose Erscheinung, eine mystische Manifestation. Aber dann konnte man die Pferde im Umkreis der Sonnenscheibe erspähen, als wären sie inmitten des Himmelsfeuers materialisiert. Kurz darauf verließen die Ranyhyn die scheinbare Sonnennähe. Zehn von ihnen waren es, wilde Geschöpfe von herausfordernder Stärke, große, zottige Wesen mit wuchtig gewölbten Brustkörben und stolz gereckten Hälsen, ausgestattet sowohl mit der Zierlichkeit reinblütigen Gezüchts wie auch der kantigen Ebenmäßigkeit von Mustangs. Sie besaßen lange Mähnen und Schweife, die ihnen hinterherwehten, bewegten sich in einer Gangart, die so gestreckt war wie Gerten, und ihre Augen funkelten von rastloser Intelligenz. Sie galoppierten, Braune, Rotbraune und Rotschimmel, den Bluthütern entgegen. Covenant kannte sich mit Pferden gut genug aus, um zu bemerken, daß die Ranyhyn individuelle Unterschiede im gleichen Maße wie Menschen aufwiesen, aber eine Eigenschaft war ihnen gemeinsam: Alle hatten mitten auf der Stirn einen weißen Stern. Während sie sich näherten, in ihrem Rücken die Morgenröte loderte, wirkten sie wie eine Verkörperung des Landes – die Quintessenz von Gesundheit und Kraft. Vor den Bluthütern machten sie halt, warfen die Köpfe empor und wieherten. Und die Bluthüter verbeugten sich tief vor ihnen. Die Ranyhyn stampften mit den Hufen und schüttelten ihre Mähnen, als lachten sie über diese Bekundungen bloß menschlichen Respekts. Im nächsten Moment begrüßte Tuvor sie.

»Heil, Ranyhyn! Landdurchquerer und Stolzträger. Sonnenfleisch und Himmelsmähnen, wir sind froh, daß ihr unseren Ruf erhört habt! Wir müssen eine weite Reise von vielen Tagen Dauer antreten. Wollt ihr uns tragen?«

Zur Antwort nickten mehrere Pferde mit den Köpfen, einige andere sprangen im Kreis umher wie junge Hengste. Dann traten sie vor, jedes ging zu einem bestimmten Bluthüter und beschnupperte ihn, wie um ihn zum Aufsteigen zu ermutigen. Und das taten die Bluthüter dann auch, obwohl keines der Pferde Sattel oder Zaumzeug trug. Indem sie auf den bloßen Rücken der Ranyhyn ritten, ließen die Bluthüter sie im Kreis um das versammelte Aufgebot trotten und reihten sich schließlich neben den aufgesessenen Kriegern ein.

Covenant hatte den Eindruck, daß der Abmarsch nun wirklich unmittelbar bevorstand; er wollte die letzte Gelegenheit, um sich Aufschluß zu verschaffen, nicht versäumen und trat zu Osondrea. »Was hat das zu bedeuten?« erkundigte er sich. »Woher kommen sie?«

Der Lord wandte sich um und antwortete ihm nahezu eifrig, als sei er froh um die Ablenkung. »Natürlich ... du bist ja ein Fremdling. Na, wie soll ich eine so tiefgreifende Sache nur mit wenigen Worten erklären? Betrachte es so – die Ranyhyn sind frei, ungezähmt und wohnen in den Ebenen von Ra. Gepflegt werden sie von den Ramen, aber man kann sie nicht reiten, außer sie wählen sich selbst ihren Reiter. Sie treffen eine freie Wahl. Und sobald ein Ranyhyn sich einmal für einen Reiter entschieden hat, hält er ihm die Treue durchs Feuer und bis in den Tod. Wenige werden solche Auserwählte. Tamarantha ist der einzige lebende Lord, der mit einem Ranyhyn gesegnet ist ... Hynaril trägt sie voller Stolz. Weder Prothall noch Mhoram sind bisher auserwählt worden. Prothall zeigt auch wenig Interesse. Doch vermute ich, einer der Gründe, warum er den Weg durch den Süden vorgeschlagen hat, ist in Wahrheit, daß er Mhoram eine Möglichkeit einräumen will, erwählt zu werden. Aber gleichwohl. Seit der Zeit Hoch-Lord Kevins ist ein enges Band zwischen den Ranyhyn und den Bluthütern erwachsen. Aus vielerlei Gründen, von denen ich manche nur erraten kann, ist kein Bluthüter unerwählt geblieben. Und wie's sich ergeben hat, daß diese Ranyhyn heute hier sind ... es überfordert mich, das erklären zu sollen. Irgendwie weiß ein Ranyhyn, wann sein Reiter ihn rufen wird ... ja, er weiß es, und nie läßt er auf sich warten. Das hier sind Huryn, Brabha, Marny und andere. Vor zehn Tagen vernahmen sie den Ruf, den wir erst am heutigen Morgen hörten ... und nach einer Strecke von mehr als vierhundert Längen treffen sie nun so taufrisch ein wie der Morgen selbst. Kämen wir ihnen gleich, schwebte das Land nicht in solcher Gefahr.«

Während der Unterhaltung hatten Prothall und Mhoram ihre Reittiere bestiegen, und als Osondrea verstummte, gelangten sie zu Covenants Pferd. Unterm Einfluß ihrer Stimme trat er ohne Zögern zu dem ihm zugeteilten Tier. Aber als er seinen Fuß in den Steigbügel des *Clingor*-Sattels setzte, verspürte er plötzlich eine Aufwallung von Widerwillen. Er konnte Pferde nicht leiden, er traute ihnen nicht; ihre Körperkräfte waren ihm zu bedrohlich. Er wich zurück, stellte fest, daß seine Hände bebten. Verwundert musterte Osondrea ihn; doch bevor sie sich irgendwie äußern konnte, entstanden in der Versammlung Regungen der Überraschung. Als er aufschaute, sah Covenant drei Greisengestalten heranreiten – die Lords Variol und Tamarantha sowie den Herdwart Birinair. Tamarantha saß aufrecht auf einem großen Apfelschimmel-Ranyhyn; ihre Augen lachten. Auf dem Rücken seines Pferdes verbeugte sich Hoch-Lord Prothall vor den dreien. »Ich bin froh, daß ihr kommt. Wir brauchen euren Segen, bevor wir ausziehen, so wie Osondrea eure Hilfe braucht.«

Tamarantha verbeugte sich ihrerseits, aber ihre runzligen Lippen verzogen sich zu einem verhaltenen Halblächeln. Sie ließ ihren Blick kurz über das Aufgebot wandern. »Du hast eine ausgezeichnete Wahl getroffen, Prothall.« Sie heftete den Blick ihrer alten Augen wieder auf den Hoch-Lord. »Aber du mißverstehst unsere Absicht. Wir ziehen mit euch.«

Prothall wollte sofort Einspruch erheben, aber Birinair kam ihm mit Nachdruck zuvor. »Natürlich. Versteht sich von selbst. Was denn sonst? Ein Auszug ohne Allholzmeister, ja wahrhaftig.«

»Birinair«, sagte Prothall in mißbilligender Weise, »sicherlich verlangt deine Arbeit für die Wasserkanter Riesen deine Anwesenheit auf Schwelgenstein.«

»Verlangt? Versteht sich von selbst. Ja, was das angeht …« Er wirkte leicht verschnupft. »Was das anbetrifft … nein. Schäme mich fast, es zu sagen. Ich habe alle erforderlichen Anweisungen erteilt. Nein. Andere sind fähiger. Schon seit Jahren.«

»Prothall«, wandte sich Tamarantha eindringlich an den Hoch-Lord, »versage nicht dein Einverständnis. Wir sind alt – freilich sind wir alt. Und der Weg ist weit und beschwerlich. Aber dies ist die große Herausforderung unseres Zeitalters, das einzige erhabene und kühne Unternehmen, an welchem wir jemals teilhaben können.«

»Ist denn die Verteidigung Schwelgensteins eine so unbedeutende Sache?«

Variols Kopf ruckte hoch, als wäre Prothalls Frage eine Kränkung gewesen. »Schwelgenstein ist dessen eingedenk, daß es uns mißlungen ist, Kevins Lehre vollauf wiederzuerlangen. Wie sollten wir hier von Nutzen sein? Osondrea genügt den hiesigen Aufgaben vollkommen. Ohne unsere Teilnahme an diesem Auszug wären unsere Leben sinnlos.«

»Nein, meine Lords ... nein«, widersprach Prothall unterdrückt. »Keinesfalls sinnlos.«

Mit fassungsloser Miene sah er sich nach Mhoram um, erhoffte sich von ihm Unterstützung.

»Das Leben nimmt stets einen sinnvollen Lauf«, meinte mit verschmitztem Lächeln Mhoram. »Männer und Weiber werden alt, damit sie eines Tages weise genug sind, um die Jungen zu lehren. Laß sie mitkommen.«

»Dann kommt«, entschied Prothall nach einem weiteren Moment des Zögerns. »Ihr werdet uns alle lehren können.«

Variol lächelte auf zu Tamarantha, und sie erwiderte seinen Blick vom hohen Rücken ihres Ranyhyn herab. Die Mienen des Paars spiegelten Zufriedenheit und ruhige Erwartung wider, miteinander geteilt in der stummen Hochzeit ihrer Augen.

Covenant, der die zwei beobachtet hatte, packte ruckartig die Zügel seines Reittiers und schwang sich in den Sattel. Sein Herz wummerte furchtsam, aber fast im Handumdrehen vermittelte das *Clingor* ihm ein Gefühl von Sicherheit, das seine Besorgnis verdrängte. Er folgte dem Beispiel Prothalls und Mhorams und schob seinen Stab unter seinen linken Schenkel, wo das *Clingor* ihn festhielt. Dann legte er seine Knie um das Pferd und gab sich alle Mühe, um Ruhe zu bewahren. Der Mann, der das Tier für ihn bereitgehalten hatte, berührte Covenants Knie, um seine Aufmerksamkeit zu erregen. »Ihr Name lautet Dura – Dura Flinkflanke. Pferde sind im Lande selten. Ich habe sie gut abgerichtet. Sie kommt fast einem Ranyhyn gleich.« Nach dieser Prahlerei senkte er seinen Blick, als schäme er sich auf einmal für die Übertreibung.

»Ich will keinen Ranyhyn«, erwiderte Covenant schroff. Der Mann faßte das als Zeichen ganz besonderen Gefallens an Dura auf und strahlte übers ganze Gesicht. Als er sich entfernte, legte er die Handflächen an die Stirn und breitete dann in einer herzlichen Grußgeste die Arme aus. Covenant begutachtete das Aufgebot nun von seinem erhöhten Sitz aus. Man führte keine Packpferde mit, aber an jedem Sattel hingen Säcke mit Proviant, waren Werkzeuge befestigt, und Birinair hatte hinter sich ein dickes Bündel mit *Lillianrill*-Hölzern aufgeladen. Die Bluthüter waren durch gar nichts belastet, und Schaumfolger trug zwar über der Schulter seinen großen Sack, machte jedoch den Eindruck, als sei er ebenso schnell wie jedes Pferd.

Gleich darauf richtete sich Prothall in seinen Steigbügeln auf und wandte sich ein letztes Mal an die Mitglieder des Aufgebots. »Meine Freunde, wir müssen aufbrechen. Unsere Suche ist ungemein dringlich, und sehr drückt uns die rasche Zuspitzung unserer bevorstehenden Prüfung. Ich gedenke weder eure Herzen durch lange Reden zu rühren noch euch mit ehrfurchtsamen Schwüren zu binden. Zweierlei jedoch fordere ich von euch. Bleibt getreu bis an die Grenzen eurer Kraft. Und vergeßt mir nicht den Friedensschwur. Wir ziehen in die Gefahr, vielleicht in den Kampf – und wir werden streiten, wenn's nötig ist. Aber Blutvergießen im Zorn erweist dem Land keinen Dienst. Behaltet die Regel im Gedächtnis, welche lautet:

*›Bedränge nicht, wo wehren genügt,*
*verwunde nicht, wo bedrängen genügt,*
*verstümmle nicht, wo verwunden genügt,*
*und töte nicht, wo verstümmeln genügt,*

*denn der größte Krieger ist jener, der*
*des Tötens entsagen kann.‹«*

Nach dieser kurzen Ansprache zog der Hoch-Lord sein Tier herum und wandte es Schwelgenstein zu. Er ergriff seinen Stab, schwang ihn dreimal über dem Kopf und reckte ihn dann himmelwärts. Aus dem emporgestreckten Ende schoß eine Flamme von bläulicher Weißglut. »Heil, Schwelgenstein!« rief er hinauf zu den Wällen der Feste.

Die gesamte Einwohnerschaft der Festungsstadt antwortete ihm mit einem gewaltigen Ruf, der jedes Herz erbeben lassen konnte.

»Heil!«

Dieser freudige Zuruf aus zahllosen Kehlen erscholl bis weithin über die Hügel; die Morgenluft selbst schien in Schwingungen der Verherrlichung und Ehrerbietigkeit zu vibrieren. Einige Ranyhyn wieherten erfreut. Covenant spürte eine Verengung seiner Kehle und biß die Zähne zusammen. Er fühlte sich minderwertig. Dann wendete Prothall sein Pferd erneut und trieb es in leichtem Galopp den Hang hinab. Zügig schloß sich ihm das übrige Aufgebot an. Mhoram winkte Covenant hinter Prothall neben sich; hinter ihnen ritten Variol und Tamarantha. An jeder Seite flankierten vier Bluthüter die Lords; Quaan, Tuvor und Korik ritten Prothall voraus. Zum Schluß kamen Birinair und das Fähnlein. Mit weiträumig gestreckten Schritten hielt Schaumfolger auf Mhorams und Covenants Höhe mit, wo er dahinstrebte, als seien solche Märsche für ihn völlig natürliche Alltäglichkeiten.

So verließ das Aufgebot für die Suche nach dem Stab des Gesetzes die Herrenhöh im Sonnenschein eines neuen Tages.

## 16
## Blutschwall

Während der nächsten drei Tage lernte Thomas Covenant ausgiebig das Wundsein durch langes Reiten kennen. Auf dem dünnen *Clingor*-Leder ritt es sich wie auf einem bloßen Pferderücken; das harte physische Vorhandensein von Duras Rückgrat wirkte auf sein Gesäß fast wie eine Säge. Seine Kniegelenke fühlten sich an, als würden sie allmählich ausgekugelt; seine Schenkel und Waden schmerzten und waren von der Anstrengung verkrampft, die es kostete, das Tier damit zu umklammern, und dieser Schmerz breitete sich langsam aufwärts in seinen Rücken aus; in seinem Nacken pochte es von der Mißhandlung durch Duras plötzliche ruckhafte Bewegungen, mit denen das Pferd die Unebenheiten des Geländes überwand. Manchmal blieb er nur auf dem Rücken des Reittiers, weil der *Clingor*-Sattel verhinderte, daß er in hohem Bogen durch die Luft flog. Und an den Abenden schmerzten seine überbeanspruchten Muskeln so stark, daß er ohne Nachhilfe durch *Diamondraught* nicht schlafen konnte. Im Ergebnis dieser Umstände sah er wenig von der Landschaft, bemerkte kaum etwas vom Wetter oder der Stimmung unter seinen Begleitern. Er mißachtete oder unterband jeden Versuch, ihn in ein Gespräch zu verwickeln. Der fürchterliche Eindruck, entzweigekeilt zu werden, beherrschte ihn völlig. Wieder sah er sich dazu gezwungen, die selbstmörderische Natur seines Traums anzuerkennen, die Gefährlichkeit dessen, was die unterbewußte Finsternis seines Geistes ihm zufügte. Aber das *Diamondraught* des Riesen und die unwahrscheinliche Gesundheit des Landes wirkten sich trotz seiner Leiden auch heilsam auf ihn aus. Infolge der Zumutungen durch Duras

Rücken härtete sich sein Fleisch ab. Und ohne es gleich zu merken, entwickelte er sich zu einem besseren Reiter. Er lernte, wie man sich mit seinem Reittier bewegte, sich ihm nicht querlegte. Als er nach der dritten Nacht aufwachte, stellte er fest, daß ihn sein körperliches Unwohlsein nicht länger uneingeschränkt beanspruchte. Zu diesem Zeitpunkt hatte das Aufgebot das Ackerland rings um Schwelgenstein verlassen und war in öde Ebenen vorgedrungen. Man lagerte mitten in unwirtlichem Flachland; und als Covenant an jenem Morgen erstmals wieder seiner Umgebung Interesse schenkte, sah er rundum eine felsige, unbehagliche Gegend. Nichtsdestoweniger festigte sich in seinem Innern das Gefühl des Vorankommens, gewährte ihm von neuem die Illusion von Sicherheit. Wie so vieles andere lag nun auch Schwelgenstein hinter ihm. Als Schaumfolger ihn ansprach, war er wieder dazu imstande, ohne Heftigkeit zu reagieren.

»Stein und See, mein Lord!« wandte sich der Riese daraufhin an Mhoram. »Ich glaube, Thomas Covenant beliebt's, sich zurück unter die Lebenden zu begeben. Gewißlich müssen wir darin das Werk des *Diamondraught* sehen. Heil dir, Ur-Lord Covenant! Willkommen in unserer Gesellschaft. Weißt du schon, Lord Mhoram, daß es eine uralte Riesen-Geschichte gibt, die erzählt, wie *Diamondraught* einen Krieg zum Einhalt brachte? Möchtest du sie hören? Ich kann sie an einem halben Tag erzählen.«

»Wirklich?« Mhoram lachte gedämpft. »Aber wird sie auch bloß einen halben Tag beanspruchen, wenn du sie unterwegs erzählst, während wir weiterziehen?«

Schaumfolger lachte herzhaft. »Dann kann ich immer noch am morgigen Abend fertig sein. Das verheiße ich, Salzherz Schaumfolger.«

»Ich kenne diese Geschichte bereits«, sagte Hoch-Lord Prothall. »Aber ihr Erzähler versicherte mir, nicht *Diamondraught* sei's gewesen, was den Widerstreit beendete, der wahre Beender war das Reden der Riesen. Als die Riesen nämlich endlich damit fertig waren, nach den Ursachen des Krieges zu fragen, hatten die Widersacher so lange zugehört, daß sie die Antwort nicht länger wußten.«

»Ach, Hoch-Lord«, entgegnete Schaumfolger und prustete vor Heiterkeit, »ihr habt das mißverstanden. Die Riesen hatten ja vorher *Diamondraught* getrunken.« Unter den Kriegern, die lauschten, ertönte Gelächter, und Prothall lächelte, als er sich abwandte, um sein Pferd zu besteigen. Bald darauf befand sich das Aufgebot wieder unterwegs, und Covenant nahm seinen Platz an Mhorams Seite ein. Während er nun dahinritt, achtete Covenant auf die Geräuschentwicklung ihres Zuges. Die Lords und die Bluthüter verhielten sich fast völlig stumm und leise, waren mit sich selbst beschäftigt; von den Kriegern jedoch konnte er durchs Stampfen der Hufe Wortfetzen und Bruchstücke von Gesang aufschnappen. Die Krieger wirkten unter Quaans Führung zuversichtlich und bisweilen sogar eifrig, als hofften sie auf eine Gelegenheit, die Tauglichkeit ihrer langjährigen Waffenübungen erproben zu können.

»Ur-Lord«, überraschte wenig später Lord Mhoram ohne irgendeinen Übergang Covenant, »wie du weißt, sind da Fragen offen, die der Großrat dir nicht gestellt hat. Darf ich sie jetzt an dich richten? Ich wüßte gerne mehr über deine Welt.«

»Meine Welt ...« Covenant schluckte mühsam. Er mochte darüber nicht reden; er verspürte keinerlei Lust, sich noch einmal einer solchen Befragung wie vorm Rat zu unterwerfen. »Warum?«

Mhoram zuckte die Achseln. »Weil ich, je mehr ich von dir weiß, um so besser ersehen kann, was man von dir zu erwarten hat, wenn Gefahr im Anzug ist. Oder vielleicht, weil ein besseres Verständnis deiner Welt mich lehren könnte, dich recht zu behandeln. Oder womöglich bloß, um aus reiner Freundschaft Bescheid zu wissen.«

Covenant hörte Offenheit aus Mhorams Stimme, und diese Aufrichtigkeit nahm ihm seinen Widerwillen. Er schuldete den Lords und sich eine gewisse Ehrlichkeit. Aber die Schuld schmeckte ihm bitter, und er sah, daß es keinesfalls leichtfallen konnte, das alles auszusprechen, was gesagt werden mußte. Unwillkürlich begann er eine Liste aufzustellen. *Wir haben Krebs, Herzkrankheiten, Tuberkulose, multiple Sklerose, Mißgeburten, Lepra ... haben Alkoholismus, Geschlechtskrankheiten, Drogenabhängigkeit, Vergewaltigung, Raub, Mord, Kindesmißhandlung, Völkermord.* Doch er brachte es nicht über sich, eine Aufzählung anzufangen, die kein absehbares Ende besaß. Nach einem Moment des Überlegens richtete er sich in seinen Steigbügeln auf und wies auf die zerklüftete Ebene hinaus. »Wahrscheinlich erkennst du's viel besser als ich... aber auch ich sehe ganz klar, daß es hier schön ist. Es lebt ... es lebt so, wie's eben leben soll. Diese Art von Gras ist gelb, steif und dünn – aber ich kann sehen, daß es gesund ist. Es gehört in diesen Landstrich, in diese Art von Erdreich. Zur Hölle! Ich kann ihm den Frühling ansehen. Woher ich stamme, dort sieht man so was nicht ... wenn man nicht die jährlichen Zyklen der Pflanzenentwicklung kennt, kann man den Unterschied zwischen Frühling und Sommer nicht feststellen. Wenn man ... wenn man keine Vergleichsmöglichkeiten, keine Maßstäbe dafür hat, läßt sich so was nicht erkennen ... Doch auch unsere Welt ist schön – das heißt, was noch davon übrig ist, was wir noch nicht zerstört haben.« Unweigerlich suchten Erinnerungen an die Haven Farm ihn heim. Er vermochte seinen Tonfall nicht von Sarkasmus freizuhalten, als er weitersprach. »Wir kennen ebenfalls Schönheit. Bloß nennen wir sie ›Szenerie‹.«

»›Szenerie‹«, wiederholte Mhoram. »Das Wort ist mir fremd – aber sein Klang mißfällt mir.«

Covenant fühlte sich seltsam aufgewühlt, als habe er gerade über seine Schulter geschaut und dabei bemerkt, daß er zu nahe an einem Abgrund stand. »Es bedeutet, daß Schönheit ein Extra ist«, ergänzte er barsch. »Es ist ganz nett, sie zu haben, aber wir kommen ohne sie aus.«

»Ohne?« In Mhorams Augen glitzerte es bedrohlich.

»Leben ohne Schönheit?« seufzte hinter ihm Schaumfolger merklich verblüfft. »Ach, mein Freund! Wie widersteht ihr der Verzweiflung?«

»Ich glaube, gar nicht!« murmelte Covenant. »Manche von uns sind bloß trotzig.« Danach versank er in Schweigen. Mhoram stellte ihm keine weiteren Fragen, und Covenant ritt dahin, indem er auf dem Unrat seiner Gedanken kaute, bis Hoch-Lord Prothall eine Rast anordnete. Während der Tag voranschritt, schien Covenants Schweigen allmählich die gesamte Truppe anzustecken. Das Gerede und der gelegentliche Gesang des Fähnleins ließen immer mehr nach und verstummten schließlich ganz; Mhoram beobachtete Covenant mit auffälligem Argwohn, sah jedoch davon ab, einen Versuch zur Fortsetzung ihrer Unterhaltung zu unternehmen. Prothall wirkte bald so finster wie die Bluthüter. Nach einiger Zeit erriet Covenant den Grund der immer stärker spürbaren Bedrücktheit. An diesem Abend mußte zum erstenmal ein blutroter Vollmond aufgehen. Ein Schauder durchfuhr ihn. Die kommende Nacht würde so etwas wie einen Testfall für Seibrichs Macht liefern. Wenn der Höhlenschrat sein Rot auch dem vollen Mond aufzuprägen vermochte, mußten die Lords zugestehen, daß seine Gewalt keine erkennbaren Grenzen kannte. Und eine solche Macht konnte mühelos Heere aus dem Boden stampfen, mußte zweifellos bereits Scharen von Plünderern angelockt haben, die darauf brannten, Seibrichs Gier nach Beute zu befriedigen. Möglicherweise hatte das Aufgebot sich den Weg freizukämpfen. Mit einem Schaudern erinnerte sich Covenant an seine kurze Begegnung mit Seibrich in den Höhlen unterm Kiril Threndor. Wie seine Begleitung fühlte er sich zusehends im Bann der sorgenvollen Erwartung, was die bevorstehende Nacht enthüllen möge. Nur Variol und Tamarantha wirkten unberührt von der allgemeinen Stimmungsveränderung. Sie machte wieder einen schläfrigen Eindruck und ritt gleichmütig des Weges, vertraute völlig dem Ranyhyn. Ihr Mann saß aufrecht im Sattel, hielt die Zügel mit fester Hand, aber sein Mund zeugte von Erschlaffung, und seine Augen starrten ausdruckslos in die Ferne. Beide sahen zerbrechlich aus; Covenant hatte das Gefühl, er könne die Morschheit ihrer Knochen wahrnehmen. Aber im ganzen Aufgebot blickten sie allein der nächsten Nacht gelassen entgegen – entweder gelassen oder aus Unverständnis der Situation.

Die Reiter lagerten vorm Anbruch der Dämmerung am Nordhang eines zerklüfteten Hügels, nur zum Teil geschützt vor dem hauptsächlich südwestlichen Wind. Die Luft war kühl geworden, als wolle der Winter noch einmal wiederkehren, und die Brise wehte die Kälte bis in die Herzen der Männer. Wortlos rieben einige Krieger die Pferde ab und fütterten sie, während andere auf einem Feuer, das Birinair mit einem seiner *Lillianrill*-Hölzer sowie ein wenig Reisig entfachte, ein bescheidenes Mahl zubereiteten. Die Ranyhyn galoppierten gemeinsam davon, um den Abend in irgendeinem Spiel oder geheimen Ritus zu verbringen, wogegen die Pferde angekoppelt zurückblieben und die Bluthüter Wache standen; der Rest hüllte sich in die Mäntel und drängte sich ums Feuer. Als auch der letzte Schimmer von Sonnenlicht aus der Luft wich, verstärkte sich die Brise zu einem gleichmäßigen, kräftigen Wind.

Covenant merkte plötzlich, daß er sich nach der Kameradschaftlichkeit sehnte, in welcher sie den Tag begonnen hatten. Aber er allein konnte den Mangel nicht beheben; er mußte warten, bis Hoch-Lord Prothall sich erhob, um der allgemeinen Spannung entgegenzuwirken. Indem er seinen Stab fest auf den Untergrund setzte, stimmte er Schwelgensteins Abendgebetshymne an. Mhoram fiel sofort in sein Singen ein, gefolgt von Variol und Tamarantha, und bald stand das ganze Fähnlein auf den Beinen, erhöhte die Lautstärke des Gesangs mit vielkehliger Stimmgewalt. Da standen sie unter dem düsteren Himmel, die fünfundzwanzig Seelen, und sangen, wie um Zeugnis zu geben:

*»Für Ungetreue sieben Höllen,*
*Die Land und Menschen verraten wöllen:*
*Und ein kühner Lord wider das Verderben,*
*Daß nicht Übelschwämme aufs Schöne abfärben.«*

Sie erhoben ihre Stimmen ziemlich forsch für diese Umstände, und der dröhnende Tenor, in dem Schaumfolger seinen Kantus sang, kontrapunktierte ihre Melodie. Als sie geendet hatten, nahmen alle wieder Platz und fingen mit gedämpften Stimmen sich zu unterhalten an, als hätte es nur dieser Hymne bedurft, um den Mut wiederherzustellen. Covenant saß ruhig und betrachtete seine ineinander verklammerten Hände. Ohne seinen Blick von ihnen zu wenden, merkte er es, als der Mond aufging; er spürte die allgemeine Erstarrung, die sich abzeichnete, sobald am Horizont der erste karminrote Schimmer auftauchte. Aber er nagte auf seinen Lippen und schaute nicht hin. Seine Begleiter atmeten gepreßter; langsam vertiefte ein roter Glanz die Glut des Lagerfeuers; aber er heftete den Blick auf seine Hände, als sei es die interessanteste Tätigkeit der Welt, zu beobachten, wie seine Knöchel weiß hervortraten. Dann hörte er Lord Mhoram gequält *»Melenkurion!«* flüstern und wußte, daß der Mond nicht nur voll war, sondern auch völlig rot, als wäre seine Beschmutzung erst jetzt vollendet –

so blutrot, als sei dem Nachthimmel ins Herz gestochen worden. Er bemerkte, wie der Mondschein auf sein Gesicht fiel, und aus Abscheu zuckte seine Wange. Im nächsten Moment erscholl aus der Ferne wie ein Protestschrei ein Heulen. Es erfüllte die Luft mit Schwingungen der Trostlosigkeit. Wider Willen schaute Covenant über die rötlich verfärbte Ebene aus; im ersten Augenblick rechnete er damit, man werde aufspringen, um eilends Hilfe zu leisten. Aber niemand regte sich; der Schrei mußte von irgendeinem Tier gekommen sein. Er widmete dem restlos verunstalteten Mond einen kurzen Blick, wechselte dann den Griff seiner Hände und senkte die Augen wieder. Als er seine Finger sah, erkannte er voller Entsetzen, daß der Mondschein seinem Ring eine rötliche Färbung verlieh. Das Metall wirkte, als sei es in Blut getaucht worden. Der silberne Schimmer schien darum zu ringen, weiterhin nach außen dringen zu können, doch schien sich das Blutlicht immer tiefer einzufressen, das Weißgold langsam zu durchtränken, es zu zersetzen. Covenant begriff zuerst nur instinktiv. Für einen unsicheren Herzschlag lang blieb er reglos sitzen, brüllte seinem arglosen Ich wortlos vergebliche Warnungen zu. Dann sprang er auf die Füße, stand urplötzlich hoch aufgerichtet und starr, als habe der Mond ihn emporgerissen, die Arme steif an seinen Seiten, die Hände zu Fäusten geballt.
»Keine Sorge, Ur-Lord«, sagte hinter ihm Bannor. »Die Ranyhyn werden uns warnen, sollten die Wölfe sich uns gefährlich nähern.«
Covenant drehte den Kopf. Der Bluthüter streckte, um ihn zu beruhigen, eine Hand nach ihm aus. »Rühr mich nicht an!« fauchte Covenant. Er zuckte vor Bannor zurück. Für eine Sekunde, in welcher sein Herz mühsam wummerte, sah er, wie der karminrote Mond Bannors Gesicht das Aussehen von erstarrter Lava gab. Dann brach unter seinen Füßen mit bösartiger Gewalt eine Empfindung von äußerster Übelkeit

auf, und er fuhr zurück in die Richtung zum Feuer. Als er aufprallte, warf er sich unverzüglich weiter, achtete auf nichts als das dringliche Bedürfnis seiner Eingeweide, sich der Attacke zu entziehen. Nach einer Rolle krachten seine Füße ins brennende Holz des Lagerfeuers. Doch schon als Covenant stürzte, war Bannor vorwärts gesprungen. Als Covenant in die Flammen geriet, trennte den Bluthüter nur noch ein Schritt von ihm. Fast im gleichen Moment packte er Covenants Handgelenk und riß ihn, als sei er leicht wie ein Kind, aus dem Feuer auf die Beine. Noch ehe er sein Gleichgewicht wiedergewann, wirbelte Covenant zu Bannor herum und schrie ins Gesicht des Bluthüters: »Rühr mich nicht an!« Bannor ließ Covenants Handgelenk los und wich einen Schritt zurück. Prothall, Mhoram, Schaumfolger und sämtliche Krieger waren inzwischen aufgesprungen. Sie starrten Covenant voller Überraschung, Verwirrung und Fassungslosigkeit an. Plötzlich empfand er Schwäche. Seine Beine bibberten; er sackte neben dem Feuer auf die Knie. *Hölle und Verdammnis,* dachte er, *das ist dieser verfluchte Foul, der mich schikaniert, er will mich zur Sau machen!* Er wies mit zittrigem Finger auf den Untergrund, der nach ihm ausgeschlagen hatte. »Da! Da war es! Ich hab's gespürt!«

Die Lords handelten sofort. Während Mhoram nach Birinair rief, eilte Prothall heran und beugte sich über die Stelle, auf die Covenant zeigte. Er murmelte unverständlich vor sich hin und berührte die Stelle mit den Fingerspitzen wie ein Arzt, der eine Wunde betastet. Dann fanden sich Mhoram und Birinair ebenfalls ein. Birinair schob den Hoch-Lord respektlos zur Seite und stemmte das untere Ende seines *Lillianrill*-Stabes auf den entarteten Flecken. Er drehte den Stab zwischen seinen Handflächen und konzentrierte sich mit herrischem Gebaren auf sein geschätztes Holz. »Für einen Augenblick«, sagte leise Prothall, »einen ganz kurzen Augenblick habe ich etwas wahr-

genommen … etwas wie eine Erinnerung in der Erde. Dann entglitt es meiner Berührung.« Er seufzte. »Es war schrecklich.«
»Schrecklich«, wiederholte Birinair, der allerdings in seiner Konzentration zu sich selber brabbelte. Prothall und Mhoram beobachteten ihn, während seine Hände entweder aus Greisentum oder Empfindsamkeit bebten. »Gräßlich«, rief er plötzlich laut. »Die Hand des Grauen Schlächters! Das wagt er?!« Er entfernte sich so überstürzt von der betroffenen Stelle, daß er stolperte und gefallen wäre, hätte Prothall ihn nicht gestützt. Prothall und Birinair schauten sich einen Moment lang in die Augen, wie um einander ein Wissen zu übermitteln, das sich nicht aussprechen ließ. Dann schüttelte Birinair die Hand Prothalls ab. »Kann allein stehen«, maulte er grob und blickte umher, als könne er ringsum die Scherben seiner Würde verstreut liegen sehen. »So alt bin ich noch nicht.« Sein Blick streifte Covenant, ehe er lauter weiterredete. »Ihr glaubt, ich sei alt. Natürlich. Alt und töricht. Drängt sich einem solchen Unternehmen auf, während er doch seine alten Knochen am Herd wärmen könnte. Wie ein alter Lappen.« Er wies auf Covenant. »Fragt den Zweifler! Fragt ihn!«
Covenant hatte sich aufgerappelt, während die Aufmerksamkeit der Allgemeinheit dem Allholzmeister galt, und die Hände in seine Taschen geschoben, um den roten Schimmer auf seinem Ring zu verbergen. Als Birinair auf ihn deutete, hob er den Blick vom Untergrund. Ein Gefühl schlimmer Vorahnung, das ihm nachgerade den Magen umdrehte, suchte ihn heim, als er sich der gleichartigen Attacken im Andelain entsann und dessen, was ihnen folgte.
»Tritt noch einmal an diese Stelle, Ur-Lord!« forderte Prothall in strengem Ton.
Covenant schnitt eine Grimasse, trat aber vor und wieder auf die bewußte Stelle. Als seine Ferse sich auf sie senkte, verkrampfte er sich in furchtsamer Erwartung, versuchte sich

darauf einzustellen, daß dies Fleckchen Erde plötzlich unsicher geworden war, um seine Festigkeit gekommen. Aber diesmal blieb er ungeschoren. Wie in Andelain war das Übel wieder verschwunden, hinterließ bei ihm den Eindruck, über eine Grube sei ein Bretterdach der Vertrauenswürdigkeit geschoben worden. Zur Antwort auf die unausgesprochene Frage der Lords schüttelte er den Kopf.

»Du hast dergleichen schon zuvor erlebt«, sagte Lord Mhoram nach kurzem Schweigen im Tonfall einer gleichgültigen Feststellung.

»Ja.« Mühsam nötigte sich Covenant eine wahrheitsgetreue Antwort ab. »Mehrmals … in Andelain. Vor dem Überfall beim Frühlingsfest.«

»Die Hand des Grauen Schlächters hat dich berührt«, fuhr Birinair ihn an. Aber er konnte daraus keinen Vorwurf machen. Seine Gliedmaßen schienen sich auf einmal ihres Alters zu entsinnen, und müde erschlaffte er in seiner Haltung, stützte sich auf seinen Stab. »Natürlich, wäre ich jünger«, murmelte er in merkwürdigem Tonfall der Selbstzurechtweisung, als müsse er sich entschuldigen. »Jünger.« Er kehrte den anderen seinen Rücken zu und schlurfte zu seiner Schlafstatt außerhalb des Helligkeitskreises.

»Warum hast du uns das verschwiegen?« erkundigte sich Mhoram ernst.

Die Frage erfüllte Covenant unvermittelt mit Scham, als könne man durch den Stoff seiner Hose den Ring sehen. Seine Schultern sanken herab, er stemmte die Hände tiefer in die Hosentaschen. »Ich wollte … ursprünglich wollte ich nicht, daß ihr merkt, für wie … wie wichtig mich Foul und Seibrich halten. Später …« Nur mit seinem Blick deutete er an, daß er seine Verstörtheit beim zweiten Gespräch in der Klause meinte. »Später habe ich mich mit anderen Dingen beschäftigt.« Mhoram akzeptierte die Auskunft mit einem Nicken. »Ich habe keine Ahnung, was das ist«, fügte er nach kurzem Schweigen hinzu. »Aber ich spüre es bloß durch meine Stiefel. Mit den bloßen Füßen oder meinen Händen kann ich es nicht wahrnehmen.«

Mhoram und Prothall wechselten Blicke der Verblüffung. »Zweifler«, sagte nach einem Moment des Nachdenkens der Hoch-Lord, »die Ursache dieser feindseligen Erscheinung übersteigt meine Begriffe. Wieso machen deine Stiefel dich für dies Übel empfänglich? Ich weiß es nicht. Aber Lord Mhoram oder ich müssen jederzeit in deiner Nähe bleiben, damit wir ohne Verzug einzugreifen vermögen.« Die nächsten Worte sprach er über die Schulter. »Blutmark Tuvor. Streitwart Quaan. Habt ihr's vernommen?«

»Jawohl, Hoch-Lord«, antwortete Quaan, indem er vortrat.

»Ein Überfall steht zu erwarten«, drang aus dem Hintergrund gedämpft Tuvors Stimme. »Wir haben es vernommen.«

»Höchste Bereitschaft ist vonnöten«, betonte Mhoram grimmig, »dazu starke Herzen, um einen Hinterhalt von Urbösen, Wölfen und Höhlenschraten unerschrocken zu vereiteln.«

»So ist's«, bestätigte seinerseits der Hoch-Lord. »Aber alles kommt zu seiner Zeit. Nun müssen wir ruhen. Wir müssen bei Kräften bleiben.«

Gemächlich begann das Aufgebot sich zur Nachtruhe zu begeben. Schaumfolger streckte sich am Untergrund aus, die Arme um seinen Schlauch mit dem *Diamondraught* geschlungen, und summte bei sich sein Riesen-Liedchen. Während die Bluthüter auf Wache gingen, breiteten die Krieger für sich und die Lords Decken aus.

Covenant legte sich mit Befangenheit nieder, als fühle er sich von seiner gesamten Begleitung beobachtet, und war froh, daß die Decken ihm halfen, den Ring zu verbergen. Er lag bis spät in die Nacht hinein wach, weil es ihm zum Schlafen zu kühl war; die Decken konnten nicht die Kälte vertreiben, die sein

Ring verbreitete. Aber er hörte Schaumfolger summen und sah Prothall am niedergebrannten Feuer sitzen, bis er endlich einschlief; Riese und Hoch-Lord wachten gemeinsam, zwei alte Freunde des Landes, die sich zur Vorbeugung gegen nahes Unheil eine nächtliche Wache teilten. Der folgende Tag dämmerte grau und freudlos heran – Wolken im Grau von Ascheschwaden verhängten den Himmel –, und in diesen Tag ritt Covenant so gebeugt hinaus, als trüge er einen Mühlstein um den Hals. Mit dem Untergang des Mondes hatte sein Ring die rötliche Färbung verloren; der Anblick der Farbe haftete jedoch noch in seinem Bewußtsein, und der Ring lastete so schwer an ihm wie die Schuld eines sinnlosen Verbrechens. Ratlos erkannte er, daß er eine Abhängigkeit aufgezwungen erhielt, die er nie gewählt hatte, niemals wählen würde; die Beweise kamen ihm unwiderleglich vor. Wie der Mond fiel er Lord Fouls Machenschaften zum Opfer. Sein Wille war überflüssig; die Drähte, an denen er baumelte, waren stark genug, um jeden Widerstand zu brechen. Er verstand nicht, wie ihm so etwas passieren konnte. War sein Todeswunsch, waren der Überdruß und die Verzweiflung seines Leprakrankentums so übermächtig? Was war aus seinem abgehärteten Lebenserhaltungstrieb geworden? Wo waren sein Zorn, seine Heftigkeit geblieben? Hatte er so lange Opfer sein müssen, daß er nun außerstande war, etwas anderes zu sein als Opfer, sogar vor sich selbst? Er wußte darauf keine Antwort. In nichts war er sich noch sicher, außer hinsichtlich der Furcht, die ihn packte, als das Aufgebot um die Mittagszeit zu einer Rast hielt. Er bemerkte, daß er alles andere als Lust zum Absteigen von Duras Rücken hatte. Er mißtraute dem Erdboden, ihm graute davor, ihn zu betreten. Ihm war eine Überzeugung grundsätzlicher Natur abhanden gekommen: Die Annahme, daß der Untergrund fest sei – eine Unterstellung von so offenkundiger und unverrückbarer Notwendigkeit, daß er sich bislang nie bewußt damit befaßt hatte –, war erschüttert worden. Blindes, stummes Erdreich hatte sich in eine finstere Klaue verwandelt, die boshaft nach ihm grapschte, nach ihm allein. Nichtsdestotrotz schwang er sich aus dem Sattel, zwang sich dazu – und erhielt prompt seine Abreibung, sobald sein Fuß den Erdboden berührte. Die Gehässigkeit der Empfindung versetzte alle seine Nerven in Zuckungen, und er vermochte es kaum auf den Beinen auszuhalten, während er zusah, wie Prothall, Mhoram und Birinair zu erfassen versuchten, was er gespürt hatte. Aber jeder Erfolg blieb ihnen versagt; die Krankhaftigkeit dieser üblen Berührung verschwand in dem Moment, da er davor zurücksprang.

Am Abend suchte das Übel ihn während des Essens wieder heim. Als er sich auf seinem Lager ausstreckte, um seinen Ring vorm Mond zu verstecken, schlotterte er wie im Fieber.

Am Morgen des sechsten Tages erhob er sich mit grauem Gesicht und kränklichem Ausdruck in den Augen. Noch ehe er Dura bestieg, erhielt er einen weiteren Schlag. Bei jeder Verschnaufpause, die das Aufgebot im Laufe des Tages einlegte, erging es ihm ebenso. Und als er am Ende des Tagesritts schließlich genug Verzweiflung aufbrachte, um abzusteigen, nochmals. Er empfand das Übel wie einen weiteren Nagel zu seinem Sarg. Diesmal reagierten seine Nerven so heftig, daß er wie in einer Darbietung von Sinnlosigkeit auf den Erdboden niedertaumelte. Für einen ausgedehnten Moment mußte er reglos daliegen, bevor er seine Arme und Beine wieder in die Gewalt bekam, und als er sich endlich wieder auf den Beinen befand, zuckte er und wand sich bei jedem Schritt.

*Trauriger Anblick,* schalt er mit sich. *Trauriger Anblick.* Aber es fehlte ihm an Groll, um sich dagegen aufzubäumen. Mit tiefer Besorgnis in den Augen fragte Schaumfolger ihn, warum er die Stiefel nicht einfach auszöge. Covenant mußte einen Augenblick lang nachdenken, bevor er sich auf den Grund besann. »Sie sind ein Teil von mir«, krächzte er. »Sie sind ein Bestandteil der Art und Weise, wie ich zu leben habe. Es gibt nicht … nicht noch viele solcher Bestandteile.« Schwächlich fügte er eine Ergänzung hinzu. »Wie sollte Prothall sich denn weiter mit ihrer Ergründung befassen können, wenn diese Anfälle nicht länger aufträten?«

»So etwas brauchst du nicht für uns zu tun«, entgegnete Mhoram eindringlich. »Wie könnten wir derlei von dir verlangen?« Doch Covenant hob bloß die Schultern und setzte sich ans Lagerfeuer.

An diesem Abend mochte er nichts essen – schon der Gedanke ans Essen bereitete ihm ein Schwindelgefühl –, aber er versuchte sich mit ein paar *Aliantha*-Beeren von einem Strauch in der Nähe des Lagerplatzes, und nach ihrem Verzehr stellte er fest, daß sie eine beruhigende Wirkung auf ihn ausübten. Er aß eine Handvoll der Beeren, warf die Kerne rundum beiseite, wie er es von Lena gelernt hatte, und kehrte zurück ans Lagerfeuer.

Als das Aufgebot seine abendliche Mahlzeit beendete, setzte sich Mhoram zu Covenant. »Wie vermögen wir dir zu helfen?« fragte der Lord, ohne ihn anzusehen. »Sollen wir eine Bahre bauen, so daß du die Erde nicht zu berühren brauchst? Oder gibt's andere Möglichkeiten? Vielleicht vermöchte eine von Schaumfolgers Geschichten deinem Herzen Linderung zu verschaffen. Ich habe Riesen prahlen hören, selbst der Verächter müsse sich in einen Erdfreund verwandeln, könne man ihn dazu bewegen, der Geschichte von Bahgoon dem Ungezogenen und Thelma Zweifaust zu lauschen, solches Heil verbirgt sich in Geschichten.« Plötzlich wandte sich der Lord Covenant voll zu, und Covenant sah nichts als Mitgefühl in Mhorams Miene. »Ich erkenne deine Pein, Ur-Lord.«

Covenant senkte den Kopf, um Mhorams Blick zu entgehen, vergewisserte sich dessen, daß seine linke Hand noch in seiner

Tasche stak. »Erzähle mir vom Schöpfer«, meinte er nach einem Weilchen gedankenverloren.

»Ach«, seufzte Mhoram. »Wir wissen nicht, ob da ein Schöpfer lebt. Unsere einzige Kunde von einem solchen Wesen stammt aus den allerschattenhaftesten Teilen unserer ältesten Sagen. Den Verächter kennen wir. Aber der Schöpfer ist uns unbekannt.«

Covenant empfand unbestimmte Verblüffung, als sich unerwartet Tamarantha einmischte. »Natürlich ist er uns bekannt. Ach die Torheit der Jungen! Mhoram, mein Sohn, noch bist du kein Prophet. Du mußt diese Art von Mut erlernen.« Umständlich raffte sie ihre alten Gliedmaßen zusammen und erhob sich mühselig, stützte sich auf ihren Stab. Ihr gelichtetes weißes Haar hing ihr in fadenscheinigen Strähnen übers Gesicht, als sie in den Kreis rings um das Feuer trat. »Orakel und Prophezeiungen sind miteinander unvereinbar«, sagte sie mit leiser, brüchiger Stimme. »Kevins Lehre zufolge war nur das Herz der Heimat, der Lord-Zeuger, sowohl Seher wie auch Prophet. Geringeren Seelen ermangelt diese widersprüchliche Zweifacheigenschaft. Warum, das weiß ich nicht. Aber als Kevin Landschmeißer sich fürs Ritual der Schändung entschied, da beschloß er zugleich, die Bluthüter, die Ranyhyn und die Riesen zu retten, weil er ein Orakel war, aber weil er nicht auch Prophet war, vermochte er nicht zu ersehen, daß ebenso Lord Foul überdauern sollte. Geringer war er als Berek. Natürlich lebt der Schöpfer.«

Sie schaute um Bekräftigung hinüber zu Variol, und der Lord nickte, aber Covenant hätte nicht sagen können, ob aus Zustimmung oder infolge seiner Schläfrigkeit. Tamarantha aber nickte ihrerseits, als habe Variol ihr zweifelsfrei zugestimmt. Sie hob ihr Gesicht zum nächtlichen Himmel und dessen Sternen und sprach mit vor Alter spröder Stimme weiter. »Natürlich lebt der Schöpfer«, wiederholte sie. »Was denn sonst? Gegensätze bedingen sich wechselseitig. Andernfalls bestünden keinerlei Unterschiede irgendwelcher Art, nur das Chaos bliebe. Nein, es kann keinen Verächter ohne einen Schöpfer geben. Klüger ist's, zu fragen, wie der Schöpfer, als er die Erde schuf, das vergessen haben kann. Denn falls er's nicht vergessen hat, dann gab es Schöpfertum und Mißachtung nebeneinander in seinem Wesen, und er erkannte es nicht. So berichten uns die ältesten Legenden: In die Unendlichkeit vor Anbeginn der Zeit trat der Schöpfer wie ein Handwerker in seine Werkstatt. Und da es in der Natur des Schöpfertums liegt, nach Vollkommenheit zu streben, widmete sich der Schöpfer seinem Werk mit voller Hingabe. Zuerst errichtete er den Bogen der Zeit, auf daß seine Schöpfung zum Dasein eine Stätte habe, und zur Hauptstütze selbigen Bogens schmiedete er die wilde Magie, so daß die Zeit dem Chaos widerstehen und fortwähren könne. Dann schuf er innerhalb des Bogens die Erde. Für die Dauer ganzer Zeitalter arbeitete er, formte und löste Formen auf, erprobte und prüfte und verwarf, erprobte und prüfte von neuem, damit seine Schöpfung, sobald sie vollendet war, keinen Anlaß besitze, ihm zu grollen. Und als die Erde seiner Augen Wohlgefallen erregte, schuf er ihre Bewohner, auf daß sie in ihrem Leben seinem Trachten nach Vollkommenheit nacheifern möchten – und er vergaß nicht, ihnen auch die Mittel für ihr eigenes Streben nach Vollkommenheit zu geben. Als sein Werk vollendet war, empfand er jenen Stolz, den nur die kennenlernen, denen Schöpfertum zu eigen ist. Doch ach! Er kannte nicht die Bosheit oder hatte sie vergessen. Er beendete sein Werk im Glauben, nur makellose Arbeit sei vonnöten, um Vollkommenheit zu schaffen. Aber als er fertig war und sein Stolz in der ersten Zufriedenheit geschwelgt hatte, betrachtete er die Erde näher, um sich am Anblick auch der kleinsten Einzelheiten zu weiden – und da erlebte er eine bittere Enttäuschung. Denn siehe da!, tief in der

Erde lagen, ohne Zutun seines Willens oder Handelns, Übel der Zerstörung begraben, Gewalten von solcher Gräßlichkeit, daß sie sein Meisterwerk zu Staub zertrümmern konnten. Da erst begriff er oder entsann sich. Vielleicht bemerkte er an seiner rechten Seite die Bosheit, welche eine Hand falsch gelenkt hatte. Vielleicht entdeckte er Bosheit in seinem eigenen Innern. Das ist gleich. Er ergrimmte aus Kummer und gekränktem Stolz. In seinem Zorn rang er mit der Bosheit, entweder in seinem Innern oder außerhalb seiner selbst, und in seinem Grimm warf er den Verächter nieder, aus der Unendlichkeit des Kosmos hinab auf die Erde. Ach! Und so geriet der Verächter zum Gefangenen der Zeit. Des Schöpfers Schöpfung war von da an die Welt des Verächters, die er nach seinen Launen bedrängen konnte. Denn das Gesetz der Zeit, die Grundlage jener Kraft, die den Bogen der Zeit überhaupt ermöglicht hatte, wirkte sich so aus, daß es Lord Foul, wie wir den Verächter heute nennen, ebenfalls bewahrte. Jenes Gesetz besagt, daß keine Tat ungeschehen gemacht werden kann. Schändung kann nicht rückgängig gemacht werden – Entweihung nicht ungeschehen. Sie können überlebt oder geheilt werden, aber nicht geleugnet. Daher bedeutet Lord Foul eine Heimsuchung für die Erde, und der Schöpfer vermag ihm nicht in den Arm zu fallen – es war ja des Schöpfers eigene Tat, die den Verächter auf die Erde brachte. In Demütigung und voller Trauer sah der Schöpfer, was er getan hatte. Damit der Erde weiteres Geschick nicht völlig ohne Hoffnung sei, bemühte er sich auf mittelbaren Wegen, seiner Schöpfung zu helfen. Er leitete den Lord-Zeuger an und ließ ihn den Stab des Gesetzes fertigen – eine Waffe wider die Bosheit der Geringschätzung. Mehr jedoch gestattete ihm dasselbe Gesetz nicht, das ihm die Schöpfung der Erde erlaubte. Der Schöpfer könnte Lord Foul nur vernichten, nähme er zugleich die Zerstörung der Zeit hin – und damit versetzte er den Verächter zurück in die

Unendlichkeit, so daß er wieder jedes Übel zu begehen vermöchte, wonach es ihn gelüstete.«

Tamarantha schwieg. Sie hatte die Erzählung schlicht vorgetragen, ohne hochtrabende Rhetorik, ohne daß irgendwelche Anzeichen von Aufregung oder leidenschaftlichen Nachdrucks die Gelassenheit ihres Alters störte. Für einen Moment jedoch gab ihre schwache alte Stimme Covenant die Überzeugung ein, daß das gesamte Universum auf dem Spiel stand – sein eigenes Ringen bloß die kleinere Fassung eines weit gewaltigeren Konflikts war; während dieses Augenblicks wartete er in großer Spannung darauf, was sie als nächstes sagen werde. Gleich darauf neigte sie den Kopf und wandte ihm ihr runzliges Gesicht voll zu. »Nun ist die größte aller Prüfungen zu bestehen«, sagte sie flüsternd.

»Wilde Magie ist hier. Mit einem Wort könnte unsere Welt bis in ihren innersten Kern erschüttert werden. Wandelt nicht in die Irre!« Ihre Stimme zitterte. »Können wir den Zweifler nicht für unsere Sache gewinnen, dann wird die Erde in Schutt und Asche enden.« Covenant konnte nicht entscheiden, ob ihre Stimme aus Alter oder aus Furcht bebte.

Der Mondaufgang stand kurz bevor; er begab sich auf sein Lager, um zu vermeiden, daß jemand die Veränderung an seinem Ring bemerkte. Seinen Kopf unter den Decken, starrte er in die Schwärze und erkannte den Zeitpunkt des Mondaufgangs am blutroten Schimmer, der sich in seinem Ehering ausbreitete. Das Metall wirkte heute noch tiefer verunreinigt als zwei Tage zuvor. Es hielt bei seiner geheimen Betrachtung seinen Blick wie ein Bann fest; und als er endlich einschlief, war er so erschöpft, als habe man ihn einem äußerst strengen Verhör unterzogen.

Am folgenden Morgen gelang es ihm, Duras Rücken zu erreichen, ohne attackiert worden zu sein – ohne Scham stöhnte er aus Erleichterung auf. Zur Mittagsstunde brach Prothall mit seiner bisherigen Gewohnheit und ordnete keine Rast an. Der Grund war erst offenkundig, als sie die Höhe eines Hügels überquerten und in Sichtweite des Seelentrostflusses kamen. Sie sprengten hinunter in die rauhen Ebenen und lenkten die Pferde durch den Fluß, ehe sie zur Rast hielten. Als Covenant bei dieser Gelegenheit den Fuß auf den Erdboden setzte, blieb die Attacke wieder aus. Der Rest des Tages jedoch gestaltete sich zu dieser unerklärlichen kurzzeitigen Friedlichkeit stark gegensätzlich. Ein paar Längen hinterm Seelentrostfluß gelangte das Aufgebot zum erstenmal an eine Wegrast. Prothall erinnerte sich an Covenants Bericht von der Ermordung eines Wegwahrers und sandte Bluthüter voraus, Korik und Terrel (letzterer war Lord Mhoram zugeteilt), damit sie die Wegrast von innen begutachteten. Die Erkundung war allerdings bloß noch zur Vergewisserung erforderlich. Selbst Covenant konnte in seinem schlechten Allgemeinzustand die Vernachlässigung erkennen, den Mißbrauch riechen; die zuvor grüne Einkehr für Reisende war braun und stinkig geworden. Als Korik und Terrel zurückkamen, wußten sie nur zu melden, was das Aufgebot bereits aus einigem Abstand erkannt hatte: Die Wegrast war ungepflegt geblieben.

Die Lords machten angesichts dieser Entdeckung ernste Mienen. Anscheinend hatten sie schon befürchtet, daß der von Covenant berichtete Mord die Wegwahrer dazu veranlassen könne, ihre Dienstleistungen einzustellen. Mehrere der Krieger jedoch stöhnten vor Schrecken und Bestürzung laut auf, und Schaumfolger knirschte vernehmlich mit den Zähnen. Covenant drehte sich daraufhin nach dem Riesen um und sah Schaumfolgers Gesicht für einen Moment lang von äußerster Wut verzerrt. Der Ausdruck verschwand rasch, aber danach fühlte sich Covenant stark verunsichert. Unvermutet spürte er, daß die untadelige Treue der Riesen zum Land gefährlich war; sie verleitete sie zu vorschnellen Aburteilungen. So beherrschte eine düstere Stimmung am Ende des siebten Tages das Aufgebot, eine Finsterkeit, die nur der Mond noch verschlimmern konnte, als er in seiner scheußlichen Verdorbenheit aufging und die Nacht verfärbte wie die Gewißheit eines Unheils. Bloß Covenant verspürte eine gelinde Erleichterung; sein persönliches Übel, das ihm nachschlich, ließ ihn nachts in Ruhe.

Der nächste Tag brachte die Reiter in die Sichtweite Andelains. Ihr Weg führte an den Ausläufern der im Südwesten des Landstrichs gelegenen Hügel entlang, und trotz des Graus, das den Himmel verhängte, leuchtete die Pracht Andelains wie der herrlichste Edelstein der Erde. Die Aussicht verlieh der Truppe einen gewissen Schwung, beeinflußte die Stimmung des Aufgebots wie der leibhaftige Anblick des Landes, wie es vor der Schändung gewesen sein mußte.

Covenant bedurfte dieser stillen Aufmunterung ebenso wie alle anderen, aber ihm blieb sie versagt. Beim Frühstück hatte das Übel im Erdreich erneut nach ihm ausgeschlagen. Das Aussetzen am vorherigen Tag schien die Bösartigkeit der Attacke lediglich vervielfacht zu haben; sie war gesättigt von Gehässigkeit, als hätte das Wartenmüssen sie erbittert, den Grimm erhöht. Die Wahrnehmung des Übels bereitete Covenant Beklommenheit. Während eines Rasthalts schlug es erneut nach ihm aus. Und am Abend, als er sich gerade eine Mahlzeit aus *Aliantha*-Beeren zusammensuchte, bekam er es nochmals zu spüren. Diesmal fiel die Feindseligkeit so wüst aus, daß er für eine Zeitlang die Besinnung verlor. Als er das Bewußtsein wiedererlangte, lag er wie ein Kind in Schaumfolgers Armen. Undeutlich bemerkte er, daß er unter Zuckungen litt. »Zieh deine Stiefel aus«, drängte ihn Schaumfolger.

Taubheit erfüllte Covenants Schädel wie Nebel, dämpfte sein Reaktionsvermögen. Doch er brachte genug geistige Klarheit auf, um zu fragen, warum.

»Warum? Stein und See, mein Freund! Wenn du so fragst, wie kann ich antworten? Frage dich selbst. Was gewinnst du, indem du solches Übel erduldest?«

»Mich selbst«, entgegnete er leise. Am liebsten wäre er in Schaumfolgers Armen erschlafft, um zu schlafen, aber er widersetzte sich dem Verlangen und sträubte sich gegen Schaumfolger, bis der Riese ihn schließlich bei Birinairs *Lillianrill*-Feuer auf die Füße stellte. Im ersten Moment mußte er sich noch wie ein Klammeraffe an Schaumfolgers Arm hängen, aber dann reichte ihm ein Krieger seinen Stab, und er stützte sich darauf. »Indem ich widerstehe.« Aber in seinem Mark wußte er, daß er nicht widerstand. Seine Gliedmaßen waren so schwach, als schmelze er unter der Belastung dahin. Seine Stiefel waren zum sinnentleerten Symbol seiner Aufsässigkeit geworden, die er nicht länger empfand.

Schaumfolger machte Anstalten, weitere Einwände zu erheben, aber Mhoram hielt ihn zurück. »Es ist seine Entscheidung«, sagte der Lord leise.

Nach einer Weile sank Covenant in einen fiebrigen Schlaf. Er merkte nicht, wie man ihn behutsam zu seinem Schlaflager trug und auf es bettete, ahnte nicht, daß Mhoram in der Nacht bei ihm Wache hielt und dabei die blutige Beschmutzung seines Eherings sah. Im Schlaf erreichte er so etwas wie eine Krise, und er erwachte mit dem Gefühl, die Auseinandersetzung verloren zu haben, daß seine Fähigkeit zum Dulden ins letzte Entweder-Oder-Stadium nach Erhalt eines schweren Schlags geraten war; seine Kehle war zerfurcht wie ein Schlachtfeld. Als er seine Lider aufwärts zwang, erkannte er, daß er wieder in Schaumfolgers Armen lag. Ringsum war das Aufgebot in Bereitschaft, um für einen weiteren Tagesritt aufzusteigen. Als er Covenant die Augen öffnen sah, beugte sich Schaumfolger über ihn.

»Lieber wollte ich dich für den Rest der Strecke auf meinen

Armen tragen«, sagte er bedächtig, »als dich weiterhin so leiden zu sehen. Unsere Fahrt zur Herrenhöh fiel mir leichter als nun das Zuschauen.«

Ein Teil Covenants sammelte genug Kraft, um den Riesen anzublicken. Schaumfolgers Gesicht spiegelte Anspannung wider, aber keine, die Erschöpfung entsprang. Seine Miene wirkte vielmehr, als habe sich in seinem Gemüt ein Druck gestaut – ein Druck, der das Bollwerk seiner Stirn auszubeulen schien. Benommen starrte Covenant ihn für einen langen Moment an, ehe er begriff, daß es sich um den Ausdruck von Mitleid handelte. Der Anblick von Covenants Qual brachte Schaumfolgers Puls in seinen Schläfen zum Pochen. *Riesen?* dachte Covenant. *Sind alle Riesen so?* »Was ist ein ›Schaumfolger‹? fragte er flüsternd, während er diese Ballung von Gefühl betrachtete.

Anscheinend ersah der Riese die Bedeutungslosigkeit dieser Frage nicht. »Als ›Folger‹ bezeichnen wir einen Kompaß«, antwortete er bloß. »Ein ›Schaumfolger‹ ist also ein ›Meereskompaß‹.«

Schwach begann sich Covenant zu regen, suchte sich aus den Armen des Riesen zu befreien. Aber Schaumfolger hielt ihn fest, untersagte ihm wortlos, seine Beine auf den Untergrund zu setzen. Lord Mhoram griff ein. »Laß ihn herunter«, sagte er mit grimmiger Entschlossenheit in der Stimme.

»Laß mich herunter«, ergänzte Covenant wie ein Echo.

Unter Schaumfolgers wuchtigen Brauen zogen mehrere Entgegnungen vorüber, die er nicht aussprach. »Warum?« fragte er dann lediglich.

»Ich habe etwas beschlossen«, erwiderte Mhoram. »Wir werden diese Stelle nicht verlassen, bis wir wissen, was Ur-Lord Covenant geschieht. Ich habe dies Wagnis schon zu lange aufgeschoben. Rundum belauert uns der Tod. Setz ihn ab!« Seine Augen funkelten bedrohlich. Dennoch zögerte Schaumfolger, bis er sah, daß Hoch-Lord Prothall nickte, um Mhorams Ansinnen zu unterstützen. Daraufhin verlagerte er Covenant in die Senkrechte und senkte ihn vorsichtig bodenwärts. Für einen Augenblick ruhten seine Hände wie zum Schutz auf Covenants Schultern. Dann trat er zurück. »Nun gib mir deine Hand, Ur-Lord«, sagte Mhoram. »Wir werden zusammen hier stehen, bis sich das Übel von neuem naht, und durch dich werde ich es ebenfalls spüren.« Als er das hörte, entstand in Covenants Herz ein Krampf schwacher Panik. Er sah sich in Mhorams Augen widergespiegelt, sah sich wie ein Gottverlassener dastehen, seinem Gesicht eingeprägt, was er verloren hatte. Der Verlust grämte ihn. In dieser winzigen Widerspiegelung seines Gesichts erkannte er plötzlich, daß er, falls die Attacken weitergingen, unweigerlich dahin kommen mußte, daß er die Empfindungen des Grauens und Ekels genoß, welche sie ihm verursachten. Er hatte einen Grenzbereich zum Narzißmus des Abscheus entdeckt, und Mhoram mutete ihm zu, diese Grenze zu überschreiten. »Komm!« drängte ihn der Lord und streckte die rechte Hand aus. »Wir müssen dies Übel erkennen, wenn wir ihm widerstehen wollen.« Aus Verzweiflung oder Hoffnungslosigkeit hob Covenant ebenso eine Hand. Ihre Handballen berührten sich; sie hielten sich an den Daumen. Seine zwei Finger fühlten sich kraftlos an, gleichgültig gegenüber Mhorams Absichten, aber der Griff des Lords war fest. Wie zwei Kämpfer standen sie Hand in Hand da, als müßten sie im nächsten Augenblick mit einem ergrimmten Unhold ringen.

Die Attacke erfolgte augenblicklich. Covenant schrie auf, fing zu zittern an, als seien seine Knochen selbst vom Schüttelkrampf befallen, aber er sprang nicht beiseite. Im ersten Moment half ihm Mhorams starker Griff beim Durchhalten. Dann schlang der Lord seine Arme um Covenant, drückte ihn an seine Brust. Das Ausmaß von Covenants Not erschütterte

Mhoram, aber er verharrte auf dem Fleck, verhärtete seine Umarmung. So plötzlich, wie sie gekommen war, wich die Attacke. Mit einem Stöhnen sackte Covenant in Mhorams Armen zusammen. Mhoram hielt ihn aufrecht, bis er sich wieder regte und sein Gewicht selber tragen konnte. Dann ließ der Lord ihn langsam los. Für einen Moment sahen sich ihre Gesichter sonderbar ähnlich; sie wiesen den gleichen gehetzten Ausdruck auf, den gleichen hohlen Blick, gleichartige Schweißigkeit. Doch dann stieß Covenant einen zittrigen Seufzer aus, und Mhoram straffte seine Schultern – die Ähnlichkeit verflog.

»Ich war ein Tor«, sagte Mhoram leise. »Ich hätte es sofort begreifen müssen ... Seibrich Felswürm ist das Übel, er sucht mit des Stabes Kraft nach dir. Anhand der Berührung deiner Stiefel mit der Erde vermag er deinen Aufenthalt zu ermitteln, weil sie anders sind als alles, was im Lande gefertigt worden ist. Daran erkennt er, wo du bist, und zugleich, wo wir sind. Ich vermutete, daß du an jenem Tag, als wir den Seelentrostfluß überquerten, unangetastet geblieben bist, weil Seibrich erwartete, wir würden den Weg zu ihm auf dem Fluß fortsetzen. Deshalb hat er auf dem Wasser statt zu Lande nach uns gesucht. Aber er hat seinen Irrtum bemerkt und dich gestern wiedergefunden.« Der Lord schwieg, gab Covenant eine Gelegenheit, sich seine Darlegungen zu verdeutlichen. »Ur-Lord, in unser aller Namen, im Namen des Landes«, fügte er dann hinzu, »du darfst deine Stiefel nicht länger tragen. Seibrich weiß schon zuviel über unsere Bewegungen. Seine Diener sind nicht weit.«

Covenant reagierte nicht. Mhorams Worte schienen den allerletzten Rest seiner Kräfte aufzuzehren. Die Heimsuchung war zuviel für ihn gewesen; mit einem Seufzen sank er besinnungslos in die Arme des Lords. Infolgedessen entging es ihm, wie umsichtig man ihn seiner Stiefel und übrigen Kleidungsstücke entledigte und sie in Duras Satteltaschen packte; wie sachte die Lords seine Gliedmaßen wuschen und ihn in ein Gewand aus weißem, mit Gold durchwirktem Seidenstoff hüllten; wie betrübt man ihm den Ring vom Finger zog und unter einem neuen Stück *Clingor* auf seinem Herzen befestigte; wie sanft ihn Schaumfolgers Arme umschlossen, während der Riese ihn an diesem Tag für die ganze Dauer des Marsches trug. Er ruhte im Finstern wie ein Schlachtopfer; er hörte die Zähne seiner Leprose an seinem Fleisch nagen. Der Geruch von Verachtung umgab ihn, erinnerte ihn hartnäckig an seine Impotenz. Aber seine Lippen waren zu einem ruhigen Lächeln geschwungen, drückten heitere Gelassenheit aus, als habe er sich endlich freudig mit seinem Verfall abgefunden.

Er lächelte immer noch, als er spät am Abend erwachte und empor ins breite Schurkengrinsen des Mondes starrte. Allmählich verzerrte sich sein Lächeln zu einer verkrampften Grimasse, einer Miene entweder eines Glücksgefühls oder des Zorns. Dann verdunkelte Salzherz Schaumfolgers Riesengestalt den Mond. Die großen Handflächen des Riesen, jede so groß wie Covenants Gesicht, streichelten behutsam seinen Kopf, und nach einiger Zeit tat das Streicheln seine Wirkung. Seine Augen verloren ihren gespenstischen Ausdruck, sein Gesicht entkrampfte sich, und die Marter wich einem Zustand von Gemütsruhe. Kurze Zeit später lag er in weniger gefährdetem Schlummer.

Am nächsten Tag – dem zehnten seit ihrem Aufbruch – erwachte er in beruhigter Verfassung, als befände er sich in einer Starre oder Stasis zwischen zwei miteinander unvereinbaren Anforderungen. Ein Gefühl von Unbeteiligtheit beherrschte ihn, als habe er nicht länger das Herz, sich um sich selbst zu scheren. Allerdings war er sehr hungrig. Er verzehrte ein umfangreiches Frühstück und dachte sogar daran, der Holzheimerin zu danken, die anscheinend die Aufgabe übernommen hatte, ihn zu versorgen. Seine neue Kleidung nahm er stumm zur Kenntnis und fand sich mit einem trübseligen Achselzucken damit ab, stellte mit unbestimmtem Sarkasmus fest, wie leicht es ihm schließlich doch fiel, sich von seinem alten Zeug zu trennen, und wie das weiße Gewand um seine hagere Gestalt flatterte, als wäre er darin geboren. Endlich bestieg er willenlos Dura. Seine Begleiter beobachteten ihn, als befürchteten sie, er würde stürzen. Tatsächlich war er schwächer als angenommen; es kostete ihn einen Großteil seiner Aufmerksamkeit, im Sattel aufrecht zu bleiben, aber er erwies sich als der Aufgabenstellung gewachsen. Nach und nach gelangte seine Begleitung zu der Auffassung, daß er sich außer Gefahr befand. In ihrer Mitte ritt er durch den Sonnenschein und die laue Frühlingsluft am erblühten Rand Andelains entlang – ritt matt und achtlos dahin, als stecke er zwischen Unmöglichkeiten fest.

## 17
## Ende im Feuer

Am Abend lagerte das Aufgebot in einem schmalen Tal zwischen zwei felsigen Hügeln, etwa eine Länge vom üppigen Grasland Andelains entfernt. Die Krieger befanden sich in ausgezeichneter Laune, hatten nach den Belastungen der vergangenen Tage offenbar ihre natürliche, schwungvolle Einsatzbereitschaft wiedergewonnen; sie erzählten Geschichten und sangen Lieder, während die Lords und die Bluthüter dazu die stille Zuhörerschaft abgaben. Die Lords nahmen an der allgemeinen Unterhaltung nicht aktiv teil, hörten aber allem Anschein zufolge gerne zu, und mehrmals lachten Mhoram und Quaan leise untereinander. Covenant dagegen vermochte sich der Wohlgelauntheit des Fähnleins überhaupt nicht anzupassen. Leere schien mit klobiger Faust den Deckel des Schatzkästleins seiner Emotionen zuzuhalten, und er fühlte sich ausgesondert, unberührbar. Zum Schluß legte er sich schlafen, noch bevor die Krieger ihr letztes Lied beendet hatten.

Einige Zeit später weckte ihn eine Hand auf seiner Schulter. Er schlug die Augen auf und sah Schaumfolger neben sich kauern. Der Mond stand bereits tief. »Erhebe dich«, flüsterte der Riese. »Die Ranyhyn haben uns gewarnt. Wölfe sind auf unserer Fährte. Womöglich folgen Urböse dicht hinter ihnen. Wir müssen fort.«

Schläfrig blinzelte Covenant in die übernächtigte Miene des Riesen. »Warum? Werden sie uns nicht weiterhin verfolgen?«

»Spute dich, Ur-Lord! Terrel, Korik und etwa ein Drittel von Quaans Fähnlein bleiben zurück und legen einen Hinterhalt. Sie werden das Rudel auseinanderjagen. Komm!«

»Na und?« entgegnete Covenant störrisch. »Sie werden sich

nachher wieder sammeln und uns weiter verfolgen. Laß mich schlafen!«

»Mein Freund, du stellst meine Geduld auf die Probe. Steh auf, und ich will's dir näher erklären!«

Mit einem Seufzer wälzte sich Covenant von seinen Decken. Während er die Schärpe seines Gewandes schloß, die Sandalen anzog und sich seines Stabes und des Messers bemächtigte, rollte seine holzheimerische Helferin die Decken zusammen und packte sie ein. Dann führte sie Dura zu ihm. Inmitten der gedämpften Eile, in welcher sich das Aufgebot befand, stieg er aufs Pferd und begab sich mit Schaumfolger zur Mitte des Lagerplatzes, wo die Lords und Bluthüter bereits aufgesessen waren; als auch die Krieger sich fertig zum Abmarsch meldeten, löschte Birinair die letzte Schwelglut des Feuers und bestieg steifbeinig sein Pferd. Im nächsten Moment machten die Reiter kehrt und flogen durch das enge Tal, suchten sich im letzten roten Schein des Mondes ihren Weg durch das rauhe Gelände. Das Erdreich unter Duras Hufen wirkte wie in langsamerem Gerinnen begriffenes Blut, und Covenant drückte die Hand um seinen Ring, um ihn vor dem karminroten Licht zu schützen. Ringsherum eilte das Aufgebot in äußerster Angespanntheit und möglichst lautlos vorwärts; man dämpfte sofort jedes verhaltene Klirren von Schwertern, alle atmeten gepreßt. Die Ranyhyn bewegten sich so geräuschlos wie Schatten, und auf ihren breiten Rücken saßen die Bluthüter wachsam und umsichtig. Dann ging der Mond vollends unter. Die Dunkelheit kam wie eine Erleichterung, obwohl sie ihrer Flucht irgendwie eine stärkere Gehetztheit verlieh. Aber das gesamte Aufgebot war umgeben und erhielt Führung durch die Ranyhyn, und die großen Pferde wählten einen Weg, den die anderen Pferde, die Reittiere, zwischen ihnen sicher beschreiten konnten.

Nachdem sie zwei oder drei Längen zurückgelegt hatten,

entspannte sich die allgemeine Stimmung ein wenig. Man vernahm keine Laute von Verfolgung, keine Gefahr war zu spüren. Schließlich lieferte Schaumfolger Covenant die versprochene Erklärung.

»Es ist ganz einfach«, flüsterte der Riese. »Sobald sie die Wölfe vertrieben haben, werden Korik und Terrel eine Richtung einschlagen, die fort von uns führt. Sie begeben sich schnurstracks ins Innere Andelains und ziehen nach Osten zum Donnerberg, bis die Verfolger von uns abgelenkt worden sind. Dann biegen sie ab und stoßen wieder zu uns.«

»Und warum?« erkundigte sich Covenant leise.

Lord Mhoram setzte die Erläuterung fort: »Wir bezweifeln, daß Seibrich unsere Absichten zu durchschauen vermag.« Covenant spürte die Gegenwart des Lords weniger stark als die Nähe des Riesen, so daß Mhorams Stimme im Dunkeln beinahe körperlos klang. Dieser Eindruck schien seine Worte Lügen strafen zu wollen, als wären die Äußerungen des Lords ohne die Unterstützung durch körperliche Greifbarkeit leeres Gerede. »Zu einem großen Teil mag ihm unser Unterfangen tollkühn oder töricht vorkommen. Da er in des Stabes Besitz ist, muß es wahnwitzig wirken, wenn wir uns ihm zu nahen wagen. Beabsichtigen wir's dennoch, ist unser Weg gen Süden eine Unsinnigkeit, denn er ist weit, und Seibrichs Macht wächst – mit jedem Tag. Er dürfte erwarten, daß wir uns nach Osten wenden, in seine Richtung, oder südwärts gen Unheilswinkel, um uns abzusetzen. Korik und Terrel werden Seibrichs Spähern Grund zur Annahme geben, daß wir zum Zweck eines Angriffs kehrtgemacht haben. Wenn er sich im unklaren darüber ist, wo wir uns aufhalten, wird ihm unser wahres Trachten unersichtlich bleiben. Er wird in Andelain nach uns suchen und seine Verteidigung am Donnerberg zu stärken bemüht sein. Im Glauben, daß wir zum Angriff umgedreht haben, wird er zugleich glauben, wir hätten die Kraft deines Weißgolds gemeistert.«

Covenant überlegte für ein Weilchen. »Und was wird unterdessen Foul anstellen?« fragte er dann.

»Tja, das ist die Frage«, sagte Mhoram und seufzte. »Davon hängt der weitere Verlauf unserer Unternehmung ab … und des Landes Schicksal.« Er schwieg für beträchtliche Zeit. »In meinen Träumen sehe ich ihn lachen.« Bei der Erinnerung an Fouls niederschmetterndes Gelächter zog Covenant die Schultern ein und schwieg fortan. Die Reiter durchdrangen zielstrebig die Dunkelheit, vertrauten völlig den Instinkten der Ranyhyn. Als die Dämmerung heraufzog, lag der Hinterhalt für die Wölfe weit zurück.

Das Aufgebot brauchte noch vier Tage zügigen Ritts, pro Tag fünfzehn Längen, um den Mithil zu erreichen, die nördliche Begrenzung Andelains. Sechzig Längen weit marschierte das Aufgebot nach Südosten, ohne auch bloß andeutungsweise etwas über das zwischenzeitliche Geschick von Koriks Gruppe zu erfahren. Insgesamt waren vom Aufgebot nur acht Personen abgetrennt worden. Aber irgendwie wirkte das Aufgebot ohne sie geschrumpft und bedeutungslos. Die Sorge des Hoch-Lords und seiner Begleiter rumpelte in den Hufschlägen mit, hallte durch das Schweigen, das zwischen ihnen hing wie eine Totenbahre. Verschwunden war aus den Augen der Krieger die Freude, mit der sie Andelain betrachtet hatten, das niemals weiter als eine Länge weit entfernt zur Linken ihrer Marschrichtung lag. Von der Morgen- bis zur Abenddämmerung beobachteten die Blicke nur den östlichen Horizont; sie sahen nichts als eine Ferne, in welcher Koriks Reiter ausblieben. Immer wieder erklomm Schaumfolger unterwegs irgendeinen nahen Hügel, um auszuschauen; immer wieder kehrte er außer Atem und ohne tröstliche Auskunft zurück, und das Aufgebot mußte Erklärungen für Koriks Ausbleiben den Alpträumen überlassen. Es herrschte unausgesprochene Übereinstimmung darin, daß keine Zahl von Wölfen groß genug sein konnte, um zwei Bluthüter zu überwinden, die zudem auf den Ranyhyn Huryn und Brabha saßen. Nein, Koriks Gruppe müßte schon in die Hände eines kleinen Heers von Urbösen gefallen sein, schlußfolgerte man – wogegen Hoch-Lord Prothall einwandte, daß Korik womöglich viele Längen weit reiten mußte, um einen Fluß oder eine andere Möglichkeit zu finden, die Wölfe von ihrer Fährte abzubringen. Die Argumentation des Hoch-Lords klang vernünftig, aber unterm geschändeten Mond wirkte sie irgendwie, als umfasse sie nur leere Worte der Beschwichtigung. So versah Streitwart Quaan seine Pflichten trotzdem mit einem Ausdruck im Gesicht, als sei der Verlust von sechs Kriegern bereits zur Gewißheit geworden.

Düsternis umgab die Reiter, als sie in der Abenddämmerung des vierten Tages endlich an die Ufer des Mithil gelangten. Wo sie sich dem Fluß näherten, erhob sich links ein steiler Hügel, der aussah wie ein Grenzstein Andelains. Die Anhöhe ragte übers Nordufer empor; das Aufgebot konnte an ihr vorüber nur nach Andelain vordringen, indem einer um den anderen am Flußufer entlangritt. Prothall zog diesen Pfad jedoch einer Durchquerung der kräftigen Strömung vor. Er ritt über den schmalen Uferstreifen unterhalb des Steilhangs ostwärts voraus, vor sich nur Tuvor. Einzeln folgten die übrigen Mitglieder des Aufgebots. So strebte das Aufgebot langsam am Hügel vorbei. Weit auseinandergezogen, wie das zugehen mußte, war es sehr angreifbar. Der Steilhang verwandelte sich nach kurzer Strecke in eine fast senkrechte Wand, und die von Felsen gekrönte Kuppe beherrschte den Fluß wie eine Festung. Die Reiter überwanden den Uferstreifen mit nach oben verdrehten Köpfen; sie waren sich der Heikelkeit dieses Wegstücks sehr deutlich bewußt. Die Durchquerung des Nadelöhrs war noch nicht beendet, da erscholl ein »Heil!« von der Hügelkuppe. Zwischen den Felsen trat eine Gestalt ins Blickfeld. Es war Terrel. Freudig erwiderten die Reiter seinen Ruf. Man beschleunigte die Durchquerung, und nach einiger Zeit sammelte sich das Aufgebot in einem weiten, grasbewachsenen Tal, in dem an der dem Fluß abgewandten Seite Pferde weideten, zwei Ranyhyn und fünf Mustangs. Letztere machten einen völlig erschöpften Eindruck. Ihre Beine bebten vor Schwäche, häufig sanken ihnen die Köpfe herab; sie besaßen kaum noch genug Kraft zum Fressen. Fünf, stellte Covenant zum zweitenmal fest. Er hegte die empfindungslose Überzeugung, sich verzählt haben zu müssen. Man sah Korik auf dem Weg herunter von der Hügelkuppe, begleitet von fünf Kriegern.

Mit einem Aufschrei des Zorns sprang Quaan von seinem Pferd und lief dem Bluthüter entgegen. »Irin!« rief er. »Wo ist Irin?« Bei der Sieben! Was ist mir ihr geschehen?«

Korik antwortete nicht, bevor er mit seiner Gruppe vor Hoch-Lord Prothall stand. Covenant fand die Kombination seltsam: fünf Krieger voller gegensätzlicher aufgewühlter Gefühle, voller Mut und Trauer; und ein Bluthüter, so gleichgültig wie ein Patriarch. Falls Korik irgendeine Befriedigung oder Gram verspürte, so zeigte er nichts davon. Er hielt in einer Hand ein dickes Bündel, äußerte sich jedoch vorerst nicht dazu; statt dessen entbot er dem Hoch-Lord einen Gruß. »Hoch-Lord! Ich sehe dich wohlauf. Seid ihr verfolgt worden?«

»Wir haben keine Anzeichen einer Verfolgung bemerken können«, antwortete der Hoch-Lord würdevoll.

»Das ist gut. Wir erlangten den Eindruck, erfolgreich gewesen zu sein.« Prothall nickte, und Korik begann seinen Bericht. »Wir begegneten den Wölfen und versuchten, sie zu zerstreuen. Aber sie waren *Kresch* …« – er gab ein Fauchen von sich – »und nicht leicht abzuschrecken. Also führten wir sie gen Osten in die Irre. Doch sie mochten Andelain nicht betreten. Sie heulten auf unserer Fährte, blieben aber zurück. Wir beobachteten sie aus einigem Abstand, bis sie sich nordwärts wandten. Danach ritten wir ostwärts. Nach einem Tag und einer Nacht konnten wir die Fährte unterbrechen und schlugen die Richtung nach Süden ein. Dort stießen wir auf Plünderer. Sie waren stärker als wir. Es handelte sich um Urböse und Höhlenschrate, und dabei hatten sie einen Greif.« Koriks Zuhörer ließen ein Murmeln der Überraschung und des Ärgers vernehmen, und der Bluthüter stieß etliche Laute aus, bei denen es sich wahrscheinlich um einen langen Fluch in der herben Heimatsprache der *Haruchai* handelte. »Irins Tod ermöglichte uns den Rückzug«, erzählte er dann weiter. »Aber wir gerieten weit vom Weg ab. Wir sind hier erst kurz vor euch eingetroffen.« Mit vor Widerwillen flattrigen Nüstern hob er das Bündel empor. »Heute morgen erblickten wir über uns einen Falken. Er flog auf höchst merkwürdige Weise. Wir schossen ihn.« Er griff in das Bündel und holte den Kadaver des Vogels heraus. Über dem furchtbaren Schnabel saß bloß ein einziges Auge, eine große, irrsinnige Wölbung inmitten der Stirn. Jetzt noch suchte es die Versammelten mit einer Ausstrahlung von Boshaftigkeit heim. Der Falke war entartet, ein Greuel, ein von Schlechtigkeit zum Zwecke von Schlechtem geschaffenes Wesen – von Geburt an durch eine Macht verdorben, die sogar die Natur selbst anzutasten wagte. Der Anblick schnürte Covenant die Kehle zu, und am liebsten hätte er sich übergeben.

»Das ist das Werk des Weltübel-Steins«, hörte er Prothall kaum vernehmlich sagen. »Wie sollte der Stab des Gesetzes ein solches Verbrechen bewirken, eine derartige Ungeheuerlichkeit? Ach, meine Freunde, das sind die Taten unseres Feindes. Seht gut hin!« Der Hoch-Lord machte auf dem Absatz kehrt, gebeugt von der Last des neuen Wissens.

Quaan und Birinair verbrannten den mißgestalteten Falken. Bald darauf begannen die Krieger, die mit Korik unterwegs gewesen waren, ihrerseits zu erzählen, und es zeichnete sich ein vollständigeres Bild ihrer Erlebnisse der vergangenen vier Tage ab. Naturgemäß galt die größte Anteilnahme dem Gefecht, das Irin das Leben gekostet hatte. Der Ranyhyn Brabha hatte die Gefahr zuerst gewittert und Korik gewarnt. Sofort ließ Korik die Gruppe sich in dichtem Gestrüpp verbergen, um auf die Plünderer zu warten. Indem er mit einem Ohr am Boden lauschte, stellte der Bluthüter fest, daß es eine gemischte Horde aus unberittenen Urbösen und Höhlenschraten war, was sich da näherte – Höhlenschrate ermangeln im Gegensatz zu den Urbösen der Fähigkeit, leise aufzutreten –, insgesamt nicht mehr als fünfzehn. In dieser Situation hatte sich Korik gefragt, was nun seine Pflicht sei: seine Begleiter zu schonen, damit sie den Lords zum Schutz erhalten bleiben, oder den Feinden der Lords Schaden zuzufügen. Die Bluthüter hatten sich dem Schutz der Lords verschworen, nicht des Landes. Schließlich entschied er sich für den Kampf, da er einschätzte, daß seine Gruppe, berücksichtigte man den Vorteil der Überraschung, schlagkräftig genug war, um beiden Pflichten ohne Verluste genügen zu können. Sein Entschluß rettete die Gruppe. Später erkannten sie, daß sie im Dickicht, wären sie nicht selbst zum Angriff übergegangen, festgesessen hätten; durch das panikartige Verhalten der Pferde wäre ihr Versteck verraten worden. Der Zusammenprall fand im Finstern nach Untergang des Mondes statt, in der zweiten Nacht, nachdem Korik und seine Gruppe das Aufgebot verlassen hatten, und die Plünderer zogen ohne Licht dahin. Selbst die scharfen Augen der Bluthüter vermochten vom Feind nicht mehr als schattenartige Umrisse wahrzunehmen. Und der Wind wehte zwischen den beiden Gruppierungen, so daß auch die Ranyhyn den ganzen Umfang der Gefahr nicht bemerken konnten. Sobald die Plünderer offenes Gelände betraten, gab Korik das Zeichen; hinter ihm und Terrel brachen die Krieger aus dem Dickicht. Die Ranyhyn hängten die anderen Pferde sofort ab, und so kam es, daß Korik und Terrel gerade mit dem Gegner handgemein geworden waren, als sie die Schreckenslaute der Pferde vernahmen. Die Bluthüter wirbelten herum und sahen alle sechs Krieger darum bemüht, ihre in Panik geratenen Tiere zu bändigen – und den Greif über ihnen schweben. Der Greif war ein löwenähnliches Lebewesen mit stämmigen Flügeln, die es ihm ermöglichten, über kurze Entfernungen hinweg zu fliegen. Er entsetzte die Pferde, fuhr auf die Reiter nieder. Korik und Terrel sprengten zurück zu ihren Kameraden. Die Plünderer folgten ihnen. Die Bluthüter wandten sich gegen den Greif, aber da er in der Luft blieb und mit seinen Klauenfüßen nach unten hieb, waren ihnen verwundbare Stellen ohne Waffen unzugänglich. Dann fielen die Plünderer über die Gruppe her. Die Krieger verteidigten ihre Pferde. Inmitten des Getümmels kauerte sich Korik auf Brabhas Rücken, um bei erster Gelegenheit nach dem Greif zu springen. Doch als sich diese Möglichkeit ergab, kam ihm Irin zuvor. Irgendwie hatte sie von einem Höhlenschrat ein langes Schwert erbeutet. Der Greif riß sie in seinen Klauen empor, und als er sie zerfetzte, schlug sie ihm den Kopf ab. Im nächsten Moment stürmten die Plünderer von neuem vorwärts. Die Pferde der Krieger waren außer sich vor Schrecken, taugten nur noch zum Fortlaufen. So ergriff Koriks Gruppe die Flucht, galoppierte ostwärts und dann nordwärts, den Gegner an den Fersen. Zum Zeitpunkt, als sie den Feind endlich losgeworden war, befand sie sich so tief im Innern Andelains, daß sie sich erst nach vier Tagen bei Prothall zurückmelden konnte.

An diesem Abend lagerte das wiedervereinigte Aufgebot sich früh. Während der Zubereitung der Abendmahlzeit erhob sich langsam von Norden ein kühler Wind. Anfangs erfrischte er, war voller andelainischer Düfte. Doch während der Mondaufgang näher rückte, wehte der Wind spürbar steifer, als er mit der Schärfe einer Sichel durchs Tal fauchte. Covenant bemerkte seine Widernatürlichkeit; er hatte dergleichen schon erlebt. Wie mit Peitschenhieben trieb der Wind dunkle Wolkenbänke nach Süden. Der Abend dehnte sich aus, aber anscheinend hegte niemand Neigung zum Schlafen. Unterm Aufgebot verbreitete sich Bedrücktheit, als trüge der Wind Gram heran. Auf verschiedenen Seiten des Lagers schritten Schaumfolger und Quaan voller Unbehagen auf und nieder. Die Mehrheit der Krieger hockte sichtbar niedergeschlagen herum, fummelte sinnlos mit den Waffen. Birinair stocherte unzufrieden im Lagerfeuer. Prothall und Mhoram standen hochaufgerichtet im Wind, als versuchten sie mit ihren Gesichtsnerven etwas herauszulesen. Covenant saß nur da, den Kopf gebeugt unter einem Wirbelsturm von Erinnerungen. Lediglich Variol und Tamarantha blieben unbeeindruckt. Arm in Arm saßen die zwei steinalten Lords vorm Feuer und starrten mit verträumtem, schläfrigem Blick in die Flammen; der Feuerschein flackerte über ihre Stirnen wie Schriftzeichen. Rings um das Lager standen die Bluthüter wie Felsen auf Wache. Endlich sprach Mhoram das Gefühl des gesamten Aufgebots aus: »Etwas geschieht … eine Gräßlichkeit. Das ist ein unnatürlicher Wind.«

Unterhalb der Wolken schimmerte der östliche Horizont vom Mondlicht rot. Covenant meinte, er könne von Zeit zu Zeit in dem Dunkelrot ein orangenes Flackern bemerken, blieb sich jedoch unsicher. Insgeheim betrachtete er seinen Ring und stellte in dessen Blutrot die gleiche gelegentliche Orangeschattierung fest. Aber er hielt den Mund. Er schämte sich zu sehr für Seibrichs Gewalt über ihn. Noch immer brach kein Unwetter aus. Der Wind winselte weiter, gesättigt mit rötlichen Tönen und uraltem Eis, aber er brachte dem Aufgebot nichts als Wolken und Mutlosigkeit. Zuletzt nickte die Mehrzahl der Krieger unruhig ein und schauderte immer wieder unter der Schärfe des Windes zusammen, während er seine Ernte an Verdruß nach Unheilswinkel und in die Südlandebenen wehte. Es ergab sich keine regelrechte morgendliche Dämmerung;

Wolken erstickten den Sonnenaufgang. Eine Veränderung des Windes weckte das Aufgebot. Seine Heftigkeit ließ nach, er erwärmte sich und verlagerte seine Richtung langsam gen Westen. Er fühlte sich nicht weniger krankhaft an, nur jetzt eher wie eine schleichende Krankheit. Etliche Krieger schüttelten ihre Decken ab, ergriffen die Schwerter. In aller Hast verzehrte das Aufgebot eine Morgenmahlzeit, getrieben von der unbestimmten Spannung, die der Wind verursachte. Birinair, der alte Allholzmeister, verstand als erster, was vorging. Während er einen Mundvoll Brot kaute, fuhr er plötzlich kerzengerade hoch, als habe er eine Ohrfeige erhalten. Aus lauter Konzentration zitterte er, starrte angestrengt an den östlichen Horizont; dann spie er das Brot auf den Erdboden. »Brand!« zischte er. »Im Wind. Ich rieche ihn. Brand! Aber was? Ich kann's riechen … Brand … ein Baum!« Er heulte auf. »Ein Baum! Ach, das wagen sie?!«

Für einen Moment starrte das Aufgebot ihn stumm an. »Holzheim Hocherhaben steht in Flammen!« stieß dann urplötzlich Lord Mhoram hervor.

Seine Begleiter begannen augenblicklich zu handeln. Die Bluthüter pfiffen schrill nach den Ranyhyn. Prothall rief Befehle, die Quaan mit rohem Gebrüll wiederholte. Einige Krieger beeilten sich, die Pferde zu satteln, andere brachen das Lager ab. Als Covenant angekleidet war und Dura bestieg, war das ganze Aufgebot bereit zum Aufbruch. Ohne Verzögerung galoppierte es am Mithil entlang ostwärts. Aber schon nach kurzer Zeit machten die Pferde Schwierigkeiten. Selbst die ausgeruhtesten Tiere konnten nicht mit den Ranyhyn die Geschwindigkeit halten, und jene Mustangs, die mit Korik in Andelain gewesen waren, hatten noch nicht die Kräfte wiedergefunden. Das Gelände war ungünstig für einen schnellen Ritt; es war zu uneben. Prothall schickte zwei Bluthüter als Kundschafter voraus. Danach sah er sich jedoch umständehalber dazu gezwungen, den Ritt langsamer fortsetzen zu lassen; er durfte nicht erlauben, daß ein Teil seiner Truppe zurückblieb. Dennoch strebte man so rasch wie nur möglich vorwärts. Das unbefriedigende Vorankommen erbitterte – Covenant glaubte, Quaan mit den Zähnen knirschen zu hören –, ließ sich aber nicht ändern. Trotz aller Verbitterung ließ Prothall auch die frischeren Pferde zurückhalten. Um die Mittagszeit erreichten sie die Furt über den Mithil. Nun konnten sie im Süden Rauch erkennen, und schwer hing Brandgeruch in der Luft. Prothall gebot eine Rast, um die Pferde zu tränken. Danach trieben die Reiter die Pferde erneut vorwärts, drängten auch die mattesten Tiere dazu, irgendwie neue Kraft und erneute Schnelligkeit aufzubringen. Nach einigen Längen mußte der Hoch-Lord allerdings wieder verlangsamen lassen; die Kundschafter waren noch nicht zurückgekehrt. Die Möglichkeit, daß sie in einen Hinterhalt geraten waren, verdüsterte seine Stirn, und seine Augen glitzerten, als besäßen sie Facetten aus Granit. Er sandte zwei andere Bluthüter voraus und befahl dem restlichen Aufgebot die Beibehaltung eines Schrittempos. Diese beiden Späher kamen wieder, noch ehe die Truppe eine weitere Länge zurückgelegt hatte. Sie meldeten die Zerstörung von Holzheim Hocherhaben. Die Umgebung war verlassen; Spuren deuteten darauf hin, daß die zwei ersten Späher sich nach Süden gewandt hatten.

*»Melenkurion!«* stieß Prothall unterdrückt aus und führte die Truppe im Handgalopp an, bis sie zu den Überresten des Baumdorfs gelangten. Die Vernichtung mußte als teuflisches Werk bezeichnet werden. Feuer hatte den einstigen Baum in ein Gebilde aus verkohltem Holz verwandelt, keine dreißig Meter hoch, und der geschwärzte Stamm war von oben bis unter gespalten, so daß die Hälften leicht auseinanderklafften. An ihren oberen Enden züngelten bisweilen noch Flämmchen empor. Und rund um den Baumstamm lagen Leichen verstreut,

als sei die Erde bereits zu voll mit Toten, um auch noch die Bewohner des Baumdorfs aufnehmen zu können. Weitere Leichen von Holzheimern lagen in grob südwärtiger Richtung über die Lichtung verteilt, alle ohne Brandwunden. Neben ihnen waren, erstarrt in letzten Zuckungen, die Leichen einiger gefallener Höhlenschrate zu sehen. In der Nähe des Baumstamms fand sich ein einziger nichtmenschlicher Leichnam – ein toter Urböser. Er lag auf seinem langen Rücken an der Südseite, dem gespaltenen Stamm zugekehrt; sein rußschwarzer Körper war nahezu so verkrümmt wie die eiserne Stange, die seine Hände noch umklammerten. Unweit von seinem Leichnam lag eine schwere eiserne Platte von beinahe drei Metern Durchmesser. Der Gestank des Todes und von verbranntem Fleisch machte die ganze Lichtung ringsum zu einer scheußlichen Stätte. Eine Erinnerung an die fröhlichen Holzheimer Kinder schraubte sich durch Covenants Eingeweide. Ihm war zum Erbrechen zumute. Die Lords wirkten wie gelähmt durch diesen Anblick, wie versteinert angesichts der Erkenntnis, daß Menschen, die unter ihrer Obhut standen, so hingemordet werden konnten. Nach einer Weile war Blutmark Tuvor dazu in der Lage, den Hergang des Gefechts für sie zu rekonstruieren. Die Bewohner von Holzheim Hocherhaben hatten nie eine Chance gehabt. Spät am Vortag, schätzte Tuvor, hatte eine große Horde von Höhlenschraten und Urbösen – der zertrampelte Zustand der Lichtung bewies, daß es sich um eine zahlenmäßig sehr starke Gruppierung gehandelt haben mußte – den Baum umstellt. Sie war außerhalb der Pfeilschußweite geblieben. Statt die Holzheimer direkt anzugreifen, hatte man eine Handvoll Mitstreiter vorgeschickt – höchstwahrscheinlich Urböse –, die unterm Schutz der Eisenplatte den Baum anzündeten.

»Ihr Feuer war armselig«, merkte Birinair dazu an. Er trat zum Stamm und schlug mit dem Stab dagegen. Ein Stück Holzkohle löste sich und gab den Blick auf unversehrt weißes Holz frei. »Starkes Feuer verzehrt alles«, murmelte er. »Fast hätten sie's überstanden. Das ist vorzügliches Holz. Eine etwas schwächere Flamme, und das Holz widersteht. Die's gewagt haben … sie waren nur um ein geringes Maß stark genug. Übermacht bedeutet nichts. Stärke zählt. Versteht sich von selbst. Sie hätten noch gewisse Aussichten besessen. Oder falls der Allholzmeister rechtzeitig Bescheid gewußt hätte … vorbereitet gewesen wäre. Sie hätten den Baum darauf einstellen können … ihn stärken. Dann hätten sie eine Aussicht aufs Überleben gehabt. Ach! Ich hätte hier sein sollen. Mit Holz unter meiner Betreuung hätte das niemand gemacht.«

Sobald das Feuer brannte, erläuterte Tuvor weiter, beschossen die Belagerer das Baumdorf ganz einfach mit Pfeilen, um zu verhindern, daß man die Flammen löschte, und warteten darauf, daß die verzweifelten Holzheimer zu fliehen versuchten. Daher hatten sie diese Reihe unverbrannter Leichen gefunden, die nach Süden verlief; das war die Stoßrichtung des Ausfalls gewesen. Zuletzt, als das Feuer zu stark loderte, als daß die Holzheimer noch weiteren Widerstand zu leisten vermocht hätten, spaltete der Lehrenkundige der Urbösen den Baum, um ihn vollends zu zerstören und etwaige Überlebende aus dem Astwerk herabzuschütteln.

Wieder sprach Birinair. »Er hat dazugelernt. Vergeltung. Der Narr … nicht Herr seiner eigenen Kraft. Der Baum fällte ihn. Vorzügliches Holz. Selbst in Flammen war's nicht tot. Der Allholzmeister … ein tapferer Mann. Schlug zurück. Und … und vor der Schändung hätte der *Lillianrill* retten können, was an Leben verblieben war.« Er setzte eine finstere Miene auf, als provoziere er zur Kritik an seiner Person. »Jetzt ist's zu spät. Ich kann nichts tun.« Schon im nächsten Moment wich seine herrische Miene, und er richtete seinen Blick traurig auf den zerstörten Baum, als bäte er ihn stumm um Verzeihung.

Covenant stellte Tuvors Analyse nicht in Frage; ihm war zu schlecht vom atemraubenden Blutgestank ringsum.

Schaumfolger dagegen ließ sich offenbar nicht so leicht unterkriegen. »Das ist nicht Seibrichs Werk«, versicherte er mißmutig. »Kein Höhlenschrat ist zu so ausgeklügeltem Vorgehen fähig. Wind und Wolken, um die Anzeichen des Überfalls zu verhehlen, falls Hilfe in der Nähe sein sollte. Ein eisernes Schutzdach über eine wer weiß wie weite Strecke hergeschleppt. Ein Angriff unter so geringer Verschwendung von Mitteln. Nein, vom Anfang bis zum Ende ist hier die Hand des Seelenpressers zu spüren. Stein und See!« Seine Stimme erstickte. Er wandte sich ab und preßte stöhnend seinen Riesen-Gesang heraus, um sich zu beruhigen.

»Aber warum hier?« sagte Quaan in das Schweigen. Seine Stimme hatte einen Anflug von Panik. »Warum hat er diesen Ort angegriffen?«

Etwas in Quaans Ton, ein Ansatz zur Hysterie unter mutigen, aber unerfahrenen und zur Zeit entsetzten jungen Kriegern, rief Prothall aus der Ödnis zurück, wohin seine Gedanken abgewandert waren; er ging mehr auf Quaans Gefühle als auf die Fragestellung ein. »Streitwart Quaan, viel ist zu tun. Die Pferde dürfen rasten, aber wir müssen ans Werk. Für die Toten muß ein Grab ausgehoben werden. Aufgrund ihrer feurigen Heimsuchung wäre es unangebracht, ihnen einen Scheiterhaufen zu errichten. Befiehl dein Fähnlein an die Arbeit. Hebt Gräben im Süden der Lichtung aus … dort!« Er deutete auf einen Streifen Gras, der sich etwa vierzig Meter vom verheerten Baum entfernt erstreckte. »Wir …« – er meinte die übrigen Lords – »werden die Toten ihren Gräbern übergeben.«

Schaumfolgers Singsang verstummte. »Nein. Ich will sie tragen. Laßt mich meine Hochachtung erweisen.«

»Einverstanden«, erwiderte Prothall. »Unterdessen bereiten wir ein Mahl vor und beraten über die Lage.« Mit einem Nicken

schickte er Quaan fort, damit er seinem Fähnlein die entsprechenden Anweisungen erteile. Dann wandte er sich an Tuvor und beauftragte ihn mit der Aufstellung von Posten. Tuvor äußerte, acht Bluthüter seien zuwenig, um jeden möglichen Zugang zur Lichtung zu bewachen, aber wenn er die Ranyhyn einzeln in die Hügel des Umlands sende, könne er auf Unterstützung durchs Fähnlein verzichten. Nach einem Moment des Schweigens erkundigte sich der Blutmark, was hinsichtlich der ausgebliebenen Späher unternommen werden solle. »Wir werden warten«, entgegnete Prothall bedrückt.
Tuvor nickte und ging, um sich mit den Ranyhyn zu verständigen. Sie standen nahebei in einem Grüppchen beisammen, betrachteten aus heißen Augen die halbverbrannten Leichen rund um den Baumstamm. Als Tuvor zu ihnen trat, umdrängten seine Mannen ihn, als seien sie nur zu begierig darauf, zu erledigen, was immer er ihnen aufzutragen beabsichtigte, und bereits einen Moment später sprengten sie von der Lichtung, zerstreuten sich in alle Himmelsrichtungen. Die Lords stiegen ab, luden die Säcke mit den Nahrungsmitteln von den Tieren und begannen auf einem kleinen, von Birinair erzeugten *Lillianrill*-Feuer mit der Zubereitung einer Mahlzeit. Krieger führten sämtliche Pferde an die windabgewandte Seite des Baumes, nahmen ihnen die Sättel ab und koppelten die Tiere fest. Anschließend fing das Fähnlein an zu graben. Indem er sorgfältig darauf achtete, auf keinen der Toten zu treten, begab sich Schaumfolger unter den Baum und packte die Eisenplatte. Sie war ungeheuer schwer, aber er hob sie auf und trug sie über den Ring von Leichen. Dann begann er Tote auf die Platte zu schichten und benutzte sie wie einen Schlitten, um die Leichen zu den Massengräbern zu befördern. Heftige Gefühlsaufwallungen zuckten und ruckten über seine bollwerkartige Erkerstirn, und in seinen Augen funkelten gefährliche Leidenschaften. Eine Zeitlang war Covenant das einzige Mitglied des

Aufgebots ohne bestimmte Aufgabe. Diese Tatsache verdroß ihn. Der Geruch der Toten – irgendwo unter ihnen auch Baradakas, entsann er sich schmerzlich, ferner Llaura und Kinder, Kinder! – drängte ihm die Erinnerung daran auf, wie Holzheim Hocherhaben gewesen war, als er es vor etlichen Tagen verließ: himmelhoch und stolz, prall vom Leben eines liebenswürdigen Völkchens. Zu seiner eigenen Selbstverteidigung brauchte er irgend etwas zu tun. Während er seinen Blick durchs Rund der Lichtung schweifen ließ, bemerkte er, daß den Kriegern Grabwerkzeuge fehlten. Sie hatten nur wenige Hacken und Schaufeln dabei; die Mehrzahl buddelte mit den Schwertern oder versuchte es sogar mit bloßen Händen. Er ging hinüber zum Baum. Das Umfeld des Stamms war von zahlreichen verkohlten und abgebrochenen Ästen übersät, wovon viele im Innern noch die alte Festigkeit besaßen. Obwohl er sich einen Weg über die Toten suchen mußte, obschon der nahe Anblick von all diesem wie geschmolzenes Wachs auf den geschwärzten Gebeinen verlaufenen Fleisch ihm schmerzhaft den Magen umdrehte, sammelte er solche Äste, die sich nicht auf seinem Knie brechen ließen. Diese Äste schleppte er fort vom Baum und verwendete sein Steinhausener Messer dazu, die Holzkohle abzuschaben und die Hölzer zu Pfählen zurechtzustutzen. Bei dieser Tätigkeit verrußte er sich die Hände, sein weißes Gesicht, und das Messer ließ sich in seiner Halbhand nur unbeholfen handhaben, aber er machte halsstarrig weiter. Die Pfähle händigte er den Kriegern aus, und tatsächlich vermochten sie damit schneller zu graben. Sie hoben Massengräber aus, jedes tief und lang genug, um ungefähr ein Dutzend oder mehr Tote aufzunehmen. Mit dem Einsatz von Covenants Pfählen waren die Krieger dazu imstande, die Gräber rascher auszuheben, als Schaumfolger sie füllen konnte. Am Spätnachmittag rief Prothall das Aufgebot zum Essen. Bis dahin hatte man etwa die Hälfte der Toten beerdigt.

Niemand verspürte, während die Lungen voller stickigem Rauch und die Augen durch den fortgesetzten Anblick verunstalteten Fleischs von Tränen wund waren, zum Verzehr von Speisen große Lust, aber der Hoch-Lord bestand darauf. Covenant empfand diese Hartnäckigkeit als sonderbar, bis er die Mahlzeit probierte. Die Lords hatten eine Suppe zubereitet, die anders als alles schmeckte, was er bisher im Lande gegessen hatte. Der Geschmack regte seinen Appetit an, und als er davon aß, fühlte er binnen kurzem eine Linderung seines Unwohlseins. Dies war die erste Mahlzeit, welche er seit dem vorigen Tag verzehrte; trotzdem überraschte ihn seine eigene plötzliche Gefräßigkeit. Die Sonne schickte sich zum Untergehen an, und die meisten Krieger waren mit dem Essen fertig, da erregte unvermittelt ein entferntes »Heil!« die allgemeine Aufmerksamkeit. Der Posten im Süden erwiderte den Gruß, und etwas später kamen die beiden vermißten Späher auf die Lichtung galoppiert. Ihre Ranyhyn troffen von Schweiß. Mit sich brachten sie zwei weitere Personen: eine Frau und einen Jungen von ungefähr vier Jahren, beide Holzheimer und gezeichnet, als hätten sie eine Schlacht überlebt. Der Bericht der Späher war rasch gegeben. Sie hatten die verwüstete Lichtung erreicht und die südwärtige Richtung des Ausfalls der Holzheimer verfolgt, kenntlich an den Gefallenen. Sie entdeckten einige Hinweise, daß nicht alle Bewohner des Holzheims umgekommen sein mochten. Da der Feind verschwunden war, so daß keine sofortige Notwendigkeit bestand, zurückzukehren und die Lords zu warnen, beschlossen sie, nach Überlebenden zu suchen. Sie verwischten deren Spuren, damit womöglich umgekehrte Plünderer sie nicht fänden, und ritten gen Süden. Am frühen Nachmittag begegneten sie der Frau und dem Kind, die sich wie besessen, ohne klare Überlegung oder wenigstens Vorsicht, noch immer blindlings auf der Flucht befanden; das Kind war überhaupt nicht ansprechbar gewesen, wogegen die

Frau zwischen Geistesklarheit und Verstörtheit schwankte. Sie erkannte die Bluthüter als Freunde an, war jedoch außerstande dazu, ihnen irgend etwas mitzuteilen. In einem lichten Augenblick beharrte sie allerdings darauf, daß nur eine oder zwei Längen entfernt ein Freischüler-Heiler wohne, zu dem sie wollte. In der Hoffnung, später genaue Auskünfte von der Frau erhalten zu können, hatten die Späher sie zur Höhle des Heilers gebracht. Aber die Höhle war verlassen – und das anscheinend schon seit einer ganzen Anzahl von Tagen. So brachten die Kundschafter die beiden Überlebenden zurück zu den Überresten von Holzheim Hocherhaben.

Das Paar trat vor die Lords; die Frau umklammerte die Hand des Knaben. Der Junge schaute desinteressiert drein, achtete nicht auf Gesichter, reagierte nicht auf Stimmen. Als seine Hand dem Griff der Frau entglitt, fiel sein Arm schlaff an seine Seite herab; weder leistete er Widerstand noch fügte er sich, als sie seine Hand erneut packte. Seine blicklosen Augen wirkten vorzeitig verdüstert, als schwämmen sie von schwarzem Blut. Sein Anblick versetzte Covenant einen Stich. Der Junge hätte eine künftige Ausgabe seines eigenen Sohnes sein können, Rogers – des Sohnes, den man ihm genommen hatte, als habe die Lepra ihm sogar die Vaterschaft geraubt. *Kinder?* Stöhnte er innerlich. *Foul! Kinder?*

»Das ist Pietten, Soranals Sohn«, sagte plötzlich die Frau wie zur Antwort auf seine Gedanken. »Er mag die Pferde.«

»Das stimmt«, bestätigte einer der Späher. »Er saß vor mir und streichelte dem Ranyhyn den Nacken.«

Aber Covenant hörte nicht hin. Er musterte die Frau. Verwirrt kämpfte er sich durchs Trümmerfeld ihres Gesichts, die Kratzer und Verbrennungen, den Dreck und die Blutergüsse. »Llaura?« fragte er schließlich ungläubig.

Die Sonne sank, aber es gab keinen Sonnenuntergang zu sehen. Wolken trübten den Horizont, und eine kurze Dämmerung wich alsbald dem Dunkel der Nacht. Während die Sonne verschwand, nahm die Luft eine dichtere, schwüle Beschaffenheit an, als vergösse die Dunkelheit aus Angespanntheit Schweiß.

»Ja, ich kenne dich auch«, sagte die Frau mit gequälter Stimme. »Du bist Thomas Covenant, Zweifler und Träger des Weißgoldes. In der Gestalt Berek Halbhands. Jehannum sprach die Wahrheit. Großes Unheil ist über uns hereingebrochen.« Sie sprach jedes Wort mit außergewöhnlicher Sorgfalt aus, als balanciere sie es auf der Schneide eines Schwertes. »Ich bin Llaura, Annamars Tochter, eine der Heers von Holzheim Hocherhaben. Unsere Kundschafter müssen erschlagen worden sein. Wir erhielten keine Warnung. Seid …« Aber als sie weiterreden wollte, scheiterte der Balanceakt ihres Sprechens plötzlich völlig, und sie verfiel in ständiges heiseres Stöhnen – »Uhn, uhn, uhn, uhn!« –, als sei die Verbindung zwischen ihrem Gehirn und ihrer Kehle auf einmal unterbrochen, sei sie in ein krampfhaftes Ringen gegen ein Unvermögen zum Weitersprechen gestürzt worden. Ihre Augen glitzerten aus wilder Konzentration, sie schüttelte heftig den Kopf, während sie Wörter zu bilden versuchte. Aber nichts als »Uhn, uhn, uhn!« kam über ihre zittrigen Lippen.

»So war sie, als wir ihr begegneten«, erklärte der Späher. »Im einen Augenblick kann sie reden, im nächsten wieder nicht.« Als sie das hörte, riß sich Llaura beinahe gewaltsam zusammen, unterdrückte ihre Hysterie, suchte die Behauptung des Bluthüters zu widerlegen. »Ich bin Llaura«, wiederholte sie. »Llaura, eine der Heers von Holzheim Hocherhaben. Unsere Kundschafter müssen erschlagen worden sein. Ich bin Llaura.« Hartnäckig begann sie von vorn. »Ich bin Llaura. Hütet Euch …« Erneut ging ihre Stimme über in Stöhnen. »Uhn, uhn.« Ihre Panik wuchs. »Seid … uhn, uhn, uhn. Seid … uhn, uhn. Ich bin Llaura. Ihr seid die Lords. Ihr müßt … uhn, uhn.

Hin … uhn, uhn, uhn.« Während sie sich abplagte, blickte Covenant in die Runde. Alle starrten Llaura eindringlich an; in Variols und Tamaranthas Augen standen Tränen.

»Jemand muß etwas unternehmen«, forderte Covenant mit leiser, kummervoller Stimme. »Irgend jemand.«

Urplötzlich machte Llaura den Eindruck, als müsse sie zusammenbrechen. Mit ihrer freien Hand griff sie sich an die Kehle. »Ihr müßt mich anhören!« schrie sie und begann zu wanken.

Als ihre Knie nachgaben, trat Prothall vor und fing sie auf. Mit einer heftigen Kraftanstrengung packte er ihre Oberarme und hielt sie vor sich aufrecht. »Halt!« gebot er. »Halt! Spring nicht mehr! Lausche mir und antworte mit deinem Haupt!« In Llauras Augen glomm ein Funke der Hoffnung auf, und sie entkrampfte sich; schließlich stellte Prothall sie wieder auf ihre eigenen Füße. Erneut faßte sie die Hand des Jungen. »Nun wollen wir sehen«, sprach der Hoch-Lord in gleichmäßigem Ton weiter. Er blickte tief in ihre von Pein erfüllten Augen. »Du bist nicht wahnsinnig. Dein Verstand ist klar. Man hat dir etwas angetan.« Eifrig nickte Llaura: *Ja.* »Als die Bewohner des Holzheims zu fliehen versuchten, bist du in Gefangenschaft geraten.« Wieder nickte sie: *Ja.* »Du mit dem Kind.« *Ja.* »Und ihm ist auch etwas angetan worden?« *Ja.* »Weißt du, was?« Sie schüttelte den Kopf: *Nein.* »Ist euch beiden das gleiche zugefügt worden?« *Nein.* »Aha«, meinte Prothall seufzend. »Beide sind nicht getötet, sondern gefangengenommen worden. Und der Lehrenkundige der Urbösen hat euch mit etwas behaftet?« Llaura nickte: *Ja.* Sie schauderte. »Euch eine Schädigung zugefügt.« *Ja.* »Diese Schwierigkeit verursacht, die du jetzt beim Sprechen hast.« *Ja.* »Nun geht und kommt deine Fähigkeit zum Reden.« *Nein!* »Nicht?« Prothall unterbrach die Befragung, um zu überlegen.

»Hölle und Verdammnis!« Covenant mischte sich ein. »Sie soll's aufschreiben.« Llaura schüttelte wieder den Kopf und hob ihre freie Hand. Sie zitterte haltlos.

»Dann gibt's also Dinge«, stellte nun Prothall fest, »die du nicht mitzuteilen vermagst.« *Ja!* »Etwas, wovon die Angreifer wünschen, daß du's nicht verrätst.« *Ja!* »Folglich ...« Der Hoch-Lord zögerte, als sei er dagegen abgeneigt seinen eigenen Schlußfolgerungen zu glauben. »Folglich wußten die Angreifer, daß man euch finden würde ... daß wir oder andere euch finden würden, die zu spät kämen, um Holzheim Hocherhaben noch beistehen zu können.« *Ja!* »Deshalb seid ihr gen Süden geflohen, in die Richtung des Holzheim Bayan und der südlichen Steinhausen.« Sie nickte, aber ihre Haltung deutete offenbar an, daß er den wesentlichen Punkt übersehen habe. Prothall musterte sie aufmerksam. »Bei der Sieben«, sagte er gedämpft. »So geht's nicht. Solche Befragungen erfordern Zeit, und mein Herz sagt mir, daß wir davon wenig haben. Was hat man mit dem Knäblein angestellt? Woher konnten die Angreifer wissen, daß wir – oder überhaupt irgend jemand – an diesen Ort kämen? Welches Wissen könnten sie besitzen? Welches nur, wenn dies, erführen wir's, einem Lehrenkundigen der Urbösen zuwider wäre? Nein, wir müssen andere Mittel und Wege ersinnen.«

Am Rande seines Blickfeldes sah Covenant Variol und Tamarantha am Lagerfeuer ihre Decken ausbreiten. Ihr Verhalten lenkte ihn für einen Moment von Llaura ab. Ihre Augen blickten traurig und irgendwie sonderbar geheimnisschwanger drein. Er konnte sie nicht durchschauen, aber aus irgendeinem Grund sah er sich plötzlich daran interessiert, daß sie bereits von Prothalls Entscheidung bezüglich des Aufgebots ausgingen, als er diese Entscheidung noch gar nicht gefällt hatte.

»Hoch-Lord ...«, sagte Birinair in förmlichem Tonfall.

»Ja?« fragte Prothall, dessen Aufmerksamkeit vornehmlich Llaura galt.

»Tohrm, dieser junge Welpe von einem Glutsteinmeister, hat mir einmal ein *Rhadhamaerl*-Geschenk gemacht. Fast wähnte ich, er wolle meiner spotten. Ich lachte bloß, ich bin ja kein junger Spund wie er. Es handelte sich um Heilerde.«

»Heilerde?« wiederholte Prothall verblüfft. »Du hast welche?«

»Ob ich welche habe? Natürlich. Ich bin doch kein Trottel. Ich trage sie bei mir auf den Feldzügen, halte sie feucht. Tohrm wollte mich belehren, als wüßte ich nichts.«

»Bitte bring sie her«, sagte Prothall, indem er seine Ungeduld bezähmte.

Im nächsten Moment reichte Birinair dem Hoch-Lord einen kleinen steinernen Topf, angefüllt mit nasser, von goldenem Glitzern durchsetzter Erde – Heilerde. »Gebt acht«, meinte Covenant leise, dessen Stimme dabei von vielschichtigen Erinnerungen zeugte. »Sie wird davon einschlafen.« Aber Prothall verlor keine Zeit. In der Dunkelheit, die nur Birinairs *Lillianrill*-Feuer sowie letzte Glut am verwüsteten Baum ein wenig aufhellten, klaubte er etwas von der Heilerde aus dem Topf. Die goldenen Partikel darin leuchteten im Feuerschein auf. Sachte verstrich er die Heilerde auf Llauras Stirn, den Wangen und ihrer Kehle.

Beiläufig bemerkte Covenant, daß der Lord Mhoram sich nicht länger mit Prothall und Llaura befaßte; statt dessen hatte er sich zu Variol und Tamarantha gesellt und befand sich allem Anschein nach mit ihnen in einer Meinungsverschiedenheit. Die beiden alten Lords lagen rücklings nebeneinander, Hand in Hand, während er über sie gebeugt stand, als versuche er einen Schatten von ihnen fernzuhalten. Doch sie ließen sich offensichtlich nicht beirren.

»Es ist besser so, mein Sohn«, sagte Tamarantha leise mitten in seine Einsprüche. »Arme Llaura«, murmelte Variol. »Mehr können wir nicht tun.«

Covenant schaute ruckartig in die Runde. Die Krieger widmeten ihr ganzes Interesse anscheinend der Befragung der Heer, aber Schaumfolgers überschattete Augen ließen ihren Blick häufig, wenngleich ziellos, nach allen Seiten über die Lichtung wandern, wie um unheilvolle Visionen zu verscheuchen. Mit einem unbehaglich frostigen Kribbeln an seinem Rückgrat wandte sich Covenant wieder Llaura zu.

Die erste Berührung der Heilerde vervielfachte lediglich ihre Not. Ihr Gesicht verzerrte sich aus höchster Qual, und ein Krampf, der einem Vorgeschmack des Todes glich, dehnte ihre Lippen wie in einem stummen Schrei. Dann aber durchfuhr sie eine kräftige Zuckung, und der kritische Moment war offenbar vorüber. Sie sank auf die Knie und weinte vor Erleichterung, als habe man aus ihrem Geist eine Klinge gezogen. Prothall kniete neben ihr nieder und schloß sie in seine Arme, wartete wortlos ab, daß ihre Selbstbeherrschung wiederkehre. Es dauerte ein Weilchen, bis sie die Phase des Ausweinens überwand. Dann raffte sie sich hoch. »Flieht!« schrie sie. »Ihr müßt fliehen! Dies ist ein Hinterhalt! Ihr sitzt in der Falle!«

Aber ihre Warnung kam zu spät. Im gleichen Moment kehrte Tuvor im Laufschritt von seinem Posten zurück, fast augenblicklich gefolgt von den anderen Bluthütern. »Bereitet euch auf einen Angriff vor«, sagte der Blutmark ausdruckslos. »Wir sind umzingelt. Die Ranyhyn sind abgeschnitten worden und konnten uns nicht warnen. Ein Kampf ist unvermeidlich. Uns bleibt nur noch genug Zeit, um uns darauf vorzubereiten.«

Covenant begriff die Unmittelbarkeit der Gefahr zunächst nicht. Prothall erteilte barsch Befehle; man begann den Lagerplatz zu räumen. Krieger und Bluthüter sprangen in die noch leeren Massengräber, suchten Deckung im Hohlraum des Baumstammes.

»Laßt die Pferde, wo sie sind!« ordnete Tuvor an. »Die Ranyhyn werden durchbrechen, wenn's möglich ist, um sie zu beschützen.«

Prothall vertraute Llaura und das Kind Schaumfolgers Obhut an, der das Paar in einem angefangenen Grab verbarg und die Eisenplatte darüberschob. Prothall und Mhoram stiegen zusammen in das südlichste Grab. Covenant jedoch blieb ratlos stehen, wo er sich befand. Er bemerkte beiläufig, wie Birinair das Lagerfeuer auf eine ganz schwache Restglut verminderte, um sich dann zum verkohlten Baumstamm zurückzuziehen. Covenant jedoch brauchte seine Zeit, um voll zu erfassen, was man Llaura angetan hatte. Ihr Schicksal drohte ihn zu umnachten. Zuerst hatte man ihr etwas verraten, das die Lords zu retten vermocht hätte – und sie dann der Möglichkeiten enthoben, ihr Wissen weiterzugeben. Und ihre Bemühungen, eine Warnung zum Ausdruck zu bringen, hatten nur das Mißlingen dieser Anstrengungen gesichert, indem sie bewirkten, daß die Lords sie zu verstehen versuchten und nicht einfach weiterritten. Doch was man ihr zugefügt hatte, war überflüssig gewesen, nur einer grausamen Laune entsprungen; die Falle wäre auch ohne diese Schandtat erfolgreich zugeschnappt. In jeder Facette ihres Elends erkannte Covenant Lord Fouls Lachen wieder.

Bannors Berührung an seiner Schulter schreckte ihn auf. »Komm, Ur-Lord«, sagte der Bluthüter so gelassen, als informiere er ihn über die Tageszeit. »Du mußt dich verbergen. Es ist notwendig.« *Notwendig?* Innerlich brach Covenant in Gebrüll aus. *Weißt du eigentlich, was der Lumpenhund ihr angetan hat?!* Aber als er sich umdrehte, sah er Variol und Tamarantha noch immer bei der letzten Glut der Feuerstelle liegen, geschützt durch bloß zwei Bluthüter. *Was ...?* Er gaffte. *Sie werden ums Leben kommen!* Gleichzeitig ging ihm der Gedanke *Er macht genau das gleiche mit mir!* durch einen anderen Teil seines Hirns. *Genau das gleiche.*

»Faß mich nicht an!« stöhnte er. »Hölle und Verdammnis! Wirst du das denn niemals begreifen?« Ohne deswegen zu zögern, hob Bannor ihn hoch, drehte ihn um und ließ ihn in eines der ausgehobenen Massengräber rutschen. Covenant fand kaum darin Platz, weil bereits Schaumfolger darin hockte, sich niederkauerte, um seinen Kopf in Deckung zu halten. Doch hinter Covenant quetschte sich auch noch Bannor in das grabenähnlich längliche Loch, bezog so Stellung, daß er überm Zweifler seine Arme frei hatte. Dann verbreitete sich auf dem Lagerplatz ein durch die Beklommenheit und Unruhe von Furcht gekennzeichnetes Schweigen. Schließlich erfaßte die Spannung, die dem gegnerischen Ansturm vorausging, auch Covenant. Sein Herzschlag flatterte; Schweiß trat ihm auf die Stirn; seine Nerven schlotterten, als wären sie bloßgelegt worden. Graue Übelkeit, die seinen Mund wie Staub ausfüllte, verursachte ihm Brechreiz. Er bemühte sich, sie hinunterzuschlucken, aber vergeblich. *Nein!* hechelte er innerlich. *So nicht. Ich will nicht! Genau das gleiche, genau was Llaura passiert ist.* Ein begieriges Kreischen zerriß die Stille. Danach ertönte das Stampfen des feindlichen Vorrückens. Covenant riskierte einen Blick über den Rand der Grube und sah die Lichtung umringt von schwarzen Gestalten und lavaroten Augen. Sie näherten sich langsam, als wollten sie die Eingeschlossenen das bevorstehende Ende weidlich auskosten lassen. Und kurz hinter den gegnerischen Reihen trudelte schwerfällig die düstere Gestalt eines riesigen Viehs durch die Luft. Covenant krampfte sich zusammen. Furchtsam beobachtete er die Annäherung wie ein Ausgestoßener, wie aus der Ferne. Indem die Höhlenschrate und Urbösen ihren Ring um die Lichtung verengten – ihren Angriff auf den ungeschützten Lagerplatz konzentrierten –, verdichteten sich ihre Reihen, verringerten sie mit jedem Schritt die Aussichten für einen Durchbruchsversuch der Umzingelten durch ihre Reihen. Allmählich wuchs die Lautstärke ihres Anrückens; sie stapften über den Untergrund, als wollten sie das Gras restlos zermalmen. Ein Durcheinander von genuschelten Lauten breitete sich über der Lichtung aus – gedämpftes Knurren und Fauchen durch zusammengebissene Zähne, Gegluckse, vorfreudiges Gesabber –, wehte über die Gräber wie eine von Hinterlassenschaften zerstörter Leben gesättigte Ausdünstung. Die Höhlenschrate keuchten wie Verrückte, die man auf Liebe zum Morden gedrillt hatte. Und hinter dieser Mauer aus Lauten, in ihrer Dumpfheit schrecklich anzuhören, folgte der Flügelschlag eines Greifen, trommelte einen Trauermarsch. Die angekoppelten Pferde fingen an zu schreien. Ihr nacktes Entsetzen riß Covenant hoch, und er lugte lange genug über den Grubenrand, um erkennen zu können, daß den Tieren nichts geschah. Die Reihen der Angreifer teilten sich ab und koppelten sie los, führten sie weg. In hysterischer Aufregung versuchten sich die Pferde zu sträuben, aber die rohe Kraft der Höhlenschrate meisterte ihren Widerstand leicht. Schließlich trennten kaum noch dreißig Meter die Angreifer von ihren Gräbern. Covenant duckte sich so tief hinab wie möglich. Er wagte kaum zu atmen. In diesen Gruben war das gesamte Aufgebot wehrlos. Im nächsten Moment erscholl unter den Angreifern ein Aufheulen.

»Nur fünf?« riefen mehrere Höhlenschrate.

»Bei soviel Pferden?«

»Getäuscht!« Aus Wut über die geringe Zahl ihrer Opfer verließ fast ein Drittel der Gegner die geordneten Reihen und stürzte blindwütig zum Lagerfeuer.

Sofort nahm das Aufgebot seine Chance wahr. Die Ranyhyn wieherten. Ihr gemeinsamer Ruf durchfuhr die Luft wie ein Trompetenstoß. Von Osten her galoppierten sie auf die Pferde zu. Birinairs Gestalt löste sich vom verwüsteten Baum. Mit einem wilden Aufschrei schwang er seinen Stab durch einen vollen Kreis und schlug ihn ans Holz. Flammen schossen aus dem Stamm und tauchten die Angreifer in helles Licht. Aus der südlichsten Grube sprangen zusammen Prothall und Mhoram. Ihre Stäbe loderten von blauem Lord-Feuer. Mit dem Ausruf *»Melenkurion!«* brachten sie ihre Kräfte gegen die aufmarschierten Kreaturen zum Einsatz. Voller Furcht schraken die ihnen am nächsten befindlichen Höhlenschrate und Urbösen vor den Flammen zurück. Krieger und Bluthüter sprangen aus den Gruben, stürmten aus dem hohlen Baum vorwärts. Und hinter ihnen kam die Riesengestalt Salzherz Schaumfolgers, brüllte einen äußerst selten vernehmbaren Riesen-Kriegsruf. Der Kampf begann mit Schreien von Furcht und Zorn, Flammen, blitzartigen Hieben und Waffengeklirr. Das Aufgebot war im Verhältnis zehn zu eins unterlegen. Indem er seinen Blick von einem zum anderen Einzelgeschehen schweifen ließ, beobachtete Covenant den Verlauf des Gefechts. Die Bluthüter verteilten sich sofort gemäß ihren Aufgaben, je zwei von ihnen deckten einen Lord, einer stand Birinair bei, ein anderer, nämlich Bannor, schirmte die Grube ab, worin Covenant verharrte. Die Krieger fanden sich rasch zu Fünfergruppen zusammen. Sie fochten Rücken an Rücken und versuchten, die feindlichen Reihen in dieser Formation erst nach jener, dann in der anderen Richtung zu durchdringen, sie zu zerschlagen. Mhoram bahnte sich gewaltsam einen Weg durchs Getümmel, suchte die Befehlshaber oder Lehrenkundigen des Gegners. Prothall behauptete sich in der Mitte des Kampfplatzes, um dem Aufgebot einen Bezugspunkt zu bieten. Er rief Warnungen und Befehle nach allen Seiten. Schaumfolger dagegen kämpfte allein. Er wütete unter den Angreifern wie ein Berserker, teilte wuchtige Fausthiebe und furchtbare Tritte aus, schmiß alles auf Widersacher, was ihm in die Hände geriet. Sein Kriegsruf verwandelte sich in ein unablässiges, gedehntes, durchdringendes Knurren des Grimms; seine langen Schritte beförderten ihn immer nur ins dichteste Gewimmel. Anfangs wirkte er kampfstark genug, um mit der gesamten Feindhorde allein fertig zu werden. Bald aber machte sich andererseits die große Kraft der Höhlenschrate bemerkbar. Sie warfen sich haufenweise auf ihn; zu viert konnten sie ihn endlich hinstrecken. Aber schon im nächsten Augenblick kam er wieder hoch; schleuderte Körper in alle Richtungen, als seien sie nur Puppen. Aber es war klar ersichtlich, daß er verloren war, falls genug Höhlenschrate ihn zugleich angingen. Variol und Tamarantha schwebten in keiner geringeren Gefahr. Während des Ansturms blieben sie reglos liegen, und ihre vier Bluthüter wendeten die allergrößte Mühe auf, um sie zu verteidigen. Einige Angreifer verschossen Pfeile; die Bluthüter wehrten die Geschosse mit den Handrücken ab. Speere folgten, ehe Höhlenschrate mit Schwertern und Keulen den Nahkampf suchten. Unbewaffnet und ohne irgendwelche Unterstützung erwehrten die Bluthüter sich ihrer mit Schnelligkeit, Bewahrung des Gleichgewichts und Geschicklichkeit, brachten den Bedrängern tadellos plazierte Hiebe und Tritte bei. Sie kämpften mit geradezu unglaublichem Erfolg. Bald umgab ein kleiner Ringwall aus toten oder bewußtlosen Höhlenschraten die beiden alten Lords. Doch wie Schaumfolger waren sie durch eine konzentrierte Attacke überwindbar und würden einem solchen Vorgehen des Gegners erliegen. Auf Prothalls Befehl eilte eine Gruppe von Kriegern den vier Bluthütern zu Hilfe. Covenants Blick ruckte weiter. Er sah Mhoram in äußerst bemerkenswertem Ringen mit dreißig oder vierzig Urbösen. Alle Urbösen der Feindhorde – im Vergleich zur Zahl der Höhlenschrate waren sie wenige – hatten sich hinter ihrem Lehrenkundigen, dem größten unter ihnen, zu einem Keil zusammengedrängt, einem Keil, der offenbar ihre vereinigten Kräfte dem Lehrenkundigen an der Spitze zufließen ließ. Der Lehrenkundige schwang einen Säbel, der von Flammen lohte, und Mhoram focht dagegen mit seinem Stab. Das Aufeinanderprallen von reiner Energie versprühte Schauer heißer Funken, die unter Geprassel durch die Luft sirrten. Dann verlagerte sich ein Wirbel von Kampftätigkeit herüber zu Covenants Grube. Gestalten huschten näher, ragten bedrohlich empor; Bannor tobte wie ein Derwisch, um Spieße abzuwehren. Einen Moment später erhielt er Beistand durch einen weiblichen Krieger. Es war die Holzheimerin, die Covenant betreute. Sie und Bannor kämpften um sein Leben. Er preßte sich die Hände auf seine Brust, wie um seinen Ring zu schützen. Unbewußt ertasteten seine Finger das Metall. Durchs schemenhafte Getrampel von Beinen sah er flüchtig Prothall, sah den Hoch-Lord in Bedrängnis. Er verwendete seinen Stab, aus dem Flammen waberten, wie eine Lanze, um sich den Greif vom Leib zu halten. Die Schwingen des Ungeheuers warfen ihn fast aus dem Gleichgewicht, aber er wich nicht zurück, schleuderte sein blaues Feuer aufwärts. Auf dem Greif jedoch saß ein weiterer Urbösen-Lehrenkundiger. Das Geschöpf bediente sich eines schwarzen Knüttels, um die Stöße des Hoch-Lords zu behindern. Vor Covenants Augen steigerte sich der Grimm der Auseinandersetzung. Gestalten kamen zu Fall, rafften sich wieder auf. Blut spritzte auf ihn. Auf der anderen Seite der Lichtung kämpfte sich Schaumfolger unter einem ganzen Schwarm von Höhlenschraten wieder auf die Beine, aber augenblicklich keilten die Gegner ihn erneut ein. Prothall fiel unter den gemeinsamen Anstrengungen seiner Widersacher auf die Knie. Der Keil aus Urbösen trieb Mhoram unablässig rückwärts; seine zwei Bluthüter hatten große Mühe, um ihm wenigstens Rückendeckung zu gewährleisten. Covenants Kehle fühlte sich an wie von Sand verstopft. Im Kampf gegen die Höhlenschrate rund um Variol und Tamarantha waren bereits zwei Krieger gefallen. Plötzlich griffen drei Höhlenschrate mit Spießen gleichzeitig einen der Bluthüter vor Tamarantha an. Der Bluthüter zerbrach den Spieß mit einem Handkantenschlag und sprang über den zweiten hoch hinweg, um den Eigentümer ins Gesicht zu treten. Doch trotz seiner Behendigkeit war er zu langsam. Der dritte Höhlenschrat bekam ihn am Arm zu packen. Der erste Schrat griff sofort ein und klammerte seine langen Finger um einen Fußknöchel des Bluthüters. Die beiden streckten ihr Opfer zwischen sich, und ihr Kumpan hob seinen Spieß, um ihn dem Bluthüter in den Bauch zu rammen. Erstarrt in Hilflosigkeit schaute Covenant zu, wie der Bluthüter sich dem Zugriff der Schrate widersetzte, sie mit ungeheurem Kraftaufwand einander näher zog und sich infolgedessen zur Seite krümmen konnte, als der Spieß niederfuhr. Die Spitze der Waffe schrammte lediglich über seinen Rücken. Im folgenden Moment fällte er seine zwei Bedränger mit Stößen in den Unterleib. Sie ließen ihn los und taumelten zurück. Er prallte auf den Erdboden und vollführte einen Überschlag. Aber der andere Höhlenschrat schaffte es noch, ihm unterdessen einen so kraftvollen Tritt zu versetzen, daß er aus Tamaranthas Nähe purzelte. Der Höhlenschrat stieß einen Schrei des Triumphs aus und sprang vor, den Spieß mit beiden Händen erhoben, um den reglosen Lord damit zu durchbohren. Tamarantha! Ihre Gefährdung verscheuchte Covenants Furcht. Er tat einen Satz aus der Deckung seiner Grube, ohne nachzudenken, und lief hinüber. Sie war so alt und schwach; er konnte sich nicht bremsen.

»Hinab!« schrie die Holzheimerin ihm zu. Sein plötzliches Auftauchen lenkte sie ab, lieferte gleichzeitig ihren Gegnern eine Gelegenheit. Sie versäumte es, einen Schwerthieb zu parieren, und die Waffe verletzte sie an der Seite. Aber Covenant bemerkte nichts davon. Er befand sich unterwegs zu Tamarantha – doch zu spät. Der Höhlenschrat stieß seine Waffe abwärts. Im letzten Augenblick rettete der Bluthüter Tamarantha, indem er sich über sie warf und den Spieß mit seinem Rücken abfing. Covenant stürzte sich auf den Schrat und versuchte, ihn mit seinem Steinmesser zu erdolchen. Aber in seiner Halbhand verdrehte sich die Klinge; es gelang ihm lediglich, das Schulterblatt des Höhlenschrats anzukratzen. Das Messer entfiel seinen überforderten Fingern. Der Höhlenschrat fuhr herum und streckte ihn mit einem Hieb nieder. Der Schlag machte ihn für einen Moment benommen, doch Bannor half ihm, indem er das Geschöpf seinerseits attackierte. Der Höhlenschrat trat ihm entgegen, als habe sein Erfolg gegen den nunmehr toten Bluthüter Tamaranthas ihn ermutigt, seinen Kampfgeist erhöht. Er wehrte Bannors anfängliche Schläge ab, umfaßte ihn mit seinen langen, starken Armen und fing an zu drücken. Bannor drosch auf Augen und Ohren des Höhlenschrats ein, doch die entfesselte Kreatur verstärkte bloß ihre Umklammerung. In Covenants Ohren dröhnte unbezähmbare Wut. Noch halb betäubt torkelte er zu Tamaranthas stiller Gestalt und riß ihren Stab an sich; sie reagierte nicht einmal mit der geringsten Regung, und er fragte nicht um Erlaubnis. Er wandte sich um, schwang den Stab wild über seinem Haupt und schlug ihn mit aller Kraft gegen den Hinterkopf des Höhlenschrats. In lautloser Explosion flammte Energie in Weiß und Karminrot auf. Sofort brach der Höhlenschrat tot zusammen. Die Leuchterscheinung blendete Covenant für einen Moment. Aber er bemerkte die krankhaft rote Färbung der Stichflamme. Als sein Blickfeld sich wieder klärte, starrte er seine Hände an, seinen Ring. Er konnte sich nicht daran erinnern, daß er ihn aus dem *Clingor* auf seiner Brust entfernt hatte. Aber er stak an seinem Ringfinger und pulsierte rötlich unterm Einfluß des von Wolken verhangenen Mondes. Aus dem Gewimmel stürmte ein anderer Höhlenschrat auf ihn zu. Rein instinktmäßig schlug er mit dem Stab nach dem Geschöpf. Es stürzte in einem grellen Blitz von karminroter Farbe tot nieder.

Bei diesem Anblick kehrte sein ganzer alter Grimm schlagartig zurück. Eine eruptive Aufwallung von Gewalttätigkeit brachte ihn um seine Sinne. »Foul!« brüllte er, als stünde der Verächter persönlich vor ihm, ehe er sich ins dichteste Getümmel warf. Er handhabte den Stab wie ein Irrsinniger, als handelte es sich um einen Dreschflegel, erschlug einen weiteren Höhlenschrat, dann noch einen und abermals einen. Aber er merkte nicht, wohin seine Füße ihn trugen. Nach dem dritten Treffer plumpste er in eine Grube. Für ein längeres Weilchen blieb er in dem künftigen Grab liegen wie ein Toter. Als er sich endlich wieder hochraffte, bebte er vor innerer Aufwühlung. Über ihm tobte der Kampf mit geradezu fiebriger Hitzigkeit. Er vermochte nicht zu überblicken, wie viele Angreifer mittlerweile getötet oder außer Gefecht gesetzt worden waren; doch klar ersichtlich war ein gewisser Umschwung: Das Aufgebot hatte seine Taktik geändert. Prothall hatte sich dem Greif entzogen, um Schaumfolger beizustehen. Und als der Riese wieder auf eigenen Beinen stand – er troff nur so von Blut –, wandte er sich gegen den Greif, während Prothall zu Mhoram stieß und ihm gegen die Urbösen Unterstützung leistete. Bannor blieb in Covenants Nähe; Quaan jedoch ließ die Überlebenden seines Fähnleins einen Abwehrring um Variol und Tamarantha bilden. Einen Moment später erscholl ein lauter Ruf von den Ranyhyn. Sie hatten die anderen Pferde herausgehauen und sprengten nun mitten in den Wirrwarr. Und während sie mit ihren Hufen und Zähnen unter den Höhlenschraten aufzuräumen begannen, schwangen Prothall und Mhoram gemeinsam ihre feurigen Stäbe gegen den von Flammen umlohten Säbel des Lehrenkundigen vom Urbösen-Keil. Die glutheiße Waffe zersprang in lavagleiche Stücke, und die Explosion fällte auch den Urbösen selbst. Sofort verschob sich der Keil, und die Urbösen stellten einen neuen Vorkämpfer an ihre Spitze. Aber ihr Stärkster war gefallen, und sie begannen zu weichen.

Am anderen Ende des Kampfplatzes gelang es unterdessen Schaumfolger, den Greif zu überraschen. Das Untier bedrohte die Krieger um Variol und Tamarantha. Mit einem Aufbrüllen sprang Schaumfolger in die Höhe und schlang seine Arme in lebensgefährlicher Umklammerung um den Leib des Greifen. Sein Körpergewicht zog die Bestie herunter; die Widersacher wälzten sich durchs von Blut schlüpfrige Gras, rangen erbittert miteinander. Der Urböse fiel vom Rücken des Greifen, und Quaan enthauptete ihn, ehe er seinen schwarzen Knüttel erheben konnte. Der Greif heulte gräßlich aus Wut und Schmerz, wand sich zwischen Schaumfolgers Armen, um ihn mit Klauen und Zähnen erreichen zu können. Aber der Riese drückte mit seiner gesamten Kraft zu, mißachtete stumm das Umherschlagen des Viehs, ganz darauf bedacht, es zu töten, bevor es sich ihm entwinden und ihn zerfleischen konnte. Im wesentlichen war ihm dabei Erfolg beschieden. Ruckartig verstärkte er den Druck in wilder Wut bis zum Äußersten und hörte prompt im Rücken des Untiers Knochen laut brechen. Der Greif gellte ein letztes Kreischen hervor und starb. Für einen Moment verharrte Schaumfolger neben dem leblosen Körper, keuchte heiser. Dann richtete er sich unsicher auf. Seine Stirn war bis auf den Schädelknochen aufgerissen. Dennoch gönnte er sich so gut wie keine Verschnaufpause. Er wischte sich Blut aus den Augen, nahm einen Anlauf und warf sich in voller Länge auf den dichtgedrängten Keil von Urbösen. Unter dem Anprall brach ihre Formation auseinander. Urplötzlich entschlossen sich die Urbösen zur Flucht. Noch ehe Schaumfolger wieder aufrecht stand, waren sie fort, in die Dunkelheit entschwunden. Ihr Rückzug raubte der wahnwitzigen Kampfeslust der Höhlenschrate den Schwung, ließ ihren Mut erlahmen. Die knorrigen Wesen fühlten sich nicht länger dazu imstande, es mit dem Lord-Feuer aufzunehmen. Die bedrohlich geschwungenen Stäbe verbreiteten unter ihnen Panik, die in ihren Herzen aufloderte wie Flammen aus Zunder. Ein Aufheulen der Niederlage ertönte aus der Mitte der restlichen Angreifer. Die Höhlenschrate begannen zu laufen. Mit jämmerlichem Klagegeschrei flohen sie den entflammten Baumstamm und zerstreuten sich in alle Himmelsrichtungen. Sie liefen mit groteskem Rucken ihrer knotigen Gelenke, aber dank ihrer Kräfte und langen Beine waren sie schnell. Im Handumdrehen hatten sie die Lichtung verlassen. Schaumfolger rannte ihnen hinterdrein. Indem er Riesen-Flüche brüllte, jagte er den Fliehenden nach, als wolle er sie unter seinen Füßen zerstampfen. Rasch verschwand er im Dunkeln, und nach einer Weile war er nicht länger zu hören. Doch dann und wann vernahm man noch Schreie aus der Ferne, wenn er flüchtige Höhlenschrate erwischte und zermalmte.

Tuvor fragte Prothall, ob er ein paar Bluthüter zu Schaumfolgers Unterstützung ausschicken solle, aber der Hoch-Lord schüttelte den Kopf. »Wir haben genug vollbracht«, antwortete er keuchend. »Denkt an den Friedensschwur.« Für einige Zeit stand das Aufgebot wortlos da, erschöpft und erleichtert, und nur die schweren Atemzüge der Sieger und das Stöhnen verwundeter Höhlenschrate durchdrang das Schweigen. Niemand rührte sich von der Stelle; für Covenants Ohren glich die Stille einem Gebet. Unbeholfen kletterte er aus der Grube. Aus glasigen Augen starrte er rundum und nahm zur Kenntnis, welchen Blutzoll das Gefecht gefordert hatte. Um den Lagerplatz lagen in wirren Haufen Höhlenschrate hingestreckt – fast hundert, tote, sterbende, besinnungslose –, und überall sah man wie einen Tau des Todes ihr Blut. Zehn Urböse hatten den Tod gefunden. Fünf Krieger sollten nie wieder mit ihrem Fähnlein ausreiten, und niemand unter Quaans Befehl war unverletzt geblieben. »Wir sind glücklich davongekommen«, sagte Prothall mit einem Stöhnen in der Stimme, das seiner Äußerung widersprach.

»Glücklich?« wiederholte Covenant in vagem Unglauben.

»Wir sind glücklich davongekommen.« Ein Anflug von Ärger

erfaßte Prothalls Stimme. »Bedenke, wir hätten allesamt getötet werden können. Bedenke, daß der Überfall während des Vollmondes stattfand. Berücksichtige, daß Seibrich, derweil er sich hier mit uns beschäftigt, seine Verteidigung am Donnerberg vernachlässigt. Wir haben bezahlt ...« Seine Stimme rasselte, versagte für einen Moment. »Aber wenig, bedenkt man, daß wir das Leben und unsere Hoffnungen bewahren konnten.«

Zunächst antwortete Covenant nicht. Bilder der Gewalt verursachten ihm einen Schwindelanfall. Alle Holzheimer tot ... Höhlenschrate ... Urböse ... der weibliche Krieger, der ihn schützen wollte. Er kannte nicht einmal den Namen. Schaumfolger hatte getötet ... er selbst hatte fünf ... fünf ... Er bebte, aber er mußte irgend etwas sagen, sich rechtfertigen. Ihm war schlecht vor Entsetzen. »Schaumfolger hat recht«, krächzte er heiser. »Das war Fouls Maßarbeit.« Anscheinend hörte ihn niemand. Die Bluthüter gingen zu den Ranyhyn und führten jenen ihres gefallenen Kameraden zum Feuer. Behutsam hoben sie den Toten auf den Rücken und befestigten ihn darauf mit *Clingor*-Streifen. Gemeinsam entboten sie einen stummen Salut, und der Ranyhyn galoppierte davon, trug seinen toten Reiter zu den Westlandbergen und zum Hütersteig – heimwärts.

»Foul hat das ganze Ding gedreht.« Sobald der Ranyhyn in der Nacht verschwunden war, machten sich einige Bluthüter daran, die Verletzungen der übrigen Ranyhyn zu behandeln, während sich andere von neuem auf Posten begaben. Mittlerweile kümmerten die Krieger sich um die niedergestreckten Höhlenschrate, suchten zwischen den Toten die Lebenden. Alle, die keine tödlichen Verwundungen erlitten hatten, stellte man auf die Beine und vertrieb sie vom Lagerplatz. Den Rest stapelte man nördlich von der Baumruine zur Verbrennung auf. »Das bedeutet zweierlei.« Covenant bemühte sich, den kläglichen Tonfall aus seiner Stimme zu verdrängen. »Es ist

das gleiche, was er mit mir anstellt. Er erteilt uns eine Lektion. Es ist das gleiche wie das, was mit Llaura geschah. Foul läßt uns merken, was er treibt, weil er sicher ist, daß es uns nichts nutzen wird, es zu wissen. Er will sich an soviel Verzweiflung weiden, wie er bloß aus uns rauspressen kann.« Prothall ließ mit Hilfe zweier Krieger Llaura und Pietten aus ihrer Grube holen. Llaura wirkte erschöpft bis zum äußersten; der kleine Pietten strich mit den Händen über das von Blut genäßte Gras und leckte sich anschließend die Finger. Covenant stöhnte und wandte sich ab. »Die zweite Sache ist, daß Foul uns voll auf Seibrich hetzen möchte. Ob wir dabei sterben oder nicht. Er hat Seibrich zu diesem Überfall verleitet, um seine sonstige Abwehr zu schwächen. Foul muß also wissen, was wir tun, auch wenn Seibrich davon keine Ahnung hat.« Die gelegentlich entfernten Schreie beunruhigten Prothall allem Anschein nach, wogegen Mhoram sie nicht beachtete. Während der Rest des Aufgebots seinen verschiedenen Aufgaben nachging, trat der Lord zu Variol und Tamarantha und kniete sich neben sie; er beugte sich über seine Eltern, und unter seinem rot besudelten Gewand erstarrte seine Gestalt. »Ich sage euch, das alles gehört zu Fouls Plan. Hölle und Verdammnis! Hört mir hier denn keiner zu?«
Ruckartig stand Mhoram auf und wandte sich nach Covenant um. Er erregte zuerst den Eindruck, als wolle er auf Covenants argloses Haupt einen Fluch niederschleudern. Aber aus seinen Augen strömten Tränen, und auch seine Stimme klang danach. »Sie sind tot«, sagte er. »Variol und Tamarantha, meine Eltern … Vater und Mutter, Leib und Seele.« Jetzt erkannte Covenant die Schattierung des Todes auf ihrer alten Haut.
»Das ist unmöglich«, rief ein Krieger. »Ich habe gesehen, daß keine Waffe sie berührte. Die Bluthüter haben sie getreulich verteidigt.«
Prothall eilte herbei und untersuchte die beiden Lords. Er

berührte ihre Herzgegend und die Stirn; seine Schultern sanken herab, und er seufzte: »Nichtsdestotrotz.« Variol und Tamarantha lächelten beide.
Die Krieger unterbrachen ihre Tätigkeit; stumm sah das Fähnlein über das eigene Maß an Ermüdung und Trauer hinweg, kam zusammen, um sich respektvoll vor Mhoram und seinen Toten zu verneigen. Mhoram beugte sich hinab und nahm sowohl Variol wie auch Tamarantha in seine Arme. Ihre mageren Leiber waren so leicht in seiner Umarmung, als sei ihnen das Gewicht der Sterblichkeit abhanden gekommen. Auf Mhorams Wangen schimmerten orangerot verfärbte Tränen, aber seine Schultern blieben fest, vom Schluchzen ungeschüttelt, um seine Eltern zu halten. Covenants Verstand war wie von Wolken getrübt. Er schien durch Nebel zu wandern, der Wind schien ihm die Worte von den Lippen zu reißen. »Wollt ihr etwa sagen, daß wir ... daß ich ... wir ... für zwei Leichen ...?« Man sah Mhoram nicht an, ob er ihn gehört hatte. Doch über Prothalls Miene glitt wie eine Zuckung ein finsterer Ausdruck, und sofort trat Quaan an die Seite des Zweiflers und packte ihn am Ellbogen. »Wenn du noch ein Wort sprichst«, flüsterte er, »breche ich dir den Arm.«
»Faß mich nicht an!« erwiderte Covenant. Aber seine Stimme klang kraftlos. Er fügte sich; sein Verstand trieb durch Nebelschwaden. Ringsum bezog das Aufgebot Aufstellung zu einem Ritual. Hoch-Lord Prothall reichte seinen Stab einem Krieger, bemächtigte sich der Stäbe der beiden Toten und legte sie über die Arme wie eine Opfergabe. Mhoram kehrte sich dem Baum und dessen Flammen zu, Variol und Tamarantha aufrecht in seinen Armen. Ein schmerzliches Beben schien das Schweigen zu durchdringen. Nach einem ausgedehnten Moment begann er zu singen. Sein karges Lied seufzte wie ein Fluß, und er sang kaum lauter als das Strömen der Fluten zwischen ruhigen Ufern:

*»Tod erntet die Schönheit der Welt,*
*bündelt alte Frucht, daß neue sprieße.*
*Sei still, Herz:*
*bewahre Frieden.*
*Gedeihen ist besser als Verfallen:*
*ich höre die Klänge, die Leben von Leben trennt.*
*Sei still, Friede:*
*bewahre Herz.*
*Tod zieht vorüber …*
*das ist des Lebens Machart und der Zeit zum Leben.*
*Hasse Sterben und Töten, nicht den Tod.*
*Sei still, Herz:*
*führ keine Klage.*
*Bewahre Frieden und Gram*
*und sei still.«*

Als er verstummte, sackten seine Schultern ein, als sei er dazu außerstande, die Bürde zu tragen, ohne den Toten wenigstens ein einziges Schluchzen zu widmen. »O Schöpfer«, rief er mit von Trostlosigkeit gezeichneter Stimme. »Wie vermag ich sie nur zu ehren? Mein Herz ist schwer geprüft, und das Werk, welches mir aufgetragen ist, nimmt mich zur Gänze in Anspruch. Doch ich muß sie ehren … denn sie haben dir Ehre gemacht.« Am Rande des Helligkeitskreises stieß der Ranyhyn Hynaril einen Schrei des Kummers aus. Die große rötliche Stute bäumte sich empor, trat mit den Vorderbeinen in die Luft, wirbelte dann herum und galoppierte ostwärts davon. Wieder erklang leise Mhorams Stimme:

*»Sei still, Herz:*
*führ keine Klage.*
*Bewahre Frieden und Gram*
*und sei still.«*

Sachte streckte er Variol im Gras aus und hob Tamarantha auf beide Arme. Mit dem rauhen Ausruf »Heil!« schob er sie in die Kluft des gespaltenen Baumstamms. Und ehe die Flamme ihre vom Alter geschrumpfte Haut schwärzen konnten, hob er Variol aus dem Gras und bettete ihn mit einem nochmaligen »Heil!« neben sie. Für einige Sekunden war noch ihr gemeinsames Lächeln zu sehen, ehe das Lodern es verhüllte. So ruhten sie beieinander, während Feuer sie verzehrte. *Schau dahin,* greinte Covenant innerlich. *Der Bluthüter ist auch umgekommen. Ach, Mhoram!* In seiner Verwirrung konnte er zwischen Trauer und Zorn nicht unterscheiden.
Mit inzwischen wieder trockenen Augen drehte sich Mhoram zum Aufgebot um, und sein Blick schien sich auf Covenant zu heften. »Meine Freunde«, sagte er im Tonfall des Trostes, »still seien eure Herzen. In eurem Gram bewahrt Frieden. Variol und Tamarantha sind von uns gegangen. Wer hätte es ihnen verwehren können? Sie kannten den Zeitpunkt ihres Todes. Sie ersahen den nahen Abschied aus der Asche von Holzheim Hocherhaben. Es beglückte sie, uns mit ihrem letzten Schlummer dienen zu können. Sie entschieden, den Angriff auf sich zu lenken, auf daß wir leben dürften. Wer wollte sagen, es war keine große Herausforderung, der sie sich stellten? Gedenkt des Friedensschwurs und bewahrt Frieden.«
Gemeinsam vollführte das Fähnlein einen Salut zum Abschied, breitete die Arme aus, als entblöße es den Toten die Herzen. »Heil!« rief danach Quaan; dann führte er seine Krieger zurück an die Arbeit, das Begraben der Holzheimer und Aufstapeln toter Höhlenschrate.
»Hier ist Lord Variols Stab«, sagte Hoch-Lord Prothall zu Mhoram, als das Fähnlein abgetreten war. »Vom Vater geht er über an den Sohn. Nimm ihn. Wenn wir diesen Zug überleben und wieder eine Zeit des Friedens anbricht, dann meistere ihn. Einst war er der Stab eines Hoch-Lords.« Mhoram nahm den

Stab mit einer Verbeugung entgegen. Prothall schwieg einen Augenblick lang, zunächst unentschlossen, dann wandte er sich an Covenant. »Du hast Lord Tamaranthas Stab benutzt. Nimm ihn, um ihn weiterhin zu benutzen. Du wirst feststellen, daß er deinen Ring leichter unterstützt als dein Allholzmeister-Stab. Die *Lillianrill* arbeiten andersartig als Lords, und du bis Ur-Lord, Thomas Covenant.«
Covenant entsann sich an die roten Blitze, die aus dem Holz fuhren, um zu töten, zu töten. »Verbrennt ihn«, gab er zur Antwort.
Ein Anflug von Gefährlichkeit ließ Mhorams Blick strenger wirken. Aber Prothall zuckte nur verhalten die Achseln, strebte mit Lord Tamaranthas Stab zum Baum und warf ihn in den Spalt. Einen Moment lang leuchteten die metallenen Enden des Stabes, als wären sie aus Grünspan. »Gebt acht!« rief plötzlich Mhoram. »Der Baum!« Eilig entfernte sich das Aufgebot von der feurigen Baumruine. Der Stab erzeugte ein scharfes Krachen, als zersprängen eiserne Bänder. Im Spalt schossen blaue Flammen empor, und der verwüstete Baum zersprang vollends und brach in sich zusammen, stürzte ein, als sei jetzt erst sein Kern abgetötet worden. Der restliche Holzhaufen brannte mit erneuerter Heftigkeit.
»Des Zweiflers Werk«, hörte er Covenant im Hintergrund mit einem Schnauben Birinair anmerken; in Covenants Ohren besaß die Äußerung den Klang einer Verleumdung. *Faß mich nicht an!* Warnte er insgeheim. Er fürchtete sich vorm Nachdenken. Ringsherum lauerte Finsternis wie mit aus Mitternacht geschaffenen Geierschwingen. Schrecken drohten; er fühlte sich wie von Unholden gezeugt. Er konnte die Blutfärbung seines Rings nicht ertragen, vermochte nicht zu ertragen, was aus ihm selbst geworden war; er stierte umher, als suche er einen Anlaß zu einer Schlägerei.
Unvermittelt kehrte Salzherz Schaumfolger zurück. Er kam aus

der Nacht geschlurft wie ein zu Fleisch gewordenes Massaker, eine Ikone des Gemetzels. Von oben bis unten war er besudelt mit Blut, und viel davon war sein eigenes. Die Wunde an seiner Stirn verschleierte seine Gesichtszüge mit einem dunklen feuchten Schimmer, und aus der Beschmutzung blickten seine Augen gesättigt von Elend hervor. An seinen Fingern klebten noch Fetzchen von Höhlenschraten. Pietten deutete auf den Riesen und verzerrte seine Lippen zu einem Grinsen, das seine Zähne entblößte. Sofort nahm Llaura ihn bei der Hand und zog ihn beiseite, zu einem Lager, das die Krieger für sie beide bereitet hatten. Prothall und Mhoram eilten dem Riesen besorgt entgegen, aber er drängte sich an ihnen vorbei und schritt zum Feuer. Er kniete so dicht vor den Flammen nieder, als bedürfe seine Seele der Erwärmung, und das Stöhnen, mit dem er auf die Knie sank, klang wie das Bersten eines Felsens.

Covenant sah seine Chance und näherte sich dem Riesen. Schaumfolgers offensichtlicher Notstand trieb seinen mit Zorn verworrenen Kummer zu einem Höhepunkt, an dem er nicht schweigen konnte. Er selber hatte fünf Höhlenschrate getötet, fünf ...! Sein Ring war voller Blut. »Na, das muß ja lustig zugegangen sein«, knurrte er. »Hoffentlich hat's dir Spaß gemacht.«

Auf der anderen Seite des Lagerplatzes ertönte von Quaan ein bedrohliches Zischen. Prothall trat neben Covenant. »Quäl ihn nicht, ich bitte dich«, sagte er leise. »Er ist ein Riese. Das ist *Caamora* – das Feuer des Grams. Hat's heute abend nicht schon genug Schmerz gegeben?« *Ich habe fünf Höhlenschrate getötet!* Schrie Covenant innerlich in sinnentleerter Wut.

Schaumfolger jedoch sprach bei sich, als habe das Feuer ihn gebannt, als sei er dazu außerstande, sie zu hören. Seine Stimme hatte einen eindringlich scharfen Klang; er kniete in einer Haltung der Klage vorm Feuer. »Ach, Brüder und Schwestern, habt ihr mich geschaut? Habt ihr's mitangesehen, ihr mein Volk? Dahin sind wir gekommen. Riesen, ich bin nicht allein. Ich fühle euch in mir, euch und euren Willen. Ihr hättet nicht anders gehandelt – nicht anders empfunden als ich, nicht weniger getrauert. Hier ist das Ergebnis. Stein und See! Klein sind wir geworden. Die Heimat haben wir verloren, und schwacher Same bewirkte, daß wir weniger sind als einst. Bleiben wir noch heute getreu? Ach, und überhaupt, getreu?! Mein Volk, mein Volk, wenn's nun Standhaftigkeit ist, die zu so etwas führt? Seht mich an! Findet ihr mich bewunderungswürdig? Ich stinke nach Haß und überflüssigem Tod.« Kälte durchwehte seine Worte. Er legte den Kopf in den Nacken und stimmte einen dumpfen Gesang an. Sein Klagelied währte, bis Covenant dicht davorstand, schreien zu müssen. Es verlangte ihn danach, den Riesen zu schlagen oder zu treten, damit er aufhöre. Aus immer bedrohlicherer Raserei zuckten bereits seine Finger. *Halt!* Ächzte sein Geist. *Ich kann es nicht ertragen!* Im nächsten Moment neigte Schaumfolger den Kopf und verstummte. Er blieb für eine ganze Weile still, als bereite er sich auf etwas vor. »Wen haben wir verloren?« erkundigte er sich dann mit ausdrucksloser Stimme.

»Sehr wenige«, antwortete Prothall. »Wir hatten Glück. Dein Heldenmut hat uns einen großen Dienst erwiesen.«

»Wen?« verlangte Schaumfolger hartnäckig zu erfahren. Prothall seufzte, dann nannte er die fünf Krieger, den Bluthüter sowie Variol und Tamarantha. »Stein und See«, rief der Riese. Mit einem Ruck seiner Schultern stieß er seine Hände ins Feuer. Die Krieger keuchten auf; an Covenants Seite versteifte sich Prothalls Gesicht. Aber dies war das *Caamora* der Riesen, und niemand wagte einzugreifen. Die Qual verzerrte Schaumfolgers Gesicht, aber er harrte aus. Seine Augen schienen aus den Schädelhöhlen zu quellen; doch er hielt seine Hände im Feuer, als könne die Lohe heilen, oder zumindest das Blut an ihnen fortsengen, wenigstens läutern, wenn sie den Schmutz vernichteten Lebens schon nicht auszumerzen vermochte. Aber der Schmerz zeigte sich an seiner Stirn. Unterm wuchtigen Pulsschlag der Pein brach die Kruste auf seiner Wunde; frisches Blut rann ihm rings um die Augen herab und über die Wangen bis in seinen Bart.

Während er lautlos *Hölle und Verdammnis, Hölle und Verdammnis!* zeterte, verließ Covenant die Seite Prothalls. Schroff trat er zu dem hingeknieten Riesen. »Nun sollte aber wirklich mal jemand über dich lachen«, sagte er mit einer heftigen Anstrengung, die seiner Äußerung wider Willen einen sarkastischen Tonfall verlieh. Sein emporgereckter Kopf ragte kaum bis zur Schulter des Riesen.

Im ersten Moment ließ sich nicht erkennen, ob Schaumfolger ihn gehört hatte. Doch dann erschlafften seine Schultern. Mit bewußter Langsamkeit, als widerstrebe es ihm, seine Marterung zu beenden, zog er seine Hände aus dem Feuer. Sie waren unversehrt – aus irgendeinem Grund war sein Fleisch Flammen gegenüber unempfindlich –, aber das Blut war tatsächlich von ihnen verschwunden; sie sahen so sauber aus, als hätte er sie sich in Unschuld gewaschen. Seine Finger waren noch vom Schmerz verkrampft, und er lockerte mühselig ihre Muskulatur, bevor er sein blutiges Gesicht Covenant zuwandte. Er erwiderte den wilden Blick des Zweiflers, als erflehe er ein Urteil. »Empfindest du nichts?« fragte er.

»Empfinden?« Covenant stöhnte auf. »Ich bin Lepraleidender.«

»Nicht einmal für den kleinen Pietten? Ein Kind?«

Seine Flehentlichkeit weckte in Covenant das Verlangen, die Arme um den Riesen zu schlingen, sein furchtbar großes Mitgefühl als eine Art von Antwort aufs eigene Dilemma anzuerkennen. Aber er wußte, das war nicht genug, tief im Mark seiner Lepra war ihm klar, daß das nicht genügte. »Wir haben die anderen auch getötet«, krächzte er. »Ich habe getötet ... ich bin nicht anders als sie.« Ruckartig drehte er sich um und entfernte sich ins Dunkel, um seine Scham zu verbergen. Der Kampfplatz war ein angebrachter, vollauf angemessener Ort für ihn; seine Nüstern waren gegen den Gestank des Todes unempfindlich. Nach einem Weilchen stolperte er und streckte sich bereitwillig inmitten der Toten aus, auf Blut, das umgeben war von Gräbern und Scheiterhaufen. *Kinder!* Er war die Ursache ihrer Schreie und ihrer Not. Foul hatte die Holzheimer wegen seines Rings aus Weißgold überfallen. *Nicht noch einmal … ich will nicht …* Das fremdgewordene Weinen blieb auch jetzt seiner Kehle fern. *Ich werde nicht mehr töten.*

## 18
## Die Ebenen von Ra

Trotz der Umgebung des Kampfplatzes, trotz des scharfen Qualms, der von Flammen, Fleisch und Explosionen stammte, den nahen Massengräbern zum Trotz, in denen die Toten ruhten wie schwarzgewordener Abfall der Qual, matt in den Schoß der Erde gehäuft, als wüßte der Erdboden allein für eine solche Ballung von Pein Verwendung oder könne ihm ein Ende bereiten, trotz seiner eigenen inneren Zerrissenheit und dem zertrampelten Untergrund in seinem Herzen – trotz alldem schlief Covenant. Für den Rest der Nacht hatten alle übrigen Überlebenden reichlich damit zu tun, die verschiedenerlei Toten zu beerdigen oder zu verbrennen, aber Covenant schlief. Aus seinem Innern erhob sich ruhelose Bewußtlosigkeit wie eine unaufhörliche Aufzählung seiner VBG-Maßnahmen, und er brachte seinen Erschöpfungsschlaf damit herum, in seinen Träumen ihr striktes Rondell aufzusagen: linker Arm, Schulter bis Handgelenk, linke Hand, Handfläche und Handrücken, Finger einzeln, rechter Arm, Brust, Leib, linkes Bein …
Er erwachte in einer Dämmerung, die alle Eigenschaften einer Grabesgruft aufwies. Zittrig rappelte er sich auf und stellte fest, daß die gesamte Beisetzungstätigkeit abgeschlossen war: Sämtliche Massengräber waren zugeschüttet und mit Erde behäuft, und auf jedes hatte man einen von Birinair ausfindig gemachten Setzling gepflanzt. Nun lag die Mehrzahl der Krieger selber in verschiedenen unbeholfenen Stellungen ausgestreckt, suchte in der Ermüdung nach irgendeiner Quelle von Kraft. Prothall und Mhoram jedoch bereiteten geschäftig ein Mahl zu, und die Bluthüter begutachteten die Pferde, machten sie marschfertig. Eine Grimasse des Widerwillens verunstaltete

Covenants Gesicht – er verspürte ihn, weil er seinen Teil an der Arbeit nicht geleistet hatte. Er betrachtete sein Gewand; der Seidenstoff war steif und schwarz von geronnenem Blut. *So was paßt zu einem Lepraleidenden,* dachte er. *Einem Ausgestoßenen.* Er wußte, daß er eine längst überfällige Entscheidung zu treffen hatte. Er mußte entscheiden, wo in diesem unmöglichen Dilemma er eigentlich stand. In der grabesdüsteren Dämmerung auf seinen Stab gestützt, sah er ein, daß er mit seinen Ausflüchten am Ende war; er hatte seine Selbstschutzgewohnheiten vernachlässigt, der Entschluß, seinen Ring zu verbergen, war vereitelt worden, selbst seine festen Stiefel durfte er abschreiben – und er hatte Blut vergossen. Dem Holzheim Hocherhaben hatte er Unheil beschert. Von seiner Flucht vorm Wahnsinn war er so beansprucht gewesen, daß er nicht jenen Wahnsinn sah, dem er in die Arme floh. Er mußte in Bewegung bleiben; soviel hatte er kapiert. Aber Weitermachen stellte ihn vor das gleiche unlösbare Problem. Er konnte mitmachen und in Wahnsinn verfallen. Er konnte sich weigern und wahnsinnig werden. Deshalb blieb ihm nun nichts anderes übrig, als sich zu entscheiden, irgendwo in diesem Meer des Irrsinns einen Felsen zu finden und sich an ihn zu klammern. Aber er vermochte das fremde Land nicht zu akzeptieren – aber auch nicht zu leugnen. Er brauchte einen Ausweg. Ohne ihn stäke er fest wie Llaura – wäre dazu gezwungen, zur Pfeife von Fouls diebischem Vergnügen zu tanzen, beim Versuch, sich nicht zu verlieren, unweigerlich in die Irre zu gehen. Da blickte Mhoram vom Umrühren auf, sah den Widerwillen und den Mißmut in Covenants Miene.

»Was verdrießt dich, mein Freund?« fragte der Lord nachsichtig.

Covenant starrte Mhoram einen Moment lang an. Der Lord wirkte, als wäre er über Nacht vergreist. Rauch und Schmutz des Gefechts zeichneten sein Gesicht, betonten die Falten auf seiner Stirn und an seinen Augen wie infolge einer plötzlichen Beschleunigung von Ermattung und Verfall. Aufgrund seiner Müdigkeit schauten seine Augen stumpf drein. Seine Lippen jedoch zeugten unverändert von seiner Freundlichkeit, und seine Bewegungen waren sicher, obwohl er sie in einem zerfetzten und blutgetränkten Gewand tun mußte. Unwillkürlich zuckte Covenant vor dem Ton zurück, in dem Mhoram *›Mein Freund‹* aussprach. Er durfte es sich nicht leisten, irgend jemandes Freund zu sein. Und er schrak auch davor zurück, sich danach zu erkundigen, was Tamaranthas Stab in seinen Händen so entfesselt hatte. Er fürchtete die Antwort auf diese Frage. Um seine Feigheit zu verhehlen, wandte er sich schroff ab und ging Schaumfolger suchen.

Der Riese saß ans letzte aufrechte, inzwischen erkaltete Fragment Holzheim Hocherhabens gelehnt. Dreck und Blut verdüsterten sein Gesicht; seine Haut hatte die Farbe eines Makels im Herzen eines Baumes. Die Stirnwunde beherrschte seine Erscheinung. Zerrissenes Fleisch hing über seine Brauen herab wie Schmerzenslaub, und frische Blutstropfen sickerten aus der Wunde, als zwängten sich aus einer Bruchstelle seines Schädels rote Gedanken. Sein rechter Arm umschlang einen Krug voller *Diamondraught,* und sein Blick beobachtete, wie Llaura den kleinen Pietten versorgte. Covenant näherte sich dem Riesen; aber ehe er ihn ansprechen konnte, sprach Schaumfolger selbst. »Hast du über sie nachgedacht? Weißt du, was ihnen angetan worden ist?«

Die Fragen fanden in Covenants Geist schwarzen Widerhall. »Über sie weiß ich Bescheid.«

»Und Pietten? Den kleinen Pietten? Ein Kind?« Covenant hob linkisch die Schultern. »Denk nach, Zweifler!« Schaumfolgers Stimme klang nach Strudeln aus Nebelschwaden. »Ich komme nicht zurecht. Du dagegen vermagst zu begreifen.«

»Es ist das gleiche«, entgegnete Covenant mühsam. »Genau das

gleiche wie das, was er mit uns gemacht hat. Und mit Llaura.« Er konnte sich nach kurzem Zögern nicht dessen enthalten, sarkastisch »Und den Höhlenschraten!« hinzuzufügen. Schaumfolgers Blick schwankte. »Wir alle werden zerstört, was immer wir zu bewahren versuchen«, erklärte Covenant weiter. »Das ist das Wesen von Fouls Methode. Das ist Fouls Fluch. Pietten ist ein Geschenk an uns ... ein Beispiel dafür, was wir dem Land antun werden, indem wir es zu retten versuchen. So zuversichtlich ist Foul. Prophezeiungen dieser Art zeichnen sich aus durch Erfüllungszwang.«
Daraufhin starrte der Riese Covenant an, als habe der Zweifel ihn soeben mit einem Fluch belegt. Covenant bemühte sich, Schaumfolgers Blick standzuhalten, aber eine unerwartete Aufwallung von Scham veranlaßte ihn dazu, den Kopf zu senken. Er betrachtete das von Energieausbrüchen versengte Gras. Die Brandstellen im Gras waren sonderbar. Manche sahen weniger greulich als andere aus; anscheinend richtete das Lord-Feuer weniger einschneidende Schäden an als die Macht der Urbösen. »Du vergißt«, sagte Schaumfolger nach einem Weilchen, »daß zwischen einem Propheten und einem Seher ein Unterschied besteht. Einsicht in die Zukunft ist keine Prophetie.«
Covenant verspürte keine Lust, sich darüber Gedanken zu machen. »Warum hast du dir keine Heilerde auf die Stirn geschmiert?« erkundigte er sich, um das Thema zu wechseln. Diesmal schaute Schaumfolger fort. »Es war keine übrig«, erwiderte er gedankenverloren. Seine Hände schlossen und öffneten sich in einer Geste der Hilflosigkeit. »Andere lagen im Sterben. Andere bedurften der Heilerde, um Arme oder Beine zu retten. Und ...« Für eine Sekunde versagte seine Stimme. »Und ich wähnte, dem kleinen Pietten ließe sich damit beistehen. Er ist ja nur ein Kind.« Er hob wieder den Blick und wirkte auf eine Weise bittstellerisch, die Covenant nicht ver-

stand. »Aber einer der Höhlenschrate starb so langsam … unter solchen Schmerzen.« Ein neues Blutrinnsal brach aus seiner Stirn und troff von seiner Braue. »Stein und See!« stöhnte er auf. »Ich vermochte es nicht zu ertragen. Herdwart Birinair hob für mich eine Handvoll Heilerde auf, obwohl es so viele Wunden zu behandeln gab. Aber ich verwendete sie für den Höhlenschrat. Nicht Pietten. Für den Höhlenschrat. Wegen seiner Schmerzen.« Unvermittelt warf er den Kopf in den Nacken und trank einen langen Zug vom *Diamondraught*. Mit dem Handballen wischte er sich achtlos das Blut aus den Brauen.

Eindringlich musterte Covenant die entstellten Gesichtszüge des Riesen. »Wie geht's deinen Händen?« fragte er, weil ihm für sein Mitgefühl keine anderen Worte einfielen.

»Meinen Händen?« Zuerst wirkte Schaumfolger verwirrt, aber dann erinnerte er sich. »Ach, das *Caamora*. Mein Freund, ich bin ein Riese.« Diese Feststellung sprach er aus wie eine Erklärung. »Mir kann kein gewöhnliches Feuer etwas anhaben. Aber der Schmerz … der Schmerz lehrt mancherlei Dinge.« Ein Ansatz zur Selbstverabscheuung zuckte auf seinen Lippen. »Es heißt, die Riesen seien aus Granit erschaffen worden«, fügte er unterdrückt hinzu. »Sorge dich nicht um mich.«

»In Teilen der Welt, woher ich komme«, entgegnete Covenant aufgrund einer plötzlichen Anwandlung, »gibt's kleine alte Weiblein, die sitzen am Straßenrand und hämmern den ganzen Tag lang mit Eisenhämmerchen auf große Granitklötze ein. Es dauert lange, klar – aber schließlich kriegen sie die großen Klötze klein.«

Schaumfolger überlegte für ein Weilchen. »Ist das Prophetie, Ur-Lord Covenant?« wollte er dann wissen.

»Danach darfst du mich nicht fragen. Eine Prophezeiung würde ich nicht mal erkennen, wenn ich mit der Nase direkt hineinfiele.«

»Ich auch nicht«, sagte Schaumfolger. Ein mattes Lächeln umspielte seinen Mund.

Kurze Zeit später rief Lord Mhoram das Aufgebot um das Essen zusammen, das er und Prothall bereitet hatten. Unter allgemeinem unterdrücktem Stöhnen rafften sich die Krieger auf und begaben sich zum Lagerfeuer. Mühsam erhob sich auch Schaumfolger. Er und Covenant schlossen sich Llaura und Pietten an, um etwas zu essen zu bekommen. Anblick und Geruch der Nahrung versetzten jedoch Covenants Bedürfnis nach einer Entscheidung in einen Zustand akuter Unaufschiebbarkeit. Er war ausgehöhlt, fühlte sich hohl vor Hunger, aber als er zugriff, um sich etwas Brot zu nehmen, sah er seinen Arm besudelt mit Blut und Asche. Er hatte getötet. Das Brot entfiel seinen Fingern. *Alles läuft schief,* dachte er. Essen war eine Form von Einvernehmen … eine Unterwerfung unter die physische Faktizität des Landes. So etwas konnte er sich nicht erlauben. *Ich muß nachdenken.* Die Leere seines Innern schmerzte vor Verlangen, aber er blieb hart. Er trank einen Schluck Frühjahrswein, um sich die Kehle zu spülen, dann wandte er sich mit einer Gebärde der Entsagung vom Lagerfeuer ab. Die Lords und Schaumfolger schauten ihm verwundert nach, aber er äußerte sich nicht. Er mußte sich auf die Probe stellen, eine Lösung entdecken, die seine Befähigung zum Überleben wiederherstellte. Er schnitt eine Grimasse und beschloß, hungrig zu bleiben, bis er fand, was er benötigte. Vielleicht erhellte der Hunger seinen Geist genug, so daß er die fundamentalen Widersprüche seines Dilemmas aufzulösen vermochte. Man hatte alle auf der Lichtung zurückgelassenen Waffen eingesammelt und auf einen Haufen geworfen. Er ging hinüber und kramte darin, bis er Atiarans Steinmesser wiederfand. Anschließend begab er sich, durch irgendeine obskure Eingebung dazu bewogen, zu den Pferden, um nachzusehen, ob Dura verletzt worden sei. Als er feststellte, daß sie unversehrt war, empfand er vage Erleichterung. Unter keinen Umständen wollte er in die Zwangslage geraten, einen Ranyhyn reiten zu müssen.

Einige Zeit später beendeten die Krieger ihre morgendliche Mahlzeit. Schlaff schickten sie sich an, den Ritt fortzusetzen. Als Covenant sich auf Dura schwang, hörte er die Bluthüter schrill nach den Ranyhyn pfeifen. Einen Moment lang schien der Ruf in der Luft zu schweben. Dann galoppierten die großen Pferde von verschiedenen Seiten der Lichtung herbei – ihre Mähnen und Schweife wallten wie Lohe, die Hufe dröhnten in langen, kraftvollen, rhythmischen Sätzen –, neun Streitrösser mit besternten Stirnen, so schnell und elementar wie der Pulsschlag des Landes. Covenant konnte in ihrem kecken Wiehern die Erregung darüber hören, daß es heimwärts ging, in die Ebenen von Ra. Die Mitglieder des Aufgebots dagegen, das an diesem Morgen die Stätte des untergegangenen Holzheims Hocherhaben verließ, zeugten in ihrer Erscheinungsweise wenig von Kühnheit oder Heimatstimmung. Quaans Fähnlein war um sechs Krieger verringert, und die Überlebenden waren ausgezehrt vom Kampf und von Übermüdung. Sie schienen ihre Schatten in ihren Gesichtern zu tragen, als sie nordwärts zum Mithil ritten. Die reiterlos gewordenen Tiere nahm man mit, um geschwächtere Tiere entlasten zu können. In der Mitte der Truppe lief Salzherz Schaumfolger matt dahin, als bestünde seine Bürde aus dem Gewicht all der Toten. In einer Armbeuge trug er Pietten mit, der eingeschlafen war, sobald die Sonne den östlichen Horizont aufgehellt hatte. Llaura ritt hinter Lord Mhoram auf dessen Tier, hielt sich an den Seiten seiner Gewandung fest. Im Vergleich zu seiner aufrechten Haltung und grimmig gefaßten Miene wirkte sie gebeugt und zart; mit ihr gemeinsam jedoch hatte er einen Ausdruck von Zermürbtheit, von unausgesprochenem Gram. Ihnen voraus ritt Prothall, und seine Schultern bezeugten die gleiche Art von Hartnäckigkeit, mit welcher Atiaran es verstanden hatte, Covenant vom Steinhausen Mithil bis zum Seelentrostfluß anzutreiben. Beiläufig fragte sich Covenant, für wie lange er sich eigentlich noch nach den Entschlüssen anderer Leute richten mußte. Aber er ließ den Gedanken entgleiten und musterte die Bluthüter. Als einzige Angehörige des Aufgebots wirkten sie von dem Gefecht unbeeinträchtigt. Ihre kurzen Gewänder hingen in Fetzen herab; sie waren so verdreckt wie alle anderen; einer von ihnen war gefallen, mehrere hatten Wunden davongetragen. Sie hatten die Lords, besonders Variol und Tamarantha, bis zum äußersten Einsatz verteidigt; dennoch machten diese Bluthüter einen ungetrübten, keineswegs ausgelaugten Eindruck, blieben offenbar von Zweifeln unbehelligt. Bannor ritt ohne Zügel auf seinem zum Tänzeln geneigten Ranyhyn neben Covenant, hielt ihn mit herrischem Blick unter Beobachtung. Die normalen Pferde des Aufgebots waren vorerst nur zu einem gemächlichen, durch vielerlei Straucheln gekennzeichneten Trab imstande, aber nichtsdestoweniger erreichte die Truppe die Mithil-Furt noch am Vormittag. Alle überließen die Pferde zum Grasen oder Saufen sich selbst und stürzten sich – ausgenommen die Bluthüter – in den Strom. Indem sie sich mit feinem Sand aus dem Fluß abrieben, reinigten sie sich in der breiten Strömung des Mithil von Blut, Dreck, Todesnot und der langen Nacht. Saubere Haut und klare Augen kamen unterm Geschmier des Kampfes zum Vorschein; unbedeutende Wunden, mit Heilerde unbehandelt geblieben, öffneten sich und bluteten aus; Fetzen ausgefranster Kleidungsstücke trieben außer Reichweite.

Inmitten aller anderen wusch Covenant sein Gewand aus, rieb und schabte sich Dreck von der Haut, als versuche er den Makel des Tötens wegzuspülen. Und er trank sehr viel Wasser, um die schmerzliche Hohlheit seines Hungergefühls zu lindern. Als die Krieger mit dem Waschen fertig waren, gingen sie zu ihren

Reittieren und entnahmen den Satteltaschen frische Kleidung. Nachdem sie sich umgezogen und wieder ihrer Waffen bemächtigt hatten, teilten sie sich ein, um Wache zu stehen, während Blutmark Tuvor und die Bluthüter badeten. Die Bluthüter schafften es, ins Wasser zu gehen und es zu verlassen, ohne zu plätschern, und sie wuschen sich geräuschlos. Binnen kurzem trugen sie neue Gewänder und bestiegen ihre Ranyhyn. Die Ranyhyn hatten sich, solange ihre Reiter badeten, dadurch erfrischt, daß sie nach Andelain hineingaloppierten und sich dort ausgiebig im Gras wälzten. Nun erst war das Aufgebot wirklich in der Lage zum Weiterziehen. Auf ein Zeichen Hoch-Lord Prothalls ritt die Truppe am südwärtigen Ufer entlang nach Osten.
Der Rest des Tages verstrich für Reiter und Pferde ohne Unannehmlichkeiten. Unter den Hufen stand weiches Gras, an einer Seite floß klares Wasser, die Luft wies einen Anflug von Vitalität auf, und ferner besaß man Ausblick ins nahe Andelain, das Schwingungen robuster Sattheit auszusenden schien. Die Bewohner des Landes schienen der Nähe dieser Hügel Lebenskraft entziehen zu können. Für Covenant allerdings war auch dieser Tag schwer. Er litt Hunger, und die lebensstrotzende Gegenwart Andelains machte ihn bloß noch hungriger. Er hielt seinen Blick abgewandt, so gut es sich einrichten ließ, verweigerte sich den Anblick, so wie er sich Nahrung versagt hatte. Sein hageres Gesicht war erstarrt in strengen Linien, und er war hohläugig aus Entschlossenheit. Er folgte einem doppelten Pfad: Sein Fleisch ritt beharrlich Dura, hielt seinen Platz in der Truppe; aber sein Geist wanderte durch Klüfte, und ihre dunkle, leere Abgründigkeit kränkte ihn. *Ich werde nicht …* Er wollte überleben. *Ich bin nicht …* Ab und zu gerieten ihm *Aliantha*-Sträucher direkt in den Weg, wie eine persönliche Empfehlung des Landes, aber er ließ sich nicht erweichen. *Covenant,* dachte er. *Thomas Covenant. Zweifler. Leprakran-*

*ker. Unrein. Ausgestoßener.* Wenn ein Aufbäumen seines Hungers ihn ins Wanken brachte, erinnerte er sich an Seibrichs blutigen Griff nach seinem Ring, und seine Entschiedenheit festigte sich wieder. Bisweilen sah Llaura ihn an, in ihren Augen den Tod Holzheim Hocherhabens, aber er nahm sich bloß noch stärker zusammen und ritt weiter. *Ich werde nicht mehr töten.* Er mußte irgendeine andere Antwort finden.

Am Abend bemerkte er eine Veränderung an seinem Ring. Alle Anzeichen dafür, daß er sich der Rotfärbung noch widersetzte, fehlten nun; unter der Herrschaft des Mondes leuchtete der Ehering jetzt vollkommen dunkelrot. Wie in eifriger Reaktion auf Seibrichs Macht schimmerte er an seiner Hand in kaltem Licht. Am folgenden Morgen begann er den Tagesritt als ein zwischen zwei entgegengesetzten Polen von Wahnsinn hin- und hergerissener Mann. Doch auch er verspürte den Vorgeschmack des Sommers im leichten Mittagswind. Die Luft erwärmte sich und atmete die Reife der Erde. Die Blumen zeigten in ihrem Aufblühen Selbstsicherheit, und die Vögel sangen in unerschütterlicher Erwartung. Allmählich füllte Mattigkeit Covenant aus. Trägheit lockerte die Treibriemen seines Willens. Nur die Gewohnheit des Reitens hielt ihn auf Duras Rücken; gegenüber oberflächlichen Erwägungen entwickelte er zusehends Gleichgültigkeit. Er merkte es kaum, als der Fluß sich nordwärts von der Richtung wegwand, die das Aufgebot nahm, oder als die Hügel steiler aufzuragen begannen. Gleichmütig ließ er sich durch die warmen Strömungen des Tages treiben. In der darauffolgenden Nacht schlief er tief und traumlos, und am nächsten Tag ritt er abgebrüht und unbekümmert weiter. Halbschlaf hatte ihn in seinem Bann. Unbewußt durchwanderte er eine geistige Wildnis; er schwebte in Gefahr, ohne es zu ahnen. Trägheit bedeutete für ihn den ersten Schritt einer unausweichlichen Logik nach den Gesetzmäßigkeiten der Lepra; der nächste Schritt hieß Gangrän, fauliges lebendes Fleisch von so gräßlichem Gestank, daß selbst manche Ärzte ihn nicht zu ertragen vermochten – einem Pesthauch, der das Ausstoßen von Leprakranken in einem Maße zu rechtfertigen schien, dem kein bloßes Mitleid oder Vorurteilslosigkeit entgegenwirken konnten. Aber Covenant durchlebte seinen Traum mit dem Verstand voller Schlaf. Als er sich langsam von seinem dösigen Zustand zu erholen begann – am frühen Nachmittag des dritten Tages nach dem Verlassen des zerstörten Holzheims Hocherhaben, dem achtzehnten Tag nach dem Abmarsch des Aufgebots von der Herrenhöh –, blickte er auf einmal über den Wald von Morinmoss aus. Das Aufgebot befand sich auf der Kuppe des letzten Hügels, bevor das Land unter die dunkle Herrschaft von Bäumen geriet.

Morinmoss lag zu Füßen des Hügels wie ein Meer, das an die Küste rollt; seine Ränder waren in die Hänge gezahnt, als hätten die Bäume ihre Wurzeln in die Steigungen gekrallt und verweigerten seither den Rückzug. Das dunkle, verschieden getönte Grün des Waldes erstreckte sich nach Norden, Osten und Süden bis zum Horizont. Er sah trotzig aus; es schien, als wolle er dem Aufgebot die Durchquerung verbieten. Hoch-Lord Prothall zügelte sein Pferd auf der Hügelkuppe und hielt für lange Zeit über den Wald Ausschau, wog die Zeitspanne, die es erfordern würde, Morinmoss zu umgehen, gegen die schemenhaften Gefahren zwischen den Bäumen ab. Schließlich stieg er ab. Er musterte die Reiter, und als er sich an sie wandte, zeugten seine Augen von drohendem Zorn.

»Wir werden nun rasten. Dann werden wir hinein nach Morinmoss reiten und nicht halten, bis wir die andere Seite erreicht haben – ein Ritt von fast einem Tag und einer Nacht Dauer. Während des Ritts dürfen wir keine Klinge und keinen Funken zeigen. Vernehmt ihr mich? Alle Schwerter in die Scheiden, alle Pfeile in die Köcher, alle Messer bedeckt, alle

Speerspitzen umhüllt. Und jeder noch so geringfügige Funke oder Schimmer von Feuer ist zu vermeiden. Ich wünsche keine Fehler zu erleben. Morinmoss ist wilder als Grimmerdhore – und niemand betritt jenen Wald ohne Zagen. Für undenkliche Zeiten haben die Bäume leiden müssen, und sie vergessen nicht ihre Verwandtschaft mit der Würgerkluft. Hofft, daß sie uns nicht ungeachtet unserer Rücksichtnahme zermalmen.« Er ließ seinen Blick aufmerksam über die Truppe schweifen, bis er sicher war, daß jeder ihn begriffen hatte. »Es ist möglich«, ergänzte er dann nachsichtiger, »daß es in Morinmoss noch einen Forsthüter gibt … obwohl diese Kenntnisse seit der Schändung verlorengegangen sind.«

Mehrere Krieger nahmen bei dem Wort *›Forsthüter‹* eine angespannte Haltung ein. Aber Covenant, der langsam aus seinem Dösen wiederkehrte, verspürte nichts von der Ehrfurcht, die man anscheinend von allen Beteiligten erwartete.

»Betet ihr Bäume an?« erkundigte er sich, ähnlich wie schon einmal.

»Anbeten?« Prothall stutzte. »Das Wort ist mir unklar.« Covenant starrte ihn an. »Fragst du, ob wir die Bäume in Ehren halten?« meinte der Hoch-Lord einen Augenblick später. »Natürlich. Sie leben, und in allem Leben wohnt Erdkraft, in allen Steinen, dem Erdreich, in Wasser und Holz. Sicherlich ersiehst du, daß wir die Diener dieser Kraft sind. Wir umsorgen das Leben des Landes.« Er schaute nochmals über den Wald aus, ehe er weitersprach. »Die Erdkraft nimmt zwischen Holz und Stein noch vielerlei andere Gestalt an. Stein versieht die Welt mit ihren Grundfesten, und nach unserem besten Wissen – so unbedeutend es ist – hat diese Gestalt der Kraft von sich selbst keine Kenntnis. Aber Holz ist anders. Einstmals, in der trübsten, vergessensten Ferne der Vergangenheit, bestand nahezu das ganze Land aus dem Einholzwald – einem ungeheuren Wald, der von Trothgard und *Melenkurion* Himmelswehr bis zur Sarangrave-Senke und der Wasserkante reichte. Und der Wald besaß eine Seele. Er erkannte und hieß das neue Leben willkommen, das Menschen ins Land brachten. Er fühlte aber auch den Schmerz, wenn bloße Menschenwesen – in kurzen Zeiten törichter Blindheit, wie sie in des Landes Uralter auftraten – die Bäume schlugen und ihre Wurzeln ausbrannten, um Raum zum Aushecken ihrer Narreteien zu schaffen. Ach, schwer fällt's, auf des Menschengeschlechts Geschichte stolz zu sein. Ehe die langsame Erkenntnis sich im Wald verbreitete, so daß jeder Baum um die Gefahr wußte, war das Leben bereits viele hundert Längen weit ausgemerzt worden. Nach unserer Schätzung bedurfte es seiner Zeit, diese Schande zu verrichten – mehr als tausend Jahre. Für die Bäume jedoch muß es wie ein rasches Gemetzel gewesen sein. Am Ende jenes Zeitraums waren im Lande nur noch vier Stätten verblieben, an denen die Seele des Waldes wurzelte – überlebte und in ihrer ehrfurchteinflößenden Pein erschauderte –, und sie ergriff Maßnahmen zu ihrem Schutz. Danach lebten der Riesenwald, Grimmerdhore, Morinmoss und Würgerkluft viele Zeitalter lang, bewahrt von den Forsthütern. Sie erinnerten sich, und kein Mensch, Böser oder Höhlenschrat, der sie zu betreten wagte, kam mit dem Leben davon. Nun sind auch diese Zeiten vorüber. Wir wissen nicht, ob die Forsthüter noch leben – doch nur ein Tor wollte leugnen, daß Caerroil Wildholz noch durch die Würgerkluft wandelte. Doch der Geist, der die Bäume zur Abwehr befähigt, ist im Schwinden begriffen. Seit Berek Halbhand den Stab des Gesetzes in die Hand nahm, haben die Lords die Wälder geschützt … wir lassen keine Verminderung der Bäume zu. Dennoch schwindet ihr Geist. Da sie voneinander getrennt sind, erlischt die geistige Gemeinschaft der Wälder allmählich. Und die Herrlichkeit des Landes erleidet einen schweren Verlust.« Kummervoll schwieg Prothall für einige Sekunden, bevor er seine Erläuterungen abschloß. »Es geschieht aus Ehrerbietung gegenüber dem verbliebenen Geist und aus Achtung vor der Erdkraft, wenn wir um Erlaubnis darum ersuchen, daß so viele zugleich den Wald betreten dürfen. Und es geschieht aus reiner Vorsicht, daß wir jede Herausforderung zu vermeiden wünschen. Die Seele ist nicht tot. Morinmoss' Kraft könnte tausend Mann zermalmen, wenn die Bäume schmerzlich aufgeschreckt werden.«

»Gibt es keine andersgearteten Gefahren?« fragte Quaan. »Werden wir unsere Waffen gebrauchen müssen?«

»Nein. Lord Fouls Diener haben den Wäldern in vergangenen Zeiten großes Leid zugefügt. Grimmerdhore mag seine Macht verloren haben, doch Morinmoss erinnert sich. Und heute nacht beginnt der Mond abzunehmen. Nicht einmal Seibrich Felswürm ist verrückt genug, um seine Horden zu einem solchen Zeitpunkt nach Morinmoss zu schicken. Und der Verächter war noch nie ein solcher Narr.«

Wortlos stiegen die Reiter ab. Einige Angehörige des Fähnleins fütterten die Pferde, während andere eilig eine Mahlzeit bereiteten. Bald hatte das gesamte Aufgebot gegessen, Covenant ausgenommen. Und nach dem Essen streckte man sich aus, um vor der langen Durchquerung des Waldes noch einmal Kräfte zu sammeln, während die Bluthüter Wache hielten. Als alle sich wieder erhoben und zum Weiterreiten fertigmachten, trat Prothall an den äußersten Rand der Anhöhe. Dort wehte der Wind kraftvoller; sein von Ruß geschwärztes blaues Gewand flatterte ihm um den Leib, als er seinen Stab hob. »Heil dir, Morinmoss«, rief er laut. »Wald des Einholzwaldes! Feind unserer Feinde! Morinmoss, heil!« Seine Stimme klang über der Weite von Wipfeln bedeutungslos und erzeugte kein Echo. »Wir sind die Lords – Widersacher deiner Feinde und Erlerner des *Lillianrill*-Wissens! Wir müssen dich durchqueren! Horch, Morinmoss! Wir verabscheuen Axt und Flamme, die dir Pein bereiten. Deine Feinde sind unsere Feinde! Niemals haben wir die Klinge einer Axt oder Flammen des Feuers zu dir getragen, niemals werden wir's tun. Morinmoss, horch! Laß uns durch!« Seine Bittstellung ging in den Tiefen des Waldes unter. Schließlich senkte er seine Arme, drehte sich um und gesellte sich wieder zum Aufgebot. Er stieg auf sein Pferd und ließ seinen Blick nochmals streng über die anderen Reiter dahingleiten. Auf seinen Wink hin ritten sie hinab zu den knotigen Rändern von Morinmoss.

Sie schienen in den Wald zu geraten wie ein hineingeworfener Stein. Im einen Moment suchten sie sich noch oberhalb der Bäume einen Weg den Abhang hinunter; im nächsten Augenblick waren sie schon in die Düsternis des Waldes eingedrungen, und hinter ihnen schwand der Sonnenschein wie eine unwiederfindbare Tür. Birinair ritt dem Trupp voraus, seinen Allholzmeister-Stab quer über den Nacken seines Tiers gelegt; hinter ihm ritt Blutmark Tuvor auf dem Ranyhyn-Hengst Marny, denn die Ranyhyn brauchten den uralten Groll Morinmoss' nicht zu fürchten, und Marny konnte Birinair, falls der greise Herdwart abirren sollte, den richtigen Weg weisen. Hinter Tuvor folgten Prothall und Mhoram, und in Mhorams Rücken saß Llaura; ihnen folgten Covenant und Schaumfolger. Der Riese trug unverändert das Kind, das noch immer schlief. Zum Schluß kamen Quaan und sein Fähnlein, zwischen den Bluthütern zusammengedrängt.

Platz war genug für die Durchquerung vorhanden. Die Bäume mit ihren dunkelfleckig ebenholzschwarzen und rostbraunen Stämmen standen weit auseinander und ließen zwischen sich Freiraum für ihr Unterholz und Tiere; daher gelangten die Reiter ohne Behinderung vorwärts. Auch waren die Bäume keineswegs hoch. Auf klotzigen Stämmen ragten sie ungefähr fünf bis acht Meter empor, dann verbreiterten sie sich in knorrigen, durchhängenden Ästen zu einer von Laub schweren Krone. Darunter war das Aufgebot völlig in Morinmoss' Düsternis getaucht. Das Astwerk verwob sich ineinander, so daß es schien, als stütze sich ein Baum mit seinen Armen auf den anderen; und von den Gliedern hingen beachtliche Strähnen und ganze Vorhänge aus Laubmoos herab – dunkles, dickes, feuchtes Moos, das vom Geäst baumelte wie träges Blut, im Fließen erfaßt und erstarrt. Das Moos wallte vor den Reitern, als beabsichtige es, sie vom Weg abzulenken, sie in die Irre zu führen. Und auf dem weichen, moosigen Untergrund erzeugten die Hufe der Pferde kein Geräusch. Die Reiter zogen so lautlos dahin, als wären sie in ein Trugbild verwandelt worden.

Indem er der Berührung mit den dunklen Moosgehängen instinktiv auswich, spähte Covenant in die ununterbrochene Düsternis des Waldes. Soweit er sehen konnte, waren sie in sämtlichen Richtungen von nichts umgeben als der grotesken Grimmigkeit von Moos, Ästen und Stämmen. Doch über die Grenzen seiner sinnlichen Wahrnehmung hinaus konnte er mehr erkennen – er sah, roch und hörte im Schweigen des Waldes dessen forstliches Herz grübeln. Dort hegten die Bäume ihre schweren Erinnerungen – an das weite, lebensfrohe Brodeln des Bewußtseins in jener Zeit, da der Geist des Holzes erhaben über vielen hundert Längen fruchtbarer Erde schwebte; an die Bekanntschaft mit dem schartigen Senkblei von Schmerz, Entsetzen und Unglauben, die sich wie Ringwellen auf der Wasseroberfläche eines Ozeans ausbreiteten, bis auch das entlegenste Blatt im Land erzitterte, als das Abschlachten der Bäume begann, Axt und Feuer sie mit Wurzeln und Ästen und allem verschlangen, man die Stümpfe fortschleppte; und ans Hasten und die Not der Tiere, ebenfalls hingeschlachtet oder um Heim, Gesundheit und Hoffnungen gebracht; und an das lautere Lied des Forsthüters, dessen Melodie das insgeheime, grimmige Vergnügen des Zermalmens lehrte, des Zurückschlagens gegen winzige Menschen, ihr Blut mit den Wurzeln zu kosten; und an die allmähliche Schwächung, die selbst diese letzte wilde Freude beendete, den Bäumen nichts ließ als ihre eingedickten Erinnerungen und ihre stumme Verzweiflung, in der sie ihren Zorn entschlummern sahen.

Covenant spürte irgendwie, daß die Bäume keine Ahnung von Lords oder freundschaftlichen Beziehungen besaßen; für sie gab es Lords noch gar nicht lange genug im Land, als daß sie sich ihrer hätten entsinnen können. Nein, es war Schwäche, das Versagen des Geistes, was den Reitern die ungehinderte Durchquerung ermöglichte – Schwäche, Trauer, hilflose Schläfrigkeit waren die Gründe. Hie und da nahm er Bäume wahr, die noch wach waren und nach Blut dürsteten. Aber sie waren zu wenige, viel zu wenige. Morinmoss vermochte bloß noch zu grübeln, durch die eigene uralte Sterblichkeit seiner Macht beraubt.

Eine Hand aus Moos berührte Covenant und hinterließ auf seinem Gesicht Feuchtigkeit. Er wischte sie hastig fort, als wäre es Säure. Dann ging jenseits von Morinmoss die Sonne unter, und selbst das restliche schwache Licht im Wald erlosch. Covenant beugte sich im Sattel nach vorn, inzwischen hellwach, darum besorgt, Birinair könne sich verirren oder in einen Vorhang aus Moos reiten und erstickt werden. Aber indem Dunkelheit in die Luft sickerte, als tröffe sie vom Dach aus Baumkronen, befiel den Wald eine Veränderung. Nach und nach entstand an den Stämmen ein silberner Glanz; er verstärkte und erhellte sich, während Nacht den Forst zu erfüllen anfing, bis jeder einzelne Baum in der Finsternis wie eine verlorene Seele dastand und schimmerte. Der Silberschein war hell genug, um den Reitern ihren Weg zu zeigen. Vor den ruhelosen Mustern des Schimmers hingen die Moosschleier wie Schatten eines Abgrunds – wie schwarze Löcher zur Leere –, verliehen dem Holz ein verquollenes, lepröses Aussehen. Doch das Aufgebot drängte sich zusammen und ritt weiter, dahin durch eine Nacht, in der nur der Silberschimmer

der Bäume und der rote Glanz von Covenants Ring etwas Licht spendeten.
Covenant war zumute, als könne er die Bäume angesichts der Greulichkeit seines Eherings entsetzt tuscheln hören. Das Pulsieren des roten Glanzes war ihm selber zuwider. Feuchte Moosfinger tasteten besorgt über sein Gesicht. Er ballte die Hände über seinem Herzen zu Fäusten und versuchte, in seine Innenwelt zu fliehen, sich zurückzuziehen, womöglich einzuschrumpfen und unbeachtet voranzukommen; er ritt dahin, als trüge er unter seinem Gewand eine Axt und befürchte, die Bäume könnten sie bemerken. Der ausgedehnte Ritt verstrich wie der Schmerz einer Wunde. Akute Stiche gingen ineinander über, und schließlich befand sich das Aufgebot wieder im schummrigen Licht eines neuen Tages. Covenant erbebte, starrte umher. Was er sah, machte ihn sprachlos. Er fühlte, die Zisterne seines Zorns war voller Dunkelheit. Aber er war in den Schlingen unentwirrbarer Umstände gefangen. Diese Dunkelheit war ein Kelch, den er weder leeren noch fortschieben konnte. Und er zitterte vor Hunger. Er vermochte es sich kaum zu verkneifen, die klammen Belästigungen durch das Moos mit Faustschlägen zu vergelten. Noch immer ritt das Aufgebot durchs unablässige Dämmerlicht von Morinmoss. Die Reiter blieben schweigsam, bedrückt vom allgegenwärtigen Astwerk; und inmitten der beklommenen Stille fühlte sich Covenant so verloren, als habe er sich allein in jenem alten Wald verirrt, der einst das ganze Land bedeckte. Mit verschwommener Wut duckte er sich unterm lockerfingrigen Moos hinweg, wich ihm aus. Indem die Zeit verging, wuchs in ihm das Verlangen, laut zu schreien. Dann endlich schwang Birinair seinen Stab überm Kopf und ließ einen schwächlichen Ruf vernehmen. Die Pferde verstanden; holprig beschleunigten sie ihren Gang, um mit der kraftvollen Gangart der Ranyhyn gleichzuziehen. Für ein Weilchen schienen die Bäume zurückzuweichen, als scheuten

sie den Irrsinn des Aufgebots. Dann gelangten die Reiter in hellen Sonnenschein. Sie kamen unterm mittäglichen Himmel an einen Hang, der sich gemächlich hinab bis zu einem Fluß erstreckte, der an ihm entlang und quer zur Marschrichtung der Truppe floß. Birinair und Marny hatten das Aufgebot unbeirrbar zur Wanderlust-Furt gebracht.

Indem sie rauhkehlig ihre Erleichterung herausbrüllten, trieben die Krieger ihre Tiere mit den Fersen an, und das Aufgebot preschte in tollkühnem Galopp den Hang hinunter. Kurz darauf klatschten die Pferde in den Strom, überschütteten sich und ihre heilfrohen Reiter mit der kühlen Gischt der Wanderlust-Furt. Am Südufer ordnete Prothall einen Halt an. Die Durchquerung des Waldes von Morinmoss war geschafft.

Sobald es rastete, mußte das Aufgebot den Zoll dieses Gewaltmarsches zur Kenntnis nehmen. Das Aussetzen der Mahlzeiten und der Nachtruhe hatte die Reiter Kräfte gekostet. In noch viel schlimmerer Verfassung waren allerdings die Pferde. Sie bebten vor Müdigkeit. Als die letzten Schritte getan waren, sackten ihnen die Hälse herab und die Rücken ein, sie brachten kaum noch genügend Kraft zum Fressen oder Saufen auf. Trotz der gewieherten Ermunterung seitens der Ranyhyn fielen zwei Mustangs des Fähnleins ins Gras und streckten sich auf ihren Flanken aus, und die anderen standen mit so wackligen Beinen herum, als seien sie Fohlen.

»Rastet … rastet«, sagte mit altersschwacher, aber sorgenvoller Stimme Prothall. »Heute ziehen wir nicht weiter.« Er schlenderte zwischen den Pferden einher, tätschelte sie mit seinen alten Händen und summte eine besänftigende Melodie. Nur die Ranyhyn und die Bluthüter zeigten keinerlei Anzeichen von Abnutzung. Schaumfolger senkte Pietten in Llauras Arme, dann ließ er sich rücklings ins pralle Gras sinken. Seit das Aufgebot die Überreste von Holzheim Hocherhaben zurückgelassen hatte, war er unnatürlich wortkarg gewesen; er mied das Reden, als fürchte er, seine Stimme könne ihm den Dienst verweigern. Nun wirkte er, als spüre er die Anstrengungen des Marsches ohne die Aufmunterung durch Geschichten und Gelächter ungewöhnlich stark. Covenant fragte sich, ob er den Riesen je wieder lachen hören würde. Mißmutig hob er eine Hand, um seinen Stab von Duras Sattel zu nehmen, und da bemerkte er zum erstenmal, was Morinmoss mit seinem weißen Gewand angestellt hatte. Es war befleckt und beschmiert mit dunkelgrünen Streifen – Spuren des Mooses. Die Beschmutzung machte ihn ärgerlich. Mit finsterer Miene schaute er sich unter den anderen Reitern um. Anscheinend waren sie im Ausweichen geschickter gewesen; sie wiesen keine der klobigen Unterschriften des Mooses auf. Die einzige andere Ausnahme war Lord Mhoram; auf jeder Schulter hatte sein Gewand einen dunklen Streifen wie ein Rangabzeichen. Covenant rieb grob an dem Grün. Aber es war trocken und fest. Dunkelheit murmelte in seinen Ohren wie das ferne Rumpeln einer Lawine. Seine Schultern buckelten sich wie bei einem Würger. Er kehrte dem Aufgebot den Rücken zu und stapfte nochmals in den Fluß. Er krallte seine Finger in das Gewand und bemühte sich, den Schmutz des Waldes herauszuwaschen. Doch die Flecken waren zu einem Bestandteil des Gewebes geworden, ließen sich nicht wieder entfernen; sie hatten sich unwiderruflich verfestigt, zeichneten sein Gewand wie eine Landkarte, kartographierten unbekannte Regionen. In einem Anfall von Erbitterung schlug er seine Fäuste in den Fluß. Aber dessen Strömung löschte die Ringe aus, als habe es sie nie gegeben. Er stand aufrecht im Strom, troff von Nässe. In seiner Brust wummerte das Herz. Für einen Moment meinte er, sein Zorn müsse jetzt entweder überschäumen oder ihn zerreißen. Doch nichts davon geschah. Seine Kiefer mahlten. *Ich kann es nicht ertragen!*

Da hörte er vom Aufgebot einen gedämpften Ausruf der

Verblüffung. »Covenant«, sagte gleich darauf Mhoram in zwar ruhigem, aber befehlsmäßigem Ton. »Komm!« Indem er Proteste gegen so vielerlei Dinge nuschelte, daß er sie nicht alle hätte nennen können, drehte er sich um. Sämtliche übrigen Mitglieder des Aufgebots wandten ihm den Rücken zu und richteten ihre Aufmerksamkeit auf etwas, das er wegen des Wassers in seinen Augen nicht erkennen konnte. »Komm!« wiederholte Mhoram. Covenant wischte sich die Augen aus, watete zum Ufer, stieg aus dem Fluß. Triefnaß latschte er durch die Reihen des Fähnleins, bis er Mhoram und Prothall erreichte. Vor ihnen stand eine fremde Frau. Sie war schlank und fliegengewichtig – kaum größer als Covenants Schulterhöhe – und in ein dunkelbraunes Hemd gekleidet, das Arme und Beine unbedeckt ließ. Ihre Haut war von der Sonne zum Schwarzbraun des Erdreichs gedunkelt worden. Ihr langes schwarzes Haar trug sie in einem einzigen langen Strang, umwunden mit einer dicken Kordel. Die Frisur wirkte ziemlich streng, erfuhr aber eine gewisse Auflockerung durch eine schmale Halskette aus gelben Blüten. Trotz ihrer geringen Körpergröße stand sie in stolzer Haltung da, die Arme überkreuzt, die Beine leicht gespreizt, als könne sie, wenn sie es wollte, dem Aufgebot den Zugang in die Ebenen von Ra verwehren. Sie sah Covenant entgegen, als habe sie nur noch auf ihn gewartet. Als er stehenblieb, sich zu Mhoram und Prothall gesellte, hob sie ihre Hand und entbot ihm linkisch, als sei ihr die Gebärde unvertraut, den Willkommensgruß. »Heil, Ring-Than«, sagte sie zu ihm. »Weißgold ist uns bekannt. Wir hegen und pflegen es. Sei willkommen.« Er schüttelte sich Wasser von der Stirn und starrte sie an. Nachdem sie ihn begrüßt hatte, wandte sie sich mit beinahe ritueller Förmlichkeit nacheinander an die anderen Führer des Aufgebots. »Heil, Hoch-Lord Prothall. Heil, Lord Mhoram. Heil, Salzherz Schaumfolger. Heil, Blutmark Tuvor. Heil, Streitwart Quaan.« Feierlich erwiderten sie ihren Gruß, als würden sie von einer Fürstin empfangen. »Ich bin Mähnenhüter Lithe«, erklärte die Frau anschließend. »Wir sehen euch. Sprecht. Die Ebenen von Ra stehen nicht jedem offen.« Prothall trat vor. Er hob seinen Stab mit beiden Händen horizontal bis in Stirnhöhe und vollführte dann eine tiefe Verbeugung. Daraufhin zeigte die Frau Neigung zu einem Lächeln. Indem sie die Handflächen bis in Augenhöhe erhob, erwiderte sie die Verbeugung. Diesmal bewegte sie sich natürlich und geschmeidig. »Du kennst uns«, sagte sie. »Du kommst von fern, aber du bist kein Unwissender.«

»Wir wissen, daß die Mähnenhüter die obersten Betreuer der Ranyhyn sind«, antwortete Prothall. »Ihr seid die höchsten Würdenträger unter den Ramen. Und ihr kennt uns.«

Er stand jetzt dicht vor ihr, und infolge seiner altersbedingt gebückten Haltung wirkte er wie über sie gebeugt. Ihre braune Haut und sein blaues Gewand ergänzten einander wie Erde und Himmel. Aber noch sprach sie keine Einladung aus.

»Nein«, widersprach sie. »Wir kennen euch nicht. Ihr kommt von fern, Ihr seid unbekannt.«

»Aber du weißt unsere Namen.«

Sie zuckte die Achseln. »Wir sind vorsichtig. Seit ihr Morinmoss verlassen habt, beobachten wir euch. Wir haben euch reden hören.« *Wir?* Überlegte Covenant fassungslos. Bedächtig wanderte der Blick der Frau über das Aufgebot hinweg. »Wir kennen die Schlaflosen … die Bluthüter.« Sie erweckte über ihren Anblick keinen sonderlich erfreuten Eindruck. »Sie bringen die Ranyhyn in Gefahr. Aber wir dienen. Sie sind willkommen.« Ihr Blick verweilte auf den zwei zusammengebrochenen Pferden, und ihre Nasenflügel bebten. »Ihr seid in Eile?« erkundigte sie sich; ihr Tonfall verriet, daß sie für den Zustand der Hengste wenig Entschuldigungen gelten lassen würde. Da verstand Covenant, warum sie zögerte, die Lords willkommen zu heißen, obwohl sie ihr zumindest aus Erzählungen oder durch ihren Ruf bekannt sein mußten; sie mochte niemanden in die Ebenen von Ra einlassen, der Pferde mißhandelte.

»Ja«, antwortete der Hoch-Lord mit Nachdruck. »Fangzahn lebt.«

Für eine Sekunde schwankte Lithes Fassung. Als sie ihre Augen wieder Covenant zukehrte, schwärmten sie von Fünkchen ferner Furcht. »Fangzahn«, flüsterte sie. »Der Feind der Erde und der Ranyhyn. Ja. Weißgold weiß Bescheid. Der Ring-Than ist hier.« Urplötzlich klang ihre Stimme hart. »Um die Ranyhyn vor Fangzahn dem Reißer zu schützen.« Sie sah Covenant an, als verlange sie von ihm größere Versprechungen. Er hatte ihr keine zu geben. Er stand nur herum, erbittert und pudelnaß, zu beherrscht vom Hunger, um mit Abweisung, Einwilligung oder bloß Scham zu reagieren. Nicht lange, und man sah ihr Verwirrung an. »Wer ist er?« wandte sie sich an Prothall. »Was für eine Art von Mensch?«

»Er ist Ur-Lord Thomas Covenant«, entgegnete Prothall mit vieldeutigem Lächeln, »Zweifler und Träger des Weißgoldes. Er ist ein Fremder im Lande. Hege keine Bedenken wider ihn. Er wandte das Ringen zu unseren Gunsten, als Fangzahns Diener uns heimsuchten – Höhlenschrate und Urböse, dazu ein Greif, gezeugt in einem unbekannten Pfuhl der Bosheit.«

Lithe nickte kommentarlos, als begreife sie nicht alle seine Erklärungen. »Eile ist geboten«, sagte sie dann. »Kein Vorgehen wider Fangzahn darf behindert oder hinausgezögert werden. Wir haben bereits andere Zeichen bemerkt. Räuberisches Getier hat in die Ebenen einzudringen versucht. Hoch-Lord Prothall, sei willkommen in den Ebenen von Ra. Kommt in aller Eile nach Menschenheim. Wir müssen beraten.«

»Deine Einladung ehrt uns«, antwortete der Hoch-Lord. »Wir erwidern die Ehre, indem wir sie annehmen. In zwei Tagen von heute an werden wir Menschenheim erreichen ... falls die Pferde durchhalten.«

Seine vorsichtige Ankündigung veranlaßte Lithe zu einem unbekümmerten Lachen. »Ihr werdet die Gastfreundschaft der Ramen genießen dürfen, noch ehe die Sonne ein zweites Mal sinkt, von diesem Augenblick an gerechnet. Wir dienen den Ranyhyn nicht seit Anbeginn, ohne dabei etwas gelernt zu haben. Seilträger! Auf! Hier könnt ihr euch für eure Mähnenweihe bewähren.«

Plötzlich zeigten sich vier Gestalten; sie erhoben sich plötzlich in unregelmäßigem Halbkreis rund ums Aufgebot aus dem Gras, als wären sie mit einem Ruck dem Erdboden entsprossen. Die vier – drei Männer und eine Frau – hatten eine ebenso leichtgewichtige Statur wie Mähnenhüter Lithe und waren gleichfalls über ihrer sonnengebräunten Haut in Braun gekleidet. Sie waren jedoch nicht mit Blumen geschmückt; statt dessen hatten sie um ihre Taillen Längen von Seil geschlungen. »Kommt, Seilträger«, sagte Lithe. »Ihr braucht diese Reiter nicht länger zu beschleichen. Ihr habt vernommen, wie ich sie willkommen hieß. Nun sorgt für ihre Pferde und ihre Sicherheit. Vor der Abenddämmerung des morgigen Tages müssen sie Menschenheim erreichen.« Die vier Ramen traten näher. »Hier sind meine Seilträger«, sagte Lithe zu Prothall. »Thew, Hurn, Grace und Rustah. Sie sind Jäger. Während sie die Lebensweise der Ranyhyn und das Wissen der Mähnenhüter lernen, schützen sie die Ebenen vor gefährlichem Getier. Ich habe mit ihnen schon viel Zeit verbracht. Sie können sich um eure Pferde kümmern.« Die Seilträger nickten dem Aufgebot höflich zu und begaben sich dann geradewegs zu den Pferden, um deren Verfassung zu untersuchen. »Nun muß ich vorerst Abschied von euch nehmen«, sagte Lithe. »Die Kunde von eurem Kommen muß die Ebenen durchqueren. Die Heimständigen müssen darauf vorbereitet werden. Richtet euch nach Rustah. Er ist seiner Mähnenweihe am nächsten. Heil, Lords! Am Abend des morgigen Tages werden wir miteinander speisen.«

Ohne eine Entgegnung abzuwarten, wandte sich die Mähnenhüterin nach Süden und entfernte sich in schnellem Lauf. Sie bewegte sich mit erstaunlicher Geschwindigkeit; binnen weniger Augenblicke hatte sie einen Hügel überquert und war außer Sicht.

»Es heißt«, bemerkte Mhoram, der ihr nachschaute, zu Covenant, »daß ein Mähnenhüter an der Ranyhyn Seite mitlaufen kann – für kurze Zeit.«

»So heißt es«, sagte hinter ihnen Seilträger Hurn leise. »Und es ist wahr.« Mhoram drehte sich zum Seilträger um. Hurn stand da, als warte er auf eine Gelegenheit zum Sprechen. Er ähnelte in seiner ganzen Erscheinung stark Lithe, bloß hatte sein Haar nicht so lange wachsen dürfen, und seine Gesichtszüge verrieten eine Neigung zur Griesgrämigkeit. »Es gibt ein Kraut, das kann euren Pferden helfen«, sagte er, sobald ihm Mhorams Aufmerksamkeit gehörte. »Ich muß euch jedoch verlassen, um es zu beschaffen.«

»Das Wissen ist dein«, antwortete der Lord leutselig. »Verrichte, was du für am besten erachtest.«

Hurns Augen weiteten sich, als habe er Leuten, die Pferde mißhandelten, soviel Umgänglichkeit nicht zugetraut. Dann grüßte er Mhoram unbeholfen nach Art der Lords. Mhoram vollführte eine Verbeugung nach Ramen-Art. Hurn grinste und wollte soeben davoneilen, als unwillkürlich eine Frage von Covenants Lippen kam. »Warum reitest du nicht? Ihr habt doch die ganzen Ranyhyn.«

Hastig winkte Mhoram, um Covenant zur Zurückhaltung zu mahnen. Aber das Unheil war schon passiert. Hurn starrte ihn an, als habe er eine Gotteslästerung mitanhören müssen, und seine starken Finger rissen das Seil von seinen Hüften; er hielt es zwischen seinen Fäusten, als beabsichtige er Covenant zu erdrosseln. »Wir reiten nicht!«

»Übe Nachsicht, Hurn«, sagte Seilträger Rustah gedämpft. »Der

Mähnenhüter hat ihn willkommen geheißen.« Hurn musterte seinen Kameraden, dann knotete er das Seil schroff wieder um seinen Leib. Er machte auf dem Absatz kehrt und war gleich darauf so völlig verschwunden, wie er erschienen war, als habe ihn der Erdboden verschluckt.

Mhoram ergriff Covenants Arm. »Die Ramen dienen den Ranyhyn«, sagte er in ernstem Tonfall. »Das ist der Grund ihres Daseins. Verärgere sie nicht, Zweifler. Sie erzürnen sich rasch – und sind die gefährlichsten Jäger im Lande. Hundert könnten sich hier in Rufweite befinden, ohne daß wir sie bemerken. Wenn sie jemanden zu töten beschließen, stirbt derjenige, ehe er sich's versieht.«

Covenant spürte die Eindringlichkeit der Warnung. Ihr Klang schien das Gras der Umgebung mit unheilvollen Späheraugen zu durchsetzen. Er empfand Argwohn, als wäre sein mit Grün beflecktes Gewand ein Wegweiser für im Untergrund verborgene mörderische Absichten. Er zitterte wieder einmal. Während Hurns Abwesenheit nahmen sich die übrigen Seilträger der Pferde an; sie streichelten sie, ermunterten sie zum Verzehr von Nahrung sowie zum Saufen. Unter ihren Händen kräftigten sich die Tiere zusehends. Offensichtlich davon überzeugt, daß ihre Reittiere sich in guter Obhut befanden, begannen die Lords eine Besprechung mit Quaan und Tuvor; unterdessen machten sich die Krieger an die Zubereitung einer Mahlzeit. Covenant verfluchte den Essensgeruch. Er lag im harschen Gras und versuchte das Nagen der Leere in seinem Innern zu besänftigen, indem er an den Himmel emporstarrte. Seine Müdigkeit holte ihn ein, und er versank in ein kurzes Nickerchen. Bald weckte ihn ein neuer Geruch, der den Hunger in seinen Eingeweiden in Glut zu verwandeln schien. Er stammte von Bündeln saftiger, farniger Blütengewächse, die die Pferde nun hinabschlangen – den heilkräftigen Kräutern, die Seilträger Hurn ihnen gebracht hatte. Sämtliche Pferde standen inzwischen wieder auf den Beinen, und beim Mampfen schienen sie geradezu sichtbar an Kraft zu gewinnen. Der appetitliche Duft der Blüten verursachte Covenant eine flüchtige Vision von sich selbst, wie er auf Händen und Knien fraß, so wie die Pferde.

»Verdammte Pferde«, murmelte er mit unterdrückter Wut, »sie leben ja besser als unsereins.«

Seilträger Rustah lächelte auf merkwürdige Weise. »Das Kraut ist für Menschen giftig. Es ist *Amanibavam,* die Blume von Gesundheit und Wahnsinn. Pferde genesen davon, aber Männer und Frauen ... ach, sie sind für so etwas zu gering.«

Covenant schenkte ihm bloß einen stieren Blick und bemühte sich, das Stöhnen seines Hungers zu dämpfen. Er verspürte ein perverses Verlangen danach, das Kraut zu kosten; es schien seine Sinne mit verführerischen Sirenenklängen zu reizen. Doch der Gedanke, so weit heruntergekommen zu sein, verbitterte ihn, und statt von Nahrung zehrte er von dieser Bitternis. Was die Pferde anging, so wirkte die Pflanze tatsächlich nahezu Wunder. Bald soffen und futterten sie wieder wie ganz normal und sahen gestärkt aus, um ihre Reiter erneut zu tragen. Das Aufgebot beendete die Mahlzeit und packte danach die Vorräte zusammen. Die Seilträger meldeten die Pferde fertig zum Weitermarsch. Kurze Zeit später befanden sich die Reiter über die gedrungenen Hügel von Ra auf dem Weg nach Süden, und die Ramen hielten mühelos zu Fuß mit. Unter den Hufen der Pferde glitt die Graslandschaft heran und vorbei wie in sanften Wogen, vermittelte dem Aufgebot den Eindruck von Schnelligkeit. Man ritt auf dem herben Gras über niedrige Hügel dahin, eher Bodenwellen zu nennen, durch flache Täler, zwischen Gehölzen und beschaulichen Wäldchen, neben schmalen Flüßchen, durch weite Senken. Dieser Landstrich war von rauher Natur. Abgesehen von den zuverlässig überall antreffbaren *Aliantha*-Sträuchern fehlte es in der Gegend an

Fruchtpflanzen, Obstbau oder irgendwelchen Blumen außer den *Amanibavam*. Dennoch wirkten die Ebenen voll von elementarem Leben, als wären die kleinen, kurzstreckigen Hügel durch den Pulsschlag des Erdreichs aufgeworfen worden, und das steife Gras war saftig genug, um jedes Lebewesen zu ernähren, das seine Herbheit verdauen konnte. Als die Sonne zu sinken begann, schimmerte das Farnkraut an den Hängen purpurrot. Aus den Gehölzen kamen Herden von Antilopen, um an den Flüssen zu saufen, und Schwärme von Raben ließen sich lautstark auf den breitkronigen, fleckigen Bäumen nieder, die vereinzelt aus dem Flachland aufragten. Aber die Reiter widmeten ihre Aufmerksamkeit vornehmlich den Ranyhyn, die umherstreiften. Ob sie nun wie Siegesfahnen einhergaloppierten oder in geselligem abendlichen Spiel Kapriolen vollführten, den großen Pferden war unweigerlich eine Aura des Majestätischen zu eigen, als wäre der Erdboden selbst, auf dem sie dahindonnerten, stolz auf ihre Schöpfung. In feuriger Freude wieherten sie jenen Ranyhyn zum Gruß zu, die die Bluthüter trugen, und diese Rösser tänzelten auf ihren Hufen, als könnten sie die begeisterte Freude über ihre Heimkehr nicht länger bezähmen. Dann sprengten die freien Ranyhyn weiter, voller lustigem Blut und ungebändigter Kraft, wieherten noch im Davonstieben. Ihre Laute erfüllten die Luft mit Schwingungen von Vitalität. Bald darauf verschwand die Sonne im Westen hinterm Horizont, entbot den Ebenen mit einem orangeroten Aufflammen einen Abschiedsgruß. Covenant beobachtete ihren Untergang mit griesgrämiger Befriedigung. Er hatte die Pferde satt – war der Ranyhyn, Ramen, Bluthüter, Lords und kühnen Unternehmungen überdrüssig, der Ruhelosigkeit des Lebens müde. Er begehrte Dunkelheit und Schlaf, trotz der blutigen Glut auf seinem Ring, des erneuten Mondaufgangs und der Geierschwingen des Schreckens.

Doch als die Sonne fort war, wandte sich Rustah mit der Eröffnung an Prothall, sie müßten weiterreiten. Gefahr bestünde, behauptete er; andere Ramen hätten im Gras Warnzeichen hinterlassen. Sie müßten weiter, bis die Gegend wieder sicher sei – um noch ein paar Längen. Also setzten sie den Ritt fort. Einige Zeit später ging der Mond auf, und sein besudeltes Silber verwandelte die Nacht in ein Blutmeer, holte sich eine düsterrote Antwort von Covenants Ring und seiner hungrigen Seele. Endlich ließ Rustah die Reiter verlangsamen, mahnte sie jedoch zum Schweigen. So verstohlen wie möglich erklomm die Truppe den Südhang eines Hügels und hielt knapp unterhalb von dessen Kuppe. Das Aufgebot stieg ab – einige Bluthüter blieben als Wachen für die Pferde zurück – und folgte den Seilträgern auf die Anhöhe. Nordwärts erstreckte sich ein flacher, ebener Landstrich. Die Seilträger spähten für eine Weile in diese Richtung, dann deuteten sie hinunter. Covenant bekämpfte die Ermüdung seiner Augen und die dunkelrote Düsternis, bis er meinte, er könne einen dunklen Flecken erkennen, der sich durchs Flachland nach Süden bewegte.

»*Kresch*«, flüsterte Hurn. »Gelbe Wölfe ... Fangzahns Geschmeiß. Sie sind über die Wanderlust-Furt gekommen.«

»Wartet hier auf uns«, sagte Rustah leise. »Wir werden eure Sicherheit gewährleisten.« Er und die anderen Seilträger verschwanden in der Nacht.

Unwillkürlich rückte das Aufgebot enger zusammen; seine Mitglieder starrten aus Augen, die vor Überanstrengung pochten, durch das schwache rote Licht, das von dem Dunklen drunten wie Schweiß auszugehen schien, in die Ferne. Angespannt und lautlos standen sie beieinander, wagten kaum zu atmen. Pietten saß auf Llauras Armen, hellwach wie ein Nachtwächter. Später erfuhr Covenant, daß das Rudel fünfzehn Exemplare jener großen gelben Wölfe umfaßte. Sie reichten mit ihrer Schulterhöhe einem Menschen bis zur Taille;

sie besaßen wuchtige Kiefer voller Reihen krummer, fürchterlicher Zähne und unheilvolle gelbe Augen. Sie seiberten sich die Fährte zweier Ranyhyn-Fohlen entlang, die nur geschützt waren durch einen Hengst und seine Stute. Die Sagen der Ramen berichteten, daß der Atem eines *Kresch* heiß genug sei, um den Untergrund zu versengen, daß sie einen Striemen der Pein im Gras erzeugten, wohin immer ihre Räubereien sie führten. Jetzt jedoch sah Covenant nichts als einen Flecken aus Dunkelheit, der näher rückte, sich mit jedem Moment ausdehnte. Dann bemerkten seine unsicheren Augen hinten im Rudel ein kurzes Aufwirbeln von Unruhe; und als die Wölfe weiterzogen, glaubte er, daß er zwei oder drei dunkle Punkte reglos daliegen und zurückbleiben sehen könne. Dann wirbelte das Rudel erneut durcheinander. Diesmal brachen mehrere abgehackte Laute eines Geheuls der Überraschung und Furcht die Stille. Ein heiseres Knurren erstickte urplötzlich. Im nächsten Moment verfiel das Rudel in gestreckten Lauf direkt auf das Aufgebot zu, ließ fünf weitere Punkte zurück. Nun war sich Covenant jedoch dessen völlig sicher, daß es sich bei den Punkten um tote Wölfe handelte. Noch drei *Kresch* nahmen ein Ende. Jetzt sah Covenant von den gefällten Raubtieren drei Gestalten fortspringen und dem Rest des Rudels nacheilen. Sie verschwanden in Schatten am Fuße des Hügels. Aus der Dunkelheit drangen Kampfgeräusche – wutentbranntes Knurren, das Krachen von Kiefern, die ins Leere schnappten, Knacken von Knochen. Dann flutete Schweigen zurück in die Nacht. Die Anspannung des versteckten Aufgebots wuchs, denn nichts war zu sehen; die Schatten reichten fast bis zur Kuppe des Hügels, worauf es sich befand. Auf einmal vernahm man die Geräusche schnellen Rennens. Sie kamen geradewegs herauf. Prothall sprang vorwärts. Er hob seinen Stab, und aus dessen Spitze flammte blaues Feuer. Der unvermittelte Lichtschein enthüllte einen einzelnen *Kresch*, der sich ihm flink wie

ein Windhund und mit grimmigem Haß in den Augen näherte. Tuvor gelangte um einen Sekundenbruchteil früher an Prothalls Seite als Schaumfolger. Aber der Riese stürmte weiter, um sich dem Wolf entgegenzuwerfen. Da erhob sich blitzartig aus einer Deckung direkt vorm Wolf Seilträger Grace. Sie führte die Erledigung des Wolfes so anmutig durch, als tanze sie. Beim Aufstehen löste ein rascher Ruck ihrer Hand das Seil von ihren Hüften. Als der Wolf nach ihr sprang, warf sie ihm eine Schlinge um den Hals und schwang sich behende zur Seite, vollführte dabei eine Drehung, um ihre Fersen in den Untergrund zu stemmen. Die Kraft, die im Sprung des Wolfes war, brach ihm das Genick. Der Ruck riß Grace von den Füßen, aber sie rollte sich ab und bewahrte Halt am Seil, und sie kam in einer Haltung wieder auf die Beine, die es ihr ermöglichte, dem *Kresch,* falls er noch lebte, den Rest zu geben.
Das Fähnlein widmete ihrer Leistung ein leises Murmeln der Bewunderung. Sie schaute herauf und lächelte im blauen Schein von Prothalls Stab gleichmütig, dann drehte sie sich um und begrüßte die anderen Seilträger, als sie aus den Schatten des Hügels gelaufen kamen. Sie waren unversehrt. Alle Wölfe dagegen waren tot.
Prothall senkte seinen Stab und erwies den Seilträgern mit einer Verbeugung nach Ramen-Art seinen Respekt. »Wohlgetan«, sagte er. Zum Dank verbeugten sie sich ebenfalls. Als er das Feuer seines Stabes löschte, legte die rote Trübnis sich erneut auf die Hügelkuppe. Die Reiter kehrten zurück zu ihren Pferden. Bannor aber trat zum zuletzt getöteten Wolf und nahm ihm Graces Seil vom Hals. Er nahm es in kämpferischer Haltung zwischen seine Fäuste und straffte es.
»Eine gute Waffe«, sagte er in seiner plumpen Unrührbarkeit. »Die Ramen taten damit machtvolle Werke in jenen Tagen, als Hoch-Lord Kevin mit der Verderbnis in offenem Kampfe stand.« Irgend etwas an seinem Tonfall erinnerte Covenant

daran, daß die Bluthüter starke, gesunde Männer waren, die seit über tausend Jahren ohne Frauen herumliefen. Dann spannte Bannor aufgrund irgendeiner obskuren Anwandlung seine Muskeln, und das Seil riß. Er zuckte verhalten mit den Schultern und warf die Stücke auf den toten *Kresch.* Seine Geste besaß die Endgültigkeit einer Prophezeiung. Ohne Seilträger Grace eines Blickes zu würdigen, verließ er die Hügelkuppe, um sich auf den Ranyhyn zu schwingen, der ihn auserwählt hatte.

## 19
## Ring-Thans Wahl

Seilträger Rustah informierte Prothall, daß man nach Ramen-Brauch tote Reißer und Feinde der Ranyhyn den Aasvögeln überließ. Die Ramen verspürten keinerlei Lust, den *Kresch* auch bloß letzte Ehren zu erweisen oder sich an der Erde zu vergehen, indem man sie begrub, und Scheiterhaufen bedeuteten in den Ebenen Brandgefahr. Daher konnten die Reiter erst rasten, sobald sie weit genug entfernt waren vom Gestank des Todes. Der Seilträger führte das Aufgebot fast noch eine Länge weit südwärts, bis er davon überzeugt war, daß kein nächtliches Lüftchen den Pferden Beunruhigung zutragen könne. Dann lagerte sich das Aufgebot. Covenant schlief unstet, als läge er mit dem Bauch auf einem Keil; und als die Morgendämmerung heraufzog, fühlte er sich so kraftlos, als habe er die Nacht im Ringkampf mit seinem Hunger herumgebracht. Und als seine Nase von neuem den tangigen Geruch der giftigen *Amanibavam* wahrnahm, fingen seine Augen an zu tränen, als sei er ins Gesicht geschlagen worden. Er bezweifelte, daß er sich noch lange aufrecht zu halten vermochte. Aber ihm fehlte noch die Antwort, deren er so dringend bedurfte. Er hatte keine neuen Erkenntnisse erlangt, und die grüne Handarbeit von Morinmoss auf seinem Gewand blieb unleserlich. Ein sicherer Instinkt sagte ihm, daß er, was ihm fehlte, im Extremzustand des Hungers finden konnte. Als seine Begleiter gegessen hatten und fertig zum Weitermarsch waren, erklomm er stumpfsinnig Duras Rücken und ritt weiter mit. Von Zeit zu Zeit tränten ohne Sinn seine Augen, aber er weinte nicht. Er fühlte sich angefüllt mit gestauter Leidenschaft, doch er wußte kein Ventil für sie. Die Grämlichkeit seiner Leprose gestattete keine derartige Erleichterung. Im Gegensatz zur kalten Asche seiner Gemütsverfassung war der neue Tag heiter, erfüllt mit von Wolken ungetrübtem Sonnenschein und mit lauem südlichem Wind, weitem Himmel und flachen Hügeln. Bald war der Rest des Aufgebots dem Zauber der Ebenen völlig verfallen – einer Verzauberung unterworfen, die ausging vom stolzen Umherstreifen der Ranyhyn. Immer wieder trabten oder galoppierten große Pferde vorüber, betrachteten die Reiter mit Gelächter in den Augen und klaren, silbrigen Lauten in ihren Kehlen. Ihr Anblick beschleunigte den Schritt der Seilträger noch ein wenig, und im Laufe des Vormittags begannen Grace und Thew gemeinsam zu singen:

*»Lauft, Ranyhyn,*
*galoppiert und tollt,*
*futtert und trinkt, und Fellglanz leuchte.*
*Ihr seid das Mark der Erde.*
*Kein Zügel euch hemmt, kein Zaum euch zähmt,*
*keine Klaue, kein Fang euch ungestraft reißt,*
*kein Pferdeblut fließt ohne Heilkraut zur Hand.*
*Wir sind die Ranyhyn, geboren zum Dienen:*
*Mähnenhüter striegeln,*
*Seilträger schützen,*
*Heimständige warten Feuer und Lager –*
*unsre Füße überflügeln nicht unsre Herzen.*
*Im Gras gewachsene Hufe, Sternenstirnen,*
*Fesseln und Widerriste wie Erd-Holz entsprossen:*
*schöngeratene Ranyhyn, galoppiert und lauft –*
*wir dienen dem Schweif des Himmels,*
*der Mähne der Welt.«*

Während des Liedes umtänzelten Ranyhyn die Truppe, ehe sie davonsprengten, so geschmeidig-geschwind fortbrausten, als ob der Erdboden ihnen unter ihren Sprüngen entgegenfließe. In Schaumfolgers Armen rührte sich Pietten und schüttelte seinen ganztägigen Schlaf ab, um mit so etwas wie Verlangen in den weiten Augen den Ranyhyn zuzuschauen. Prothall und Mhoram saßen entspannt in ihren Sätteln, als sähen sie das Aufgebot zum erstenmal seit dem Abmarsch aus Schwelgenstein in Sicherheit. Und über Covenants Gesicht rannen Tränen herab wie an einer Mauer. In seiner Hohlheit umnebelte ihn die Wärme der Sonne. Sein Kopf schien aus Überdruck platzen zu müssen, und dieser Eindruck bereitete ihm ein Gefühl, in irgendeiner unsicheren Höhe zu hocken, während große Schlünde voller flattrigem Gras nach seinen Fersen schnappten wie Wölfe. Aber der *Clingor*-Sattel hielt ihn auf Duras Rücken. Nach einer Weile döste er in seinem Traum, worin er nach dem Willen eines höhnischen Puppenspielers tanzte, weinte und liebte.

Als er aufwachte, war es bereits mitten am Nachmittag, und zum Großteil begrenzten voraus Berge den Horizont. Die Truppe kam schnell voran. Die Pferde liefen nun im Kanter, als flößten die Ebenen ihnen mehr Kraft ein, als sie zu verausgaben vermochten. Einen Moment lang schaute er der Ankunft in Menschenheim entgegen; er konnte absehen, daß ein irrtümlicher, sinnloser Respekt vor seinem Ehering ihn den Ranyhyn als möglichen Reiter vorstellen würde. Sicherlich war das einer der Gründe, die Prothall zu diesem Abstecher in die Ebenen von Ra bewogen hatten, bevor sie sich zum Donnerberg wagten. Ehre dem Ur-Lord, dem Ring-Than! O Hölle! Er versuchte sich auszumalen, wie er auf einem Ranyhyn saß, aber seine Fantasie war zu einem solchen Sprung außerstande; mehr als alles andere – ausgenommen vielleicht Andelain – waren diese großen, gefährlichen, von Erdkraft strotzenden Pferde ein Ausdruck für das Wesen des Landes. Aus irgendeinem Grund stachen diese Gedanken ihn in der Nase, und er bemühte sich, weitere Tränen zu unterdrücken, indem er die Zähne zusammenbiß. Den Rest des Nachmittags brachte er mit dem Anschauen der Berge herum. Sie schienen vor dem Aufgebot emporzuwachsen, als erhöben sich die Gipfel langsam auf die Füße. Die Bergkette, die sich nach Südwesten und Nordosten wand, war weniger hoch als die Berge hinterm Steinhausen Mithil, allerdings sehr zerklüftet und schroff, als wären sie zusätzlich mit hohen Zinnen versehen worden, um sie unzugänglich und unnahbar zu machen.

Covenant wußte nicht, was jenseits dieser Berge lag, und es interessierte ihn auch nicht. Ihre Unüberwindlichkeit versah ihn mit ungewissem Trost, als schöben sie sich zwischen ihn und etwas, dessen Anblick er nicht verkraften könnte. Während die Truppe sich ihnen in gemäßigtem Galopp näherte, wuchsen sie immer rascher in die Höhe. Die Sonne berührte den Westen der Ebenen, als die Reiter ins Vorland eines abschüssigen Auswuchses der Bergkette gelangten. Orangenes und rosa Licht färbte ihre Rücken, als sie eine letzte Steigung überwanden und eine weite, ebene Weide zu Füßen der Klippen erreichten. Dort endlich lag Menschenheim.

Im Sockel der Steilwand befand sich mit einer Deckenhöhe innerhalb der untersten sechzig bis neunzig Meter eine scharf einwärts geschrägte Höhle mit breitem, halbrundem Zugang, die aussah wie eine tiefe, senkrecht gestellte Schüssel im Fels. Fern im Hintergrund der Höhle, wo sie gegen jedes Wetter geschützt waren und dennoch an der frischen Luft, standen die gerippten Zelte der Ramen-Familien. Weiter vorn unter dem Felsendach der Steilwand lag der Gemeinschaftsplatz, der freie Raum mit den Feuerstellen, wo die Ramen gemeinsam kochten und schwatzten, tanzten und sangen, wenn sie nicht draußen in den Ebenen bei den Ranyhyn weilten. Die gesamte Stätte wirkte bescheiden, als hätten Generationen von Ramen dem Stein für sich selber nicht ein einziges Willkommen

eingeprägt; Menschenheim war nur eine Art von zentraler Anlaufstelle, ein Ausgangspunkt für das Durchstreifen der Ebenen, dem dies Nomadenvolk sich hauptsächlich widmete. Ungefähr siebzig Ramen strömten zusammen, um den Ankömmlingen entgegenzuschauen. Fast ausschließlich waren es Heimständige, die Jungen und Alten der Ramen, dazu solche, die guter Obhut und einer sicheren Schlafstätte bedurften. Anders als die Seilträger und Mähnenhüter trugen sie keine Seile um den Leib. Lithe war da, und sie kam dem Aufgebot leichtfüßig entgegen, begleitet von drei weiteren Ramen, die Covenant ebenfalls für Mähnenhüter hielt; sie trugen genau wie Lithe Halsketten aus gelben Blümchen, und statt um die Hüften hatten sie ihre Kordeln um ihre langen Haare gewunden. Das Aufgebot machte halt, und Prothall stieg vor den Mähnenhütern vom Pferd. Er verbeugte sich nach Ramen-Art, und sie erwiderten den Gruß nach dem Vorbild der Lords. »Heil noch einmal, Lords aus der Ferne«, sagte Lithe. »Heil euch Ring-Than, Hoch-Lord, Riese und Bluthüter. Seid willkommen an den Feuern und Lagern von Menschenheim.«
Sobald sie die Begrüßungsworte gesprochen hatte, liefen die Heimständigen aus ihrer Höhle unter der Felswand hervor und herüber. Als die Reiter von den Pferden kletterten, begrüßte jeden von ihnen ein Heimständiger mit freundlichem Lächeln und einem kleinen Blumenkranz. Mit Gebärden ritueller Feierlichkeit befestigten sie die Kränzchen um die rechten Handgelenke ihrer Gäste. Covenant schwang sich von Dura und sah sich unvermittelt einem scheu-kecken Ramen-Mädchen von nicht mehr als fünfzehn oder sechzehn Jahren gegenüber. Es hatte feines schwarzes Haar, das ihm die Schultern umrahmte, und weite, sanftmütige Augen von brauner Farbe. Es lächelte nicht; anscheinend flößte es ihm zuviel Ehrfurcht ein, daß es bei der Begrüßung an den Ring-Than geraten war, den Träger des Weißgoldes. Behutsam griff es zu und schob ihm den Kranz

übers Handgelenk. Der Blütenduft glich für ihn einem Keulenschlag, und fast hätte er sich übergeben. Die Kränzchen waren aus *Amanibavam* geflochten. Ihr Tanggeruch brannte in seiner Nase wie Säure, verstärkte sein Hungergefühl urplötzlich in einem Maße, daß ihm zumute war, als müsse er Brocken von Leere erbrechen. Es war ihm unmöglich, die Tränen aufzuhalten, die ihm aus den Augen rannen. Mit ernster Miene hob das Heimständigen-Mädchen die Hände und berührte seine Tränen, als seien sie Kostbarkeiten. Hinter ihm galoppierten die Ranyhyn der Bluthüter davon in die Freiheit der Ebenen. Die Seilträger führten die übrigen Pferde des Aufgebots beiseite, um sich ihrer anzunehmen.

Während sich die Nachricht von der Ankunft des Aufgebots verbreitete, kamen noch mehr Ramen ins Freie geeilt. Covenants Blick jedoch haftete ausschließlich auf dem Mädchen; er stierte es an, als handele es sich bei ihm um irgendeine Art von Nahrung.

»Ich bin die Heimständige Gay«, sagte es endlich auf sein Gaffen hin. »Bald werde ich genug Wissen besitzen, um als Seilträger tätig sein zu dürfen.« Gay zögerte für ein Augenblickchen. »Ich werde dich betreuen, solange ihr hier zu Gast seid«, ergänzte sie dann. »Ein anderer wird dir freudig zu Diensten sein«, fügte sie hastig hinzu, als er nicht reagierte, »wenn mein Willkommensgruß dir unrecht sein sollte.«

Covenant schwieg noch für einen Moment, erstickte seinen sinnlosen Ärger. Dann sammelte er seine Kräfte für eine letzte Weigerung.

»Ich brauche nichts! Faß mich nicht an!« Die Worte schmerzten in seiner Kehle.

Eine Hand berührte seine Schulter. Er drehte sich um und sah Schaumfolger. Der Riese blickte auf Covenant herab, aber seine Äußerung galt dem Kummer der Zurückweisung in Gays Miene. »Sei nicht traurig, kleine Heimständige«, sagte er leise.

»Ring-Than Covenant stellt uns auf die Probe. Er spricht nicht aus seinem Herzen.«

Gay lächelte dankbar zu Schaumfolger auf. »So klein bin ich nicht, Riese«, erwiderte sie dann in plötzlicher Keßheit. »Deine Größe täuscht dich. Ich stehe kurz vor der Seilweihe.«

Im ersten Moment, so hatte es den Anschein, versetzte ihre Frechheit Schaumfolger einen Stich. Dann zuckte sein steifer Bart. Urplötzlich begann er zu lachen. Seine Erheiterung wuchs; sein Lachen hallte von der Felswand oberhalb Menschenheims wider, bis der Berg die Belustigung mit ihm zu teilen schien, und das Gelächter steckte an und breitete sich aus, bis alle in seinem Umkreis mitlachten, ohne zu wissen, warum. Für eine Weile erzeugte er ringsum Lachanfälle, als würfe er sich Ballast aus Trümmern von der Seele. Doch Covenant wandte sich ab, dazu außerstande, Lautstärke und Gewichtigkeit von des Riesen Humor auszuhalten. *Verdammnis!* knirschte er insgeheim. *Hölle und Verdammung! Was treibt ihr bloß mit mir?* Er hatte sich nicht entschieden, und nun hatte er den Eindruck, daß seine Fähigkeit verschlissen war, sich selbst zu verleugnen. Folglich schloß er sich Gay willenlos an, als die ihm anbot, ihn zur Teilnahme am Festmahl, das die Heimständigen vorbereitet hatten, an seinen Platz zu geleiten. Sie führte ihn unter den ungeheuren Überhang der Steilwand zu einer zentral gelegenen freien Stelle mit einem Lagerfeuer in der Mitte. Die Mehrheit des Aufgebots hatte Menschenheim bereits betreten. Zwei weitere solcher Lagerfeuer brannten, und die Ramen unterteilten das Aufgebot in drei Grüppchen: um ein Feuer saßen die Bluthüter; um das zweite Feuer setzten sich Quaan und seine vierzehn Krieger; an das dritte, zwischen den beiden anderen befindliche Lagerfeuer luden die Ramen Prothall, Mhoram, Schaumfolger, Llaura, Pietten und Covenant ein, und dort genossen sie die Gesellschaft der Mähnenhüter.

Covenant ließ sich mittreiben, bis er schließlich mit übereinandergeschlagenen Beinen auf dem glatten Steinboden saß; ihm gegenüber auf der anderen Seite der Feuerstelle hatten Prothall, Mhoram und Schaumfolger Platz genommen. Vier Mähnenhüter belegten Sitzplätze neben den Lords, und Lithe ließ sich in Covenants Nähe nieder. Den Rest des Kreises füllten Seilträger aus, die mit ihren Mähnenhütern, ihren Lehrern und Vorgesetzten, aus den Ebenen gekommen waren. Die meisten Heimständigen betätigten sich weiter im Innern der Höhle an den Kochfeuern, aber ein Heimständiger stand hinter jedem Gast, bereit zu Dienstleistungen. Gay betreute Covenant, und sie summte eine unbeschwerte Melodie, die ihn an ein Lied erinnerte, das er einmal gehört hatte:

*»Etwas ist an der Schönheit,*
*das in des Betrachters Seele*
*erblüht wie eine Blume …«*

Er glaubte, er könne durch den Qualm des Holzes und die Gerüche von Kochstellen Gays frischen, grasigen Körperduft riechen. Während er völlig abgeschlafft auf dem Felsboden herumsaß, waberte das letzte orangene und goldene Aufflackern des Sonnenuntergangs über die Felsendecke wie ein leidenschaftliches Lebewohl. Dann war die Sonne verschwunden. Nacht breitete sich über den Ebenen aus; die einzige Helligkeit in Menschenheim stammte von den Feuern. Die Luft schwirrte von Geschäftigkeit und gedämpften Unterhaltungen, glich einem Wind voller Ranyhyn-Geruch über den Hügeln. Aber die Speisen, vor denen es Covenant so grauste, kamen nicht sofort. Zunächst zeigten etliche Seilträger einen Tanz. Drei von ihnen führten ihn innerhalb des Kreises vor, zu dem Covenant gehörte. Sie tanzten mit Gebärden des Hochaufbäumens ums Feuer und sangen zu einem recht verwickelten

Rhythmus von Händeklatschen durch Heimständige ein Lied, das streckenweise einem Wiehern glich. Die geschmeidigen Bewegungen ihrer Gliedmaßen, die plötzlichen eruptiven Eigenheiten des Tanzes, das dunkle Braun ihrer Haut – damit wirkten sie, als brächten sie mit ihrer Darbietung den Puls der Ebenen zum Ausdruck, tanzten sie den Pulsschlag, indem sie ihn so sehr beschleunigten, daß menschliche Augen ihn wahrzunehmen vermochten. Und wiederholt beugten sie ihre Leiber derart, daß der Feuerschein an die Wände und die Decke der Höhle pferdeähnliche Schatten warf. Manchmal hüpften die Tänzer nahe genug heran, daß Covenant etwas von ihrem Gesang verstehen konnte.

*»Im Gras gewachsene Hufe, Sternenstirnen,*
*Fesseln und Widerriste wie Erd-Holz entsprossen:*
*schöngeratene Ranyhyn, galoppiert und lauft –*
*wir dienen dem Schweif des Himmels,*
*der Mähne der Welt.«*

Die Worte und der Tanz gaben ihm das Gefühl, sie drückten irgendein geheimes Wissen aus, irgendeine Einsicht, an der er teilhaben mußte. Das Gefühl entsetzte ihn; er entzog den Tänzern ruckartig seinen Blick und richtete ihn in die glühenden Kohlen des Feuers. Als der Tanz vorbei war, starrte er weiterhin ins Herz der Flammen, den Blick voller unbestimmter Bestürzung.

Nach dem Tanz brachten die Heimständigen Speisen und Getränke in die Kreise um die Feuer. Sie benutzten große Blätter als Schüsseln und häuften vor ihren Gästen Geschmortes und wilde Kartoffeln auf. Das Essen war stark mit seltenen Gewürzen, die die Ramen beim Kochen zu verwenden pflegten und schätzten, schmackhaft gemacht worden, und binnen kurzem war das Aufgebot voll mit dem Festmahl beschäftigt.

Für geraume Zeit vernahm man in Menschenheim nur die Geräusche des Servierens und Essens. Inmitten der Festlichkeit kauerte Covenant wie ein gefällter Baum. Er sprach auf nichts an, was ihm Gay anbot. Er glotzte ins Feuer; eine Kohle lag darin, die brannte rötlich, vergleichbar mit dem nächtlichen Glanz seines Rings. Im Geiste vollführte er eine Art von VBG, betrachtete seine Gliedmaßen von einem zum anderen Ende; und sein Herz schmerzte aufgrund der Überzeugung, er müsse irgendwo einen vollkommen unvermuteten Flecken der Leprose entdecken. Er sah aus, als welke er dahin.

Nach einiger Zeit nahmen die Versammelten ihre Gespräche wieder auf. Prothall und Mhoram reichten ihr Blattwerk-Geschirr den Heimständigen zurück und schenkten ihre Aufmerksamkeit den Mähnenhütern. Covenant verstand Bruchstücke ihrer Unterhaltung. Sie diskutierten über ihn – über die Botschaft, die er ihnen gebracht hatte, seine Rolle, die er fürs Schicksal des Landes spielte. Ihr geselliges Wohlbehagen stand in seltsamem Gegensatz zur Ernsthaftigkeit ihrer Worte. In ihrer Nachbarschaft schilderte Schaumfolger einem Mähnenhüter das Geschick Llauras und Piettens.

Covenant stierte finster ins Feuer. Er brauchte nicht hinzuschauen, um die blutige Verfärbung zu bemerken, die seinen Ring befiel; er konnte die Ausstrahlung des Übels spüren, die vom Metall ausging. Er verbarg den Ring unter seiner anderen Hand und zitterte krampfartig. Die Felsendecke schien über ihm zu schweben wie eine grausame Schwinge der Enthüllung, die den Moment seiner größten Hilflosigkeit abwartete, um sich dann auf seinen schutzlosen Nacken niederzustürzen. Er war abgrundtief hungrig. *Ich verliere den Verstand,* brabbelte er in die Flammen. Die Heimständige Gay drängte ihn, er solle essen, aber er achtete nicht darauf. Auf der anderen Seite des Feuers erläuterte Prothall den Zweck ihres Unternehmens. Unsicher lauschten die Mähnenhüter, als könnten sie nicht recht den Zusammenhang zwischen weit entfernten Greueln und den Ebenen von Ra begreifen. Daher erzählte ihnen der Hoch-Lord, was man Andelain angetan hatte. Pietten starrte mit ausdruckslosen Augen hinaus in die Nacht, als erwarte er den Mondaufgang. Neben ihm unterhielt sich Llaura leise mit den Seilträgern, dankbar für die Gastfreundschaft der Ramen. Während Schaumfolger die Grausamkeiten beschrieb, welche an den zwei Überlebenden Holzheim Hocherhabens verübt worden waren, schienen sich an seiner Stirn infolge der Anstrengung, die es ihn kostete, seine Gefühle zu beherrschen, Knoten zu bilden. Das Feuer leuchtete wie eine Tür, hinter der eine unerträgliche Bedrohung lauerte. Covenants Nacken war steif vor Verwundbarkeit, und seine Augen starrten blind geradeaus, als wären sie bloß Astlöcher. Die grüne Beschmutzung seines Gewandes brandmarkte ihn wie eine Warntafel, die *Lepra-Ausgestoßener-Unrein!* lautete. Er näherte sich dem Ende seiner geistigen VBG. Hinter ihm lag die Unmöglichkeit, an die Wirklichkeit des Landes zu glauben. Vor ihm die Unmöglichkeit, an seiner Wirklichkeit zu zweifeln.

Ganz plötzlich betrat Gay den Kreis, stellte sich direkt vor Covenant und stemmte ihre Hände in die Hüften; ihre Augen blitzten. Sie baute sich mit leicht gespreizten Beinen vor ihm auf, so daß er zwischen ihren Schenkeln die blutroten Kohlen im Feuer sah. Er schaute zu ihr hoch.

»Du mußt essen!« schalt sie. »Du bist schon halb tot.« Ihre Schultern waren gestrafft, spannten das Hemd über ihren kleinen festen Brüsten. Sie erinnerte ihn an Lena.

»Er hat uns nicht alles erzählt, was während des Frühlingsfestes geschah«, sagte Prothall. »Das Gemetzel an den Flammengeistern ist nicht verhindert worden – aber wir glauben, daß er die Urbösen irgendwie bekämpft hat. Seine Begleiterin machte sowohl sich selbst wie auch ihm Vorwürfe wegen des Übels, das den Tanz der Geister heimsuchte.«

Covenant bebte. *Wie Lena,* dachte er. *Lena?* Finsternis umwallte ihn, wimmelte von den Klauen des Schwindelgefühls. *Lena?* Für einen Moment vernebelten Donner und schwarze Wasser sein Blickfeld. Dann sprang er affenartig auf die Füße. Er hatte Lena das angetan – *das angetan?!* Er stieß das Mädchen beiseite und stürzte zum Feuer. *Lena!* Er schwang seinen Stab wie eine Axt und hieb in die Flammen. Aber er vermochte die Erinnerungen nicht zu verscheuchen, nicht zu verdrängen. Der Stab krümmte sich unter der Wucht des Aufpralls, entfiel seinen Händen. Kohlen und Funken spritzten auf, flogen nach allen Seiten. *Das* hatte er ihr getan! Er schüttelte seine Halbfaust gegen Prothall.

»Sie befand sich im Irrtum!« schrie er. »Ich konnte nichts dagegen machen!« *Lena!* dachte er. *Was habe ich getan?* »Ich bin Leprakranker!«

Ringsum sprangen Leute auf die Beine. Hastig trat Mhoram zu ihm, streckte eine Hand aus, um ihn zu beruhigen.

»Sei maßvoll, Covenant«, sagte er. »Was erregt dich? Wir sind Gäste.«

Aber noch während er aufbegehrte, erkannte Covenant, daß Atiaran sich keineswegs geirrt hatte. Er hatte selbst erlebt, wie er in dem Gefecht beim Holzheim Hocherhaben tötete, und in seiner Blödheit dachte er, daß das Töten eine völlig neue Zumutung für ihn sei, vollkommen unerwartet. Aber er war nicht erst seit kurzem dazu in der Lage; seit dem Anfang des Traums war er so gewesen, vom Anfang an. In intuitiver Erkenntnis begriff er, daß kein Unterschied zwischen dem bestand, was die Urbösen mit den Flammengeistern taten, und dem, was er mit Lena angestellt hatte. Seit seinem ersten Tag im Lande diente er Lord Foul. »Nein!« Er schäumte, als brodelte er in Säure. »Nein. Ich mache nicht mehr mit. Ich denke gar nicht daran, noch länger das Opfer zu sein. Ich will nicht von Kindern herumgeschoben werden.« *Du hast sie vergewaltigt!*

schrie er sich selbst an und schlotterte unter der Wildheit seiner eigenen Wut. *Du elender, dreckiger Lumpenhund!* Er fühlte sich so schwach, als habe das Begreifen dessen, was er begangen hatte, seine Knochen zersetzt.

»Zweifler!« sagte eindringlich Mhoram. »Was ficht dich an?«

»Nein!« wiederholte Covenant. »Nein!« Er versuchte zu brüllen, aber seine Stimme klang entfernt, kränklich. »Ich werde das nicht ... hinnehmen. Das ist nicht richtig. Ich werde überleben! Hört ihr mich?«

»Wer bist du?« zischte Mähnenhüter Lithe aus verpreßten Lippen. Mit einem raschen Kopfschütteln und einer blitzartigen Drehung des Handgelenks zog sie die Kordel aus ihrem Haar und hielt sie kampfbereit.

Prothall nahm ihren Arm. Seine Greisenstimme schnarrte von Autorität und Fürbitte zugleich: »Vergib, Mähnenhüter. Diese Sache ist jenseits deiner Begriffe. Er besitzt das Weißgold, welches den Frieden stört. Wir müssen vergeben.«

»Vergeben?« Covenant wollte brüllen, aber er flüsterte nur heiser. Seine Beine versagten, aber er fiel nicht. Bannor hielt ihn von hinten aufrecht. »Ihr könnt nicht vergeben.«

»Ersuchst du um Strafe?« fragte Mhoram ungläubig. »Was hast du getan?«

»Ersuchen?« Covenant bemühte sich darum, sich auf irgend etwas zu besinnen. Dann kam er wieder darauf. Er wußte, was er zu tun hatte. »Nein, ruft die Ranyhyn.«

»Was?« fuhr Lithe entrüstet auf. Sämtliche Ramen stimmten in ihre Empörung ein.

»Die Ranyhyn! Ruft sie!«

»Bist du von Sinnen? Gib acht, Ring-Than. Wir sind die Ramen. Wir rufen die Ranyhyn nicht – wir dienen ihnen. Sie kommen, wann sie wollen. Sie sind nicht hier, um nach unseren Rufen zu springen. Und nachts kommen sie ohnehin nicht.«

»Ruft sie, sage ich dir! Ruft sie!«

Irgend etwas in seiner schrecklichen Eindringlichkeit überzeugte sie. Erst zögerte sie, musterte ihn in wirrem Gemisch aus Zorn, Widerwillen und unvermutetem Mitgefühl; dann machte sie auf dem Absatz kehrt und verließ Menschenheim. Auf Bannor gestützt, torkelte Covenant unterm überwältigenden Gewicht des Berges hervor. Das Aufgebot und die Ramen schlossen sich an wie eine Woge unterdrückter Wut. In ihrem Rücken hatte sich der rote Mond soeben über die Bergkette geschoben, und die weiten Ebenen, unterm hügeligen Vorland unterhalb Menschenheims sichtbar, waren bereits vom Karminrot verwaschen. Die unreine Überschwemmung schien das Gewebe der Erde aufzulösen, Felsen, Erdreich und Gras in Fäulnis und bitteres Blut zu verwandeln. Die Versammlung teilte sich nach beiden Seiten, so daß die Lagerfeuer das offene Gelände erhellten. Lithe schritt hinaus in die Nacht, in die Richtung der Ebenen, bis sie das entfernte Ende des Vorplatzes erreichte.

Covenant blieb stehen und beobachtete sie. Unsicher, aber entschlossen entledigte er sich Bannors Unterstützung – stand auf eigenen Beinen da, obwohl er sich dabei eher mit einem von der Flut gestrandeten Schiffswrack vergleichen ließ, festgekeilt auf einem unglaublich hohen Riff. Er folgte Lithe, obwohl er sich so steif bewegte, als wäre er aus Holz. Vor ihm erstreckte sich die blutige Landschaft unterm Mondschein wie ein totes Meer, und es saugte immer stärker an ihm, indem es ihm mit jedem Stückchen näher schwappte, um das der Mond höherstieg. Sein Ring schwelte kühl. Er spürte, der Ring war der Magnet. Himmel und Erde verfärbten sich gleichermaßen rot, und er trat hinaus, als sei er die Achse, um die diese rote Nacht sich drehte – als seien er und sein Ring die Kraft, die in der besudelten Nacht die rote Ebbe und Flut regelte. Gleich darauf verharrte er am Mittelpunkt der freien Fläche. Ein Leinentuch des Schweigens umhüllte die Zuschauer. Kurz vor

Covenant stand Mähnenhüter Lithe und breitete die Arme aus, als lade sie die Dunkelheit in ihre Umarmung ein. Urplötzlich stieß sie schrille Rufe aus. *»Kelenbhrabanal maruschyn! Ruschyn hynyn kelenkoor rillynarunal! Ranyhyn kelenbhrabanal!«* Dann gab sie einen Pfiff von sich; er hallte von der Steilwand wider wie ein grelles Kreischen. Für einen ausgedehnten Moment schien Stille die Ebenen zu ersticken. Mit trotzigen Schritten kehrte sie zurück ins Menschenheim.

»Ich habe gerufen«, sagte sie barsch zu Covenant, als sie an ihm vorbeiging. Dann war sie hinter ihm, und er sah sich der Belagerung durch den Mondschein allein gegenüber.

Doch nach kurzer Frist vernahm man tatsächlich das Donnern von Hufen. Große Pferde preschten aus der Ferne heran; ihr Hufschlag schwoll an, als wälzten die Hügel selbst sich Menschenheim entgegen. Dutzende von Ranyhyn kamen näher. Covenant versteifte seine Knie, um sich aufrecht halten zu können. Ihm war, als fühle sich sein Herz zu schwach zum Weiterschlagen. Unklar drang ihm das gespannte Schweigen der Zuschauer ins Bewußtsein. Dann schien sich der Rand des Vorplatzes rötlich aufzuwerfen, und eine Welle von Ranyhyn kam zum Vorschein – fast hundert Rösser galoppierten dicht an dicht wie eine Mauer auf Covenant zu. Unter den Ramen ertönten Ausrufe des Staunens und der Bewunderung. Selbst von den ältesten Mähnenhütern hatten nur wenige schon so viele Ranyhyn zugleich erblickt. Und Covenant wußte, daß er vor sich das stolzeste Fleisch des Landes sah. Er befürchtete plötzlich, sie würden ihn niedertrampeln. Aber der Wall aus Pferdeleibern wich mit seinem Donnern von Hufen vor ihm nach links aus, umrundete ihn, bis er völlig umstellt war; Mähnen und Schweife wehten, die Sterne auf ihren Stirnen blitzten, als man ihn umzingelte, im Feuerschein auf, während sie vorüberfunkelten, acht Dutzend Ranyhyn durchs Gras sprengten, ihn umkreisten. Der Klang ihrer Hufe erfüllte seine

Ohren wie ein Gewitter. Während sie liefen, zogen sie ihre Kreise enger. Ihre ruhelose Kraft zupfte an seiner Furcht, drehte ihn mit ihnen um sich selbst, als versuche er, alle gleichzeitig im Auge zu behalten. Sein Herz wummerte schmerzhaft. Er konnte sich nicht schnell genug drehen, um der Geschwindigkeit gleichzukommen, mit der sie um ihn kreisten. Die Anstrengung brachte ihn ins Wanken, er verlor sein Gleichgewicht, sackte nieder auf die Knie. Im nächsten Augenblick jedoch stand er wieder hochgereckt auf den Füßen, die Beine gegen das Schwindelgefühl, das ihr Kreisen ihm verursachte, fest in den Untergrund gestemmt, und sein Gesicht verzerrte sich, als schreie er einen Schrei, der im Hufschlag der Ranyhyn unterging. Er breitete die Arme aus, als wolle er verhindern, daß Mauern der Nacht ihn zwischen sich zerquetschten. Ganz allmählich, wie um ihn zu quälen, kam der Kreis unter Stampfen und Schnauben zum Stillstand. Die Ranyhyn wandten sich einwärts, Covenant zu. Sie verdrehten die Augen, einige hatten Schaum vor dem Maul. Anfangs begriff er ihre Gefühlsregungen nicht. Aus den Reihen der Zuschauer erscholl plötzlich ein Aufschrei. Die Stimme gehörte Llaura. Covenant fuhr herum und sah Pietten herübergelaufen kommen, zu den Pferden. Llaura dahinter, aber in zu großem Abstand, um ihn noch einholen zu können. Das Kind überraschte mit seinem Verhalten alle Beteiligten; aller Aufmerksamkeit hatte Covenant gegolten. Pietten erreichte den Kreis und kroch zwischen den unruhigen Hufen der Ranyhyn hindurch. Es kam jedem unmöglich vor, daß er nicht zertrampelt werden würde. Sein Kopf war nicht größer als der Durchmesser einer ihrer Hufe, und die Rösser stampften und tänzelten unablässig. Da erkannte Covenant eine Chance. Mit einem nahezu instinktiven Satz sprang er hinüber und riß Pietten unter den Pferden hervor. Seine Halbhand vermochte den Zugriff jedoch nicht beizubehalten; Pietten purzelte der Länge nach hin. Unverzüglich wirbelte das

Kind empor. Es stürzte sich auf Covenant und schlug ihn mit seiner ganzen kindlichen Kraft. »Sie hassen dich!« heulte Pietten. »Geh weg!«
Mondschein fiel auf den Vorplatz, als sei er von den Bergen gerutscht. Im karminroten Schimmer ähnelte Piettens kleines Gesicht einer Ödnis. Das Kind wehrte sich, aber Covenant hob es vom Erdboden, legte es sich mit beiden Armen gegen die Brust. Er hielt Pietten in seiner Umarmung fest und hob den Blick zu den Ranyhyn. Nun verstand er. Bislang war er zu sehr davon in Anspruch genommen gewesen, ihnen aus dem Weg zu gehen, um zu merken, wie sie auf ihn reagierten. Sie waren für ihn keine Bedrohung. Diese großen Rösser staken voller Schrecken – Schrecken vor ihm. Sie konnten ihm nicht ins Gesicht sehen, spritzten Schaumflocken umher. Die Muskeln ihrer Beine und Brustkörbe bebten. Dennoch waren sie zu ihm gekommen, trotz ihrer Furcht. Ihre alte Rolle war nun umgekehrt worden. Statt ihre Reiter selbst zu wählen, unterwarfen sie sich jetzt der Wahl durch ihn. Aufgrund einer Eingebung löste er seinen linken Arm von Pietten und streckte seinen kalten roten Ring einem Ranyhyn entgegen. Der Ranyhyn zuckte zusammen und duckte sich, als habe eine Schlange nach ihm gestoßen, aber er hielt auf der Stelle aus. Covenant schlang seinen Arm wieder um Pietten. Das Kind wehrte sich nur noch schwach, als besänftige Covenants Umarmung es mit der Zeit. Doch der Zweifler scherte sich nicht darum. Wilden Blicks betrachtete er die Ranyhyn und wankte, als könne er sein Gleichgewicht nicht vollends wiedererlangen. Seine Entscheidung aber stand bereits fest. Er hatte die Ranyhyn seinen Ring anerkennen gesehen. Er drückte Pietten an sein Herz wie einen Helm.
»Hört her!« schrie er mit einer Stimme, die so heiser klang, als könne sie nie wieder etwas anderes als schluchzen. »Hört her! Ich mache einen Handel mit euch. Hört gut zu! Hölle! Hört gut

zu! Einen Handel. Hört her. Ich kann nicht stehen … ich falle auseinander. Auseinander.« Er umklammerte Pietten. »Ihr fürchtet euch vor mir. Ihr glaubt, ich sei eine Art von … Na schön. Ihr seid frei. Ich wähle keinen von euch.« Furchtsam beobachteten ihn die Ranyhyn. »Aber ihr müßt Sachen für mich erledigen. Ihr müßt *zurückstecken!«* Dies Aufheulen kostete ihn beinahe den gesamten Rest seiner Kraft. »Ihr … das Land …« Er keuchte, flehte *Laßt mich in Frieden!* »Verlangt nicht so viel von mir.« Doch er wußte, er brauchte mehr von ihnen, um seine Langmut zu stärken, mehr als ihre Bereitschaft dazu, seine Zweifel zu erdulden. »Hört … hört her! Wenn ich euch brauche, dann kommt ihr, das rate ich euch, verstanden? Damit ich nicht den Helden spielen muß. Merkt euch das gut!« Tränen strömten aus seinen Augen, doch er weinte nicht. »Und … und noch etwas. Eines noch. Lena …« *Lena!* »Das Mädchen. Wohnt in Steinhausen Mithil. Tochter von Trell und Atiaran. Ich will … ich will, daß einer von euch sie aufsucht. Heute nacht: Und jedes Jahr wieder. Jedes Jahr beim letzten Vollmond der Frühlingsmitte. Ranyhyn sind … sind, wovon sie träumt.« Er schüttelte sich die Tränen aus den Augen und sah die Ranyhyn ihn mustern, als verstünden sie alles, was er ihnen klarzumachen versucht hatte, ohne Einschränkung. »Nun geht!« röchelte er. »Habt mit mir Erbarmen!«

Mit einem plötzlichen, heftigen, einstimmigen Aufwiehern drängten sich sämtliche Ranyhyn um ihn, fuchtelten über seinem Kopf mit ihren Vorderbeinen, als legten sie ihm Versprechen ab. Dann fuhren sie allesamt herum, wieherten in merklicher Erleichterung und entfernten sich im Galopp vom Menschenheim. Der Mondschein ließ sie offenbar unangetastet. Sie sprangen am Rand des Vorplatzes die Kante hinunter und verschwanden so schnell, als hießen die Arme der Erde sie willkommen. Augenblicklich fand sich Llaura an Covenants

Seite ein. Umständlich langsam übergab er ihr Pietten. Sie widmete ihm einen langen Blick, den er nicht begriff, dann wandte sie sich ab. Er schloß sich ihr an, schleppte sich gemächlich dahin, als habe er an seinen eigenen Brocken schon zuviel zu tragen. Er hörte die erstaunten Reden der Ramen – Äußerungen eines Staunens, das zu groß war, um infolge dessen, was er getan hatte, Verärgerung zu empfinden. Er befand sich außerhalb ihres Begriffsvermögens; er merkte es ihnen an.

»Sie haben sich vor ihm aufgerichtet«, flüsterte man. Aber das war ihm gleichgültig. Auf perverse Weise war er besessen von dem Gefühl, nichts gemeistert, nichts bewiesen, nichts gelöst zu haben.

Lord Mhoram kam ihm entgegen. Covenant mied Mhorams Blick, aber er erkannte auch in der Stimme des Lords enormes Staunen.

»Ur-Lord … ach! Solche Ehre ist noch nie einem oder einer Sterblichen zuteil geworden. Viele haben die Ebenen aufgesucht, und man hat sie den Ranyhyn vorgestellt … und ihnen widerfuhren Zurückweisungen. Als man Lord Tamarantha, meine Mutter, den Ranyhyn gegenüberstellte, da fanden sich fünf Ranyhyn, die sie in Erwägung zogen … fünf! Das war eine größere Ehre, als sie es jemals für möglich erachtet hätte. Wir haben dich nicht hören können. Hast du sie abgewiesen? Abgewiesen?«

»Abgewiesen.« Covenant stöhnte. *Sie hassen mich.* Er schob sich an Mhoram vorbei und schlurfte ins Menschenheim. Unsicher wie ein Schiff mit zerbrochenem Kiel strebte er zum nächstbesten Kochfeuer. Die Ramen wichen ihm aus, sahen ihn, wenn er vorbeiging, ehrfürchtig an. Es war ihm egal. Er erreichte das Feuer und krallte sich an das erstbeste Essen, das er sah. In seiner Halbhand wollte das Fleisch nicht bleiben, also verzehrte er es gierig mit der Linken. Er schlang achtlos

alles in sich hinein, schluckte die Nahrung unzerkaut und stopfte sich Fäustevoll nach. Dann verlangte es ihn nach etwas zu trinken. Er schaute umher und erspähte Schaumfolger, der in der Nähe stand, in seiner klobigen Hand, worin er wie ein Spielzeug wirkte, einen Krug voller *Diamondraught.* Kurzerhand nahm Covenant den Krug und leerte ihn. Dann verharrte er stumpfsinnig, wartete auf den Effekt des *Diamondraught.* Er kam rasch. Bald begannen sich in seinem Kopf Nebelschwaden auszubreiten. Sein Gehör trug ihm nur noch hohle Klänge zu, als lausche er von dort aus ins Menschenheim, von wo aus man auch das Gras von unten betrachten konnte. Er wußte, er würde binnen kurzem die Besinnung verlieren – er gierte regelrecht danach –, aber bevor ihm das Bewußtsein schwand, zwang ihn der Schmerz in seiner Brust noch dazu, sich an Schaumfolger zu wenden. »Riese, ich … ich brauche Freunde.«
»Warum meinst du, daß du keine hast?«
Covenant blinzelte und sah vor sich alles, was er im Lande getan hatte. »Sei nicht albern.«
»Dann glaubst du doch, daß wir Wirklichkeit sind.«
»Was?« Mit Händen, die keine Finger besaßen, klaubte Covenant nach der Bedeutung von des Riesen Äußerung.
»Du hältst uns für dazu imstande, dir nicht zu vergeben«, erklärte Schaumfolger. »Aber wer würde dir bereitwilliger verzeihen als dein eigener Traum?«
»Nein«, entgegnete der Zweifler. »Träume … verzeihen niemals.« Dann entglitten der Feuerschein und Schaumfolgers freundliche Miene seinem Blickfeld, und er taumelte in den Schlaf.

## 20
## Eine Frage von Hoffnung

Er ging geduckt in den Schlaf hinüber, erwartete Alpträume. Aber er hatte keine. Durch das vage Heben und Senken seines Dahintreibens – als seien seine Sinne sogar im Schlaf empfänglich fürs Land – fühlte er sich aus der Ferne beobachtet. Der Blick, den er auf sich ruhen spürte, war sorgenvoll und gütig; er erinnerte ihn an den alten Bettler, der ihn dazu gedrängt hatte, ein Aufsätzchen über ›die grundsätzliche Frage aller Ethik‹ zu lesen. Als er aufwachte, sah er Menschenheim hell von Sonnenschein. Die schattige Decke der Höhle war düster, aber das Licht, welches der Felsboden reflektierte, hellte sie ein wenig auf und schien das übermächtige Gewicht der Felsen zu mindern. Und die Sonne fiel weit genug ins Menschenheim hinein, so daß Covenant feststellen konnte, daß er am frühen Nachmittag eines warmen vorsommerlichen Tages erwacht war; er lag fast an der Rückwand der Höhle, umgeben von Stille. Neben ihm saß Salzherz Schaumfolger. Covenant schloß die Lider für einen weiteren Moment. Er spürte, daß er eine entscheidende Auseinandersetzung durchgestanden hatte. Und er hatte das unbestimmte Gefühl, daß sich der ausgemachte Handel bewähren sollte.

»Wie lange habe ich geschlafen?« fragte er und öffnete die Augen wieder. Die Frage klang, als glaube er, von den Toten auferstanden zu sein.

»Heil und willkommen, mein Freund«, erwiderte der Riese. »Du läßt meinen *Diamondraught* kraftlos erscheinen. Du hast bloß für eine Nacht und einen Vormittag geschlafen.«

»Das liegt an der Übung«, sagte Covenant und reckte sich

genüßlich. »Ich schlafe so viel … allmählich werde ich zu einem Fachmann.«
»Eine seltene Begabung.« Schaumfolger lachte gedämpft.
»Eigentlich nicht. Mit uns Leprakranken hat's mehr auf sich, als du vielleicht denkst.« Plötzlich runzelte er die Stirn, als habe er sich bei einem unbeabsichtigten Verstoß gegen seinen Vorsatz der Langmut ertappt. »Wir sind überall anzutreffen«, fügte er in kläglichem Ton hinzu, um zu vermeiden, daß man ihn allzu ernst nahm.
Aber sein versuchter Humor gab dem Riesen anscheinend Rätsel auf. »Sind die anderen …«, begann Schaumfolger nach einer Weile sehr bedächtig. »Ach, ›Leprakranker‹ ist ein schlechter Name. Viel zu kurz für jemanden wie dich. Ich kenne das Wort nicht, aber mein Ohr vernimmt darin nichts als Grausamkeit.«
Covenant setzte sich auf und schob die Decken zur Seite. »Lepra ist nicht unbedingt grausam.« Offenbar war das Thema für ihn zwangsläufig mit Beschämung verbunden. Während er davon sprach, konnte er Schaumfolgers Blick nicht standhalten. »Entweder kommt man daran durch einen winzigen Zufall … oder als ›gerechten Lohn‹. Wäre sie grausam, sie träte häufiger auf.«
»Häufiger?«
»Sicher. Wäre Lepra ein Akt der Grausamkeit – begangen von Gott oder durch wen oder was auch immer –, sie wäre weniger selten. Warum mit einigen tausend jämmerlichen Opfern zufrieden sein, wenn es ein paar Millionen geben könnte?«
»Zufall«, wiederholte Schaumfolger leise. »Gerecht. Mein Freund, du verwirrst mich. Du sprichst in solcher Hast. Vielleicht hat der Verächter deiner Welt nur begrenzte Kräfte, um sich gegen ihren Schöpfer zu stellen.«
»Vielleicht. Aber ich bezweifle, daß es in meiner Welt auf diese Weise zugeht.«

»Doch du hast gesagt – oder nicht? –, Leprakranke seien überall anzutreffen.«
»Das war ein Witz. Oder eine Metapher.« Wieder unterbrach Covenant einen Versuch, um seinen Sarkasmus in Humor umzumünzen. »Ich kann selbst nie richtig den Unterschied sehen.«
Schaumfolger musterte ihn lange. »Mein Freund«, fragte er dann bedächtig, »treibst du Scherz?«
Covenant erwiderte den Blick des Riesen mit sardonisch gerunzelter Stirn. »Anscheinend nicht.«
»Ich verstehe deine Stimmung nicht.«
»Mach dir darum keine Sorgen.« Covenant nutzte diese Gelegenheit, um einer Weiterführung der Unterhaltung auszuweichen. »Laß uns was Eßbares auftreiben. Ich bin hungrig.«
Zu seiner Erleichterung fing Schaumfolger leise zu lachen an. »Ach, Thomas Covenant«, prustete er, »erinnerst du dich an unsere Flußfahrt zur Herrenhöh? Es sieht ganz so aus, als sei an meiner Ernsthaftigkeit etwas, das dich hungrig macht.« Er griff neben sich und brachte ein Tablett mit Brot, Käse, Obst und einer Flasche voller Frühjahrswein zum Vorschein. Und er lachte still weiter vor sich hin, während sich Covenant auf das Essen stürzte. Eine Zeitlang aß Covenant bloß und war völlig davon beansprucht, bevor er sich umzuschauen begann. Da bemerkte er verblüfft, daß die Höhle geradezu von Blumen überquoll. Überall lagen Kränze und Gebinde, als hätte jeder Rame über Nacht einen kleinen Garten angelegt, üppig bepflanzt mit weißer Akelei und Grünzeug. Das Weiß und Grün linderten den freudlosen Charakter von Menschenheim ganz erheblich, verhüllten den Stein wie ein elegantes Kleid.
»Bist du überrascht?« fragte Schaumfolger. »Diese Blumen sind dir zu Ehren hier. Viele Ramen sind die ganze Nacht lang umhergestreift, um diese Pflanzen zu sammeln. Du hast an die Herzen der Ranyhyn gerührt, und das hat die Ramen in

Staunen versetzt … und durchaus nicht verdrossen. Für sie ist ein Wunder geschehen – acht Dutzend Ranyhyn haben sich einem Mann angeboten. Ein solches Erlebnis würden die Ramen nicht einmal gegen Andelain selbst eintauschen, glaube ich. Folglich haben sie dir zum Ausgleich an Ehre erwiesen, soviel in ihrer Macht steht.« *Ehre?* hallte es in Covenants Schädel wider. Der Riese rückte sich bequemer zurecht. »Es ist bedauerlich«, sagte er in einem Ton, als begänne er eine längere Geschichte, »daß du nicht vor der Schändung ins Land gekommen bist. Damals hätten die Ramen dir genug Ehren zuteil werden lassen, um dich für dein ganzes Leben zu beschämen. In jener Zeit stand es besser um alle Dinge, aber selbst unter den Lords gab's wenig Schönheit, die mit der großartigen Kunstfertigkeit der Ramen vergleichbar gewesen wäre. ›Markkneten‹, so nannten sie sie – *anundivian jajña* in der Sprache der Alt-Lords. Es war Bein-Bildwerkerei. Aus Skeletten, die sie in den Ebenen von Ra fanden, gesäubert durch Aasfresser und die Zeit, machten die Ramen Bildnisse von seltener Wahrhaftigkeit und Freudenfülle. Unter ihren Händen – und der Kraft ihrer Lieder – verformten sich die Knochen und verflossen, als seien sie Lehm, und man knetete sie zu den bemerkenswertesten Gebilden, so daß die Ramen aus dem weißen Kern vergangenen Lebens Wahrzeichen für die Lebenden schufen. Ich selbst habe nie solche Kunstwerke sehen dürfen, aber die Riesen bewahren die Geschichte, welche von ihnen Kunde gibt. In der Auflösung und dem Niedergang nach der Schändung, der Zeit des Hungers, Verbergens und der Heimatlosigkeit, welche viele Geschlechterfolgen durchzustehen hatten, sowohl Ramen wie auch Ranyhyn, geriet die Kunst des ›Markknetens‹ in Vergessenheit.« Seine Stimme sank mit den letzten Worten herab, und gleich darauf begann er leise zu singen:

Ringsum entstand ein Schweigen respektvoller Aufmerksamkeit. Die Heimständigen in der Nähe blieben stehen, um zuzuhören. Kurze Zeit später deutete einer davon nach draußen, und als Covenant in die Richtung spähte, wohin er wies, sah er Lithe munter übers Gras kommen. In ihrer Begleitung befanden sich Lord Mhoram sowie ein wunderschöner rotgrauer Ranyhyn. Der Anblick heiterte Covenant auf. Er leerte den Frühjahrswein, indem er Mhoram zuprostete. »Ja«, sagte Schaumfolger, als er Covenants Blick bemerkte, »heute vormittag ist viel geschehen. Hoch-Lord Prothall hat's vorgezogen, sich den Ranyhyn nicht zur Wahl zu stellen. Er meinte, seine alten Knochen kämen mit einem geringen Reittier besser zurecht – was hieß, vermute ich, er befürchtete, seine ›alten Knochen‹ könnten von den Ranyhyn als Ärgernis empfunden werden. Aber ich wäre wohlberaten, seine Kraft nicht zu unterschätzen.«

Covenant hörte durch Schaumfolgers Worte einen Strom von Andeutungen fließen. »Prothall wird nach diesem Unternehmen abdanken«, sagte er geistesabwesend. »Falls es gelingt.«

Die Augen des Riesen lächelten belustigt. »Ist das Prophetie?«

Covenant hob die Schultern. »Du weißt's so gut wie ich. Er verbringt viel Zeit damit, darüber zu grübeln, daß er Kevins Lehre nicht gemeistert hat. Er hält sich für einen Versager. Und das wird er auch weiterhin denken, selbst wenn er den Stab des Gesetzes zurückholt.«

»Wahrhaftig, Prophetie.«

»Kein Grund zum Lachen.« Covenant überlegte, wie sich die Resonanz, welche die Tatsache bei ihm fand, daß Prothall seine Chance bei den Ranyhyn ausgeschlagen hatte, erklären ließ. »Aber egal. Erzähl mir, wie das mit Mhoram lief.«

»Lord Mhoram, Variols Sohn, ist am heutigen Tag vom

Ranyhyn Hynaril auserwählt worden, der auch Tamarantha trug, Variols Gemahlin«, berichtete Schaumfolger hocherfreut. »Die großen Pferde gedenken ihrer voller Verehrung. Die Ramen sagen, daß kein Ranyhyn je zuvor zwei Reiter getragen hat. Wahrscheinlich, in den Ebenen von Ra hat eine Zeit der Wunder Einzug gehalten.«

»Wunder«, wiederholte Covenant leise. Ungern erinnerte er sich an die Furcht, mit der ihm die Ranyhyn begegneten; er starrte in die Flasche, als betrüge sie ihn durch ihre Leerheit. Einer der Heimständigen, die nahebei standen, näherte sich ihm mit einem Krug. Er erkannte Gay. Sie schritt durch die Blumen, blieb dann stehen. Als sie merkte, daß er sie ansah, senkte sie ihren Blick. »Ich würde deine Flasche auffüllen«, sagte sie, »aber ich sorge mich, deinen Unwillen zu erregen. Du wirst in mir ein Kind sehen.«

Covenant schnitt ein finsteres Gesicht. Ihr Verhalten wirkte auf ihn wie eine Zurechtweisung, und seine Haltung versteifte sich etwas. »Vergiß gestern abend«, sagte er mit einer Anstrengung, die seiner Stimme formelle Kühnheit verlieh. »Es war nicht deine Schuld.« Unbeholfen streckte er ihr die Flasche entgegen. Sie trat zu ihm und füllte mit leicht zittrigen Händen Frühjahrswein hinein. »Ich danke dir«, sagte er laut und deutlich. Einen Moment lang schaute sie ihn aus geweiteten Augen an. Dann verzog sich ihr Gesicht zu einer Miene der Erleichterung, und sie lächelte. Ihr Lächeln erinnerte ihn an Lena. Bedächtig, als wäre es eine Bürde, vor der er sich nicht drücken mochte, gab er ihr ein Zeichen, daß sie sich setzen möge. Sie nahm mit überkreuzten Beinen am Fußende seiner Lagerstatt Platz und strahlte aufgrund der Ehre, die ihr der Ring-Than erwies, übers ganze Gesicht. Covenant versuchte, sich etwas einfallen zu lassen, worüber er mit ihr plaudern konnte, aber ehe er einen geeigneten Einfall hatte, sah er Streitwart Quaan Menschenheim betreten. Quaan kam auf direktem Wege und in breitem Gang, als müsse er sich gegen Covenants Blick stemmen, auf ihn zu, und als er den Zweifler erreichte, wartete er nur eine Sekunde lang, bevor er ihn anredete.

»Wir haben uns Sorgen gemacht. Leben benötigt Nahrung. Bist du wohlauf?«

»Wohlauf?« Covenant spürte, daß die zweite Flasche Frühjahrswein seine Wangen erhitzte. »Kannst du's nicht sehen? Ich kann dich sehen. Du bist so gesund und stark wie eine Eiche.«

»Du bist uns verschlossen«, antwortete Quaan im Ton unerschütterlicher Mißbilligung. »Was wir sehen, ist nicht das, was du bist.«

Diese undurchsichtige Behauptung forderte eine scharfe Entgegnung geradezu heraus, aber Covenant beherrschte sich. Er zuckte die Achseln. »Ich esse«, erwiderte er, als wolle er sich nicht zuviel Wohlergehen nachsagen. Anscheinend nahm Quaan die Auskunft als die sachdienliche Angabe entgegen, die sie dem Wortlaut nach war; er nickte, verbeugte sich knapp und ging.

»Er mag dich nicht«, flüsterte die Heimständige Gay, die ihm nachschaute. Ihr Tonfall brachte Verwunderung über die Frechheit und Dummheit des Streitwartes zum Ausdruck. Offenbar begriff sie nicht, wie er es wagen konnte, zu empfinden, was er empfand – als habe Covenants Auftritt am vorherigen Abend ihn in ihren Augen in den Rang einen Ranyhyn erhoben.

»Er hat dazu allen Grund«, bemerkte Covenant unumwunden. Gay wirkte verunsichert. »Weil du ein … ein ›Leprakranker‹ bist?« fragte sie hastig, als trachte sie nach gefährlichem Wissen.

Er sah ihr ihre Ernsthaftigkeit an. Aber er hatte das Gefühl, über Leprakranke schon zuviel geschwatzt zu haben. Solches

Gerede schadete seinem Handel. »Nein«, sagte er, »er findet mich bloß gräßlich.«
Daraufhin machte sie ein mißmutiges Gesicht, als durchschaue sie seine komplizierte Art von Unehrlichkeit. Für ein längeres Weilchen betrachtete sie den Felsboden, als benutze sie den Stein, um seine Doppelzüngigkeit zu ermessen. Dann stand sie auf und füllte Covenants Flasche aus ihrem Krug bis zum Rand.
»Du hältst mich wirklich für ein Kind«, sagte sie mit leiser Stimme, als sie sich abwandte. Sie entfernte sich mit trotzigem, furchtsamem Schwingen ihrer Hüften, als meine sie, ihr Leben riskiert zu haben, als sie vorm Ring-Than so unverschämt auftrat. Er sah ihrem jugendlichen Rücken nach und wunderte sich über den ausgeprägten Stolz dieser Leute, die andererseits Pferden dienten – und über seine innere Verfassung, die verursachte, daß es ihm so schwerfiel, schlicht die Wahrheit zu sagen. Von Gay schweifte sein Blick zum äußeren Rand Menschenheims, wo Mhoram und Lithe beieinander im Sonnenschein standen. Sie waren sich zugewandt – sie in erdbrauner, er in blauer Kleidung – und diskutierten wie Erde und Himmel. Wenn er sich darauf konzentrierte, konnte er verstehen, was sie sprachen.
»Ich werde es tun«, sagte sie in halsstarrigem Tonfall.
»Nein«, riet Mhoram eindringlich ab. »Hör auf mich! Er wünscht dergleichen nicht. Du wirst ihm nur Schmerz bereiten – und dir selbst!«
Aus dem kühlen, dämmrigen Hintergrund der Höhle musterte Covenant die beiden unbehaglich. Mhorams ruderartige Nase gab ihm das Aussehen eines Mannes, der Tatsachen unverdrossen ins Gesicht sah; Covenant war davon überzeugt, daß er auf das, wogegen sich Mhoram aussprach, tatsächlich keinen Wert legte, was es auch sein mochte. Gleich darauf endete die Diskussion, indem sich Lithe abwandte und in die Tiefe des Felsendorfes geschritten kam. Sie näherte sich

Covenant, gefolgt von Mhoram, und überraschte ihn damit, daß sie sich vor ihm auf die Knie warf und sogar ihre Stirn auf den Steinboden senkte. »Ich bin deine Dienerin«, sagte sie, ihre Handflächen neben dem Kopf am Untergrund. »Du bist der Ring-Than, Herr der Ranyhyn.«

Covenant starrte nieder auf ihren Hinterkopf. Im ersten Moment verstand er nicht, was sie wollte; in seiner Verblüffung konnte er sich keine Gefühlsregung vorstellen, die stark genug war, um einen Mähnenhüter zu einer so tiefen Verbeugung zu veranlassen. Sein Gesicht fühlte sich plötzlich an wie voller Scham. »Ich will keine Dienerin«, sagte er schroff. Dann sah er Mhoram hinter Lithe eine düstere, sorgenvolle Miene aufsetzen. Er riß sich zusammen. »Die Ehre deiner Dienste steht mir nicht zu«, ergänzte er freundlicher.

»Doch«, widersprach sie, ohne den Kopf zu heben. »Die Ranyhyn haben sich vor dir aufgerichtet. Ich hab's gesehen.«

Er fühlte sich in der Klemme. Anscheinend gab es keine Möglichkeit, sie an ihrer Selbsterniedrigung zu hindern, ohne ihr die Erniedrigung bewußtzumachen. Lange Zeit war er ohne Taktgefühl oder Humor ausgekommen. Aber er hatte den Vorsatz gefaßt, sich in Langmut zu üben. Und in der Entfernung, die er seit dem Steinhausen Mithil im Land zurückgelegt hatte, waren ihm die Konsequenzen dessen, sich von den Leuten zu einer Art von mythischer Gestalt abstempeln zu lassen, deutlich geworden.

»Nichtsdestotrotz«, erwiderte er mürrisch und mit einiger Mühe. »Ich bin so was nicht gewöhnt. In meiner Welt, aus der ich komme, dort bin ich … nur ein kleiner Mann. Eure Ehrungen sind mir unangenehm.«

Aus Erleichterung seufzte Mhoram lautlos, und Lithe hob den Kopf. »Ist das möglich?« fragte sie fassungslos. »Kann es Welten geben, in denen du nicht inmitten der Hohen sitzt?«

»Mein Wort drauf!« Covenant trank einen tiefen Zug aus der Flasche.
Vorsichtig, als fürchte sie, er meine nicht, was er gesagt hatte, richtete sich Lithe wieder auf. Sie warf den Kopf zurück und schüttelte ihr verknotetes Haar. »Ring-Than Covenant, es soll sein, wie du's wünschst. Aber wir werden nicht vergessen, daß die Ranyhyn sich vor dir aufgestellt haben. Gibt's irgendeinen Dienst, den wir dir erweisen können, so laß es uns getrost wissen. Du kannst in allen Dingen über uns verfügen, soweit sie nicht die Ranyhyn betreffen.«
»Es gibt einen«, sagte er und starrte ans Berggestein der Höhlendecke empor. »Gewährt Llaura und Pietten ein Heim.« Als er seinen Blick auf Lithe heftete, sah er sie breit lächeln. »Sie war eine der Heers im Holzheim Hocherhaben«, erwiderte er verärgert. »Und er ist nur ein Kind. Sie haben genug durchgemacht, um ein bißchen freundliche Zuwendung zu verdienen.«
»Schaumfolger hat diesbezüglich bereits mit den Mähnenhütern gesprochen«, bemerkte Mhoram, der sehr angetan wirkte. »Sie haben ihr Einverständnis erteilt, künftig für Llaura und Pietten zu sorgen.«
Lithe nickte. »Solche Wünsche sind leicht erfüllbar. Würden nicht die Ranyhyn mehr von uns fordern, wir könnten unsere Tage im Schlaf verbringen.« Sie verließ Covenant und lief hinaus in die Sonne, noch immer ein Lächeln auf den Lippen.
Mhoram lächelte ebenfalls. »Du siehst ... besser aus, Ur-Lord. Befindest du dich wohlauf?«
Covenant widmete seine Aufmerksamkeit wieder dem Frühjahrswein. »Quaan hat mich das gleiche gefragt. Woher soll ich das wissen? In der letzten Zeit kann ich mich den halben Tag lang nicht mal an meinen Namen erinnern. Ich bin bereit zum Weiterreiten, wenn's das ist, was euch interessiert.«
»Vorzüglich. Wir müssen weiter, sobald es geht. Es ist ge-

wißlich angenehm, hier in aller Sicherheit auszuruhen. Aber um solche Möglichkeiten zu bewahren, müssen wir ziehen. Ich werde Quaan und Tuvor anweisen, entsprechende Vorbereitungen zu veranlassen.«

»Verrate mir eines«, sagte Covenant, ehe der Lord sich entfernen konnte. »Aus welchem Grund sind wir eigentlich hier? Du hast einen Ranyhyn erhalten ... aber dafür haben wir vier oder fünf Tage verloren. Wir hätten Morinmoss umgehen können.«

»Du wünschst Fragen unserer Planung zu diskutieren? Wir glauben, uns dadurch in einen Vorteil zu setzen, daß wir uns dorthin bewegen, wo uns Seibrich nicht erwartet, und ihm genug Zeit lassen, um nach seiner Niederlage beim Holzheim Hocherhaben Gegenmaßnahmen einzuleiten. Wir hoffen darauf, daß er ein Heer ausschickt. Wenn wir zu früh eintreffen, könnte das Heer noch im Donnerberg sein.«

Covenant widerstand der Plausibilität dieser Auskunft. »Der Abstecher in die Ebenen von Ra ist von euch eingeplant worden, bevor man uns beim Holzheim Hocherhaben angriff. Er war von vornherein vorgesehen. Ich will wissen, warum?«

Mhoram fand sich anscheinend mit Covenants Hartnäckigkeit ab, aber seine Miene spiegelte eine gewisse innere Anspannung wider, als rechne er damit, daß seine Antwort Covenant mißfiel. »Als wir zu Schwelgenstein unsere Pläne schmiedeten, sah ich, daß uns daraus Nutzen erwüchse.«

»Du sahst es?«

»Ich bin ein Orakel. Bisweilen – sehe ich.«

»Und?«

»Ich habe richtig gesehen.«

Covenant verspürte kein Bedürfnis, diese Problematik tiefer zu ergründen. »Das muß aber eine hübsche Sache sein.« Seine Stimme enthielt nur geringen Sarkasmus, und Mhoram lachte. Sein Lachen betonte die Freundlichkeit seiner Lippen.

»Ich wollte zu gerne, ich könnte mehr Gutes sehen«, sagte er im nächsten Moment ohne Bitterkeit. »Heutzutage gibt's so wenig davon.«

»Mein Freund«, sagte Schaumfolger, während der Lord das Aufgebot zusammenrufen ging, »es gibt Hoffnung für dich.«

»Wahrhaftig«, entgegnete Covenant höhnisch. »Riese, wenn ich so groß und stark wäre wie du, es gäbe für mich immer Hoffnung.«

»Wieso? Glaubst du, daß Hoffnung ein Kind der Stärke ist?«

»Etwa nicht? Woher bekommt man Hoffnung, wenn nicht durch Macht? Und sollte ich mich irren ... was denn schon, Teufel?! Eine Menge Leprakranke laufen wirrköpfig in der Welt herum.«

»Wie beurteilt man Macht?« Schaumfolger stellte die Frage mit einer Ernsthaftigkeit, die Covenant nicht erwartet hatte.

»Was?«

»Mir mißfällt die Art, wie du von Leprakranken sprichst. Wo bleibt der Wert von Stärke, wenn dein Feind stärker ist?«

»Du unterstellst, daß es so etwas wie einen Feind gibt. Ich glaube, damit machst du's dir ein bißchen zu einfach. Mir wäre nichts lieber, als wenn ein Feind mir das angetan hätte, so daß ich keinen Grund besäße, irgendeinem Zufall oder mir selbst die Schuld zu geben. Aber ein Feindbild wäre für mich bloß eine andere Art von Selbstmord. Ein Abwälzen der Verantwortung, selber dafür zu sorgen, daß ich am Leben bleibe.«

»Ach, am Leben«, erwiderte Schaumfolger. »Nein, denke weiter, Covenant. Welchen Wert besitzt Macht überhaupt, solange sie keine Macht über den Tod ist? Wenn du deine Hoffnung auf etwas von geringerer Bedeutung setzt, kann sie dich in die Irre leiten.«

»So?«

»Aber Macht über den Tod ist ein Trugbild. Es kann kein Leben ohne Tod geben.«

Das mußte Covenant als Tatsache anerkennen. Aber er hatte

ein solches Argument nicht vom Riesen erwartet. Es weckte in ihm das Verlangen, aus der Höhle hinaus in den Sonnenschein zu treten. »Schaumfolger«, sagte er gedämpft, indem er sich von seinem Lager erhob, »du hast dir wieder mal Gedanken gemacht.« Doch er spürte die Eindringlichkeit von Schaumfolgers Blick. »Na schön. Du hast recht. Dann verrate mir, woher, zum Teufel, nimmst du Hoffnung?«

Bedächtig stand der Riese auf. Er türmte sich über Covenant empor, bis er fast an die Höhlendecke stieß. »Vom Glauben.«

»Du hast zuviel mit Menschen Umgang. Du neigst zur Hast. ›Glauben‹ ist ein zu kurzes Wort. Was meinst du damit?«

Schaumfolger suchte sich einen Weg durch die Blumenpracht. »Ich meine die Lords. Bedenke, Covenant, glauben ist eine Art zu leben. Sie haben sich vollkommen dem Dienst am Lande verschworen. Und sie haben den Friedensschwur geleistet – es sich auferlegt, das große Streben ihres Lebens nur mit bestimmten Mitteln zu verfolgen, den Tod vorzuziehen, statt sich zerstörerischer Leidenschaft zu beugen, die einst Hoch-Lord Kevin blendete und die Schändung übers Land brachte. Komm, Covenant – kannst du dir vorstellen, daß Lord Mhoram jemals verzweifelt? Das ist das Wesen des Friedensschwurs. Er wird niemals verzweifeln und nie tun, was Verzweiflung gebietet – morden, schänden, zerstören. Und er wird nie ins Schwanken geraten, weil seine Lordschaft, sein Dienst am Lande, ihn auf festen Grund stellt. Dienst ermöglicht Dienst.«

»Das ist nicht das gleiche wie Hoffnung.« Covenant verließ mit dem Riesen Menschenheim; sie verharrten auf dem sonnigen Vorplatz. Im hellen Licht zog er den Kopf ein, und dabei bemerkte er erneut die Moosstreifen, die sein Gewand einer Landkarte ähnlich machten. Ruckartig lenkte er seinen Blick zurück in die Höhle. Man hatte das Grünzeug zwischen den Akeleien so angeordnet, daß es den Moosstreifen auf dem weißen Seidenstoff glich. Er unterdrückte ein Aufstöhnen.

»Alles, was man braucht, um der Verzweiflung zu widerstehen«, sagte er, als spräche er einen Lehrsatz aus, »ist entweder unabänderliche Dummheit oder unbegrenzte Starrköpfigkeit.«
»Nein«, widersprach Schaumfolger. »Die Lords sind doch nicht dumm. Schau nur das Land.« Weiträumig wies er mit dem Arm in die Ferne, als erwarte er, Covenant könne von seinem Standort aus das ganze Land vom einen bis zum anderen Ende überblicken. So weit reichte Covenants Blick nicht. Aber er blinzelte über das grüne Vorgelände hinaus in die Ebenen, von wo er entfernt die Bluthüter nach ihren Ranyhyn pfeifen hörte, das Wiehern, mit dem sie antworteten. Er bemerkte die fast närrische Bewunderung der Heimständigen, die aus der Höhle geströmt kamen, weil sie zu versessen auf den Anblick der Pferde waren, um drinnen zu warten, bis sich die Ranyhyn einfanden.
»Mit anderen Worten«, sagte er nach einem Weilchen, »Hoffnung kommt von der Macht dessen, dem du dienst, nicht aus dir selbst. Verdammnis, Riese – du vergißt, wer ich bin.«
»Wirklich?«
»Und überhaupt, was macht dich so zuständig für die Fragen von Hoffnung? Ich sehe nichts, woran du verzweifeln müßtest.«
»Nicht?« Die Lippen des Riesen lächelten, aber seine Augen unter den Bollwerkbrauen blickten hart drein, und die Narbe an seiner Stirn glänzte lebhaft. »Vergißt du, daß ich hassen gelernt habe? Hast du … Aber lassen wir das! Und was, wenn ich dir sagte, daß ich dir diene? Ich, Salzherz Schaumfolger, Riese von der Wasserkante, Legat meines Volkes?«
Covenant hörte in dieser Frage Echos, die einem fernen Brechen von Balken zu entstammen schienen, kaum vernehmlich durch einen heftigen, stummen Wind, und er schrak zurück. »Rede nicht daher wie ein verdammter Mystiker. Sag etwas, das ich verstehen kann.«

Schaumfolger bückte sich und setzte einen großen Finger auf Covenants Brust, als wolle er auf eine bestimmte Stelle von Covenants Landkartengewand verweisen. »Zweifler, das Schicksal des Landes liegt in deiner Hand. Der Seelenpresser zieht in ebenjener Zeit wider die Lords, da wir Anlaß zur Erneuerung unserer Träume von der Heimat sehen. Muß ich erst ausführlich erklären, daß du die Macht besitzt, um uns zu retten oder uns zu Waisen zu machen, die an jeglichem Unheil des Landes teilhaben müssen, welcher Art es auch sein mag?«
»Hölle und Verdammung!« brauste Covenant auf. »Wie oft habe ich dir eigentlich schon gesagt, daß ich Lepraleidender bin?! Das alles ist ein Irrtum. Foul spielt uns gegeneinander aus.«
Der Riese bewahrte Ruhe. »Und da überrascht es dich so«, entgegnete er schlicht, »daß wir über Hoffnungen nachdenken?« Covenant erwiderte den Blick aus den Augen unter dem zernarbten Überhang von Schaumfolgers Stirn. Der Riese sah ihn an, als sei die Hoffnung der Entwurzelten ein sinkendes Schiff, und Covenant verspürte schmerzlich seine eigene Hilflosigkeit, sein Unvermögen, diese Hoffnung zu retten. »Sorge dich nicht, mein Freund«, sagte dann jedoch Schaumfolger in einem Ton, als käme er zu Covenants Rettung. »Diese Geschichte ist noch zu kurz, um schon ihren Ausgang erraten zu können. Wie du gesagt hast, verbringe ich zuviel Zeit mit hastigen Menschlein. Mein Volk würde gewaltig über mich lachen, sähe es mich – einen Riesen, der nicht genug Geduld für eine lange Geschichte hat. Und die Lords halten noch allerlei in der Hinterhand, was den Seelenpresser überraschen könnte. Sei getrosten Herzens. Es kann sein, daß du und ich unseren Anteil am Allerschrecklichsten dieser Zeit bereits erhalten haben.«
»Riese«, meinte Covenant barsch, »du redest zuviel.« Schaumfolgers unglaubliche Befähigung zur Sanftmut überforderte

ihn. *Hölle,* dachte er erbittert und kehrte ihm den Rücken zu, ging seinen Stab und das Messer suchen. Man konnte von draußen den Lärm der Aufbruchsvorbereitungen hören, und im Innern ihres Felsendorfes packten die Heimständigen geschäftig Vorräte in die Satteltaschen. Das Aufgebot machte sich zum Weitermarsch fertig, und er wollte keine Verzögerungen verursachen. Er fand seinen Stab und sein Messer zusammen mit dem Bündel seiner alten Kleidung auf einer Felsplatte wie zur Ausstellung ausgelegt. Er ließ sich von einem nicht bloß bereitwilligen, sondern dadurch sogar geschmeichelten Heimständigen Wasser, Seife und einen Spiegel besorgen. Er hatte das Gefühl, daß er sich eine Rasur schuldete. Doch kaum hatte er sich den Spiegel zum Gebrauch zurechtgestellt und sein Gesicht angefeuchtet, da sah er Pietten ernst vor sich stehen; und im Spiegel sah er, daß Llaura hinter ihm stand. Pietten starrte ihn an, als sei der Zweifler unfaßbar wie ein Rauchfähnchen. Llauras Miene wirkte angespannt, als zwinge sie sich zu etwas, das ihr absolut nicht gefiel. Sie strich sich verlegen mit der Hand durchs Haar. »Du hast die Ramen darum ersucht«, sagte sie dann, »uns hier ein Heim zu geben.«

Er zuckte die Achseln. »Schaumfolger ebenso.«

»Warum?«

Sein Gehör erahnte hinter der kurzen Frage eine ganze Litanei von Bedeutungen. Sie hielt ihren Blick in seinen Spiegel gerichtet, und er erkannte in ihren Augen die Erinnerung an einen Baum in Flammen. »Glaubst du wirklich«, erkundigte er sich bedächtig, »für euch könnte sich eine Gelegenheit ergeben, um es Foul heimzuzahlen? Oder ihr könntet dazu in der Lage sein, sie zu nutzen?« Er richtete seinen Blick auf Pietten. »Überlaß das Mhoram und Prothall. Ihnen dürft ihr vertrauen.«

»Natürlich.« Mehr als alle Worte bezeugte ihr Tonfall, daß sie ohnehin dazu außerstande war, den Lords zu mißtrauen.

»Dann versieh die Aufgabe, die du bereits hast. Hier ist Pietten.

Denk daran, was aus ihm werden soll … ihm könnte noch mehr von dem passieren, was ihr schon durchgemacht habt. Er benötigt Hilfe.«

Pietten gähnte so harmlos, als sei er über die Bettzeit hinaus wach geblieben. »Sie hassen dich«, sagte er im düsteren Ton eines Henkers.

»Aber wie?« fragte Llaura, aus Ratlosigkeit trotzig. »Hast du ihn beobachtet? Hast du bemerkt, wie er des Nachts wach dasitzt? Hast du gesehen, wie er mit seinem Blick den Mond verschlingt? Hast du gemerkt, wie er diesen Gefallen am Geschmack von Blut entwickelt hat? Er ist kein Kind … nicht länger.« Sie sprach, als wäre Pietten nicht anwesend und könne nicht zuhören, während Pietten ihr lauschte, als rede sie eine Floskel ohne größeren Sinn daher. »Er ist Verrat in eines Kindes Gestalt. Wie kann ich ihm helfen?«

Covenant widmete sich wieder seinem Gesicht und begann es einzuseifen. Während er den Schaum in seinen Bart massierte, spürte er Llauras Gegenwart in seinem Nacken wie das Gewicht eines Jochs.

»Versuch's mit den Ranyhyn«, empfahl er schließlich mit leiser Stimme. »Er mag sie.«

Als sie über ihn hinweg nach Piettens Hand griff, um das Kind mit sich zu ziehen, seufzte er und setzte das Messer an. Seine Hand war unsicher; er sah sich schon geschnitten. Aber die Klinge fuhr so glatt über seine Haut, als entsinne sie sich daran, daß es sich Atiaran versagt hatte, auf ihn loszugehen. Als er fertig war, hatte sich das Aufgebot vor Menschenheim gesammelt. Er beeilte sich, zu den Reitern zu stoßen, als befürchte er, das Aufgebot könne ohne ihn weiterziehen. Man prüfte ein letztes Mal den Sitz von Sätteln und Satteltaschen, und gleich darauf stand Covenant neben Dura. Die gute Verfassung der Pferde bereitete ihm eine Überraschung. Allesamt glänzten sie regelrecht von ausgiebigem Striegeln, und sie sahen so wohlgenährt und ausgeruht aus, als hätten sie sich seit Frühlingsmitte in der Obhut der Ramen befunden. Einige Reittiere des Fähnleins, die zuvor kaum noch hatten stehen können, scharrten nun wieder rastlos am Boden und schüttelten aus Bewegungsdrang die Mähnen. Das ganze Aufgebot schien vergessen zu haben, wohin es eigentlich ging. Die Krieger lachten lauthals untereinander. Der greise Birinair lachte und meckerte über die Art und Weise, wie die Ramen seine *Lillianrill*-Hölzer handhabten. Er behandelte die Ramen wie mißratene Kinder, und das machte ihm beinahe zuviel Spaß, um es hinter seiner Würde zu verhehlen. Mhoram saß mit breitem Lächeln auf Hynaril. Und Hoch-Lord Prothall stand in lockerer Stimmung neben seinem Pferd, als hätte er Jahre voller Sorgen von sich abgestreift. Nur die Bluthüter, die bereits auf ihren Ranyhyn saßen und fertig waren zum Abmarsch, blieben gewohnt ernst.

Die allgemeine Zuversicht des Aufgebots beunruhigte Covenant wie eine versteckte Drohung. Ihm war klar, daß sie zum Teil der Ausgeruhtheit und Erholung entsprang. Aber er war sich dessen sicher, daß sie auch aus seiner Gegenüberstellung mit den Ranyhyn resultierte. Wie die Ramen waren auch die Krieger beeindruckt worden; ihr Bedürfnis, in ihm einen neuen Berek zu sehen, hatte weitere Nahrung erhalten. Der Träger des Weißgoldes hatte sich als konsequenter Mann erwiesen. *Die Ranyhyn waren außer sich vor Entsetzen!* Maulte er sich selbst an. *Sie erkannten Fouls Gewalt über mich, deshalb waren sie entsetzt.* Aber er hielt den Mund. Er hatte als Gegenleistung fürs Überleben Langmut versprochen. Trotz der stillschweigenden Unaufrichtigkeit, die daraus bestand, seine Begleiter von ihm glauben zu lassen, was sie gerade mochten, unternahm er nichts. Während die Reiter noch lachten und scherzten, gesellte sich Mähnenhüter Lithe dazu, begleitet von mehreren anderen Mähnenhütern sowie einer größeren Gruppe von Seilträgern. Sie begann zu sprechen, sobald ihr die ungeteilte Aufmerksamkeit des Aufgebots gehörte. »Die Lords haben uns in ihrem Kampf gegen Fangzahn den Reißer um Beistand ersucht«, sagte sie. »Die Ramen dienen den Ranyhyn. Wir verlassen die Ebenen von Ra nicht. So ist unser Leben, und so ist es gut – wir trachten nach nichts anderem, bis zum Ende, da die ganze Erde zu Andelain geworden ist, Menschen und Ranyhyn gemeinsam in Frieden leben, ohne Wölfe oder Hunger. Aber wir müssen die Widersacher Fangzahns unterstützen, wo immer es geht. Das wollen wir tun. Ich werde mit euch ziehen. Meine Seilträger mögen mich und damit euch begleiten, wenn es ihr Wunsch ist. Wir werden uns unterwegs um eure Pferde kümmern. Und wenn ihr sie zurücklaßt, um Fangzahns Versteck in der Tiefe aufzuspüren, sorgen wir für ihre Sicherheit. Lords, nehmt diesen Dienst an, als ehrenvolle Tat unter Freunden, als Beweis der Treue unter Bundesgenossen.« Unverzüglich traten die Seilträger Hurn, Thew, Grace und Rustah vor und beteuerten ihre Bereitschaft, Lithe an jeden Ort zu folgen, an den sie sie zu führen gedächte.

Prothall verbeugte sich vor Lithe nach Ramen-Brauch. »Ein großer Dienst ist's, den ihr uns antragt. Wir wissen, daß eure Herzen mit den Ranyhyn schlagen. Als Freunde würden wir euer Angebot ablehnen, wäre nicht als Bundesgenossen unser Bedarf an Beistand so dringlich. Das Verhängnis unserer Zeit verbietet es uns, irgendeine Hilfe oder irgendeinen Helfer zurückzuweisen. Seid willkommen in unserer Mitte. Eure unerreichte Geschicklichkeit im Jagen wird die Fährnisse unseres Weges ungemein mindern. Wir hoffen darauf, euch die Ehre erwidern zu können … falls unser Unternehmen von Erfolg gekrönt ist.«

»Tötet Fangzahn«, antwortete Lithe. »Das wird uns zur Genüge bis ans Ende unserer Tage ehren.« Sie erwiderte Prothalls Verbeugung, und alle anderen Ramen taten es ihr nach. Dann wandte sich der Hoch-Lord an seine Begleitung. Im Handumdrehen war das Aufgebot, das den Stab des Gesetzes wiedererringen sollte, wieder aufgesessen und bereit zum Abmarsch. Angeführt von Mähnenhüter Lithe und den Seilträgern, entfernte sich das Aufgebot in leichtem Galopp vom Menschenheim, als habe es im Felsendorf der Ramen ein Übermaß an Mut erworben.

## 21
## Die Verräterschlucht

Voller Zuversicht und in glänzender Stimmung durchquerten sie die Ebenen in nördlicher Richtung. Nirgendwo entlang ihres Weges tauchte Gefahr auf oder ließen sich Anzeichen von Gefahr erkennen. Und die Ranyhyn brausten durch die Graslandschaft wie lebendige Schmuckstücke, fleischgewordene Herausforderungen. Schaumfolger erzählte heitere Geschichten, als wolle er beweisen, daß er am Ende einer vorübergehenden Mißgestimmtheit angelangt sei. Quaan und seine Krieger gingen auf ihn mit Späßen und Schlagfertigkeit ein. Und die Ramen unterhielten die Truppe mit Beweisen ihrer Leistungsfähigkeit. Das Aufgebot ritt am ersten Tag seines Weitermarsches bis in den späten Abend hinein, dem gräßlichen Mond zum Trotz. Und am zweiten Abend lagerte es am Südufer bei der Wanderlustfurt. Doch schon in aller Frühe des folgenden Morgens überquerte es die Furt und wandte sich auf einem breiten Pfad zwischen dem Wanderlustfluß und Morinmoss nach Nordosten. In der Mitte des Nachmittags erreichte es den östlichen Rand des Waldes. Dort wand sich der Wanderlustfluß, der die nördliche Grenze der Ebenen bildete, direkt ostwärts, wogegen das Aufgebot den Marsch weiterhin nach Nordosten fortsetzte, sich dabei sowohl von Morinmoss wie auch den Ebenen von Ra entfernte. In der folgenden Nacht schlief es am Rande eines öden, unwirtlichen Tieflands, in dem kleine Menschen lebten und durch das nur wenige bereitwillig reisten. Die gesamte Region nördlich des Lagerplatzes war zerklüftet und irgendwie zerschrammt, gedunkelt wie ein uraltes Schlachtfeld, ein weites Feld, das zuviel Blutvergießen verdorben hatte. Minderwertiges Gras, morsche

Bäume und einige verstreute *Aliantha*-Sträucher klammerten sich schlaff an diese karge, wenig verheißungsvolle Gegend. Das Aufgebot befand sich nun südlich vom Donnerberg.

Während das Aufgebot diesen Landstreifen in nordöstlicher Richtung durchquerte, erzählte Mhoram Covenant aus dessen Geschichte. Er erstreckte sich bis zum Landbruch und war in den alten Kriegen für Lord Fouls Heere die natürliche Aufmarschzone gewesen. Vom Wasserfall des Landwanderers bis zum Donnerberg verlief entlang der gewaltigen Landbruchklippe offenes Gelände. Dort konnten die Horden, welche von Fouls Hort heranströmten, an Dutzenden von Stellen den Landbruch überwinden und den Krieg ins Oberland tragen. Daher kam es, daß die ersten großen Schlachten in allen Kriegen des Landes gegen den Verächter in dieser verwüsteten Ebene ausgefochten worden waren; in allen nachfolgenden Zeitaltern versuchten die Verteidiger, Lord Foul bereits am Landbruch abzuweisen, aber erfolglos, weil sie nicht sämtliche Aufstiegspfade aus den verwüsteten Ebenen und der Sarangrave-Senke zu blockieren vermochten. Danach setzten Lord Fouls Heere den Marsch westwärts am Mithil entlang fort und stießen tief in die Mittlandebenen vor. Im letzten Krieg war Lord Foul, bevor Kevin Landschmeißer sich dazu verleiten ließ, das Ritual der Schändung zu vollziehen, durchs Herz der Mittlandebenen gezogen und hatte sich nach Norden gewandt, um die Lords bei Kurash Plenethor, heute Trothgard genannt, zum Endkampf zu zwingen.

In der Gegenwart von soviel altem Tod ritten die Reiter leiser dahin. Aber während der ersten paar Tage sangen sie noch ihre Lieder, davon mehrmals die Ballade von Berek Halbhand und den Feuerlöwen des Donnerbergs. In diesem Ödland hatte Berek Halbhand gekämpft, den Tod seiner Freunde, den Verlust seiner Finger in der Schlacht mitansehen und erleiden müssen. Hier lernte er die Verzweiflung kennen und floh zu den Hängen des Gravin Threndor oder Pik Feuerlöwen. Und dort hatte er sowohl Erdfreundschaft wie auch Erdkraft gefunden. Die Ballade spendete kraftvollen Trost, und die Reiter sangen den Refrain gemeinsam, als wollten sie ihn für sich selbst zur Wahrheit machen:

*»Berek! Erdfreund! Der Heimat Recke, hochverwegen!*
*Waffenbruder gegen der Unholde Hand!*
*Gunst schenkt die Erde, wo sich Kühne regen,*
*dein Herz erschalle, Erdfreund! Heil und Segen!*
*Läutere von Blut, Tod und Weh das Land!«*

Sie benötigten diesen Trost. Die schwer heimgesuchte, verheerte Hauptkampfzone der alten Kriege wirkte, als wolle sie Bereks Sieg zu einer Illusion degradieren, unmißverständlich klarstellen, daß all seine Erdfreundschaft, sein Stab des Gesetzes und sein Stammbaum der Lords, seine gewaltigen Taten und die Werke seiner Nachkommen zu nichts geführt hatten als schäbigem Gras, geschwärzten Felsen und Staub – daß die wahre Geschichte des Landes hier niedergeschrieben war, in der kargen oberen Erdschicht und den Steinen, die wie Trümmer einstiger Gräber von den Ebenen von Ra bis zum Donnerberg, von Andelain bis zum Landbruch lagen. Die Atmosphäre dieser Region erregte Schaumfolger. Er strebte an Covenants Seite mit einem Gebaren verhohlener Hast dahin, als unterdrücke er ein Verlangen, in schnellen Lauf zu verfallen. Und er redete unaufhörlich, offenbar darum bemüht, seine Gemütsverfassung durch eine Fülle von Geschichten und Legenden aufzubessern. Anfangs waren seine Anstrengungen den Reitern angenehm, linderten ihre immer stärker bemerkbare düstere Stimmung, in der sie merklich nach Aufheiterung gierten, zeitweilig etwas, als seien seine Bemühungen Schatzbeeren der Entspannung. Aber die Mitglieder des Aufgebots sahen vor sich die trostlose schwarze Aussicht namens Seibrich Felswürm, in die Katakomben des Donnerbergs genistet wie ein Erdübel. Am vierten Tag nach Überquerung der Wanderlustfurt war Covenant zumute, als müsse er im unablässigen Reden des Riesen ertrinken; die Stimmen der Krieger ertönten, wenn sie sangen, eher flehentlich als zuversichtlich – wie Pfeifen in unerbittlicher Nacht. Dank der Unterstützung der Ramen fand Prothall jedoch einen Weg zur möglichst schnellen Durchquerung der rauhen Landschaft. Lange nach dem Sonnenuntergang des vierten Tages – als der geschwollene Mond bereits hoch und häßlich am Abendhimmel stand – schlug das Aufgebot ermattet ein Lager direkt am Rand des Landbruchs auf. In der folgenden Morgendämmerung widerstand Covenant der Versuchung, hinzugehen und über die ungeheure Klippe hinabzublicken. Er hätte gern einen Eindruck vom Unterland, den verwüsteten Ebenen und der Sarangrave-Senke erhalten – Gegenden, um die sich in den vergangenen Tagen Schaumfolgers Reden gedreht hatten. Aber er hegte keine Absicht, einen Schwindelanfall zu riskieren. Die schwache Stabilität seines Handelns deckte keine Gefährdungen aus Leichtsinn. Deshalb blieb er am Lagerplatz, während die meisten seiner Begleiter an den Rand gingen, um übers Unterland auszuschauen. Aber später, als die Truppe weiterritt, nur einen Steinwurf weit vom Rand entfernt, bat er Lord Mhoram, ihm mehr vom Landbruch zu erzählen.

»Ach, Landbruch«, sagte Mhoram gelassen. »Man erzählt, obwohl selbst die allerältesten Sagen dafür keine Verursachung liefern, daß die Landbruchklippe durch das Sakrileg entstand, daß übermächtige Übelgewalten tief unterm Donnerberg begraben worden sind. In Zuckungen, die sie bis ins Herz erschütterten, bäumte die Erde sich vor Abscheu gegen das Böse auf, das zu beherbergen man sie zwang. Und die Kraft dieses Widerwillens soll das Land gebrochen und ins Ober-

und Unterland gespalten, es himmelwärts aufgeworfen haben. So reicht nun diese Klippe von fern im Südlandrücken, über den Landwanderer-Fall, durchs Herz des Donnerbergs bis mindestens ein halbes tausend Längen weit hinein ins unerforschte Winterland der Nordlandhöhen. Von Ort zu Ort ist des Landbruchs Höhe unterschiedlich. Aber er verläuft quer durchs gesamte Land und erlaubt uns nicht, zu vergessen.«

Die Rauheit der Stimme des Lords verstärkte Covenants Unbehagen noch. Während die Truppe dahinzog, hielt er seinen Blick in den Westen gerichtet, verankerte sich zum Schutz gegen seine instinktmäßige Furcht vor Höhen vertrauensvoll in der Wildnis.

Noch im Laufe des Vormittags änderte sich das Wetter. Ganz plötzlich pfiff ein scharfer Wind voller grimmiger, widernatürlicher Anklänge aus dem Norden heran. Binnen weniger Augenblicke fegten schwarze Wolken über den Himmel. Blitze durchfauchten die Luft, Donner rollte übers Land wie das Mahlen von Findlingen. Dann stürzte aus dem aufgewühlten Himmel Regen, der einem Wutanfall glich – schlug mit wilder Wucht herab, bis er Schmerzen bereitete. Die Pferde senkten die Köpfe, als müßten sie sich unter der Peitsche ducken. Ströme von Wasser prasselten herunter auf die Reiter, durchtränkten und blendeten sie. Mähnenhüter Lithe schickte die Seilträger zur Auskundschaftung des Weges voraus, damit die Truppe nicht über den Landbruch abstürzte. Prothall hob seinen Stab hoch empor und ließ ein helles Feuer aus der Spitze lodern, damit seine Begleiter einander nicht verloren. Das Aufgebot drängte sich zusammen, und die Bluthüter verteilten rundum die Ranyhyn, damit sie das Ärgste abfingen. Gegen die weißen Erhellungen der Blitze wirkte Prothalls Flamme winzig und bedeutungslos, und in der Höhe krachten solche Donnerschläge, als explodierten die Wolken infolge dieser Torheit. Covenant duckte sich über Duras Rücken nieder, zuckte bei jedem Blitz zusammen, als sei der Himmel aus Stein und der Donner dessen Zerspringen. Er konnte die Seilträger nicht sehen, wußte nicht, was ringsum geschah; ununterbrochen befürchtete er, Duras nächster Schritt könne ihn über den Rand der Klippe befördern. Er heftete seinen Blick krampfhaft auf Prothalls Flamme, als sei sie die einzige Rettung vorm Untergang. Das Geschick und die bloße Zähigkeit der Ramen brachten das Aufgebot durch, hielten es in der Richtung zum Donnerberg. Aber die Fortsetzung des Weges glich einer Wanderung mitten durchs Niederbrechen des Himmels. Die Reiter konnten ihrer Richtung nur sicher sein, indem sie sich genau dem Sturm entgegenstemmten. Der Wind jagte ihnen den Regen ins Gesicht, bis sie meinten, ihren Augen seien die Wimpern weggerissen, die Wangen ihnen zerfetzt worden. Die kalte Nässe machte die Gliedmaßen steif, lähmte sie langsam wie Totenstarre. Aber sie zogen weiter, als versuchten sie eine steinerne Mauer mit ihren Stirnen einzudrücken. Volle zwei Tage lang kämpften sie sich so vorwärts – fühlten sich unterm Herabprasseln des Regens aufweichen. Doch sie konnten Tag und Nacht nicht voneinander unterscheiden, sahen vor sich nichts als ständiges düsteres, rumpelndes, wüstes, unversöhnliches Unwetter. Sie ritten bis zur vollständigen Erschöpfung – rasteten im Stehen, bis zu den Knien in Wasser und Schlamm, an die Zügel der Pferde geklammert, aßen patschnasse Brocken von Speisen, halb angewärmt durch *Lillianrill*-Feuer, die Birinair nur mit äußerster Mühe erhalten konnte, zählten die Truppe immer wieder durch, um sicherzugehen, daß sie niemanden verloren hatten, ritten weiter, bis wieder Erschöpfung sie zu einem Halt zwang. Bisweilen war ihnen zumute, als hielte nur Prothalls schwache bläuliche Flamme sie noch am Leben. Dann trat Lord Mhoram unter die Truppe. Im fahlen Leuchten der Blitze wirkte sein Gesicht von der Nässe verwaschen wie ein gescheitertes Schiff; aber er ging vom einen zum anderen Mitglied des Aufgebots, rief durch das Heulen des Windes und Prasseln des Regens, durch den fürchterlichen Donner.

»Seibrich … Sturm gegen uns! Aber er … sich getäuscht. Größte Kraft des Unwetters … weiter westlich! Sei beherzt! Gutes Omen … für uns!«

Covenant fühlte sich zu schwach und zu durchfroren, um zu reagieren. Doch er hörte das Übermaß an Mut hinter den Worten. Als die Truppe erneut weiterzog, blinzelte er so eindringlich hinüber zu Prothalls Flamme, als schaue er in ihr ein Mysterium. Der Kampf gegen die Elemente dehnte sich aus, erstreckte sich hinaus über den Zeitpunkt der Unerträglichkeit. Mit der Zeit verwandelte sich die Vorstellung von Erträglichkeit in einen abstrakten Begriff – einen bloßen Gedanken, zu nichtig, um Überzeugungskraft zu besitzen. Das Peitschen und Wüten des Unwetters brachte die Reiter herunter auf rohes, zittriges Fleisch, kaum länger dazu imstande, sich an die Pferde zu klammern. Aber Prothalls Flamme brannte weiter. Bei jedem neuen Blitz- und Donnerschlag geriet Covenant in seinem Sattel ins Wanken. Er wünschte sich nichts sehnlicher als eine Gelegenheit zum Ausstrecken mitten im Schlamm. Doch Prothalls Flamme brannte weiter. Sie glich einer Kette, die die Reiter aneinandergefesselt hielt, sie vorwärtszerrte. Inmitten des unterschwelligen Wahnwitzes dieses unaufhörlichen Wolkenbruchs verharrte Covenants Blick darauf, als sei diese Fessel ihm lieb und teuer. Dann erreichten sie das Ende. Es kam so plötzlich, als sei die Mauer, gegen die sie sich wie besessene Titanen stemmten, auf einmal in den Schlamm gefallen. Innerhalb zehn zaghafter Herzschläge bliesen die letzten Ausläufer des Sturms über sie hinweg, und sie standen außer Atem in einem sonnenhellen Nachmittag. Sie hörten das Unwetter blindlings davonrollen. Ringsherum sahen sie die Hinterlassenschaften des sintflutartigen Regens – getrübte

Seen und Flüsse und verschlickte Niederungen, eine dicke Schlammschicht auf allem, der entarteten Erde des Schlachtfeldes ähnlich. Und voraus ragte das große, verwüstete Haupt des Donnerbergs empor, des Gravin Threndor oder Pik Feuerlöwen.

Für einen langen Moment hielt er sie in seinem Bann wie unter einer Schirmherrschaft des Schweigens – grimmig, streng und majestätisch erhaben, als wäre er ein Auswuchs des Herzens der Erde. Der Gipfel lag nördlich von ihnen, ganz leicht westlich. Er thronte viel höher als der Kevinsblick überm Oberland, schien am Rande der Sarangrave-Senke zu knien, die Ellbogen auf die Kante des Landbruchs gestützt, den Kopf hoch über der Klippe, in einer seltsamen Haltung von Stolz und Gebet himmelwärts gewandt; und er erhob sich dreitausend Meter hoch über die Engpaßrinne, in welcher der Unflatfluß zu seinen Füßen gen Osten strebte. Seine Hänge waren von den zerklüfteten Vorhügeln bis hinauf zum nackten Stein seiner Bergkrone völlig kahl, weder verhüllt noch bewehrt gegen Stürme und Schnee, gegen die Belagerung durch den Zahn der Zeit weder durch die Bäume oder irgendwelches sonstiges Grün geschützt; statt dessen war er versehen mit schroffen, zu Facetten zersprungenen Steilwänden, manche so schwarz wie Obsidian, andere grau wie die Asche ausgeglühten Granits – als sei das Gestein des Berges zu dick, zu stark geladen mit Kraft, um irgendeine Art von zarterem Leben tragen zu können. Dort, tief in der wuchtig gewölbten Brust des Berges, befand sich der Bestimmungsort des Aufgebots: Kiril Threndor, das Donnerherz. Noch zehn Längen trennten sie vom Pik Feuerlöwen, aber die Entfernung täuschte. Das zerfurchte Gesicht des Berges beherrschte bereits den nördlichen Horizont; es zeigte sich ihnen auf dem Verlauf des Landbruchs wie eine unabweisbare Herausforderung! Der Donnerberg! Dort hatte Berek Halbhand seine große Enthüllung erlebt. Dort hofften die Sucher nach dem Stab des Gesetzes die Zukunft des Landes gewinnen zu können. Und von dort versprach sich Thomas Covenant seine Befreiung von den Unmöglichkeiten seiner Träume. Das Aufgebot betrachtete den emporragenden Felsklotz, als erforsche er ihre Herzen, stelle ihnen Fragen, auf die sie keine Antworten wußten. »Wenigstens sind wir nun für ein solches Werk reingewaschen genug«, sagte Quaan plötzlich in wildem Grimm.

Die Widersinnigkeit dieser Bemerkung brach den Trancezustand, der über die Reiter gekommen war; mehrere Krieger begannen laut zu lachen, als erholten sie sich bereits von den Strapazen der vergangenen beiden Tage, und die meisten anderen lachten zumindest gedämpft mit, als sei es lachhaft von Seibrich oder irgendeinem anderen Feind, zu glauben, der Sturm habe sie zu schwächen vermocht. Obwohl sie infolge der Mühsal, sich zu Fuß einen Weg durch den Morast zu bahnen, nahezu entkräftet waren, lachten auch die Ramen, teilten mit den Reitern eine Erheiterung, die sie nicht völlig verstanden. Nur Schaumfolger reagierte nicht. Sein Blick haftete auf dem Donnerberg, und seine Brauen überschatteten seine Augen, als müßten sie sie vor etwas abschirmen, das zu grell oder zu heiß war, um es direkt ansehen zu dürfen. Das Aufgebot fand eine relativ trockene Anhöhe, auf der es rasten und essen sowie die Pferde füttern konnte; geistesabwesend hielt Schaumfolger Anschluß. Während die Truppe es sich für ein Weilchen so bequem wie möglich machte, blieb er abseits und starrte hinüber zum Berg, als erkenne er in dessen vielen Dutzend Felsnischen und Klippen Geheimnisse. Leise sang er vor sich hin:

*»Nun sind wir Entwurzelte,*
*ohne Wurzeln, Sprößlinge, Artverwandte.*
*Von verheißungsvollen Rätseln*

*ließen wir, setzten die Segel nach Haus,*
*doch wehte des Lebens Wind wider uns,*
*fürs Land überm Meer blieben wir Verlorene.«*

Hoch-Lord Prothall ließ das Aufgebot so lange rasten, wie er es in diesem offenen Gelände für vertretbar erachtete. Danach zogen sie für den restlichen Nachmittag noch weiter, hielten sich dabei an die Landbruch-Kante, als wäre sie ihre einzige Hoffnung. Vor dem Unwetter hatte Covenant erfahren, daß der einzige bekannte Zugang in die Katakomben unterm Donnerberg durch die westwärtige Schlucht des Seelentrostflusses führte – die sogenannte Verräterschlucht, die felsige Kluft, die den Fluß verschlang, bloß um ihn ostwärts wieder ins Unterland auszuspeien, durch versteckte, turbulente Tiefen, die ihn in den Unflatfluß umwandelten, ein Wasser, das grau war vom Unrat und den Abfällen aus den Schrathöhlen. Daher lag Prothalls Hoffnung in der Annäherung aus südöstlicher Richtung. Er glaubte, daß das Aufgebot, indem es an der Südseite des Donnerbergs anlangte und sich dann von Osten her der Verräterschlucht näherte, unbemerkt den Westrand der Schlucht erreichen konnte. Aber er ging keine unnötigen Risiken ein. Der Gravin Threndor zeichnete sich bedrohlich riesig gegen den Himmel ab, und er schien sich bereits gefährlich über die Truppe zu neigen, als lasse selbst sein Gipfel sich durch Seibrichs Bösartigkeit beugen. Es drängte die ermüdeten Ramen, ihre ganze Geschicklichkeit aufzuwenden, um einen günstigeren Weg entlang des Landbruchs zu bestimmen; und er ließ die Truppe bis nach Sonnenuntergang weiterreiten. Die gesamte Zeit hindurch ritt er greisenhaft zusammengesunken dahin, saß matt und altersschwach im Sattel, seinen Kopf geneigt, als halte er den Nacken für einen Axthieb hin. Allem Anschein nach hatte es ihn alle Kräfte gekostet, seine Begleiter durch den Sturm zu leiten. Wenn er sprach, rasselten ihm die vielen Jahre in der Kehle.

Am nächsten Morgen erschien die Sonne am aschgrauen Himmel wie eine offene Wunde. Über der Erde hingen graue Wolkenbänke, und von den Hängen des Donnerbergs strich ein unsteter Wind herab wie ein Stöhnen. Weithin im Ödland standen Tümpel von Regenwasser, als weigere sich die Erde, das Naß zu trinken, überließe es statt dessen der Fäulnis. Und als sie sich fertig zum Weiterreiten machten, vernahmen die Mitglieder des Aufgebots tief aus dem Fels ein dunkles Wummern wie von einem Trommelwirbel. Sie konnten die Schläge in ihren Füßen, ihren Kniegelenken spüren. Das war die Trommel, die zum Kriege rief. Der Hoch-Lord reagierte darauf wie in Beantwortung eines persönlichen Aufrufs. *»Melenkurion«,* rief er laut und deutlich. »Erhebt euch, Kämpen des Landes! Ich höre die Trommeln der Erde! Dies ist das Großwerk unserer Zeit!« Er schwang sich auf sein Pferd, daß sein blaues Gewand wehte.

»Heil, Hoch-Lord Prothall!« rief im Ton des Frohlockens Streitwart Quaan. »Wir folgen dir voller Stolz!«

Prothalls Schultern strafften sich. Sein Pferd stellte die Ohren auf, hob den Kopf, tat ein paar tänzelnde Schritte, so großtuerisch, als sei es ein Ranyhyn. Bei diesem Anblick wieherten die Ranyhyn heiter, und die Truppe schloß sich Prothall kühn an, als wären die Geister der alten Lords in sie gefahren. Zum unablässigen eingegrabenen Dröhnen von Trommeln legte das Aufgebot den Weg zu den Hängen des Donnerbergs zurück. Während es sich einen Pfad zwischen dem zusehends höher aufgehäuften Gesteinsschutt suchte, der den Berg umgab, begleitete sie der lautstarke unterirdische Ruf wie ein Ausatmen des Trotzes. Doch als sie die ersten zerschlagenen Abhänge des Pik Feuerlöwen hinaufstiegen, vergaßen sie die Trommeln; sie mußten ihre Aufmerksamkeit voll dem Anstieg widmen. Die Vorhügel glichen einem zerbröckelten steinernen Mantel, den sich der Donnerberg in längst vergangenen Zeiten von den Schultern geschüttelt hatte, und der westwärtige Weg über die Bergseite war unerhört beschwerlich. Immer wieder sahen sich die Reiter dazu gezwungen, von ihren Pferden zu springen und sie über heikle Anhöhen oder graue Halden durcheinandergeworfenen, aschfarbenen Gesteins zu führen. Aufgrund der Schwierigkeit des Geländes kamen sie nur langsam voran, obwohl die Ramen ihr Bestes gaben, um die günstigsten Schleichwege auszukundschaften. Der Gipfel schien sich streng herabzulehnen, als begutachte er ihre Zwergenzappeleien. Und von den emporgetürmten Klippen wehte ein frostiger Wind zu ihnen herab, kalt wie der Winter.

Um die Mittagszeit ließ Prothall in einer tiefen Furche rasten, die den Berghang einkerbte wie ein Schnitt. Dort ruhte sich das Aufgebot aus und aß. Während des Halts konnte man die Trommeln wieder deutlich hören, und der kühle Wind schien von den Steilwänden direkt auf die Truppe herunterzufahren. Sie saß im klaren Sonnenschein und zitterte – teils wegen der Kälte, zum Teil wegen der Trommeln. Unterdessen kam Mhoram herüber zu Covenant und schlug vor, sie beide sollten gemeinsam den Felsspalt ein Stück weit emporklettern. Covenant nickte; er war froh, beschäftigt bleiben zu können. Er folgte dem Lord das verkrümmte Rückgrat der Felskerbe hinauf, bis sie an eine Lücke in deren Westseite gelangten; und als Covenant dem Lord auch durch diese Bresche folgte, erhielt er plötzlich einen weiten Ausblick über Andelain. Aus der Höhe der Bresche – die sich zwischen den steinernen Wällen befand – hatte er den Eindruck, als blicke er durch ein Fenster in der Seite des Donnerbergs. Das Hügelland erstreckte sich prachtvoll über den gesamten westlichen Horizont, und seine Schönheit verschlug ihm glatt den Atem. Er schaute sehnsüchtig hinüber, in seiner Brust ein Gefühl der Stasis, des vollkommenen Stillstands, als befände er sich in einem flüchtigen Griff der Ewigkeit. Die üppige, reine Gesundheit Andelains schimmerte gegen den grauen Himmel und das stumpffarbene Ödland der alten Schlachtfelder wie ein Land aus Sternenschein. Auf nebelhafte Weise fühlte er sich nicht zum Atmen geneigt, dazu unwillig, die Trance zu brechen, aber schon einen Moment später verlangten seine Lungen schmerzlich nach Luft.

»Hier ist das Land«, sagte Mhoram leise. »Über uns der grimmige, machtvolle Donnerberg. In den Katakomben unter dessen Füßen die finstersten Übel und Geheimnisse der Erde. Hinter uns die Kampfstätten. Drunten die Sarangrave-Senke. Und dort … das kostbare Andelain, die Schönheit des Lebens. Ja. Dies ist das Herz des Landes.« Er stand ehrfürchtig da, als fühle er sich wie in einer hocherhabenen Gegenwart.

Covenant betrachtete ihn. »Also hast du mich hier heraufgelotst, um mich davon zu überzeugen, daß es die Mühe lohnt, dafür zu kämpfen.« Sein Mund zuckte infolge des bitteren Geschmacks von Beschämung. »Du willst etwas von mir … irgendeine Bündniserklärung, bevor ihr Seibrich entgegentreten müßt.«

Die von ihm erschlagenen Höhlenschrate lagen schwer und kalt in seinem Gedächtnis eingeschreint.

»Natürlich«, antwortete der Lord. »Aber es ist das Land selbst, das nach einem Bund mit dir trachtet.« Als er weiterredete, geschah es mit unvermittelter Eindringlichkeit. »Sieh, Thomas Covenant! Benutze deine Augen! Schau dir alles an! Sieh hin, lausche … vernimm den Trommelklang! Und vernimm meine Worte! Dies ist das Herz des Landes. Es ist nicht das Heim des Verächters. Für ihn ist hier kein Platz. Oh, es verlangt ihn nach der Macht der Übelgewalten, aber daheim ist er in Fouls Bucht – nicht hier. Er besitzt weder an Tiefgeistigkeit, Ernsthaftigkeit oder Schönheit genug für diesen Ort, und wenn er hier sein Unwesen treibt, dann durch Urböse oder Höhlenschrate. Verstehst du?«

»Ich verstehe.« Ausdruckslos erwiderte Covenant den Blick des Lords. »Aber ich habe bereits meinen Handel gemacht – meinen ›Frieden‹, wenn du's so willst. Ich werde nicht mehr töten.«

»Deinen Frieden?« wiederholte Mhoram in äußerst vielsinnigem Ton. Langsam wich das bedrohliche Glitzern aus seinen Augen. »Nun, so mußt du mir vergeben. In Zeiten der Bedrängnis gebärden sich manche Lords sonderbar.«

Er schob sich an Covenant vorbei und begann den Felsspalt wieder hinabzusteigen. Covenant blieb noch für einen Moment am ›Fenster‹, sah dem Lord nach. Der indirekte Hinweis des Lords auf Kevin war ihm nicht entgangen; aber er fragte sich, welche Verwandtschaft Mhoram zwischen sich und dem Landschmeißer sah. Hielt der Lord sich selbst zu so einer Verzweiflung imstande? Unter lautlosem Selbstgespräch kehrte Covenant zurück in die Gesellschaft des Aufgebots. Er bemerkte einen abschätzigen Blick in den Augen der Krieger; sie suchten zu erraten, was zwischen ihm und Lord Mhoram geschehen sein mochte. Aber es scherte ihn nicht, welche Bedeutung sie ihm beimaßen. Als das Aufgebot weiterzog, führte er Dura seitlich der Spalte aufwärts, gleichgültig gegenüber dem abschüssigen Schiefer, durch dessen Rutschigkeit er mehr als einmal auf Hände und Knie fiel, sich gefährlich zerschrammte und aufschlug. Seine Gedanken galten dem Frühlingsfest, dem Gefecht beim Holzheim Hocherhaben, bei Kindern, Llaura und Pietten, Atiaran und dem namenlosen Freischüler, Lena und Triock, der Kriegerin, die in Verteidigung seiner Person umkam – er dachte, schon um sich einzureden, daß sein Handel eine sichere Sache war, daß er nicht länger genug Zorn empfand, um weitere Handgreiflichkeiten zu riskieren.

Am Nachmittag kämpfte sich die Truppe weiter über den steilen Untergrund, klomm allmählich höher, während sie sich westwärts hielt. Von ihrem Ziel war nichts zu sehen. Auch als am Himmel die Sonne sank und sich das entfernte Rauschen von Wasser als unterscheidbare Begleitung zum unterirdischen Schlagen von Trommeln vernehmen ließ, besaßen sie noch immer keinen Blick auf die Schlucht. Aber dann gerieten sie in einen versteckten kahlen Hohlweg am Berghang, und durch ihn konnte man das Fauchen von Strömung hören. Die Reiter ließen ihre Pferde im Hohlweg unter der Aufsicht der Seilträger zurück. Zu Fuß stiegen sie weiter die felsige Furche empor, so wie sie sich am Berg aufwärtswand und zuletzt in die Höhe einer Klippe mündete, die sich kaum dreißig Meter direkt über der Verräterschlucht befand.

Den Trommelschlag konnten sie nicht länger hören; der Lärm, den der Fluß machte, merzte jeden anderen Laut außer ihren halb gebrüllten Zurufen aus. Die Wände des Abgrunds waren hoch und kahl, versperrten zu beiden Seiten den Horizont. Aber durch den Sprühnebel, der darüber wie Dunst lag, vermochten sie in der Tiefe den Grund der Schlucht selbst zu erkennen – die schmale, felsige Rinne, die den Fluß einzwängte, bis er zu schreien schien, und das wilde, vom Schaum weiße, vom Sonnenuntergang feurig gekrönte Wasser wälzte sich brodelig hindurch, als kämpfe es gegen seine eigene rasereiartige Hast an. Fast eine Länge weiter westlich schlängelte sich der Fluß in die Schlucht, und unterhalb des Standorts der Truppe beschleunigte er seinen Sturz in die Eingeweide des Berges, als schlürfe ein bodenloser Schlund ihn hinab.

Oberhalb der Schlucht schwebte die im Sinken begriffene Sonne in der Nähe des Horizonts wie eine Kugel aus Blut an einem bleigrauen Himmel; ihr Schein verlieh den wenigen zähen Bäumen, die sich an den Rand der Schlucht klammerten, als wären sie aus Pflichtbewußtsein dort verwurzelt, einen feurigen Glanz. Doch im Innern der Verräterschlucht gab es nichts als Sprühnebel, nackte Felswände und gequälte Wasser.

Das Dröhnen betäubte Covenants Ohren, und der vom Sprühnebel schlüpfrige Fels schien unter seinen Füßen wegrutschen zu wollen. Für einen Moment war ihm, als wankten die Klippen ringsum; er spürte das Maul des Donnerbergs nach ihm lechzen. Dann stürzte er zurück in den Hohlweg, drückte sich rücklings ans Gestein, preßte die Hände auf die Brust, bemühte sich darum, nicht laut zu keuchen. Rundum herrschte Aufregung. Er hörte Ausrufe der Überraschung und Furcht von den Kriegern am Ende des Hohlwegs, vernahm ein ersticktes Aufheulen Schaumfolgers. Aber er rührte sich nicht. Er drückte sich inmitten des Sprühnebels, des donnerartigen Rauschens aus der Tiefe ans Gestein, bis seine Knie sich wieder festigten und in seinen Füßen das Kreischen der Rutschigkeit nachließ. Danach erst ging er hin, um zu sehen, was seine Begleiter so außer Fassung brachte. Er tastete sich mit einer Hand an der Felswand entlang und bewegte die andere Hand von Schulter zu Schulter, während er durchs Aufgebot nach vorn strebte. Zwischen Covenant und der Klippe raste Schaumfolger. Zwei Bluthüter klammerten sich an seine Arme, und er schmetterte sie wiederholt an die Seitenwände des Hohlwegs, fauchte dabei heiser »Loslassen! Loslassen! Sie sind mir verfallen!«, als wolle er sich kopfüber in die Schlucht werfen.

»Nein!« Urplötzlich stand Prothall vor dem Riesen. Der Sonnenuntergang im Hintergrund verdunkelte sein Gesicht, während sich seine Gestalt gegen den Schimmer abzeichnete, die Arme ausgebreitet, den Stab erhoben. Er war alt und nur halb so groß wie der Riese. Aber der orangerote Glanz schien ihn auszudehnen, zu vergrößern, seine Autorität zu erhöhen. »Steinbruder! Beherrsche dich! Bei der Sieben! Wütest du?«

Daraufhin schüttelte Schaumfolger die Bluthüter ab. Er packte den Brustteil von Prothalls Gewand, schwang den Hoch-Lord in die Luft und stemmte ihn an die Felswand. »Wüten?«

knirschte ihm der Riese ins Gesicht, so gepreßt, als ersticke er an Wut. »Ist das eine Anschuldigung?«

Die Bluthüter sprangen zu Schaumfolger. Doch ein Zuruf von Lord Mhoram hielt sie zurück. Prothall hing an den Stein gepreßt wie ein Bündel alter Lumpen, aber er zuckte nicht mit der Wimper. »Wütest du?« wiederholte er.

Einen fürchterlichen Moment lang hielt Schaumfolger den Hoch-Lord in seinem Griff, als beabsichtige er ihn mit einem einzigen Druck seiner riesigen Hand zu zermalmen. Covenant versuchte, sich irgend etwas einfallen zu lassen, das er jetzt sagen konnte, womit er einzugreifen vermochte, aber ihm fiel nichts ein. Er besaß keine Vorstellung davon, was los war mit Schaumfolger.

»Ein Wütrich?« sagte da hinter Covenant laut und deutlich Blutmark Tuvor. »In einem Riesen von der Wasserkante? Unmöglich!«

Wie durch Tuvors Versicherung aufgespießt, überfiel Schaumfolger ein Hustenanfall. Die Heftigkeit seiner Reaktion verkrampfte seine knorrige Gestalt. Er ließ Prothall herunter, sackte dann hintenüber, fiel rücklings an die jenseitige Felswand, so daß sein Aufprall ein dumpfes Geräusch erzeugte. Langsam ging sein Krampf in ein gedämpftes Lachen über, das nach der Heiterkeit von Hysterie klang.

Als Covenant durch das Stöhnen des Flusses diese Laute vernahm, bekam er eine Gänsehaut, die ihn befiel wie infolge einer schmierigen Zärtlichkeit. Er war machtlos dagegen. Vom Bedürfnis angetrieben, zu erfahren, was Schaumfolger so außer Rand und Band gebracht hatte, trat er vor und blickte hinab in die Schlucht. Dort am Rand, zeitweilig innerlich gestählt gegen sein Schwindelgefühl und die Überflutung mit dem Brüllen der Wasser, sah er in der Tiefe den Anlaß von Schaumfolgers Empörung. *Ach, Riese!* stöhnte er insgeheim. *Töten ...!* Drunten, etwa fünf Meter oberhalb des Flußbetts, verlief ein schmaler Uferpfad, einem Sims an der Südwand der Schlucht ähnlich. Und über diesen Pfad marschierte zum Takt unhörbarer Trommeln ein Heer von Höhlenschraten aus dem Donnerberg. Angeführt durch einen Keil von Urbösen, quoll Kolonne um Kolonne dieser vierschrötigen Geschöpfe aus dem Schoß des Berges und stapfte mit dem Glimmen wilder Lust in den lavaroten Augen den Uferweg entlang. Tausende hatten bereits ihre Schratbauten verlassen; und hinter ihnen folgten immer mehr Kolonnen, als speie der Donnerberg heute das gesamte in seinem Innern beheimatete Geschmeiß aus auf die wehrlose Erde. *Schaumfolger!* Einen Moment lang schlug Covenants Herz im Rhythmus von des Riesen Pein. Er vermochte die Vorstellung nicht zu ertragen, daß Schaumfolger und sein Volk wegen solcher Kreaturen vielleicht ihre Hoffnung auf die Heimat verlieren mußten. *Ist Töten die einzige Antwort?* Benommen, halb blindlings begann er nach dem Weg auszuschauen, auf welchem Schaumfolger den Uferpfad und die Höhlenschrate zu erreichen gedacht hatte. Er entdeckte ihn ohne größere Mühe; für jeden, der schwindelfrei war, bot er keine Probleme. Vom Hohlweg bis hinunter auf den Uferpfad war eine grobe, schlüpfrige Treppe in den Fels der Südwand gehauen. Ihr entgegengesetzt befanden sich Stufen, die vom Hohlweg bis zur höchsten Stelle der Schluchtwände führten. Sie waren so grau, vom Sprühnebel verwittert und alt wie das Naturgestein selbst.

Lord Mhoram war hinter Covenant getreten. Seine Stimme drang schwach durch das Donnern der Fluten. »Dies ist der alte Ausguck an der Verräterschlucht. Jener Teil vom Ersten Kreis des Wissens, der von dieser Örtlichkeit erzählt, ist leicht verständlich. Der Ausguck ist einst für die Zwecke der verborgenen Verräter geschaffen worden. Denn hier an der Verräterschlucht enthüllte Lord Foul der Verächter Hoch-Lord Kevin sein wahres Ich. Hier führte man den ersten Streich in dem offenen Krieg, der mit dem Ritual der Schändung endete. Schon vorher hegte Kevin Landschmeißer seine Zweifel an Lord Foul, ohne zu wissen, weshalb – denn der Verächter hatte keine von Kevin ersichtlichen Übeltaten begangen –, und aus Scham für diese würdelosen Zweifel zeigte er Lord Foul besondere Beweise des Vertrauens. Dann erhielt der Großrat der Lords eines Tages infolge der Ränke des Verächters eine Botschaft von den Dämondim im Donnerberg. Die Botschaft bat die Lords um ihren Besuch in den Lehrwerken der Dämondim, den Brutstättengewölben, worin sie die Urbösen schufen, um sich dort mit den Lehrenkundigen zu treffen, die von sich Kenntnisse einer geheimen Macht behaupteten. Offensichtlich war es Lord Fouls Absicht, Kevin zum Donnerberg zu locken. Aber der Hoch-Lord empfand von neuem Zweifel und ließ sich nicht dazu verleiten. Dann jedoch schämte er sich wieder seines Argwohns und schickte an seiner Stelle wenigstens einige seiner engsten Freunde und treuesten Gefährten. So fuhr eine Abordnung hochgestellter Alt-Lords auf einem Floß, wie's damals Brauch war, den Seelentrostfluß hinab, durch Andelain bis zum Donnerberg. Und hier, im Dröhnen, Sprühnebel und der Übelartigkeit der Verräterschlucht, lauerten ihnen Urböse auf. Man metzelte sie hin und überließ ihre Leichname dem Schlund des Berges. Dann marschierten Heere wie das hier aus den Katakomben und stürzten das völlig unvorbereitete Land in einen Krieg. Das lange Ringen währte Schlacht um Schlacht, in deren jeder viele das Leben lassen mußten, ohne daß sich irgendeine Hoffnung abzeichnete. Hoch-Lord Kevin focht tapfer. Aber er hatte seine Freunde in den Hinterhalt gesandt. Bald begann er seine mitternächtlichen Beratungen voller Verzweiflung … und es ergab sich keinerlei Hoffnung.«

Das besänftigende, gischtende Rauschen des Stroms ließ Covenants Widerstandskraft ermatten. Der Sprühnebel bildete auf seinem Gesicht Perlen wie von Schweiß. Schaumfolger hatte das gleiche tun wollen … in die gewundene Verlockung der Schlucht springen … aus dem Hinterhalt über die Höhlenschrate herfallen. Mit einer Anstrengung, bei welcher er durch zusammengebissene Zähne aufstöhnte, wich Covenant vom Ausguck zurück. »Lacht er noch?« erkundigte er sich ohne feststellbaren Übergang, indem er sich an die Felswand stützte. Anscheinend verstand Mhoram ihn. »Nein. Er sitzt nun ruhig da und singt die Ballade von den Entwurzelten, spricht ansonsten auf nichts an.«

*Schaumfolger!* seufzte Covenant innerlich. »Warum hast du die Bluthüter aufgehalten? Er hätte Prothall verletzen können.«

Der Lord kehrte der Verräterschlucht den Rücken und wandte sich Covenant zu. »Salzherz Schaumfolger ist mein Freund. Wie hätte ich mich dreinmengen können?« Einen Moment später fügte er hinzu: »Der Hoch-Lord ist nicht wehrlos.«

Covenant blieb hartnäckig. »Vielleicht ist ein Wütrich …«

»Nein.« Mhorams unumwundene Verneinung erlaubte keinen Zweifel. »Tuvor hat die Wahrheit gesprochen. Kein Wütrich besitzt soviel Macht, um einen Riesen zu bezwingen.«

»Aber etwas …« Covenant suchte nach den geeigneten Begriffen. »Irgend etwas quält ihn. Er … glaubt nicht an die Omen. Er glaubt … daß Seibrich … oder sonst irgend etwas … die Riesen an der Heimkehr hindern wird.«

Mhoram antwortete so leise, daß Covenant dazu gezwungen war, die Antwort von seinen Lippen abzulesen. »Ich auch.«

*Schaumfolger!* Covenant blickte die Kluft hinab, musterte den Riesen. Schaumfolger lehnte im Düstern wie ein Brocken Schiefer an einer Felswand, sang in getragenem Ton vor sich hin und starrte unsichtbare Visionen im Stein vor seinen Augen an. Sein Blick verursachte in Covenant eine Aufwallung mitleidigen Zorns, aber er unterdrückte die Anwandlung, klammerte sich an seinen Handel. Die Wände der Felsfurche schienen sich auf ihn zu senken, drohten ihn zu ersticken wie

Beklemmungen der Furcht, wie dunkle Schwingen. Er drängte sich am Riesen vorbei und in den Hohlweg.

Binnen kurzer Zeit versammelte sich das Aufgebot in dessen Deckung zu einer Mahlzeit. Man aß im Schein einer einzigen trüben *Lillianrill*-Fackel; und sobald das Essen vorüber war, versuchte jeder ein wenig zu schlafen. Covenant fühlte sich dazu außerstande, Ruhe zu finden; er spürte das Heer von Höhlenschraten sich entfalten wie ein Gewebe der Zerstörung, gewoben für Tod und Untergang des Landes. Aber das unaufhörliche Rauschen des Flusses umlullte ihn, bis er sich am Untergrund entspannte. Er sank in einen leichten Schlaf, während unter ihm im Gestein die Trommeln des Krieges dröhnten. Später war er urplötzlich hellwach. Der rote Mond hatte die Bergspitze des Donnerbergs überschritten und schien nun direkt in den Hohlweg herab. Er vermutete, daß es lang nach Mitternacht war; zuerst meinte er, der Mond habe ihn mit seinem nachgerade mondgesichtigen Glotzen geweckt. Aber dann bemerkte er, daß im Bodengestein die Schwingungen der Trommeln ausblieben. Er schaute am Lagerplatz umher und sah Tuvor mit Hoch-Lord Prothall in geflüsterter Unterhaltung. Gleich darauf begann Tuvor die Schlafenden zu wecken. Bald waren die Krieger auf den Beinen und in Bereitschaft. Covenant trug sein Messer im Gürtel, seinen Stab in der Hand. Birinair hatte an einem Stab eine kleine Flamme entfacht, die nun an dessen oberem Ende flackerte, und in ihrem ungewissen Licht standen Mhoram und Prothall mit Mähnenhüter Lithe, Streitwart Quaan und dem Blutmark zusammen. Düstere Schatten huschten wie ein Wechselspiel von Furcht und Entschlossenheit über Prothalls Gesicht.

»Nun ist unsere letzte Stunde unter freiem Himmel angebrochen«, sagte er mit vom Alter schwächlicher Stimme. »Der Abmarsch von Seibrichs Heer ist beendet. Jene von uns, die in des Donnerbergs Katakomben hinabzusteigen wünschen, müssen nun gehen. Wir müssen diese Gelegenheit nutzen, um in sie einzudringen, solange Seibrichs Aufmerksamkeit anderen Dingen gilt – bevor er feststellen kann, daß wir nicht sind, wo er uns wähnt. Für jene, die es sich anders überlegen möchten, ist's jetzt an der Zeit der Entscheidung. Sollten wir in den Schrathöhlen scheitern, kann es weder Rückzug noch Flucht geben. Das Aufgebot hat unserer Sache bereits tapfer gedient. Niemand braucht Scham zu empfinden, wenn er nun zurückweicht.«

»Kehrst du um, Hoch-Lord?« erkundigte sich Quaan in bedächtigem Tonfall.

»O nein«, sagte Prothall und seufzte. »Die Hand dieser Zeiten ruht auf mir. Ich darf's nicht wagen zu wanken.«

»Kann denn ein Fähnlein des Kriegsheeres der Herrenhöh zurückweichen«, meinte daraufhin Quaan, »wenn der Hoch-Lord ihm vorauszieht? Niemals!«

»Niemals!« bekräftigte wie ein Echo das ganze Fähnlein.

Covenant überlegte, wo Schaumfolger war, wie sich der Riese zu verhalten beabsichtige. Was ihn selbst anging, so war er intuitiv davon überzeugt, keine Wahl zu besitzen, daß sein Traum ihn nur über das Hilfsmittel Stab des Gesetzes freigab. Oder durch den Tod.

Im nächsten Moment meldete sich Mähnenhüter Lithe, an Prothall gewandt, zu Wort. Ihr Kopf war zurückgelegt, ihre schlanke Gestalt angespannt, als wolle sie zerspringen. »Ich habe mein Wort gegeben. Eure Pferde werden versorgt. Die Seilträger werden sie in der Hoffnung auf eure Wiederkehr bereithalten. Aber ich ...« Sie schüttelte ihr verknüpftes Haar, wie um sich zu verteidigen. »Ich werde mit euch gehen. Unter die Erde.« Mit einer nachdrücklichen Gebärde erstickte sie Prothalls Einspruch im Keim. »Du bietest ein Beispiel, dem ich folgen muß. Wie könnte ich je wieder vor einen Ranyhyn treten, wenn ich nach so langem Marsch umkehre, sobald die

Gefahr groß wird? Und ich empfinde noch etwas. Die Ramen kennen den Himmel, die weite Erde. Wir kennen den Himmel und das Gras. Wir irren im Dunkeln nicht vom Wege ab … die Ranyhyn haben unsere Füße Sicherheit gelehrt. Ich spüre, daß ich meinen Weg immer finden werde … jedenfalls im Freien. Vielleicht bedürft ihr meiner, wenngleich ich den Ebenen von Ra und mir selbst fern bin.«

Die Schatten verunstalteten Prothalls Miene zu einer Grimasse, aber er antwortete gefaßt: »Ich danke dir, Mähnenhüter. Die Ramen sind tapfere Freunde des Landes.« Er ließ seinen Blick über die ganze Versammlung schweifen. »Dann kommt. Das Ergebnis unserer Suche harrt unser. Was immer aus uns werden mag – solange es Menschen gibt, die singen, werden sie davon singen, daß das Land in dieser dunklen Stunde wohl verteidigt worden ist. Nun seid getreu bis zuletzt.« Ohne irgendeine Antwort abzuwarten, trat er aus dem blutigen Mondschein in die Mündung vom Hohlweg zur Schlucht. Die Krieger ließen Covenant ihrer Truppe hinter den beiden Lords vorangehen, als räumten sie ihm einen Ehrenplatz ein. Prothall und Mhoram blieben Seite an Seite; und als sie den Verräterschlucht-Ausguck erreichten, sah Covenant zwischen ihnen Schaumfolger am Rand der Klippe stehen. Der Riese stützte seine Handflächen oberhalb seiner Kopfhöhe an beide Felswände. Er wandte den Lords den Rücken zu; er starrte hinunter ins trostlose, rötlich verfärbte Schäumen des Flusses. Seine Riesengestalt hob sich finster gegen den zinnoberroten Himmel ab.

»Hier bleibe ich«, sagte er bei der Annäherung der Lords, als spräche er zu ihnen aus der Schlucht. »Auf meiner Wache. Ich gebe euch Rückendeckung. Solange ich lebe, wird Seibrichs Heer euch nicht im Donnerberg einschließen.« Einen Augenblick später machte er eine Ergänzung, die klang, als habe er plötzlich den eigenen Boden erspäht. »Hier kann ich die

Schrathöhlen nicht riechen.« Doch seine nächste Äußerung besaß schon wieder einen Widerhall seines alten Riesen-Humors. »Die Katakomben sind nicht dafür geschaffen, Geschöpfe in der Gestalt von Riesen aufzunehmen.«

»Du hast dich klug entschieden«, sagte Prothall leise. »Wir brauchen deinen rückwärtigen Schutz. Aber bleibe nicht über den Vollmond hinaus hier. Sind wir bis dahin nicht zurückgekehrt, darfst du davon ausgehen, daß wir verloren sind, und du mußt dich heimwärts sputen, um dein Volk zu warnen.«

Schaumfolger antwortete wie auf eine ganz andere Rede: »Gedenkt des Friedensschwurs. In dem Irrgarten, den ihr betreten werdet, ist er die Richtschnur eures Überlebens. Er bewahrt euch wider des Seelenpressers Trachten, mag es auch noch so verborgen und wüst sein. Gedenkt des Friedensschwurs. Es kann sein, daß Hoffnung irreleitet. Aber Haß … Haß verdirbt. Ich unterwarf mich meinem Haß zu rasch. Ich bin dem gleich geworden, das ich verabscheue.«

»Hab ein wenig Achtung vor der Wahrheit«, entgegnete Mhoram barsch. Die unvermutete Schroffheit seines Tons verdutzte Covenant. »Du bist Salzherz Schaumfolger von den Riesen der Wasserkante, Steinbruder der Menschen des Landes. Diesen Namen kann dir nichts nehmen.«

Aber Covenant hatte in den Worten des Riesen kein Selbstmitleid gehört – nur Erkenntnis und Trauer. Schaumfolger sagte nichts mehr. Er stand so reglos wie die steinernen Wände, an die er sich stützte – stand da wie eine Statue, aus dem Fels gehauen, um den Ausguck zu bemannen. Die Lords widmeten ihm keine Zeit mehr. Die Nacht fing bereits an zu weichen, und sie wollten den Berg betreten, ehe Tageslicht herrschte.

Das Aufgebot ordnete sich endgültig. Prothall, Birinair und zwei Bluthüter stellten sich hinter Blutmark Tuvor auf. Danach kamen Mhoram, Lithe, Bannor, Covenant und Korik. Ihnen folgten Streitwart Quaan, seine vierzehn Krieger sowie zum

Schluß die übrigen vier Bluthüter. Sie waren bloß neunundzwanzig gegen die ganze unbekannte Machtfülle Seibrich Felswürms. Man führte einen Strang aus *Clingor* von Tuvor bis hinten zum letzten Bluthüter. Im Gänsemarsch stiegen sie die glitschige Treppe hinab in die Verräterschlucht.

# 22
# Die Katakomben des Donnerbergs

Seibrichs Mond erbitterte die Nacht wie eine Zusammenklumpung von Galle. Unter ihm peitschte und röhrte der Fluß durch die Verräterschlucht, als solle er darin zermalmt werden. Der Sprühnebel und schleimig-feuchtes Moos machten die Treppe, die vom Ausguck hinabführte, so trügerisch wie Schlick. Covenant sträubten sich vor Bestürzung schier die Haare. Anfangs, als er an die Reihe kam, sich auf die Stufen zu wagen, war er aus Furcht nachgerade gelähmt. Aber als Bannor ihm anbot, ihn zu tragen, hatte sein Stolz ihn in Bewegung gesetzt. Zusätzlich zur Sicherung durch den *Clingor*-Strang hielten Bannor und Korik seinen Stab für ihn wie ein Geländer. Er stieg qualvoll mühsam in die Schlucht hinunter, als läge ihm daran, nach jedem Schritt seinen Fuß auf dem Stein der Stufe festzusaugen. Die Treppe senkte sich unregelmäßig von der Klippe hinab in die Felswand der Schlucht. Bald kletterte das ganze Aufgebot in den lauten Abgrund, geleitet nur von Birinairs schwachem Fackelschein. Der dunkelrote Schaum auf dem Fluß schien wie eine gierige Geißel zu ihnen aufzugischten, als sie sich dem Uferpfad näherten. Jede Stufe war glitschiger als die vorherige. Covenant hörte hinter sich ein Aufkeuchen, als einer der Krieger ausglitt.

Der gedämpfte Laut verbreitete Schrecken wie das Schwuppen einer Armbrust. Aber die Bluthüter, die dem *Clingor*-Strang seinen wesentlichen Halt verliehen, waren ihrer Sache sicher; gleich darauf stand der Krieger wieder fest auf den Beinen. Der Abstieg schleppte sich hin. Covenants Fußknöchel begannen aufgrund der immer merklicheren Unsicherheit seiner Füße zu

schmerzen. Er versuchte, seine Fußsohlen mit dem Fels zu verschmelzen, durch reine Willenskraft zu Bestandteilen des Gesteins zu machen. Und er umklammerte den Stab, bis seine Handflächen vom Schweiß so rutschig waren, daß der Stab sich ihm entziehen zu wollen schien. Seine Knie fingen an zu zittern. Aber Bannor und Korik hielten ihn aufrecht. Die Entfernung zum Uferpfad schrumpfte. Nach etlichen scheinbar sehr langen, recht schlimmen Momenten schwand die Gefahr, daß er in Panik geriet. Endlich erreichte er die verhältnismäßige Sicherheit des Uferpfads. Er hielt sich in der Mitte des Aufgebots, zwischen der Felswand der Schlucht und dem Flußbett. Über ihnen hatte der Ausschnitt des Himmels sich grau zu verfärben begonnen, aber die morgendliche Aufhellung betonte lediglich die Düsternis am Grunde der Schlucht. Birinairs einsame Fackel flackerte, als wäre das Flämmchen in eine Wildnis abgeirrt. Die Mitglieder des Aufgebots mußten schreien, um sich durchs Lärmen der Strömung miteinander zu verständigen. Lebhaft erteilte Quaan seinem Fähnlein letzte Befehle. Die Krieger prüften ihre Waffen. Mit einigen Gesten und ein- oder zweimaligem knappen Nicken traf Tuvor seine abschließenden Vorbereitungen unter den Bluthütern.
Covenant packte seinen Stab und vergewisserte sich des Vorhandenseins seines Steinhausener Messers – Atiarans Messers. Ihn befiel der vage Eindruck, etwas vergessen zu haben. Aber ehe er versuchen konnte, sich darauf zu besinnen, lenkte ihn Geschrei ab. Der alte Birinair brüllte Hoch-Lord Prothall an. Der Herdwart wahrte diesmal offenbar seine bärbeißige Würde nicht. Er schob sein griesiges, schlottriges Gesicht Prothall entgegen und schnauzte ihn durchs Rauschen der Fluten aus vollem Hals an. »Du kannst's nicht! Die Gefahr!« Prothall schüttelte in unmißverständlicher Ablehnung den Kopf. »Du kannst nicht vorangehen! Laß mich voran!« Wieder verneinte Prothall stumm. »Natürlich!« brüllte Birinair, darum bemüht,

durch das Heulen des Wassers seine Entschiedenheit zum Ausdruck zu bringen. »Du darfst's nicht! Ich kann's! Ich kenne die Schleichwege! Versteht sich von selbst. Bist du allein alt genug, um etwas gelernt zu haben?! Ich kenne die alten Karten. Ich bin kein Trottel, mußt zu bedenken – wenn ich auch alt und …« Für einen Moment versagte seine Stimme. » … alt und nutzlos wirke. Du mußt mir gestatten, daß ich vorangehe!«
Prothall versuchte, laut zu brüllen, ohne seiner Stimme zugleich Verärgerung zufließen zu lassen. »Die Zeit ist knapp! Wir dürfen nicht säumen. Birinair, alter Freund, ich kann die Gefahr der Führerschaft bei diesem Unternehmen keinem anderen auferlegen. Mein Platz ist an der Spitze.«
»Narr!« kreischte Birinair, wagte jede Unverschämtheit, um sich durchzusetzen. »Wie wirst du nur Einsicht haben?«
»Einsicht?« – »Natürlich!« Der Herdwart bebte vor lauter Sarkasmus. »Geh nur voraus! Setz alles aufs Spiel! Leuchte uns den Weg mit Lords-Feuer! Tor! Seibrich wird dich bemerken, ehe du die Schrathöhlenbrücke erreichst!«
Endlich begriff Prothall. »Ach, das ist wahr.« Er erschlaffte, als schmerze ihn diese Erkenntnis. »Dein Licht ist ruhiger als meins. Seibrich wird unser Kommen sicherlich spüren, falls ich meinen Stab verwende.« Ruckartig wandte er sich zur Seite, nun zornig. »Tuvor!« rief er gebieterisch. »Herdwart Birinair geht voraus! Er wird uns an meiner Stelle den Weg erhellen. Behüte ihn wohl, Tuvor! Laß diesen unseren alten Freund nicht den Gefahren zum Opfer fallen, die zu erdulden mir geziemte.«
Birinair straffte sich, fand in der übernommenen Verantwortung seine Würde wieder. Er löschte die Fackel, die er trug, und übergab den Stock einem Krieger, damit er sie zu seinen übrigen Hölzern packe. Dann schlug er ans obere Ende seines Stabes, und eine Flamme loderte daraus empor. Mit einem brüsken Wink reckte er sein Feuer in die Höhe und schritt steifgliedrig den Uferpfad zum Maul des Donnerbergs voran.

Sofort überholten Terrel und Korik den Allholzmeister und hielten sich zum Zwecke der Erkundung ungefähr sechs Meter vor ihm. Zwei andere Bluthüter blieben fortan unmittelbar hinter ihm; ihnen schlossen sich nebeneinander Prothall und Mhoram an, gefolgt von zwei weiteren Bluthütern, denen wiederum einzeln Mähnenhüter Lithe, Covenant und Bannor nachfolgten. Dahinter marschierten Quaan und sein Fähnlein in Dreierreihen, und die zwei letzten Bluthüter gaben die Nachhut ab. In dieser Formation zog das Aufgebot zum Eingang zu den Katakomben.

Covenant schaute flüchtig auf und versuchte einen letzten Anblick Schaumfolgers zu erhaschen, zurückgeblieben in der Ausguckbresche oberhalb der Verräterschlucht. Aber es war zu finster in der Schlucht, und er vermochte den Riesen nicht zu erkennen. Außerdem erforderte der Uferpfad seine Aufmerksamkeit. Er verschwand unter Schaumfolger ohne einen Wink oder sonst irgendeinen Abschiedsgruß in die Felsen. So entzog sich das Aufgebot dem Tageslicht, das heraufdämmerte, der Sonne, dem Himmel, der frischen Luft, dem Gras und der Möglichkeit des Zurückweichens, begab sich auf seiner Suche nach dem Stab des Gesetzes in den Rachen des Donnerbergs.

Covenant schritt in diese Domäne der Nacht wie in einen Alptraum. Er war auf den Eingang zu den Katakomben in keiner Weise vorbereitet. Er hatte den Weg dahin ohne Furcht zurückgelegt; die Erleichterung darüber, den Abstieg vom Ausguck überstanden zu haben, machte ihn zeitweilig immun gegen Panik. Er hatte Schaumfolger kein Abschiedswort gesagt, er hatte irgend etwas vergessen; aber seine diesbezüglichen Gewissensbisse erfuhren seine Überlagerung durch ein Gefühl der Erwartung, das Gefühl, daß sein Handeln ihn aus seinem Traum befreien könnte und dabei seine Fähigkeit zum Erdulden erhalten bliebe. Aber plötzlich schnitt es in der Höhe den Himmel – dessen schmalen Streifen er bislang gar nicht bewußt beachtet hatte – wie durch einen Axthieb ab, und statt dessen schob sich das gewaltige Steingewicht des Berges über die Köpfe, so ungeheuer, daß allein seine Aura schon Beklemmungen bereitete. Die Felsmasse schien in seinen Ohren zu dröhnen wie lautloser Donner. Im Rachen der Höhle ertönte das Rauschen der Fluten noch lauter, erklang dunkler, als werde die eingeengte Pein des Stroms nochmals zu schärferer und lauterer Qual zusammengedrückt.

Der Sprühnebel wich hier einem Regen; dem Aufgebot voran brannte Birinairs Flamme schwach und mit wechselhafter Helligkeit, von der feuchten Luft nahezu erstickt. Und der Untergrund des Uferpfads war von gefährlicher Beschaffenheit, übersät mit Löchern, Steinbrocken und losem Schiefer. Covenant erhöhte seine Aufmerksamkeit, als lausche er auf einen Ton von Vernunft im Quatsch seiner abenteuerlichen Erlebnisse, und hinter seiner Angespanntheit trug er die Hoffnung auf ein Entkommen wie einen Schild. In mehr als einer Beziehung empfand er sie als seinen einzigen Schutz. Das Aufgebot wirkte bemitleidenswert schwach, wehrlos gegenüber den Höhlenschraten und Urbösen, die in dieser Finsternis hausten. Covenant stolperte durch die nachtgleiche Dunkelheit, die nur der vereinzelte Helligkeitsschein von Birinairs Flamme durchbrach, und sagte insgeheim voraus, daß man die Truppe bald bemerken werde. Dann würde man Seibrich davon Meldung erstatten, die in den Schrathöhlen verbliebenen Kräfte alarmieren und das Heer zurückrufen – welche Chance besaß Schaumfolger gegen so viele tausend Höhlenschrate? –, und man würde das Aufgebot zertreten wie eine Handvoll vermessen dreister Ameisen. Und in dem Moment von Erlösung oder Tod mußte seine eigene Rettung oder Niederlage kommen. Ein anderes Ergebnis konnte er sich nicht vorstellen.

Mit derartigen Gedanken schritt er dahin, als lausche er auf das Herabrumpeln einer Lawine. Nach einer gewissen Strecke fiel ihm auf, daß das Geräusch des Stroms sich änderte. Der Pfad führte fast horizontal in den Berg hinein, aber der Fluß stürzte zusehends tiefer zwischen das Gestein. Die Strömung verwandelte sich in einen Katarakt, einen unergründlich tiefen Sturzbach, einem Sturz in den Tod vergleichbar. Sein Donnern entfernte sich langsam, indem der Fluß immer weiter vom Maul des Abgrunds fortströmte. Der Sprühnebel in der Luft verdünnte sich, so daß er Birinairs Flamme weniger beeinträchtigte. Aufgrund der verminderten Verschwommenheit durch Feuchtigkeit in der Luft ließ die Felswand nun mehr von ihrer granitenen Beschaffenheit erkennen. Zwischen Wand und Abgrund klammerte sich Covenant ganz an die Ermutigung, die der Pfad in der Mitte gewähren konnte. Wenn er einen Fuß besonders nachdrücklich aufsetzte, spürte er die Festigkeit des Felssimses von der Ferse bis in den Ansatz des Rückgrats. Rundum war die Höhlenmündung inzwischen in einen Stollen übergegangen, von dem der Absturz zur Linken eine Abweichung bildete. Covenant widerstrebte dem Druck der Anspannung, indem er sich auf seine Füße und die Flamme des Allholzmeisters konzentrierte. Der Fluß fiel hilflos in die Tiefe, und sein Rauschen verklang abwärts wie das Kratzen von Fingern, die ihren letzten Halt verlieren. Bald begann man die Marschgeräusche des Aufgebots zu hören. Covenant drehte sich um und versuchte, die Öffnung zur Schlucht zu erspähen, aber entweder beschrieb der Pfad eine sachte, langgestreckte Biegung, oder das Loch war bereits so weit entfernt, daß es sich nicht länger erkennen ließ; er sah hinter sich nichts als Finsternis, so undurchdringlich wie die Schwärze vorn. Nach einiger Zeit jedoch verstärkte sich in ihm der Eindruck, daß die trübselige Düsternis an Aufdringlichkeit abnahm. Irgendeine Veränderung in der Luft linderte die Mitternächtlichkeit der Katakomben. Er starrte voraus, darum bemüht, seine

Wahrnehmung zu schärfen. Niemand sprach; das Aufgebot bewahrte eisernes Schweigen, als sorge man sich, die Wände könnten Ohren besitzen. Etwas später aber blieb Birinair plötzlich stehen. Rasch holten Covenant, Lithe und die Lords den greisen Allholzmeister ein. Bei ihm stand Terrel.

»Vor uns liegt die Schrathöhlenbrücke«, sagte der Bluthüter. »Korik erkundet die Verhältnisse. Die Brücke wird bewacht.« Er sprach leise, aber nach dem langen Schweigen klang seine Stimme wie eine Achtlosigkeit gegenüber allen möglichen Gefahren.

»Ach, das habe ich befürchtet«, flüsterte Prothall. »Können wir uns weiter nähern?«

»Steinlicht wirft dunkle Schatten. Die Wachen stehen droben auf der Brücke. Wir können uns bis auf Pfeilschußweite nähern.«

Gedämpft rief Mhoram nach Quaan. »Wie viele Wachen?« fragte unterdessen Prothall.

»Zwei«, gab Terrel Auskunft.

»Nur zwei?«

Der Bluthüter hob andeutungsweise die Schultern. »Sie genügen. Zwischen ihnen liegt der einzige Übergang zu den Schrathöhlen.«

»Nur zwei?« murmelte Prothall trotzdem noch einmal. Anscheinend bemühte er sich darum, eine Gefahr zu erkennen, deren Vorhandensein er zwar ahnte, die ihm jedoch vorerst verborgen blieb. Während der Hoch-Lord nachdachte, verständigte sich Mhoram eilig mit Quaan. Unverzüglich wandte sich der Streitwart an sein Fähnlein, und gleich darauf traten zwei Krieger zu Terrel, nahmen ihre Bogen zur Hand. Beide waren schlankwüchsige Holzheimer, und im fahlen Lichtschein wirkten ihre Gliedmaßen kaum kraftvoll genug, um die harten Bogen zu spannen. Prothall zögerte noch einen Moment lang, zupfte an seinem Bart, als könne er dadurch einen unklaren

Eindruck in eine Erkenntnis verwandeln. Aber dann verdrängte er seine Beunruhigung und nickte Terrel nachdrücklich zu. Forsch führte der Bluthüter die zwei Krieger in die zwielichtige Trübnis, die vor ihnen lag.

»Seid auf der Hut«, empfahl Prothall leise, aber eindringlich dem Rest des Aufgebots. »Geht ohne meinen Befehl keinerlei Wagnisse ein. Mein Herz verrät mir, daß hier Gefahr lauert ... eine merkwürdige Gefahr, deren Art in Kevins Lehre erwähnt wird, aber ich vermag mich nicht darauf zu besinnen. Ach, du mein Gedächtnis! Jenes Wissen ist so dunkel und fern im Vergleich zu allem, was wir seit der Schändung erlernt haben. Macht euch Gedanken, ihr allesamt. Laßt höchste Umsicht walten.« Langsam schritt er an Birinairs Seite vorwärts, und die Truppe folgte. Das Licht nahm nun gleichmäßig an Klarheit zu – es handelte sich um ein orangerotes, harsches Leuchten, wie Covenant es vor langer Zeit bei seiner flüchtigen Begegnung mit Seibrich im Kiril Threndor bemerkt hatte. Bald darauf konnte das Aufgebot erkennen, daß die Höhle einige hundert Meter voraus eine scharfe Biegung nach rechts vollführte, zur gleichen Zeit erhob sich die Tunneldecke aufwärts, wie um einen sehr großen Hohlraum hinter der Ecke anzukündigen. Bevor es die Hälfte der Strecke zurückgelegt hatte, stieß Korik wieder dazu, um es an einen sicheren Standort zu führen. Unterwegs zeigte er auf die Stellung, die Terrel mit den zwei Kriegern bezogen hatte. Sie waren ein Stück weit die rechte Felswand hinaufgeklettert und knieten auf einem Gesims in der Mitte der Tunnelbiegung. Korik geleitete die Truppe nahe zur Klippe überm Fluß, bis sie an kahlen Fels gelangte. Der Sturzbach schien unvermittelt von ihnen Abschied zu nehmen – verschwand übergangslos hinterm Fels, an dem der Pfad nach rechts abzweigte. Aber über diesem Fels schimmerte ebenso Helligkeit wie über dem Abgrund. Der Fels war keine Wand, sondern ein riesiger Felsklotz, der am Eingang zu einem

ungeheuer großen Hohlraum stand wie eine aufgestellte Tür. Terrel hatte die beiden Krieger in eine Stellung eingewiesen, die es ihnen ermöglichte, ihre Pfeile über diesen Felsen hinwegzuschießen. Korik führte Prothall, Mhoram und Covenant durch den Schatten, den der Felsklotz warf, um ihn herum, bis sie an seinem Rand vorbei nach links spähen konnten.
Covenant erhielt Einblick in eine sehr hohe, ebenerdige Höhle. Der Sturzbach des Flusses brauste um den Felsklotz, kehrte dahinter in rechtem Winkel in seine ursprüngliche Richtung zurück und durchquerte das Gewölbe in dessen mittlerem Bereich, entschwand schließlich in die jenseitige Felswand. Infolgedessen verliefen Fluß und Pfad nicht länger parallel. Aber es gab keinen anderen Zugang zwischen den Hohlräumen. An dieser Stelle war der Abgrund mindestens zwanzig Meter breit. Den einzigen Weg hinüber bot eine Brücke aus massivem, natürlichem Stein, die die Mitte des Gewölbes durchspannte.
»Nur zwei«, sagte Mhoram vorsichtig leise. »Sie sind genug. Hoffen wir darauf, daß die Krieger gut zielen. Eine zweite Gelegenheit würden wir nicht erhalten.« Zuerst konnte Covenant gar keine Wachen sehen. Zwei Säulen, die vom feurigen Steinlicht pulsten, beherrschten sein Blickfeld; sie standen selbst wie zwei Wachen an beiden Enden der Brücke. Aber er zwang sich dazu, die Brücke genau zu begutachten, und wenig später vermochte er darauf zwei schwarze Gestalten zu erkennen, eine neben jeder Säule. So dicht am Steinlicht waren sie nahezu unsichtbar.
»Urböse«, murmelte der Hoch-Lord. »Bei der Sieben! Ich muß mich besinnen. Warum sind's keine Höhlenschrate? Warum verschleißt Seibrich Urböse mit solchen Pflichten?« Covenant achtete kaum auf Prothalls Äußerungen des Mißbehagens. Das Steinlicht beanspruchte seine Aufmerksamkeit; ihm war zumute, als besäße es irgendwelche Verwandtschaften mit ihm,

deren Charakter er nicht einmal erraten konnte. Durch irgendeine perverse innere Logik seiner Schwingungen machte es ihn seines Eherings bewußt. Das kraftvolle Leuchten flößte ein Kribbeln in die Hand mit dem Ring, als wolle es ihn daran erinnern, daß sein Versprechen von Liebe und Zärtlichkeit nichts gefruchtet hatte. Erbittert ballte er die Hand zur Faust. Prothall riß sich zusammen. »Wagt den Versuch!« sagte er schwerfällig zu Korik. »Mehr als scheitern können wir nicht!« Korik nickte Terrel wortlos zu. Zwei Bogensehnen schwirrten dumpf. Im nächsten Moment waren die beiden Urbösen verschwunden. Covenant sah sie noch flüchtig wie zwei schwarze Kiesel in den Abgrund stürzen. Der Hoch-Lord seufzte aus Erleichterung. Mhoram drehte sich seitwärts und entbot den beiden Bogenschützen einen Gruß der Gratulation, dann eilte er nach hinten, um den Rest der Truppe zu informieren und weitere Anweisungen zu erteilen. Vom Fähnlein klangen gleich darauf gedämpfte Jubelrufe herüber, Laute einer gewissen Entkrampfung von Anspannung vorm Gefecht. »Laßt nicht in eurer Wachsamkeit nach!« sagte Prothall barsch. »Die Gefahr ist nicht behoben. Ich spüre es.« Covenant verharrte, wo er stand, starrte ins Steinlicht, seine Fäuste geballt. Irgend etwas geschah, das er nicht begriff. »Ur-Lord«, erkundigte sich Prothall leise, »was siehst du?«

»Macht.« Die Störung irritierte ihn. Seine Stimme kratzte rauh in seiner Kehle. »Seibrich verfügt über genug davon, daß ihr euch alle noch ganz schön wundern werdet.« Er hob seine linke Faust. »Draußen ist es jetzt Tag.« Sein Ring loderte blutrot, pochte im Pulsieren des Steinlichts.

Prothall betrachtete den Ring mit finster gerunzelter Stirn, dachte sichtlich angestrengt nach. »Da stimmt etwas nicht«, murmelte er mit über den Zähnen gestrafften Lippen. »Ich muß mich unbedingt besinnen. Steinlicht vermag so etwas nicht.« Mhoram kam zurück. »Terrel ist wieder da«, sagte er, bevor er bemerkte, was zwischen Covenant und Prothall geschah. »Wir sind bereit zur Überquerung.« Achtlos nickte Prothall. Dann sah Mhoram den Ring. Covenant hörte ein Geräusch, als knirsche Mhoram mit den Zähnen. Der Lord hob eine Hand und legte sie über Covenants Faust. Schon im nächsten Moment drehte er sich wieder um und winkte der Truppe. Quaan führte sein Fähnlein, verstärkt durch die Bluthüter, nach vorn. Prothall wirkte zerstreut, aber ging ohne Verzögerung mit Birinair hinüber ins Gewölbe. Wie selbstverständlich folgte Covenant ihnen zur Schrathöhlenbrücke. Tuvor und ein anderer Bluthüter machten für den Hoch-Lord die Vorhut. Die beiden Bluthüter näherten sich der Brücke und begannen sich umzuschauen, um sich dessen zu vergewissern, daß ihre Überquerung wirklich gefahrlos möglich war, ehe die Lords sie betraten. Covenant schritt aus wie in Trance. Das Steinlicht zog ihn immer stärker in seinen Bann. Sein Ring begann sich zu erwärmen. Es kostete ihn eine bewußte Anstrengung, sich bloß die Frage zu stellen, warum sein Ring blutrot war statt orangerot wie die Steinlicht-Säulen. Aber er wußte darauf keine Antwort. Er fühlte eine Veränderung über sich kommen, der er nicht widerstehen und die er nicht ermessen konnte, nicht einmal analysieren. Ihm war, als verwirre der Ring seine Sinne, drehe sie auf ihren Gestellen, um sie in unbekannte Dimensionen vortasten zu lassen.

Tuvor und sein Kamerad betraten die Brücke. Prothall hielt die Truppe noch zurück, obwohl auch damit eine Gefahr verbunden war, inmitten der Helligkeit zu verbleiben. Er schaute Tuvor nach und raufte sich seinen Bart mit einer Hand, die greisenhaft bebte. Covenant fühlte, wie der Bann ihn voll erfaßte. Die Höhle veränderte sich für seine Wahrnehmung. An manchen Stellen wirkten die Felswände plötzlich dünner, als wollten sie durchsichtig werden. Ferner schienen Quaan, Lithe und die Krieger auf einmal durchsichtig zu sein, kamen der Flüchtigkeit der Flammengeister Andelains nahe. Prothall und Mhoram machten einen solideren Eindruck, aber während sich Mhoram durch Beständigkeit auszeichnete, flackerte Prothall. Nur die Bluthüter zeigten keine Auflösungserscheinungen, keine Anzeichen dafür, daß ihr Wesen dazu neigte, in Dunst zu zerfließen – die Bluthüter nicht und nicht sein Ehering. Covenants eigenes Fleisch sah nun so fadenscheinig aus, daß er sich schon sorgte, der Ring werde hindurch und auf den Felsboden fallen. Neben seiner Schulter stand Bannor – hart, unversöhnlich und bedrohlich, als könne eine bloße Berührung durch den Bluthüter seine verflatternde Existenz in alle Winde verwehen. Er entschwebte in einen Zustand der Verflüchtigung. Er versuchte, irgendeinen Halt zu finden; seine Finger haschten ins Leere. Tuvor näherte sich dem höchsten Punkt der Brücke. Sie schien unter ihm zu zerbröckeln; er wirkte von erheblich festerer Beschaffenheit als der Stein. Dann sah Covenant sie – ein Rund aus schimmernder Luft, um den Mittelpunkt der Brücke geschlungen, bildete einen Kragen oberhalb und verlief unterhalb des Brückenbogens an der anderen Seite wieder hoch, schloß dadurch den Kreis. Er wußte nicht, was das war, begriff nicht, um was es sich handelte, er sah lediglich, daß es nur so von Kraft strotzte. Soeben schickte sich Tuvor an, in das Gebilde hineinzutreten. Mit einem mühsamen Ruck, einer Zuckung ähnlich, begann Covenant Gegenwehr zu leisten, sich dem Bann zu widersetzen. Aufgrund irgendeiner Eingebung wußte er genau, daß Tuvor in dem leuchtenden Rund ums Leben kommen müßte. *Gerade als Leprakranker!* beschwor er sich selber. Dies gehörte nicht zu seinem Handel; er hatte nicht zugesagt, daß er ruhig zusehen werde, wie Leute umkamen. *Hölle und Verdammnis!* Seine alte Wut flammte wieder auf. *Hölle und Verdammung!*

»Halt!« keuchte er. »Seht ihr das denn nicht?!«

»Tuvor!« rief Prothall sofort. »Nicht weitergehen!« Er fuhr

herum zu Covenant. »Was ist's?« wollte er erfahren. »Was siehst du?«

Die Heftigkeit seines Grimms verlieh seiner Sicht wieder eine gewisse Festigkeit. Prothall aber sah noch immer gefährlich fasrig aus. Covenant riß die Hand mit dem Ring hoch. »Ruft sie zurück!« keuchte er. »Seid ihr denn blind? Das ist kein Steinlicht. Dort oben ist was anderes.«

Mhoram rief Tuvor und seinen Begleiter zurück. Einen Moment lang starrte Prothall in unverhohlener Furcht Covenant an. Dann schlug er seinen Stab auf den Fels. »Urböse!« stieß er hervor. »Und dazu Steinlicht – als Verankerung! Ach, ich bin blind, ja, blind. Sie hüteten die Kraft!«

»Ein Warnwort?« flüsterte Mhoram ungläubig.

»Ja!«

»Ist das möglich? Hat Seibrich denn den Stab zur Gänze gemeistert? Kann er mit solcher Macht sprechen?«

Prothall war bereits unterwegs zur Brücke. »Er hat Lord Foul, um sich lehren zu lassen«, antwortete er über die Schulter. »Uns fehlt solche Hilfe.« Im nächsten Moment betrat er die Brückenwölbung, dichtauf gefolgt von Tuvor. Der Bann tastete erneut nach Covenant. Aber er blickte nun durch und hielt ihn sich mit Verwünschungen vom Leibe. Noch immer konnte er das schimmernde Rund des Warnworts erkennen, zu dem sich nun Prothall begab. Der Hoch-Lord näherte sich langsam, blieb schließlich einen Schritt vorm Warnwort stehen. Seinen Stab in der Linken, erhob er seinen rechten Arm mit nach vorn gekehrter Handfläche, wie in einer Geste des Erkennens. Unter rauhem Husten begann er zu singen. Indem er ständig das gleiche Motiv wiederholte, sang er rätselhaftes Zeug in einer Sprache daher, die Covenant nicht verstehen konnte – einer so alten Sprache, daß sie ergraut und ehrwürdig klang. Prothall sang leise, irgendwie mit persönlicher Note, als knüpfte er mit dem Warnwort ein privates Gespräch an. Nach und nach, in verwaschener Allmählichkeit, wie heraufziehender Nebel, zeigte sich das Warnwort allen Mitgliedern des Aufgebots. Gegenüber von Prothalls Handfläche entstand ein verschwommener Flecken Rot, verschmolzen mit dem Glitzern in der Luft ringsum, als sei er ein Fragment eines ansonsten unsichtbaren Wandteppichs. Das fahle Rot, das vor Prothall inmitten der Luft schwebte, dehnte sich aus, bis sich vor seiner Hand ein großer, unregelmäßiger roter Kreis mit ihr als Mittelpunkt befand. Mit außerordentlicher Vorsicht – unter unaufhörlichem Singen – reckte er seinen Arm dann seitwärts, um seine Ausdehnung nach den Seiten festzustellen. Auf diese Weise schälte sich vor den Augen der Truppe langsam das Hindernis heraus, vor dem sie stand. Und während Covenant sich wieder näher an die schwarze Grube seines erstarrten Grimms schob, verblich seine eigene Wahrnehmung des Warnworts, bis er davon nur noch soviel sah wie die anderen auch.

Endlich senkte Prothall die Hand, sein Gesang verstummte. Die Bruchstücke verblaßten. In verkrampfter Haltung kehrte er über die Brücke zurück, als bliebe er nur durch die reine Kraft seiner Entschlossenheit aufrecht. Sein Blick jedoch zeugte von Einsichten und dem Abwägen von Gefahren.

»Ein Warnwort«, gab er ernst bekannt, »durch die Macht, die dem Stab des Gesetzes innewohnt, hier angelegt, um Seibrich davon zu unterrichten, wenn jemand seine Abwehr durchdringen sollte – und um bei der ersten Berührung die Schrathöhlenbrücke zu zertrümmern.« Seinem Ton haftete etwas von einem Sturz in den Abgrund an. »Es ist ein Werk großer Kraft. Seit der Schändung hat kein Lord so etwas zustande gebracht. Und besäßen wir nun auch die Macht, um es auszulöschen, nichts wäre gewonnen, denn Seibrich wäre sofort gewarnt. Dennoch sehe ich eine Kleinigkeit zu unseren Gunsten. Ein solches Warnwort kann nicht ohne ständige Aufmerksamkeit beibehalten werden. Es bedarf der Nachsorge, sonst verfällt es – das geschieht allerdings nicht so schnell, daß wir nun darauf warten könnten. Die Tatsache, daß Seibrich hier Urböse als Wachen aufgestellt hat, ist womöglich ein Anzeichen dafür, daß er sich mit anderen Dingen beschäftigt.« *Wundervoll!* murrte Covenant zynisch. *Prachtvoll!* Seine Hände juckten ihm vom heftigen Verlangen, irgend jemandes Hals umzudrehen. »Falls Seibrichs Augen uns abgewandt sind«, erläuterte Prothall weiter, »mag's sein, daß wir das Warnwort beugen können, ohne es zu brechen.« Er atmete tief ein. »Ich glaube, daß es sich bewerkstelligen läßt«, versicherte er. »Dies Warnwort ist nicht so pur und gefahrvoll, wie es eigentlich sein könnte.« Er wandte sich an Covenant. »Aber ich sorge mich wegen dir, Ur-Lord.«

»Wegen *mir?«* Covenant reagierte, als habe der Hoch-Lord gegen ihn eine Anschuldigung erhoben. »Wieso?«

»Ich sorge mich, daß die bloße Nähe deines Rings zum Warnwort es hinfällig machen könnte. Deshalb mußt du als letzter gehen. Und selbst dann kann's sich noch ergeben, daß wir in den Katakomben abgeschnitten werden, ohne eine Brücke, über die wir wieder ins Freie zu gelangen vermöchten.«

Als letzter? Er malte sich unvermittelt aus, hier zurückgelassen oder festgesetzt zu sein, durch diese tiefe Kluft von dem Fluchtweg getrennt, den er benötigte. *Ich kann es schaffen, jeder kann es.* Aber er sah die Dümmlichkeit dieser Argumentation ein. *Langmut,* ermahnte er sich. *Denk an den Handel.*

»Macht endlich voran«, krächzte er; seine Furcht verlieh seiner Stimme Bitterkeit. »Demnächst wird man wohl mal eine Wachablösung schicken.« Prothall nickte. Mit einem letzten abschätzigen Blick auf Covenant wandte er sich ab. Er und Mhoram betraten die Brücke, um sich mit dem Warnwort zu befassen. Tuvor und Terrel schlossen sich ihnen an, beladen mit langen Strängen aus *Clingor,* die sie um die Hüften der beiden Lords anbrachten und am Fuß der Brücke befestigten.

Auf diese Weise vor einem Einsturz des Brückenbogens geschützt, stiegen Prothall und Mhoram langsam und vorsichtig hinauf zum höchsten Punkt der Brücke, bis sie auf Armlänge vor dem unsichtbaren Warnwort standen. Dort knieten sie zusammen nieder und begannen gemeinsam mit dem Lied. Als der bodenwärtige Teil des Warnworts sich wieder dunkelrot zu zeigen begann, legten sie ihre Stäbe parallel dazu vor sich auf den Stein. Danach rollten sie die Stäbe direkt unter den schillernden Wall aus Energie. Für einen Moment voller atemloser Spannung verharrten sie in einer Haltung, als befänden sie sich in andächtigem Gebet, als beschwörten sie ihr Holz, die energetische Strömung vor ihren Gesichtern zu unterbrechen. Im roten Schimmer entstand ein Flackern, bei dessen Anblick allen das Herz zu stocken drohte. Doch die Lords sangen weiter – und gleich darauf hatte das Warnwort sich wieder stabilisiert. Dann nahmen sie allen Mut zusammen und den schwierigsten Teil ihrer Aufgabe in Angriff. Sie begannen die nach innen gekehrten, einander gegenüber befindlichen Enden ihre Stäbe anzuheben. Mit einem stoßartigen Einatmen des Staunens und der Bewunderung sah das Aufgebot, wie der untere Rand des Warnworts sich langsam aufwärts krümmte, schließlich eine zeltartig spitze Lücke aufwies. Als die Spitze der Bresche ungefähr einen halben Meter hoch war, verharrten die Lords. Augenblicklich stürmten Bannor und zwei andere Bluthüter auf die Brücke, entrollten im Laufen einen *Clingor*-Strang. Einer nach dem anderen krochen sie durch die Lücke und beförderten das andere Ende des Strangs auf festen Untergrund jenseits der Brückenwölbung.
Sobald Bannor das *Clingor*-Ende befestigt hatte, übernahm Mhoram es, außer dem eigenen auch Prothalls Stab zu halten. Der Hoch-Lord wand sich durch die Öffnung und hielt dann die beiden Stäbe für Mhoram. Als Mhoram wieder seinen Platz neben Prothall eingenommen hatte, war schon der alte Birinair

zur Stelle und bereit zum Durchkriechen. Hinter ihm schlüpfte in raschem Gänsemarsch das gesamte Fähnlein durch das Loch im Warnwort, gefolgt von Quaan und Lithe. Nacheinander begaben sich Tuvor und Terrel auf die andere Seite und schlangen ihre beiden *Clingor*-Stränge um die zwei Lords überm Abgrund. Dann schlangen die restlichen Bluthüter in aller Eile das diesseitige Ende des längeren allgemeinen *Clingor*-Strangs um Covenant und entfernten sich durch die Lücke. Da stand er nun allein. Aus Ärger und Furcht von kaltem Schweiß bedeckt, ging er den Brückenbogen hinauf. Er spürte das Vorhandensein der zwei Steinlicht-Säulen so zudringlich, als gafften sie ihn an. Er beschritt die vordere Hälfte der Brückenwölbung regelrecht wutentbrannt, verfluchte Foul, verfluchte sich selbst für seine Furcht. Dem Abgrund widmete er keinen Blick. Er starrte die Bresche an, rammte seine Wut sozusagen in sie als Brennpunkt und näherte sich dem schimmernden Vorhang aus energetischem Gewebe. Indem er vorwärtsschritt, begann der Ring an seiner Hand zu schmerzen. Die Brücke schien schmaler zu werden, als schmölze sie unter ihm hin. Das Warnwort rückte heran, beherrschte immer mehr sein Blickfeld. Aber er bewahrte Halt an seinem Zorn. *Gerade als Leprakranker!* Er gelangte an die Lücke, kniete sich hin, blickte für einen Moment die Lords auf der anderen Seite an. Ihre Gesichter strömten von Schweiß, ihre Stimmen zitterten, während sie sangen. Er krampfte seine Hand um Baradakas' Stab und kroch durch die Öffnung. Als er unterm Warnwort durchrutschte, hörte er ein kurzes, feines Schrillen, dem Winseln eines überlasteten elektrischen Widerstands ähnlich. Im selben Augenblick schoß eine kalte rote Flamme aus seinem Ring. Doch dann war er durch, und die Brücke und das Warnwort waren unversehrt. Er wankte die andere Hälfte der Brückenwölbung hinunter, warf den *Clingor*-Strang von sich. Sobald er sich in Sicherheit befand, drehte er sich gerade so lange um, daß er Prothall und Mhoram ihre Stäbe unterm Warnwort hervorrollen sah. Dann stapfte er aus dem Gewölbe der Schrathöhlenbrücke in den dunklen Stollen, worin der Pfad weiterverlief. Gleich darauf spürte er neben seiner Schulter Bannors Gegenwart, aber er blieb nicht stehen, bis die Dunkelheit, in die er sich stemmte, so vollkommen war, daß sie undurchdringlich wirkte.

»Ich möchte allein sein«, stöhnte er voller Verbitterung und angestauter Furcht. »Warum läßt du mich nicht allein?«

»Du bist Ur-Lord Covenant«, erwiderte Bannor mit dem gemäßigten Zungenschlag seiner *Haruchai*-Tonlage. »Wir sind die Bluthüter. Dein Leben steht unter unserem Schutz.«

Covenant starrte in die ungelinderte Finsternis ringsherum und dachte über die unnatürliche Festigkeit der Bluthüter nach. Welche verbindliche Gesetzmäßigkeit ließ ihr Fleisch weniger vergänglich wirken als das Höhlengestein des Donnerbergs? Ein Blick auf seinen Ring zeigte ihm, daß dessen rotfarbener Glanz jetzt fast völlig nachgelassen hatte. Er stellte fest, daß er Bannor um seine Leidenschaftslosigkeit beneidete; seine eigene vorherrschende Unverbesserlichkeit ärgerte ihn.

»Das ist zuwenig«, antwortete er aufgrund irgendeiner grimmigen Anwandlung. Er konnte sich im Dunkeln Bannors andeutungsweises, achtloses Schulterzucken gut vorstellen, ohne es zu sehen. Trotzig wartete er im Finstern, bis die Truppe ihn einholte. Aber als er an seinem Platz inmitten des Aufgebots weiterwanderte – als Birinairs schwache Flamme an ihm vorbeigewabert war, zielsicher wie durch die Führung unsichtbarer Wegweiser –, beschlich die Nacht in den Katakomben ihn wieder wie mit den scheelen Augen zahlloser Lauernder, die ungeduldig eines Blutvergießens harrten, und ihn befiel eine Streßreaktion. Seine Schultern fingen an zu beben, als habe er zu lange an den eigenen Armen gehangen, und kalte Versteinerung legte sich über seine Gedanken. Das Warnwort bewies, daß Lord Foul sie erwartete, genau wußte, daß sie Seibrichs Heer nicht zum Opfer fallen würden. Seibrich hätte das Warnwort nie einzurichten vermocht, geschweige denn, es so empfindlich gegenüber Weißgold machen können. Daher ließ sich mit größerer Berechtigung annehmen, daß es mehr den Absichten des Verächters diente als Seibrichs Plänen. Vielleicht war es als eine Art von Prüfstein gedacht – so etwas wie ein Test, um die Stärke der Lords und ihre Möglichkeiten ablesen zu können, ein Indikator für das Maß von Covenants Angreifbarkeit. Aber wozu es auch gut sein sollte, es war Lord Fouls Werk. Covenant hegte die feste Überzeugung, daß der Verächter alles wußte – alles eingefädelt, vorbereitet und unausweichlich gelenkt hatte, was dem Aufgebot widerfahren war, jede Maßnahme, jede Entscheidung. Seibrich war dumm, verrückt und nur ein Werkzeug; wahrscheinlich begriff der Höhlenschrat nicht einmal die Hälfte der Errungenschaften, zu denen ihm Lord Fouls Hand verhalf. Aber in Mark und Bein hatte Covenant all das vom Anfang an gewußt. Es überraschte ihn nicht; vielmehr betrachtete er sie als Anzeichen einer anderen, viel wesentlicheren Bedeutung. Diese zentrale Gefahr – eine Gefahr, die seinen Verstand mit solcher Kälte erfüllte, daß nur sein Fleisch durch Zittern zu reagieren imstande war – stand im Zusammenhang mit seinem Ring aus Weißgold. Er erkannte die Gefahr mit aller Deutlichkeit, weil er viel zu benommen war, um vor ihr zurückzuschrecken. Die ganze Funktion des Kompromiß-Geschäfts, des Handels, den er mit den Ranyhyn abgemacht hatte, bestand daraus, die Unmöglichkeit und die Realität des Landes getrennt zu halten, im Gleichgewicht – *›Ihr müßt zurückstecken! Laßt mich in Frieden!‹* –, um zu verhindern, daß sie einander durchdrangen und seinen unsicheren Halt am Leben zerstörten. Aber Lord Foul benutzte seinen Ring, um die einander entgegengesetzten Arten des Wahnwitzes, deren Gegenüberstehen er für sein

Entkommen verzweifelt benötigte, zum Zusammenprall zu bringen. Er überlegte, ob er den Ring wegwerfen solle. Aber er wußte, das brächte er nicht fertig. Der Ring war zu schwer von Erinnerungen an verlorene Liebe, Ehre und wechselseitigen Respekt, um einfach wegwerfbar zu sein. Und an einen alten Bettler … Wenn sein Handel mißlang, bliebe ihm nichts, womit er sich noch gegen die Finsternis verteidigen konnte – keine Macht, keine Hilfsmittel, kein Zusammenhalt –, nichts als sein eigenes Potential zur Finsternis, zur Gewalt, seine Fähigkeit zum Töten. Dies Potential führte mit der Unvermeidlichkeit von Leprose – er war zu fassungslos, um sich dieser Schlußfolgerung zu widersetzen – zur Zerstörung des Landes. An dieser Stelle seiner Erwägungen schien sein Zustand von Betäubtheit vollkommen zu werden. Darüber hinaus vermochte er seine Lage nicht zu erfassen. Er konnte sich bloß noch hinter Birinairs Flamme dahinschleppen und seine Weigerungen abzählen wie ein verzweifelnder Altardiener, verzweifelt bemüht um Glauben, darum bemüht, trotzdem seine Eigenständigkeit zu bewahren. Er konzentrierte sich auf seine Schritte, als gehorchten ihm seine Füße nur mangelhaft, als sei der Felsboden unsicher – als könne Birinair ihn über den Rand eines Abgrunds führen.

Allmählich änderte sich der Charakter ihrer Wanderung durch nächtliche Finsternis. Zunächst veränderten sich die Eindrücke, welche sie von den beiderseitigen Tunnelwänden erhielten. Hinter der Dunkelheit, so hatte es den Anschein, zweigten da und dort andere Stollen ab, und einmal nahm die Nacht eine so gewaltige Weite an, als durchquere die Truppe den Grund eines riesigen Amphitheaters. Inmitten dieser undurchschaubaren Offenheit ertastete Birinair den Weg. Als die Wahrnehmung weiten, leeren Raumes schwand, führte er das Aufgebot in einen steinernen Korridor, dessen Decke so niedrig war, daß seine Flamme sie fast berührte, und der so eng war, daß die Truppe ihn nur im Gänsemarsch beschreiten konnte. Danach geleitete der alte Herdwart sie durch eine verwirrende Reihenfolge von Richtungswechseln sowie Abwechslungen in Bodenbeschaffenheit und räumlicher Tiefe. Aus dem niedrigen Korridor gelangt, zweigten sie scharf ab und marschierten eine lange, steile Schräge ohne erkennbare seitliche Wände hinunter. Während sie hinabstiegen, an bestimmten Stellen, deren Wegweisertum anscheinend nur Birinair ersah, nach links oder rechts abbogen, sank die Temperatur der schwarzen Luft, und sie erregte irgendwie Widerwillen, als erfülle sie ein Echo von Urbösen. Die Kälte kam in plötzlichen Luftzügen und Lufttaschen, blies aus Klüften und Stollen, die an beiden Seiten unsichtbar in Höhlen, Schlupflöcher, Gänge und große Schrathöhlen mündeten, alle unkenntlich außer infolge der Schattierung, dem unvermittelten Eindruck von Weiträumigkeit, welche sie der Dunkelheit verliehen. Weiter drunten begannen die plötzlichen Lüftchen zu stinken. Die eingeschlossene Luft schien von seit Jahrhunderten angesammeltem Unrat bis zum Überfluß gesättigt zu sein, von riesigen Mengen unbestatteter Toter verpestet, von seit langem verlassenen Laboratorien zur Erzeugung von Übelgewalten. Zeitweise war der Fäulnisgestank so stark, daß Covenant ihn in der Luft sehen konnte. Und aus den benachbarten Hohlräumen drangen kalte, ferne Geräusche – das Scheppern von Schiefer, der aus unermeßlich hohen Gewölben fiel; gelegentliche gepreßte Töne von Spannungen; leises, kristallklares Klirren wie vom Schlagen eiserner Hämmer; gedämpfte, grabesdumpfe Detonationen; und langgedehnte, müde Seufzer, Atemzüge der Ermattung aus den uralten Grundfesten des Berges. Die Dunkelheit selbst schien die Wanderung des Aufgebots mit Gemurmel zu begleiten. Aber am Ende des Abstiegs erreichten sie eine unregelmäßig in eine Felswand gehauene Treppe, unterhalb welcher lichtlose, gierige Schlünde klafften. Hinter der Treppe zog die Truppe durch gewundene Tunnels, über den Grund von Felsspalten, über scharfe, felsige Grate, die Bergkämmen im Berginnern glichen, umrundete Gruben, in deren Tiefe Wasser gurgelte und nach Verwesung stank, unterquerte Gesteinsbogen, die wie Eingänge zu grotesken Festhallen wirkten – bog da- und dorthin ab, klomm aufwärts und tastete sich durch die Finsternis, als wäre sie eine gefahrvolle Vorhölle, weglos und verhängnisvoll, unterschiedlich nur in den Arten und den Ausmaßen der Gefahren.

Um sich seines eigenen Daseins zu vergewissern, fuhr sich Covenant mit den Fingern seiner linken Hand, gekrallt in den Stoff seines Gewandes, über die Herzgegend. Dreimal legte das Aufgebot in weiten, flachen Räumlichkeiten, bei denen es sich um Flure, Gesimse oder Kuppen von Anhöhen, umgeben von beklemmender Finsternis, handeln mochte, eine Verschnaufpause ein und verzehrte im fahlen Schein von Birinairs Stab kalte Nahrung. Jede gemeinsame Mahlzeit war eine echte Hilfe; der Anblick anderer Gesichter rund um die Flamme, die Einnahme fester Stärkung wirkten wie das Behaupten eines Sammelbeckens des Durchhaltevermögens der Truppe. Einmal rang sich Quaan einen Scherz ab, aber in der unablässigen Mitternacht klang seine Stimme so hohl, daß niemand es fertigbrachte, darauf einzugehen. Nach jeder Pause setzte das Aufgebot den Weg beherzt fort. Und jedesmal verflüchtigte sich der gemeinschaftlich zusammengenommene Mut schneller als beim vorherigen Mal, als atme die Dunkelheit ihn mit gesteigerter Unersättlichkeit ein.

Später führte der greise Birinair die Truppe aus den kalten und zugigen Räumen in enge, muffige, schwüle Stollen, weitab von den Hauptanlagen der Schrathöhlen. Um das Risiko einer Entdeckung zu verringern, wählte er einen Weg durch Hohlräume, die noch ausgestorbener waren als der Rest – still und verlassen, mit kaum noch atembarer Luft. Aber diese Atmo-

sphäre erhöhte nur die Spannung der Truppe. Die Mitglieder des Aufgebots zogen dahin, als schrien sie lautlos in Erwartung irgendeines blinden Desasters. Sie gingen immer weiter und weiter, bis Covenant lediglich daran noch erkannte, daß sie nicht schon seit Tagen unterwegs waren, daß kein Mondaufgang seinen Ring verfärbte. Nach einiger Zeit jedoch begann der weißgoldene Ring dunkelrot zu glühen wie eine Prophezeiung. Und immer noch marschierten sie weiter, nun – wie er jetzt wußte – in den Abend hinein. Sie durften sich weder Schlaf noch eine längere Rast erlauben. Der Gipfel von Seibrichs gegenwärtiger Machtfülle lag nur einen Tag entfernt.
Sie folgten dem Verlauf eines Tunnels, dessen Wände einander so nahe waren, daß sie wie eine Einfassung von Birinairs flackrigem Feuer wirkten, da kehrte plötzlich Terrel von seiner Vorauserkundung zurück, huschte düster aus der Finsternis und trat zu dem alten Allholzmeister. Prothall und Mhoram, unmittelbar gefolgt von Lithe und Covenant, eilten zu Birinair. Terrels Stimme besaß einen Anklang von Dringlichkeit. »Urböse kommen näher – vielleicht fünfzig. Sie haben das Licht gesehen.«
Ein Stöhnen entfuhr Prothall; Mhoram stieß einen Fluch aus. Mähnenhüter Lithe atmete ruckartig zischend ein, rupfte sich die Kordel aus dem Haar, als stehe sie vor der Begegnung mit dem Stoff, aus dem Ramen-Alpträume bestanden. Aber bevor irgend jemand Maßnahmen veranlassen konnte, schien der greise Birinair auf einmal von innen her zu bersten wie trockenes Holz. Mit dem Aufschrei »Folgt mir!« wirbelte er rechtsum und stürmte davon in die Dunkelheit.
Sofort hasteten zwei Bluthüter ihm hinterdrein. Einen Moment lang zögerten die Lords. Dann rief Prothall *»Melenkurion!«* und schloß sich Birinair eilends an. Mhoram begann, Anweisungen zu rufen; die Truppe machte sich kampfbereit. Covenant eilte Birinairs Flamme nach, die davontanzte. Der Zuruf des All-

holzmeisters hatte nicht nach Panik geklungen. Vielmehr riß der Ruf *›Folgt mir!‹* Covenant mit. Von hinten vernahm er gleich darauf die ersten Befehle und den Lärm eines im Ausbruch begriffenen Gefechts. Er hielt seinen Blick auf Birinairs Licht gerichtet, folgte ihm in einen niedrigen, nahezu luftleeren Tunnel. Birinair rannte wie besessen hindurch, den Bluthütern stets um ein oder zwei Schritte voraus. Plötzlich ertönte ein hitziges Geräusch, dem Fauchen eines Blitzes ähnlich; mit einemmal umhüllte ein Gewebe aus blauem Feuer den Allholzmeister. Es schillerte und waberte, versperrte den Tunnel vom Boden bis zur Decke. Es prasselte wie ein Ofen. Und Birinair hing mittendrin, die Gliedmaßen gespreizt, gefangen wie in einem Spinnennetz, aus Qual verkrümmt. Neben ihm loderte sein Stab auf und zerfiel zu Asche. Ohne zu zögern, stürzten sich die Bluthüter in das Feuer. Es warf sie zurück, als bestünde es aus nacktem Stein. Gemeinsam sprangen sie nach Birinair, versuchten ihn heraus- und vom Feuer zurückzuzerren. Aber sie waren machtlos; Birinair blieb haften, wo er hing, ein verkohltes Opfer in einem Netzwerk aus blauem Feuer. Die Bluthüter setzten soeben erneut zum Sprung an, als der Hoch-Lord das Grüppchen einholte. Er mußte schreien, um sich durch das Knistern der Energie verständlich zu machen.
»An meiner Stelle«, rief er, kreischte beinahe. »Er wird sterben! Eilt Mhoram helfen!« Er schien über den Rand zur wahnwitzigen Raserei gefallen zu sein. Seine Augen spiegelten Chaos wider. Mit ausgebreiteten Armen stürmte er vorwärts und wollte Birinair umfangen. Er prallte heftig von dem Feuerwall ab. Er stürzte und blieb für einen langen Moment mit dem Gesicht auf dem Stein liegen. Hinter dem Grüppchen entwickelte sich ein wilder Kampf. Die Urbösen hatten einen Keil gebildet, und trotz aller Unterstützung durch die Bluthüter und Krieger vermochte Mhoram kaum die Stellung zu halten. Schon der erste Ansturm des Gegners hatte die Truppe zurück-

gedrängt; Mhoram war mit ihr mehrere Meter weit in den Tunnel zurückgewichen, an dessen anderem Ende Birinair im Netz der blauen Flammen hing. Dort konnte er die Gegenwehr versteifen. Trotz Prothalls Geschrei und des Prasselns des Feuers in seinem Rücken hielt er sein Gesicht den Urbösen zugewandt. Mühsam raffte sich Prothall hoch. Sein Kopf wackelte auf seinem abgenutzten alten Hals. Aber sein Blick zeugte nicht länger von Unbeherrschtheit. Er ließ sich einen Moment Zeit, um sich einigermaßen zu erholen, weil er wußte, daß er ohnehin zu spät kam. Dann nahm er alle seine Kräfte zusammen und schleuderte seinen Stab gegen den blauen Vorhang aus Feuer. Das mit Metall verstärkte Holz traf den Schleier in einem grellen Aufblitzen. Für einen Augenblick vermochte Covenant nichts zu erkennen. Als sein Blickfeld sich klärte, sah er den Stab im feurigen Schleier hängen. Birinair lag nun jenseits der Barriere im Tunnel. »Birinair!« schrie der Hoch-Lord. »Mein Freund!« Allem Anschein nach glaubte er, daß er dem Allholzmeister noch irgendwie helfen könne, falls er rechtzeitig zu ihm vorzudringen vermochte. Von neuem warf er sich gegen das Hindernis, und wiederum schmetterte es ihn zurück. Die Urbösen verstärkten ihre Attacke mit grimmigem, begierigem Schweigen. Zwei Krieger aus Quaans Fähnlein waren gefallen, als das Aufgebot langsam auf den Tunnel zurückging, und ein dritter starb soeben mit einem spitzen Eisen im Herzen. Ein weiblicher Krieger hieb aus zu geringem Abstand auf den feindlichen Keil ein, und die Urbösen hackten ihm die Hand ab. Mhoram kämpfte mit dem Lehrenkundigen in wachsender Verzweiflung. Rings um ihn fochten die Bluthüter mit größter Geschicklichkeit, aber auch sie fanden in dem Keil zuwenig Lücken und Ansatzpunkte, um dem Gegner zuzusetzen.

Covenant spähte durch den blauen Schleier hinüber zu Birinair. Das Gesicht des Allholzmeisters hatte keinen Schaden genommen, war aber in einer weitäugigen Miene der Pein erstarrt, als ob er noch für einen Moment gelebt habe, als Flammen schon seine Seele versengten. Die Überreste seiner Gewandung hingen ihm in geschwärzten Fetzen um den Leib. *›Folgt mir!‹* Er hatte das nicht aus Panik gerufen. Birinair hatte irgendeinen Einfall gehabt. Sein Ruf schien noch nachzuhallen, zu fordern, anzufeuern. Die Reste seiner Gewandung hingen ihm in … *›Folgt mir!‹* Covenant hatte etwas vergessen – etwas von großer Wichtigkeit. In wilder Entschlossenheit trat er vor. Mhoram versuchte unterdessen, seine Abwehr zu verstärken. Seine Kräfte züngelten wie Blitze an seinem Stab entlang, während er Schlag um Schlag gegen den Lehrenkundigen führte. Durch Verluste geschwächt, begann nun der Urbösen-Keil Boden aufzugeben. Wenige Zentimeter vor dem energetischen Vorhang blieb Covenant stehen. Prothalls Stab hing so senkrecht darin wie ein Zeichen. Das Feuer schien Wärme aufzusaugen, keine abzugeben. Covenant spürte, wie Kälte und Taubheit ihn beschlichen. In dieser die Sinne verwirrenden blauen Kraft erblickte er eine Chance zu einem Opfergang, zur Flucht. Urplötzlich stieß der Urbösen-Lehrenkundige einen heiseren Schrei aus und verließ den Keil. Er huschte geduckt an Mhoram vorbei und rannte durch den Tunnel auf das Feuer zu, zum auf den Knien liegenden Hoch-Lord. Mhorams Augen funkelten bedrohlich, aber er ließ nicht vom Ringen ab. Er rief Quaan einen Befehl zu und drosch mit noch wüsterer Gewalt auf die Urbösen ein. Quaan sprang aus dem Getümmel. Mit größter Hast riß er den Bogen von der Schulter und einen Pfeil aus dem Köcher, um zu schießen, ehe der Lehrenkundige Prothall erreichte. Undeutlich hörte Covenant den Hoch-Lord in die schale Luft keuchen: »Ur-Lord! Hab acht!« Aber er achtete auf nichts. Sein Ehering loderte, als wäre der beschmutzte Mond wie das Steinlicht der Schrathöhlenbrücke – versehen mit einem Warnwort. Er hob die linke Hand, zögerte einen Moment lang, packte dann den Stab des Hoch-Lords. Energie zuckte auf. Aus seinem Ring schoß blutrotes Feuer und fegte in das schillernde Blau. Das Knistern der Flammen schrillte empor, bis menschliche Ohren es nicht länger hören konnten. Dann erfolgte ein ungeheurer Blitzschlag, eine lautlose Explosion. Den Untergrund des Tunnels durchfuhr ein Ruck, als habe er mit einem Kiel ein Riff gerammt. Der blaue Schleier zerfledderte. Quaan griff zu spät ein, um Prothall retten zu können. Aber der Urböse kümmerte sich gar nicht um den Hoch-Lord. Er sprang über ihn hinweg und näherte sich Covenant. Mit aller Kraft spannte Quaan seinen Bogen und schoß den Pfeil auf den Rücken der Kreatur ab. Für einen Augenblick stand Covenant ganz still da, lauschte wie irrsinnig zur Seite und stierte entsetzt in die unvermittelt vorhandene Düsternis. Auf seinem Arm und der Hand brannte dunkles orangerotes Feuer, aber die helle blaue Glut war völlig verschwunden. Das Feuer verursachte keinen Schmerz, obwohl es sich anfangs an ihn krallte, als wäre er aus zundertrockenem Holz. Es war kalt und kraftlos, verging dann mit knisterndem Funkensprühen, als habe er ihm nicht genügend Wärme liefern können, um es zu nähren. Dann prallte der Lehrenkundige, Quaans Pfeil genau zwischen den Schultern, gegen ihn und warf ihn der Länge nach auf den Stein. Kurz darauf hob er den Blick, den Schädel noch von Nebelschwaden durchwallt. Die einzige Helligkeit im Tunnel kam von Mhorams Lord-Feuer, mit dem der Lord die Urbösen nun in die Flucht schlug.

Dann erlosch auch dieser Lichtschein; die Urbösen waren vertrieben. Tuvor und die anderen Bluthüter schickten sich zu ihrer Verfolgung an, um zu verhindern, daß sie Seibrich alarmierten. »Laßt sie laufen!« rief Mhoram jedoch. »Wir sind bereits entdeckt. Meldungen von Urbösen zählen nicht länger.«

Im Finstern stöhnten und röchelten Stimmen; bald entzündeten die Krieger zwei oder drei Fackeln. Die Flammen warfen seltsam verzerrte, düstere Schatten an die Felswände. Die Truppe sammelte sich um Lord Mhoram und stieß dann zu Prothall, der noch am Boden kniete.

Der Hoch-Lord hielt Birinairs verkohlte Gestalt in seinen Armen. Aber er wies das Mitleid und die Trauer des Aufgebots zurück. »Geht weiter vor«, sagte er matt. »Stellt fest, worauf sich seine Absichten richteten. Ich werde meinen Abschied alsbald entboten haben.« Wie zur Erklärung fügte er hinzu: »Er führte an meiner Stelle.«

Mhoram legte zum Zeichen des Mitgefühls eine Hand auf die Schulter des Hoch-Lords. Aber die Gefährlichkeit ihrer Situation erlaubte kein Zögern. Nahezu mit Gewißheit wußte Seibrich jetzt, wo sie steckten; die freigesetzten Kräfte mußten auf sie verweisen wie ein zur Anschuldigung ausgestreckter Zeigefinger. »Warum?« überlegte Mhoram laut. »Warum war hier eine solche Gewalt aufgebaut? Das war nicht Seibrichs Werk.« Mit einer Fackel wollte er sich durch den Tunnel entfernen.

Covenant antwortete vom Boden aus, worauf er zusammengebrochen war; seine Stimme besaß einen grotesken, erstickten Klang. Aber er beantwortete eine ganz andere Frage: »Ich habe meine Kleidung vergessen … sie zurückgelassen.«

Mhoram beugte sich über ihn. Der Lord erleuchtete sein Gesicht mit der Fackel. »Bist du verwundet?« fragte er. »Ich verstehe dich nicht. Welche Bedeutung besitzen jetzt deine alten Kleider?«

Die Frage schien eine ganze Welt von Erläuterungen zu verlangen, aber Covenant gab leichthin Auskunft, zungenfertig aus Benommenheit und Umnachtung. »Natürlich bin ich verwundet. Mein ganzes Leben ist eine einzige Wunde.« Er hörte kaum auf seine eigenen Worte. »Begreifst du denn nicht? Wenn ich aufwache und trage meine alten Kleidungsstücke, nicht diesen vom Moos versauten Fetzen hier, dann ist das der

Beweis dafür, daß ich wirklich geträumt habe. Wäre das nicht eine so große Ermutigung, ich wäre jetzt außer mir vor Schrecken.«

»Du hast eine gewaltige Kraft gemeistert«, sagte Mhoram leise.

»Das war ein Zufall. Das passierte von selber. Ich wollte ... wollte zu entfliehen versuchen. Mich verbrennen.« Dann überwältigten ihn die Strapazen. Er senkte den Kopf auf den steinernen Untergrund und schlief ein.

Er schlummerte nur für kurze Zeit; die Luft im Tunnel war zu schlecht, und die Truppe entfaltete zuviel Aktivität. Als er die Augen öffnete, sah er Lithe und mehrere Krieger bei der Zubereitung einer Mahlzeit auf einem niedrigen Feuer. Während ihm ein Lied von den Lippen zitterte und Tränen aus den Augen rannen, verwendete Prothall sein blaues Feuer, um den Armstumpf der verstümmelten Kriegerin auszubrennen. Covenant beobachtete, wie sie die Schmerzen ertrug; erst als man ihr den Stumpf verband, erschlaffte ihre Haltung. Danach wandte er sich ab, innerlich aufgewühlt von schmerzlicher Anteilnahme. Er raffte sich hoch, wankte hin und her, als fänden seine Füße keinen sicheren Halt, mußte sich schließlich an der Felswand stützen. Dort stand er über seinen verkrampften Magen gebeugt, bis Mhoram wiederkehrte, begleitet von Quaan, Korik und zwei anderen Bluthütern. Der Streitwart trug eine kleine eiserne Kassette. »Jene Gewalt war ein Schutzwerk, erstellt von Hoch-Lord Kevin«, sagte Mhoram voller ehrfürchtigem Staunen. »Am Ende dieses Tunnels liegt eine Kammer. Darin haben wir den Zweiten Kreis von Kevins Lehre entdeckt ... den Zweiten von den Sieben Kreisen des Wissens.«

In Hoch-Lord Prothalls Miene leuchtete Hoffnung auf.

# 23
# Kiril Threndor

Andächtig nahm Prothall die Kassette entgegen. Seine Finger nestelten an den Verschlüssen. Als er den Deckel hob, drang aus dem Innern des Behältnisses ein heller, perliger Glanz wie von klarem Mondschein. Die Helligkeit verlieh seinem Gesicht einen Anflug von Seligkeit, als er eine Hand darein zu senken wagte und eine uralte Schriftrolle hervorholte. Als er sie anhob, sah das Aufgebot, daß es eine Rolle war, von der ein Glanz ausging. Quaan und sein Fähnlein sanken vor dem Kreis des Wissens halb auf die Knie und neigten das Haupt. Mhoram und Prothall standen hochaufgerichtet da, als müßten sie sich durch den Herrn über ihr Dasein in Augenschein nehmen lassen. Nach einem Moment der Verblüffung tat Lithe es den Kriegern gleich. Nur Covenant und die Bluthüter zeigten keine Zeichen der Ehrerbietigkeit. Tuvors Kameraden bewahrten gleichmütige Wachsamkeit, und Covenant lehnte voller Mißbehagen an der Felswand, mühte sich ab, um seinen gereizten Magen wieder in die Gewalt zu bekommen. Aber er war nicht blind für die Wichtigkeit der Schriftrolle. Inmitten seiner Übelkeit regte sich eine private Hoffnung. Er näherte sich ihr eher verstohlen.

»Wußte Birinair … was ihr hier finden würdet? Ist das der Grund?«

»Warum er in diesen Tunnel lief?« Mhoram sprach wie in Geistesabwesenheit; alles an ihm außer seiner Stimme war auf die Schriftrolle konzentriert, die Prothall emporhielt wie einen machtvollen Talisman. »Vielleicht ist's möglich. Er kannte die alten Karten. Ohne Zweifel erhielten wir sie mit dem Ersten Kreis, auf daß wir beizeiten unseren Weg an diese Stätte fänden. Es mag sein, daß sein Herz sah, was unseren Augen verborgen blieb.«

Covenant schwieg für einen Moment. »Warum hast du die Urbösen fliehen lassen?« fragte er dann, noch auf seinem Umweg befindlich.

Diesmal bemerkten die Lords anscheinend seinen Ernst. Prothall schenkte ihm einen durchdringenden Blick und legte die Schriftrolle zurück in die Kassette. »Ihr Tod wäre überflüssig gewesen, Zweifler«, erwiderte Mhoram in förmlichem Tonfall. »Wir sind nicht hier, um Urböse zu töten. Durch unnötiges Töten würden wir uns mehr schaden als durch das erhöhte Risiko eigener Verluste. Wir kämpfen aus Notwendigkeit, nicht aus Freude daran oder aus Zorn. Der Friedensschwur darf nicht eingeschränkt werden.«

Aber auch damit beantwortete er Covenants insgeheime Fragestellung nicht. Covenant gab sich einen Ruck und sprach seine Hoffnung unumwunden aus: »Egal. Dieser Zweite Kreis … er verdoppelt euer Wissen. Ihr könntet mich zurückschicken.«

Mhorams Miene begütigte sich angesichts des Strebens nach Ermutigung, nach Bestärkung in der Abweisung unerfüllbarer Forderungen, das in der Frage zum Ausdruck kam. Aber seine Antwort beschied Covenant abschlägig. »Ach, du vergißt eines, mein Freund. Wir haben ja noch nicht einmal den Ersten Kreis gemeistert – nicht in vielen Geschlechterfolgen gelehrter Erforschung. Die Klügsten an unserer Schule der Lehren haben die wesentlichsten Geheimnisse nicht zu entschleiern vermocht. Gegenwärtig können wir mit diesem Kreis des Wissens noch gar nichts anfangen. Vielleicht werden wir, falls wir dies Unternehmen überleben, in viel späteren Jahren etwas aus dem Zweiten Kreis lernen.«

Damit verstummte er. Sein Gesicht bezeugte, daß den Ausführungen noch etwas hinzuzufügen wäre, aber er schwieg, bis

Prothall einen Seufzer ausstieß. »Teile ihm alles mit«, sagte der Hoch-Lord. »Wir können uns jetzt kein Nähren falscher Vorstellungen leisten.«

»Nun wohl.« Hastig sprach Mhoram weiter. »Tatsächlich ist der Besitz des Zweiten Kreises zum jetzigen Zeitpunkt sogar sehr gefährlich. Aus dem Ersten Kreis geht klar hervor, daß Hoch-Lord Kevin die Sieben Kreise wohlüberlegt in die Reihenfolge ihrer Anordnung gebracht hat. Seine Absicht war's, daß der Zweite Kreis verborgen bleibe, bis der Erste Kreis vollauf verstanden sei. Offenbar enthalten gewisse Bestandteile seiner Lehre große Fährnisse für jeden, der nicht zuvor bestimmte andere Bestandteile gemeistert hat. Daher verbarg er die Kreise des Wissens einzeln und beschirmte einen jeden mit starken Gewalten, deren jede sich nicht überwinden läßt, hat man nicht zuvor den vorigen Kreis des Wissens gemeistert. Nun jedoch haben wir diese Regel durchbrochen. Wir müßten viel wagen, wollten wir den Zweiten Kreis anzuwenden versuchen, ehe es uns gelungen ist, den Ersten Kreis zur Gänze zu meistern.« Er straffte sich und atmete tief ein. »Dennoch dauert uns diese Entdeckung nicht. Trotz aller Gefahren kann sie der große Augenblick unseres Zeitalters sein. Aber sie könnte uns gegenwärtig nicht unbedingt zum Segen gereichen.«

»Weder murren noch zweifeln wir«, ergänzte Prothall mit leiser Stimme. »Wie hätte jemand wissen sollen, was es hier zu finden gab? Aber das Verhängnis des Landes schwebt nun verzweifacht über unseren Häuptern. Wollen wir Lord Foul im Erdkampf überwinden, müssen wir Gewalten meistern, für die wir noch längst nicht bereit sind. So erstehen uns Hoffnung und Bestürzung aus derselben Quelle. Doch mißverstehe uns nicht – wir nehmen diese Gefährdung freudig auf. Die Meisterung von Kevins Lehre ist eines der großen Ziele unseres Daseins. Aber wir dürfen unsere Augen nicht vor den damit verbundenen Wagnissen verschließen. Ich sehe Hoffnung für das Land, aber wenig Hoffnung für mich.«

»Und selbst diese Einsicht ist trübe«, fügte Mhoram mit gepreßter Stimme hinzu. »Es mag sein, daß Lord Foul uns an diesen Ort geleitet hat, auf daß Gewalten uns verderben, die wir nicht zu beherrschen vermögen.«

Daraufhin sah Prothall den anderen Lord mit scharfem Blick an. Dann nickte der Hoch-Lord zum Zeichen der Zustimmung bedächtig. Aber die Erleichterung, die Minderung seiner Bürde, die ihm der erste Anblick des Zweiten Kreises bereitet hatte, wich nicht aus seiner Miene. Unterm Einfluß der Entdeckung wirkte er dem Verwalteramt seines Zeitalters gewachsen. Nun würde man sich der Zeit Hoch-Lord Prothalls, Dwillians Sohn, stets erinnern – falls das Aufgebot dies Unternehmen überlebte. Seine Entschlossenheit zeichnete sich aus durch Vorwärtsgewandtheit, als er die Kassette mit dem Zweiten Kreis des Wissens wieder verschloß; seine Bewegungen waren lebhaft und zeugten von Entschiedenheit. Er händigte die Kassette Korik aus, der sie sich mit *Clingor*-Streifen auf dem bloßen Rücken befestigte, dann darüber wieder sein Gewand zog und dessen Zipfel verknotete, sie auf diese Weise verhüllte. Aber Covenant betrachtete die Trümmer des kurzbeständigen Bauwerks seiner persönlichen Hoffnung, nun zusammengebrochen wie ein Spielzeughäuschen eines Kindes, und wußte nicht, woher er neue erbauliche Gefüge erlangen sollte. Er fühlte sich zu schwach und zu müde, um nur darüber nachzudenken. Für lange Zeit blieb er, wo er angelehnt stand, den Kopf gesenkt, als versuche er, das Kartenwerk seiner Gewandung zu entziffern.

Trotz der Gefahr rastete und aß das Aufgebot im Tunnel. Prothall vertrat die Auffassung, daß die Folgen des Bleibens so unvorhersehbar waren wie die von allem anderen, das sie tun mochten; folglich ermunterte er seine Begleitung zum

Essen, während die Bluthüter Wache hielten. Dann streckte er sich aus, stützte den Kopf auf die Arme und sank anscheinend sofort in festen Schlaf, so auffällig ruhig und still, daß er mehr wie eine Phase der Vorbereitung als der Erholung wirkte. Angesichts seines Beispiels ließ die Mehrheit des Aufgebots ebenfalls die Lider sinken, aber allgemein fand man nur oberflächlichen, ruhelosen Schlaf. Mhoram und Lithe blieben jedoch wach. Der Lord starrte ins Feuer, als trachte er nach einer Vision, und Lithe saß ihm gegenüber, die Schultern ans niederdrückende Gewicht des Berges gelehnt – als sei sie unter der Erde zum Schlafen außerstande, als kränke das Fehlen offenen Himmels und weiten Weidelands ihr Ramen-Blut. An die Felswand gekauert, beobachtete Covenant die beiden, schlief ein wenig, bis mit dem Monduntergang die Sudelfärbung aus seinem Ring zu weichen begann.
Einige Zeit später erhob sich Prothall, nunmehr frisch und munter, und weckte die Truppe. Sobald alle nochmals gegessen hatten, löschte er das Lagerfeuer. Statt dessen entzündete er eine *Lillianrill*-Fackel. In der dicken Luft flackerte und prasselte sie bedenklich, aber er zog sie der Benutzung seines Stabes vor, um den Tunnel zu erhellen. Binnen kurzem befand sich das Aufgebot erneut unterwegs. Dazu außerstande, irgend etwas anderes für sie zu tun, ließ die Truppe ihre Toten auf dem steinernen Boden der Kammer des Zweiten Kreises zurück. Das war die einzige Ehre, die sie Birinair und den gefallenen Kriegern noch zu erweisen vermochte. Wieder marschierte sie durch die Dunkelheit, von Hoch-Lord Prothall durch endlose, irrgartenähnliche, schwarze Gänge im tiefen Fels des Donnerbergs geführt. Die Luft erwies sich ständig als um so stickiger, schwüler und schaler, je weiter sie vordrangen. Denn trotz gelegentlicher Steigungen führte der weitere Weg sie im wesentlichen abwärts, hinab zu den grenzenlosen Wurzeln des Berges, mit jeder ungesehenen, ungemessenen Länge näher zu

ungeheuren, begraben schlummernden, grimmigen Übelgewalten, dem entsetzlichen Gebein der Erde. Immer weiter zogen sie, als versetze die Dunkelheit, die unverrückbare Nacht sie in äußerstes Staunen. Sie marschierten in unerbittlichem Schweigen, als wären ihre Lippen von unterdrücktem Schluchzen verkrampft. Sie konnten nicht sehen. Dieser Umstand wirkte sich aus wie eine Verkrüpplung. Indem sie sich dem betriebsamen Herzen der Schrathöhlen näherten, ertönte gewisser Lärm lauter, war unterscheidbarer – Schläge auf Ambosse, das Seufzen von Öfen, Keuchen von Spannung. Bisweilen durchquerten sie Schübe heißer, stinkiger Luft, einer unter hohem Druck befindlichen Entlüftung von Totenhausgruben vergleichbar. Und ein neues Geräusch schlich sich ins Bewußtsein der Mitglieder des Aufgebots – der Klang eines bodenlosen Suds. Für geraume Zeit näherten sie sich diesem dunkeldumpfen Brodeln, ohne irgendeinen Hinweis darauf zu entdecken, worum es sich dabei eigentlich handelte. Später kamen sie dann an seinem Ursprung vorüber. Der Pfad führte an der Einmündung zu einer riesigen Höhle vorbei. Ein waberndes orangefarbenes Helligkeitsmeer aus Steinlicht hellte ihre Wände düster auf. Weit drunten befand sich ein See aus geschmolzenem Gestein. Nach der langen Dunkelheit ihres Marsches schmerzte die Helligkeit ihren Augen. Die ätzende Hitze, die aus dem See aufstieg, wallte ihnen entgegen, als versuche sie, die Menschlein aus der Höhe herabzuzerren. Das dunkle Brodeln dröhnte durch die Luft. Große Fontänen aus Magma schossen empor zur Höhlendecke und fielen dann zurück in den See wie zersprungene Türme.

»Die Dämondim in den Tagen Hoch-Lord Loris' entledigten sich hier der mißratenen Ergebnisse ihrer Vermehrungsbemühungen«, hörte Covenant jemanden undeutlich erzählen. »Man sagt, daß der Abscheu der Dämondim – und der Greuelinger, die sie zeugten – wider ihre eigene körperliche Gestalt keine Grenzen kannte. Er verleitete sie zu den Zeugungsversuchen, aus denen sowohl Urböse wie Wegwahrer hervorgingen. Und er brachte sie dazu, alle ihre Schwachen und Mißratenen in solche Schlünde wie diesen hier zu werfen – so sehr grauste es ihnen vor ihrer ungesehenen Augenlosigkeit.«

Mit einem Aufstöhnen drehte Covenant sein Gesicht zur Wand und schleppte sich an der Höhle vorüber in den Gang, der dahinter lag. Als er seine Hände vom Halt nahm, den der Fels ihm bot, zuckten seine Finger neben ihm, als betaste er die Seiten eines Sarges. Prothall beschloß, an dieser Stelle, gleich hinter der von Steinlicht erfüllten Höhle, eine weitere Verschnaufpause einzulegen. Hastig verzehrte das Aufgebot ein kaltes Mahl, trat unmittelbar danach erneut den Weg durch die Dunkelheit an. Von diesem Gang aus bogen sie zweimal ab, erklommen eine ausgedehnte Steigung und gerieten nach einer Weile auf einen Felssims innerhalb einer Verwerfung. Deren Bruch fiel nach links ab. Covenant schritt in geistesabwesendem Zustand aus, schüttelte wiederholt den Schädel, um seine Gedanken zu klären. Urböse schwirrten ihm durch den Kopf wie bildliche Ausdrücke von Selbsthaß, bösen Vorahnungen. War er dazu verdammt, sich selbst sogar in derartigen Kreaturen wiederzusehen? Nein. Er knirschte mit den Zähnen. Im Licht erinnerter Wallungen von Lava begann er zu befürchten, daß er seine Chance bereits verpaßt habe – seine Chance, sich zu opfern …

Mit der Zeit überkam ihn wieder Müdigkeit. Als Prothall erneut, noch auf dem Sims, eine Marschpause anordnete, überraschte Covenant sich selber damit, so dicht an einem Abgrund beinahe im Stehen einzuschlafen. Aber der Hoch-Lord drängte nun voran aufs Ziel und gewährte der Truppe nur eine kurze Pause. Mit seiner knisternden Fackel führte er das Aufgebot nach kurzer Zeit weiter vorwärts, von einer zur anderen Finsternis. Während die Expedition sich hinzog, begann die Unaufhörlichkeit der allgemeinen Wachsamkeit nachzulassen. Der Mondaufgang rückte heran, und irgendwo voraus traf Seibrich seine Vorbereitungen, um das Aufgebot gebührend zu empfangen. Prothall blieb in Bewegung, als giere er regelrecht nach der letzten Kraftprobe, und führte die Truppe in forschem Schritt das Gesims entlang. Infolgedessen überraschte der einzelne Urböse alle. Er hatte sich in einem schmalen Spalt des Abhangs verborgen. Als Covenant vorbeiging, sprang er heraus und auf ihn los, warf sich mit seinem ganzen Gewicht gegen Covenants Brustkorb. Sein ungeschlachtes, augenloses Gesicht war ausdruckslos und doch von grausamer Wildheit. Als er sich auf Covenant warf, tastete er wie besessen nach dessen linker Hand. Die Wucht des Anpralls schleuderte Covenant zurück, zur Seite der Grube. Für einen Sekundenbruchteil fehlte es ihm an der Wahrnehmung dieser Gefahr. Der Urböse beanspruchte seine Aufmerksamkeit. Er zerrte Covenants Linke dicht vor sein Gesicht und schnupperte seibrig an den Fingern, als suche er etwas, dann versuchte er, sich den Ringfinger in den unregelmäßig geformten Mund zu schieben. Covenant taumelte noch einen Schritt rückwärts; sein Fuß geriet vom Sims. In diesem Augenblick kam ihm der Abgrund zu Bewußtsein, der da klaffte. Unwillkürlich schloß er vorm Gesicht des Urbösen seine Faust und achtete nicht weiter darauf. Indem er seinen Stab mit aller Kraft seiner Halbhand umklammerte, streckte er ein Ende Bannor entgegen. Der Bluthüter griff bereits nach seinem Schutzbefohlenen. Nun packte Bannor den Stab. Für einen flüchtigen Moment konnte Covenant seinen Griff um den Stab beibehalten. Aber an seinem linken Arm hing das volle Gewicht des Urbösen. Er verlor seinen Halt am Stab. Zusammen mit dem Geschöpf, das sich unermüdlich darum bemühte, ihm den Finger mit dem Ring abzubeißen, torkelte er über den Rand und fiel. Bevor er bloß einen Schrei des Entsetzens ausstoßen konnte, krachte er mit einer Wucht auf, als wäre er gegen einen Findling gerannt, und der Aufprall pufffte ihm die Luft aus seinen Lungen, so daß er erbärmlich keuchte, während er weiter hinabpurzelte. Mit eingeschnürter Brust, röchelnd, dazu außerstande, einen Laut herauszubringen, schwand ihm die Besinnung.

Als er sich nach dem Sturz wieder zu regen begann, mußte er sich erst einmal mit einem ganzen Gesicht voll Dreck befassen. Er lag mit dem Kopf nach unten auf einem steilen Hang aus Schieferbrocken, Lehm und Abfällen, und was von alldem, verursacht durch seinen Sturz, ins Rutschen gekommen war, bedeckte jetzt sein Gesicht. Für einen längeren Moment konnte er nichts tun als würgen und husten. Seine Plackerei schüttelte ihn durch, ohne ihn von dem Unflat zu befreien. Dann endlich wälzte er sich mit einer Anstrengung herum, die ihn ins Zittern brachte, und hob den Kopf. Er hustete einen Klumpen Schmutz aus und stellte fest, daß er atmen konnte. Aber zu sehen vermochte er nichts. Es dauerte einen Moment, bis diese Tatsache ihm ins Bewußtsein drang. Er untersuchte sein Gesicht und fand heraus, daß seine Augen unbedeckt waren und offen. Dennoch nahm er mit dem Augenlicht nichts wahr als vollständige, trostlose Finsternis. Es war, als sei er aus Panik erblindet – als wären seine Sehnerven aus Entsetzen betäubt. Eine Zeitlang empfand er nun tatsächlich Panik. Ohne Sicht war ihm zumute, als sauge die leere Luft an ihm wie Treibsand, in dem er versackte. Ringsum schlug die Nachtschwärze ihre nackten Schwingen wie Geier, die sich auf totes Fleisch hinabschwangen. Sein Herz schlug in wuchtigen Zuckungen von Furcht. Er kauerte auf den Knien, von allen und allem verlassen, beraubt ums Sehen, um Licht, durch die Außerordentlichkeit seiner Gefährdung obendrein um den klaren Verstand, und sein Atem winselte ihm in der Kehle. Doch sobald die erste Aufwallung seiner Panik abebbte, blickte er wieder durch. Furcht – das war eine Emotion, die er verstand, ein

Teil seiner Lebensumstände. Und sein Herz schlug weiter. Es schlurrte, als sei es wund, aber es hielt ihn am Leben. Plötzlich riß er seine Fäuste hoch und schlug sie beiderseits seines Kopfs auf den Schiefer, hämmerte im Takt seines Pulsschlags darauf ein, als wolle er sich aus dem Stein der Erde Rationalität hauen. *Nein! Nein! Ich werde* ÜBERLEBEN! Diese Geltendmachung beruhigte ihn. ÜBERLEBEN! Er war ein Lepraleidender, gewöhnt an Furcht. Er wußte, wie er sich damit auseinanderzusetzen hatte. *Disziplin! Disziplin!* Er preßte sich die Hände auf die Augäpfel; farbige Flecken zuckten durch die Finsternis. Er war nicht blind. Er sah Dunkelheit. Er war aus dem Bereich des einzigen Lichts in den Katakomben gefallen; natürlich konnte er nichts sehen. *Hölle und Verdammnis!* Gewohnheitsmäßig betastete er seine Hände, erschrak über die Blutergüsse, die er sich zugezogen hatte. *Disziplin!* Er war allein … allein … Ohne Licht irgendwo am Fuße eines Felsgesimses, inmitten einer unterirdischen Verwerfung, viele Längen von der nächsten Öffnung zum freien Himmel entfernt. Ohne Hilfe, Freunde, Aussicht auf Rettung, denn für ihn war das Äußere des Berges so unerreichbar, als hätte es aufgehört zu existieren. Flucht selbst war unmöglich geworden, außer wenn … *Disziplin!* … außer er fand einen Weg zum Sterben. *Hölle und Verdammung!* Verdursten. Verhungern. Verletzungen … Verbluten. Er ging die Möglichkeiten durch, als nähme er seine VBG vor. Er konnte irgendeinem im Finstern ausgebrüteten Übel zum Opfer fallen. In einen verhängnisvollen Abgrund stürzen. Im Wahnsinn sterben, ja. Alles so einfach wie Leprose. Mitternächtliche Schwingen umflatterten seine Ohren, taumelten in schwindelerregender Weise über das blinde Schwarzland dahin. Unbewußt ruckten seine Hände rund um seinen Kopf, suchten täppisch nach einer Möglichkeit zur Verteidigung. *Verdammnis! Nichts von alldem geschieht wirklich. Disziplin!* Eine nachgerade fötale Lust befiel ihn. Er griff danach wie nach einer Vision. *Ja!* Hastig veränderte er seine Position, bis er auf der Schieferhalde saß. Er klaubte an der Gürtung seines Gewandes entlang, bis er Atiarans Messer fand. Er faßte es sorgsam mit seiner Halbhand und begann sich zu rasieren. Ohne Wasser und Spiegel war er ständig nahe daran, sich die Gurgel aufzuschlitzen, und die Trockenheit seines Bartes bereitete ihm Schmerzen, als unterziehe er sein Gesicht mit dem Messer einer Korrektur. Aber dies Risiko, diese Schmerzen waren ein Teil von ihm; ihnen haftete nichts Unmögliches an. Falls er sich schnitt, mußte der Dreck auf seiner Haut eine fast sofortige Entzündung der Wunde verursachen. Die Rasur beruhigte ihn wie eine Demonstration seiner Identität. Auf diese Weise drängte er die Dunkelheit zurück, gebot ihren Klauen Einhalt.

Als er fertig war, verwendete er seine Entschlossenheit für den Beschluß, seine Lage zu erforschen. Er wollte wissen, an was für einer Art von Örtlichkeit er sich befand. Vorsichtig und mit äußerster Behutsamkeit begann er sich auf Händen und Knien vom Hang zu entfernen. Aber noch ehe er einen Meter weit übers glatte Gestein gerutscht war, fand er einen Leichnam. Das Fleisch gab nach, als sei es noch nicht lange tot, aber der Brustkorb war kalt und schmierig, und als er seine Hand zurückzog, war sie feucht und stank nach geronnenem Blut. Er wich zurück an die Halde, erstarrte zur Bewegungslosigkeit, während seine Lungen mühsam um Atem rangen, seine Knie bebten. Der Urböse – der Urböse, der ihn angefallen hatte. Vom Sturz zerschmettert. Er wollte sich wieder in Bewegung setzen, war jedoch unfähig dazu. Der Schrecken dieser Entdeckung lähmte ihn wie das plötzliche Aufspringen bedrohlicher Türen; er fühlte sich von Gefahren umlauert, die er nicht näher bezeichnen konnte. Woher hatte das Geschöpf gewußt, daß sein Angriff ihm gelten mußte? Konnten diese Kreaturen Weißgold tatsächlich riechen? Da fing sein Ring auf einmal an zu schimmern. Der blutrote Glanz verwandelte sich in einen Reif dunklen Feuers rings um seinen Ehering, eine hochrote Fessel. Aber das Band verbreitete keine Helligkeit – erlaubte ihm nicht einmal, den Finger zu sehen, um den es hing. Es schimmerte trostlos dicht vor ihm, entblößte ihn allen Augen, die sich im Dunkeln verbergen mochten, bot zur Gegenleistung nichts als Gräßlichkeit. Er hatte nicht vergessen, was das bedeutete. Seibrichs blutiger Mond erhob sich voll übers Land. Die bloße Vorstellung ließ ihn sich an die Schieferhalde drücken.

In seiner Kehle stak ein Gefühl des Erstickens, als füttere man ihn zwangsweise mit Entsetzen. Selbst das seiner Gewalt entglittene Pfeifen seiner Atmung schien seinen Standort für die Attacke von Krallen und Fängen zu kennzeichnen, die so unsichtbar in der Dunkelheit waren, daß er sie sich nicht vergegenwärtigen konnte. Er war allein, hilflos, ohne Hoffnung. Es sei denn, er entdeckte einen Weg, um sich die Kraft seines Rings nutzbar zu machen.

Im selben Moment, als ihm dieser Gedanke in den Sinn kam, schrak er davor voller Abscheu zurück. Nein! Niemals! Er war ein Lepraleidender; seine Überlebensfähigkeit hing ab von vollkommener Realitätsanerkennung, vom Sichabfinden mit seiner nun zu seinem Wesen gehörigen Behinderung. Das war die Grundregel der Leprose. Nichts konnte sich für ihn so unheilvoll auswirken – nichts ihn an Körper und Geist so grausam zerstören – wie die Illusion von Macht. Macht in einem Traum. Und bevor er stürbe, müßte er so deformiert und stinkig werden wie jener Mann, den er im Leprosorium gesehen hatte. Nein! Lieber brächte er sich sofort um. Alles wäre besser als das!

Er wußte nicht, wie lange seine Gedanken verworren kreisten, bis er aus der Finsternis gedämpfte Geräusche vernahm – entfernt, schlüpfrig und unheimlich, als habe die Mitternacht rundherum plötzlich gepreßt durch die Zähne zu atmen angefangen. Sie schraken ihn auf wie ein Stich ins Herz. In blinder Furcht fuhr er zurück, wollte sich die Geräusche vom Leibe halten. Allmählich verdeutlichten sie sich – verwandelten sich in gleichmäßiges Säuseln, ähnlich einem rauhen Atmen vieler Kehlen. Diese Laute verseuchten die Luft wie Ungeziefer, verursachten ihm eine Gänsehaut. Sie kamen zu ihm. Wegen seines Rings wußten sie, wo er war, und nun kamen sie. Er sah ein flüchtiges Gedankenbild eines Wegwahrers mit einer eisernen Stange durch die Brust. Er legte seine Rechte über den Ring. Aber als er es tat, begriff er bereits, daß das nichts nutzte. Wie ein Rasender begann er auf dem Schiefer nach irgend etwas zu suchen, das ihm als Waffe dienen konnte. Da entsann er sich seines Messers. Es fühlte sich viel zu leicht an, um ihm eine Hilfe zu sein. Dennoch packte er es, während er mit seiner rechten Hand weiter umhertastete, kaum wußte, was er sich eigentlich erhoffte. Für eine Weile suchte er seine Umgebung ab, ohne den Lärm zu beachten, den er machte. Dann fanden seine Finger seinen Stab. Bannor mußte ihn herabgeworfen haben, und er war in seine Nähe gefallen. Das Säuseln kam näher. In Wirklichkeit war es das Schlurfen vieler nackter Füße über Stein. Sie kamen zu ihm. Der Stab! – es war der Stab eines Allholzmeisters. Baradakas hatte ihn ihm gegeben. *›In der Stunde der Finsternis besinne dich auf des Allholzmeisters Stab.‹* Wenn er ihn entflammen konnte … Aber wie? In der schwarzen Luft lauerten Feinde. Ihre Schlurfschritte schienen sich ihm von oben zu nähern. *Wie?* rief er verzweifelt, als wolle er den Stab durch bloße Willenskraft entzünden. *Baradakas!* Die Füße schlurften immer näher. Er konnte nun hinter ihrer zischelnden Annäherung heiseres Atmen hören. Beim Frühlingsfest hatte der Stab für ihn gebrannt. Er drückte das Ende des Stabes, zitternd vor Hast, an seinen blutig entbrannten Ring. Sofort schoß eine rote Flamme aus dem Holz, verfärbte sich zu hellem Orange und dann zu Gelb, loderte leuchtstark auf. Die plötzliche Helligkeit verdutzte ihn, aber er sprang auf die Beine und hielt den Stab über seinen Kopf.

Er stand am Fuß einer ausgedehnten, steilen Halde, die den halben Boden der Felsspalte bedeckte. Der lose Schiefer hatte durch seine lockere Anhäufung seinen Aufprall gemildert und ihm so das Leben bewahrt, da er sofort ins Rutschen geraten war, statt sich an der Stelle seines Aufpralls die Knochen zu brechen. Vor und hinter ihm erstreckte sich der Felsspalt viel weiter, als seine Flamme Helligkeit verbreiten konnte. Nahebei lag der Urböse verkrümmt auf dem Rücken; seine schwarze Haut glänzte von Blut. Auf dem Boden der Felsspalte kam eine Gruppe von Höhlenschraten auf Covenant zu. Sie waren noch dreißig Meter entfernt, aber selbst aus diesem Abstand überraschte ihn die Erscheinung dieser Wesen. Sie sahen anders aus als die Schrate, die ihm schon unter die Augen gekommen waren; der Unterschied betraf nicht nur die Kleidung – diese Geschöpfe trugen überladenen, greulichen Putz wie Höflinge eines Königshauses, wirkten elitär und obszön. Auch körperlich waren sie anders. Sie waren alt – vorzeitig, widernatürlich alt. Ihre roten Augen stierten verschleiert drein, und ihre langen Gliedmaßen wirkten krumm, als wären sie in zu kurzer Zeit gewachsen. Ihre Köpfe hingen auf Hälsen, die jedoch immerhin dick genug waren, um für die Schädel ausreichend stark und aufrecht zu sein. Ihre klobigen, spatelförmigen Hände zitterten wie infolge von Schüttellähmung. Sie rochen alle zusammen nach Übeln und Betrogenheit. Aber mit verbissener Entschlossenheit kamen sie heran, als habe man ihnen für die Erledigung dieser letzten Aufgabe den Frieden des Todes versprochen.

Covenant schüttelte seine Verblüffung ab und schwang drohend den Stab. »Faßt mich nicht an!« fauchte er durch zusammengebissene Zähne. »Verpißt euch! Ich habe einen Handel ausgemacht …!«

Die Höhlenschrate ließen sich nichts anmerken, falls sie ihn gehört hatten. Aber sie griffen ihn auch nicht an. Als sie kurz vor ihm waren, teilten sie sich nach beiden Seiten, kreisten ihn mit plumpen Bewegungen ein. Dann drängten sie ihn, indem sie an einer Seite Platz machten und von der anderen näher rückten, in die Richtung, woher sie gekommen waren. Sobald er erkannte, daß sie ihn ohne Gewaltanwendung irgendwo hinzulotsen beabsichtigten, verlegte er sich aufs Mitmachen. Gefühlsmäßig wußte er, wohin es gehen sollte. So durchquerte er, eingewiesen durch ihre mühselige Treibertätigkeit, den Grund der Felsspalte, bis er an eine Treppe links im Stein gelangte. Sie war sehr grob angelegt, nur roh aus dem Fels gehauen, aber breit genug, um von mehreren Höhlenschraten nebeneinander begangen zu werden. Er vermochte seine Neigung zu Schwindelgefühlen zu meistern, indem er sich dicht an der Felswand hielt, weg von der Tiefe. Sie stiegen etliche Dutzend Meter weit empor, bis sie eine Öffnung in der Felswand erreichten. Die Treppe führte noch weiter aufwärts, aber die Schrate lenkten ihn durch diese Öffnung. Er betrat einen schmalen Tunnel mit dem Schimmer von Steinlicht am jenseitigen Ende. Die Kreaturen hinter ihm schritten nun lebhafter aus, als geleiteten sie ihn auf ein Schafott. Dann ergoß sich eine Woge von Wärme und Schwefelgeruch über ihn. Aus dem Tunnel trat er ins Kiril Threndor.
Er erkannte den brandroten Steinlichtschimmer der in Facetten unterteilten Wände, den scharf-sauren Gestank wie nach Schwefel, der faulendes Fleisch verzehrt, die Anzahl von Eingängen, das feurige Tanzen des Lichts an den Trauben von Stalaktiten in der Höhe, erkannte alles wieder. Es war ihm alles noch so deutlich in Erinnerung, als sei er gerade erst aus einem Alptraum erwacht. Die Höhlenschrate schoben ihn in diese Felskammer, scharten sich dann hinter ihm zusammen, um ihm den Rückweg zu versperren. Covenant begegnete zum

zweitenmal Seibrich Felswürm. Seibrich kauerte auf seiner Erhöhung in der Mitte des Hohlraums. Er umklammerte mit seinen beiden großen Händen den Stab des Gesetzes, und der Stab war es, an dem Covenant ihn zuerst erkannte. Seibrich hatte sich verändert. Irgendein Übel hatte ihn befallen. Als er Covenant erblickte, fing er schrill an zu lachen. Aber seine Stimme war schwach, und sein Gelächter hatte einen Anflug von Hysterie. Er lachte nur kurz; anscheinend fehlte es ihm an Kraft, um das Lachen länger durchzuhalten. Wie die Höhlenschrate, die Covenant zu ihm getrieben hatten, war er alt. Aber was immer ihnen zugesetzt haben mochte, ihm hatte es mehr geschadet. Seine Gliedmaßen waren so knorrig geworden, daß er kaum aufstehen konnte; unaufhaltsam rann Speichel von seinen erschlafften Lippen, und er schwitzte übermäßig, als könne er die Wärme seiner eigenen Domäne nicht länger ertragen. Er hielt den Stab mit einem Gebaren wilder Besitzgier und Verzweiflung gepackt. Nur seine Augen waren unverändert geblieben. Sie leuchteten hochrot, ohne Pupillen oder Netzhäute, und schienen zu brodeln wie bösartige Lava, versessen aufs Verschlingen. Covenant empfand eine sonderbare Mischung aus Mitleid und Abscheu. Aber ihm war nur ein Moment vergönnt, um sich darüber zu wundern, was mit Seibrich geschehen sein mochte. Dann mußte er sich zusammenreißen. Der Höhlenschrat humpelte mühsam auf ihn zu. Ein paar Schritte von Covenant entfernt verharrte Seibrich, stöhnte infolge der Schmerzen in seinen Gliedern. Er nahm eine Hand von dem mit kunstvollen Schnitzereien verzierten Stab, um mit einem zittrigen Finger auf Covenants Ehering zu zeigen. Während er sprach, warf er unablässig scheele, von Zuckungen begleitete Blicke über die Schulter, als richte er seine Äußerungen an einen unsichtbaren Zuschauer. Seine Stimme klang so kloßig, wie seine Arme und Beine knotig geworden waren.

»Mein!« krächzte er. »Du hast's versprochen. Mein! Lord Seib-

rich … mit Stab und Ring. Du hast es versprochen. Tu dies, hast du gesagt. Tu das. Zerschmettere jetzt nicht. Warte noch.« Er spie die Worte gehässig hervor. »Töte später. Du hast ihn mir versprochen. Den Ring. Wenn ich nach deinen Wünschen handle. Du hast's versprochen.« Er redete daher wie ein trotziges Kind. »Seibrich. Lord Seibrich! Macht! Jetzt ist sie mein!«
Er seiberte womöglich noch stärker als vorher und streckte eine Hand nach Covenants Ring aus. Covenant reagierte augenblicklich allein aufgrund seines Widerwillens. Mit seinem brennenden Stab vollführte er einen raschen Hieb und schlug Seibrichs Hand beiseite. Beim Aufprall zersprang sein Stab in lauter Splitter, als bestünde Seibrichs Fleisch auf einmal aus wuchtigem Eisen. Seibrich stieß einen erstickten Schrei der Wut aus und rammte den Stab des Gesetzes mit dem unteren Ende auf den Felsboden. Den Fels unter Covenants Füßen durchfuhr ein Ruck; er stolperte rückwärts, stürzte und prallte so schwer auf, daß er zuerst glaubte, sein Herz müsse dadurch stehengeblieben sein. Er lag hilflos und wie gelähmt da. »Umbringen!« hörte er Seibrich durch ein Rauschen und Pochen in seinen Ohren brüllen. »Gebt mir den Ring!«
Covenant wälzte sich herum. Schweiß brachte sein Blickfeld zum Verschwimmen; nebelhaft sah er die Höhlenschrate ihn in die Zange nehmen. Sein Herz schien in seiner Brust erstarrt zu sein, und er konnte nicht die Füße unter seinen Leib bekommen. Er schnappte nach Luft und versuchte, aus der Reichweite der Schrate zu kriechen. Der erste Schrat packte ihn am Nacken, aber plötzlich stöhnte er auf und fiel seitwärts. Ein zweiter Höhlenschrat stürzte; der Rest wich verwirrt zurück. »Bluthüter«, rief ein Schrat furchtsam. »Lord Seibrich, hilf uns!«
»Narr!« erwiderte Seibrich und hustete, als seien ihm die Lungen wurmstichig geworden. »Feigling! Ich bin Macht! Bringt sie um!«

Covenant rappelte sich hoch, wischte sich den Schweiß aus dem Gesicht und sah neben sich Bannor stehen. Das Gewand hing dem Bluthüter in Fetzen von den Schultern, und ein großer Bluterguß über den Brauen verschloß ihm ein Auge. Aber seine Hände zeugten von wachsamer Kampfbereitschaft. Er wippte auf den Ballen seiner Füße, bereit zum sofortigen Sprung in jede Richtung. In seinem gewöhnlich ausdruckslosen Blick glomm ein Funke von Kampfeseifer. Covenant verspürte eine solche Aufwallung von Erleichterung, daß er Bannor am liebsten umarmt hätte. Nach seiner langwierigen Prüfung der Lichtlosigkeit fühlte er sich jetzt plötzlich gerettet, beinahe außer Gefahr. Aber der schroffe Ton seiner Stimme widersprach seinen inneren Regungen.

»Wo zum Teufel hast du so lange gesteckt?«

Langsam und zaghaft schlurften die Höhlenschrate wieder vorwärts, umstellten Covenant und Bannor. Seibrich zeterte mit heiserem Keuchen auf sie ein. Droben tanzte belustigt das Helldunkel der Stalaktiten. Mit bemerkenswerter Gleichgültigkeit erwiderte Bannor, er sei, nachdem er den Urbösen getötet habe, unglücklich aufgeprallt und habe das Bewußtsein verloren. Danach sei er dazu außerstande gewesen, Covenant in der Dunkelheit zu finden. Angefeuert durch Seibrichs eindringliches Schelten, griff ein Höhlenschrat Covenant hinterrücks an. Doch Bannor wirbelte leichtfüßig herum und fällte das Geschöpf mit einem Tritt. »Dann enthüllte mir deines Stabes Flamme deinen Verbleib«, erläuterte Bannor anschließend weiter. »Ich entschied, daß ich dir folgen müsse.« Er unterbrach sich für einen Moment, um sich zwei nahen Bedrängern in den Weg zu stellen. Sie wichen hastig zurück. Als er weiter berichtete, zeugte sein *Haruchai*-Tonfall von einer Art endgültiger Aufrichtigkeit. »Ich hielt mich mit meinem Beistand zurück, um den Beweis abzuwarten, daß du nicht bloß ein Köder für die Lords bist.«

Etwas von der selbstlosen und gleichmütigen Haltung Bannors zum Tod übertrug sich auf Covenant. »Da hast du dir einen schönen Zeitpunkt ausgesucht«, bemerkte er ohne Groll, »um mich zu testen.«
»Wir Bluthüter kennen Zweifel. Wir wünschen Gewißheit.«
Seibrich bot neue Kräfte zu einem wutentbrannten Geschrei auf. »Narren! Würmer! Furcht vor bloß zweien!« Er seiberte. »Geht! Schaut zu! Lord Seibrich tötet!« Die Höhlenschrate gaben ihm den Weg frei, und Seibrich kam unter Ächzen und Stöhnen herüber. Vor sich hielt er den Stab des Gesetzes wie eine Axt. Bannor sprang vor und trat nach Seibrichs Gesicht. Aber trotz seiner beeinträchtigten Verfassung war Seibrich kein Hampelmann geworden. Er schien Bannors Tritt gar nicht zu spüren. In schwerblütiger Wut hob er den Stab, um einen Schlag zu führen, der Bannor und Covenant an Ort und Stelle einäschern sollte. Gegen die Macht, die er zu ihrer Vernichtung aufzubieten vermochte, konnten sie nichts ausrichten. Trotzdem stellte sich Bannor vor Covenant, um sich dem Hieb entgegenzuwerfen. Geduckt wartete Covenant auf den Schmerz, der für ihn die Befreiung bedeutete. Aber Seibrich hatte sich zu spät zum eigenhändigen Handeln entschlossen. Er hatte seine Chance verpaßt und zugleich andere Gefahren mißachtet. Noch während er den Stab erhob, kam das Aufgebot ins Kiril Threndor gestürmt, angeführt von Streitwart Quaan und Hoch-Lord Prothall. Die Truppe sah mitgenommen aus, als habe sie einigen äußeren Widerstand überwinden müssen, war jedoch vollzählig und in ihrem Vorgehen zielstrebig, drang in die Höhle mit der Entschiedenheit einer Flutwelle ein. Prothall brachte Seibrich mit einem herrisch strengen Zuruf zum Erstarren. Ehe die Höhlenschrate begriffen, wie ihnen geschah, fuhr das Fähnlein unter sie und scheuchte sie aus der Felskammer. Im Handumdrehen war Seibrich von einem weitgezogenen Ring aus Kriegern und Bluthütern umkreist. Lang-

sam, sichtlich sehr verwirrt, wich er zurück, bis er wieder halb auf seinem Podest hockte. Er schaute in die Runde, als sei er nicht zu begreifen in der Lage, was sich ereignet hatte. Aber seine Schaufelhände hielten den Stab in einem Griff von der Grimmigkeit des Todes. Dann nahmen seine lavaroten Augen einen grotesken Ausdruck von Dummschlauheit an.

»Hier!« Er fauchte mit rauher Stimme, während er über die Schulter nach hinten nickte, als verdrehten Zuckungen ihm den Hals. »Das ist recht und billig. Recht und billig. Besser als Versprechen. Sie alle … hier. Alle kleinen Lords und winzigen Bluthüter … Menschen. Zur Stelle zum Zerschmettern.« Er begann zu lachen und erlitt einen Hustenanfall. »Zerschmettern!« röchelte er heraus, als er sich wieder in die Gewalt bekam. »Mit Macht zerschmettern!« Er erzeugte in seiner Kehle Laute, die dem Knacken von Knochen glichen. »Macht! Kleine Lords. Mächtiger Seibrich. Besser als Versprechungen.«

Unumwunden trat Prothall dem Höhlenschrat entgegen. Er reichte seinen Stab Mhoram und ging zu dem Podest, an seiner Seite Tuvor. Seine Haltung war aufrecht; sein Gebaren ruhig und abgeklärt. Gestärkt durch Jahre der Kasteiung, kannten seine Augen weder Zagen noch Leidenschaft. Im Gegensatz dazu brannten Seibrichs rote Augen in verzehrendem Maße von der Erfahrung ungezählter Übersättigungen – von suchtmäßiger Gier nach Macht. Als der Hoch-Lord sprach, klang selbst das Rasseln in seiner Greisenstimme nach Autorität und entschiedenem Willen. »Gib auf!« sagte er leise. »Seibrich Felswürm, hör mich an! Der Stab des Gesetzes kann nicht in deinem Besitz verbleiben. Er ist nicht für dich bestimmt. Seine Kraft darf allein zum Heil des Landes Verwendung finden. Händige ihn mir aus.« Covenant trat vor und neben den Hoch-Lord. Er hatte das Gefühl, dem Stab nahe sein zu müssen.

»Macht?« sabbelte Seibrich. »Aufgeben? Niemals!« Seine Lippen bewegten sich weiter, als er verstummte, als prüfe er geheime Absichten auf ihre Tauglichkeit.

»Verzichte auf ihn«, drängte Prothall nochmals. »Zu deinem eigenen Nutzen. Bist du blind, was dich selbst anbetrifft? Siehst du nicht, was mit dir geschehen ist? Seine Kraft ist dir nicht zugedacht. Sie vernichtet dich. Du hast den Stab übel mißbraucht. Du hast den Weltübel-Stein benutzt. Solche Kräfte sind tödlich. Lord Foul hat dich hintergangen. Gib mir den Stab. Ich will versuchen, dir zu helfen.«

Aber dieser Vorschlag ärgerte Seibrich. »Helfen?« meinte er mit einem Aufhusten. »Narr! Ich bin Lord Seibrich. Herr und Meister. Der Mond ist mein. Die Macht ist mein. Du bist mein. Ich kann zerschmettern! Alter Narr ... kleiner Lord. Ich lasse dich leben, damit du mich zum Lachen bringst. Helfen? Nein, tanzen. Tanz für Lord Seibrich.« Bedrohlich schüttelte er den Stab. »Bring mich zum Lachen. Dann lasse ich dich leben.«

Prothall richtete sich zu voller Größe auf. »Seibrich Felswürm«, sagte er in befehlsmäßigem Ton, »gib den Stab heraus.« Er trat einen Schritt vor.

Mit einem Ruck, der wie eine Zuckung der Hysterie ausfiel, hob Seibrich den Stab zum Schlag. Prothall warf sich vorwärts und versuchte, ihm in den Arm zu fallen. Aber vor ihm erreichte Tuvor den Höhlenschrat. Er packte das Ende des Stabes. Seibrich sabberte vor Wut und stieß das mit Eisen umhüllte Ende gegen Tuvors Leib. Blutrote Helligkeit blitzte auf. Augenblicklich war das Fleisch des Blutmarks transparent; die Truppe konnte seine Knochen wie trockene Zweige lodern sehen. Dann stürzte er, sackte rücklings nieder und sank in Covenants Armen zusammen. Sein Gewicht war zu groß, als daß der Zweifler ihn hätte aufrecht halten können; er sank darunter abwärts auf den Felsboden. Er beobachtete, Tuvor in seinen Armen, den Hoch-Lord. Prothall rang mit Seibrich. Er hielt den Stab mit beiden Fäusten umklammert, um Seibrich

an einem zweiten Streich zu hindern. Sie kämpften miteinander um den Besitz des Stabes. Die Auseinandersetzung machte einen für Prothall sehr nachteiligen Eindruck. Trotz seiner Hinfälligkeit war Seibrich dazu imstande, noch einiges von seiner einstigen schratigen Vierschrötigkeit in die Waagschale zu werfen. Und er war übersättigt mit Macht. Und Prothall war ein Greis. Mit Tuvor in den Armen konnte Covenant nichts tun. »Hilf ihm!« rief er Mhoram zu. »Er wird bestimmt umgebracht.«
Aber Mhoram kehrte Prothall den Rücken zu. Er kniete sich neben Covenant, um zu schauen, ob sich Tuvor irgendwie helfen ließ. »Seibrich sucht den Stab mit Bosheit zu meistern«, sagte er rauh. »Der Hoch-Lord vermag ein stärkeres Lied als so eines zu singen.«
»Er wird umkommen«, rief Covenant entsetzt. »Du mußt ihm helfen!«
»Ihm helfen?« Mhorams Augen funkelten gefährlich. Schmerz und herbe Zurückhaltung verliehen seiner Stimme einen schärferen Klang. »Er würde meine Hilfe nicht willkommen heißen«, sagte er. »Er ist der Hoch-Lord. Ich würde Seibrich …«, für einen Moment erstickte seine Stimme an einer Kehle voller Leidenschaft, »… trotz meines Friedensschwurs zerschmettern.« Er verwendete Seibrichs Ausdruck *zerschmettern* mit einem Potential der Verzweiflung, das Covenant zum Schweigen brachte. Außer Atem verfolgte Covenant den Kampf des Hoch-Lords. Die Gefahr erfüllte ihn mit Schrecken, der Preis erschreckte ihn, den zu zahlen beide Lords die Bereitschaft besaßen. Rings um ihn brach ein allgemeines Gefecht aus. Aus mehreren Richtungen zugleich kamen Höhlenschrate ins Kiril Threndor gestürmt. Anscheinend hatte Seibrich einen lautlosen Hilferuf aussenden können; seine Wachen eilten herein, um ihn herauszuhauen. Die Trupps, welche zuerst in die Höhle eindrangen, waren nicht allzu stark, genügten jedoch, um

sofort das gesamte Aufgebot zu beschäftigen. Nur Mhoram hielt sich zurück. Er kniete neben Covenant und strich über das Gesicht des Blutmarks, als habe Tuvors Sterben ihn gebannt. Quaan brüllte heiser Befehle durchs Waffengeklirr und ließ die Krieger einen Abwehrring um das Podest und die Lords bilden. Verluste und Erschöpfung hatten das Fähnlein erheblich geschwächt, aber Streitwart Quaan führte seine Krieger, als schlössen die Bedürfnisse der Lords jeden Gedanken an Müdigkeit aus. Gemeinsam mit den Bluthütern wehrte sein Fähnlein ab, stieß vor, focht im Sog seiner keuchend hervorgestoßenen Anweisungen. Das Anwachsen der Gefährdung bereitete Covenant ein Schwindelgefühl. Über ihm befanden sich Prothall und Seibrich in fürchterlichem Zweikampf. Mit jedem Moment gestaltete sich das Ringen ringsherum wilder und hastiger. In seinem Schoß lag Tuvor in den letzten Zügen. Und an alldem konnte er nicht das geringste tun, keinem von ihnen irgendwie helfen. Bald mußte ihr Fluchtweg abgeschnitten sein, und alle ihre Bemühungen wären vergeblich gewesen. Ein solches Resultat seines Handels hatte er nicht abgesehen. Seibrich drängte Lord Prothall langsam zurück. »Tanz!« krakeelte er.

Tuvor erbebte; er schlug die Augen auf. Covenant nahm seinen Blick von Prothall. Tuvors Lippen bewegten sich, aber erzeugten keinen Laut. Mhoram versuchte ihn zu trösten. »Hab keine Furcht. Wir werden das Böse hier austilgen – alles liegt in den Händen des Hoch-Lords. Und deines Namens wird man sich überall dort, wo man Treue zu schätzen weiß, in Ehren entsinnen.«

Doch Tuvors Blick verharrte auf Covenant, und er schaffte es, ein einziges Wort zu flüstern. »Wahrlich?« Sein ganzer Körper verkrampfte sich aus Flehentlichkeit, aber Covenant wußte nicht, ob er nach einem Versprechen oder einer Beurteilung fragte.

Dennoch antwortete der Zweifler. Er konnte die Antwort einem Bluthüter nicht verweigern, sich der Anrufung durch eine so aufwendige Treue nicht verschließen. Das Wort blieb ihm im Halse stecken, aber er zwang es heraus: »Jawohl.«
Tuvor erbebte nochmals und starb mit einem ausdruckslosen Stöhnen, als sei der Strang seines Eides gerissen. Covenant faßte ihn an den Schultern, schüttelte ihn; aber Tuvor rührte sich nicht mehr. Auf dem Podest hatte Seibrich inzwischen Prothall auf die Knie niederdrücken können und beugte nun den Hoch-Lord rückwärts, um ihm das Rückgrat zu brechen. »Mhoram!« heulte Covenant vor Ratlosigkeit und Zorn auf.
Der Lord nickte, sprang auf die Füße. Aber er griff Seibrich nicht an. Er hob seinen Stab über den Kopf und begann mit trompetenlauter Stimme, die den Kampflärm mühelos übertönte, zu rufen: *»Melenkurion abatha! Minas mill khabaal!«* Vom einen bis zum anderen Ende brach grellweißes Feuer aus seinem Stab. Die Macht seiner Worte schüttelte Seibrich durch und schleuderte ihn um einen Schritt zurück. Prothall raffte sich wieder hoch.
Immer mehr Höhlenschrate schwärmten ins Kiril Threndor. Sie drängten Quaan und sein Fähnlein zurück ans Podest. Endlich beeilte sich Mhoram, die Krieger zu unterstützen. Flammen loderten aus seinem Stab, als er zum Angriff überging. Rund um ihn fochten die Bluthüter wie Derwische, sprangen und traten zwischen den Höhlenschraten so blitzartig geschwind umher, daß die Geschöpfe sich untereinander behinderten, wenn sie zurückzuschlagen versuchten. Aber unablässig strömten Verteidiger Seibrichs herein, wimmelten durch die Höhle. Unter ihrem immer stärkeren Ansturm begann das Aufgebot in Bedrängnis zu geraten. »Ich habe ihn«, rief da plötzlich Prothall durchs Getöse. »Der Mond ist frei.«
Voller Triumph stand er hochaufgerichtet auf dem Podest,

reckte den Stab des Gesetzes in seinen Händen empor. Seibrich lag zu seinen Füßen, knirschend wie ein Stück zerbrochenen Steins. »Gib ihn mir zurück!« keuchte die Kreatur zwischen krampfartigen Zuckungen des Grams. »Ich will ihn haben!« Dieser Anblick jagte den Höhlenschraten mit einem Schlag Furcht ein. Sie schraken zurück, entfernten sich zu den Wänden der Höhle. Von der Notwendigkeit des Kampfes befreit, wandten sich Quaan und seine Krieger Prothall zu und verfielen in rauhkehligen Jubel. Ihre Stimmen klangen heiser und verbraucht, aber sie schwelgten in Prothalls Sieg, als habe der Hoch-Lord soeben die Zukunft des Landes gewonnen. Aber über ihnen hielten sich die tanzfreudigen Lichter des Kiril Threndor an ihre eigene trunkene Weise. Covenant warf einen Blick auf seinen Ring. Das silbrige Weißgold brannte noch immer von Blut. Der Mond war vielleicht frei; er jedoch nicht. Ehe die Echos des Jubels verhallten – ehe irgend jemand sonst etwas unternehmen konnte –, entstand ein neuer Laut. Er setzte leise ein, schwoll dann an, bis er die Felsenkammer ausfüllte, als bräche die Decke nieder. Er war ein Gelächter – Lord Fouls Lachen, prall von Schwingungen der Heiterkeit und des unstillbaren Hasses. Seine Übermächtigkeit, die augenblicklich erniedrigte, beherrschte sofort die Lage, begrub alle in der eigenen Hilflosigkeit; es lähmte die Anwesenden, schien sie von den eigenen Herzschlägen, von der eigenen Atmung abzuschneiden. Solange sich dies Lachen auf sie legte, waren sie nichtig. Selbst Prothall stand regungslos da. Trotz seines Sieges wirkte er alt und schwächlich, und seine Augen schauten blicklos drein, als starre er in seinen Sarg. Und Covenant, der das Lachen kannte, vermochte ihm nichts entgegenzusetzen. Aber Lord Mhoram handelte. Er sprang auf das Podest und wirbelte seinen Stab um seinen Kopf, bis die Luft sirrte und blaue Blitze hinauf zwischen die Trauben von Stalaktiten schossen. »So zeige dich denn, Verächter!« brüllte er. »Wenn

du deiner Sache so sicher bist, laß dich herbei! Oder fürchtest du doch, dir mit uns dein Verhängnis einzuhandeln?!«
Lord Fouls Lachen floß nun über von noch größerer Geringschätzigkeit. Aber Mhorams Aufbegehren hatte seinen Bann gebrochen. Prothall berührte Mhorams Schulter. Die Krieger packten ihre Schwerter und scharten sich in grimmiger Bereitschaft hinter den Lords zusammen. Noch mehr Höhlenschrate kamen in die Höhle, griffen jedoch nicht an. Als er sie bemerkte, erhob sich Seibrich auf seine verkrüppelten Arme. Seine blutroten Augen brodelten noch, klammerten sich bis ans Ende an Wut und Bosheit. Er hustete, als wolle er sein Herz herauswürgen. »Der Stab«, krächzte er dann. »Ihr wißt nichts. Könnt ihn nicht benutzen. Narren. Keine Flucht. Keine. Ich gebiete über Heere. Ich habe den Stein.« Mit einer wilden Anstrengung verschaffte er sich durch das Gelächter Gehör. »Den Weltübel-Stein. Macht über Macht. Ich werde zerschmettern. Zerschmettern.« Er fuchtelte mit einem Arm schlaff hinüber zu seinen Schraten. »Zerschmettern!« kreischte er mit erstickter Stimme. Die Höhlenschrate schwangen ihre Waffen und rückten vor.

## 24
## Ruf nach den Feuerlöwen

Sie kamen heran wie eine Masse roter Augen, stumpfsinnig aus hohler Entschlossenheit. Doch Lord Fouls körperloses Lachen bereitete ihnen anscheinend Hemmungen. Sie durchquerten es, als müßten sie durch Schlick waten, und ihre umständliche Annäherung ließ dem Aufgebot Zeit, um sich darauf einzustellen. Auf Quaans Befehl hin umringten die Krieger Mhoram und Prothall. Die Bluthüter gingen gemeinsam mit dem Fähnlein in Kampfbereitschaft. Mhoram rief Covenant. Langsam hob Covenant den Kopf. Er musterte seine Begleitung, und ihre Zahl kam ihm jämmerlich gering vor. Aber er versuchte, wieder auf die Beine zu gelangen. Aber Tuvor war zu schwer, als daß Covenant ihn hätte anheben können. Selbst im Tode übertraf die gewaltige Ergebenheit des Blutmarks seine Kräfte. »Hier entlang«, hörte er Mähnenhüter Lithe rufen. »Ich weiß den Weg!« Sie schlüpfte flink durch die Reihen der Höhlenschrate und eilte auf eine der Öffnungen zu. Er sah ihr nach, als habe er sie bereits aufgegeben. Er konnte Tuvor nicht von sich wälzen, weil sich mit seiner Rechten nicht richtig zugreifen ließ; zwei Finger waren zuwenig. Dann riß Bannor ihn unter dem toten Blutmark hervor und schob ihn in den Abwehrring des Fähnleins. Covenant leistete Widerstand.

»Ihr könnt ihn nicht zurücklassen!« Unnachgiebig drängte Bannor ihn zwischen die Krieger. »Was machst du denn?!« schalt Covenant. »Wir müssen ihn mitnehmen. Wenn ihr ihn nicht heimschickt, kommt kein Ersatzmann für ihn.« Er fuhr herum und wandte sich an die Lords. »Ihr dürft ihn nicht zurücklassen!«

Mhorams Lippen strafften sich über seinen Zähnen. »Wir müssen's.«

»Hierher!« rief Lithe von der Mündung des Stollens herüber, den sie ausgesucht hatte. Sie warf ihre Kordel einem Schrat um den Hals und deckte sich mit dem Körper des Geschöpfs vor Angriffen. »Hier ist unser Weg!«

Andere Höhlenschrate umdrängten sie, zwangen sie zum Zurückweichen. Auf ihren erneuten Zuruf hin entflammte Prothall seinen alten Stab, schwang ihn und führte die Truppe zur Attacke in ihre Richtung. Mit Mhorams Unterstützung bahnte er für seine Begleiter eine feurige Gasse durch die dichtgedrängte Menge von Höhlenschraten. Das helle Lord-Feuer schüchterte die Kreaturen ein. Aber bevor das Aufgebot den von Lithe gewiesenen Stollen erreichte, kam durch einen anderen näheren Zugang unter Knurren ein Keil von Urbösen in die Felskammer gestampft. Ein riesiger Lehrenkundiger führte ihn an, schwarz wie die Katakomben, bewaffnet mit einer Eisenstange, die von Kraftfülle oder Blut feucht wirkte.

»Lauft!« schrie Prothall. Die Mitglieder des Aufgebots stürmten zur Stollenmündung. Die Urbösen legten sich ins Zeug, um sie abzufangen. Das Aufgebot war schneller. Prothall und Mhoram erreichten die Öffnung, bezogen zu beiden Seiten Aufstellung, ließen die anderen voraus in den Stollen eilen. Doch ein Krieger beschloß, ihnen bei der Rückendeckung seiner Kameraden beizustehen. Er blieb unerwartet zurück. Indem er leidenschaftlich sein Schwert schwang, warf er sich dem Urbösen-Keil entgegen. Mhoram schrie auf, sprang aus der Öffnung, um ihm zu helfen. Doch da fegte der Lehrenkundige den Krieger bereits mit einem Hieb seiner Stange beiseite, so daß er stürzte. Dunkle Feuchtigkeit haftete plötzlich vom Kopf bis zu den Füßen an ihm; er brüllte, als sei er mit Säure übergossen worden. Mhoram konnte einem weiteren Streich mit dem Stab kaum ausweichen, ehe er an Prothalls Seite zurück in die Einmündung wich. Dort versuchten sie standzuhalten. Sie setzten den Urbösen ihre hellen blauen Flammen entgegen. Der Lehrenkundige drosch unablässig auf sie ein; sie wehrten jeden Hieb mit ihren Stäben ab. Mit jedem Aufeinanderprallen schossen Spritzer entflammter Flüssigkeit in blauem Lohen nach allen Seiten, verfärbten sich dann rasch schwarz. Aber der Urbösen-Keil focht mit einer Wildheit, die die Lords Schritt um Schritt zum Rückzug durch den Stollen zwang. Quaan bemühte sich, dem Vordringen des Keils entgegenzuwirken, indem er von seinen kräftigsten Bogenschützen auf den Lehrenkundigen Pfeile abschießen ließ. Doch die Geschosse erwiesen sich als wirkungslos. Sie fingen an der schwarzen Kraft des Urbösen Feuer und verbrannten augenblicklich zu Asche. Auf der anderen Seite des Aufgebots bemühte sich Lithe, ihren Instinkt für Tageslicht zum Ausfindigmachen des Rückwegs an die Oberfläche zu nutzen. Wiederholt rief sie den Lords zu, sie sollten ihr folgen. Aber dazu waren sie außerstande; sie durften es nicht wagen, dem Urbösen-Keil den Rücken zuzuwenden. Jeder Schlagabtausch aber trieb sie rückwärts. Trotz all ihres Mutes und ihrer Entschlossenheit befanden sie sich am Rande der Erschöpfung, und jeder Hieb des Lehrenkundigen schwächte sie weiter. Ihre blauen Feuer leuchteten bereits weniger stolz, und die blau entflammten Spritzer verfärbten sich immer schneller schwarz. Es war klar, daß sie den Kampf nicht viel länger durchstehen konnten. Und niemand im Aufgebot vermochte sie dabei abzulösen.

»Zurück!« rief plötzlich Mhoram. »Macht Platz!« Seine Dringlichkeit gestattete keinerlei Weigerung; auch die Bluthüter gehorchten augenblicklich. »Covenant!« donnerte Mhorams Stimme. Covenant ging nach vorn, bis ihn nur noch eine Armeslänge vom Wüten zwischen den Lords und den Urbösen trennte. »Erhebe deinen Ring!« Durch Mhorams Eindringlichkeit dazu veranlaßt, hob Covenant seine linke Hand. Noch immer verschmutzte eine dunkelrote Färbung das Herz seines Eherings. Der Lehrenkundige reagierte auf den Ring, als habe er plötzlich dessen Nähe gerochen. Er bemerkte das Weißgold, zögerte. Der Keil verharrte, obwohl die Wachsamkeit des Lehrenkundigen keineswegs nachließ. *»Melenkurion abatha!«* erscholl Mhorams Stimme. »Schlage sie zurück!« Halb intuitiv verstand Covenant, was er meinte. Er rammte seine linke Faust dem Lehrenkundigen entgegen, als schleudere er einen Blitz. Mit einem Aufheulen heftiger Furcht fuhr der gesamte Keil rückwärts. In diesem Augenblick handelten die Lords.

Indem sie in halb geschrienem Einklang, wenngleich in unterschiedlicher Tonhöhe *»Minas mill khabaal!«* riefen, schufen sie mit ihrem Feuer ein X, das den Stollen von der Decke bis auf den Boden versperrte. Die X-Flamme schwebte in der Luft; und bevor sie erlöschen konnte, setzte Prothall seinen Stab senkrecht hinein. Sofort leuchtete im Stollen ein Vorhang aus blauem Feuer auf. Angesichts von Mhorams Trick grölten die Urbösen wütend auf und stürmten vorwärts. Der Lehrenkundige holte mit seiner eisernen Stange gewaltig aus und hieb sie in den Feuervorhang. Der feurige Wall kräuselte sich, waberte und wallte, aber er ließ den Keil nicht durch. Prothall und Mhoram warteten nur einen Moment lang ab, um sich davon zu überzeugen, daß das Werk ihrer vereinten Kräfte hielt. Dann machten sie kehrt und eilten durch den Stollen davon.

»Wir haben den Stollen gesperrt«, unterrichtete Mhoram außer Atem die Truppe. »Aber der Riegel wird nicht lange währen. Wir sind schon zu schwach … wir mußten des Hoch-Lords Stab opfern, um ihn überhaupt schließen zu können. Und die Urbösen sind wütig. Seibrich treibt sie mit dem Weltübel-Stein in den Wahnwitz.« Trotz seiner Hast zeugte sein Tonfall von innerlichem Schaudern. »Nun müssen wir uns sputen. Wir

müssen entkommen – wir müssen's! Alle unsere Werke müßten zunichte werden, gelingt's uns nicht, sowohl den Stab des Gesetzes wie auch den Zweiten Kreis des Wissens in Sicherheit zu bringen.«
»Kommt!« entgegnete Mähnenhüter Lithe. »Ich weiß Himmel und Heide zu finden. Ich verstehe es, den Weg ausfindig zu machen.«
Prothall nickte zum Einverständnis, aber seine Bewegungen fielen langsam aus, obwohl nun Schnelligkeit vonnöten war; er zeigte Ermattung, alle Anzeichen einer Beanspruchung, die weit über sein normales Durchhaltevermögen hinausging. Sein Atem rasselte tief in seiner Brust, als ertrinke er im Phlegma seines Alters, und er stützte sich schwer auf den Stab des Gesetzes. »Vorwärts!« keuchte er. »Lauft!« Zwei Bluthüter nahmen ihn an den Armen, und zwischen ihnen stolperte er gemäßigt rasch, aber zügig durch den Stollen. Das Aufgebot gehorchte ihm und schloß sich Lithe an. Anfangs kam die Truppe gut voran. Der Stollen besaß kaum Abzweigungen; bei jeder erkannte Lithe anscheinend sofort, welche die größte Verheißung von Tageslicht bot. Durch Mhorams Stab von hinten erhellt, eilte sie so zielsicher dahin, als folge sie einer heißen Spur der Freiheit. Nach den Auseinandersetzungen des Nahkampfs fand das Aufgebot in schlichtem, einmütigem Laufen eine gewisse Erleichterung. Es erlaubte ein Zusammennehmen und zugleich Schonen der Kräfte. Außerdem entfernte es sich mit der Zeit aus der Hörweite von Lord Fouls Lachen, als gäbe das Gelächter sie langsam frei. Nach einiger Zeit ließen sich hinten weder Hohn noch Bedrohung vernehmen. Zum erstenmal beruhigte die stille Finsternis. Stumm hastete die Truppe ungefähr eine Länge weit dahin. Sie begann einen Teil der Katakomben zu durchqueren, worin es von vielen kleinen Hohlräumen, kurzen Gängen und Windungen nur so wimmelte, allem Anschein nach aber keinerlei größere Höhlen um-

faßte, keine Abgründe oder Schratbauten. In allen diesen vielfältigen Räumlichkeiten zögerte Lithe kein einziges Mal. Mehrfach schlug sie Wege mit leichter Steigung ein. Doch als der Wirrwarr von Gängen in weitere und schwärzere Räume mündete, in denen Mhorams Flamme weder Decken noch Wände der Höhlen enthüllte, erwiesen sich die Katakomben wieder als feindseliger. Allmählich veränderte sich das Schweigen – verlor die Natur einer Erleichterung, verwandelte sich in die Stille eines Hinterhalts. Die Dunkelheit rings um Mhorams Licht schien immer mehr zu verheimlichen. An den Abzweigungen und Kreuzungen verdichtete sich die Nacht zwischen den Auswahlmöglichkeiten, umwölkte Lithes Instinkt. Sie begann Zweifel zu empfinden. Hinter ihr nahm Prothalls Fähigkeit, Schritt mit der Truppe zu halten, immer mehr ab. Sein heiserer, pfeifender Atem klang immer mühseliger; selbst die ermüdetsten Mitglieder des Aufgebots konnten durchs eigene schwere Schnaufen sein Keuchen hören. Die Bluthüter trugen ihn beinahe. Dennoch drangen sie immer weiter in die kahle Mitternacht vor. Sie trugen den Stab des Gesetzes und den Zweiten Kreis des Wissens mit sich; an ein Aufgeben war gar nicht zu denken.

Endlich gelangten sie in eine weite Höhle, die den Knotenpunkt zahlreicher Abzweigungen bildete. Die allgemeine Richtung, die sie seit ihrem Rückzug aus dem Kiril Threndor beibehalten hatten, fand ihre Fortsetzung genau auf der anderen Seite dieser Höhle. Lithe blieb jedoch mitten in diesem Knotenpunkt so ruckartig stehen, als wäre sie gezügelt worden. Unsicher wog sie ihre Bedenken gegeneinander ab, verwirrt durch die Vielzahl der Möglichkeiten – und durch eine intuitive Ablehnung der einzigen offenkundig naheliegenden Wahl. Sie schüttelte ihren Kopf, als widersetzte sie sich einer Einflüsterung, und stöhnte auf: »Ach, ihr Lords! Ich weiß nicht weiter.«

»Du mußt!« sagte Mhoram barsch. »Es bleibt uns nichts anderes übrig. Die alten Karten verzeichnen diese Gänge nicht. Du hast uns weit über unsere eigene Ortskenntnis hinausgeführt.« Er packte sie an der Schulter, als wolle er eine Entscheidung aus ihr herauspressen. Aber im nächsten Augenblick erfolgte eine Ablenkung durch Prothall. Unter heftigem, krampfartigem Husten brach der Hoch-Lord zusammen. Ein Bluthüter brachte ihn rasch in eine Sitzhaltung, und Mhoram kniete sich an seine Seite, musterte voller eindringlicher Sorge das alte Gesicht. »Dir bleibt nur zu einem kurzen Verschnaufen Zeit«, mahnte Mhoram leise. »Unser Riegel ist längst dahin. Wir dürfen nicht säumen.«

»Laßt mich zurück«, antwortete der Hoch-Lord zwischen Hustenanfällen. »Nehmt den Stab und geht. Ich bin vertan.« Seine Worte versetzten das Aufgebot in Schrecken. Covenant und die Truppe hielten den Atem an, um sich nicht Mhorams Erwiderung entgehen zu lassen. Die Luft war auf einmal voller Anspannung aufgrund der allgemeinen Furcht, Mhoram könne sich mit Prothalls Opfer einverstanden erklären. Aber Mhoram sagte nichts. »Laßt mich hier«, wiederholte Prothall. »Gib mir deinen Stab, dann decke ich euch den Rücken, so gut ich's noch vermag. Geht, sage ich! Ich bin alt. Ich habe meinen Augenblick des Triumphs gehabt. Ich verliere nichts. Nehmt den Stab des Gesetzes und geht!« Mhoram schwieg noch immer. »Mhoram, hör mich an«, röchelte der Hoch-Lord. »Laß dies erhabene Unterfangen nicht an meinen alten Knochen scheitern.«

»Ich höre dich.« Mhorams Stimme klang in seiner Kehle schwerfällig und wund. Er kniete mit gesenktem Kopf beim Hoch-Lord. Einen Moment später richtete er sich jedoch auf, warf den Kopf in den Nacken und begann zu lachen. Sein Lachen war ruhig – ungezwungen, ohne Fiebrigkeit –, ein Gelächter der Erleichterung, frei von Verzweiflung. Die Truppe sah ihn fassungslos an, bis sie begriff, daß er durchaus nicht in Hysterie verfallen war; dann lachte sie mit, ohne zu wissen, warum. Heiterkeit fuhr durch die Herzen wie ein frischer Wind. Covenant dagegen hätte fast laut geflucht, weil er daran nicht teilhaben konnte.

»Ach, Prothall, Dwillians Sohn«, sagte Mhoram zum Hoch-Lord. »Es ist gut, daß du alt bist. Dich zurücklassen? Wie sollte ich denn Freude daran finden, Osondrea von deinen großartigen Taten zu berichten, wenn du nicht dabei bist, um meine Prahlereien zu mildern?« Nochmals lachte er belustigt auf. Dann wandte er sich, als erinnerte er sich erst jetzt wieder an sie, nach Mähnenhüter Lithe um, die verblüfft mitten in der Höhle stand. »Mähnenhüter«, sagte er sanftmütig, »du hast deine Sache ausgezeichnet gemacht. Dein Gefühl ist dir getreu – darauf besinne dich nun. Verwirf jeglichen Zweifel. Wir fürchten uns nicht, dir dorthin zu folgen, wohin dein Herz uns führt.«

Covenant war aufgefallen, daß auch sie die Erheiterung des Aufgebots nicht geteilt hatte. Ihre Augen zeugten von Mißmut; er vermutete, daß ihr schnelles Blut Mhorams vorhin gezeigte Schärfe als Kränkung empfand. Aber sie nickte dem Lord würdevoll zu. »Das ist wohlgesprochen. Mein Verstand rät mir, meinem Herzen zu mißtrauen.«

»In welcher Hinsicht?«

»Mein Verstand sagt mir, daß wir in der bisherigen Richtung weiterziehen müssen. Aber mein Herz wünscht dorthin zu gehen.« Sie wies auf eine Tunnelöffnung, die beinahe zurück in die Richtung führte, woher sie kamen. »Ich weiß nicht, wohin«, bekannte sie schlicht. »Das ist neu für mich.«

Aber Mhorams Erwiderung kannte kein Zögern. »Du bist Mähnenhüter Lithe von den Ramen. Du hast den Ranyhyn gedient. Du kennst Gras und Himmel. Vertrau deinem Herzen.«

Nach einem Moment des Nachdenkens nahm Lithe seine Empfehlung an. Zwei Bluthüter halfen Prothall auf die Beine.

Indem sie ihn stützten, gesellten sie sich mit ihm wieder zur Truppe; alle folgten Lithe im Vertrauen auf ihren Instinkt in jenen Tunnel. Er war geringfügig abschüssig, so daß sie gut vorankamen. Die Hoffnung beflügelte ihren Schritt, daß ihre Verfolger nicht herausfanden, wohin sie sich gewandt hatten, so daß sie ihnen weder auf direktem Wege nacheilen noch ihnen den Weg verlegen konnten. Aber in der Finsternis und Stille, die alles beherrschten und ausfüllten, ermangelte es ihnen an der kleinsten Ermunterung. Der Tunnel wies keine Abzweigung auf, verlief jedoch so unregelmäßig, als sei er eine Arterie des Berges. Endlich mündete er in eine weite Wahrnehmung leeren Raumes und einen Pfad mit einigen Zickzack-Wendungen, der an einer steilen, gezackten Felswand emporführte. Nun mußte das Aufgebot sich aufwärtsschleppen. Die schwierigen Verhältnisse der Steigung verlangsamten es nicht weniger als die Notwendigkeit des Steigens. Je höher es gelangte, um so merklicher kühlte sich die Luft ab, und um so kräftiger wehte anscheinend ein Wind durch den finsteren Abgrund neben dem Pfad. Aber Kälte und Wind schienen bloß als Gegensatz zu dienen, um das Schweißtriefen und die mühevoll keuchende Atmung zu unterstreichen. Nur die Bluthüter wirkten nicht durch die Strapazen der vielen Tage ausgelaugt, die das Unternehmen nun schon beansprucht hatte; sie klommen beharrlich hinauf, als wäre dieser Aufwärtsweg lediglich eine Variante ihrer eigenen unerschöpflichen Ergebenheit. Ihre Begleiter jedoch waren gegenüber solchen Belastungen anfälliger. Die Krieger und Covenant begannen unterwegs zu humpeln wie Krüppel. Schließlich ordnete Mhoram einen Halt an. Covenant sackte zusammen und setzte sich rücklings an den Fels, der von Schwärze durchwehten, unermeßlichen Höhle zugewandt. Der Schweiß schien ihm auf dem Gesicht zu gefrieren. Man reichte die letzten Nahrungs- und Getränkevorräte herum, aber an diesem vergrabenen Ort schienen beide ihre Eigenschaft verloren zu haben, zu stärken und zu erfrischen – als ob die Dunkelheit der Katakomben letztendlich auch Nährkraft verschlänge. Covenant aß und trank lustlos. Dann schloß er die Lider, um sich die leere Schwärze für ein Weilchen festzuhalten. Aber er sah sie, ob seine Augen nun offen waren oder nicht. Einige Zeit später – Covenant maß nicht länger in Begriffen wie Dauer – vernahm man von Lord Mhoram ein eindringliches Flüstern: »Ich höre sie.«

Koriks Antwort klang so hohl wie ein Seufzer aus einem Grab. »Ja. Sie folgen uns. Es sind sehr viele.«

Die Angehörigen des Aufgebots setzten den Aufstieg fort, schlurften dahin wie Gramgebeugte, schleppten sich über die Grenzen ihrer Kraft hinaus aufwärts. Sie fühlten sich schwach aus Unzulänglichkeit, als bewegten sie sich nur noch, weil Mhorams blaue Flamme sie mitriß, sie mitzwang, beschwor, drängte, anfeuerte, ihnen gut zuredete, von ihnen alles anzunehmen sich weigerte außer Duldung und nochmals Duldung. Indem sie jedes Bedürfnis außer der Anforderung des Entkommens mißachteten, stiegen sie weiter. Dann begann der Wind sie selbst zu umheulen, und der Pfad unterzog sich einer Veränderung. Unvermittelt verengte sich der Abgrund; sie gerieten auf eine schmale, in den Fels eines senkrechten Schachts gehauene Wendeltreppe. Infolge der Schmalheit dieser Treppe konnten sie sie nur im Gänsemarsch ersteigen. Und der Wind fauchte mit einem Jaulen den Schacht empor, als fliehe er aus den Katakomben in nacktem Entsetzen.

Covenant stöhnte, sobald er merkte, daß er von neuem das Risiko einer unzumutbaren Höhe auf sich nehmen mußte, aber der Wind blies so kraftvoll von unten herauf, daß es unmöglich zu sein schien, in seiner Aufwärtswucht zu fallen. Indem er sich benommen in die Windungen der Wendeltreppe legte, kämpfte er sich auf ihrem Verlauf empor. Auch nach oben war der Schacht vollkommen senkrecht, und der Wind johlte aus Pein; und das Aufgebot kletterte, als zerre der Luftstrom es mit sich in die Höhe. Aber als der Schacht immer enger zulief, verstärkte sich die Gewalt des Windes; die Luft raste schier zu schnell aufwärts, um noch geatmet werden zu können. Während die Truppe hinaufkeuchte, suchten Wirrnis und Schwindelgefühl sie heim. Der Schacht schien gefährlich von der einen zur anderen Seite zu schwanken. Covenant klomm auf Händen und Knien. Kurz darauf kroch das ganze Aufgebot. Nach einer Durststrecke der Luftlosigkeit, die sich ringsum endlos auszudehnen schien, lag Covenant schließlich ausgestreckt auf den Stufen. Er regte sich nicht. Undeutlich hörte er, wie Stimmen das Brausen des Windes mit Gebrüll zu durchdringen versuchten. Aber er war über jedes Zuhören hinaus. Er spürte, daß er sich am Rande des Erstickens befand, und alles, was er noch wollte, war weinen. Er konnte sich kaum daran erinnern, was ihn selbst jetzt noch hinderte, seinem Jammer freien Lauf zu lassen. Hände packten ihn an den Schultern, schleiften ihn empor auf flachen Stein. Sie zerrten ihn vier oder fünf Meter weit über den Grund eines schmalen Felsspalts. Das Heulen des Windes wich in den Hintergrund. Er hörte Quaan einen erstickten, röchelnden Jubelruf ausstoßen. Mühsam hob Covenant den Kopf. Er lag mit ausgebreiteten Gliedmaßen in dem Felsspalt, genau an der Stelle, wo er auf einen der ostwärtigen Hänge des Donnerbergs mündete. Über einer flachen, grauen Ebene weit drunten ging die Sonne auf. In seinen betäubten Ohren klang selbst der Jubel wie Schluchzen. Das Geschrei schwoll an, als die Krieger, einer nach dem anderen, aus der Felsspalte kletterten, an ihm vorbei in die morgendliche Dämmerung traten. Lithe war bereits ein Stück weit hinabgehüpft und lag nun auf den Knien, küßte die Erde. Weit entfernt, jenseits der Sarangrave-Senke, des schimmernden Bandes, als das sich der Unflatfluß darzubieten wagte, sowie des Großen Sumpfes erhob sich gleichmäßig die Sonne, umhüllt von roter Pracht. Covenant setzte sich auf und schaute hinüber zu den Lords, um zu sehen, wie sie ihren Sieg aufnahmen. Aber man merkte ihnen keinerlei Triumph an. Der Hoch-Lord saß zusammengesunken da wie ein Sack voller alter Knochen, den Stab des Gesetzes quer auf den Knien. Sein Kopf war gesenkt, und er verbarg das Gesicht hinter beiden Händen. Neben ihm stand still und grimmig Mhoram, und sein Blick war so trostlos wie eine Wildnis. Covenant verstand das nicht.

»Hier können wir Widerstand leisten«, sagte Bannor.

Mhorams Antwort fiel gedämpft, aber heftig aus. »Wie denn? Seibrich kennt viele Wege. Wenn wir ihn hier zurückschlagen, wird er uns von drunten angreifen … oder von oberhalb. Er vermag Tausende wider uns aufzubieten.«

»Dann verschließ diese Kluft, um die Verfolgung zu verzögern.«

Mhorams Stimme klang noch leiser: »Der Hoch-Lord besitzt nicht länger seinen Stab. Ich allein kann diese Öffnung nicht schließen … mir ist nicht genug Kraft geblieben. Oder glaubst du, ich wäre stark genug, um die Wände des Spalts niederzureißen? Nein, ich bin's nicht … selbst wenn ich's über mich brächte, der Erde auf solche Weise Schaden zuzufügen. Wir müssen fliehen. Dort entlang …« Er deutete mit einer Hand, die bebte, den Berghang hinab. Covenant schaute hinunter. Der Spalt ging über in den Grund eines Hohlwegs, der an der Seite des Donnerbergs gerade abwärts verlief wie ein Messerschnitt. Die ganze Strecke des Einschnitts war behäuft und übersät mit großen Felsbrocken – herabgestürzten Steinklötzen, Bruchstücken der höheren Klippen, abgestorbenen Teilen des Berges gleich. Und seine Wände waren glatt, unersteigbar. Für eine halbe Länge müßten die Mitglieder des Aufgebots sich umständlich ihren Weg durch die Tiefe des Einschnitts suchen.

Hinter dieser Strecke wichen die Wände nach den Seiten zurück, und der Hohlweg fiel über eine Klippe ab. Von dieser Klippe aus würde das Aufgebot um die Berghänge ausweichen müssen, bis es eine Möglichkeit fand, um den Abstieg fortzusetzen.

Covenant kapierte noch immer nicht. Angesichts der Beschwernisse, die der Hohlweg versprach, stöhnte er auf, aber immerhin bot er einen Fluchtweg. Er fühlte Sonnenschein auf seinem Gesicht. Er raffte sich hoch, bis er wieder auf den Beinen stand. »Dann wollen wir mal«, murmelte er. Mhoram schenkte ihm einen Blick, der schwer beladen war mit unterdrückter Pein. Aber er verlieh ihr keinen mündlichen Ausdruck. Statt dessen verständigte er sich nachdrücklich mit Quaan und Korik.

Einige Augenblicke später begann das Aufgebot seinen Abstieg durch den Hohlweg. Es kam nur unheilvoll langsam vorwärts. Um Fortschritte zu machen, mußte man vom einen zum anderen Felsklotz klettern, sich über grobkantige Brocken schwingen, auf Händen und Knien durch enge Lücken zwischen gewaltigen steinernen Fäusten zwängen. Und die Mehrzahl war geschwächt. Selbst die stärksten unter den Kriegern brauchten gelegentlich den Beistand der Bluthüter. Prothall mußte nahezu ständig getragen werden. Er umklammerte den Stab des Gesetzes, versuchte schwächlich, mit unsicheren Regungen, die Höhenunterschiede zu überwinden. Sobald er von einem Stein sprang, fiel er auf die Knie; bald war das Vorderteil seines Gewandes mit Blut bespritzt.

Covenant begann wieder ein Gefühl für das Ausmaß ihrer Gefährdung zu entwickeln. Ihre geringe Geschwindigkeit konnte ihnen zum Verhängnis werden. Falls Seibrich andere Wege zu diesem Abhang kannte, mochte es sich ergeben, daß seine Streitkräfte das Ende des Hohlwegs vor dem Aufgebot erreichten. Mit dieser Empfindung war er nicht allein. Nach dem

Abklingen der ersten begeisterten Erleichterung machten die Krieger mit der Zeit wieder einen gehetzten Eindruck. Bald schlurften und kletterten sie wieder mit gesenkten Köpfen, schufteten sich mit gebeugten Rücken über die Hindernisse hinweg, als wäre das Gewicht von allem, was sie je an Beschwernis erlebt hatten, ihnen um die Hälse gebunden. Der Sonnenschein konnte sie nicht über die Gefahr hinwegtäuschen. Wie eine Prophezeiung erfüllte sich ihre Befürchtung, noch ehe sie den Hohlweg zur Hälfte durchquert hatten. Ein Krieger stieß einen abgehackten Schrei aus und deutete bergauf. Droben sahen sie eine Horde von Urbösen aus dem Felsspalt gestapft kommen, durch den sie zuvor selbst den Berg verlassen hatten. Sie versuchten ihren Abstieg durch den von Gestein übersäten Hohlweg zu beschleunigen. Aber die Urbösen strömten ihnen hinterher wie eine schwarze Flut. Die Geschöpfe schienen ohne jede Gefahr eines Fehltritts über das Sammelsurium von Steinen und Felsen hinwegzusteigen, als wären sie bei einem Ausbruch von Wildheit zur Welt gekommen. Sie holten rasch auf, rückten dem Aufgebot mit einer Schnelligkeit näher, die ein mulmiges Gefühl bereitete. Und die Urbösen waren nicht allein. Vorm Ende des Hohlwegs zeigten sich plötzlich Höhlenschrate über einer Felswand. Sobald sie das Aufgebot erspähten, warfen sie Taue über deren Rand und kletterten herab. Die Truppe war in der Zange von Seibrichs Macht gefangen wie eine Handvoll Gewürm. Sie verharrte, wo sie sich gerade befand, vor Grauen wie gelähmt. Für einen Moment schwand sogar Quaan das Bewußtsein seiner Verantwortung für sein Fähnlein; er stierte ausdruckslos umher, regte sich nicht. Covenant sackte rücklings gegen einen Findling. Er hätte gerne den Berg angeschrien, daß das doch wohl unfair sei. Soviel hatte er schon überlebt, so vieles erduldet, soviel verloren. Wo blieb sein Ausweg? War dies der Preis seines Handels, der Lohn seiner Langmut? Es war ein

Skandal. Er war Lepraleidender, für derartige Prüfungen ungeeignet. Seine Stimme bebte haltlos – zitterte aus zweckloser Empörung. »Kein Wunder, daß er ... daß er uns den Stab überlassen hat. So ist's schmerzlicher, jetzt danach. Er hat gewußt, daß wir nicht damit davonkommen.«
Aber Mhoram rief in einem Ton Befehle, der alle aus ihrer Untergangsstimmung riß. Er lief ein kurzes Stück weiter den Hohlweg hinab und stieg auf einen breiten, flachen Felsen, der höher aufragte als die anderen Steinklötze rundum. »Hier ist für uns Platz«, rief er. »Kommt herauf!« ordnete er an. »Hier wollen wir bis zum Ende standhalten!«
Die Krieger klommen langsam auf den Felsen, als wären sie von der Aussicht auf Niederlage überladen. Mhoram und die Bluthüter halfen ihnen in die Höhe. Als letzter kam Hoch-Lord Prothall, der zwischen zwei Bluthütern hing. »Nein«, murmelte er. »Nein.« Aber er stellte sich nicht gegen Mhorams Befehle. Als sich alle auf dem Felsen befanden, verteilten sich Quaans Fähnlein und die Bluthüter ringsum an dessen Rand. Lithe gesellte sich zu ihnen, die Kordel straff zwischen ihren Händen; im Kreis der letzten Stellung des Aufgebots waren nur Prothall, Mhoram und Covenant. Die Urbösen hatten nun die Hälfte der Entfernung bis zum Felsen zurückgelegt, auf den das Aufgebot geflüchtet war, und hinter ihnen kamen Hunderte von Höhlenschraten, stürmten aus dem Felsspalt und hasteten den Hohlweg herab. Und noch einmal so viele kletterten von der Stelle aus herauf, wo man sie vorher in den Hohlweg hatte absteigen sehen.
Mhoram musterte Seibrichs Horden. »Seid beherzt, meine Freunde«, sagte er in sanfter Ermutigung. »Ihr habt euch bewährt. Nun laßt uns an unserem Ende solche Tapferkeit zeigen, daß auch unsere Feinde sich stets daran erinnern werden. Verzagt nicht. Zwischen dem Ausbruch eines Krieges und dem Sieg eines der Beteiligten ergibt sich mancherlei. Laßt

uns Lord Foul lehren, daß er den Sieg niemals auskosten kann, solange nicht auch des Landes letzter Freund tot ist.«

»Nein«, flüsterte nichtsdestotrotz Prothall. »Nein!« Er wandte sich dem Gipfel des Donnerbergs zu, stemmte seine Füße breitbeinig auf den steinernen Boden, schloß die Lider. Langsam, aber entschlossen hob er den Stab des Gesetzes mit beiden Fäusten in die Höhe seines Herzens. »Es muß möglich sein«, sagte er leise. »Bei den Sieben! Es muß!« Seine Knöchel traten, während er die mit komplizierten Zeichen versehene, geheimnisvolle Oberfläche des Stabes umklammerte, weiß hervor. »*Melenkurion* Himmelswehr, steh mir bei! Mit diesem Ende finde ich mich nicht ab.« Langsam wulsteten sich über seinen eingesunkenen, geschlossenen Augen die Brauen, und er senkte bedächtig den Kopf, bis sein Bart auf seinem Herzen ruhte. Zwischen seinen Lippen entstand ein geflüstertes, stilles Lied. Aber seine Stimme rasselte so gepreßt heiser aus der Brust, daß sein Lied statt nach einer Beschwörung eher nach einer Totenklage klang.

Seibrichs Horden strömten von oben und unten unaufhaltsam auf die Truppe zu. Mhoram beobachtete ihr Kommen mit dem Ausdruck von Hilflosigkeit auf seinen so menschlichen Lippen. Plötzlich jedoch funkelte in seinen Augen der Gedanke an eine verzweifelte Chance auf. Er fuhr herum, heftete seinen Blick auf Covenant. »Es gibt einen Ausweg«, sagte er gedämpft. »Prothall trachtet danach, die Feuerlöwen zu rufen. Ihm kann kein Erfolg beschieden sein – des Stabes Macht ist eingeschlossen, und wir besitzen nicht das Wissen, um sie zu entfesseln. Doch Weißgold kann seine Kräfte freisetzen. Es ist möglich!«

Covenant zuckte zurück, als habe Mhoram ihn hintergangen. *Nein!* Keuchte er innerlich. *Ich habe einen Handel ausgemacht ...!* Da erkannte er auf einmal mit einem widerwärtig schwindelerregenden Gefühl schlagartiger Einsicht zumindest ansatzweise, was Lord Foul mit ihm plante, begriff plötzlich, was der Verächter mit ihm trieb. Hier war der Vernichtungsschlag, der hinter all den Machenschaften, den Täuschungsmanövern verborgen gelauert hatte. *Hölle und Verdammnis!* Hier lag der Punkt des Zusammenpralls zwischen seinen beiden entgegengesetzten Arten des Wahnsinns. Falls er versuchte, sich der wilden Magie zu bedienen … falls sein Ring diese Macht besaß … oder gar keine besaß … Er zuckte unterm strudelhaften Andrang dunkler Visionen zusammen, duckte sich unter ihrer Bedrängnis. Das Aufgebot hingemetzelt … der Stab des Gesetzes vernichtet … Tausende von Lebewesen tot, all das Blut auf seinem Haupt, seinem Haupt!

»Nein«, stieß er mit schwerer Zunge hervor. »Verlange das nicht von mir. Ich habe geschworen, nicht noch mehr zu töten. Du weißt nicht, was ich getan habe … Atiaran angetan … und … Außerdem habe ich einen Handel ausgemacht, damit ich nicht wieder zu töten brauche.«

Die Urbösen und Höhlenschrate befanden sich mittlerweile fast auf Pfeilschußweite. Das Fähnlein hatte Pfeile an die Sehnen gelegt und hielt sich schußbereit. Seibrichs Horden verlangsamten, sammelten sich für den letzten Ansturm.

Aber Mhorams Blick gab Covenant nicht frei. »Es muß zu noch viel mehr Töten kommen, wenn du jetzt nicht handelst. Glaubst du, Lord Foul wäre mit unserem Tod zufrieden? Nie und nimmer! Er wird morden und morden, bis jegliches Leben ihm verfallen ist, um es entweder zu verderben oder zu vernichten. Jegliches Leben, verstehst du mich? Nicht einmal diese Geschöpfe, die ihm jetzt zu Diensten sind, wird er verschonen.«

»Nein!« Erneut stöhnte Covenant auf. »Begreifst du denn nicht? Das ist es ja genau, was er will. Der Stab des Gesetzes wird vernichtet … oder Seibrich vernichtet … oder wir werden's … egal, was geschieht, er wird aus allem als Sieger hervorgehen. Er wird frei sein. Ihr macht genau das, was er will.«

»Nichtsdestotrotz!« erwiderte Mhoram mit inbrünstiger Leidenschaft. »Die Toten sind tot – nur die Lebenden dürfen noch darauf hoffen, dem Bösen zu widerstehen.«

*Hölle!* Covenant suchte wie jemand nach Antworten, der keine zu fürchten braucht, weil er zum Leiden unfähig ist. Aber er fand keine. Kein Handel oder Kompromiß entsprach seinen Bedürfnissen. »Mhoram!« schrie er in seiner Qual wild auf, flehentlich und zugleich in kläglichem Aufbegehren. »Das ist Selbstmord! Du verlangst von mir, daß ich verrückt werden soll!«

Das Verhängnis in Mhorams Augen blieb. »Nein, Zweifler. Du brauchst nicht den Verstand zu verlieren. Es gibt andere Antworten – andere Lieder. Du kannst sie finden. Warum sollte das Land um deiner Not willen untergehen? Rette oder verwüste! Nimm den Stab!«

»Verdammnis!« Wutentbrannt zerrte Covenant an seinem Ring. »Mach's doch selber!« brüllte er. Er drehte sich den Ring vom Finger und versuchte, ihn Mhoram zuzuwerfen. Aber er zitterte wie ein Besessener; seine Finger griffen daneben. Der Ring fiel auf den Stein, rollte davon. Er watschelte hinterdrein. Er schien nicht genug Finger zu haben, um ihn zu erhaschen; der Ring rollte an Prothalls Füßen vorbei. Covenant grapschte erneut danach – und trat fehl, stürzte, prallte mit der Stirn auf den Felsen. Wie aus der Ferne vernahm er das Schwirren der Bogensehnen; der Kampf hatte begonnen. Aber er achtete nicht darauf. Ihm war zumute, als habe er sich den Schädel gebrochen. Als er den Kopf hob, stellte er fest, daß mit seinem Augenlicht etwas in Unordnung geraten war; er sah doppelt. Die Moosschlieren-Landkarte auf seinem Gewand verschwamm in seiner Sicht zur Unkenntlichkeit. Nun hatte er, falls sie je vorhanden gewesen war, auch die Chance verloren, sie doch noch zu ergründen. Morinmoss' kryptische Botschaft zu entziffern. Er sah zwei Mhorams seinen

Ring aufheben. Er sah über sich zwei Prothalls den Stab des Gesetzes umklammern und mit letzter Lebenskraft versuchen, die Macht des Stabes ihrem Willen zu unterwerfen. Zwei Bannors wandten sich vom Kampfgeschehen ab und den Lords zu.

Dann sprang Mhoram wieder zu Covenant. Der Lord packte eilends zu, ergriff Covenants rechtes Handgelenk. Der Griff war so gewaltsam, daß Covenant seine Knochen knirschen hörte. Er zwang ihm die Hand auseinander, und als sich die beiden Finger verwundbar spreizten, schob Mhoram den Ehering auf den Zeigefinger. Hinterm ersten Glied blieb er stecken.

»Ich kann deinen Platz nicht einnehmen«, knirschte der doppelte Lord. Er straffte sich und zerrte Covenant rücksichtslos hoch. »Bei der Sieben!« fauchte er und schaute dem Zweifler mit seiner doppelten Grimasse aus unmittelbarer Nähe ins Gesicht. »Du fürchtest Macht mehr als Schwäche.«

*Ja!* stöhnte Covenant zum Schutz in seinem Handgelenk, seinem Kopf. *Ja! Ich möchte überleben!* Das Schwirren der Sehnen erfolgte nun so rasch hintereinander, wie die Krieger zum Schießen imstande waren; aber ihr Vorrat an Geschossen war begrenzt. Und die Urbösen und Höhlenschrate hielten Abstand, wagten sich nur weit genug vor, um Anlaß zum Beschuß zu liefern. Seibrichs Horden hatten keine Eile. Vor allem die Urbösen machten ganz den Eindruck, als sähen sie ein verzögertes Abschlachten des Aufgebots lieber. Aber Covenant hatte für derlei Angelegenheiten keinerlei Aufmerksamkeit übrig. Er starrte wie in einer Art von Agonie Mhoram an. Der Lord schien zwei Münder zu besitzen – straff gespannte Lippen über vervielfachten Zähnen –, ebenso vier Augen, alle entflammt vom Willen zum Zwang. Covenant fiel keine andere Möglichkeit ein, um den Lord umzustimmen, also faßte er mit seiner freien Hand an die Gürtung seines Gewandes, holte Atiarans Messer heraus und streckte es Mhoram hin. »Es wäre besser, du bringst mich um«, empfahl er durch zusammengebissene Zähne.

Langsam lockerte sich Mhorams Griff. Seine Lippen lösten sich aus ihrer Verspannung; die Glut in seinen Augen erlosch. Sein Blick schien sich nach innen zu kehren, und was er dort sah, ließ ihn zusammenfahren. Als er sprach, klang seine Stimme wie Staub: »Ach, Covenant … vergib mir. Ich habe mich vergessen. Schaumfolger – Schaumfolger hat's verstanden. Ich hätte genauer auf seine Worte achten sollen. Es ist falsch, von dir mehr zu fordern, als du freiwillig gewährst. Auf diese Weise dagegen werden wir nur dem ähnlich, was wir verabscheuen.«

Er ließ Covenants Handgelenk los und trat zurück. »Mein Freund, diese Sache schwebt nicht über deinem Haupt. Unser ist die Bürde, und wir tragen sie bis zum Ende. Verzeih mir.«

Covenant wußte nichts zu erwidern. Er stand mit verzerrtem Gesicht da, als wolle er gleich zu jaulen beginnen. Seine Augen schmerzten angesichts der Verdopplung seiner Sicht. Mhorams Nachsicht beeinflußte ihn stärker als jede Auseinandersetzung, jede Forderung. Kummervoll wandte er sich Prothall zu. Konnte er nicht irgendwoher genug Kraft finden, um sich auf dies Risiko einzulassen? Vielleicht lag der Weg zur Flucht in dieser Richtung – vielleicht war der Schrecken wilder Magie der Preis, den er für seine Freiheit zahlen mußte. Er hatte keine Lust, sich von Urbösen abschlachten zu lassen. Aber als er die Arme hob, vermochte er gar nicht zu unterscheiden, welche dieser Hände ihm gehörte, welcher dieser Stäbe wirklich existierte. Dann flog mit einem tonlosen Schwuppen der letzte Pfeil hinüber zum Gegner. Die Höhlenschrate stießen ein gewaltiges Johlen der Bosheit und Freude aus. Unter der Führung der Urbösen begannen sie sich zu nähern.

Die Krieger zückten ihre Schwerter, machten sich auf ihr sinnloses Ende gefaßt. Die Bluthüter balancierten auf den Ballen ihrer Füße. Während er wie Espenlaub schlotterte, versuchte Covenant, sich des Stabes zu bemächtigen. Aber um seinen Kopf schien sich alles zu drehen, und ein Strudel von Dunkelheit, der ihn mit Umnachtung bedrohte, bedrängte ihn. Er konnte seine Furcht nicht überwinden; die Rache, die seine Leprose für eine solche Unverfrorenheit an ihm nehmen müßte, schreckte ihn ab. Seine Hand durchmaß den halben Abstand und verharrte dann, griff mit fingerlosem Unvermögen in die leere Luft. *Ojemine!* rief er innerlich in völliger Ratlosigkeit. *Zu Hilfe!*

»Wir sind die Bluthüter.« Durch die lautstarke Kampfeslust der Schrate war Bannors Stimme kaum vernehmlich. »Wir können dies Ende nicht zulassen.« Fest nahm er Covenants Hand und legte sie auf den Stab des Gesetzes, mitten zwischen Prothalls verkrampfte Knöchel. In Covenants Brust schien eine ungeheure Gewalt zu explodieren. Eine stumme Erschütterung, ein unhörbarer Ruck durchfuhren den Hohlweg wie eine Zuckung des Berges. Der Stoß warf sämtliche Krieger von den Füßen, schleuderte alle Urbösen und Höhlenschrate mit ausgestreckten Gliedmaßen zwischen das Geröll. Nur der Hoch-Lord blieb auf den Beinen. Sein Kopf ruckte hoch, und der Stab schien sich zwischen seinen Fäusten aufzubäumen. Für einen Moment herrschte Stille im Hohlweg – eine so eindringliche Ruhe, daß es schien, als hätte die Erscheinung alle Widersacher taub gemacht. Und im selben Moment bezog sich der ganze Himmel überm Gravin Threndor schwarz von unnahbarem Donner. Dann erscholl Getöse – ein dumpfer Schlag grollte, als brülle das Gestein des Berges selbst auf, gefolgt von langen Schüben hitzig-zischigen Sprudelns. Die Wolken sanken herab, bis sie den Gipfel des Donnerbergs umhüllten. Auf dem umwölkten Pik begannen große gelbe Feuer zu lodern. Eine Zeitlang lagen das Aufgebot und seine Bedränger wie hingemäht im Hohlweg, als fürchteten sie jede Bewegung. Alle starrten hinauf zu den Feuern und Donnerkeilen. Plötzlich schossen die Flammen empor. Mit einem Röhren, als entflamme sich die Luft selbst, begannen die Feuer sich wie große hungrige Bestien nach allen Seiten, über sämtliche Hänge des Berges herabzuwälzen. Die Höhlenschrate sprangen mit entsetztem Kreischen auf und ergriffen die Flucht. Ein paar sprangen wie wahnwitzig gegen die Wände des Hohlwegs. Die Mehrzahl jedoch rannte am Felsen vorbei, auf den das Aufgebot sich zurückgezogen hatte, und flüchtete bergab, suchte den Feuerlöwen zu entkommen. Die Urbösen wählten den Weg in die Gegenrichtung. In wilder Hast klommen sie den Hohlweg wieder hinauf, zum Felsspalt, der ins Berginnere führte. Aber ehe sie sich in Sicherheit bringen konnten, tauchte auf einer Klippe über ihnen Seibrich auf. Der Höhlenschrat kroch, war zum Stehen außerstande. Aber in einer Faust hielt er einen grünen Stein umklammert, der durch das Schwarz der Wolken intensive Übelhaftigkeit ausstrahlte. Seibrichs Geschrei tönte selbst durchs Brüllen der Feuerlöwen.

»Zerschmettert! Zerschmettert!« Die Urbösen blieben stehen, staken zwischen zwei Gründen zur Furcht fest. Während die Kreaturen zögerten, begann das Aufgebot sich durch den Hohlweg hinunter abzusetzen. Prothall und Covenant waren zu schwach, um weiter aufrecht zu bleiben, also trugen die Bluthüter sie, schwangen sie von Mann zu Mann über die Felsbrocken hinweg, schleiften sie über den unebenen Grund des Hohlwegs mit sich. Voraus, weiter unten, erreichten die Höhlenschrate das Ende des Einschnitts. Einige liefen so blindlings dahin, daß sie über die Klippe abstürzten; andere flohen am Rand der Klippe entlang nach beiden Richtungen, heulten nach einem Ausweg. Hinterm Aufgebot jedoch bildeten die Urbösen erneut einen Keil und kamen wieder herabgestapft. Das Aufgebot war kaum dazu in der Lage, den Abstand zu wahren. Das Brüllen der Flammen erklang schärfer, feuriger. Durch die Gewalttätigkeit des Gipfels gelöst, polterten Felsklötze von den Klippen. Die Feuerlöwen bewegten sich wie geschmolzenes Gestein, sprangen die Hänge herab wie vom Herzen eines Infernos ausgespien. Mit jedem Herabschwappen ertönte das allesverzehrende Heulen ihrer Macht, obwohl sie sich noch weit oberhalb des Hohlwegs befanden, anscheinend mit verdoppelter und verdreifachter Stärke. Eine Druckwelle versengter Luft fegte ihnen wie ein Herold voraus, blies zum Vormarsch von Feuer und vulkanischer Gier. Der Gravin Threndor erbebte in seinen Grundfesten. Die Schwierigkeit des Untergrunds ließ zum Ende des Hohlwegs hin nach, und Covenant fing sich wieder aus eigener Kraft zu regen an. Angetrieben von seiner gesprungenen Sicht, seinem überlasteten Gehör, einem immer stärkeren Drang zur Ungebärdigkeit, schüttelte er die Bluthüter ab. Mit steifen Knien – wie eine Puppe – verfiel er in einen trotzigen, holprigen Trott zur Klippe. Die übrigen Mitglieder des Aufgebots wandten sich an deren Rand nach Süden. Er aber lief direkt zum Abgrund. Als er ihn erreichte, hatten seine Beine kaum noch genug Kraft, um ihn davor zum Halt zu bringen. Er wankte matt und starrte in die Tiefe. Die Steilwand reichte fast senkrecht gut sechshundert Meter weit hinab, und breit war die Klippe mindestens eine halbe Länge. Es gab keine Flucht. Die Feuerlöwen würden das Aufgebot einholen, bevor es jenseits der Klippe irgendeine geeignete Abstiegsmöglichkeit finden konnte. Lange vorher. Zurufe ertönten, die ihm galten, ihn vergeblich zu warnen versuchten; durch das Röhren in der Luft konnte er sie kaum hören. Er achtete gar nicht darauf. Diese Art von Flucht war es nicht, woran ihm lag. Und dabei fürchtete er sich nicht einmal vor einem Sturz; er vermochte den Abgrund überhaupt nicht deutlich genug zu erkennen, um sich zu fürchten. Er hatte etwas zu tun. Für einen Moment stand er still, sammelte seinen ganzen Mut. Da fiel ihm plötzlich ein, daß wahrscheinlich einer der Bluthüter versuchen würde, ihn zu retten. Deshalb mußte er seine Aufgabe erledigen, ehe das passieren konnte. Er brauchte eine Antwort auf den Tod. Er zog seinen Ring vom Finger und hielt ihn fest in seiner halb entfingerten Hand, bog seinen Arm, um den Ring über die Klippe in die Tiefe zu werfen. Sein Blick folgte dem Ring, als er seinen Arm hob, und plötzlich verharrte er, unvermittelt von Scham gepackt. Das Metall war wieder rein. Seine Augen spiegelten ihm noch immer zwei Ringe vor, aber beide waren bloß silberfarben; der rote Schmutz war aus ihrem Innern verschwunden. Er wirbelte herum, kehrte der Klippe den Rücken zu, spähte den Hohlweg hinauf nach Seibrich aus.

»Bannor!« hörte er Mhoram brüllen. »Das ist seine Entscheidung!«

Der Bluthüter kam in weiten Sprüngen auf Covenant zu. Auf Mhorams Befehl blieb Bannor trotz seines Eides etwa zehn Meter von Covenant entfernt stehen. Im nächsten Augenblick jedoch mißachtete er den Befehl und setzte seinen Weg in Covenants Richtung fort.

Covenant war dazu außerstande, seine Sicht zu klären. Er erhaschte eine undeutliche Wahrnehmung golden feuriger Löwen, die hoch überm Hohlweg auf den Felsspalt ins Bergesinnere niedersprangen. Aber der Urbösen-Keil beherrschte sein Blickfeld. Nur drei Schritte trennten ihn noch von ihm. Schon hatte der Lehrenkundige seinen Stab zum Schlag erhoben. Rein instinktiv wollte Covenant zur Seite hechten. Doch er war zu langsam. Er setzte gerade erst zum Sprung an, da prallte Bannor gegen ihn, warf ihn beiseite. Mit einem irren, jauchzenden Grölen, als hätten sie auf einmal eine Vision geschaut, stürzten die Urbösen wie eins vorwärts und torkelten über die Klippe. Ihre Schreie klangen, während sie in den Abgrund fielen, nach wildem Triumph. Bannor half Covenant auf die Füße. Der Bluthüter drängte ihn, sich nun dem Rest des Aufgebots anzuschließen, aber Covenant riß sich los und wankte ein paar Schritte weit zum Hohlweg hinüber. »Seibrich! Was ist mit Seibrich geschehen?« Seine Augen ließen ihn im Stich. Er blieb stehen, fuchtelte unsicher umher. »Ich kann nichts sehen!« Er schäumte vor Wut. Mhoram kam an seine Seite geeilt, und Covenant wiederholte seine Frage, schrie sie dem Lord ins Gesicht.

»Seibrich ist oben im Hohlweg«, gab ihm der Lord nachsichtig Auskunft. »Die Macht, welche er nicht zu meistern vermochte, führt nun zu seinem Untergang. Binnen kurzem werden die Feuerlöwen ihn verschlingen.«

Covenant bemühte sich darum, seiner Stimme Nachdruck zu verleihen, indem er darauf die Zähne zusammenbiß. »Nein!« fauchte er. »Seibrich ist auch bloß ein Opfer. Foul hat all das seit langem geplant.« Trotz seiner aufeinandergepreßten Zähne klang seine Stimme brüchig.

Tröstlich berührte Mhoram seine Schulter. »Bewahre Frieden in deinem Herzen, Zweifler. Wir haben getan, was wir tun konnten. Du brauchst nicht dich selber zu tadeln.« Covenant stellte urplötzlich fest, daß sein gesamter langgehegter Grimm verschwunden war – zu Asche zerfallen. Er fühlte sich zerbrochen und ausgebrannt, und er sank zu Boden, als könnten seine Knochen ihn nicht länger stützen. Sein Blick wirkte zerfranst wie die Segel eines Geisterschiffs. Ohne sich darum zu scheren, was er anfing, schob er sich den Ehering zurück auf den Ringfinger. Der Rest des Aufgebots sammelte sich um ihn. Man gab den Versuch zur Flucht auf; gemeinsam beobachtete man das Herabrauschen der Feuerlöwen. Die mitternächtlich finsteren Wolken warfen Düsternis auf den gesamten Berg, und durch diese Trübnis leuchteten und schillerten die Flammen, die vom Pik herabfluteten, wie geschmeidige Wesen aus goldenem Sonnenfeuer. Sie sprangen die Wände des Hohlwegs herunter, aber einige bewegten sich von dort aus hinauf zum Felsspalt. Endlich schüttelte Lord Mhoram seine

Benommenheit ab. »Ruft eure Ranyhyn!« gebot er Bannor. »Ihr Bluthüter könnt euch retten. Nehmt den Stab des Gesetzes und den Zweiten Kreis des Wissens mit euch. Ruft die Ranyhyn und sucht das Weite!«

Bannor erwiderte Mhorams Blick für einen ausgedehnten Moment, erwog den Befehl des Lords. Dann sprach er eine entschiedene Weigerung aus. »Einer von uns wird reiten, um den Stab und den Zweiten Kreis zur Herrenhöh zu bringen. Die anderen bleiben.«

»Warum? Es gibt kein Entrinnen. Ihr müßt leben, um den Lords zu dienen, die diesen Krieg weiterführen müssen.«

»Vielleicht.« Bannor zuckte andeutungsweise mit den Schultern. »Wer kann's sagen? Hoch-Lord Kevin schickte uns fort, und wir gehorchten. Aber so etwas werden wir niemals wieder tun.«

»Aber euer Tod ist sinnlos!« rief Mhoram.

»Nichtsdestotrotz.« Der Tonfall des Bluthüters blieb so kühl wie Eisen. »Aber du kannst Hynaril rufen, Lord«, fügte er hinzu. »Ruf ihn!«

»Nein.« Mit einem müden Lächeln der Erkenntnis seufzte Mhoram. »Das kann ich nicht. Wie könnte ich so viele zurückkehren und sterben lassen?«

Covenant hörte nur halb zu. Ihm war zumute wie einem menschlichen Wrack, und er tastete sich auf der Suche nach etwas, das des Erhaltens würdig war, durch die Trümmer seiner Emotionen. Ein Teil von ihm jedoch verstand. Er schob sich die beiden restlichen Finger seiner rechten Hand zwischen die Lippen und stieß einen kurzen, durchdringenden Pfiff aus. Die gesamte Truppe starrte ihn an. Quaan meinte anscheinend, der Zweifler habe den Verstand verloren; Mhorams Augen spiegelten die tollsten Vermutungen wider. Aber Mähnenhüter Lithe warf ihre Kordel hoch in die Luft empor. »Die Ranyhyn«, jubelte Lithe. »Mähne der Welt! Er ruft sie!«

»Wie ginge das zu?« gab Quaan zu bedenken. »Er hat sie abgewiesen.«
»Aber sie haben sich vor ihm aufgerichtet«, entgegnete sie lachend. »Sie werden kommen.«
Covenant hatte inzwischen vollends das Zuhören aufgegeben. Irgend etwas geschah mit ihm, und er raffte sich in die Höhe, um sich ihm aufrecht zu stellen. Die Dimensionen seiner Situation unterzogen sich abermals einer Veränderung. In seinem verschwommenen Blickfeld nahmen die Mitglieder des Aufgebots langsam eine härtere, festere Erscheinung an – legten sich die Beschaffenheit des natürlichen Felsens zu. Und der Berg selbst machte sich immer mehr Diamantenhärte zu eigen. Bald wirkte er so unverrückbar wie der Eckstein der Welt. Covenant fühlte Schleier von seiner Wahrnehmung fallen; er erblickte ungetrübt die Faktizität des Gravin Threndor in all seiner unvergleichlichen Macht. Vor ihrem Angesicht erbleichte er; sein Fleisch bekam ein fadenscheiniges, durchsichtiges Aussehen. Luft durchwehte ihn, die so dick war wie Rauch, jagte ihm Kälte in die Knochen. Seiner Seele schnürte sich in stummer Qual die Kehle zu. »Was ist mit mir los?«
Um den südlichen Rand der Klippe kamen Ranyhyn galoppiert. Sie sputeten sich im Wettlauf mit dem Herniederdröhnen der Feuerlöwen wie ein Blitz der Hoffnung. Augenblicklich brachen die Krieger in rauhes Jubelgeschrei aus. »Wir sind gerettet«, rief Mhoram. »Noch bleibt Zeit genug.« Er eilte mit dem Rest der Truppe vorwärts, den Ranyhyn und ihrer geschwinden Annäherung entgegen.
Covenant spürte, daß man ihn allein gelassen hatte. »Was ist los mit mir?« wiederholte er schwächlich, zum harten Berg gewandt.
Aber an seiner Seite befand sich noch Prothall. Covenant hörte den Hoch-Lord mit gütiger Greisenstimme sprechen, die dennoch laut wie Donner zu hallen schien. »Seibrich ist tot! Er war

dein Plagegeist, und mit seinem Tod endet sein Einfluß auf dich. Das ist die Art solcher Macht. Leb wohl, Zweifler! Sei getreu! Du hast Großes für uns bewirkt. Die Ranyhyn werden uns retten. Und mit dem Stab des Gesetzes sowie dem Zweiten Kreis des Wissens sind wir wider die Übeltaten des Verächters nicht völlig wehrlos. Nimm dir ein Herz. Verzweiflung und Bitternis sind in der Welt nicht die einzigen Lieder.«

Doch Covenant klagte in stummem Gram. Alles ringsum – Prothall, das Aufgebot, die Ranyhyn, die Feuerlöwen und der Berg – entwickelte eine für ihn viel zu große Solidität. Sie überforderten sein Wahrnehmungsvermögen, wichen über die Reichweite seiner Sinne hinaus in einen Hintergrund aus grauem Nebel zurück. Er griff umher und bekam nichts zu fassen. Er konnte nichts sehen; das Land entglitt seinem Blickfeld. Es war zuviel für ihn, und er verlor es aus der Sicht.

## 25
## Überlebt

Für einen langen, krampfartigen Moment umwallte ihn grauer Nebel. Dann begann der Nebel sich zu verflüchtigen und verschwand ebenfalls. Sein Blickfeld verschwamm, als habe ein unnachgiebiger Gott mit dem Daumen drübergerieben. Er blinzelte in rascher Folge, wollte die Hände heben und sich die Augen reiben; aber etwas Weiches hinderte ihn daran. Seine Sicht blieb blicklos. Er wachte auf, obwohl er sich eher so fühlte, als versänke er in die Mattigkeit von Zerschlagenheit. Allmählich vermochte er festzustellen, wo er sich befand. Er lag in einem Bett mit Rohrgittern an den Seiten. Weiße Laken bedeckten ihn bis unters Kinn. Graue Vorhänge trennten ihn von anderen Patienten. Von der Decke starrte ausdrucksleer ein fluoreszierendes Licht auf ihn herab. Die Luft roch schwach nach Äther und Desinfektionsmitteln. Am Kopfende des Bettes baumelte ein Klingelknopf. Alle seine Finger und Zehen waren taub. *Nerven regenerieren sich nicht, natürlich nicht, keinesfalls …* Das war wichtig – er wußte, daß das wichtig war –, aber aus irgendeinem Grund besaß es für ihn trotzdem kein Gewicht. Sein Herz war zu heiß von anderen Gefühlen, um diese besondere Art von Eiseskälte zu spüren. Was für ihn zählte, war die Tatsache, daß Prothall, Mhoram und das Aufgebot überlebt hatten. Er klammerte sich an diese Erkenntnis, als sei sie ein Beweis geistiger Gesundheit – eine Kundgebung dessen, daß das, was ihm widerfahren war, was er getan hatte, nicht das Produkt von Wahnsinn war, nicht von Selbstzerstörung. Sie hatten überlebt; sein Handel mit den Ranyhyn hatte zumindest soviel bewirkt. Sie hatten genau das getan, was Lord Foul sich von ihnen wünschte – aber zugleich überlebt. Wenigstens trug er nun nicht auch die Schuld an ihrem Tod. Sein Unvermögen, seinen Ring zu gebrauchen, an seinen Ring zu glauben, hatte sie nicht in Flammengeister verwandelt. Das war sein einziger Trost für seinen Verlust.

Dann erkannte er zwei Gestalten, die am Fußende des Bettes standen. Bei einer handelte es sich um eine Frau in Weiß – eine Krankenschwester. »Doktor«, sagte sie, als er seinen Blick auf sie zu heften versuchte, »er kommt zur Besinnung.«

Der Arzt war ein Mann mittleren Alters in braunem Anzug. Das Fleisch unter seinen Augen war eingesunken, als wäre er aller menschlichen Pein überdrüssig geworden, aber die Lippen unter seinem angegrauten Schnurrbart drückten Sanftheit aus. Er trat an der Seite des Bettes näher, berührte für einen Moment Covenants Stirn, hob dann Covenants Lider und leuchtete ihm mit einer winzigen Stablampe in die Pupillen. Mühsam starrte Covenant in das Licht. Der Arzt nickte und steckte das Lämpchen weg. »Mr. Covenant?« Covenant schluckte; seine Kehle war trocken. »Mr. Covenant …« Der Arzt senkte sein Gesicht nahe zu Covenant herab und sprach mit ruhiger, gefaßter Stimme. »Sie sind im Krankenhaus. Man hat sie eingeliefert, nachdem sie vor ein Polizeiauto gelaufen sind. Sie waren fast vier Stunden lang bewußtlos.« Covenant hob den Kopf und nickte, um zu zeigen, daß er den Arzt verstand. »Gut«, sagte der Arzt. »Ich bin froh, daß Sie zu sich kommen. Nun wollen wir uns mal für ein Momentchen unterhalten. Mr. Covenant, der Polizeibeamte, der am Steuer des Wagens saß, sagt aus, er habe sie nicht angefahren. Er behauptet, er habe rechtzeitig gebremst – Sie wären bloß vors Auto gefallen. Aufgrund meiner Untersuchung neige ich dazu, ihm beizupflichten. Ihre Hände sind ein bißchen zerschrammt, und an der Stirn haben Sie eine Beule. Aber zu so was kann's natürlich kommen, wenn man fällt.« Er zögerte für einen Sekundenbruchteil. »*Hat* er sie angefahren?« erkundigte er sich dann. Gleichgültig schüttelte

Covenant den Kopf. Die Frage kam ihm unwichtig vor. »Na, ich nehme an, es ist auch wirklich sehr gut vorstellbar, daß Sie durch den Aufprall mit dem Kopf aufs Straßenpflaster ohnmächtig geworden sind. Aber warum sind Sie denn überhaupt gestürzt?« Auch dem maß er keine Bedeutung bei. Mit einem matten Wink seiner Hand tat er die Frage ab. Dann versuchte er sich im Bett aufzusetzen. Das gelang ihm, ehe der Arzt ihm helfen oder ihn hindern konnte; er war nicht so schwach wie zunächst befürchtet. Der Gefühllosigkeit in seinen Fingern und Zehen mangelte es irgendwie an Überzeugungskraft, als müsse sie verschwinden, sobald die Blutzirkulation wieder in Schwung geriet. *Nerven regenerieren sich nicht …* Gleich darauf fand er seine Stimme wieder und fragte nach seinen Kleidern. Der Arzt betrachtete ihn aufmerksam. »Mr. Covenant«, sagte er, »wenn Sie's wollen, entlasse ich Sie nach Hause. Ich vermute, ich sollte Sie für ein bis zwei Tage zur Beobachtung dabehalten. Aber ich habe wirklich nichts Ernsthaftes an Ihnen feststellen können. Und über alles, was mit Leprose zusammenhängt, wissen Sie mehr als ich.« Covenant entging keineswegs der Ausdruck von Ekel, der übers Gesicht der Krankenschwester glitt. »Und wenn ich ganz ehrlich sein soll …« Die Stimme des Arztes klang plötzlich scharf wie Säure. » … ich möchte keinen Streit mit dem Personal austragen müssen, um zu gewährleisten, daß Sie anständig versorgt werden. Fühlen Sie sich einer Entlassung gewachsen?« Zur Antwort begann Covenant mit unbeholfenen Fingern an dem eintönig weißen Krankenhauskittel zu fummeln, den er trug. Mit einem Ruck stand der Arzt auf und trat zu einem Spind; mit Covenants Kleidung kam er zurück. Covenant widmete ihr eine Art von VBG. Die Kleidungsstücke waren von seinem Sturz auf der Straße staubig und abgewetzt; im übrigen sahen sie allerdings genauso aus wie zu dem Zeitpunkt, als er sie zuletzt getragen hatte, so wie noch während der ersten Tage

nach dem Abmarsch des Aufgebots. Genau so nämlich, als wäre nichts geschehen.
Sobald er angezogen war, unterschrieb er die Einverständniserklärung für seine Entlassung. Seine Hand war so kalt, daß er seine Unterschrift kaum zustande bekam. Aber das Aufgebot hatte überlebt. Zumindest dafür war sein Handel gut gewesen.
Anschließend fuhr ihn der Arzt in einem Rollstuhl zu einem Ausgang. Außerhalb des Gebäudes begann der Arzt plötzlich zu reden, als versuche er, sich auf umständliche Weise dafür zu entschuldigen, daß er ihn nicht im Krankenhaus behielt. »Als Leprakranker zu leben, das muß die Hölle sein«, sagte er in hastiger Art. »Ich gebe mir Mühe, Verständnis aufzubringen. Es ist wie … Ich habe in Heidelberg studiert – ist jetzt schon viele Jahre her –, und während meines Aufenthalts habe ich dort viel mittelalterliche Kunst gesehen. Vor allem religiöser Natur. Ein Leprakranker sein, das erinnert mich an eine der Skulpturen von der Kreuzigung, angefertigt im Mittelalter. Da hängt Christus am Kreuz, und seine Eigenheiten – des ganzen Körpers, auch des Gesichts – sind so glatt dargestellt, daß er als Person unkenntlich ist. Jeder könnte das sein, Mann oder Frau. Aber die Wunden – die Nägel in Händen und Füßen, die Speerwunden in seiner Seite, die Dornenkrone – sind genau herausgearbeitet und sogar unglaublich detailliert gemalt worden. Man hätte glauben können, der Künstler müßte sein Modell auch gekreuzigt haben, um ein solches Maß an Realismus zu erlangen. Als Leprakranker zu leben, das muß so ähnlich sein.«
Covenant spürte das Mitgefühl des Arztes, aber er konnte nicht darauf eingehen. Er wußte nicht, wie. Nach einigen Minuten fuhr ein Ambulanzfahrzeug vor und beförderte ihn zurück zur Haven Farm. Er hatte überlebt. Er schritt die lange Zufahrt zu seinem Haus hinauf, als läge dort seine einzige Hoffnung.